Annegret Held

Die Baumfresserin

Roman

Rowohlt

1. Auflage September 1999

Umschlaggestaltung Walter Hellmann
(Illustration: Robert Gernhardt)
Satz aus der Trinité No 2 PostScript (PageOne)
Gesamtherstellung Clausen & Bosse, Leck
Printed in Germany
ISBN 3 498 02954 1

Für die Menschen, die ich liebte
und die vorübergingen,
für die Menschen, die geblieben sind
und für die Menschen, die immer
schon da waren.

Für Norbert N.

Die Rispen und Disteln standen und rührten sich kaum. Es dämmerte, der Tag begann und es fegte kein Hauch von einem Wind über die Welt. Dornweiler war aber nicht die Welt. Es war ein kleines Dorf mitten in Deutschland, so alt wie der Wald ringsumher.

Ausgeblichen und schütter standen die hohen Halme auf den Wiesen, sie standen allein, es wuchs jetzt nichts mehr. Sie waren der Saum der Kistenfabrik, der grüngelbliche Fuß, aus dem sie herausragte mit Basaltsteinen, erbaut von dem jungen Kistenfranz – und der war jetzt ein alter Kistenfranz. Über der Fabrik erhob sich der Glitzerberg, was ein alberner Name war für einen Hügel, denn er war lediglich so hoch wie eine halbe Scheune. Im Mai mit Waldmeisterduft versehen und mit einigen Bäumen wie Kammzinken auf dem Kopf, war er doch so schön wie möglich. Hier konnte alles wachsen ohne Maß und Ziel, es schoß aus dem Boden und verstieg sich der Höhe, ein Gras nach dem anderen, Farne, Flieder, Fingerhut, es wuchs empor, wenn es nicht von Bäumen überrollt wurde. Und die Bäume rollten über die Rispen und die Disteln in die Kistenfabrik hinein, von ihrem hohen Lager herunter, mit Raunen und Getöse stürzten sie übereinander und untereinander schlugen sie den Basaltwänden entgegen. Gewaltig fraß die Fabrik mit dem riesigen Maul der nördlichen Tore, Tore so groß, wie sie keine Stadtmauer, kein Kirchenportal, kein Hauptbahnhof hatte. Mitten im Dorf raunten die Stämme, man hörte es überall, im welligen Auf und Ab der Gemarkung, im Unterdorf, im Oberdorf, oder im Hinterdorf oder in der Hinterhecke, oder der Linn, der Leh, am Beilchen, am Haschperfeld, am Urles, am Eulenbaum, am Eulenbirnbaum.

In solcher Frühe nahmen die Arbeiter ihren Weg durch das Dorf. Unausgeschlafen und störrisch, um ihren Tag zu beginnen, an dem sie schon alles kannten und der voller Mühsal war. Noch dampften die Felder, eine Ladung von weiß strömendem Erdenduft schoß den Menschen in Schwaden in die Seele, hob die Lungenflügel und den ganzen Menschen höher hinauf. Vom nicht zu bändigenden Geruch der Erde bekam man Lust auf Überraschungen und jeder noch so krumme, alte Kerl ließ sich umstimmen, wurde fröhlich und hoffnungsvoll, versöhnte sich mit seinem Weg, der ihn am Ende der Dorfstraße durch eine grobe hölzerne Tür führte, die ausgeleiert in den Angeln schwang.

Große Tore für die Bäume, kleine Türchen für die Arbeiter. Hinten gab man Bäume ein, vorne kamen Kisten raus, dafür war die Fabrik da. Sie war natürlich auch für das Dorf gemacht, vom Dorf für das Dorf und der Besitzer hieß Franz. Seit er die Fabrik hatte, hieß er nur noch Kistenfranz. Die für ihn arbeiteten hießen Kistenweiber. Es gab dagegen keine Kistenmänner, es gab Männer, die in der Kistenfabrik arbeiteten, keiner wäre auf die Idee gekommen, sie Kistenmänner zu nennen. Nur Kistenfranz und Kistenweiber. Kistenfranz war zu gut für die Welt, aber Gott sei Dank sich selber nie gut genug für das Dorf, weshalb er jedem half, weshalb er tief mitfühlte mit jedermann und sich jedem Leiden erbot. Das führte dazu, daß er jeden einstellte, jeden der ihn darum bat, jeden der bedauernswerterweise nirgends unterkam. Kistenfranz konnte keinem nein sagen. Ach Gott, sagte er, es gibt immer noch irgendwo einen Klotz aufzulesen oder einen Haufen Sägemehl fortzukehren, da findet sich immer was. Wer arbeiten will, der findet auch was, es gibt niemanden, der umsonst herumstehen muß.

Die Kerle in der Kistenfabrik kannten die Arbeit in- und auswendig, so daß sie sich mit dem Teil des Kopfes, der nicht beschäftigt war, unaufhörlich Blödsinn ausdachten, mit dem sie die Weiber ärgerten. Die Männer der Kistenfabrik blieben ihr

Leben lang böse Buben, die ihre Späße trieben, und bis sie aufhörten zu arbeiten, hatten sie ihre scherzhafte Begabung bis zum Genie vervollkommnet.

Den Weibern ging es schlechter. Um genau zu sein, in der Fabrik arbeiteten an Weibern: Lischka Kossak, Gretel Koch, Estella Arabella Wollweber, Ilse Fürbeth, Veronika Kleppel, Paula Heinz und Old Berta Hinrich.

An Kerlen: Rudi Kraft, Klaus Stockschuh, Konrad Zirfas, Burkhard Riedel, Andres Hering, Bennylein und natürlich der Kistenfranz. So war das mit der Fabrik.

Konrad Zirfas und Klaus Stockschuh hatten hier was zu sagen. Klaus Stockschuh blieb in der oberen Halle oder ging auch ins Büro zum Rechnen, aber Konrad Zirfas war extra dafür da, die Weiber zu beaufsichtigen. Die Kerle schafften also oben und die Weiber unten und die Hallen gingen ineinander über. Wer von den Kerlen zu den Weibern wollte, der konnte sich in ein Wägelchen setzen und hinunterfahren lassen, denn die Hallen waren ja nebeneinander, bloß daß die eine etwas tiefer lag, tiefer im Tal. Aber so steil war es auch wieder nicht. Im großen und ganzen gingen die Weiber nicht gerne hoch, weil dann die Kerle immer etwas trieben. Sie brauchten bloß eine Frau zu sehen, schon spielten sie verrückt. Sie warfen sie in eine Kiste und nagelten den Deckel drauf oder steckten ihr den Hammer in einen Eimer Schmieröl oder irgend etwas, das ihnen in der Schnelle einfiel. An manchen Tagen ging alles gut, aber an anderen Tagen war der eine des anderen Teufel. Im oberen Teil jedenfalls waren alles Beelzebuben, außer Bennylein, der lachte nur immer bloß. Bennylein wurde von allen beneidet um seine Fröhlichkeit, seinen Liebreiz, um die tiefe Zufriedenheit und seine Herzensgüte, um seine Lebenslust, aber nicht um seinen Geisteszustand. Bennylein war also mehr ein verirrter Engel im Sägemehl.

Es gab nur eine, die es liebte, zu den Kerlen zu gehen, das war

Estella Arabella Wollweber. Mit siebenundvierzig kannte man schließlich das Leben, also nicht alle kannten das Leben mit siebenundvierzig und auch nicht mit achtzig, aber bestimmt kannte es kaum jemand so wie Estella Arabella Wollweber. Wenn sie die Hüften schwang, dann fegte es das Sägemehl zur Seite im Umkreis von vier Metern. Das hatte sie irgendwo in der Welt gelernt, denn aus der Welt kam sie und zwar genau bis Dornweiler und dann nirgendwo mehr hin. Um aber die verlorengegangene Welt zu ersetzen, brachte sie wenigstens in der Kistenfabrik bei den Kerlen mal gerne alles durcheinander und wirbelte gewissermaßen die Welt um sich herum auf, und blieb stehen und lachte dreckig.

Aber die Geschichte geht hier nicht um Estella Arabella Wollweber, sondern mehr oder weniger um Veronika Kleppel. Jeden Morgen kam sie her. Jeden Morgen seit ihrem sechzehnten Lebensjahr. Seit vierzehn Jahren also. Veronika hatte wohl nicht einen einzigen dieser Tage ausgelassen. Sie kam einfach immer. Das war der Grund, warum der Kistenfranz und Konrad sie so mochten. Sie war einfach zuverlässig. Zuverlässig, weil sie zum einen so kerngesund und kräftig war, und weil ihr niemals einfiel, etwas anderes zu machen. Veronika war eine besondere Mischung aus einem blühenden Wesen und einem immerzu schlechten Gewissen. Das machte sie anfällig. Wenn sie die Hölzer schief aufsetzte, sich in der Höhe der Paletten verzählte, zuviel Leim in die Kisten schmierte – immer sah sie gleich schuldbewußt und verunsichert in die Höhe. Bestimmt hätte sie etwas lernen können, einen Beruf, eine Ausbildung, ihre Schwester Andrea war immerhin Krankenschwester. Aber es lag wohl an ihrer Art.

Veronika hatte die Angewohnheit, wie ihre Mutter Trude Kleppel, zu schnell zu viel zu reden. Auf dem Schulhof hatte sie immer so furchtbar ratschelig gesprochen, daß niemand zuhören wollte und die Kinder vor ihr davonliefen. Das hatte sie nie verwunden. Erst als sie mal in den Ferien in der Kistenfabrik ausgeholfen hatte, wo niemand ihr davonlaufen konnte, weil alle an den Maschinen standen und ihr Gerede vom Lärm untermalt und erträglich geworden war – hatte sie das Gefühl, irgendwo dazuzugehören. Old Berta war gekommen und hatte gut und liebevoll mit ihr geredet – und Veronika war eine treue Haut. Da blieb sie einfach, wo sie war, und ging nie wieder weg, machte Kisten über Kisten und plagte sich fortan mit allen möglichen Ausreden, warum sie ihr Leben nicht mehr änderte, sondern einfach an Ort und Stelle stehenblieb als Fabrikmädchen mit einem kargen Monatslohn.

Veronika Kleppel war Anfang Dreißig. Man kann nicht sagen, daß sie in der Fabrik die Figur von Estella Arabella überstrahlte, aber sie hatte auf jeden Fall etwas, von dem Estella Arabella nur träumen konnte, nämlich einen Hintern und eine so stramme Brust, daß sie immer wirkte wie eine herrlich reife Frucht kurz vor dem Verzehr. Um ihr Wesen voller Angst und Anhänglichkeit gestaltete sich also ein prachtvoller Körper. Das bedeutete Veronika Kleppel nichts, den Kerlen aber alles, so daß sich Veronika dauernd ärgerte über die Angebote, die über ein gewisses Ziel niemals hinauskamen und die Blicke, die sie als Beleidigung empfand. Bin ich denn eine Kuh? fragte sie empört und schwang auch niemals extra mit den Hüften, die hatten einen Eigenschwung schon von sich aus. Oder vielleicht soll man sagen, es ging eine gewisse Wallung von ihr aus, eine Veränderung der Luftströme, schon bevor sie daherkam, eine Turbulenz im Äther sozusagen. Veronika fand sich selbst zu fett, aber seit dem Alter von achtundzwanzig Jahren war sie doch auf einmal mutig geworden und behängte sich mit bunten Kleidern, Girlie-Kleidern aus den Musikvideos zum Beispiel, die sie natürlich auch schmückten, im ganzen jedoch einfach ein wenig knapp in den Abmessungen waren. Dadurch kam sie häufig bauchfrei auf die Arbeit, nicht weil sie ein bauchfreies Kleidungsstück gekauft hatte, sondern weil der Stoff sich bereits oberhalb des Bauchnabels restlos erschöpft hatte. Unter dem Bauchnabel trug sie dann vielleicht grünkarierte Wollpants. Sie ließen keinen unangemessenen Blick auf ihre Beine zu, es war ja an den Beinen nichts dran, nichts Schlimmes jedenfalls, sie waren auch nicht krumm, höchstens daß sie ein wenig eierten an den Waden. Möglicherweise deshalb schmückte Veronika die Beine mit Strickstrümpfen in allen möglichen Mustern und Farben, Stulpen, die auf den Oberschenkeln aufhörten und noch eine Lücke bis zum Rocksaum frei ließen, Ringel-Tupfen-Blümchensocken. Sie zog einfach alles an die Beine, alles was es gab. Veronika verbrauchte ihre allerschönsten Kleider in der Fabrik.

Ihr Gesicht war hübsch, hübscher jedenfalls, als es ihr selbst vorkam, denn sie sagte immer, sie sei nicht schön. Das stimmte aber nicht. Sie hatte mittelblonde Locken und himmelblaue Augen, die sie mitunter mit blauer Wimperntusche betonte, vor allem zierte ihr Gesicht aber das pralle Gelächter, mit dem sie alles überschüttete. Veronika lachte sich gerne vollkommen kaputt. Das erfrischte im Staub der Kistenfabrik mehr als die überall herumliegenden Kräuterzuckersteine für die trockenen Kehlen. Es erfrischte alle, nur nicht den Konrad Zirfas, der die Weiber beaufsichtigte. Der sah sie immer ganz komisch an, wenn sie so laut lachte. Es hätte ja sein können, sie lachte über ihn.

Mein Kerl ist so toll!» sagte Veronika Kleppel zu Paula Heinz. «Ich kann gar nicht fassen, daß ich *so* ein Glück habe! Sieh mich doch mal an, ich bin doch wirklich nicht schön. Ich bin doch viel zu dick und meine Haare sind zu dünn ... daß ich dabei *so* ein Glück habe, ich denke oft, ich habe das gar nicht verdient. Du mußt den mal *sehen*. Und weißt du, was er immer macht?! Er klaut mir Blumen aus den Gärten und schenkt sie mir! Ist das nicht süß?! Er ist so süß.»

«Wie heißt er denn? Vielleicht kenne ich ihn ja, ich bin ja auch von hier.»

«Er heißt Hartmut Schneider, also ich nenne ihn Hardy, er ist aus Linnen, vielleicht kennst du ihn ja von irgendeiner Kirmes oder so, er ist vielleicht nicht gerade wie aus Hollywood, aber ich finde schon ... also ich finde ... er sieht ziemlich gut aus. Er ist 'n bißchen älter, aber weißt du, das liebe ich auch an ihm, so süß, die Falten unter dem Kinn, da die Kuhle am Hals, da sieht man das schon ... und er ist ja auch nicht gerade ein Herkules, also ziemlich dünn. Leider bin ich ihm viel zu dick. Das mag er nicht. Ich versuche auch schon immer abzunehmen, aber irgendwie klappt es nicht.»

An der Stanze war Veronika allein, nur heute hatte man ihr Paula dazugestellt. Paula hatte Abitur gemacht, wollte erst im nächsten Jahr mit dem Studium beginnen, und bis dahin war noch Zeit. Jetzt war ein Traum für sie in Erfüllung gegangen. Paula wohnte eine Straße oberhalb der Kistenfabrik. Ihre ganze Kindheit lang hatte sie das Fluchen der Kerle auf dem Holzplatz gehört, sie war mit dem Kreischen der Sägen erwacht und hatte weitergeschlafen unter dem wohligen Gesumse der Hobeln. Für sie war das eine schöne Melodie gewesen, und wenn sie ausfiel an Feiertagen, glaubte sie, der Tag sei nicht richtig. Jetzt aber sollte Paula Heinz auch ein Kistenweib werden. Das war eine hohe Ehre. Es zog sie mit aller Macht in die Kistenfabrik. Sie hatte eine Thermoskanne bekommen und einen Kittel und eine Strickjacke von ihrer Mutter, band das lange, dunkle Haar zu einem Zopf zusammen und kam willig und aufmerksam jeden Morgen in aller Frühe.

«Wie alt ist denn dein Hardy?»

«Fünfundvierzig. Ich hätte ja so gerne ein Baby von ihm! Aber er will ja nicht! Er war auch schon mal verheiratet, aber die Frau, das war ja eine Tusse, sage ich dir, die läuft dem heute noch hinterher, furchtbar, die Weiber sind vielleicht hinter dem her, aber der würde mich nie betrügen, das weiß ich ganz genau.»

Sie betrachtete Veronika von der Seite und stellte sich eine schöne, verrückte, leidenschaftliche und große Liebe vor. Nicht so eine wie ihre mit dem harmlosen und lauen Alex.

«Daß ich den gekriegt habe, ich kann es heute noch nicht fassen.»

Veronika stand an der Stanzmaschine und ließ wenig regelmäßig, geschweige denn rhythmisch, die Düse herunterfahren und mit Druck und Zischen und dünnen Kölbchen zwei Löcher in das Eisen bohren, das später zur Verstärkung an die Kisten geschraubt wurde. Paula räumte die Eisen ein und schichtete sie säuberlich hintereinander, damit man in der nächsten Maschine das Eisen einmal zu einer rundlichen Ecke biegen konnte. Die Stanzmaschine fraß mit Getöse alle Worte, hackte die Unterhaltung zu einem mühsamen Stakkato zusammen. Paula knurrte der Magen, sie bekam hier den doppelten und dreifachen Hunger wie in der Schule, und sie dachte an die Frikadellen und Mohrrüben mit Kartoffeln, die Mutter kochte. Sie würde auch noch mal die leere Thermoskanne mit Kaffee füllen, die Arbeit dauerte zwar nur noch bis vier Uhr, aber ohne Kaffee war der Nachmittag trostlos und ohne wärmenden Höhepunkt.

Paula war die einzige Übergescheite in der Halle, sie schämte sich ein wenig für ihr Abitur, verhielt sich deshalb still und trug vorschriftsmäßig und unauffällig die Kistenweibermontur. Eine alte, weite Hose, stabile Schuhe, oben ein altes, weites Sweatshirt, das man schon zum Tapezieren genommen hatte oder einen ollen Pullover, darüber eine Kittelschürze und noch eine dicke, alte Strickjacke, in Paulas Fall die Trachtenjacke von der Mutter. Sie liebte diese Montur. Sie war unendlich bequem, drückte nirgends und hielt schön warm. Wärmende Schichtkleidung wie bei den Eskimos oder Indios, am liebsten hätte sie immer diese Klamotten angehabt. Hier war ein Ort, wo es nicht wichtig war, wie man aussah.

Paula fand das erlösend. Ein Völkchen von arbeitenden Menschen, die sich zusammenrotteten, mummelig und gemütlich. Schlappig leben, schlappig arbeiten, schlappig sterben, das war doch eine wunderbare Lebensweise. Für niemanden verständlich, war Paula mit ihrem Dasein als Kistenweib rundherum glücklich.

Heute, sagte Veronika, müsse sie einkaufen. In der Mittagspause.

«Ich fahre dann mit dem Fahrrad rasch nach Kallestedt! Da gibt es eine Boutique, weißt du, von Monika L. Ich kaufe mir da einen Fummel, es ist eine Überraschung für meinen Alten. Man muß eben was tun, wenn man das Liebesleben in Gang halten will!»

Die Vierzimmerwohnung am Rande von Dornweiler war eigentlich zu groß für Veronika und Hardy. Der olle Hannjokeb, der Geizhals, nahm ihnen noch dazu eine Miete ab, daß sie hinten und vorne nicht zurechtkamen.

Aber vorher hatten sie zusammen in einem Zimmer gewohnt, und das auf dem Land – wo alle sich große Häuser bauten! Hardy hatte sich um nichts gekümmert, und als die Wände auf sie zukamen, weil das einzige Zimmer immer voller wurde, war Veronika losgezogen, um für sie beide ein ordentliches Domizil zu finden. Sie unterschrieb sofort hektisch und ohne durchzulesen den erstbesten Mietvertrag, den man ihr bot, und das war der vom geizigen Hannjokeb gewesen. Veronika glaubte immer noch, daß sie keiner haben wollte und daß sie froh sein mußte, wenn sie mit ihrem Kerl überhaupt unterkam. Seitdem wohnten sie da. Auf seltsame Art und Weise kriegten Hardy und Veronika ihre neue Behausung nicht aufgefüllt.

Zwei Zimmer blieben so gut wie leer, eines entwickelte sich zur Rumpelkammer und, um der Ungemütlichkeit der leeren Wände zu entfliehen, drängten Veronika und Hardy sich zusammen im einzigen Wohnzimmer, wo sie aßen, sich liebten, auf dem Klappsofa schliefen, rauchten, tranken und fernsahen oder auch mal ein dreckiges Video anguckten.

Ein Abend der Liebe im Leben von Veronika! Sie hatte an alles gedacht und Tüten und Taschen voll eingekauft. Ihr Hardy würde etwas später heimkommen, hatte er gesagt. Er ging nun mal gerne in die Kneipe nach der Arbeit. Schließlich schaffte er in Linnen in der Schraubenfabrik, das war harte Arbeit, jedenfalls in der Lagerhalle, da wurde viel geschleppt, trotz der Maschinen. Kein Wunder, wenn Hardy abends Durst hatte. Genaugenommen war Hardy keinen Abend daheim, er war sehr beliebt in der Kneipe, und Veronika liebte es, wenn Hardy Spaß hatte. Meistens ging sie mit ihm, und dann blieben sie sitzen, bis der letzte ging. Die harten, durchzechten Nächte verkraftete sie immerhin ganz gut. Sie war so robust in ihrer körperlichen Beschaffenheit, daß ihr der mangelnde Schlaf nichts ausmachte. Es war ein Wunder. Sie kam dann zwar meistens zu spät zur Arbeit, aber ihr fiel immer etwas ein, das sie dem Konrad aufbinden konnte. Es handelte sich auch lediglich um fünf bis zwanzig Minuten. Auf der Bank sei sie gewesen, sagte sie. Oder auf der Behörde. Ganz schnell mal, weil die doch mittags zu haben. Ob sie das nicht gesagt habe, gestern? Och, bestimmt hatte sie das gesagt, ganz bestimmt! Wenn nicht ihm, Konrad, dann aber doch Gretel Koch, die es weitersagen konnte oder der Ilse Fürbeth – jedenfalls täte es ihr leid, und er solle es ihr von den Überstunden abziehen, wenn sie wieder die vielen Paletten machten für den Getränkehändler Hubschmidt aus Dillingen.

Es war ein Wunder. Auch nach nur zwei Stunden Schlaf war Veronika hellwach und arbeitete gut gelaunt und witzereißend vor sich hin. Sie erzählte es jedem, daß sie Gott sei Dank mit nur zwei Stunden Schlaf auskam. Wenn sie auch mitunter schwankte, die Löcher schräg und schief ins Eisen kamen oder zu nahe an den Rand, so daß Konrad sie schon mal als Strafarbeit eine ganze Kiste mehr hatte machen lassen, wenn also ihre Augenränder rötlichbraun schimmerten und Reste gestriger Wimperntusche zeigten, wenn die etwas breit vom Kinn heraufziehenden, vom Blut verlassenen Wangen das Lächeln zu sich hochhievten, so mußte man doch sagen, sie machte auf keinen Fall krank, war da bis zum letzten Sägekreischen.

Konrad Zirfas hatte sie immer im Auge. Er ging hinter ihr her, als ob er Angst hätte, sie könnte die Arme in die Maschine stekken, im Sägemehlkeller ersticken, die ganze Fabrik anzünden. War alles schon passiert hier. Er tat ihr nichts, weil sie nicht krankmachte, sommers wie winters, weil sie nie um den Urlaub feilschte, weil sie aushielt, tapfer aushielt, mit der Beharrlichkeit und der Treue eines Pferdchens.

Genaugenommen paßte dieser Vergleich auf ihre Figur von hinten. Der Po, rund, ebenmäßig und fest und eine Spur ins Rechteckige hinein, der Hintern eines Lipizzaner-Pferdchens. Der einzige Mann, der sich an der Pracht von Veronikas Leib erfreuen durfte und sich bedienen konnte nach Herzenslust, der mochte den Körper gar nicht besonders und fand ihn zu dick. So gehörten also Hardy und Veronika zu denjenigen, die Veronikas Körper am nächsten waren und die denselben gar nicht sonderlich mochten, wohingegen die halbe Kistenfabrik sich in Schräglage legte, wenn sie an der Kerlenhalle vorüberging. Es war doch einfach alles falsch im Leben.

Heute war ein wunderschöner Tag. Denn heute wollte Veronika Hardy verführen. Immer wieder kamen ihr neue Ideen, wie sie ihn rumkriegen konnte. Er würde sie lieben dafür, mußte sie lieben! Eine Frau, die ihm ein derart köstliches Leben bereitete! Eine Überraschung. Wie Veronika Überraschungen liebte!

Nicht nur für Hardy, nein, auch für ihre Eltern und für die Kistenfabrik brachte sie immer etwas mit, zum Beispiel Schokolade mit Kaffee drinnen, eine kostbare Delikatesse für die verstaubten und muffigen Weiber, mit dem Dankeschön kam Veronika allerdings kaum auf ihre Kosten. Alle dachten immer, das wäre doch nicht nötig gewesen, fünf Mark für so Winzdinger, Blödsinn, so was in die Kistenfabrik zu bringen, wir sind doch bloß Kistenweiber, Perlen vor die Säue geworfen und wer ist sie denn, auch bloß ein Kistenweib. Nur Ilse Fürbeth hielt das Geschenk für angemessen und bedankte sich mit einem überkandidelten Gelächter. Als herabgewürdigte Person fühlte sie sich offensichtlich kurzfristig rehabilitiert. Sie mußte sich ja nur wegen dem nicht bezahlten Alpaca-Wohnzimmer und der Sonnenbank vorübergehend in der Fabrik die Maniküre ruinieren.

Die meisten und überraschendsten Ideen hatte Veronika Kleppel jedoch unbedingt in der Liebe. Die Liebe war ihr alles wert, und sie lebte – sie starb dafür.

Veronika hatte sich also mit den Einkaufstüten die Treppen hinaufabgeschleppt, und beinahe wären die Henkel gerissen, so voll waren sie. Oben brachte sie erst mal das Wohnzimmer in Ordnung, leerte die vollen Aschenbecher aus, schüttelte die Decken auf dem Klappsofa auf, ließ die noch von heute früh zugezogenen Vorhänge dicht und lüftete. Sie schaltete die Heizung bullerig warm, räumte das Frühstücksgeschirr vom niedrigen Tisch, von dem man auch essen konnte, wenn man im Bett lag oder auf dem Teppich hockte, und schleppte alles in die Küche. Spülen konnte sie ja morgen.

Die Gitarre räumte sie nicht weg, sie blieb neben dem Sofa stehen. Manchmal spielte er ihr nachts auf der Gitarre vor, um drei oder um vier, wenn sie heimkamen. Oder wenn er etwas verbockt hatte, das ganze Geld ausgegeben oder nicht zum Geburtstag der Mutter gekommen war, dann nahm er die Gitarre und sang. Er sang sanft und schön, aber auch temperamentvoll und leidenschaftlich. Er spielte Lieder, zum Beispiel von Wolfgang Petry: Schluß aus und vorbei, oder von Peter Maffay: Über sieben Brücken mußt du gehen. Er konnte alles singen, was es gab.

Auf alle Fälle stellte Veronika einen Champagner hin. Manchmal brauchten sie den Luxus. Darüber war Hardy sehr dankbar und fühlte sich erkannt. Denn er war wie Veronika der Meinung, daß er in der Schraubenfabrik nicht richtig untergebracht war, daß er vielmehr etwas Großes werden konnte, mit einem gut ausgedachten Ding, nichts Illegales, etwas Raffiniertes, mit Geldanlage, einem Beraterjob oder einem genialen Verkaufsschlager, da konnte er schon etwas machen, eines Tages. Eines Tages würde er damit anfangen, nicht heute.

Eines Tages konnte es sogar sein, daß er Veronika heiratete. Eines Tages konnte es sogar sein, daß er ihr ein Kind machte. Wenn er nicht sein Leben lang an der Theke kleben blieb, konnte all das geschehen, Vermögen, Hochzeit, Kinder. Noch aber klebte er. Veronika hielt sich indessen wehe den jeden Monat trostlos blutenden Bauch und hoffte mehr als alles auf der Welt, daß ein Leben hineinfuhr. Noch aber wollte sie nicht drängen. Schließlich hatte sie den wundervollsten und einmaligsten Mann, den es gab. Sie durfte sich nicht beschweren, weil das undankbar gewesen wäre. Wo sie doch so ein überwältigendes Glück mit Hardy hatte. Viel, viel mehr Glück als irgendein Mensch in ganz Dornweiler.

Veronika ging zum zweiten Stadium der Vorbereitung über. Sie stellte sich ins Bad, wusch sich, fönte die Haare, rasierte Beine und Achselhöhlen und rieb sich mit einer Körpercreme ein. Schwül roch die Creme und schwül fühlte sich Veronika, immer schwüler, besonders im glühenden Dekolleté. Sie schaltete den Fernseher an und sah nebenbei Akte X. Jetzt riß sie aus der Tüte das Prunkstück für den Abend. Bei der Wäsche hatte Veronika zu ihrem großen Kummer oft nicht die rechte Auswahl, wegen dem Ausmaß des zu Verhüllenden, aber dennoch stöberte sie immer wieder durchsichtig Flatterndes auf, das mehr verschleierte als verpackte und zusammenhielt. Über diese Wäsche also zog Veronika ein schwarzes Samtkleid. Sie hatte es aus der Boutique in Kallestedt, in der eigentlich kaum jemand einkaufte. Von Dornweiler schon mal gar keiner außer Ilse Fürbeth, dann noch einige Apothekerfrauen oder die hinten aus dem Golfhotel, lauter so Bekloppte also, die gewagte Kleider kauften für irres Geld, aus Angst, man könnte sie für gewöhnlich halten. Die Boutique wäre garantiert längst pleite gegangen ohne die übergeschnappten Apothekerfrauen oder Veronika.

Veronika hatte für zugegebenermaßen zweihundertfünfzig Mark ein Kleid erstanden, bloß um Hardy zu verführen. Es war lang und hatte einen derartigen Schlitz, daß sie heute von vorneherein das Unterteil der fummeligen Unterwäsche fortlassen mußte. Das Bein hüllte sie in einen schwarzen Strumpf. Nicht nur, daß sich der rasante Schlitz bis über die Hüfte wagte, nein, von oben kam ihm ein so gewaltiger Schlitz in der Schräge entgegen, daß Veronika teilweise regelrecht nackt im Zimmer stand. Der übrige schwarze Stoff klebte sich so eng und elektrisch um den Körper, daß ihre Formen Kurven zogen wie eine Achterbahn. Aber das sah edel aus. *Edel.* Der schwarze Samt. Sie steckte sich eine glitzernde Spange in die Haare und streifte die schwarzen Pumps über. Es war soweit. Dann kam der letzte und krönende Griff zur roten, langen Baccara-Rose. Mit der Rose in der Hand wand sie sich in den Türrahmen und lehnte sich an. Jetzt konnte Hardy kommen. Es war elf Uhr. Alles war gerichtet. Veronika befand sich in einem regelrechten Glückstaumel der Erwartung, sie fand sich besonders verderbt und war darüber sehr erregt. Ohne Mühe hielt sie diese Pose durch bis ein Uhr. Ging eben mal, um die Haare aufzubessern, schaltete am Fernseher herum, beförderte noch eine alte Zeitung in die Rumpelkammer, aber im wesentlichen harrte sie im Türrahmen aus.

Dann wurde sie sehr müde. Hockte sich auf den Stuhl und nickte ein wenig ein. War aber hellwach, was die Geräusche an der unteren Haustür betraf. Noch in den Träumen war sie weiter glücklich. Ihr wäre nie auch nur ein Gran vorzeitige Ungeduld in den Sinn gekommen. Nie. Im Gegenteil. Kein Mißtrauen, kein Quengeln, keine verdorbene Laune. Veronika konnte sich was freuen. Das konnte sie. Hardy kam um zwei Uhr. Veronika schoß in den Türrahmen, lehnte sich zurück und ließ die Schlitze kräftig blitzen, hielt die lange rote Rose schräg und lose in einer Hand, so daß der Kopf der Rose auf dem Schwarz des Busens endete.

Hardy polterte und bollerte die Treppen hinauf, hielt sich am Geländer fest, erblickte schwindelig seine Geliebte und stockte.

«Allmächtiger», sagte er. «Oje, oje.»

Trotzig spielte Veronika ihre Verführungsszene weiter. Dich krieg sich schon, schwor sie sich insgeheim, bog sich stärker zurück, warf sich ins Hohlkreuz so weit sie konnte und zog das Knie hoch.

Mit vorgehaltener Hand betrachtete sich Hardy das Machwerk.

«Oh», sagte er. «O nein.»

Ob es nun das Auftauchen eines Menschen war, den er einfach völlig vergessen hatte, oder ob es die Vorstellung davon war, was Veronika jetzt noch alles von ihm erwartete, ob es das schier unglaubliche Kleid war, jedenfalls fing Hardy an zu kichern, drehte sich erschüttert zur Wand und kriegte einen Lachanfall.

«Was für ein Lappen! Wie du aussiehst! Wo kriegt man denn so was her!?»

Er konnte nicht mehr. Blieb fassungslos auf der Treppe stehen und kriegte sich nicht mehr ein. Veronika knickte kurz auf dem Pumps, der sie trug. Ein leichtes Zittern überlief sie, dann holte sie ohne Atempause neuen Anlauf.

«Ich habe noch was für dich!» Sinn des Ganzen war schließlich, Hardy zu überwältigen, ihn besinnungslos zu machen vor Gier nach ihr. Der erste Teil des Auftritts drohte in die Binsen zu gehen. Sie zündete einige Wunderkerzen an und stellte sich stumm mit den brennenden, sprühenden Funken in den Türrahmen, ohne zu lachen. Jetzt wurde Hardy doch stumm. Der Anblick rührte ihn tatsächlich, die ganze Frau rührte ihn, die wegen ihm einen so ungeheuerlichen und derart albernen Aufwand betrieben hatte. Überdies war auf einmal die Champagnerlaune angestachelt, im Grunde hatte Veronika in der Tat ein Rassekleid aufgetan und die rote Rose hatte etwas, eigentlich sah sie geil aus, wirklich wahr, er sprang auf sie zu, faßte sie kräftig um den Hintern und knallte sie an die Wand.

«... hast du gut gemacht, Chefin. Hast du gut gemacht. Heiß bist du, eine scharfe Braut ... gib mir einen Kuß, dank dir ... da will ich doch mal sehen, was ich für dich tun kann ...»

So erbebte sie Gott sei Dank, gerade noch mal davongekommen, geklappt, doch noch, spürte das enge Kleid um sich knistern, als es sich verschob. Hardys Hände kannten sich aus, wußten, wo es langging, Gott sei Dank, jetzt konnte sie sich ihm entgegenbäumen, mein lieber Mann, was für ein Glück, Veronika vergaß alles.

So lief der Rest des Abends in ihrem Sinne. Sie war glücklich und hemmungslos und geliebt und genommen, in der Tat hatten sie für den Champagner keine Zeit mehr, und außerdem war Hardy auch nicht mehr so in Hochform, als daß er Veronika wirklich alles hätte geben können, was sie brauchte, aber dennoch hatte die Nacht nichts an Rauschhaftem zu wünschen übriggelassen. Das Kleid war schließlich ein einziger Knuddel und lag auf dem Boden und sah im Morgenlicht verdorben aus, da blieb es dann einige Stunden scheel im Kalten liegen, bis es Veronika endlich als Knäuel nach hinten in den Kleiderschrank stopfen würden, wo noch viele andere Knäuel lagen.

Veronika kam zwanzig Minuten zu spät auf die Arbeit und erzählte Konrad Zirfas, sie sei unterwegs vom Kistenfranz aufgehalten worden, dem habe sie einen ordentlichen Bericht über die Fabrik abgelegt und besonders ihn, den Konrad Zirfas, über alle Maßen gelobt.

In der Kistenfabrik wurden die Sinne zerrissen und die Lüste gereizt, besonders die Sinne also uferlos bedrängt und überfallen und genotzüchtigt und drangsaliert. Vor allem war Krach wie in der Hölle. Versetzte schon die heftige, brutale Musik der Maschinen alle in einen rhythmischen Taumel mit dem stampfenden Grundton der Gatter, dem singenden Jeijei der Kreissäge, den jazzigen, willkürlichen Schüben der Hobelmaschine, dem Puffen der Nagelmaschine und der Stanze, so entstand ein mit den Jahren ins Fleisch gehendes Wiegenlied, das niemand mehr als Lärm erkannte, vor dem sich keiner mit den Hörern schützte, das alle miteinander verband, manchmal fürs ganze Leben. Jedenfalls seit dem Krieg. Nach dem Krieg hatte der Kistenfranz die Fabrik gebaut.

Die Gatter! Mutter der Maschinen! Die erste, die mächtigste, die große, grüne Baumfresserin, die dröhnende, olle Senkrechtsäge, zwei Klafter tief in der Erde verankert. Es war schließlich die Gatter, die sich mit eisernen Händen und riesiger Kralle den Baumstamm holte, den Winterbaum, weil er weniger Saft hatte, die Buche, die Fichte, was gerade kam. Hatte man ihr, der großen Säge, die Stämme vor die Füße gerollt, so nahm sie den Stamm, hob ihn hoch und legte ihn auf den Gleiswagen, um ihn sich in den Leib zu rammen. Jetzt war der Baum ihrer, ganz allein. Von der gröbsten Rinde durch die Holzfäller befreit, lag er ausgezogen und jungfräulich vor ihr, dann gnadenlos, ohne Aufschub, stopfte sie ihn sich in die eiserne Fresse, zwischen die Zähne aus scharfen Sägeblättern, die mit heftigem

Auf und Ab den Stamm schüttelnd und vibrierend in dicke Balken zerteilte.

Um Dornweiler waren die Bäume besonders hoch, besonders gewaltig. Bäume aus Gommerbach, Bäume aus Kallestedt, Bäume aus der Gemarkung von Linnen. Es war der Förster, der ihren Tod beschloß, der herumging und ein Kreuz aufmalte, wenn es einen traf, einen Kranken, einen, der den anderen zu nahe gekommen war und einen, dessen Jahresringe im äußeren Reif schon vermoderten, der zu alt war, zu alt für einen Wald. Der Förster sagte es der Gemeinde, und die bestellte die Gemeindearbeiter, und die machten die Bäume nieder und sammelten sie am Wegesrand. Dann kam der Förster zum Kistenfranz, sie tranken einen Schnaps und sprachen über das Holz. Man ging in den Wald, verhandelte mit dem Bürgermeister und trank noch mal einen Schnaps. Dann ließ der Kistenfranz das Holz holen vom Pitsche mit dem Laster. Früher war er der dickste Bauer von Dornweiler. Sein Vater war noch mit dem Pferdegespann gekommen. Pitsche kam inzwischen mit dem Kranwagen auf dem Laster. Sogar der Kistenfranz hatte seit zehn Jahren einen Kran auf dem Holzplatz stehen, einen Kran auf einem Bock, der bewegte die Bäume bis in die Halle hinein. Riesig waren die offenen Tore, aus der die Wärme der Fabrik herausdampfte und in weißlichen Wolken den lächerlichen Glitzerberg hinaufschob, bedrohlich die gigantischen Stämme, die gehoben und gerollt immer wieder alles niedermachen wollten, die mit Donnergrollen auf die Arbeiter niedergegangen wären, hätten da nicht die Eisen gestanden, die Eisen, die sich entgegenstemmten einem halben Wald voller stürzender Bäume. Die Eisen waren stärker und hielten stand.

Es ging von allem ein Geruch aus, der auf eine geheimnisvolle Weise glücklich machte, eine Mischung aus Harz und abgelegtem Efeuschmuck, ein Gruß von Waldmeister und die Erinnerung an ein Leben im frischen Wind, an ein langes Leben, ein Leben so lang wie dreimal ein Mensch. Der lebte und wurde krank und zeugte und kriegte Kinder und starb, und seine Kinder kriegten noch mal Kinder, und sie schafften und sie regten sich und fuhren in die Kisten, da stand der Baum immer noch. Wer weiß, welche Säfte ein Baum brauchte, um seine Krone aus dem Boden heraus zu erheben, um die Blätter zu entfalten, das wußten doch nur der Förster und der liebe Gott. Davon sprach aber noch der ganze Stamm, der hatte sein langes Leben noch in sich, wenn ihm die Gatter schon längst den Leib zerfressen hatte. Im Saft des Stammes war irgendwas gelegen, das den Menschen in die Nasen fuhr und sie versöhnte mit ihren krummen Kreuzen und den verlorenen Fingern. Jeder konnte sehen, wie sehr die Körper der Menschen im Laufe der Jahre das Wesen der Bäume angenommen hatten. Die einen waren gerade und aufrecht und schossen hoch hinauf, die anderen wurden knotig, knorrig und wurzelkrumm.

Der mächtigste Schatz der Kistenfabrik aber ruhte im verborgenen, hinter einer fast immer verschlossenen Tür, die kaum je von einem Mensch geöffnet wurde. Es war eine Halle ohne Fenster, ein Saal, und der war gefüllt über und über mit Bergen von Sägemehl, aufragenden Dünen, Wällen, Goldgebirgen, genug, um hundert Menschen zu ersticken, mit silbernen Rohren herausgesaugt aus der Fabrik und in die Halle geblasen, genug, um eine Kolonne von Lastwagen zu füllen. Das Mehl der Fabrik war golden und wurde in Streu verwandelt. Die Bauern holten es für die Ställe, wo es dazu diente, den Mist der Kühe aufzusaugen.

Wen die Kerle erwischten, war egal. Heute ritt sie der Teufel, schon wieder, dauernd. Andres natürlich und den Klaus Stockschuh. Ein Weib mußte dran glauben. Es war nicht genug, die Arbeit zu machen, es mußte ein Mütchen gekühlt werden, der

Übermut, es juckte das Fell, sie mußten jemand in den Kappes schießen. Andres, der Allnichtgut, dem fiel das alles ein. Das nächstbeste Weib. Sie schauten um sich. Endlich um elf kam Old Berta. In Kittel und Strickjacke, eine Kippe im Mund und Sägemehl im Haar, schob sie den leeren Wagen in die obere Halle hinauf und wollte neue Hölzer holen zum Ablängen an der Kreissäge. Old Berta blickte drohend um sich und fluchte an der Kippe vorbei in grimmiger Vorahnung. Die Kerle lachten. Old Berta drohte mit der Faust. Doch hastunichtgesehen stürzten Burkhard, Andres und Rudi sich auf Berta, packten sie, zerrten ihre Hände vom Wagen, an dem sie sich festhielt, und setzten sie auf eine Palette.

«Ihr verfluchten Säuprügel, ihr Mistböcke, ihr Donnerkeile, ihr Säuburschen ... ihr verdammten mißgebürtigen ...!!»

Old Berta hatte die Gewalt verloren, obwohl Berta zu den Ältesten gehörte, zur ersten Garnitur der Kistenfabrik, mit schmalen Gelenken und eisernem Willen und hundert Flüchen begabt, die alles in- und auswendig kannte und hier zu den ehernsten Gestalten zählte.

«Konrad!» schrie sie. «Konrad!» Aber Konrad hörte sie nicht. Mitunter stellte er sich auch taub, bevor er riskierte, daß er gegen die Kerle aus der oberen Halle verlor. Burkhard und Rudi hielten Old Berta fest, und Andres kam mit der Nagelpistole. Sie schossen um Old Berta herum lauter Nägel in die Manchesterhose, von den Schenkeln bis zu den Füßen, so daß sie nur noch auf der Palette sitzen konnte, sie war mit dem Hintern angenagelt.

«Säudärme! Drecksäcke! Säuohren!»

Das Schwein mitsamt seinen Körperteilen nützte Old Berta aber nichts, denn nun wurden ihre fünfzig angenagelten Kilo mitsamt der Palette aus dem Hoftor getragen und im Triumphzug an den Straßenrand gebracht. Dort setzten die Kerle Berta ab, johlten und ließen sie sitzen. Klaus Stockschuh allerdings brachte ihr noch die Jacke und zog sie ihr an, dann ging auch er weg.

Da saß nun die arme Berta am Wegesrand, und die Autos fuhren an ihr vorbei, und die Fahrer schauten und glaubten es nicht und wären beinahe in den Chausseegraben gefahren. Nur die Dornweilerer, die dachten es sich gleich, die fuhren so langsam wie möglich an Old Berta vorbei und lachten und lachten und lachten. Erst fuchtelte Berta noch wütend und drohte mit den Fäusten. Dann ergab sie sich in ihr Schicksal und saß nunmehr würdevoll auf ihrer Palette.

Die Weiber in der unteren Halle warteten indessen auf den Holzwagen, den Old Berta bringen sollte. Konrad Zirfas blickte suchend um sich. Als sie nicht kam, ging er endlich hoch. Er haderte mit sich, immerzu war er gezwungen, sich mit den Rüpeln da oben anzulegen, diesen Schlitzohren, Flegeln, Taugenichtsen, sie würden ihn belügen und er würde nicht dahinterkommen, das untergrub seine Würde. Fest stand nur, sie klauten ihm immer wieder ein Weib, und dann ging die Arbeit nicht weiter, und das Soll wurde nicht erfüllt, das Soll, das zu erreichen er sich an jedem Tag neu setzte.

«Wo ist die alte Berta?»

Die Kerle zuckten die Achseln.

«Wo ist sie?»

«Habe ich nicht gesehen», sagte Andres.

«Du krummer Hund», sagte Konrad. «Du lügst doch, wenn du den Mund aufmachst.»

«Vielleicht ist sie auf dem Abtritt», grinste Burkhard frech.

«Wenn sie nicht in fünf Minuten wieder da ist, passiert was!» drohte Konrad mit finsterster Miene und ging wieder, ohne freilich zu glauben, daß sie wiederauftauchen würde. Nach einer halben Stunde würde er mit Veronika oder Paula anfangen müssen zu suchen. Es war klar, daß Berta irgendwo eingesperrt oder sonstwie verladen worden war. Unterdessen fing es an zu regnen. Rudi Kraft nahm einen Schirm und brachte ihn hinaus. So saß Old Berta auf der Palette wenigstens unter dem Schirm.

Nach einer halben Stunde war sie natürlich noch immer nicht zurück. Konrad haßte das. Paula und Veronika als die Jüngsten und Wendigsten hatten bereits angefangen zu suchen. Sie suchten im Sägemehlkeller und in den Hobelspänekisten, im Werkzeugschrank und auf dem Abtritt, sie suchten überall, angefeuert von den Rufen der Kerle und voller Mitleid mit Old Bertas ungeklärtem Schicksal. Erst als Klaus Stockschuh gemeinsam mit dem grimmigen Konrad erschien und diese sich Bennylein schnappten, der zu gut war zum Lügen und doch eben alles mitverfolgt hatte, geriet die Sache ins Wanken. Bennylein ging tapfer voran aus der Tür heraus und da entdeckten Klaus und Konrad Old Berta, an der die Autos hupend und eiernd vorbeifuhren.

Der Einfachheit halber wurde Berta zunächst samt hölzernem Untersatz zurückgetragen, und es dauerte eine Weile, sie wieder loszumachen, um die Manchesterhose an den Einschußlöchern nicht ganz und gar zu ruinieren. Am Ende fehlte immer noch der Wagen voller Hölzer, und Konrad Zirfas Soll war nicht erfüllt.

Das Soll war nicht erfüllt, und daher wurde Paula, die Studentin, am Nachmittag herbeigeholt, um gleichfalls Dillinger Paletten zu bauen. Den ganzen Morgen hatte sie bloß Klötze aufgelesen, die Lischka Wasnik von der Kreissäge herunterfielen. Klötze auflesen machte Paula viel Freude. Nach dem ganzen komplizierten Abitur in Kallestedt wußte sie hier mit einemmal genau, was zu tun war. Zwölf Klötze nebeneinander in sieben Reihen, fünf in die Höhe, dann zwei Bretter darauf, und so immer fort, bis der Wagen voll war. Dann fing man einen neuen Wagen an. Wie ein Kind, das Türmchen baut, erledigte Paula die Arbeit hingebungsvoll. Immerhin hatte man dabei Zeit zu träumen oder zu grübeln. Eigentlich gab es nur etwas zum Träumen. Von ihrem Alex, dem schwarzhaarigen Zigeuner. Immerhin sah er aus wie ein Zigeuner, oder wie ein Hardrocker aus vergangenen Zeiten, oder ein Pirat der sieben Weltmeere. Er stammte aus Linnen und war leider Finanzbeamter geworden. Sonst war alles an ihm schön, das glänzende, lockige Haar, die runden, hohen Augenbrauen, die weißen Zähne, seine Statur und Figur, die Kleidung, die er trug. Ein Jahr gingen sie schon zusammen. Welches Mädchen aus Dornweiler oder sonstwoher hatte schon einen so schönen Freund, der so ergeben liebte, das war doch genaugenommen ein Glück. Paula verfiel nun doch ins Grübeln. Warum konnte sie bloß nicht glücklich sein? Es war ein so lapidarer Grund. Ein wirklich dummer Grund. Ein Grund, den ihr niemand abnehmen würde und mit dem sie vor niemandem bestehen konnte und den sie keinem erzählen konnte.

Paula hatte Mühe, Alex zu lieben, weil er beim Geschlechtsverkehr so blöd aussah. Wenn sie überhaupt Geschlechtsverkehr hatten. Gut, wenn es nach Alex gegangen wäre, dann hätten sie ihn dauernd gehabt. Aber schließlich wohnten sie beide noch in hellhörigen Elternhäusern, dann war es außerdem Winter und draußen zu kalt, dann hatte er nur eine Klapperkiste in der man sich verrenkte, kurz und gut, es gab immer eine Ausrede für Paula. Alex war schön. Gutmütig noch dazu. Seine Augen schlossen sich unter einem Wiegenlied von Wimpern, süß klang seine Stimme, wenn er flüsterte, sein Haar duftete nach Nußnougat … wieso konnte sie sich nicht zum Beispiel darauf konzentrieren?

Nein, Paula starrte Alex ständig auf den Mund. Denn dieser stand allzuweich im ansonsten fabelhaft schönen Gesicht, öffnete sich leicht wie eine lose Lade. Manchmal verging eine ganze Stunde, bevor er daran dachte, den Mund wieder zuzuklappen. Darin lag eine für einen Mann viel zu rosa Zunge, und sie lag so ausgedehnt und breit darin, daß sich in der Mulde Pfützen bildeten. Es sammelte sich der Speichel, nicht sabbernd weiß, sondern klar wie Quellwasser. Dennoch betrübte es Paula, wenn er ihr mit diesem Mund näher kam. Er kam näher zum Küssen. Wer wollte schon einen Mund auf sich zukommen sehen, der bereits seit einer halben Stunde offenstand? Wo sich der kurz vorm Überlaufen stehende Speichel in Paulas Mund ergießen mußte? Nein, das war nicht schön. Gestern hatte er sie schon wieder geküßt. Schon wieder! Wenn er blaugepunktete Schuhe angehabt hätte, dann hätte sie sagen können: zieh andere an, diese Schuhe sind furchtbar. Sie konnte ihm alles vorhalten. Aber nicht: Du hast einen furchtbar offenstehenden, labberigen Mund. Das brachte sie nicht heraus. Mitunter nahm sie spielerisch einen Finger und klappte den Unterkiefer wie zufällig hoch. Dann schlossen sich die Lippen, aber nicht lange danach fiel der Kiefer wieder herunter. Man hätte ihm da mal eine Schraube festziehen müssen.

Sonst war Paula mit Alex glücklich. Vor allem, wenn sie mit der Clique fortzogen, auf eine Kirmes gingen oder zum Steinbruch fuhren, wo die Rock- und Pop-Gruppen spielten, sie war glücklich mit ihm überall. Bloß nicht, wenn sie allein waren. Denn bei zunehmender Erregung verzog er auch das Gesicht, bildete Querfalten, die schließlich alles nach oben hievten, so daß das ganze Gesicht restlos aus dem Rahmen glitt. Das stand ihm wirklich nicht. Paula schloß dann die Augen.

Es ging ihnen gut, wirklich gut, und jeder sagte: was für ein hübsches Paar. Und doch drohte die Beziehung zu scheitern, nur weil Alex beim Geschlechtsverkehr immer so blöd aussah.

Paula half also bei den Dillinger-Paletten. Wegen der verlorenen Zeit durch die festgenagelte Berta auf dem Unterboden. Jetzt arbeiteten sie zusammen, die Weiber, an den großen Werktischen, sie schnatterten und lachten und ärgerten sich gegenseitig, und es gab den ganzen Nachmittag ein großes Gewaffel. Veronika und Paula, Ilse Fürbeth und Old Berta.

Sie waren alle gekrönt, bestäubt, gelb überzogen. Gelb wie Sternchennudeln und zerfallen wie Sternenstaub schwebte das Sägemehl umher, rieselte von oben, wirbelte aus den Kästen, spritzte auf von den Sägen, lag über allem wie ein Schleier. Veronika Kleppel, die nie einen Kittel anzog, hatte das Sägemehl auch im Bauchnabel, und Estella Arabella mit ihren schwarzen, wallenden Locken trug das Honigmehl wie das golden geknüpfte Netz bei Aschenbrödels Hochzeit. Paula als Aushilfe durfte noch keine allzu großen Aufgaben erledigen. Sie bestrich die Leisten mit Leim, denn sie hätte beispielsweise noch nicht mit der Nagelpistole schießen dürfen. Das tat Old Berta, die Zigarette im Mund, mit dem rosa Kittel und den eingerissenen Taschen voller Sacktücher, Kräuterzuckersteine und der Schachtel HB mit Feuerzeug. Immer zwei Weiber arbeiteten Hand in Hand. Jeder Handgriff war abgezählt. Wieder und wieder kontrollierten sie die Arbeitsgänge und erfanden neue Bewegungen, bei denen man einen Handgriff sparen konnte oder bei dem es noch flüssiger ging. Ein gutes Hand-in-Hand, das war wie Musik, das ergab einen Rhythmus. Vollkommen gleichzeitig legten sich vier Hände auf Holz, hoben, schwangen, lösten sich wieder, wandten sich je einer anderen Tätigkeit zu und fanden sich wieder im gleichen Moment, das machte großen Spaß und verbündete. Old Berta legte den Holzrahmen auf den Tisch und Paula fügte die Bretter ein. Daraufhin hatte Berta die Klötzer für die Ecken und die Querbalken bereit, und Paula fügte die Leimhölzer an den Rand. Dann kam die Zeit für die Nagelpistole, die Old Berta besonders liebte. Sie sah aus wie eine orangefarbene Bohrmaschine und Berta legte an, mit Kimme und Korn und schoß mit Karacho alles fest. Old Berta sah immer aus wie aus dem Wilden Westen. Sie hatte einen Schwung in den alten Knochen, da kam keiner mit.

Und sehr bald schon wurde es dunkel am frühen Nachmittag, früher als die Fabrik die Tore schloß. Es dröhnten die Maschinen in der Dunkelheit und die Gatter schlug mit den eisernen Zähnen und spuckte an den Bäumen herum, die Kreissäge krisch noch einige Runden und die Hobelmaschine warf noch einen Sack voll Späne um sich, da endlich schaltete Klaus Stockschuh zu aller Erlösung das Gebläse aus, das sich von sechs Uhr an das gelbe Mehl der Fabrik in den Bauch gesaugt hatte. Ohne freilich die Luft so zu klären, daß nicht noch ein feiner Regen vom matten Goldsamen die Leute besprenkelte – und so wurden sie an diesem Tag gleich zweimal übersät, gold und weiß, einmal trocken, einmal eisig feucht, einmal mit blassen Holzsternchen und einmal mit glänzenden Sternchen aus Schneekristallen.

Draußen vor dem Tor hatte es zu schneien angefangen und es würde die verschafften Arbeiter ganz und gar verzaubert haben, wenn denen nicht alles wurschtegal gewesen wäre. Bloß Bennylein schaute strahlend in den Himmel, und Paula freute sich. Estella Arabella Wollweber benutzte die Gelegenheit, ihr schwarzes Haar vor den Männern zu schütteln und Old Berta sagte: «Jetzt fängt die Sauerei wieder an.»

Dornweiler sah plötzlich noch einmal aus wie auf einem alten Adventskalender, trotz der neuen Häuser, der großen Wagen und Garagen und Satellitenschüsseln. Der Glitzerberg jedenfalls verdiente jetzt seinen Namen, selbst das Kippchen funkelte in der Straßenlaterne. Morgen würden die Bäume vor dem Tor naß und eisig sein und bedeckt mit Sahnehäubchen, nun gut, dem Kran und seinem Griffel, der Gatter und der mächtigen Eisenkralle, denen war das gleich, denen entwischte nichts.

Ein jeder ging seinen Weg. Die einen wollten noch ins Konsum, um einzukaufen, andere tranken schnell noch einen in Antjes Pinte, Bennylein mühte sich auf dem Mofa über die verschneiten Straßen nach Gommerheim, Rudi Kraft ging zum alten Vater in den Stall und Paula wankte nach Hause. Sie sah Paletten und nochmals Paletten, sehr schwindelige Türme, eine Holzstadt, die duftete nach frischgeschnittenem Wald. Ihr war ganz schlecht. Sie konnte nicht fassen, daß ein einziger Mensch an einem Tag so viel arbeiten konnte.

Amber, Engelwurz, Sanikel, Moschus und Akelei – getrocknet, zerstoßen zu braunem Pulver, das war übriggeblieben von den wilden, duftenden, auch stinkenden Blüten der Pflanzen, die einen Rausch versprachen. Jedenfalls einen wilden Rausch für den Mann, der ihren Duft einatmete.

«Zauber der Erotik! Reiben Sie das Pulver auf die zarte Haut hinter den Ohren, in den Nacken, in Kniekehlen und Ellenbeuge, ins Dekolleté und einen Hauch davon über das Schambein. Weihen Sie Ihren Liebsten auf keinen Fall in Ihr kleines Geheimnis ein, sondern lassen Sie sich überraschen von der plötzlich entfesselten Glut, die der Angebetete entwickelt. Wundern Sie sich nicht, wenn aus einem bislang zarten oder desinteressierten Manne ein feuriger Stier wird, der sich auf Sie stürzt, um Sie in den siebenten Himmel der Leidenschaft zu entführen. Nicht wissend, daß der ‹Zauber der Erotik› ihn in die wildeste Sinnlichkeit versetzt, wird er immer glauben, daß Sie, und nur Sie, derartige Gefühle in ihm entfachen können, und er wird Ihnen verfallen sein. Wir wünschen Ihnen aufregende und heiße Nächte mit unserem Liebeszauber, der aus jedem Mann einen Wüstling macht, und wir verheißen Ihnen die vollkommene Erfüllung im Paradies der Sinne.»

Ein Döslein, schwarz, mit Blumen bedruckt und schon am Verschluß nach Hexenkräutern riechend, lag in dem Päckchen mit Styroporkugeln, das der Postbote Clemens bei Veronika vor die Tür gestellt hatte und das Hardy Gott sei Dank nicht gesehen hatte. Absender «Silvana-Vertrieb. Neue Weisheit der Frauen».

Auf der Rückseite der «Nina» waren Kleinanzeigen gewesen, die Veronika immer mit großer Begeisterung las. Einen Zahnweißstift konnte man beispielsweise bestellen, der alle noch so vergilbten Raucherzähne wieder blendend weiß machte, indem er die sogenannte Zahnschleimhaut leicht einfärbte. Wenn man mit noch soviel Paste und Sand die Zähne schrubbte und sie wurden nicht heller, dann half der Zahnweißstift mit etwas Farbe nach, völlig geschmacklos und giftfrei, und schenkte jedem Benutzer aufs neue ein strahlendes Lächeln.

Diese Angebote waren alle reizvoll für Veronika, bis auf das Besteck für die schmerzlose Hühneraugenentfernung oder die Spezialschuhe mit eingebautem Absatz für Herren, die dadurch unauffällig und unsichtbar zehn Zentimeter größer wurden. Allerdings sollten die Geräte, wie etwa der Elektronengurt, gut sein gegen schwabbelnde Hintern oder wackelnde Zellulitis. Das war ja bei Veronika gar nicht der Fall. Das Fleisch war vollkommen fest und saftig – lediglich die Ausprägung der Form schien ihr zuviel, zuviel für Hardy, und so versuchte sie abzunehmen. Oder sagen wir mal, bei den Kleinanzeigen wäre nur noch die Saunahose in Frage gekommen. Einstweilen aber freute sich Veronika an dem herrlichen Döslein mit dem geheimnisvollen Inhalt, und schon wieder konnte sie eine traumhafte Nacht vorbereiten, von der Hardy nichts wußte, und wer weiß, vielleicht würde er sich ja tatsächlich in den wilden Hengst verwandeln, von dem der Beipackzettel sprach. Ein Liebeszauber, schon das Wort machte sie betrunken. Sie ließ also wohlweislich Hardy allein in die Kneipe ziehen, damit sie Ruhe hatte, die Wohnung zu verwandeln, sich selbst zu verwandeln, das Liebesbad, die Freuden und Wonnen beizeiten vorzubereiten. Was sollte sie tragen? Veronika brachte es nicht fertig, ein Verführungskleid zweimal anzuziehen. Dann war es ja keine Überraschung mehr. Vielmehr wollte sie heute die Wohnung anziehen. Sie hatte ja Stoffe, glänzende Stoffe aus dem großen Fundus von Tante Alma, die in der Bademantel-Näherei von Mareike-Wäsche arbeitete. Damit hängte sie die weißen Jalousien zu und verteilte sternenbestickte Überwürfe in Blau und Rosé über die Stühle und den Sessel. Es gelang ihr zunächst nicht, dem Zimmer den Hauch des Orients zu geben, wie sie es vorhatte. Aber in Kallestedt im Pfennigsladen gab es Ketten von künstlichen Blumen, meterlang und sehr günstig, sie wurden eigentlich überwiegend von den türkischen Familien im Städtchen gekauft, aber für Veronikas Zwecke taugten sie ebensogut. Diese Blumenketten hängte sie nun reichlich an den Wänden herunter und über Tisch und Bett. Für das Bett allerdings hatte sie richtige Blumen vorgesehen, frische rote Rosen, deren Köpfe sie zerteilen und über die Decken streuen wollte. In Blumen wollte sie baden. Als sie das Licht mit Tüchern verdunkelte, hatte das Zimmer endlich den rechten Charakter, eine Blumenhöhle, nicht orientalisch, vielleicht hawaiianisch oder auch chinesisch, irgendwie, jedenfalls war es eindeutig eine Liebeshöhle, eine Lasterhöhle. Gleich kam ihr der Gedanke, ob sie nicht ein wenig übertrieben hatte, ob nicht Hardys Laune wieder ins Gegenteil umschlagen würde und ob er sich über die Blumen lustig machen könnte, oder ob er stöhnte und sich ans Hirn schlug, oder ob er zu betrunken sein würde, um überhaupt ein einziges Blütenblatt zu bemerken. Sie mußte ihn bereits mit dem Duft aus dem Döslein empfangen, damit er gleich in die Stimmung eintauchte, in der ihm alles vorkam wie im Paradies und nicht etwa wie im Dollhaus. Hoffentlich war es keine übertakelte Dollerei, hoffentlich nicht! Vielleicht sollte sie das Licht noch dämpfen, dann könnte es unter Umständen so aussehen, als hätte sie nur die Nachttischlampe angemacht, und der Rest blieb unsichtbar. Aber dann wäre die Mühe umsonst gewesen, und es sollte doch schön sein. O Veronika fürchtete Hardys scharfe Zunge, wenn ihm etwas nicht gefiel … obwohl, Hardy war ja gar nicht so. Hardy liebte sie. Wer wußte das besser als sie, Veronika? Er liebte sie, und sie konnte die Blumen so lassen. Und wenn er einen Scherz machen würde, dann mochte er die Blumen doch, so wie er alles mochte, was sich um Sex drehte. Er würde also sagen, mein Gott, hier sieht's ja aus wie in der Friedhofsgärtnerei und sie trotzdem am Arm packen und ihre warme Haut zum Glühen bringen. Er machte sich lustig, aber seine Küsse waren echt. Nicht nur die Küsse, es gab ja was, wo kein Mann auf der Welt etwas vormachen konnte, das war echt, das war echt, darauf konnte Veronika sich immer verlassen, auf den deutlich spürbaren Druck, die Härte, die entlangfuhr an den weichen Wänden im Inneren ihres Bauches, den Beweis, daß er da war, ein Mann bei ihr, in ihrem Körper. Darum mußte sie das haben, brauchte ihn immer wieder, den Beweis, die Erinnerung, den täglichen Rhythmus. Sie lockte Hardy zu sich und überredete ihn und verführte ihn auf alle erdenkliche Arten. Alle Wege der Verführung führten zum Mittelpunkt, in die Liebesgruft von Veronikas Leib.

Zehn Uhr. Was zog sie an, oder vor allem, was zog sie nicht an? Schon in Gedanken hatte sie sich erhitzt. Einen Rock, einen Fummel, ein Tuch? Nackt stand sie vor dem großen Spiegel und prüfte sich. War es jetzt zu früh, sich einzureiben? Eben hatte sie geduscht, die Haut war frisch und aufgeblüht, wenn sie jetzt das Aphrodisiakum in die geöffneten Poren rieb, mochte es lange halten. Wenn aber Hardy erst um zwei Uhr kam, dann war es praktisch rausgeschmissen, auch bauchte er dann vielleicht eine Riechflasche mit Salmiak drin, um überhaupt noch etwas wahrzunehmen.

Sie taperte im großen Handtuch über den Balkon und stapfte barfuß durch den Schnee. So konnte sie mit großer Anstrengung zu Antjes Pinte hinübersehen – und entdeckte, daß bereits die große Wirtschaft das Licht ausgemacht hatte. Das bedeutete, daß nur noch einige wenige an der Theke herumhingen, das mochte heißen, daß er bald kam. Amor war mit ihr! Veronika lächelte. Dann rieb sie sich endlich und voller Genuß mit dem eigenartigen Pulver ein, wohl wissend, daß schon Tausende von Frauen lange lange vor ihrer Zeit zu solchen heimlichen Mitteln gegriffen hatten – ob nicht der Liebesduft auch sie selbst in wilde Ekstase versetzte? Aber ob es das Pulver oder ihre Gedanken waren, die sie in Erregung versetzten, vermochte sie selber kaum zu unterscheiden. Der braune Staub setzte sich hübsch in die Haut, ohne aufzufallen. Wie Goldpuder ließ er die Poren ein wenig glänzen, drang am Hals und an den Armen in die feinen Härchen, in die weiße Haut an der Beuge. Dann verrieb Veronika einen Finger voll am Bauch, dann, um sicherzugehen, noch eine Fingerspitze, schließlich verteilte sie es bis zu den Rippen, konnte nicht mehr aufhören, rieb ihre Schenkel, ihre Knie, ihren Po, die Brustspitzen, die ganze Brust in ihrer Fülle, die ganze hitzige Haut mit dem sinnlichen Zaubermittel ein. Sie war nun doch ein Opfer ihrer eigenen Waffe geworden, verdammt zu warten in der sinnlichen Glut. Ganz nackt konnte sie nicht bleiben, sie mußte etwas Aufregendes anziehen. Gab es überhaupt etwas, das er noch nicht kannte?

Schließlich fand sie im Kleiderschrank eine Jeans, die sie als Mädchen getragen hatte, als die Jeans so eng sein mußten, daß man sie im Liegen mit der Gabel im Reißverschluß anziehen mußte. Sie probierte es noch mal. Mit einigem Stöhnen und einem qualvollen Ziepen in den Hüften schloß sie die Hose. Jetzt hatte sie einen Knackhintern. Und darüber? Darüber eben nichts mehr. Nur der breite, nackte Busen. Die Haare. Vielleicht einige Blüten! Sie begann mit einer Creme zu spielen, verteilte Tupfer auf der Brust, klaubte Blütenblätter aus den zerpflückten und über das Bett verteilten Rosen und klebte sie auf ihren Busen. Und eben als sie auf der einen Seite einen Blütenkranz verteilt hatte, hörte sie Hardy, wie er unten die Haustür aufschloß, die Treppe heraufkam und den Flur betrat. Starr blieb sie hocken und rührte sich nicht mehr.

«Hier riecht es ja, mein Gott, was stinkt denn hier so? Ist ja wie, wie bei der Masttierzucht, wie gekochte Rinder … dingens …»

Hardy fing an sich zu ärgern über die merkwürdigen Auftritte, die Veronika immer wieder veranstaltete. Was sollte das jetzt wieder sein. Konnte er nicht einmal normal nach Hause kommen, wie jeder andere Arbeiter auch? Jeden Abend Budenzauber. Doch war ihm der Geruch ganz offensichtlich doch dorthin gestiegen oder gesunken, wo er hingeleitet werden sollte, denn aus irgendeinem Grunde war er auf einmal ganz aufgeregt. Irgendwas lag in der Luft und machte ihn eigenartig nervös. Das Luder hatte wieder was ausprobiert. Oh, er liebte sein Luder.

«Veronika!»

Wie auch immer sie jetzt saß oder aussah, sie konnte nichts Wesentliches mehr verändern. So oder so, sie war beim Spielen erwischt worden. Sie saß auf dem großen Bett voller zerrupfter Blüten und Sterne im halben Lichtschein mit einer engen Jeans und nacktem Oberkörper, und war erwischt worden beim Aufkleben von Blütenblättern auf den Busen.

Er wußte nicht, was ihn anmachte, das komische neue Parfüm, die Blumen und die Stoffe – oder der panische Schreck in Veronikas Augen. Er betrachtete sie fasziniert und merkte nur, wie ihm das Bild gefiel, wie es ihn aufregte, wie er von null auf hundert kam und sich stolpernd die Klamotten vom Leibe riß. Veronika, das Lasterweib, sah ihr Pulver wirken und erstrahlte wie ein Kind, sie war der Mittelpunkt der Liebeshöhle und vollkommen unschuldig geworden, er stürzte sich auf sie und die Rosenblätter klebten sich an die Körper und hinterließen bräunliche Flecken auf dem Laken, sie wälzten sich im schwülen Kräuterpulver und liebten sich und rutschten und spuckten und knutschten die halbe Nacht und Veronika lachte viel, einmal laut und einmal heimlich, und da hatte sie es wieder: wundgeküßt, begeistert, eine weitere leidenschaftliche und überglückliche Nacht in ihrem Leben, wenn ihr auch zur Erfüllung ein letztes Quentchen fehlte. Dem besoffenen Hardy allerdings auch – aber wer wollte da kleinlich sein.

In der Frühe stand Veronika im Badezimmer und ging sich im Spiegel aus dem Weg. Stockfinster war es draußen und allzu spärlich schien die Lampe. Es war so kalt, daß Veronika an der Schnur des Heizstrahlers zog, der ihr mit seinem roten Licht den Rücken wärmte. Nachdem sie sich gewaschen hatte, griff sie automatisch nach der Pille. Zahnbürste und Pille. So machte sie das seit acht Jahren jeden Tag.

Würde Hardy ihr nur endlich ein Baby machen. Er wurde doch auch nicht jünger, sein Gesicht immer fahler und die Lippen braun, er sah mehr wie ein Großvater aus denn wie ein werdender Vater. Selbst im Halbdunkel, das vom Flur in ihr großes Zimmer fiel, sah man doch, wie sehr der Tabak und der Alkohol an ihm gearbeitet hatten. Diese Gedanken verscheuchte Veronika sofort wieder. Hardy war ihr Mann. Das war er. Niemanden hatte sie sonst haben wollen. Die Scham der einsamen Schuljahre saß unendlich tief und unverrückbar in ihrer Seele fest.

Da lag also die Pille. Noch einundzwanzig orangefarbene Kügelchen. Je länger sie auf die Schachtel starrte, um so widerlicher war sie ihr. Sollte sie sich dauernd die Zuckergußperlen hineinstopfen, die ihren Bauch unfruchtbar machten? Der Gedanke, Hardy zu belügen, brachte sie fast um. Sie war zu ehrlich, zu sanft, zu untertänig.

Sie durfte ihn nicht betrügen, durfte, durfte, durfte nicht. Deshalb sah sie einfach nicht hin. Schaute nun doch in den Spiegel mit dem bleichen Gesicht einer breitblättrigen Blume darin, achtete auf nichts, summte ein wenig und hörte gar nicht, wie es auf einmal Pling auf Porzellan machte, sie hatte es nicht mitgekriegt, sie war nicht dabeigewesen. Dann machte es noch einmal

Pling und noch einmal, sie hatte es gar nicht bemerkt. Die Pillen waren am Ende verschwunden, ob nun hierhin oder dahin, sie wusch sich in Unschuld, sie putzte die Zähne und starrte dabei unverwandt in ihr ehrliches Gesicht.

Lischka Kossak, Bennylein, Burkhard Riedel, Rudi Kraft und Gretel Koch waren irgendwie übriggeblieben.

Selbst Bennylein konnte zu den Übriggebliebenen zählen eines Tages. Wenn soviel Menschen gleichzeitig auf der Welt waren und jeder etwas werden sollte und auch heiraten und zurechtkommen und alles richtigmachen – dann war es nun mal so, daß die einen oder anderen eben nicht mehr mitkamen. Die fielen hinten runter. Es gab einfach nicht für alle das Passende zur rechten Zeit, es war nicht für jeden gut gesorgt. Im Dorf wurde alles so gut es ging gerecht verteilt, die Armut, die Schönheit, die Krankheiten, der Alkohol, der Tod – aber Gott war kein guter Rechner. Immer vergaß er einen, immer hatte er einen, bei dem zuviel Tod und Alkohol und Dummheit vorkamen und der dann krumm und buckelig wurde vom Leid, das war Gott ganz egal. Man wußte auch nicht, welches Gut die Übriggebliebenen aus ihrem Leid ziehen sollten, man sah ja nicht, daß irgend etwas gut werden könne. Eine Handvoll Einfalt und Frieden am Ende eines verkorksten und verdorbenen Lebens, was war das schon. Man sah ja nur, wie der Mensch verkam. Sie kamen auf die Welt, verloren alles und alle und waren eines Tages zu häßlich, zu ungesund, zu komisch, um noch irgendwo eingefügt zu werden. Und wenn sie völlig fertig waren und einsam und zerstört und kaputt, dann nahm sie der liebe Gott wieder zu sich. Wie gut, daß man in Dornweiler nicht ganz und gar angewiesen war auf den lieben Gott, hier gab es wenigstens noch den Kistenfranz, der sich um die Übriggebliebenen sorgte, der nahm sie alle auf, der konnte nicht nein sagen.

Jedesmal war es wie ein Wunder, wenn das Gebläse ausging. Gleichzeitig hörte die Gatter zu Rattern auf und die Maschinen standen still. Ungefähr so still, als hätte man eben einen Krieg beendet. So als sei nun auf einmal alles gut und wunderbar und jedermann imstande, in Ruhe zu sehen, was es eigentlich gab auf der Erde. Erlösung für alle, der ewige Friede war über die Menschen gekommen. Es war aber nur die Frühstückspause um halb zehn. Paula bemerkte, wie eigenartig sekundengenau an allen Orten in allen Teilen der Fabrik jeder Arbeiter im gleichen Moment den Hammer fallen ließ, die Säge ausschaltete, Bretter hinwarf. Vierzehn Menschen, die genau im Takt gestimmt waren, ohne sich zu sehen. Es war ein überaus wichtiger Moment, der Moment, in dem jeder wußte, daß er sich jetzt etwas verdient hatte. Daß er jetzt schon etwas geleistet hatte, daß jetzt eine Belohnung dran war. Sie schwirrten eilig und ohne eine Sekunde zu verlieren in die Frühstücksbude. Wie die Hühner auf der Stange saßen sie eng an eng auf den einfachen Bänken ohne Rückenlehne an den Wänden entlang, Männer und Frauen durcheinander an den groben Tischen aus Preßspanplatten, und vereinten sich in einem mummeligen, suhligen Wohlgefühl. Im Winter war das noch schöner als im Sommer. Die Bude war ungeheizt, aber durch die Wärme der Hallen und die dicken Schichtkleider der Arbeiter war es immer gemütlich. Die Wände waren einfach mit Speiß überstrichen, es hing kein Bild, kein Kalender daran, und das interessierte auch keinen. Jeder holte die Thermoskanne heraus, eine Brotdose und die Bildzeitung. Die Zeit reichte, um zwei große Brote zu essen, zwei Kaffee zu trinken, und die Raucher konnten eine Zigarette rauchen. Schon bald stank und qualmte die Bude vor lauter Reval und Lord, und die Nichtraucher schimpften jedesmal vor sich hin. Aber solange Rudelführer Old Berta und Andres rauchten, kamen sie damit gar nicht durch. Konrad Zirfas frühstückte im Büro, Klaus Stockschuh saß lieber bei den Arbeitern. Weil die

Zeit kurz war, strengten sich alle an, möglichst viel möglichst schnell loszuwerden, an Beschwerden, an Schimpfen und Fluchen, aber vor allem galt es, gewahr zu werden, was es Neues gab. Die Weiber hatten die schnelleren und wendigeren Sätze und brachten mehr unter, die Männer grummelten und warfen zielgenau den einen oder anderen Knottersatz dazwischen. Die Frühstückspause in der Frühstücksbude war die schönste Zeit am Tag.

Heute kam auf einmal Konrad Zirfas, und er brachte den Kistenfranz mit. Das gab also etwas Besonderes. Gespannt warteten die Arbeiter und blickten Franz freundlich an. Vom Franz konnte nichts Schlechtes kommen. Manche machten sich sogar lustig über ihn, weil sie wußten, er würde sie zur Not alle hintenherum heben, ja, das machte er. Wenn er nicht seinen scharfen Schießhund Konrad gehabt hätte und den guten Klaus Stockschuh, dann wären ihm womöglich die Arbeiter auf dem Kopf herumgetanzt, denn Undank ist der Welten Lohn, und es gab immer welche, die die Hand bissen, die sie fütterte. Estella Arabella Wollweber war sich nicht zu blöde, die dürre Hüfte hinzudrehen und dem Kistenfranz schöne Augen zu machen. Der Kistenfranz war ja immerhin Fabrikant, und wenn auch nicht mehr ganz jung, so war er doch wer. Ihren alten Wollweber, den konnte sie zur Not auch stehenlassen.

Kistenfranz war einen Meter fünfundsiebzig und sehr normal in der Figur, nicht dick und nicht dünn, und das Haar war noch braun und etwas meliert. Er sah aus, wie ein Mann in dem Alter eben aussah. Gott, er hatte Nase und Ohren und alles mögliche, da machte man sich in Dornweiler nichts draus, der eine sah so aus, der andere so, das war doch egal.

«Alles, was an einem Mann schöner ist als an einem Affen, das ist überflüssig», sagte Old Berta. Für Estella Arabella aber galt der Kistenfranz was, und sie hörte nie auf, ihn anzuschauen, sich zu drehen und zu wenden und zu gurren, wenn sie ihn sah. Kistenfranz konnte nicht glauben, daß er gemeint war, und ließ sie gutmütig sich drehen und wenden und betrachtete alles gleichzeitig mit einem milden Lächeln. Ihn hatte das Leben schon zu sehr aufgeregt. Er war jenseits von gut und böse, da wollte er sich nichts mehr zumuten, und schon gar nicht Estella, den Reisigbesen.

«Ich bin gekommen, um euch einzuladen», sagte er. «Habt ihr die Weihnachtsfeier vergessen? Ich habe ein wenig zu essen bestellt und natürlich gibt es reichlich zu trinken – und zwar am nächsten Freitag abend bei der Antje in der Wirtschaft.»

Bei der Gelegenheit gab er auch jetzt schon mal einen Korn aus. Er hatte die Flasche und ein Schnapsgläschen dabei, das er jetzt unaufhörlich füllte und weitergab und füllte und weitergab. Da sagte nicht einer nein. Paula hatte noch nie morgens um zehn Schnaps getrunken, aber sie hätte jetzt eher elf Stück hintereinander getrunken, als daß sie sich als Übergescheite angestellt hätte. Sollten sie sie von ihr aus sturzbetrunken ins Sägemehl schmeißen, das war ihr ganz egal. Sie würde sich nicht lumpen lassen! Old Berta rülpste und Ilse Fürbeth sagte: «Oh, mein Gott, da bekomme ich Sodbrennen.»

Gretel Koch und Lischka Kossak begannen heimlich zu hoffen, daß die Pause länger dauern könnte. Zehn Minuten länger als sonst, geschenkte Zeit, dem schweren Alltag ein Schnippchen geschlagen, eine Verwöhnung herausgeholt. Auch die anderen begannen heftig zu erzählen. Sie baten den Kistenfranz, sich zu setzen, und sie wüßten auch einen neuen Witz. Sie erfanden Witze um Leib und Leben, bloß um sitzen bleiben zu dürfen. Kommt ein Mann zum Doktor. Sehen sich zwei alte Freunde wieder. Sitzt 'ne Blondine beim Friseur.

Der Kistenfranz bemerkte wohl, wie sie ihn um eine gemütliche Stunde angingen, um von der Arbeit verschont zu bleiben, aber es war ihm gleich. Er blieb sitzen und schenkte jedem genau fünfzehn Minuten. Dann jaulte in der Fabrik die Hobelmaschine auf. Da nahm Estella Arabella dem Kistenfranz die Kornflasche aus der Hand: «Dürfen wir noch einen, Chef?»

Schüttete das Gläschen voll, kippte es als erste hinunter, und zwar, wie sie meinte, in einer rassigen Bewegung. Die zweite war Old Berta, die ausschließlich zu diesem Zwecke die Kippe herausnahm. Die anderen nahmen keinen mehr. Nur Burkhard konnte nicht einhalten, nahm die Flasche mit dem Rest darin und setzte sie an den Hals.

«Säubursch!» schimpfte Old Berta. «Willst du den Arm in die Schleifmaschine stecken, oder was? Dollbohrer!»

Sie riß ihm die leere Flasche aus der Hand und stellte sie wütend auf den Tisch. Dann ging sie leise fluchend in die Halle hinaus.

«Paula!»

Paula näherte sich vorsichtig. Berta drückte ihr ein Schälmesser in die Hand. Sie sollte Bretter von Rindenresten befreien.

Paula liebte diese Arbeit. Sie liebte schon den Anblick des frisch ausgeschälten Baumes in der Kerlenhalle. Wenn alles um ihn im Staub versank und die Halle voller Flüche hing, und nur grobe Worte, grobe Gesten, grober Dreck die Fabrik beherrschten, kroch ein Baum aus seinem Fell wie frisch geschlüpft, so hell, so weich und zart, daß ein Fingernagel ihm die Haut ritzen konnte, so dünn wie Eiweiß unter der weißen Schale. Der Anblick machte einen wundern, oder bewundern, da war wirklich alles schlechter dagegen. Das feine Holz, die feine Haut, die zarten Wölbungen mal hier mal da, wie konnte so etwas Schönes einfach zum Zerschneiden und Zerhacken und Zermahlen herumliegen? Danach fragte natürlich keiner, die Arbeiter nahmen den Stamm und machten Bretter daraus, das war klar, aber im geheimen hatte jeder die nackigen Bäume besonders lieb.

Paula setzte das Brett am Boden auf, klemmte sich das andere Ende irgendwo zwischen Bauch und Brust und setzte das Messer mit seinen beiden Griffen an.

«So doch nicht!» Old Berta klatschte sich auf die Stirn. «Du törichte Gans! Du schneidest dich in dein Obenrum! Das wird noch gebraucht!»

Das Obenherum war der Busen, und der Unterleib mit all seinen unaussprechlichen Einzelteilen wurde von den alten Frauen nur das Untenherum genannt. Obwohl diese Körperteile unaussprechlich waren, hatte Old Berta aber keine Zweifel an ihrer Wichtigkeit und ihrem Wert. Tatsächlich konnte beim falschen Ansetzen und beim schrägen Zug das Messer ausrutschen und jegliches Obenherum ruinieren. Sorgfältig half Berta Paula das Brett richtig einstemmen, nämlich unter die Rippen auf angezogener Bauchmuskulatur und dann das Messer im richtigen Winkel ansetzen. Dann ließ sie Paula alleine. Paula schälte. Als es einigermaßen gut klappte, verfiel sie ins Grübeln.

Gestern abend war sie mit Alex, ihrem schwarzgelockten Finanzbeamten weggewesen. Musik im CJC, dem Jugendraum der Kirche von Kallestedt. Es war ein toller Abend gewesen, gute Gruppen, alle Freunde waren da. Sie hatten getanzt und auch Alex hatte getanzt, obwohl sie es eigentlich nicht mochte, wie er tanzte. Im Gegensatz zu den ausgeprägten Konturen seiner Augenbrauen, der rabenschwarzen Silhouette und dem rassigen Aussehen seiner ganzen Erscheinung tanzte er eigenartig weich und zerflossen. Nur die Knie drückte er zusammen wie eine ängstliche Jungfrau, schob den Schoß nach vorne und eierte hin und her. Sein Gesäß sah dabei flach aus von der Seite, ein insgesamt in die Knie gegangener Tanz. Dabei schwenkte er die schwarzen Haare im Nacken, als hätte er keinerlei Muskulatur im Hals. Der Kopf schlenkerte einfach so hin und her, kurz und gut, Paula mußte sich beim Tanzen immer wegdrehen.

Dennoch war sie guter Laune gewesen den ganzen Abend. Die Freunde mochten Alex und Paula, sie waren vollständig eingebettet in die Clique. Ein anerkanntes Pärchen. Aber keiner ahnte, wie es war, wenn kein Freund dabei war. Gestern abend also zu vorgerückter Stunde zog Alex in einer Aufwallung von Gefühl Paula an der Hand in den Gang hinaus und stellte sich mit ihr hinter eine Säule im unbeleuchteten Lagerraum. Paula wurde schon wieder ganz hilflos. Bei seiner tiefempfundenen Liebe ging Alex genauso in die Knie wie beim Tanzen. Schon war er einen halben Kopf kleiner und drückte eine solche Anbetung aus, daß er die Oberlippe schürzte, das Gesicht sich in Querfalten legte, das Zahnfleisch herauskam, die Kinnlade ausrastete. Paula konnte es kaum ertragen. Sie beschloß, es zu ertragen. Jede hatte an ihrem Kerl irgend etwas auszusetzen, und sie hatte eben diesen optischen Romantikkiller. Das mußte sie aushalten, bestimmt hatte sie auch eine übertriebene Empfindung, und sie stellte sich ja bloß an. Da fiel ihr Blick auf einen Rand von Ketchup, der den oberen Lippenrand links um eine Spur verbreiterte. Das war das Ende. Aber sie kam da jetzt nicht mehr heraus. Das beschmierte, offenstehende Ketchuploch kam auf sie zu und stülpte sich hemmungslos um ihre Lippen herum. Sie küßte. Tat sich Gewalt an. Sie schloß die Augen, schmeckte das Ketchup, mein Gott, sie starb ja nicht daran. Doch. Sie starb. Aushalten, aushalten. Als sie das Ärgste überwunden hatte und ihn geduldig weiterküssen, all seine Arme an ihr wandern ließ in unterschiedlichen Umschlingungen, ein leichtes Stöhnen aus ihm drang, geschah etwas, das ihr den Atem raubte und sie endgültig umnietete. Er rülpste nämlich und eine Schwade Currywurstduft drang ihr direkt ins Gesicht, so daß Paula auf der Stelle schlecht wurde. Sie befreite sich aus seiner Umarmung und taumelte hinaus.

«Das war wohl das Bier ...»

Aber sie hielt sich nicht lange auf mit der Übelkeit, weil er sich derart um sie sorgte und sie streicheln wollte und ihr den Kopf halten beim Erbrechen. Sie ging wieder tanzen. Die Currywurst roch sie noch den ganzen Abend. Selbst jetzt, wo sie hier stand und es nur nach frischem Holz und Harz duftete, hatte sie noch eine feine Spur davon in der Nase mit begleitender Übelkeit. Es war wirklich schlimm mit Alex, und sie war froh, als sie um zwölf Uhr das Schälmesser hinlegen konnte und nicht weiter ihren Gedanken ausgesetzt war.

Nach der Mittagspause kam Veronika Kleppel abgehetzt in die Fabrik. Im Haar trug sie noch Schneeflocken, und die Wangen schienen wie aufgeblasen, als hätte sich beim Fahrradfahren in der Kälte der Wind darin versteckt, um es wärmer zu haben. Auf den Straßen blieb der Schnee nicht liegen, so war es möglich, Rad zu fahren ohne zu stürzen. Und Veronika war nicht zu halten gewesen, so einen Drang hatte sie gehabt, nach Kallestedt zu kommen.

«Oh, ich habe was Schönes gekauft!» rief sie Paula zu. «Aber sag es keinem, die halten mich für bekloppt!»

Sie zog eine Plastiktüte unter dem Arm hervor und preßte es heraus.

«Ich muß es dir zeigen – unbedingt! Es ist einfach phantastisch!»

«Gut, o.k.!» rief Paula. «Aber ich darf hier nicht weg, der Konrad wird sauer!»

«Ach komm», rief Veronika und zerrte Paula die Stufen herunter, die mitten in der Fabrikhalle unvermittelt und ohne Geländer in die Tiefe führten. «Wir haben noch fünf Minuten!»

«Hier dürfen wir doch nicht rein!»

«Mein Gott, ich bin in der Fabrik aufgewachsen. Hier ist doch bloß der Hobelspankeller.»

Veronika stieß die Tür auf, und sie fanden sich wieder in einem nur schwach beleuchteten Raum voller eigenartig gekrauster Röllchen, braun und wild auf hohen Bergen, und über den Bergen leuchtete das Licht aus dem Schacht unter der Hobelmaschine.

«Meine Güte, wie das aussieht.»

«Das ist noch gar nichts», sagte Veronika. «Du solltest erst mal nebenan den Sägemehlkeller sehen. Da drüben, die ganze Halle voll. Was meinst du, was das ist? Das ist alles, alles voller Sägemehl. Das sieht aus wie der Geldspeicher von Dagobert Duck. Ehrlich. *Da* kannst du drin baden.»

Paula tauchte die Arme in die Holzlöckchen und wirbelte sie hoch.

«Och Gott, sind die schön!» Sie flogen leicht durch die Lüfte in tanzenden Wolken.

«Jetzt guck doch mal her!» rief Veronika. «Mußt du hier mit dem Abfall spielen. Ich war in Kallestedt in der Boutique und ich habe ein Kleid gefunden, das macht einen verrückt. Das ist so wahnsinnig ... schau mal!»

Sie riß eine Handvoll blutroten Samtes aus der Tüte, der Samt quoll über Hände und Arm und floß auf die Hobelspäne herab.

«Oh, mein Gott!» rief Paula.

«Umwerfend, nicht wahr? Umwerfend. Ich habe hier in der Gegend noch niemals so ein Kleid gesehen. Es ist lang und es hat, das ist der besondere Clou – es hat hier ein Loch, und da oben am Hals geht es wieder zu.»

Das Kleid hatte ein reichliches Dekolleté, aber der Stoff bedeckte den ganzen Rücken und schmiegte sich schließlich in einem breiten Band um den Hals, das sowohl schmückte als auch die Kehle zuschnürte. Das Kleid war bodenlang, unterhalb der Knie weit und schwingend, spätestens aber zu den Schenkeln hinauf so was von eng, daß man nur vage ahnen konnte, wie Veronikas Körper sich darin ausmachen würde. Wahrscheinlich wie aus der Hölle gesprungen, um die komplette Männerwelt in Sünde und Verderbnis zu stürzen.

«Veronika ...»

Fassungslos ließ Paula den Stoff durch ihre Hände gleiten, er war so weich und sanft und kühl, das sah aus, als hätte ein Tintenfisch eine rote Wolke ins Wasser geschossen.

«Das Teil gab es nur in achtunddreißig, das ist mir eigentlich zu klein. Also in der Länge ist es in Ordnung, aber so ist es ein wenig eng, na ja macht nichts, die Verkäuferin, weißt du, in der Boutique Monique, die hat gesagt, es steht mir so phantastisch, daß einfach nur ich es tragen darf, das Kleid ist mir auf den Leib geschneidert, es macht ihr soviel Freude, mich darin zu sehen, daß sie mir, wenn ich es nehme, hundert Mark nachläßt. Und das war ein Angebot.»

«Was hat es denn gekostet ... dein Kleid, wenn ich mal fragen darf?»

«Runtergesetzt von dreihundert auf zweihundert.»

«Sag mal, ist das nicht trotzdem ein wenig teuer, ich meine ... du hast doch viele Klamotten, oder?»

«Ach, leisten kann ich mir das eigentlich auch nicht ...» Veronika lachte schallend, «ich bin doch glatt mit siebentausend in den Miesen, aber schau, dafür teile ich mir ja mit Hardy ein Auto. Wir geben auch kein Geld aus für Möbel. Ich kann das nicht erklären.»

«Laß uns hochgehen. Konrad hat heute morgen schon geschimpft.»

«Aber ich weiß nicht, wo ich es anziehen soll!» Veronika lachte sich schier kaputt. «Ob ich es auf der Weihnachtsfeier anziehen kann? Es ist ja praktisch ein Nikolauskleid.»

Tatsächlich konnte dieses Kleid kein Mensch anziehen – es war ein unmöglicher Fummel und es gab hier nirgendwo die geeignete Kulisse dazu. Nicht einmal in einem Film oder im Urlaub oder in der Schicki-Szene hatte Paula je ein derartiges Kleid gesehen. Es war einfach überall unangebracht.

«Sag, was meinst du?» Veronika war auf einmal restlos unsicher.

Wenn sie sich doch so schön fühlte, so einzigartig, so verrucht, so wuchtig, so flammend, wie eine Ballschönheit in strahlendem Glanz, war es dann nicht verdammt noch mal notwendig und auf jeden Fall vorrangig, vor dem wertlosen und mißgünstigen Geplapper der Leute, das Kleid zu tragen? War Veronikas Wunsch nicht sogar zwingend und unbedingt zu erfüllen?

«Zieh's an. Es ist vielleicht die festlichste Feier im ganzen Jahr, und sogar in der Waldeslust haben sie toll geschmückt. Das Kleid ist wie für dich geschaffen – und ich ziehe, vielleicht ziehe ich auch irgendeinen Fummel an.»

«Das würdest du für mich tun?!»

Veronika krallte Paula am Arm und strahlte auf vor Freude.

«Ey, das finde ich ja, das finde ich ja ... super! Das macht Spaß, o ja! Da bin ich echt neugierig! Echt, wenn du nicht da nach Marburg gehen würdest ...»

In letzter Minute tauchten die beiden aus dem Hobelspankeller wieder auf und rannten an ihre Arbeitsplätze.

An der Kreissäge. Lischka war auch nicht ganz richtig im Kopf. Sie liebte nämlich die Kreissäge. Kein Mensch liebte die Kreissäge, die kreischende Scheibe, die mit ihren spitzen Raffzähnen die Bretter zersäbeln sollte, in Wahrheit aber am liebsten Finger fraß. Kistenfranz hatte sie drei Finger weggefressen. Klaus Stockschuh fünf, und der alte Willi, der schon tot war, hatte an einer Hand bloß noch einen Daumen, mit dem er sich die Pfeife stopfte. Vierzehn Finger insgesamt hatte die Kreissäge auf dem Kerbholz. Lischka hatte Mannskerlkleidung an, und aus ihrem blauen Kopftuch, das aus einem zerschlissenen Kittel herausgeschnitten war, sah man nur eine sehr weiße, blutleere Nase herausschauen. Ab und zu auch die Augen, eingebettet in die talgige Haut einer gerupften Gans, und die Augen kniffen zusammen, als brauchten sie eine Brille. Abwechselnd schaute Lischka an die Decke, dann wieder auf die Kreissäge. Mit ihren ruckhaften Bewegungen, der zugehörigen Nase, wirkte sie wie ein Vogel, der mitunter den Kopf drehte, um mit seinem einen Auge etwas von der Seite näher heranzuholen. Dabei schob sich ihre Unterlippe so weit unter die oberen Zähne, daß Andres gesagt hatte, Lischka würde es niemals in den Mund regnen.

Lischka kümmerte sich bloß um ihre Kreissäge. Sie wollte mit den anderen nicht viel zu tun haben. Lischka war irgendwie auf der Flucht gezeugt, wahrscheinlich mit Gewalt, von einer polnischen Mutter geboren, ein echtes Kriegskind. Die Mutter hatte man fortgejagt und wieder und wieder fortgejagt, bis sie endlich in Dornweiler gelandet war, wo der Bürgermeister sich um sie gekümmert hatte. Und der Kistenfranz hatte sie aufgenommen. Jetzt war die Mutter schon alt, und der Franz hatte Lischka aufgenommen. Aber was Richtiges war nicht aus ihr geworden. Verschroben war sie und irgendwie komisch, woher sollte es auch anders kommen. Sie ging auf die Arbeit, dumpf und stumpf wie ein Mannskerl in Gummistiefeln, auch wenn die Nase spitz und weiblich war.

Lischka hütete lediglich eifersüchtig ihre Maschine. Es war ihr Wirkungsbereich, ihr Zuhause, ihre Kreissäge. Von Anfang an. Da durfte niemand ran. Das Heben und Senken der Scheibe, der dicke grüne Kopf, der Lischka am Tag tausendmal grüßte, indem er sich vor ihr verneigte, indem sie ihn in Wahrheit an den Ohren dazu herniederzog, wobei die Säge, beiläufig, ein Brett nach dem anderen zerschnitt, ohne Anstrengung, einfach so, durch ein Nicken. Dazu sang sie. Wer verrichtete schon singend seine Arbeit? Die Säge sang immerzu. Lischka konnte ohne das Lied der Scheibe gar nicht mehr leben. Besonders, wenn sie in das Brett eintauchte, schraubte sie sich bis zu besonders hohen I-Tönen hinauf und klang dann in einem weinenden, abschiednehmenden Singsang aus. Ihre Stimme hob sich und sank wieder herab, hob sich und sank, so war es schon immer.

Lischka gehörte also die Säge. Aber auch die Balken dahinter, der Wagen, auf dem die Bretter von den Kerlen gebracht wurden, der Wagen, auf dem die Klötzer gestapelt wurden, der Sägemehlhaufen unter der Säge sowie der lange Tisch, in den die Säge eingebettet war und auf dem die Bretter herangeschoben wurden. Der Körper von Lischka war vom vielen Heben und Auflesen und Sägen krumm geworden, die Hände, die Finger ein wenig schrundig und rot, aber mehr als Nase und die Finger konnte man von Lischka sowieso nicht sehen. Sie wirkte manchmal wie ein zugebundener Sack.

Wenn der Tag dann vorbei war, faßte Lischka mit einem Mal die grüne Säge an ihren dicken Ohren und verpaßte ihr ein paar Hiebe, woraufhin der Gesang in einem einzigen langen Ausseufzen erlosch. Abrupt drehte sich Lischka um und marschierte mit den Arbeitern zum Tor hinaus. Die Maulfaulen trotteten neben ihr her, ohne sie zu beachten. Niemand sagte jemals etwas zu ihr.

Paula ging an die Schränke und wühlte in ihren Klamotten, um Veronika zwar zu unterstützen, morgen bei der Weihnachtsfeier, aber ohne sich vollkommen dem öffentlichen Spott preiszugeben. Ach was. Veronika war diejenige, die Paula, eine Außenseiterin, zu ihrer Vertrauten gemacht hatte, diejenige, die aus tiefster Seele markerschütternd lachte und Paula aus ihrer schrägen und oft traurigen Verträumtheit in den wachen Tag riß, diejenige, die sie mit Leben und Wärme füllte. Sie war ihr verdammt noch mal etwas schuldig, und deshalb war sie plötzlich wild entschlossen, sich als schräges Weib zu outen.

Doch als sie die Blusen und Kleider und Shorts der Reihe nach prüfte, auf alte, indische Röcke stieß und nostalgische Blümchenkleidchen, da stellte sie fest, daß sie nicht einen einzigen aufreizenden Fummel besaß. Als junges Mädchen war das auch nicht nötig gewesen. Sie ging die Treppe hinunter und wühlte im Schrank der Mutter. Alles Perlonpullover, alles Quellekatalog. Endlich fiel ihr ein, daß sie noch High Heels, hochhackige, schwarze Schuhe von irgendeinem Faschingsabend hatte, dazu konnte sie doch die schwarze Caprihose tragen, das war doch wieder modern, und vielleicht die rote Bluse? War das unmöglich genug? Mit rotgeschminkten Lippen?

Paula probierte es aus, und sie sah so unglaublich aus, so schauerlich, daß es schon wieder schön war. Sie lachte schallend über ihr Spiegelbild. Was für eine Maskerade. Selbst im heißesten Fummel sah sie so echt aus wie ein Pirat an Karneval. Das machte sie alles bloß für Veronika. Bloß für sie. Genaugenommen war es gar nicht besonders auffällig. Viele liefen hier ähnlich herum und fanden es toll. Im Grunde war es nur hochnäsig und überheblich, sich albern und blöd zu fühlen in diesen Kleidern. Sie versuchte sich vorzustellen, wie es wäre, wenn sie diese Kleider wirklich angezogen hätte, um schön zu sein? Wie es wäre, wenn sie sich selbst in diesen Klamotten ernst nahm. Sie sah immer ernsthafter hin und dann legte sie los. Sie holte den Schminkkasten und fing an zu malen, um genau diese Frau zu sein, die sie im Spiegel sah, und nicht nur deren Karikatur. Da fühlte sie sich nicht mehr hochnäsig und übergescheit, sondern richtig wohl und schick.

Der geglückten Verwandlung zum Trotz war Paula in höchstem Maße unbehaglich zumute, als sie heute vor Antjes Pinte stand. Sie trat einige Male von einem Bein aufs andere, die dünne Hose zwickte und kniff, und in den High Heels fror sie unsäglich. Da kam Old Berta den Weg herauf.

«Was stehst du hier herum?»

«Ich glaube, ich bin falsch angezogen.»

«Mach dir nichts draus, ich will dich nicht beleidigen, aber das interessiert hier keinen. Hauptsache du bist da. Komm herein, sonst erfrierst du dir den Arsch.»

Berta nahm Paula am Arm und schob sie in die Pinte. Die meisten waren schon da. Antje und Jupp hatten die Tische zusammengestellt, mit Papiertischdecken geschmückt und darauf rote Kerzen in dicken Schleifen gestellt. Für jeden stand ein Schnäpschen auf dem Tisch und das Schnäpschen sei ein Nikolausschnaps, sagte Jupp, denn dieser befand sich in einem kleinen Fläschlein und hieß «Scharfe Socke».

«Herzlichen Glühstrumpf», sagte Jupp zu jedem, der kam. «Herzlichen Glühstrumpf, Ilse. Herzlichen Glühstrumpf, Rudi. Herzlichen Glühstrumpf, Klaus.»

Wie in der Frühstücksbude wußte niemand, neben wem er landete und guckte nur ängstlich, daß er nicht den ganzen Abend bei jemandem sitzen mußte, den er nicht leiden konnte. An der Theke saß aber auch Hardy, der an diesem Abend natürlich nicht daran dachte, wegen der Weihnachtsfeier zu Hause zu bleiben. Immerhin war die Pinte seine Stammkneipe, und da gehörte er hin. Allerdings saß er dann ein wenig einsam herum. Da kam ihm der Klaus gerade recht, der keine Lust auf das Weihnachtsessen hatte und lieber einen trank.

In der Ecke saß Burkhard Riedel und schielte gleichfalls zur Theke, denn er konnte nicht gut an so einem Tisch sitzen, er stand lieber auch da vorne. Er würde das Essen aushalten und dann sofort zu Klaus und Hardy nach vorne gehen. Neben ihm saß Paula, die hatte so eine scharfe Bluse an, das machte ihn ganz nervös. Er hatte keine Frau und war deshalb immer im Notstand, er wußte auch gar nicht, wieso sie sich so aufschnatzte, das war doch nicht nötig. Für ihn kam sie sowieso nicht in Frage, eine Frau, die ein Winkeladvokat war oder irgendwie so was, was wollte er damit. Aber neben ihm sitzen und ihn scharf machen, das war doch wirklich zuviel. Er fühlte sich schrecklich, er hatte keine Ahnung, was er mit ihr reden sollte, und die Bluse paßte sowieso nicht zu ihr. Burkhard fühlte sich wieder einmal wie Dreck. Was wollte sie hier, die Paula, konnte sie nicht bei den Weibern sitzen? Aber neben ihm war ein Stuhl frei gewesen, und ohne viel herumzugucken hatte sie sich einfach hingesetzt. Dadurch saß wenigstens überhaupt eine neben ihm, und das war Burkhard auch nicht immer gewöhnt, meistens konnten sie ihn nämlich nicht leiden, die Weiber, warum eigentlich, was war denn mit ihm, in der Tat, mit normalen Frauen konnte er eigentlich nichts anfangen, mit normalen nicht ...

Gut, eigentlich war Paula ja auch sehr nett, sie machte ihn nur einfach nervös und er konnte sich nicht unterhalten, gut, daß «Scharfe Socke» da lag, er bestellte sich gleich noch eine.

Da ging die Tür auf und gab den Blick frei auf eine Erscheinung in Glanz, Donner und Gloria. Jetzt betrat Veronika die Szene.

Sie wartete ein wenig, ließ sich Zeit mit der Begrüßung – ging einen Schritt nach vorne und dann! Warf den Mantel ab und stand da im roten Kleid. Verharrte einen Moment, um alle mit ihrem Anblick zu lähmen. Minutenlang war alles still. Doch als der Mantel gefallen war, überkam Veronika unvorhergesehen eine überwältigende Scham und Angst. Sie stand da wie angezündet, eine lodernde Flamme mit glühenden Wangen. Sie wußte, daß sie jetzt nichts mehr zurücknehmen konnte, keinen Knopf, kein Fleckchen der inbrünstigen Farbe, sie hatte sich ausgeliefert, fertig, und sie kam um vor Unsicherheit. Diese Unsicherheit war eine bewegliche Größe, sie bemächtigte sich ihres Körpers. Veronika atmete heftig, bebte an verschiedenen Stellen gleichzeitig, ihr Bauch vibrierte und die Hüften schwankten, die Brust hob und verschob sich. Der ganze Körper war in Aufruhr. Mühsam hielt sie still. Bei den Frauen erweckte sie die Lust am öffentlichen Fehltritt, am Skandal, am Neuen. Die Lust an Stoffen und schönen Kleidern, die Begeisterung für ein Traumkleid, das selber niemals eine zu tragen gewagt hätte, aber auch die Lust am uferlosen Getratsch, das zwangsläufig folgen würde. Welch eine Augenweide! Bei den Männern war die Lust weniger differenziert und konzentrierte sich mehr oder weniger auf einen Punkt. Aber alles starrte zu ihr hin.

«Mein Gott», sagte der Kistenfranz.

«Du meine Scheiße», sagte Hardy, stöhnte und drehte sich zur Theke. «Was hat sich die Schlampe denn jetzt wieder ausgedacht . . .»

«Paß auf, was du sagst», sagte Klaus. «Veronika ist eine Dornweilerin und keine schlechte. Sie kann anziehen was sie will.»

Klaus hatte nie etwas gegen eine kleine Schlägerei gehabt. Noch war er nicht in Stimmung. Aber Hardy, der hergelaufene Mensch aus Linnen, sollte nichts gegen Veronika sagen.

Veronika, übermäßig aufgeblüht wie eine Dolde, ließ den Mantel auf einen Stuhl gleiten, stellte einen Arm in die Seite und setzte dann einen Fuß vor den anderen.

«Sie kommt zu mir», sagte Hardy entsetzt. «Sie kommt zu mir, o nein.»

Er hielt sich den Kopf und sah nach unten starr auf die Theke.

Veronika schritt durch die Kneipe und näherte sich unaufhaltsam, bis sie endlich die Hand auf Hardys gesenkten Nacken legte und ihn so zum Aufsehen zwang. Sie beugte sich zu ihm herab und gab ihm vor aller Augen einen innigen und verlegenen Kuß.

«Toll siehst du aus», sagte Klaus.

«Hör doch auf», sagte Hardy. «Mußt ihr noch den Rücken stärken, sie sieht doch aus wie eine Edelnutte.»

«Was sagst du da?!» flüsterte Veronika unendlich verwundet.

Klaus schnappte sich Hardy und hieb ihm auf die Zwölf. Hardy schrie auf und hielt sich die Nase.

«Du Drecksack, du verdammter! Ich kann doch meine Alte nennen, wie ich will!»

«Veronika ist die Beste, die wir haben, du mußt dir schon überlegen, was du zu ihr sagst!»

«Na, das ist ja mal wieder eine schöne Weihnachtsfeier», sagte Old Berta. «Das fängt ja wunderbar an.»

«Das ist alles ihre Schuld», schrie Hardy. «Muß sie denn eine derartige Opernaufführung machen? Sind wir hier auf der Gala, oder was? Das kannst du daheim im Schlafzimmer machen, aber doch nicht hier!»

«Ach, Hardy», Veronika weinte, «ich habe mir schon gedacht, daß es vielleicht etwas übertrieben ist, aber es ist doch Weihnachtsfeier …»

«Aber Veronika», sagte Kistenfranz. «Das Kleid ist wunderschön! Du verschönerst die ganze Feier mit deinem Anblick! Daß du dich für uns so toll hergerichtet hast!»

Hardy knurrte in sich hinein. Mit dem Franz wollte er sich nicht anlegen, er fand es inzwischen besser, gar nichts mehr zu sagen und sich bloß das Auge zuzuhalten.

«Was trinkst denn Hardy?» fragte Franz. «Ein Pils?»

«Nee, ich will noch einen Doppelten.»

«Und du, Veronika?» fragte Franz.

«Ach …» Veronika schaute irritiert. «Eine Limonade vielleicht?»

«Aber Vroni! Es ist doch Weihnachtsfeier! Da mußt du doch was Ordentliches trinken!»

«Ja – ich weiß auch nicht, aber Bier geht im Moment gar nicht in mich!»

Sie wurde knallrot.

In der Pinte herrschte dann allgemeines Rätselraten, was denn der Franz und Hardy jetzt noch zu besprechen hatten, und jeder war der Meinung, daß Hardy etwas Dreckiges gesagt hatte, wegen dem Kleid. Old Berta rieb sich die Hände.

«Na, Paula, geht es bei den Studierten auch so zu!»

«Ich bin Dornweilerin!» protestierte Paula.

«Ja, das bist du. Du bist ein gutes Kind.»

Paula liebte Old Berta für diesen Satz. Sie war ihr dankbar

über alle Maßen. Auch sie hatte schon zwei «Scharfe Socken» getrunken und Bier dazu. Sie fing an zu glühen.

«Aber sag mal, Berta, das ist doch wohl nicht Veronikas Liebhaber.»

«Doch, der dünne Faltenhals, das ist er.»

«Hör mal, das kann doch wohl nicht sein, Veronika hat mir erzählt, er sehe gut aus und sei ein toller Mann mit viel Erfahrung, und sie hätte ein unbeschreibliches Glück in der Liebe!»

«Er ist ein Esel. Aber bitte, wo die Liebe hinfällt, da wächst kein Gras mehr.»

«Er sieht ja aus, wie, wie ... ein Frührentner!»

«Ja. Er sieht aus nach zwanzig Jahren Reval und Frühstück mit Zinn 40.»

Paula wagte sich aus der Ecke heraus in Richtung Theke.

«Hallo, Veronika, na?»

Veronika konnte lachen und weinen in ein Döschen. War sie eben noch ein Häufchen Elend, blitzte sie jetzt wieder auf und freute sich über Paula.

«Komm wir trinken einen! Jupp!»

Das schäumende, kühle Gold tat wohl am hitzigen Weihnachtsabend.

«Sieh mal, das ist Hardy!»

Der malträtierte Hardy nickte, noch immer mit unterdrückter Wut, aber Veronika schien gar nichts zu merken.

«Olala, wen haben wir denn da?» fragte Hardy. «Hast du mir eine neue Frau mitgebracht?»

«Ja, wenn sie will», sagte Veronika und machte wie üblich jeden dreckigen Witz mit.

«Kannst ruhig mit mir kommen, du wirst es nicht bereuen!»

«Ich bin schon ausgebucht, danke», stotterte Paula.

«Och, brauchst dich nicht zu bedanken, ich mache es dir umsonst. Oder gibt es irgendwelche Beschwerden, Chefin?»

Er packte Veronika um den Hintern und tätschelte ihn sanft.

«Nein!» lachte sie wie eine Sonne, «– ich bin vollkommen zufrieden!»

Paula war derartige Spielereien nicht gewohnt. Am besten, sie stellte sich möglichst blöd.

Hardy betrachtete Paula um so intensiver.

«Heiße Bluse ...»

«Oh!» rief Paula. «Das war bloß ein Weihnachtsscherz. Veronika und ich haben aus Spaß mal was Besonderes ausprobiert, das war nur so ein Witz ...» Am liebsten hätte sie jetzt ihren Parka angezogen.

«Ein Witz? Was glaubst du?! Was glaubst du, was Veronika sonst noch anzieht, nicht wahr? Erzähle deiner kleinen Freundin, was du manchmal für mich anziehst, Chefin!»

«Oh!» Veronika wurde knallrot.

Hardy sah sie an.

«Jetzt schämt sie sich. Aber daheim schämt sie sich nicht. Da machen wir es in der Küche und im Flur und auf dem Balkon am hellichten Tag ... hat nur keiner gemerkt, schade.»

Hardy war ein Bumsfallera-Hardy. Und Veronika war eine Leibeslustige. Also schmiegte sie sich in seinen Arm.

«Oh!» sagte Paula. Dann sah sie sich verlegen um. «Sieh mal!»

«Was denn?!»

«Der Estella Arabella ihr Kleid!»

Estella Arabella trug mal wieder ein Zigeunerkleid. In den siebziger Jahren gab es überall Puzzles und billige Gemälde mit einer Carmen drauf, die große Kreolen trug und ein rotes Tuch auf schwarzen, wallenden Locken – so kleidete sich Estella Arabella seit bereits dreißig Jahren. Sie bearbeitete die Haare so inbrünstig, daß sie nur noch rabenschwarz und knitterkaputt um ihre Schultern herumhingen.

Hardy wurde in Beschlag genommen von Burkhard Riedel, und so löste sich alles auf im allgemeinen Weihnachtstrubel, der sich weiter und weiter zur Theke verlagerte.

Old Berta kippte eine halbe Flasche Korn, ohne sich auch nur im geringsten zu verändern, und Andres fing an, mit Estella Arabella zu tanzen. Die Musikbox spielte. Estella Arabella ging zum Kistenfranz, um ihn zum Tanzen aufzufordern, und sie holte sich einen Korb.

«Wie findest du ihn?» fragte Veronika Paula.

«... Wen?»

«Na, meinen Hardy!»

«Oh, oh ...» Paula geriet in Not. «Oh, er hat braune Augen! Und – er hat dich offenbar sehr lieb – wie er den Arm um deine Taille gelegt hat ...»

«Das war nicht die Taille», kicherte Veronika, «das war der Arsch!! Aber weißt du, du mußt mal hören, wenn er singt. Da schmilzt du wie Eis in der Sonne! Du *mußt* mal kommen!»

Veronika trank schließlich doch ein Bier und tanzte und prostete. Dann stürzte sie sich auf Hardy und küßte ihn leidenschaftlich. Paula wurde ganz schlecht.

Old Berta rülpste und reichte ihr eine Zigarette.

«Da kann man nichts machen. Das sind die Wege des Herrn. Hardy ist die Versuchung und Veronika fällt drauf herein. Glaube mir, die Knochen würde sie sich brechen lassen für ihn.»

Bald hatte niemand mehr einen Überblick über die Weihnachtsfeier. Sie tranken und tanzten und tanzten und qualmten zur Feier der Kistenfabrik und der Geburt des Herrn im Stall. Bis vier Uhr in der Frühe ging es, in Dornweiler hatte noch nie eine Feier vor vier Uhr geendet. Veronika taumelte feuerrot durch das nächtliche Weiß und ließ sich trunken und glücklich heimwärts ziehen. Burkhard stolperte in den Schnee und erbrach. Die Kerle mußten ihn heimbringen, dorthin wo er lebte bei seiner alten Mutter, die sich nicht freute, wenn er kam. Alle torkelten auf ihre Weise heim, und unter der stillen weißen Nacht wurde dem einen oder anderen noch erhaben und fast heilig oder sonstwie sentimental zumute.

Ein Jahr lang hatten die Maschinen getobt und geackert, jetzt aber war Friede auf Erden. Stille sollte das Dorf überziehen, von dessen Mauern sonst nur Flüche, Gestampfe und Motorengeheul widerhallte. Der Kistenfranz sagte: jetzt ist es gut. Das war der letzte Tag. Wenn es wieder Morgen wurde, gab es in Dornweiler nichts zu hören. Nun fingen die Festtage an, nun wurde nichts mehr getan in diesem Jahr, das Jahr war vollbracht, genug genagelt und gekloppt.

Gott sei Lob und Dank, sagte der Franz sich im stillen.

Am Ende des Jahrhunderts gab es keine strengen Winter mehr, so wie zu Beginn des Jahrhunderts.

So freuten sich die Leute schon über die dünnste Decke und feierten sie und waren auch noch dankbar, wenn das dünne weiße Tuch in eisiger Kälte festfror. So wurde ein stehendes Bild eingefroren, haltbar gemacht vielleicht für Monate, oder wenigstens für einen. Der Glitzerberg glitzerte auch im Schnee, und die Häuser im Dorf waren mit Puderzucker aus Eiskristall bedeckt. So hartgefroren war die Schneedecke, daß die Kinder sich in die Hände schnitten, wenn sie einen Schneeball formten. Der Schnee krachte und splitterte, ließ die Leute ausrutschen und hinfallen. Es war ein schöner Januar.

Die größte Härte natürlich brachte der Morgen. Unzumutbar und schmerzhaft in unchristlicher Frühe. Dann, wenn alles tot und schwarz war, kein Hahn krähte, kein Halm wehte in der festgefrorenen Dunkelheit, dann galt es für die Arbeiter, dann mußten sie schon auf, dann wurden sie emporgequält. Da schmerzten die Knochen, da wehrte sich der Verstand, da litt der Körper bei jedem Zentimeter, den er sich aus dem Bett quälen mußte.

Der großen grünen Hobelmaschine dagegen machte das gar nichts aus. Sobald sie Strom im Leib hatte, war sie für alles zu haben. In der schlimmsten Kälte und der brütendsten Hitze nahm sie jedes Stück Holz, das sie kriegen konnte, sog es auf eisernen Walzen in sich hinein und schob es hinten wieder hinaus. Nie war ein Brett weicher, zarter und verletzlicher, als wenn es aus der Hobelmaschine kam, die feinste und glatteste, von schönsten Maserungen durchwirkte Fläche. Wenig später schon dunkelte es ein, hundert Hände faßten dran, es wurde gespritzt oder mit klarem Lack zugeschmiert, schon hatte es ein Ende mit der empfindsamen, hellen Unschuld. Manchmal, und besonders im Januar zu der frühen Stunde, wenn ein Mensch noch nicht richtig wach war und in Handschuhen vor der Maschine stand, weil die Halle nur langsam warm wurde, konnte es geschehen, daß ein Brett schief hineingestopft wurde. Und schon sauste es in den falschen Hals, rannte gegen eine stählerne Schräge, kam nicht weiter, jaulte, vibrierte und quälte sich. Mit dem feststeckenden Brett kam alles aus dem Tritt, die beruhigende Monotonie, das verstandlose Treiben.

Die Maschine hatte sich verschluckt und mußte das Holz wieder loswerden. Dazu rannten die eingemummelten Menschen herbei, kurbelten und drehten wie verrückt und zogen das vermaledeite Brett aus dem Schlund. Dann war wieder alles gut.

Die eisernen Lippen erhielten ein neues Stück Holz, das sie sanft einspeichelten, damit es besser glitt und die Maschine nicht zu heiß wurde. Und so spuckte die gute, treue Hobel in einer Stunde gewiß zweihundertvierzig Bretter aus. Nur Gretel Koch, die alles besonders gut machen wollte, schaffte es mitunter und stopfte dreihundert in den fügsamen Rachen. Dann kam die Hinterfrau zum Auflesen und Stapeln auf den Wagen bald nicht mehr mit. Daß jeder hier arbeiten mußte, war schließlich klar. Aber totmachen mußte man sich auch nicht. Ob man nun zweihundertvierzig oder dreihundert Bretter machte in der Stunde, man kriegte es nicht gedankt. Von Konrad jedenfalls nicht. Der wollte sowieso immer noch mehr und noch mehr und war nie zufrieden.

Die Hobelmaschine war trotzdem gemäßigter und weniger auffällig als die alles beherrschende Gatter, die keine Minute ohne Beachtung bleiben konnte. Die Hobelmaschine verrichtete ihren Dienst geduldiger, sie hatte weniger Temperament, sie ließ sich geschmeidiger mit den Dingen ein, sie war zufrieden mit zwei Arbeitern, während die Gatter vier oder fünf um sich scharte, die sich kräftig abmühten und für sie ackerten.

Es lag ja vielleicht am eisblauen Januar. An dem trostlosen Wissen, daß es bis zum Sommer unendlich lange dauerte und daß die Wärme von Weihnachten erloschen war. Vielleicht weil einen die Arbeit in der Kistenfabrik so hart ankam in diesem Monat, weil am Morgen schon so eisig der Wind durch die Hallen blies, wenn sich die Tore öffneten für die Bäume, die hereinrollten, wenn der kleinste Hauch an warmer Luft sofort wieder weggeblasen wurde. Vielleicht.

Burkhard Riedel jedenfalls benahm sich daneben. Burkhard war ja kein sehr schöner Mann. Er stand still an der Schleifmaschine und kümmerte sich um die Schärfe der Sägeblätter, schleifte an den rasenden Bändern vor sich hin, mutlos und tiefsinnig und trübe. Pünktlich war er gekommen, hatte dann aber am Mittag keine Lust mehr. Das geschah jetzt schon zum dritten Mal in zwei Wochen. Burkhard war manchmal so komisch, deshalb redeten auch nicht allzu viele Menschen mit ihm. Man wußte nicht, war er verschlagen oder gestört. Jedenfalls war er im Januar zu nichts zu gebrauchen, am Mittag haute er ab, verschwand in der Pinte und betrank sich und kam nicht zurück zur Arbeit. Zum dritten Mal jetzt also.

Da hatte Andres eine Idee, und was Andres ausdachte, das wurde auch gemacht, obwohl es meistens nichts Nützliches war, was er ausdachte. Burkhard sollte ja heute noch Sägeblätter schleifen. Das war aber zu gefährlich, falls er betrunken war. Das wollte man dem Burkhard doch nicht gönnen, daß er sich fast ums Leben brachte, bei der Arbeit. Aber Bretter auflesen und auf den Wagen schichten, das konnte er. Das war im Grunde genommen eine so blöde Arbeit, daß es Weiberarbeit war, aber was sollte man sonst mit ihm machen? Also nahmen sie einen Stuhl und gingen los.

Natürlich, in der Pinte stand Burkhard Riedel und war schon ganz ordentlich am Saufen. Er stützte die Arme auf und lallte Jupp das Neueste aus der Bildzeitung vor. Die Bildzeitung lag unter seinem Ärmel und schob eine dickbusige Nackte von der Titelseite hervor.

Da kamen Andres, Rudi, Bennylein und Klaus Stockschuh hereingelaufen. Sie hatten den Stuhl dabei, nahmen Burkhard, setzten ihn drauf und banden ihn fest mit einem dicken Seil.

«Bezahle, Burkhard!»

Burkhard nestelte an seiner Brusttasche herum, das dauerte alles eine Weile, dann warf er einen Zehner und dann noch einen Fünfer auf den Tisch.

«Stimmt so.»

Burkhard hatte nicht die geringste Chance, und das wußte er auch. Deshalb wehrte er sich nicht. Er schimpfte noch vor sich hin, gab sich aber in sein Schicksal und hätte jetzt gerne für den Heimweg noch einen Flachmann gehabt, aber er kriegte ja keinen. Andres, Rudi, Bennylein und Klaus schrien: «Hau-ruck!!» und schulterten den Stuhl samt Burkhard obendrauf und schleppten ihn aus der Wirtschaft. Burkhard saß sehr wackelig, weil ja Bennylein nicht groß war. Sie mußten einige Meter üben, bis sie ihn halbwegs aufrecht hatten, und beinahe hätten sie Burkhard über den Bordstein geschmissen. Das war nun gerade kein Triumphzug, den sie da veranstalteten, man mußte eher sagen, daß Burkhard sich eigentlich zu Tode hätte schämen müssen. Aber niemand konnte ja wissen, weshalb er auf einem Stuhl durch das Dorf getragen wurde, es konnte auch etwas Gutes sein. Er wurde vielleicht ausgezeichnet und auf einer Sänfte herumgetragen.

Er selbst begriff gar nicht mehr, was geschah. Die dummen Witze der Arbeiter, das war alles nichts Neues, Burkhard war rundherum besoffen, es war ihm alles egal.

Andres und die anderen aber fühlten sich großartig, immerhin hatten sie einen erfolgreichen Beutezug gemacht. Burkhard wurde unter viel Beifall durchs Dorf getragen. Wenigstens den Schirbelweg, den Taubenweg und die Lindenstraße entlang. Und die Leute kamen an die Fensterscheiben und riefen heraus und schauten zu. Dann erst ging es zurück in die Fabrik, wo er hingehörte. Dort banden sie ihn mitsamt dem Stuhl an seinem Arbeitsplatz fest, damit nichts mehr passieren konnte. Die Bretter konnte man freilich im Sitzen nicht auflesen. Daher befestigten sie sie so, daß er sowohl aufstehen als auch zwischendurch mal ausruhen konnte. So ging es dann. Burkhard schaffte brav, soviel er konnte, und es war ihm auch mal ganz schlecht zwischendurch. Aber er behalf sich und mußte dreimal aufs Klo. Insgesamt hatte er wirklich am Ende den Wagen recht und schlecht beladen.

Dadurch war sogar der Januar nicht ganz ohne Freuden gewesen. Der Vorfall, den man auch Burkhards Stuhlgang nannte, versüßte allen das Dasein im ereignislosen und tiefgefrorenen Monat.

Es war schwer zu sagen, wen im Januar das Aufstehen in der Frühe am härtesten traf. Vielleicht war es Ilse Fürbeth.

Ilse Fürbeth hatte zwar einen Ausblick aus dem Fenster, der war jetzt so weiß wie das Alpaca-Sofa und der Teppich im Wohnzimmer. Aber die Aussicht auf die Zukunft insgesamt ließ zu wünschen übrig, denn sie richtete sich auf ein Jahr, das sie wahrscheinlich wieder ganz in der Kistenfabrik verbringen würde. Wie sich herausgestellt hatte, waren die Schulden nicht weniger geworden. Ihr Mann Walter trug das Geld fort und sie wußte nicht wohin. Sie wollte lieber nicht fragen, wohin. Am Ende wäre womöglich dabei herausgekommen, daß er es unter der Woche nach Modderau brachte, wo der einzige Puff der ganzen Gegend stand, und am Ende wäre dabei herausgekommen, daß er die dortigen verlotterten Weiber den ganzen Abend mit Schampus freihielt, das konnte doch sein. Wo sonst sollte er das Geld hintragen, wenn nicht dahin? Pferderennen gab es hier nicht, und für ein Spielcasino war die Gegend weiß Gott nicht vornehm genug. Aber ein Etablissement, das gab es, jawohl. Den Wackelbus zwischen Linnen und Kallestedt. Schlimmstenfalls brachte er das Geld dahin. Ilse Fürbeth durfte gar nicht daran denken, sonst drehte sich ihr der Magen um. Im Grunde genommen war sie davon überzeugt, daß ihr Mann das Geld ausschließlich dorthin trug.

Ilses Leben wäre anders verlaufen, hätten sie damals ein Haus gebaut. Ein schmuckes Einfamilienhaus, ein Haus mit Garten und einem Pferd. Ein neues Haus mit einem Reitstall. Wie sehr haßte sie das aufgestockte Haus ihrer Eltern, geprofft, angebaut, mit alten Leitungen und einem feuchten Sockel. Während alle anderen Ehepaare neu bauten und sich ein Paradehaus nach dem anderen ins Neubaugebiet stellten. Sie hatte wieder und wieder mit Walter darüber gesprochen, sie hatte geklagt, gejammert, gebeten, aber nein. Walter meinte, das Haus sei gut und obendrein geschenkt, ein neues Haus sei eine Verschwendung und obendrein eine lebenslange Belastung, weil sie schon jetzt nichts zuzusetzen hatten. Auch die ganze Verwandtschaft überredete sie, besonders der eigene Vater, der stolz war auf sein Haus, das in seinen Augen natürlich nicht alt war – und so wurden Ilses Wünsche nie erhört. Sie mußte bleiben im alten

Gemäuer der fünfziger Jahre, und obwohl das Haus neu angestrichen wurde, obwohl es nach einiger Zeit einen neuen Giebel bekam, ein neues Dach, einen Balkon, eine Terrasse, einen Brunnen im Garten, und im Inneren eine Zentralheizung, einen Kamin und im Keller ein Solarium, hatte doch das Haus insgesamt ein verbracktes Aussehen, einen ältlichen Charakter. Alles sah aus wie gewollt und nicht gekonnt.

Um davon abzulenken, hatte Ilse es sich zur Lebensaufgabe gemacht, ständig zu tapezieren, Fußböden zu wechseln, Mauernischen einzubauen, Simse zu mauern, Schlitze in die Wände zu klopfen, um irgendwelche Rohre neu zu verlegen. Ilse entwikkelte mehr und mehr Geschick und handwerkliches Können – allerdings, sie entwickelte auch mehr und mehr Schulden, denn es verging zudem keine Woche, in der ihr nicht der Postbote ein neues Päckchen brachte. Der Quelle-Versand konnte sich insgesamt über Dornweiler nicht beklagen, es gab hier sehr gute Abnehmer.

So wollte es das Leben, daß zu Ilses Schmach, in einem alten Haus zu leben, die weitere Schmach hinzukam, in der Kistenfabrik arbeiten zu müssen, diese niedrige, primitive Arbeit zu machen, wo doch Ilse durchaus zu den feineren Menschen gehörte, zu denen mit Geschmack und Stil, zu den Menschen, die etwas Besseres waren – und nun mußte sie sich zu den Dummen stellen und Klötzer auflesen, das war ja furchtbar. Mit jedem Jahr hoffte sie, daß es ihr in diesem Jahr gelingen könnte, aufzuhören oder wenigstens etwas Besseres zu kriegen, in einem Büro am liebsten. Hätte sie bloß was gelernt, aber das war in den Jahren, als sie groß wurde, gerade erst zwei, drei Jahre modern, ein Mädchen etwas lernen zu lassen – und da war sie nicht dabeigewesen. Es hätte höchstens noch die Möglichkeit gegeben, in der Bademantelnäherei unterzukommen, wo sie türkise und violette Bademäntel aus Nikkistoff nähten, aber da hielt schon seit vier Jahren jede Hausfrau ihren Arbeitsplatz fest. Wenn sie überhaupt einige Mark haben wollte, dann mußte sie schon zum Kistenfranz gehen, sonst gab es nichts. Wie erniedrigend.

So fing das Jahr nicht gut an für Ilse Fürbeth, mit solchen Aussichten. Es änderte sich nichts, es blieb einfach wie es war. Vielleicht konnte sie noch in einem Preisrätsel gewinnen, das wäre eine Möglichkeit. Und wenn sie schon an der Arbeit und ihrem Kontostand und an ihrem Mann und an der ständigen inneren Puff-Angst nichts ändern konnte, so wollte sie immerhin jedes Rätsel ausfüllen und fortschicken und Lotto spielen und Toto und wer weiß, manchmal hatte man ja auch Glück. Sie, Ilse, hatte ja ihr Leben lang noch nichts verbrochen, wieso sollte sie nicht auch mal Glück haben? Sie konnte sich sogar zu einer Fernsehsendung melden. Glücksrad, wieso nicht? Wenn sie alles mitmachte, jedes Rätsel, jedes Spiel, dann hatte sie noch eine Chance. Dann konnte sie das Leben noch mal neu anfangen.

Der Gedanke berauschte sie und ließ neue Hoffnungen aufkommen. Wenn sie viel Geld hätte, dann könnte sie sogar Walter rausschmeißen, eines Tages. Sie könnte es schaffen. Sie könnte viel Geld haben. Und für irgend etwas war man ja schließlich auf der Welt.

In der Frühstücksbude war es warm und gemütlich. Auf den Biertischbänken hockten eingemummelt die Arbeiter wie aufgeplusterte Vögel nebeneinander und futterten wohlig ihre Brote. Es war einfach hart, in der Kälte zu arbeiten, man taute nur langsam auf.

«Wie ihr dasitzt!» lästerte Estella Arabella. «Ihr solltet euch mal sehen! Wie ein Haufen Hafersäcke!»

«Immerhin Säcke», sagte Old Berta. «Für deine paar Knochen reicht eine Einkaufstüte.»

Süffisant blickte Estella auf Old Berta.

«Olala! Ein Maul wie eine Axt.»

«Kannst du nicht mal den Rand halten», sagte Klaus. «Man will doch mal in Ruhe frühstücken, anstatt dieses Gequake hier zu hören.»

Burkhard Riedel bewunderte Estella. Sie war zehn Jahre älter als er, aber ihr loses Wesen gefiel ihm. Wenn sie verdorben tat und aus der Rolle fiel, dann konnte sie ja auch mal mit ihm aus der Rolle fallen. Er sammelte den Speichel in seinem Mund und stierte sie an. Stieren war meistens alles, was ihm blieb. Die Weiber wollten ihn nicht und er wollte die Weiber so sehr. Das war ein schweres Leben.

Die Bildzeitung in der Hand hörte jeder den Ton des anspringenden Gebläses wie den Ruf von einem Nebelhorn. Folgsam standen die Arbeiter auf und gingen zurück an ihre Maschinen.

Paula begann zu schälen. Ihre Lieblingsarbeit. Wie sich die Rinde vom Baum kringelte und darunter das weiße, feuchte Holz hervorschimmerte. So glatt ging das Messer, so glatt.

Kaum war Paula allein und mit einer monotonen Arbeit beschäftigt, schon wanderte sie in Gedanken hinaus in die Ferne. Sie wanderte in die Zukunft und wieder zurück, und jetzt wanderte sie zum gestrigen Abend. Obwohl sie schon ein Jahr mit Alex zusammen war, hatte sie sich immer noch nicht an ihn gewöhnt. Alex hatte strahlend verkündet, er habe sturmfreie Bude. Das war etwas Besonderes. Auch wenn sie beide aus aufgeklärten Elternhäusern stammten und jeder jeden mit aufs Zimmer nehmen durfte, wagten sie doch nie, sich völlig zu entblößen oder gewisse Dinge ganz zu vollziehen. Zu schamhaft waren sie und zu hellhörig das Haus. Aber gestern … Alex war so glücklich gewesen und Paula überhaupt nicht.

«Wollen wir nicht doch mit den anderen ins Kino?» hatte sie gefragt.

«Bist du verrückt? Jetzt wo wir einmal können!»

Ergeben gab Paula sich geschlagen. Es war ja auch mal wieder Zeit. Sie trafen sich also gegen acht bei ihm zu Hause in Linnen. Alex kicherte in Richtung der Nachbarn, dann schloß er die Haustür zweimal von innen und ging durch das ganze Haus, um überall die Läden zu schließen. Paula sank der Mut. Je gewaltiger seine Vorbereitungen waren, je glücklicher er strahlte, um so verzagter wurde sie. Es war ihr klar, daß sie sich eigentlich freuen mußte. Wieso tat sie es nur nicht? Vielleicht stimmte irgend etwas nicht mit ihr. Sie gingen ins Wohnzimmer, Gelsenkirchener Barock. Eichenschrank, rotes Perserteppichimitat, selbstgestickter Gobelin mit Spitzwegmotiv. Hier also sollte das Liebeslager sein. Alex kam beflügelt herangerauscht und präsentierte eine Flasche Wein mit zwei Gläsern. Dann steckte er eine Kerze an. Dann drehte er die Musik auf, Kuschelrock, die zweite. Dann dämpfte er das Licht. Dann stand er nochmal auf und kontrollierte die Lichtritzen in den Rolläden. Er war offenbar zufrieden. Ja.

Ja und jetzt sollte es losgehen. Paula hing im grünen, schweren Sessel. Wenigstens konnte Paula sicher sein, daß er heute keine Currywurst gegessen hatte. Er kam näher und näher. Und lächelte. Und freute sich so. Über alle Maßen. Ihr fiel ein Spruch ein, aus Litauen: Einer liebt und der andere erlaubt, sich lieben zu lassen. So war das wohl bei ihnen. Paula seufzte und litt und erlaubte. Alex kniete vor ihr. Sein Gesicht drückte Anbetung aus. Nach einem Jahr immer noch Anbetung. Hörte das denn nie auf? Er faßte mit den Händen ihre Knie, robbte heran, aber dann schien ihm etwas einzufallen und er sprang noch einmal auf. Lauschend stand er im Halbdunkel. Dann ging er zur Wohnzimmertür und schloß auch diese kräftig mit zweifacher Umdrehung zu.

Jetzt waren sie eingeschlossen im Zimmer eines eingeschlossenen Hauses. Die zweifache Verriegelung machte Paula auf einmal angst. Es würgte sie wie in einem Schraubstock. Obwohl Alex nun weiß Gott kein Triebtäter war, drehte ihr dieser zweifache Akt die Luft ab. Platzangst. Atemnot. Sie fächerte sich zu.

«Was hast du denn?» fragte Alex besorgt, küßte dann aber

heftig drauflos, damit sie lieber doch nicht antwortete und noch auf andere Gefanken kam. Er war so heiß wie ein Vulkan, das würde eine gewaltige Explosion geben, heute. Er schob den Pullover hoch, Pullover, Unterhemd, BH, den ganzen Krempel, alles was er packen konnte auf einmal. Er küßte, als hätte er Angst, nicht ans Ziel zu dürfen, raffte an dem Wulst der Kleider, schob, stemmte, weil sie doch von selbst partout nichts auszog. Paula ließ ihn gewähren, kämpfte mit der Luft, ließ ihn zappeln, während er jetzt mit großer Anstrengung an der Jeans arbeitete, sie zentimeterweise herunterzog und zerrte, die ganze Hüfte hin- und herschwang, um den festgeklebten Stoff zum Rutschen zu zwingen. Sie hielt still aus und versuchte, auch etwas Schönes zu empfinden. Gewisse Regungen hatte sie ja. Im Bauch tat sich was. Die Brust nahm die Berührung sehr wohl auf, am besten, sie überließ sich dem Urtrieb.

Mittels Urtrieb landeten sie auf dem stacheligen, selbstgeknüpften Ersatzberber. Alex warf den Kopf hoch, das Gewicht auf den gestreckten Armen, vollführte ein unkontrolliertes Schleudern mit den Schultern, knickte in den Armen ein und ließ sich fallen wie ein nasser Sack, um unter häufigem Aufbäumen endlich dahin zu gelangen, wo er den ganzen Tag schon hinwollte.

Paula hielt still und hielt aus und teilte sogar einen gewissen Genuß, als ihr auf einmal die Augen aufgingen und Alex' Gesicht unmittelbar vor ihr auftauchte. Und sie faßte es nicht. Es war unüberwindlich. Seine breite Zunge war rosa wie nie, seine Lippen formten einen aufgerissenen Rand, die Augen rollten und stierten auf sie herab.

Alex sah ganz furchtbar, furchtbar, furchtbar blöd aus. Wahrscheinlich kam er gleich.

Veronika aber hätte Hardy sogar die Brühe vom Leib gelutscht nach dieser Liebesnacht. Sie klebte überall von seinen

Berührungen. Auf dem Weg zu ihrer Mitte hatte ihn das Bewußtsein verlassen, und Veronika blieb unter seinem heißen Arm liegen, unter dem sie fast erstickte, den sie aber aus Liebe liegen ließ. Jetzt wurde sie unruhig, denn der Zeiger auf dem Wecker rückte unaufhörlich vor. Sie wußte, daß sie jetzt aufstehen mußte, sie und Hardy auch. Bevor der Wecker losschrillte, drückte sie auf den Knopf und begann sich vorsichtig zu regen. Diese Regungen gingen unmittelbar in Hardys Körper über und verselbständigten sich, und ohne daß er bei Verstand gewesen wäre, regte er sich und bewegte sich, bis er Veronika fest umklammert hatte, sich auf sie warf und sofort in einem einzigen Zug in sie stieß. Und dann dauerte es und dauerte.

So war es eigentlich jeden Morgen. Und jeden Morgen geriet Veronika in die gleiche Not. Sie wußte, daß sie jetzt dringend aufstehen mußte, gleichzeitig hielt sie aber Hardys Gelüste für einen weiteren Liebesbeweis, weil es ja schließlich sie war, die er begehrte. Auch muße sie ihn ja entschädigen, weil er in der Nacht nicht mehr gekonnt hatte. Ein Mann hatte ein gewisses Anrecht auf die Wiederherstellung seiner Ehre. Und wenn sie ihm jeden Gefallen erfüllte, dann hatte er sie bestimmt noch lieber.

Veronika wagte es nicht einmal zu sagen, daß sie wieder zu spät kommen würde. Sie hielt die nagende Angst unter Verschluß, gab sich willig hin und sagte sich, daß sie ja selbst den größten Spaß an dem Vergnügen hatte, bis sie endlich vor Genuß stöhnte.

Die Zeit für die Dusche, die Zeit für die sorgfältige Auswahl der Kleider, die Zeit fehlte. Achtlos ging sie an der Pillenschachtel vorbei, stolperte zwischen Wasser und Kaffee in den frühen Morgen hinaus, und die Ausrede für Konrad fiel ihr diesmal schwer. Sie hatte schon alles gebracht. Die Maschinen stampften außergewöhnlich strafend und schwer, als Veronika endlich zur Tür hineinkam. Aber wenn Konrad sie jetzt zu sehr beschimpfte, dann konnte sie auch ebensogut kündigen, sagte sie sich, und das erfüllte sie mit einem Gefühl von Macht. Schließlich war sie in all den Jahren nicht einmal krank gewesen. Die paar Minuten! Wenn er ihr jetzt dumm kam, dann wollte sie ihm eine gehörige Antwort geben, dachte sie trotzig. Je mehr sie sich einredete, daß sie ja eigentlich unschuldig war und sich nichts vorzuwerfen hatte, desto stärker empfand sie Konrads Unverschämtheit, wenn er sie gleich ausschimpfen würde. Sie hob frech das Gesicht und trat an die Stanze. Gott sei Dank hatten sie hier keine Stechuhr. Es dauerte keine fünf Minuten, und Konrad erschien mit finsterer Miene.

«Zwanzig Minuten, Veronika. Das geht nun über alle Grenzen. Das kann ich nicht mehr entschuldigen.»

Verstockt sah sie unter sich.

«Komm mal mit ins Büro.»

Jetzt erschrak Veronika. Soweit war es noch nie gekommen. Wenn er ihr was vom Gehalt abzog, war sie verratzt. Die ganze Fabrik sah zu, wie Konrad die Tür hinter sich und Veronika zuzog.

«Setz dich!»

Noch im letzten Jahr hatten sie die Einrichtung des Büros erneuert und einen neuen Schreibtisch, einen Computertisch, Sessel und Stühle gekauft. Hier arbeiteten Klaus Stockschuh und Konrad. Der Kistenfranz hatte ein eigenes kleines Büro nebenan. Veronika setzte sich steif auf einen Stuhl und Konrad ging hinter den Schreibtisch. Er stützte sich auf und legte die Stirn in die Hände.

«Die Wahrheit ist, daß ich dich überhaupt nicht fertigmachen will. Die Wahrheit ist, daß ich einfach nicht mehr weiter weiß. Ich kann das nicht dulden, daß du immer zu spät kommst. Mal sind es zehn Minuten, mal 'ne Viertelstunde, sogar 'ne halbe und eine ganze Stunde. Ist alles schon vorgekommen. Woran liegt das denn?»

Veronika wurde knallrot.

«Na ja ... also morgens ... also ich bin immer zur gleichen Zeit wach und dann ... dann kann ich einfach nicht aufstehen ... ich komme da nicht raus ... also.»

Konrad ging ein Licht auf.

«Es ist der Kerl, was? Hält der dich zurück? Ich meine ... das geht mich nichts an.»

Dann schwiegen beide. Sie wußten nicht weiter.

«Außerdem bist du käseweiß», sagte Konrad schließlich. «Du hast immer ausgesehen wie das blühende Leben. Solltest mal zum Doktor gehen. Oder fehlt dir der Schlaf? Oder was ist eigentlich mit dir los?»

Es hatte keinen Zweck, Konrad das allergeringste vorzumachen. Er war ein gutmütiger Kerl, der streng tat. Er kannte das Leben und hatte alles schon mitgemacht. Veronika wollte ihm gerne alles sagen, sie wußte bloß nicht, was. Sie hatte gar nicht gemerkt, daß etwas an ihr nicht stimmte.

«Mir ist bloß schlecht», entfuhr es ihr. Das hatte sie selbst noch nicht gewußt. Da waren ganze Bereiche in ihr, die sie nicht sah und nicht sehen wollte. Sie waren ausgeblendet. Im toten Winkel. So wie sie andererseits seit Jahren ehern daran festhielt, daß Hardy der tollste Mann aller Zeiten war. Das war ihr Zuckerwatte-Traum vom Glück, der jedem Wind und Regen standhielt.

«Dir ist also schlecht ...», sagte Konrad ahnungsvoll.

«Ich weiß auch nicht», antwortete Veronika, der Wahrheit entsprechend.

«Ich meine – du hast dir doch nicht den Magen verdorben? Oder hast du beim Jupp zuviel Bier getrunken?»

«Aber nein!» sagte Veronika. «Ich trinke in letzter Zeit gar nicht mehr viel Bier, es schmeckt mir einfach nicht ...»

Konrad zögerte. Stand auf, ging hin und her. Draußen war es schon hell. Die schwarzen, finsteren Morgen, sie gingen vorbei. Was sollte er bloß machen mit Veronika. Sie war in die Umstände geraten, wie sich ein Kind im Wald verlief. Wie sie sich benahm, eine erwachsene Frau. Sie brachte es fertig und sagte, sie habe Zucker auf die Fensterbank gelegt und am nächsten Morgen lag ein Baby da. Unversehens war Konrad zum Mitwisser geworden, was heißt Mitwisser, es wußte ja außer ihm vielleicht kein Mensch. Nicht einmal Veronika. Er konnte doch nicht derjenige sein, der Veronika sagte, daß sie schwanger war.

Die Verspätung war vergessen. Es war ihm auch im Grunde egal. Was er an Veronika gehabt hatte in all den Jahren das wußte er selbst.

«Na ja», sagte er schließlich. «Dann geh mal an deine Arbeit zurück. Wenn dir schlecht ist, kannst du auch nach Hause gehen. Kommst heute mittag wieder.»

Veronika schüttelte den Kopf.

«Ach was. Ich bin immer gesund!»

Bleich stand sie auf, die Augen eingesunken unter fahler Haut. Sie zog sich zurück, ging an die Stanze und schüttelte den Kopf, um alle Gedanken daraus zu vertreiben.

Die Märzluft fuhr durch die großen Tore der Kistenfabrik, die heute länger offenstanden. Der Frost hatte Dornweiler endlich aus den Krallen gelassen. Die Kerle, die das Wetter kaum noch registrierten und in alten Lederjacken sommers wie winters alle Winde, allen Regen und selbst die Sonne aushielten, atmeten dennoch tiefer durch. Nach den langen Monaten im dichten Sägemehl freute sich die Lunge über den frischen Duft. Alle waren heute fröhlicher, mit Ahnungen gut gestimmt, als sei das Jahr noch eine Wundertüte, die eben aufzureißen sei.

Immer noch unzufrieden war natürlich Ilse Fürbeth, die noch nichts in einem Preisausschreiben gewonnen hatte und deren Ehe nicht gut war, und die noch immer die Wohnzimmergarnitur nicht bezahlt hatte. Estella Arabella Wollweber hingegen war von Frühlingsgefühlen geradezu gepackt und achtete nicht auf ihre Arbeit. Sie fegte Sägemehl umher mit ihren Röcken und scharwenzelte, ihre Knochen schlenkernd, nach oben in die Kerlenhalle.

«Das Miststück», sagte Old Berta und klemmte die Zigarette fester zwischen die Lippen.

In der Kerlenhalle war man bedeutend freundlicher. Andres öffnete die Augen und fragte sich, was die dürre Sense vorhatte.

«D-d-du siehst schön aus», stotterte Burkhard.

«Das ist nett, Burkhard», surrte Estella sanft, nahm ihn dabei am Arm und streichelte zart seine Schulter. Das war zuviel für Burkhard. Er machte sich fast in die Hose, er knickte ein und stammelte. Er kannte jeden Hieb einer Frau gegen ihn, jeden Ausdruck des Ekels, aber er kannte es nicht, daß ihn freiwillig eine am Arm faßte, und dann auch noch Estella Arabella. Wenn sie ihn schon am Arm packte, dann konnte sie ihn ja genauso gut Gott weiß wo anpacken, allein die Vorstellung, er hatte sich plötzlich nicht mehr in der Gewalt, Gott sei Dank ließ sie ihn schon wieder los. Es überlief ihn und er zitterte. Er würde noch die ganze Nacht lang darüber wach liegen müssen. In seiner Phantasie wanderten ihre Hände jetzt schon. Sie wanderten überallhin wie Mäuse, es kribbelte ihn, er wurde wahnsinnig dabei. Beinahe stand ihm der Schaum vor dem Mund.

Die Kerle näherten sich von allen Seiten, was war denn hier wieder los, wo Estella auftauchte, kam nichts Gutes, aber spannend war es allemal.

«Na, Estella! Wolltest du uns mal besuchen? Du warst auch schon lange nicht mehr hier oben!» rief Andres.

«Nun ja ...» Estella war wieder in ihrem Element. Sie schwenkte weiterhin die Hüften, soviel es zu schwenken gab, und fühlte sich allmählich wieder wohl.

«Wer weiß, was ihr hier oben so treibt ... ich wollte ja bloß Nägel holen – zum Nageln ...»

«Hey, Estella Arabella!» rief Andres. «Willst du nicht mal für uns springen?»

«Ich tue alles für euch, das weißt du doch ...»

Burkhard wurde schier verrückt.

«Paß auf!» rief Andres. «Der Hobelspankeller ist voll! Magst du nicht springen? Es ist weich wie auf dem Kissenlager von einem Harem, du fällst wie in eine Goldgrube!»

«Wie soll ich da springen?»

«Na, von oben! Wir schieben das Rohr vom Gebläse weg und öffnen die Falltür und dann springst du hinein wie in Abrahams Schoß!»

«Der Schoß von einem anderen wäre mir lieber!»

Klaus kriegte einen Hustenanfall, und Burkhard Riedel brach der Schweiß aus. Die Kerle waren in großartiger Stimmung. Unter Johlen und Schreien rannten sie zur Hobel, schoben das Gebläse weg und die Bretterkarren, öffneten die Luke, die anmutete wie ein mittelalterlicher Fluchtweg, eine Falltür zum Verlies, wie die Bretter, die man wegzog unter einem Gehängten. Estella wiegte sich vor ihrem Publikum zum großen Auftritt.

Der Keller war prachtvoll gefüllt mit seinen hölzernen Kringellöckchen. Sie bildeten eine Spitze wie ein Zuckerhut, es war ein riesiges Bett aus braunem Geraspel und tatsächlich war Estella sofort davon angezogen, sie war von allen Betten angezogen.

«Na? Traust du dich?» lauerten die Kerle –

Estella Arabella lachte schallend. Sie hatte sich alles angesehen, wiegte sich im Rückwärtsgang zurück und schüttelte langsam ihre Röcke, hoch und höher, legte die schmalen Beine frei und packte die Röcke dann fest.

«Höiii-höööii!! Hööööiii!!» Die Männer gerieten außer Rand und Band, Burkhard war sowieso schon fast ohnmächtig. Sie feuerten Estella an und schrien und brüllten.

«Es-tel-la-a-ra-bel-la! Zeig's uns! Gib's uns! Estella! Spring für uns! Estella Arabella!!»

Estella Arabella lachte laut auf, daß ihre Zähne im dämmrigen Licht blitzten. Das Kettengerassel um den Hals funkelte und die gefärbten Zigeunerlocken rauschten. Dann rannte sie los.

«Estella!!!» schrien die Kerle.

Estella sprang in hohem Bogen, anmutig mit gerafften Röcken, in die Grube. Die Beine schossen in die Späne, danach erst die Röcke, und dann geschah, womit keiner gerechnet hatte. Estella fuhr in die Grube wie in die ewige Verdammnis. Die Röcke stülpten sich um sie und sanken mit ihr in die Tiefe.

Die Hobelspäne waren so leicht und so locker aufgeblasen, daß Estella mit ihrem Gewicht hindurchsackte bis auf den Erdboden. Die spiraligen Reste fleißiger Arbeit waren über ihr zusammengeschlagen und hatten sie vollständig begraben. Der Keller war natürlich mehr als mannshoch, bald drei Meter, und im staubigen Dunkel irrte Estella jetzt ungesehen herum.

Da näherte sich das zweite Unglück. Die dicke Brettertür unten ging auf und der Kistenfranz, der sonst immer im Büro saß, lief in die Hallen und hinter ihm her stapfte ein Vertreter für Sägen und Zeug. Sie gingen plaudernd und leichthin grüßend daher und blieben stehen an der großen Hobel. Ausgerechnet. Die Kerle hielten die Luft an, und Estella im Hobelspankeller hielt wohl auch die Luft an, allerdings kriegte sie ja dort unten nichts mit. Mußte der Franz denn heute kommen und ausgerechnet jetzt? Sie konnten es doch dem Franz nicht antun, daß sie hier dauernd solche Scherze machten. Denn wenn sie auch nicht die besten Menschen waren, so neigte sich noch der größte Drecksack irgendwie vor Franzens buchstäblicher Güte. Zwar vielleicht zähneknirschend, aber in Franzens Augen wollte jeder doch gelitten sein. Also ließen sie Estella im Keller sitzen und sagten sich, vielleicht fand sie ja dort unten die Tür. So wenig Luft konnte es auch nicht sein, war ja alles lose aufgeschüttet, das mußte schon irgendwie gehen.

Der Kistenfranz und der Vertreter hatten sich an die Maschine gelehnt und erzählten sich was. Der Vertreter wollte gerade seine Mappe mit verrutschten Klarsichthüllen herausziehen, als es im Loch für die Späne zu strudeln anfing und etwas wühlte und wühlte und lebendig wurde. Der Vertreter dachte wohl erst, daß das zum normalen Arbeitsvorgang gehörte, eine innere Absaugung vielleicht, aber der Franz wußte sofort, daß es hier nicht mit rechten Dingen zuging. Er starrte auf die Späne und starrte und starrte, denn da ragte auf einmal eine Hand aus den Spänen und winkte. Es war eindeutig und unverwechselbar Estella Arabellas Hand, die Reifen klirrten und die Ringe funkelten und so schmal war die Hand, als ob sie alle Reifen bald verlieren wollte. Hier ging es doch um ein Menschenleben! Ohne zu verstehen, was eigentlich vorgegangen war, nur mit dem unguten Gefühl, daß die undurchschaubaren Mistkerle wieder etwas angestellt hatten, war Franz schon drauf und dran, mit einem Kopfsprung in die Späne zu tauchen, um die Versunkene zu retten. Doch da wurde der ganze nackte Arm sichtbar. Estella Arabella, mit der Zähigkeit einer wilden Weide und dem Überlebenstrieb eines Wiesels ausgestattet, wühlte sich aus den Tiefen der Hobelspäne hervor, und bald erschienen auch Nase und Mund. Die Kerle und Franz atmeten so tief durch, wie den ganzen Tag schon nicht und der Vertreter konnte gar nicht mehr atmen, so geschockt starrte er auf das Loch.

Estella tauchte aus der Tiefe empor wie Venus in der Muschel aus dem Meere. Franz starrte sie an, und Burkhard bibberte. Er hätte sie retten sollen, er alleine. Er schalt sich ein feiges Schwein.

Als Estella das Gesicht von Franz erblickte, rührte sie sich keinen Millimeter mehr. Sie warf nur ihre Arme wie kraftlos auf das hölzerne Gekräusel und blickte ihn leidend an.

«O Franz! Beinahe wäre ich erstickt!»

«O mein Gott! Mein Gott!» rief der Franz. Er legte ein Brett quer über das Loch und reichte Estella die Hände und zog.

Estella war ja leicht, aber Franz war nicht mehr der Kräftigste. Allein die Not verlieh ihm Kraft. Dann sank Estella anmutig in sich zusammen.

«Wie ist das denn passiert?! Bist du hineingefallen?!» fragte Franz außer sich.

«Die Kerle haben mich hineingeschmissen!!» jammerte Estella und verdrückte doch eiskalt eine Träne zwischen den Wimpern.

Wütend kniffen die Kerle die Gesichter zusammen. Als Franz aber Estella Arabella endlich aus den Hobelfluten herausgeschält und gezogen hatte, und sie über und über voller Späne und Sägemehl vor ihm stand, da ließ er doch den Vertreter stehen und nahm sie mit in sein Büro und gab ihr dort einen Korn.

Dies war für Estella Arabella ein Glückstag. Sie taumelte auf den Schreibtisch zu und tat blaß und verwundet, und wartete bloß darauf, daß Franzens Schulter in ihre Nähe kam, damit sie dransinken konnte. Jetzt oder nie. Es war doch alles für was gut im Leben.

«O Franz, es war so schrecklich, so dunkel, so stickig, ich dachte, ich müßte sterben ...»

«Ich könnte die gemeinen Kerle machmal umbringen ...»

Das war der Moment! Estella beugte sich vom Schreibtisch zu ihm hin, verdrehte ihren Kopf, damit der an den Kragen vom Franz herankam. Dann lag sie endlich an seiner Brust.

Franz wurde stocksteif. Er klopfte Estella den mageren Rükken, wie man einem Hund die Flanke klopfte:

«Eijajei. Eijajei. Dir ist ja nichts passiert. Ich muß jetzt mal den Vertreter holen, der steht da in der Halle herum. Du kannst ja noch eine Weile hier sitzen und dich ausruhen.»

«Warte Franz! Noch nicht! Schau mal, die Späne, die habe ich überall in den Kleidern hängen ... sogar in der Wäsche ... die muß ich erst herausholen, sie hängen mir ... hier ... und da ... und hier ...»

Estella Arabella zeigte Franz, wo an ihr die Späne überall herumhingen.

«Dann hol dir die Späne eben heraus und mach, was du machen mußt. Dann gehe ich eben mit dem Vertreter in die Halle, ich kaufe sowieso nichts, also dann!»

Er rannte aus dem Büro und Estella fluchte. Sie war so wütend, daß sie den Korn schon gleich aus der Flasche trank. Verdammter Mist. Abgeblitzt wie ein Mauerblümchen in der Tanzstunde, verdammt noch mal, der Franz, der Idiot, der wußte nicht, was gut ist! Verfluchter alter Wollweber, an dem war sie klebengeblieben, der hatte sie noch genommen, ein guter Mann. Aber nur ein Mann, ein einziger Mann, das genügte ihr nicht, das war zuwenig. Sie würde ewig hungrig bleiben, darum war sie auch so dünn, weil sie ein Leben lang hungrig blieb. Sie rasselte mit den Reifen und hieb sich fauchend die Späne aus den Röcken und schüttelte sie aus den schmalen Wäschestücken und der Bluse. Sie trat gegen die Wand und kippte aus Versehen den Aschenbecher um. Und dann betrat sie wieder die Halle, schlich knurrend und aufgereizt an die Werkbank zurück.

Friedhelm ist gemein, dachte Gretel Koch. Sie faltete das geschnittene Teerpapier und beugte sich über die Sperrholzkiste. Es war eine leichte Kiste, leicht, weil sie fliegen sollte, den Bauch voller Maschinenteile, aber vielleicht schaukelte sie auch im Innern eines Frachters über das Meer. Die Kiste würde eine weite, weite Reise machen von Dornweiler aus, weiter vielleicht, als je ein Dornweilerer gekommen war. Jedenfalls mußte sie mit Teerpapier ausgeschlagen werden, wegen der Feuchtigkeit – und das machte Gretel Koch. Sie legte das Teerpapier in die Kiste und tackerte es fest. Wann immer sie sich überbeugte, stieg ihr die Bitternis über die Augen, als sei sie damit bis zu den Lidrändern gefüllt und sie mußte bei jeder Bewegung fürchten, daß sie überfloß. So wenig Gewalt hatte sie über den fließenden Gram, der sie zu jeder Zeit erfüllte.

Noch heute morgen hatte sie zu Friedhelm gesagt, daß er den richtigen Platz hätte, wenn er in der Laube schlief, er solle nur immer in der Laube schlafen, denn in ein anständiges Haus gehörte er nicht hinein. Er sollte sich wälzen auf der alten Chaiselongue, das sei gerade gut genug für ihn, das staubige Dreckding.

Das alte staubige Dreckding sei auf alle Fälle eine bessere Matratze als sie, Gretel, hatte Friedhelm geantwortet. Daraufhin war Gretel rasend geworden und hatte Friedhelm über und über beschimpft, nicht kreischend, das machten die Frauen von Dornweiler nicht, sondern mit dunklen, fluchenden Worten, er Schwein, er schlechter Hund, er Säukrüppel, Drecksack, Mißgeburt, Drecksau … was immer ihr einfiel. Und sie suchte sehr, daß ihr noch mehr einfiel. Sie wollte ihm in den Kaffee spucken, ihn schlagen, sie wollte sich vergessen, sie hätte ihn umbringen können. Aber schon seit zwanzig Jahren, seit dreißig Jahren, lebte sie mit der immer gleichen Wut im Bauch, ohne daß sich das Ventil geöffnet hätte, ohne daß sie in ihren eigenen Worten eine Wucht gespürt hätte, die groß genug war, um Friedhelm ausreichend zu bestrafen. Es gelang ihr nicht. In der Laube schlief er von selbst. Sie hatte ihn nicht vertrieben. Etwas in ihr hoffte in den ganzen, langen, unzähligen Jahren, es würde wieder gut. Es wurde aber nicht gut. Die Bitternis ergab sich, weil ihre Worte Friedhelm nicht trafen. Was immer sie tat oder erfand an Demütigungen, sie erreichte ihn nicht wirklich. Er lachte nur. Er liebte sie nicht. Er verachtete sie nur. Er ließ sich niemals treffen.

Das war der Kern ihres Grolls. Nicht daß er sich herumgetrieben hatte mit anderleuts Frauen oder den Kurgästen von Gommerheim. Nicht daß er mit ihnen vor ihrer Nase herumgelaufen war. Nicht daß die anderen Frauen schöner gewesen waren, sondern daß er gesagt hatte: schau dich doch im Spiegel an, was willst denn du? Nicht daß er sie in all den Jahren so sehr beschimpft hatte, sondern daß sie es ihm nicht wert gewesen war, sie genug zu beschimpfen.

Der Groll hatte Gretel nicht schöner gemacht. Von den gestauten Tränen waren ihre Augen aufgequollen, die Nase war größer geworden, und zwischen ihren Locken standen die kleinen Scheitel, die sich von Wickler zu Wickler gebildet hatten. Zuviel Festiger hatte sie hineingetan, die Haarrollen lösten sich nicht mehr, starr hielten sie auf der Kopfhaut fest, ohne sich zu rühren. Es war Gretel wurschtegal. Sie machte sich nicht mehr schön, wozu auch. Ihr Leben war verwirkt und vorbei und die Kinder aus dem Haus. Der Mann schlief in der Laube. Wenigstens war sie im Haus und er wie ein Hund vor der Tür. Hätte er sich nur auch gefühlt wie ein Hund vor der Tür.

Gretel hörte die anderen lachen und man sagte, Estella Arabella sei in die Hobelspäne gesprungen und bis über die Ohren versunken. Das war Gretel auch egal. Sie verzog den Mund zum Grinsen, aber es erreichte nicht einmal die Wangen, geschweige denn ihr Herz, sollten die anderen doch lachen, die hatten ja wenigstens was zu lachen, für sie war alles erledigt und ihr Leben ruiniert.

Es war ein schöner Frühling gewesen, als sie heirateten. Es war in der Kirschblüte und Gretel hatte den weißen Kranz mit dem Schleier getragen. In Dornweiler war früh die Sonne aufgegangen, und der Himmel war blitzeblau gewesen, und alle hatten sich feingemacht. Es gab ein gutes Hochzeitsessen, und der Vater trug ein Sträußlein im gestreiften Anzug und hatte einen neuen Façonschnitt. Es schien ihr, als hätten unzählige Blumen geblüht. Aber die schönste Blume war ja sie gewesen, die Braut.

Hätte sie nur gewußt. Es war ihr schon damals im Winkel ihres Herzens so vorgekommen, als hätte es Friedhelm nicht ganz ernst gemeint mit ihr, als sei sie nur zweite Wahl gewesen aus anderen Gründen, eine aus Anstand oder Verlegenheit, aber wer wollte so etwas schon ernsthaft denken, am Hochzeitstag. Wäre sie nur nicht so blind in diese Ehe gestolpert, so unsäglich blind, so töricht wie ein junges Kalb, so unwissend, so blöde. Niemand hatte sie gewarnt. Keiner hatte zu ihr gesagt, den Friedhelm, den laß mal lieber sein, das ist kein Guter.

Noch heute, wenn man sah, wie alles geworden war, wie sie im Dorf blamiert war bis auf die Knochen, indem der Friedhelm ohne etwas vorzumachen mit anderen Frauen die Straße herunterging, noch heute sagten die Leute sogar, daß sie, Gretel, vielleicht schuld daran gewesen sei. Daß sie Friedhelm nicht halten konnte oder garstig zu ihm gewesen war. Die Ungerechtigkeit brachte sie um den Verstand. Vielleicht hatte sie wirklich etwas falsch gemacht. Sie konnte sich ja immer nicht so ausdrücken. Andere konnten sich besser ausdrücken. Wir furchtbar. Wie viele düstere Jahre. Das konnte doch nicht alles an ihr gelegen haben.

Der Grund war nur, daß Friedhelm nicht der Sinn nach ihr stand. Das wußte sie genau. Ihm stand der Sinn nach allem möglichen und nach was, das konnte sie nicht ergründen.

Was Gott der Herr zusammengefügt hatte, durfte der Mensch nicht trennen. Sie tackerte Tag für Tag die Teerpappe in die Kisten, und wann immer sie sich überbeugte, geriet die Bitternis aus dem Gleichgewicht, floß der Gram über, so blieb sie ihr Leben lang, unerlöst und hoffnungslos, ein Krug voll Gift und Galle.

Veronika gefiel keinem. Sie gefällt uns nicht, sagten die Leute. Schon seit geraumer Zeit verlor sie an Farbe. Da die Farbe und der Schwung aber das Auffälligste überhaupt an ihr waren, konnte man glatt Angst haben, daß sie sich selber verlor. Diese olle Strickjacke hätte sie früher im Leben nicht angezogen. Jetzt trug sie sie lieblos hochgekrempelt und watschelte durch die Gegend wie eine Ente. Seit Wochen schon hatte sie nichts mehr von Hardy, ihrem Prinzen, erzählt, obwohl sie nach wie vor jeden Abend in der Waldeslust saßen. Es konnte doch nicht sein, daß ihr ewiges, schepperndes Liebeskarussell an Fahrt verloren hatte? Unmöglich. Da bei Veronika immer alles in Ordnung war, solange sie ihren Kerl vergötterte, konnte die Wurzel allen Übels nur auf diesem Gebiet liegen. Ein trüber Schleier lag über ihren himmelblauen Augen.

«Geh und hol mal den Hubwagen», sagte Old Berta, schickte sie hoch zu den Kerlen und hoffte, daß Veronika nicht in eine Kiste gesperrt wurde und nicht an einen Baumstamm gefesselt oder in die Hobelspäne geworfen oder mit dem Lufthammer in den Hintern geschossen wurde. Das geschah alles nicht. Es geschah nur, daß ihr die Kerle den Hubwagen nicht gaben, sondern sagten, die Weiber sollten die Paletten selber hochtragen.

Veronika stand also oben in der Halle am Anfang der Schräge, und von den Werkbänken schauten die Weiber hoch, warteten und machten eine Verschnaufpause, weil sie unten jetzt Platz brauchten, um einen neuen Palettenstapel anzufangen. Es wurde Zeit, daß der neue Gabelstapler kam. War doch Murks, mit dem Hubwagen, der sich so schlecht fuhr und mit dem man überall anstieß, und die Paletten schwankten und schwindelten und waren so schwer zu ziehen die Schräge hinauf. Mit vier Frauen mußten sie in einem Schwung ziehen und schieben. Am besten hätten es zwei Kerle gemacht, aber die zu rufen, brachte mehr Ärger, als daß es gut war. Alle schauten auf Veronika, und wer rauchte, der rauchte jetzt, und besonders Old Berta, die schließlich immer vor sich hinqualmte.

Da drehte Veronika sich um und rief:

«Sie wollen mir den Hubwagen nicht geben!»

Und als sie sich umgedreht hatte und herunterrief in die

Halle, sah jeder die Bescherung. Veronika waren die Knöpfe am Kittel geplatzt. Wie ein blauer Vollmond strahlte der Bauch aus der grünen Kittelschürze heraus und drängte sich vor die Strickjacke und alle anderen Kleidungsstücke, vollendet und rund, zur allgemeinen Beachtung und großen Bewunderung.

«Allmächtiger», sagte Gretel. Selbst Lischka Kossak schielte hinter der Kreissäge hervor.

«Sie hat es geschafft», flüsterte Ilse Fürbeth.

«O mein Gott, ein Balg, mein Gott, wir furchtbar», sagte Estella Arabella.

Old Berta rieb sich grinsend die Hände. «Gut gemacht. Hervorragend. Sie hat ihm eines untergejubelt. Das ist doch gleich einen Korn wert.»

Veronika kam zurück und Old Berta breitete die Hände aus und drückte sie dann fest an sich.

«Prachtvoll, mein Mädchen. Bin stolz auf dich.» Sogar eine Träne blitzte in ihren Koboldaugen.

«Was ist denn los?» Veronika war ganz verdutzt.

«Na, der Kasper in deiner Schublade. Kind Gottes. Ich wünsche dir alles, alles Glück.»

«Berta, ich glaube, du spinnst. Was soll denn das?»

«Na, du bist doch schwanger!» platzte Paula heraus.

«Was bin ich?!»

Einen Moment herrschte verwirrte Stille. Offensichtlich hatte Veronika einen Dachschaden.

«Was sagt Hardy denn dazu?»

Veronika blickte ratlos um sich.

Alle betrachteten Veronika ungläubig. Sie konnte doch keinem vormachen, sie hätte nicht gemerkt, daß sie schwanger ist.

«Veronika, du kriegst ein Kind», sagte Old Berta ernst.

«Nein!!» schrie Veronika wütend. «Ich bin in letzter Zeit vielleicht ein wenig dicker geworden, aber ich bin doch nicht schwanger!!»

«Allmacht des Herrn!» rief Old Berta. «Das hier habe ich noch nicht erlebt. Veronika, hör mich an und komm zu Verstand! Sieh dich doch mal an! Du hast einen Bauch so rund wie eine Wassermelone, so was kann man sich nicht anfressen! Du bist im fünften Monat, mindestens! Da kann man sich doch nichts vormachen, das merkt man doch! Bist du denn blödsinnig?!»

Veronika starrte Old Berta an.

«Wie sollte ich schwanger sein?»

Die anderen fingen an zu stöhnen. Das durfte doch nicht wahr sein.

«Heiliges Kanonenrohr», sagte Old Berta.

«Na, vom Heiligen Geist», sagte Estella Arabella. «Oder vom Küssen. Ja, vom Küssen wird man schwanger.»

Veronika sah an sich herunter.

«Irre», sagte Ilse. «Sie ist irre. Sie hat schon den Blick.»

Old Berta nahm Veronika sanft in den Arm und wanderte mit ihr zum verstaubten, blinden Sägemehlfenster.

«Komm zu dir, Veronika. Sieh der Wahrheit ins Auge. Du erwartest einen hübschen, niedlichen, kreischenden Hosenschisser. Du darfst dich freuen. Warum du dir die ganze Zeit die Augen zugeschmiert hast, weiß ich nicht. Aber da ist nichts mehr zu machen.»

«Aber das ... das ist einfach doch bloß ein normaler Bauch, nur ein bißchen dick, das war er immer.»

«Wir machen jetzt mal einen Termin beim Arzt. Du bist doch bestimmt beim Doktor Hessel. Und mit Hardy mußt du auch reden. Aber der wenigstens hätte das doch merken müssen.»

«Nein, wieso?»

Verwundert und irritiert und ängstlich blickte Veronika aus dem Fenster.

«Ein Mann merkt doch, wenn der Frau der Ranzen schwillt.»

«Daß ich ihm zu dick bin, das hat er gesagt.»

«Ihr liegt doch Nacht für Nacht beieinander.»

«In letzter Zeit war ich immer so müde. Bin eingeschlafen, bevor er heimkam.»

«Siehste, siehste, siehste. Na, komm. Es wird schon alles gut. Wir machen einen Termin, und du gehst zum Doktor, und du sagst dem Hardy Bescheid, und dann könnt ihr das Aufgebot bestellen.»

«Hm.» Rätselnd ging Veronika zum Arbeitsplatz zurück.

«Wie traumatisiert», sagte Paula.

«Die sieht aus, als hätte sie gerade die Bratpfanne vor den Kopf gekriegt, aber die gußeiserne.»

Paula bot sich an, Veronika zum Frauenarzt zu begleiten. Aber Veronika lehnte ab. Sie wirkte mondsüchtig am hellichten Tage.

«Aber Veronika, du hast dich doch irrsinnig auf ein Baby gefreut, du müßtest doch wahnsinnig glücklich sein!»

«Ich kann es nur einfach nicht glauben», sagte sie müde und wegwerfend.

«Du mußt aber zum Arzt», sagte Paula. «Wirst du denn gehen? Du mußt gehen.»

«Wenn du meinst. Ich weiß nicht. Vielleicht, ja.»

Es war ein schöner Märzentag, und deshalb entschloß sich Konrad, einen anderen Weg zu gehen als gewöhnlich.

Konrad war ein Mann, nach dem man die Uhr stellen konnte, und eigentlich ging er niemals einen anderen Weg, außer vielleicht einmal im Jahr, und das war heute. Das lag auch nur am Wetterchen so schön. Seine Frau hatte daheim schon den Kaffee gekocht, es war ja vier Uhr, aber im Frühjahr werden die jungen Böcke wieder wild, sogar die alten Böcke wurden oftmals wieder wild.

Konrad war nicht wild geworden, aber es zog ihn in die Gemarkung, er wollte sich mal so recht auslaufen, die langen Knochen ausmarschieren, die Luft in die Lungen blasen. So lief er geradewegs die Stuhllehne hinauf, dann am Schafsbach westwärts zum dicken Baum und ging gerade, aufrecht wie er war, einmal um den Eulenbirnbaum herum. Er pfiff ein Lied.

Nicht nur ihn trieb es hinaus ins Freie. Der Huflattich stand schon am Wegesrand herum und bot seine heilende Blüte an, damit sich vielleicht einer einen Tee gegen den Husten machen konnte. Das war im März ja notwendig.

Konrad beachtete den Huflattich nicht, denn der Huflattich hatte keine Kultur. An ihm war nichts Zartes – der dicke Stiel, der grobe gelbe Kopf wie ein Löwenzahn im Bastrock. Der Huflattich drückte sich zwischen Steinen und an Bahngeleisen empor, er war so grob, er wuchs an jeder Müllhalde, wenn es sein mußte. So verzierte der Huflattich die übelsten und stinkendsten Plätze mit gelben Pünktchen, um von größerer Schönheit zu künden. Der Huflattich war sich für nichts zu schade.

Manchmal kriegte er Gesellschaft von der roten Taubnessel, das war auch so eine. Eine Schuttplatzkönigin, eine alte Ackerdame, die die Hacke, den Tod und den Teufel nicht fürchtete. Sogar die rote Pestwurz konnte man hier finden, zum Verzaubern, zum Verhexen, zum Heilen von Kopfweh und offenen Wunden. Wenn einer was davon verstand. Konrad aber freute sich, als er am Rande der Buchen in den vertrockneten Laubblättern ein Leberblümchen fand. Ein Leberblümchen war schon da! Es streckte seine schmalen Blütenblätter stolz in alle Himmelsrichtungen aus, blaß und violett und auf der Unterseite purpurn. Auch nur Unkraut, eigentlich. Aber ein Leberblümchen. Eine Weile ging Konrad durch den frösteligen Wald mit seinen nackigen Buchen und entweder würde er früher oder später diese Bäume vor seiner Nase in Kisten verwandelt sehen, oder aber sie würden mal für Konrad einen Sarg daraus machen. Oder aber sie blieben die Sieger und standen noch viele Menschenleben lang, wenn sie auf dem Kirchhof schon längst Konrads verwitterten, schiefen Grabstein wegschafften, weil sich an seine verfaulten Knochen niemand mehr erinnerte. Auf einer Lichtung tauchten Anemonen auf, schaukelnd und weiß, wie Engelsglöcklein, zitterig und zart und erschrocken. Es wurde wirklich Frühling. Konrad bückte sich und suchte nach Ameisen. Seine Augen waren noch gut. Auf den Ärmeln entdeckte er Sägemehl und klopfte es grob ab. Dann wartete er wieder über dem Nadelholzhaufen mit den Wurmstichlöchern. Da endlich, da rührte sich etwas, da tummelten sie sich unter den trockenen Nadeln und hoben sie an und kletterten hier und da heraus. Je mehr sich seine Augen gewöhnten, desto mehr Ameisen sah er. Gottlob. Wenn Ameisen sich zeigen – ist vorbei des Winters Reigen.

Als er aus dem Wald heraus war, mußte er gegen die Sonne und das lichte Blau vom Himmel blinzeln. Es war schon Mariä Verkündigung. Der Tag, an dem der Engel des Herrn Maria die Botschaft gebracht hatte. Von jetzt an noch neun Monate bis Weihnachten. Maria bindet die Reben auf, nimmt auch leichten Frost in Kauf. In Konrads Kopf tummelten sich die Bauernregeln. Sehnsüchtig starrte er in den blauen Himmel. Ob sich nicht ein fliegengroßes Pünktlein zeigen wollte. Ein Vogel. Eine Schwalbe. Ein Schwalbenschwarm. Es war jetzt Zeit, daß sie wiederkamen.

Da sah er auf einmal in der Ferne einen Traktor fahren. Das war der Traktor von Rudi Kraft. Das war gut so. Denn: Im Märzen – soll der Bauer im Feld rumsterzen. Bestimmt ackerte er und säte Hafer und Weizen aus. Auf den gebleichten Wiesen wuchs noch kein einziger Halm außer dem Rispengras, das dünn umherschwankte und im Wind den Rücken bog.

Fleißig, fleißig, dachte Konrad. Kaum aus der Fabrik, arbeitete Rudi schon wieder weiter, treu, stetig, einfach so, für das Vieh, für seine armen Eltern. Der gute Rudi Kraft. Hatte man je von ihm etwas gehört in der Firma? Hatte er je aufgemuckt, sich beschwert, war er je zu spät gekommen oder hatte krank gemacht und gefaulenzt? Niemals. Gut, der schnellste war er nicht, aber stetig und verläßlich, das waren Konrad die liebsten.

Rudi schaute bei der Arbeit nicht nach hinten, nicht nach vorne, er tat, was er tun mußte und fragte nicht weiter, er sah aus der Wäsche wie immer, er hatte mit seinen dicken, kräftigen Wangen nur ein einziges Gesicht zu allen Gelegenheiten, wie eine dickbauchige alte Eule, allerdings ohne jegliche Weisheit. Aber da war noch jemand. Die alte Dürre, das konnte nur seine Mutter sein, wer sonst ging mit Rudi auf das Feld? Konrad witterte, als er herübersah, daß die Alte so eigentümlich einherkrauchte, und ihn überkam das untrügliche Gefühl, daß dort etwas nicht stimmte. Er hatte schon immer ein Gefühl für Unstimmigkeiten gehabt. Zu Hause sagten sie, der Konrad, der sucht die Gerechtigkeit mit der Laterne. Was willst du mit der Gerechtigkeit? Sie liegt im Bett und hat kein Kleid!

Was tat sie denn da, die alte Adele? Es sah aus, als ob sie sprang, als ob sie vor dem Traktor hersprang, wie ein lahmer grauer Vogel. Rudi aber saß oben, und sein Lachen wurde weit getragen durch die klare Luft. Rudi lachte und kurvte mit dem Traktor herum, hinter ihr her, jagte sie, und sie fiel in den Acker.

Hatte er richtig gesehen? Was machte denn Rudi mit seiner Mutter? Konrad fiel es schwer, seine Mitmenschen zu beschuldigen, er wollte immer erst lange nachdenken, bevor er einen Vorwurf erhob. Hier aber hatte er keine Zeit. Er mußte handeln. Also beschleunigte er seine Schritte, fing an zu laufen und durchquerte die Felder voller Erdaufwürfe und Grashügel, trabte mit seinen alten Knochen über den Acker und näherte sich dem Traktor. Rudi hatte ihn noch nicht bemerkt. Aber Konrad sah an seinem sturen Blick, daß er aufs neue auf die alte Mutter hielt und den Traktor auf ihren leichten Körper zusteuerte.

«Rudi!» rief Konrad mit mächtiger Stimme, die trainiert war, gegen den höllischen Lärm von Maschinen anzuschreien. «Rudi! Mach dich nicht unglücklich! Rudi! Hör sofort auf!»

Tatsächlich reagierte er auf das Kommando und hielt den Traktor an. Dann erst wand er den Kopf und erkannte Konrad.

«Ich habe überhaupt nichts gemacht!»

In tiefer Scham saß die Alte mit ihrem Kopftuch und darunter aufgelösten Haaren in der Ackerscholle. Sie bebte von einem dünnen Weinen und schüttelte nur immer den Kopf.

«Ich bin wohl gefallen», sagte sie und holte Luft mit einem Schlucken. An ihrer Schürze fehlten zwei Knöpfe, und die dürren Beine ragten aus Gummistiefeln heraus. Sie war eine Greisin.

«Du bist nicht gefallen. Der Traktor hätte dich beinahe umgefahren», sagte Konrad rauh. «Adele! Sieh mich an! Was habt ihr denn da getrieben?!»

Dann schaute er auf zu Rudi, der zum Himmel sah und natürlich auch zu dieser Gelegenheit kein anderes Gesicht machte, wie immer. Wie eine ausgestopfte Puppe saß er da.

«Rudi», sagte Konrad. «Mach den Traktor aus!»

Auf Befehle aus der Kistenfabrik reagierte Rudi sofort.

Konrad ging ganz nahe an das Fahrzeug heran. «Rudi ...» Konrad rückte seine Kappe zurecht, legte den Arm auf den riesigen Kotflügel und blickte hinauf, «auf Ehr und Gewissen. Hast du die Hand erhoben wider deine Mutter und wider deinen Vater?!»

Rudi schaute weiter in die Ferne.

«Ich habe nur Spaß gemacht.»

Konrad schüttelte den Kopf. Viel Reden war seine Sache nicht und hier mußte jedes Wort überlegt sein.

«Das hier sind keine Sachen nicht.»

Rudi schwieg.

«Du kannst ins Zuchthaus kommen, wegen so was!»

Rudi rührte sich nicht. Konrad wartete noch einen Moment

auf eine Antwort, dann drehte er sich um und half der Alten aufzustehen. Eine Weile brauchten alle, um sich zu fassen. Alles geschah wie in Zeitlupe. Selbst das Denken in Konrads Kopf geschah in Zeitlupe. Ihm dämmerte nur, daß man die Alte nicht alleine lassen durfte.

Konrad bedachte sich lange. Dann sagte er zu ihr:

«Ja, willst du denn mit dem Rudi wieder mitfahren??»

«Was dann? Was sonst? Es bleibt mir doch nichts übrig!»

«Aber wenn der Rudi es nicht gut meint, mit euch Alten, dann könnt ihr nicht bei ihm bleiben.» Die Greisin wägte eine Zeit ab und sagte dann mit brüchiger Stimme:

«Der Bub weiß nicht, was er tut, er ist nicht ganz richtig. Es ist ein Kreuz. Aber was sollen wir machen?»

Sie ließ sich von Konrad zum Traktor begleiten, und er hob sie hinauf auf das hohe Rad, wo sie sich festhielt am dünnen Eisen neben dem Sitzplatz. Dann, ohne Worte, legte Rudi den Gang ein und fuhr mit der erschöpften und gepeinigten Gestalt über den Acker davon Richtung Dorf.

Konrad aber blieb noch lange auf dem Feld. Die Freude an Leberblümchen war ihm vergällt. Das Wissen drückte ihn schwer. Was der Rudi vielleicht daheim mit den Alten trieb. Nicht daß die Alten die Besten aller Guten gewesen wären. Adele war schon immer ein Schermesser gewesen und sie wetzte ihren scharfen Mund an Karl, ihrem Mann und an den Kindern, solange sie noch auf dem Hof waren. Rudis Pech war es gewesen, als einziger dageblieben zu sein. Daß er sich aber eines Tages auf diese Weise rächen könnte, das konnte keiner ahnen. Das alles hätte Konrad nun vergessen oder verschweigen sollen. Aber das tat er nicht. Das konnte er nicht. Der armen Alten zuliebe, die doch immerhin einen Stall voll Kinder großgezogen und nichts zu reißen und zu beißen gehabt hatte, sollte jetzt vom tumben Rudi auf den allerletzten Tagen noch gepiesackt werden, da mußte er etwas unternehmen. Die Witze, die Rudi machte, hatten den Humor eines Zweijährigen. Jemanden schubsen, damit er fiel, jemanden verbrühen, damit er schrie, eine Katze fangen und einsperren und am Schwanz herumschleudern, hauen, spucken, brüllen, Angst machen. Das waren Rudis Späße.

Die Last der Verantwortung lag schwer auf Konrad. Was sollte denn geschehen? Die Alten vom Hof herunterholen und zu den anderen Kindern schicken? Oder Rudi wegschicken? Wohin denn? Wer wollte ihn aufnehmen und wie sollte er leben? Wenn er zur Verwandtschaft ging, dann würden sie ihm am Ende die Einmischung verbieten. Und die alte Adele würde womöglich noch schweigen, weil sie sich lieber zu Tode quälen lassen wollte, als daß die Familie ins Leutgeschwätz kam. Das war nämlich das Schlimmste. Konrad war sehr gedrückt, als er langsam durch die Gemarkung zum Dorf zurückschritt. Er würde doch als erstes mal mit dem Pfarrer reden. Wie gut, daß es den noch gab. Dann wollte er mit Franz reden. Und mit dem Bürgermeister. Oder nur mit dem Bürgermeister. Oder nur mit dem Pfarrer. Oder nur mit dem Franz. Oder mit niemandem. Oder. Konrad seufzte den lieben langen Weg entlang, bis er zu Hause war, wo seine Frau schimpfte, weil der Kaffee kalt geworden war.

Die Weiber stellten die Werkbänke enger zusammen und fledderten und sprachen darüber, daß es in Kallestedt jetzt einen Kosmetiker gab. Natürlich war Ilse Fürbeth schon dagewesen. Paula war nicht zum Lachen zumute und sie konnte auch nichts dazu sagen, von Kosmetik verstand sie sowieso nichts, sie nahm ja nur Labello. Sie hing sehr durch und blaß und blutleer war sie auch.

«Das ist die Wintersonne», hatte die Mutter gesagt. – Jaja, hatte sie geantwortet. So sah sie aus, wie eine bleiche Wintersonne über einem dunkelblauen Sweatshirt.

«Zieh nicht immer so dunkle Farben an!» sagte die Mutter. «Das macht dich noch weißer.»

Aber sie verbarg sich gerne in den dunklen Sachen und Mütter hatten sowieso nicht recht. Es ging ihr nur schlecht wegen dem gestrigen Abend. Eigentlich war es ja sehr schön gewesen gestern abend, so normal, ein Mittwochabend, nichts Besonderes, keine Feier, kein Fest, kein Gelage, es war einfach nichts zu erwarten gewesen, außer dem Gewitzel hin und her und dem Gefühl von Geborgenheit, in der Clique zu sein mit Alex. In der Clique war Alex wunderbar. Anerkannt, gemocht, liebreizend. Kneipe in Kallestedt, Kerze auf dem Tisch, Musik aus der Box, nichts weiter. Warum nur, warum und wann eigentlich, hatte Alex bloß angefangen, sich so zu betrinken. Es betrank sich ja sonst niemand. Warum nur war sein Bier immer so schnell leer gewesen und dann kam schon ein neues, ein großes, ein schäumendes Pils, das überlief. Soviel vertrug er ja nicht. Er war billig abzufüllen, verlor gleich die Haltung und schlingerte herum. Bald lag sein Oberkörper auf der Tischplatte, den Kopf erhoben, die Finger gestikulierend, lallte und lachte er vor sich hin. Da verlor er seine Schönheit. Alex war immer dann schön, wenn er aufrecht und seinen scharfen Konturen entsprechend männlich verwegen und tollkühn daherkam. Sein starkes Profil und die klaren Linien schienen geschaffen dafür, Arpad den Zigeuner aus ihm zu machen, aber er konnte das nicht bringen. Häufig sackten seine Schultern herab, er lungerte wie ein Sofakissen in den Ecken, gab einfältige Antworten, war weich und ohne Gleichgewicht. Alex war also nicht immer der blitzende, strahlende Mann vorm Firmament. Alex war ein Mann, den man wie eine Schmusedecke hiner sich herzog. Jetzt war er voll. Nicht schön voll, sondern scheußlich voll. Paula genierte sich. Das peinlichste war aber, für ihn zuständig zu sein. Daß sie ihn jetzt vor versammelter Mannschaft herausnötigen mußte, um ihn ins Auto zu schaffen. Natürlich war in ihrem Alter dauernd jemand viel zu voll. Es war stinknormal, daß einer heraustorkelte und auf der Straße erbrach. Oder den Weg nicht nach Hause fand. Oder einer mit blutender Nase verwegen durch die Kneipe taumelte. Paula hätte jeden, der sich gekloppt hätte und mit blutiger Nase herumfiel, eingetauscht gegen ihren labberigen, schwankenden, fuchtelnden und dümmlich grinsenden Alex. Notgedrungen transportierte sie ihn hinaus, schob ihn in den Fiat und fuhr mit ihm herunter an den Weiher. Wollte gerade aussteigen und nervös rauchen. Fragen, weshalb er sich so betrunken hatte. Aber sie kam nicht aus dem Auto heraus. Denn Alex im Liebeswahn fiel alsbald auf sie drauf, kriegte auch mit eigenartiger Zielsicherheit sofort die Rückenlehne flachgestellt und wurstelte nun an ihrem Pullover herum. Wie immer fiel es ihm schwer, Pullover, Hemd und andere Einzelteile zu unterscheiden, und so packte er an der Hüfte alles, was er an Gewebtem und Gestricktem fand und schob es unter großem Kraftaufwand zu einem einzigen Krempel empor. Er riß ihr fast den Kopf ab bei dem Versuch, ihn ihr über die Ohren zu zerren. Paula seufzte unglücklich und fühlte sich nicht stimuliert. Über ihr der wild herumfuhrwerkende Mann, lag sie da und wußte einfach nicht weiter.

«Alex!» rief sie. «Alex! So geht das nicht! Alex!»

Sie krallte sich in seine Schultern und wollte ihn wegschieben. Aber sie wußte gleich, daß er darauf nicht reagieren würde und daß er mit seiner ungestümen Kraft eines Betrunkenen überlegen war. Wenn doch wenigstens eine Horde randalierender Jugendlicher an den Weiher gekommen wäre. Ein nächtlicher Spaziergänger. Irgendeiner. Alex hatte immer Angst, beobachtet zu werden. Paula starrte durch die sich langsam beschlagende Seitenscheibe und ließ ihn weiter fuhrwerken, dachte, es hat ja sowieso keinen Zweck, sie war ohnehin eine so lieblose Partnerin, irgend etwas war sie ihm schuldig und auf einmal mehr oder weniger kam es auch nicht mehr an. Irgendwann würde es vorbei sein.

So ergab sie sich in ihr Schicksal, versuchte tief durchzuatmen unter der bleiernen Schwere seines Oberkörpers und unter seinem heftigen Keuchen. Es war einfach furchtbar. Da merkte sie, er keuchte gar nicht. Das Atemgeräusch war zwar verändert irgendwie, aber Alex bewegte sich gar nicht mehr. Mitten während eines groben Gefummels irgendwo da hinten zwischen Schenkel und Pofalte war seine Hand lahmer geworden, immer lahmer, dann lag sie nur noch und tat nichts mehr. Ein tiefes schnarchendes Geräusch löste das Rätsel. Alex schlief den Schlaf der Gerechten und Paula war unter ihm begraben.

Sie hatte bestimmt eine halbe Stunde gebraucht, um sich zu befreien. Hatte den kaum noch zu sich kommenden Kerl weggewuchtet und fuhr ihn jetzt wie einen Sack nach Hause. Zerrte, hieb, schlug ihn aus dem Auto heraus. Als er zu sich kam, seufzte er nur einmal, blinzelte orientierungslos, und dann wankte er der Haustür entgegen.

«Schlaf gut», hatte Paula betreten gesagt.

Old Berta pfiff prüfend aus der hohlen Wange und betrachtete Paula eingehend.

«Du machst vielleicht ein Gesicht. Da wird ja die Milch sauer.»

Paula schaute unglücklich vom Holzleim hoch.

«Kannst du nicht mal ein Liedchen trällern oder so? Na ja. Aus einem verzagten Arsch fährt kein fröhlicher Furz.»

«Laß sie doch», sagte Gretel.

Aber Berta ließ sie nicht. «Na ja», sagte sie und kratzte sich am Kopf auf ihren dunkelbraunen Locken, die sie immer noch färbte und deren Ansatz grau durchschimmerte.

«Hast du nicht gewußt, Paula, daß Herzenstraurigkeit eine Todsünde ist?»

«Herzenstraurigkeit?»

«Ja. Weil es Mangel an Gottvertrauen bedeutet. Herzenstraurigkeit!» Sie blickte Paula an.

«Und Geiz!» Sie zeigte mit dem Finger auf Gretel Koch.

«Völlerei!» Sie zeigte auf Veronika.

«Wollust!» Zu Estella Arabella Wollweber.

«Und Hochmut!» Das blieb übrig für Ilse Fürbeth.

Damit hatte Old Berta es sich innerhalb einer Sekunde mit allen rundherum verdorben. Paula war froh, daß sie mit der Herzenstraurigkeit noch glimpflich davongekommen war. Estella Arabella scharwenzelte heran.

«Und von Trunksucht und Kettenraucherei steht da nichts in der Bibel?!»

«So wie ihr richtet, so werdet ihr gerichtet werden!» rief Gretel Koch.

«So, die Bibelstunde ist zu Ende», sagte Old Berta.

Dann weigerten sich alle, mit Old Berta weiterzuarbeiten. Sie sollte bloß alleine an die Nagelmaschine gehen. Das sah Old Berta aber im Traum nicht ein.

«Ich bleibe hier stehen. Können die anderen doch an die Maschinen zurückgehen, mache ich die Kisten eben ganz allein.»

Schließlich rührte keine mehr einen einzigen Finger. Es konnte nur noch wenige Momente dauern, dann kam Konrad angeschossen. Er kam aber nicht angeschossen, sondern kam müde herbeigeschlurft.

«Ist der Leim alle?»

«Berta hat uns alle beleidigt mit ihrem frechen Maul – sie soll an die Maschine gehen.»

«Ich weiche keinen Millimeter», sagte Berta.

«Leckt mich alle», sagte Konrad. «Rutscht mir den Buckel. Blöde Weiber.»

Dann drehte er sich um und ging davon.

Old Berta kaute fest auf ihrer Zigarette, holte die Nagelpistole und schoß über Kimme und Korn mit Genuß eine Kiste zusammen. Die anderen ahnten aber schon, daß irgendwas passiert war, das größer und schlimmer war als ihr Gezank. Da lag was in der Luft. Also steckten sie die Rüpeleien lieber weg und beugten sich notgedrungen unter Bertas Grinsen über die Werktische und legten Bretter und Böden und Leisten zusammen und klebten und nagelten und schleiften ein wenig. Keine sagte mehr was.

Da gingen vor ihnen auf einmal der Bürgermeister und der Pfarrer vorbei und grüßten kurz und marschierten sofort ins Büro vom Kistenfranz. Hä? Was machten die denn hier? Wenig später trottete auch Konrad ins Büro. Das war alles irgendwie merkwürdig. Hier ging es wohl nicht um den nächsten Betriebsausflug.

Im oberen Teil der Halle kam die Arbeit auch ins Stocken. An der Gatter ging es nicht recht weiter. Rudi mußte die Eisenklammer um die Stämme legen, damit die Gatter sich einen neuen Baum in den Rachen schieben konnte. Aber die Gatter kriegte nichts mehr. Rudi mit seinem Cordhut hatte die Eisenklammer am Arm und starrte und starrte auf die Eisenklammer und wußte nicht vor und nicht zurück.

«Was ist denn, Schlafmütze. Mach den Stamm rein. Irgendeinen. Kannst dir auch einen aussuchen», sagte Andres.

«Ja», sagte Rudi und kam trotzdem nicht klar.

«Hast du einen Schlaganfall?»

Rudi antwortete nicht und hantierte sinnlos an den Schrauben herum.

«Alzheimer Light?»

Rudi senkte den Kopf zutiefst und ließ auch die Eisenklammer sinken.

«Jetzt haben sie's über mich. Im Büro. Da haben sie's über mich.»

«Was? Wer? Was hast du gesagt?»

Aber Rudi sprach nichts mehr.

«Rühr dich! Blödmann! Ist dir nicht gut?»

«Dann sagen sie's der Polizei.»

Niemand hatte verstanden, was Rudi gesagt hatte. Aber jeder kriegte mit, daß er auf einmal aus der Fassung war. Der Kopf, der sich sonst nie bewegte, wackelte, er seufzte so komisch, das war die schiere Angst.

«Er kriegt vielleicht einen epileptischen Anfall», sagte Burkhard. Rudi hatte sich den Hut abgezogen und fuhr wild und hektisch durch seine Haare. Er schüttelte den Hut, als ob dadurch etwas zu ändern sei. Die graue Cordweste mit dem speckigen Schaffell darunter hob sich am Rand wie ein Röcklein. Die dicken Wangen schienen erst recht aufgeblasen zu sein und waren so dunkelrot wie alter Wein. Er zog sich den Hut wieder auf den Kopf und so tief ins Gesicht, daß der Schatten es ganz bedeckte. Dann, mit einem jähen und unverständlichen Laut, schnaubte er auf einmal auf, drehte sich um, blickte stur auf den Ausgang und ging los. Er schnaufte und prustete ob der vielen ungewohnten Bewegungen. Daß ihn die Arbeiter aus der Halle anstarrten, das wurde er nicht mehr gewahr, sein einziges Ziel war es, nach draußen zu kommen und auf sein Mofa und dann wegzufahren so weit er konnte. Wenn er auch nicht lesen und schreiben konnte, so aber doch Mofa fahren und Traktor. Als Bennylein ihm noch die Tasche, den Brotbeutel und den dicken Mantel hinterherbringen wollte, hockte er schon auf dem verschlissenen, staubigen Sattel und fuhr durch den spritzenden Split davon.

Alle starrten ihm stumm hinterher.

«Weg, wie die Wildsau.»

«Wie Kimbel auf der Flucht.»

«Der Rudi macht doch sonst nicht so Kapriolen.»

«Der hat den Schlechten im Sack.»

«Dreck am Stecken.»

«Der ist nicht sauber.»

Dann schlug die Tür auf vom Büro. Der Bürgermeister, Franz und Konrad kamen aus der Hütte.

«Was ist denn hier los??»

«Der Rudi ist gerade abgehauen.»

«Was heißt denn abgehauen?!?»

«Na, der war auf einmal so komisch und hat immer in eine Ecke geglotzt, und auf einmal rennt der los wie ein gestochenes Kalb und raus zu seinem Mofa und ab, den Weg hinunter.»

«Das ist nicht der Weg zu seinem Bauernhof.»

Der Bürgermeister stöhnte.

«So was habe ich noch nicht erlebt. Der hat jetzt natürlich Angst. Der will nicht Rede und Antwort stehen, das ist es.»

«Das hat alles keinen Zweck», sagte der Kistenfranz. «Wir müssen ihm hinterher. Weit kommt er ja nicht mit seinem heißen Ofen.»

«Was ist denn mit dem Rudi?! Was hat er denn gemacht?»

Die Kistenweiber starben vor Neugier.

Der Bürgermeister, Konrad und der Kistenfranz hüllten sich in bedeutungsvolles Schweigen und hasteten zu ihren Autos, nur der Pfarrer vergaß nachzudenken und plapperte alles aus, und dann rannte auch der Pfarrer los zum Auto.

Eine halbe Stunde später wußte ganz Dornweiler, daß Rudi seine Eltern beinahe totgeschlagen hatte und massakriert, und daß die Alten noch gerade eben mit dem Leben davongekommen waren.

Jetzt, wo alle Bescheid wußten, fiel es jedem wieder ein: die eigenartigen Schreie, die aus dem Bauernhaus gekommen waren, wie kranke oder läufige Katzen, die Geräusche, wie seltsam. Jedem war es eigentlich schon aufgefallen. Gut, die alte Adele hatte zwar schon immer herumgeschrien. Aber niemand hatte mitgekriegt, wann die Schreie der Kommandos übergegangen waren in Schreie von Angst und Schmerz.

Rudi war in der Tat nicht weit gekommen. Er saß am dicken Baum, stocksteif, und wartete schon auf das Jüngste Gericht. Der dicke Baum stand da schon seit der Beulenpest. So alt war er, beinahe so alt wie das Dorf. Der Blitz hatte in ihn eingeschlagen, und seither war er gespalten. Doch vereinigten sich oben die Kronen wieder, als müßten sie sich wie ein getrenntes Liebespaar aneinander festhalten. So wuchsen sie weiter und weiter, und der dicke Baum war so dick wie ein Wagenrad und breitete die übermächtigen Buchenarme bis auf den Erdboden aus. Der Baum hatte also einen offenen Bauch, eine vom Blitz geschlagene Höhle, und er war unentwegt schwanger mit unzähligen Kindern, die sich abwechselnd in dem Bauch versteckten. Unter dem Baum stand eine alte, krumme Bank zum Verweilen und zum Knutschen für die Liebenden, und heute stand sie da, um Rudi einen Platz zu bieten, bis er abgeholt wurde vom Polizisten. Der Polizist kam aber nicht, die Polizei hatte ein Revier in Kallestedt und dort wußte bislang noch niemand von Rudis Untaten. Der Pfarrer kam, der Kistenfranz, Konrad und der Bürgermeister. Als Rudi die Männer herannahen sah, ging es ihm noch schlechter. Sein Gesicht verzog sich, und jetzt stellte sich heraus: Er konnte doch eine andere Miene machen. Das schwerfällige, dicke Gesicht fiel auseinander, wurde noch weiter, weil ihm vor Angst das Kinn aus den Angeln fiel, der Hals hielt sich in der Starre, aber die Wangen und die Augen ruckten und flatterten unaufhörlich, wie Fieberströme überlief es ihn am ganzen Körper.

So saß er auf der Bank, und das Mofa lag neben ihm. Rudi erwartete was kommen mochte, und das war nichts Gutes.

Meine Sorge ist ja, was aus dem jetzt wird. Der ist ja schließlich mein Vetter», sagte Klaus Stockschuh. «Die können den ja in die Anstalt sperren.»

«Mach dir nichts draus», flüsterte Old Berta vertraulich. «Ich bin ja sogar Tante von Burkhard Riedel! Man kann sich die Verwandtschaft nicht aussuchen.»

Sie holte die gebunkerte Flasche Korn aus dem Eimer unter dem Waschbecken und schüttete jedem einen ein.

«Wer hätte das gedacht, hat man dem doch nicht angemerkt. Der war doch einen Tag wie den anderen. Und so schafsdumm», sagten die Leute.

«So dumm, daß er brummt.»

Jeder in der Kistenfabrik hielt den Rudi für dümmer als sich selbst. Jeder hielt immer einen für dümmer als sich selbst.

«Wie kann man denn menschlich so entgleisen», sagte Ilse Fürbeth. «Das ist mir unverständlich.»

«Die Menschheit ist ein Abgrund», sagte Old Berta. «Ein Höllenschlund! Prost!»

«Ich frage mich», sagte Klaus, «wie du immer eine dreiviertel Flasche Korn trinken kannst und stehst immer noch wie eine Eins. Das kann ich nicht verstehen.»

«Ja, ist doch ganz einfach», sagte Berta:

«Bist du voll, so leg dich nieder.
Nach dem Saufen saufe wieder:
So vertreibt ein Schwein das ander
sprach der König Alexander.»

«Ganz toll, Berta», sagte Konrad.

«O je, o je», sagte Ilse und verdrehte die Augen. «Welch herrliche Kunst.»

Ruckzuck waren alle irgendwie lustig geworden. Albern und fahrig und ohne Ernst würden sie heute nachmittag um die Maschinen herumlungern und nach der nächsten versteckten Flasche Korn im Kantholzeimer schielen und Konrad würde noch mehr aufpassen müssen.

Burkhard Riedel natürlich, der würde hängenbleiben. Der ging gar nicht heim am Mittag, der trank dann durch, der trank sich um den Verstand. Jetzt wurde er dreist. Denn als Estella Arabella an ihm vorbeiging zur Toilette, riß er ihr am Rock, zog sie gewaltsam zu sich her und steckte blitzschnell die Hand zwischen Rockbund und Bluse auf ihre nackte Haut.

Aber da kannte er Estella schlecht. Sie schoß aus seiner

krampfhaften Umarmung wie ein Reptil, hieb die Krallen in seinen fleckigen Hals, riß ihm den Kopf herunter und stieß ihn gegen die Hobelmaschine. Sie hätte ihm auch ohne weiteres noch in einem Handstreich das Gesicht zerkratzt und das Hemd zerfetzt, aber dann hielt sie mit einemmal inne. Angewidert blickte Estella Arabella Burkhard Riedel an und zischte dann nur noch:

«Du perverser Wichser!»

Mehr war Estella die Angelegenheit nicht wert.

«Ph», sagte sie noch und rauschte dann hochmütig zur Toilette. Burkhard sah nur bedingt gekränkt aus, sondern grinste blöde unter sich, als hätte ihm der Schlag auf den Kopf gutgetan. Er bewunderte Estella Arabella nur noch mehr, und die kaum zu unterdrückende Erregung ließ auch keineswegs nach. Hätte sie ihn bespuckt, geschlagen, getreten, er hätte vor Wonne geseufzt und gehechelt. Könnte er nur einmal noch an ihre Wäsche, sie war doch so ein durchtriebenes Weibsstück, es machte ihr doch nichts aus, die Geilheit, was konnte ihm schon passieren, außer daß sie ihn massakrierte, und selbst das sollte ihm ein Hochgenuß sein, die Geilheit, die Geilheit, wie wurde er sie nur los, er suhlte sich in seinen Gedanken und trank und trank und trank.

Klaus Stockschuh wollte etwas sagen, zu Burkhard, aber er wußte nicht recht was, außer «Schwein» oder ein müdes «Laß das sein» oder ein sinnloses «Hör das Saufen auf». Außerdem fühlte er sich für die Weiber auch nicht zuständig. Wieso die Weiber verteidigen, wo sie doch sowieso schlimmer waren als die Kerle? Wieso ausgerechnet Estella Arabella verteidigen? Kein Kerl konnte sich so wehren wie diese Katze mit neun Leben! Und soviel Ehre hatte Estella Arabella nun mal nicht, als daß man sich ein Bein dafür ausreißen mußte. Die Weiber waren schlimmer als die Kerle, und das sah man jetzt schon wieder, sie kippten einen Korn nach dem anderen, die Männer aber tranken mäßig, so daß sie es verkraften konnten, Andres, Bennylein

– außer Burkhard alles unter Kontrolle. Aber die Weiber … außer Rand und Band. Es war einfach furchtbar.

Dann endlich erklangen die erlösenden Glocken vom Kirchturm in Dornweiler.

«Es läutet Mittag! Macht euch heim! Ihr müßt heute nachmittag noch was arbeiten und das nicht zu knapp!» rief Klaus.

«Ach, wir können ja noch einen Schlag zum Jupp in die Pinte gehen», sagte Old Berta.

«Bewegt euren Hintern nach Hause, ich sage es euch im Guten.» Dann wandte er sich mit leichtem Bauchweh an Burkhard.

«Du … du solltest heute nachmittag nicht mehr kommen. Du rennst in die Gatter, du bist nicht zurechnungsfähig. Sieh dich nur im Spiegel an.»

Burkhard höhnte und äffte ihn betrunken an.

«Sieh dich selber an!! Klaus Stockschuh! Stockschuh!»

«Ja. Ich weiß bald auch nicht mehr, was ich mit dir noch machen soll. Ich kann es dir nur vom Urlaub abziehen. Furchtbar mit dir.»

Klaus war aber nicht in Stimmung, sich mit ihm anzulegen. Darum zog er seine Jacke an und ging fort, um nichts mehr davon zu hören, wie Burkhard ihm weiter nachrief und höhnte und äffte. Er trollte sich getrost, sonst machte er sich bloß die Nerven kaputt. Daheim stand schließlich das Essen auf dem Tisch.

Wieso hast du das gemacht», fragte der Bürgermeister Rudi Kraft unter dem dicken Baum.

Rudi antwortete nicht, doch schoben sich mühsam zwei Tränen die vertrockneten Kanäle hoch und rollten aus den Augen. Die ersten Tränen seit vielleicht fünfunddreißig Jahren.

«Ich muß bestraft sein», sagte er schließlich, sich selber gehorsam. Das stand für ihn fest.

«Was haben dir die Alten denn getan?» fragte der Kistenfranz. «Daß du so mit ihnen umgegangen bist?»

Rudi wußte es ja selber nicht. Auch wenn er es gewußt hätte – er konnte sich ja immer nicht ausdrücken, schon gar nicht vor dem Bürgermeister und dem Pfarrer.

«Was glaubst du denn, was jetzt werden soll? Was sollen wir mit dir machen?» fragte der Bürgermeister.

«Kurzen Prozeß», sagte Rudi.

«Und dann?» fragte der Bürgermeister. «Willst du denn ins Kittchen oder was?»

Rudi sagte nichts.

«Was sollen wir mit deinen Eltern machen? Meinst du, wir können sie bei dir lassen? Oder sollen sie in ein Altersheim, wo sie doch ihr Leben lang auf dem Hof gewohnt haben?»

Rudi sagte nichts.

«Rudi, deine Mutter hat gesagt, du hast sie geschlagen. Und du hast sie eingesperrt in der Kammer!»

«Rudi», sagte der Pfarrer, beugte sich vor ihn und stützte sich auf die verwitterte Lehne der krummen Bank, hinter der ihm die Weidenkätzchen entgegenkamen. «Sieh mich an.»

Rudi sah den Pfarrer an, so kurz wie eine Fliege mit dem Flügel schlägt, und dann wieder unter sich auf seine dicken Hände.

«Rudi. Ich habe dich getauft und dir die Erste Kommunion gegeben. Kennst du noch das erste Gebot?»

«Ja.»

«Und wie lautet es?»

«Keinen anderen Gott haben.»

«Richtig. Und das zweite.»

«Gott nicht lästern.»

«Na ja gut. Und das dritte?»

«Sonntags immer in die Kirche gehen.»

«Im wesentlichen. Und jetzt, Rudi, sage mir das vierte Gebot!»

Rudi schluckte. Dann faltete er die Hände und sagte:

«Du sollst Vater und Mutter ehren.»

Der Bürgermeister, der Kistenfranz und der Pfarrer sahen sich an.

«Himmel Arsch, Rudi, mach's Maul auf und sag, was du jetzt denkst!»

«Kurzen Prozeß», sagte Rudi.

Rudi wollte lediglich schwer bestraft werden und keine Fisimatenten drumherum. Die drei Männer zogen sich zurück zu den knietiefen, knospenden Ästen des Baumes und berieten. Schließlich kam der Pfarrer und sprach zu Rudi.

«Rudi! Ich nehme dich jetzt mit!»

«Ja.»

«Wir fahren in die Wallfahrtskirche.»

«Nein, lieber zur Polizei.»

Rudi wurde es mulmig beim Gedanken daran, vor das Angesicht des Herrn zu treten. Lieber wollte er verhaftet werden.

«Ich nehme dir jetzt die Beichte ab!»

Folgsam stand Rudi auf und trottete dem Pfarrer hinterher zu dessen alten Golf.

«Na, denn!» sagten der Bürgermeister und der Kistenfranz sorgenvoll und schauten den beiden hinterher. Der Pfarrer fuhr vorbei und grüßte noch mal aus dem Fenster.

«Jetzt muß ich erst mal einen trinken», sagte der Kistenfranz, und der Bürgermeister stimmte zu.

Der Pfarrer begab sich in der Liebfrauenkirche mit dem steifen Rudi zum Beichtstuhl.

Dann verschwand er, legte die Stola um und ging dann vor Rudi in den Beichtstuhl. Rudi stand noch eine Weile unschlüssig vor der Tür, weil er nicht wußte, ob er jetzt, jetzt gleich hineingehen sollte oder noch warten. So wartete er, bis der Pfarrer von innen mahnend klopfte. Dann öffnete Rudi die schwere geschnitzte Tür und schloß sie hinter sich, so daß es ganz dunkel wurde. In dieser kühlen Finsternis der kleinen Büßerkammer war Rudi jetzt mit seinen Schandtaten alleine. Der Pfarrer war ehrfurchtgebietend hinter dem goldenen Gitter verborgen. Er war kein Mensch mehr, nur noch so ein Orakel, geheimnisvoll hinter dem Geflecht, mit flüsternder Stimme zu vernehmen wie ein Geist. Wie schaurig war doch das Beichten. Unbeholfen fiel Rudi auf die dürftig gepolsterte Kniebank.

«Gelobt sei Jesus Christus», stammelte er.

«In Ewigkeit. Amen.»

«Sprich! Was hast du Gott deinem Herrn zu sagen?»

Während Rudi in unendlicher Anstrengung nach den Worten suchte, brach in ihm eine gewaltige Sehnsucht auf, die Missetaten wirklich ans Tageslicht zu bringen, das Grauenhafte einzugestehen, aus der Einsamkeit zu holen und dem lieben Gott zu sagen.

«Ich bin ... ich ... habe ... den Vater und die Mutter schwer geschlagen. Schwer geschlagen ... wollte sie nur ärgern.»

«Warum, Rudi, warum nur?»

«Weiß nicht.»

«Haben sie dich immer schwer geschimpft?»

Rudi nickte, aber das konnte der Pfarrer in der Dunkelheit ja nicht sehen.

«Haben deine Eltern dich gequält, so daß du sie wieder quälen wolltest?»

Rudi zuckte die Schultern.

«Haben sie dir gesagt ... daß sie dich für dumm halten?»

«Das ist nicht wahr!!» randalierte Rudi im Beichtstuhl. «Das ist eine Gemeinheit! Der Bennylein! Der ist dumm! Der! Ich bin vielleicht nicht so schlau und weiß auch all die gescheiten Wörter nicht, aber ich habe auch Gedanken! Ich habe auch Gedanken!»

Er hätte die Wand zum Pfarrergehäuse zertrümmert, wenn sie nicht so heilig gewesen wäre, so eine Wut kam in ihm hoch.

«Ich weiß ...» flüsterte der Pfarrer, «ich weiß es, und der Vater im Himmel weiß es auch. Es ist gut, Rudi, du bist fleißig und denkst über vieles nach, du machst deine Arbeit gut, und der Kistenfranz hat dich immer gelobt.»

«Aber ...», Rudi stöhnte und gab auf, «... kann nicht lesen und nicht schreiben. Dann ist man dumm.»

«Nein, Rudi. Du kannst es lernen.»

«Nein. Kann es nicht behalten. Bin zu alt.»

«Soll ich es dir beibringen?»

Rudi schüttelte steif und fest und stur den Kopf. Allein der Gedanke, mit dem Pfarrer in der Sakristei oder sonstwo zu büffeln und wieder nicht zu verstehen, wie ein Wort zusammenkam, nein, das wollte er nicht. Es war auch so gegangen. Er konnte Fernsehen sehen, und dann verstand er auch alles, was in der Welt geschah.

«Bist du deshalb gegen deine Eltern gegangen, weil sie geglaubt haben, daß du dumm bist? Weil sie dir das Lesen und Schreiben nicht beigebracht haben?»

Rudi kratzte sich unbehaglich am Kopf. Vor Gott mußte er die Wahrheit sagen und nichts als die reine Wahrheit. Er prüfte sich lange und bedenklich und sagte dann: «Nein.»

Der Pfarrer dachte sich, daß es ein Jammer war, Rudis Verstand in dem Zustand belassen zu haben.

«Wieso dann? Hast du dich mächtig gefühlt?»

Rudi überlegte lange. Dann sagte er: «Ja. Großmächtig.»

«Rudi. Was hat dir daran gefallen, wenn du sie geschlagen hast?»

«Sie haben so schön gekrischen und geschrien dabei und in der Gegend herumgehüpft.»

Der Pfarrer seufzte und bekreuzigte sich.

«Du hast eine schwere Schuld auf dich geladen, weißt du das?»

«Ja», sagte er.

«Bereust du deine Schuld?»

Rudi dachte ehrlich und aufrichtig nach und wußte doch nicht ganz genau, was gemeint war. Er wußte nicht, was es bedeutete, wenn die alte Adelheid Schmerzen hatte. Aber er wußte im Grunde seines Herzens, daß es falsch war, was er gemacht hatte. Und daß ihn jetzt keiner mehr wollte, weil er schon fast ein richtiger Verbrecher war, das spürte er, und darum wollte er auch büßen. Denn niemand würde in ihm je wieder den guten Rudi sehen. Er war jetzt für alle Zeiten ein schlechter Mensch. Darum antwortete er:

«Ich will.»

Der Pfarrer im Dunkeln bekreuzigte sich noch mal, beugte den Oberkörper vor und rückte die Stola zurecht. Dann schlug er das Kreuz über Rudi. Soviel konnte dieser sehen in der Dunkelheit, den senkrechten Strich der Hand des Pfarrers und die waagrechte Handkante vor dem goldenen Drahtgitter, die schwerwiegende Bedeutung dieser Geste.

«... Solange ich meine Sünden verschwieg, zerfiel mein Gebein,
denn seufzen mußte ich ohne Unterlaß.
Am Tag und zur Nachtzeit lastete deine Hand auf mir,
und meine Kraft schwand wie in Sommerglut.
Dann aber habe ich meine Sünden vor dir bekannt,
meine Schuld war nicht mehr verborgen.»

Rudi wurde ganz wundersam zumute bei den schönen Worten.

«Ich spreche dich los, Rudi Kraft, von deinen Sünden, im Namen des Vaters und des Sohnes und des Heiligen Geistes. Gehe zur Buße an jedem ersten Dienstag im Monat zu Fuß auf die Marienhöhe und leiste Abbitte für deine Sünden. Bete jetzt dreimal das Vaterunser.»

Rudi nickte beeindruckt. Auf der anderen Seite wollte er doch mehr und härter büßen. Vielleicht fiel ihm zu Hause noch was ein, das er machen konnte. Gutes tun.

«Gelobt sei Jesus Christus», sagte er, um jetzt endlich fertig zu werden.

«In Ewigkeit Amen.»

Damit war Rudi entlassen. Er ging in die letzte Reihe und betete die drei Vaterunser. Dann trat der Pfarrer auf ihn zu, ohne Stola, bat ihn hinaus und in seinen alten Golf und fuhr ihn nach Hause. Rudi verbeugte sich mit einem Diener. Dann drehte er sich um und ging ins Haus. Dunkel war es da und so still. Nur ab und zu ein Gegacker vom Hühnerhof. Man hatte die Alten fortgebracht. Niemand war da, nur er allein und das Vieh im Stall.

Am nächsten Tag kam Veronika in die Fabrik, in der noch alles still war, eines der wenigen Male, in denen Veronika zu früh da war. Sie ging zur Frühstücksbude und hängte ihre Jacke auf. Paula kam atemlos durch die Brettertür geschossen und lief zu ihr.

«Und?! Und?! Warst du beim Arzt??»

Veronika nahm Paula am Arm, und sie verschwanden hurtig im Hobelspankeller.

«Es stimmt. Ich bin schwanger. Ich habe es nicht glauben wollen.»

Veronika war so fahl im Gesicht wie eine Lehmmaske.

«Ja, aber ist doch wunderbar!! Ist doch riesig!!» Paula fiel ihr um den Hals, und Veronika lachte angespannt.

«Im fünften Monat. Wie ihr's gesagt habt. Abtreiben kann ich jetzt nicht mehr.»

«Abtreiben?! Wieso das denn?? Du wolltest doch immer ein Baby haben!»

«Ja ... schön! Ist schön!!» versicherte Veronika unglaubhaft.

Und dann sah Paula, daß Veronika nur nach außen hin erloschen war, aber innerlich glühte sie. Vor Angst. Die Angst stieg aus den Augen und aus den Nasenlöchern, sie klapperte mit dem Kiefer. Diesen Ausdruck hatte Paula schon einmal gesehen, in einem Film über die Todesstrafe, als der Delinquent in seine Kapsel mit dem elektrischen Stuhl stieg. Der auf- und abwogende Busen hatte sich bereits beträchtlich vergrößert, was bei Veronika niemand für möglich gehalten hatte.

«Es ist eine Lebensumstellung ...», tastete Paula sich behutsam vor.

«Ja», sagte Veronika. Sie war gar nicht richtig da.

«Du mußt es jetzt Hardy sagen.»

Veronika nickte. «Ich dachte, ich könnte ihn anrufen.»

«Anrufen?! Wo du ihn jeden Abend siehst?» Paula schüttelte den Kopf. «Er freut sich doch bestimmt.»

«Der ...» sagte Veronika bitter. «O je.» Plötzlich drückte sie sich von der Wand ab, schüttelte hektisch das Haar zurück und rief: «Ich muß es ihm sagen, jetzt gleich. Jetzt sofort.»

Dann lief sie vor Paula die ungeputzte Betontreppe hinauf, so schnell, wie sie die letzten drei Monate nicht gelaufen war, und Paula sah nur noch die dicken Häkelsocken unter dem spitzenbesetzten Unterrock verschwinden.

«Konrad! Ich muß mal fort! Es ist privat!»

«Was, was privat? Du kommst doch gerade erst von privat! Deine Arbeit fängt jetzt an.»

«Bitte!!» sagte Veronika dringend.

Da wandte er sich mißmutig ab und ließ sie laufen.

Es dauerte zehn Minuten mit dem Fahrrad, bis sie in Linnen die Schraubenfabrik erreicht hatte. Kaum bog sie in den Hof, als die Männer aus der Halle an die Fenster sprangen und ihr zuwinkten. Man konnte ihnen an den Mündern ansehen, daß sie dreckige Witze machten. Diesbezüglich war Veronika nicht empfindlich und scherte sich nicht. Im Gegenteil nahm sie die Männer gar nicht wahr, holte nur tief Luft, dann marschierte sie, den Bauch voran, zur Halle. Sie wußte, wo Hardy steckte. Leise fragte sie den Vorarbeiter, ob sie ihn sehen könne. Der Vorarbeiter grinste und rief:

«Schneider!!»

«Hier!» kam es markig und wichtig aus dem Lager.

«Die Veronika ist da!»

Hardy, auf einem ausgeleierten, ölverschmierten Drehstuhl, eine Kladde mit einem Lieferauftrag in der Hand, fuhr herum. Veronika betrat scheu das Lager. Der Vorarbeiter verschwand.

«Was kreuzt du hier in der Firma auf, spinnst du!?»

«Hör zu, ich muß dir was sagen.»

«O Mannomannomann. Konntste auch heut abend machen.»

Über Hardy türmten sich meterhoch dünne Pappschachteln mit Etiketten auf Metallregalen, dünne Schrauben, dicke Schrauben. Nägel, Muttern, Stahlstifte, Dübel … auf der anderen Seite Werkzeug und Öl, Winkelmesser, Bohrer, ein Gabelstapler an der Wand. Veronika stand betreten herum, bis sie verlegen auf dem äußersten Rand einer riesigen Pappschachtel Platz nahm.

«Ich bin beim Arzt gewesen, Hardy …»

«Du?? Beim Arzt? Was soll das denn?!»

«Er hat gesagt, ich bin ganz gesund.»

«Na und? Das ist doch nichts Neues. Du bist doch immer gesund. Was soll das heißen? Wieso warst du überhaupt beim Arzt, wenn dir nichts weh tut, he?!»

«O Gott, wenn ich dir das sage …»

«Du kriegst doch wohl kein Balg, oder?»

Es dauerte einen Moment, dann liefen Veronika die Tränen die Wangen herunter.

«Ein Baby, Hardy, ein Baby. Nicht Balg.»

«Großer Gott …»

Hardy versank auf seinem Drehhocker in einer Pest von Revalwolken. Erst einmal sagten beide nichts.

«Wie ist denn das möglich?»

«Ich weiß nicht, Hardy, ich habe immer die Pille genommen, ehrlich, ich habe mal Durchfall gehabt und gekotzt, vielleicht hat sie da nicht gewirkt.»

«Wieweit bist du denn?»

«Im fünften Monat.»

Hardy explodierte.

«Was?! Im fünften?! Und du hast es die ganze Zeit gewußt und mir nichts gesagt?!» Er sprang auf, rannte hin und her, der graue Kittel flog. «So eine Sauerei!!»

«Aber Hardy», heulte Veronika auf. «Ich habe es doch selber nicht gewußt ...»

«Fünf Monate nichts gemerkt, wie?? Haste gedacht, du hast zuviel Nutella gefressen, oder was??» Dann sagte er eisig: «Du hast mich verarscht. Du wolltest mich bloß verarschen und sonst gar nichts!»

«Nein, Hardy, bestimmt nicht, das würde ich niemals tun!!»

«Das hast du dir wirklich sauber ausgedacht ... sauber.»

Veronika eilte ihm hinterher, wollte ihn am Arm fassen. «Ich habe mir nichts ausgedacht!»

«Blöde Schlampe», schrie Hardy.

«Ich kann doch nichts dafür!» schrie sie.

Die Haut gelb und der Mund braun, die Falten in den Wangen so steil wie noch nie, stand er steif da und preßte die Fäuste in die Kitteltaschen. Er flüsterte fast.

«Ich will dich nicht mehr sehen. Verschwinde.»

Dann drehte er sich um und griff nach einer Kladde mit eingespanntem Lieferauftrag. Einen Moment noch stand Veronika schreckensstumm vor ihm. Dann stürzte sie wie von Sinnen aus der Halle. Der Spitzenrock flog hinterher, die Blicke der Männer flogen hinterher, der Split spritzte.

Wenig später erschien sie verhuscht und verflennt in der Kistenfabrik, polterte durch die Halle und rannte gegen die Hobelmaschine. Konrad schaute hoch.

«Mit der los?»

Nur Durchgeknallte und Bekloppte in dieser Firma, dachte er.

Veronika liefen die Tränen über die Wangen und sie heulte und heulte ohne Ende.

«Sag mal, ist dir nicht gut?! Hat dich einer verkloppt oder was?!»

Die Weiber näherten sich schutzbietend. Old Berta schnalzte mit der Zunge.

«Bestimmt der Hardy, der Karussellbremser.»

«Sie hat's ihm gesagt.» Gretel Koch fing gequält an zu grinsen. «So, jetzt weiß er Bescheid.»

«Na ja», sagte Berta. «Glaubst du, der Hardy wird zum Familienvater? Im Leben nicht! Er, nicht in die Wirtschaft, daheimbleiben, für sie sorgen, Kinderwagen schieben ...»

«Aber so mancher hat doch schon sein Kind gesehen und ist schwach geworden und war dann verrückt auf das Kind!»

«Ja, ich weiß. Aber. Was hat sie jetzt angerichtet. Kann sich ja gegen den nicht wehren. O Mann, ich würde dem Hardy die Meinung sagen, bis ihm die Knochen krachen, bis ihm der Ranzen auseinanderfliegt, dem würde ich Mores ...»

«Nein, laß ihn in Ruhe!» kreischte Veronika, mit einemmal hellhörig geworden. «Der kann doch nichts dafür! Ich habe ihn doch hereingelegt! Ich! Ist doch ganz klar, daß er sauer ist! Ich meine ... er – er denkt, daß ich ihn hereingelegt habe, weil ...»

«Ach, der ist doch bloß sauer, weil er dich jetzt nicht mehr zwingen kann abzutreiben. So ist das und nicht anders. Aber so schlimm ist das alles auch wieder nicht. Warte, wenn der Boppel erst auf der Welt ist, dann wird es schon irgendwie gehen. Der gewöhnt sich dran. Glaube mir. Wenn du wüßtest, was für Kinder und wie und von wem alles wir nach dem Krieg aufgezogen haben ... die sind alle was geworden.»

«Ruh dich aus», sagte Konrad, «du mußt nicht mehr arbeiten, wenn du nicht willst. Ich gebe dir einfach frei.»

Aber Veronika schüttelte den Kopf. Sie trug alles Glück und Unglück in die Kistenfabrik, sie konnte nicht allein daheim sein. Sie holte, noch immer weinend, eine Kiste mit Blechen und stellte sie auf die Ablage der Stanze.

«Wenn ich jetzt heute abend heimkomme ...», stöhnte Veronika.

«Am besten, du nimmst dir hier so ein schweres Brett mit nach Hause», sagte Berta.

«Ich bin so unglücklich ...»

«Ach was, Schaf Gottes. Das wird schon.»

Old Berta nahm ihre Hand, drückte die ganz verzweifelte Veronika kurz an ihre knochige Brust und gab ihr gütige Klapse auf die Schultern wie einem alten Hund. Sie schaute aus dem blinden Sägemehlfenster, als ob es darin etwas zu sehen gäbe. Gab es aber nicht.

Das Bild ging Paula lange nach. Die unglückliche Veronika auf Old Bertas knochiger Vogelbrust. Ein jämmerliches Bild. Nun kam auch noch Alex nach der Arbeit mit einer Jammermiene zu ihr. Er saß im Eßzimmer ihrer Eltern und unterhielt sich mit der Mutter, wartete geduldig, bis Paula sich geduscht hatte, sie duschte lange, jedes Knie, jeden Unterarm seifte sie zweimal ein, spülte zweimal ab, seifte sie zur Sicherheit noch mal ein, verschwendete das Wasser.

Es reizte Paula, daß er sich so lange mit der Mutter unterhielt. Die Mutter war besonders freundlich zu ihm, und er schien in ihrer Umgebung richtig aufzublühen. Um so kummervoller sah er drein, als Paula knallrot gewaschen und mit nassen Haaren hereinkam.

«Willst du mit hochkommen?» fragte sie knapp.

Er nickte einfältig und erhob sich sofort.

«Na, was gibt's Neues», sagte sie, kurz angebunden, wie immer, wenn sie allein waren. Alex setzte sich auf die äußerste Kante ihres Bettes und wirkte so traurig wie ein gescholtener Hund. Das reizte Paula ebenfalls.

«Was ist denn nur?! Du warst neulich schon so komisch.»

Alex druckste. Es schien ihm sehr, sehr schwer zu fallen.

«Es ist nur ... ich ... mit dir ... da ist irgendwas ...»

«Was soll denn da sein!?»

Paula rubbelte wütend die Haare trocken und sah ihn nicht an. Bockig und mit schlechtem Gewissen erahnte sie schon die Stunde der Wahrheit.

«Wenn du ... wenn du so ...», plötzlich liefen Alex Tränen über die Wangen. Paula war zu verstockt, um sich rühren zu lassen.

«Wenn ich was?!»

Alex versteckte die Arme zwischen den Beinen.

«Ich kann es irgendwie nicht erklären, ich meine, ich habe nicht das Gefühl, du kämst gern zu mir, als wenn das alles so ... so ...», er machte eine schleudernde Wegwerfbewegung, «so gar nichts wär. Weißt du, ich liebe dich wirklich, aber ... es kommt mir vor, als ob du schon stöhnst und seufzt, bevor ich überhaupt zu dir komme, ich traue mich gar nicht mehr, den Arm um dich zu legen, du bist dann so ... so ... ich kann einfach nicht mehr.»

Das Wasser floß so leicht aus ihm heraus, wie ein sprudelnder Quell. Paula wollte höhnisch werden und fühlte sich schuldig, sie wäre ihn selbst heulend noch am liebsten losgeworden, jetzt wußte sie es.

«Mensch, Alex ... das ist doch alles nicht so ... ich mache doch eigentlich alles ...»

«Jaja – du machst alles, aber ... du tust nur so, als ob du mich liebhast, du glaubst, ich merke das nicht, aber ich merke das! Und ich kann es nicht länger ertragen!»

Erwischt. Mist. Jetzt wurde Paula blümerant zumute. Es änderte sich was im Leben. Alex hatte noch nicht zu Ende gesprochen.

«Ich dachte mir mal, wir lassen das sein, das mit uns zweien. Eine verlogene Kiste, einfach. Ich weiß nicht, was mit dir los ist, aber irgendwas ist falsch. Heute morgen beim Aufwachen wußte ich plötzlich, ich will das nicht mehr.»

Alex quetschte das Gesicht in ihr blaues Kissen hinein und konnte nichts mehr sagen. In Sturzbächen brach es aus ihm heraus, eine nasse Flut unter den schwarzglänzenden Locken. Auch in Paula brach etwas, wie eine Wand brach es ein, Alex' Worte hatten die Steine aus dem losen Mörtel gelöst, und dahinter sah sie jetzt die Wahrheit. Sie konnte nichts sagen, wußte nur, daß er recht hatte, wenn er gehen wollte. Sie hatte keinen Grund, ihn zum Bleiben zu überreden.

«Es tut so weh», heulte Alex.

Paula tat es nicht so weh. Sie betrachtete den sich schüttelnden Alex auf dem Bett, war auch wirklich erschüttert, bestürzt vor allem, weil sie ihm die Wahrheit einfach nicht zugetraut hatte. Doch gleichzeitig war sie erleichtert. Jetzt, wo er alles beim richtigen Namen genannt hatte, war das größte Problem beinahe aus der Welt. Eigentlich war er doch ganz schön, ihr Alex. Was hatte sie bloß gegen ihn gehabt? Unwirklich kam ihr die Szene vor. Vielleicht kam er niemals wieder in dieses Zimmer. Und sie mußte nicht mehr mit ihm schlafen. Und in der Clique war sie dann allein.

Ihr dämmerte, daß Alex dabei war, für immer aus ihrem Leben zu verschwinden. Mit seinen schwarzen Locken und all seinen Querfalten beim Anbeten. Ihr Herz rührte sich endlich, und beklommen dachte sie, daß es doch eigentlich liebenswürdig war, wenn er sie so ansah. Hatte sie es bloß nie richtig zu sehen gewußt? Nun wollte sie es noch einmal wissen, unbedingt. Sie ging zu ihm und schüttelte ihn an den Schultern.

«Bitte, Alex, bitte – bitte lach doch mal!»

Mühselig verzog er das Gesicht, und im Ansatz fand er zu einem fröhlichen Ausdruck zurück. Wangen, Augen, Stirn fielen in tausend Querfalten, das war es. Paula fing an zu heulen. War doch nicht so schlimm, die vielen Falten, und jetzt liebte sie ihn dafür, jetzt, wo er Schluß machte mit ihr, brach ihr Herz für ihn auf.

Sie kletterte ihm plötzlich ungestüm auf den Schoß, denn da war noch was, das war doch noch nicht geklärt, sie mußte da doch noch etwas ausprobieren. Und im Überschwang der Heulerei küßte sie ihn und schmiegte sich und sank verzweifelt mit ihm auf die Matratze, sie klammerten sich aneinander, aber da entwand er sich. Er wollte nicht mehr.

Alex machte Schluß mit ihr. Es war ihm Ernst und sie konnte nichts dagegen machen. Ihre Liebe war fadenscheinig gewesen und verlogen. Jetzt ließ er sie stehen, und er sah klasse aus dabei, und sie, Paula, überhaupt nicht. Paula sah überhaupt nicht gut aus, als Alex endlich ging, verweint, aber faltenfrei wie frisch gebügelt, seufzend und schluckend mit geschlossenem Mund.

Die Gänseblümchen krochen aus der Erde und bedeckten überall die Wiesen, und das Gras hatte sich aufgerichtet. Der Grund, auf dem die Menschen gingen, wurde immer bunter von Goldlöckchen und Hopfenklee, Wiesenkerbel, Blaukissen und Gänsekresse.

Die Leute fingen an zu singen oder zu brummen. Auch die Jüngeren schlenderten fröhlich die Tasche schwenkend durch den Morgenduft. Das machte der Frühling. Frühling klingt so ähnlich wie fröhlich und auch Paula war wieder fröhlich. Sie schwenkte ihre Tasche so sehr, daß sie am Eingang der Kistenfabrik ihre Thermoskanne gegen den Türrahmen knallte und zerbrach. Der Kaffee schwamm mitsamt den Scherben in seinem Plastikbehälter und klirrte ein gläsernes Lied.

Hohe Schlüsselblumen umstanden die Fabrik und schüttelten ihre gelben Kelche, als müßten sie sich alles noch einmal überlegen. Es gab im April aber nicht viel zu überlegen, denn April und Weiberwill, die waren nicht zu berechnen.

Heute war ein besonderer Tag, weil heute der Kuckuck zum erstenmal gerufen hatte. Da mußte man den Geldbeutel kräftig schütteln, damit man das ganze Jahr über keine Sorgen hatte. Ilse Fürbeth hatte das Sprichwort vergessen, denn wenn sie daran gedacht hätte, dann hätte sie gewiß mit dem Geldbeutel gerasselt und zwar den ganzen Morgen lang. Nach dem schönen Morgen kam ein kräftiger Regen, der eine Stunde lang dauerte und dann vom Himmel wich für drei, vier Sonnenstrahlen, den Schlüsselblumen zuliebe.

So war auch dieser Tag unberechenbar und brachte Dinge zutage, von denen vorher niemand etwas wissen konnte. Zumindest noch nicht in der ersten Stunde.

Rudi Kraft war wieder an seinen Arbeitsplatz zurückgekehrt. Niemand wußte, was er hinter seinem unbeweglichen Gesicht verbarg, was er wohl spürte. Scham oder Trotz oder gar nichts. Vielleicht gar nichts. Zu seiner Enttäuschung war kein Polizist gekommen. Zu Hause fiel es ihm jetzt schwer, zurechtzukommen, er hatte das Kochen nicht gelernt und Einkaufen ging er nicht gerne, da mußte er noch mehr Menschen begegnen. So fuhr er mit dem Mofa nach Kallestedt an die Wurstbude oder aß dort, wo die Fernfahrer mit ihren schweren Lastwagen anhielten, zu Mittag. Wenn er dastand und aß, kaufte er sich immer noch die Bildzeitung, damit er niemand anschauen mußte und so aussah, als ob er lese. Dann starrte er auf die Bilder mit den prallbusigen Frauen, die aus einer Welt kamen, die er nicht kannte. Nicht einmal in dem Wackelbus zwischen Linnen und Kallestedt war er je gewesen. Er traute sich einfach nicht. Diese Weiber waren gefährlich, das sah man gleich. Und wenn er sich auch noch so verzehrte, hingehen und sich wirklich nähern und sich in seiner Hilflosigkeit zeigen, das konnte er einfach nicht. Jetzt konnte er sich sowieso nicht zeigen, nirgends. Jetzt verschwand er nach dem dürftigen Einkauf sofort wieder im alten Haus, dessen Dach sich so tief senkte, als wollte es alles, was es darin gab, verbergen. Rudi saß im Dunkeln und atmete einerseits auf, weil er endlich einmal machen durfte was er wollte. Nämlich auf einem Bein stehen und «Juhu» rufen, wenn er nur wollte. Mit den Ohren wackeln und dumm kreischen. Das war alles egal jetzt. Wenn ihn keiner sah, konnte Rudi ganz blöd und albern sein, und das befreite ihn ganz außerordentlich. Andererseits saß er allein daheim, ganz und gar elend allein. Die Dunkelheit der Küche erhellte die Stimmung keineswegs. Nur der Fernseher lief. Ohne Fernseher hätte Rudi sich erschossen. Er wurschtelte irgendwie lange Tage dahin und wußte auch nicht, wo seine Eltern waren. Hinter finsteren Fenstern verbarg er sich, brachte die Zeit herum, und die einzigen, die ihn trösteten, waren die guten Kühe. Und selbst die Kühe verließen ihn, denn sie gingen hinaus auf die Weide.

Am Tag, als der Kuckuck zum erstenmal schrie, gab es besonders viel zu tun in der Kistenfabrik. Wer nicht mitkam, war Bennylein und er kam nicht mit, weil er ständig angeraunzt wurde, faß hier an, pack zu, stell dich nicht so an, schneller, muß ich dir Beine machen. Bennylein hatte nicht soviel Kraft, doch in der Kistenfabrik brauchte man Kraft. Wenn man keine Kraft hatte, brauchte man Verstand. Den hatte Bennylein aber auch nicht. Mit aufgerissenen Augen und seinen großen Ohren mühte er sich redlich, konnte aber doch nicht alles fassen, was man ihm auftrug, und die Flüche machten ihm angst. Bennylein war einfältig.

Klaus Stockschuh, der Kraft und Verstand hatte, beobachtete Bennyleins hilfloses Hin- und Herspringen zwischen den Bäumen und Balken, sah, wie er Bretter fallen ließ und allen im

Wege stand. Hier war Bennylein nicht richtig. Nicht, wenn es soviel Arbeit gab und man mit allem auf ihn warten mußte. Bennylein brachte allen Fluß zum Stocken und in sein Gesicht malte sich endlich das Unglück, der ewig lächelnde Mund stand still. Seine Augen waren riesengroß, so groß, als könnten sie ganz besonders viel sehen, vielleicht sahen sie auch mehr, aber sie begriffen nicht, was sie sahen. Für gewöhnlich strahlten die Augen, aber wenn sie voller Unglück standen, dann war es fast nicht auszuhalten. Sie übergossen alles mit Jammer. Paletten hin und her, mit Bennylein so umzugehen, das tat Klaus in der Seele weh. Nicht nur Rudi, auch Bennylein war einer, der alles nicht so gut konnte und darum wurde er immer wieder getrieben und dann kippten die Augen und erloschen wie Ampeln. Mit dem frischen Frühlingsgeruch fuhren auch neue Gedanken in Klaus' Kopf hinein und endlich beschloß er, Bennylein aus diesem Kerlen-Gebrüll herauszunehmen und ihm etwas Besonderes zu geben. Die beste Arbeit, die Bennylein gut konnte und wo ihm keiner dreinredete. Ihm fiel da schon was ein.

«Bennylein!» befahl Klaus. Bennylein zog den Kopf ein und fühlte sich schon gescholten.

«Komm hierher!»

Er ließ sofort alles stehen und fallen und stellte sich ängstlich zu Klaus.

«Komm mal mit. Ich habe hier was für dich. Hier ist eine besonders schöne Arbeit für dich. Die kann ich nicht jedem geben. Die muß jemand machen, der akkurat arbeitet. Der sich auch konzentrieren kann. Denn wenn man sich nicht konzentriert, dann macht man die Bretter voll Farbe und voller Schmiere. Das muß jemand machen wie du.»

Verwirrt und sprachlos blickte Bennylein nach oben. Dann führte Klaus ihn zur Druckmaschine heran. «Hier. Das kannst du ja. Du weißt, die Dillinger-Paletten müssen beschriftet werden. Dafür nimmst du hier die Ein-Meter-Bretter, die kommen nachher an die Seite und dann legst du immer eines hier oben drauf. Siehst du. Dann drückst du den grünen Knopf. Und dann geht hier so eine Walze drüber, da steckt eine Schablone oben drin, und dann drückt die Maschine eine schöne Schrift auf das Brett. Willst du das machen?»

Bennylein nickte eifrig. Mit seinen einundzwanzig Jahren hatte er noch nicht viel erlebt. Daheim machten sie ja auch nichts Besonderes, nur arbeiten gehen, einkaufen gehen, fernsehen. Im Sommer auf die Kirmes, im Winter auf die Fastnacht. Es wiederholte sich alles. Immerhin war eine andere Maschine auf der Arbeit eine wirkliche Veränderung. Unsicher sah Bennylein Klaus an.

«Na hier, probier mal selber. Leg da mal ein Brett drauf.»

Bennylein legte das Brett auf die eiserne Fläche und drückte es noch mal besonders fest an den Rand.

«Siehst du, daß es genau hintendran geht. Genau. Und jetzt hier der Knopf und dann siehst du ja, was passiert.»

Schon senkte sich die Walze auf das helle Holz, drückte ihm über die Schablone die schwarzglänzenden, dicken Buchstaben auf und hob sich dann wieder leicht und geräuschlos zwei Handbreit hinauf.

«Hm!» stotterte Bennylein aufgeregt. «Mach ich.»

Bewundernd schaute er die gleichmäßigen Lettern an, wie sie auf dem Fichtenholz glänzten, und sie rochen so gut, er roch so gerne Druckerschwärze. Besonders wichtig waren diese Buchstaben. Alles was geschrieben stand, war immer wichtig.

«Laß die Bretter immer nach oben liegen, damit die Farbe auch trocknet. Hier auf dem Wagen kannst du sie nebeneinander hinlegen. Erst wenn die ganze Reihe voll ist, dann kannst du die nächste Reihe drüberlegen. Na ja, schichten kannst du ja. Dann viel Spaß. Damit hast du den ganzen Tag zu tun.»

Eigentlich hatte Klaus die Paletten gar nicht mehr beschriften wollen. Es achtete ja doch keiner darauf, und die Schrift verstaubte im Null Komma nichts. Bennylein aber war glücklich.

Die anderen waren auch glücklich.

«Gott sei Dank, daß er aus dem Weg ist. Macht mehr kaputt als gut. Er hat einfach keinen Verstand. Was für ein Holzkopf.»

Nachdem Bennylein drei Reihen gelegt hatte, fiel ihm ein, daß er noch nicht gelesen hatte, was er denn so Wichtiges schrieb. Er drehte den Kopf und las sorgfältig. Da stand es. Ganz klar und bedeutend und schwarz auf weiß:

« UNVERÄUSSERLICHES EIGENTUM.»

Jetzt konnte ihn niemand mehr treten und schimpfen. An dieser Maschine war er der Chef. Hingebungsvoll bedruckte er Brett um Brett. Wenn er heute abend nach Hause kam, wollte er erzählen, daß er eine neue Arbeit bekommen hatte und daß Klaus ihn dafür ausgesucht hatte. Er, Bennylein, druckte die Buchstaben auf die Kisten, damit niemand die Kisten stehlen sollte, und daß er ganz sauber gearbeitet hatte, so sauber, daß ihm nicht ein einziger Buchstabe verrutscht war, nicht einmal die kleinen Punkte auf dem Ä.

Die Dillinger hatten besonders viele Paletten in Auftrag gegeben. Paletten, auf die man später Persil und Kaffee und Frischwaren lud, um sie in die Lebensmittelläden zu fahren. Darum sputeten sich alle besonders. Konrad war wortkarg in seinen Anweisungen, und die Weiber waren fleißig, so daß die Türme gerade und flink aus dem Boden schossen.

Obwohl Ilse Fürbeth beim ersten Kuckucksschrei nicht mit dem Geldbeutel gerasselt hatte, brachte der launische Apriltag auch für sie eine Nachricht, mit der sie nie, niemals wirklich gerechnet hatte. Ilse Fürbeth kam nach Hause, und unter einigen Mahnungen vom Quelle-Versand fand sie einen Brief vom dicksten deutschen Käsblatt, verziert mit einigen bunten Spiralen beim Absender. Bestimmt Werbung. Bestimmt so ein Ding, das anfing mit:

«Herzlichen Glückwünsch, Sie haben gewonnen! ... wenn Sie diesen Umschlag innerhalb von zehn Tagen ...»

Aber da Ilse ja seit Anfang des Jahres jedes, aber auch jedes Glücksspiel mitmachte, öffnete sie den Brief und las ihn doch aufmerksam. Er fing an mit:

«Herzlichen Glückwunsch – Sie haben gewonnen!»

Aber als Ilse dann weiterlas, wurde ihr ganz schwindelig:

«Als Gewinnerin unseres diesjährigen Jahrespreisrätsels haben Sie einen Geldpreis in Höhe von 100 000 DM gewonnen. Diese Summe wird verwaltet von unseren Notaren und Ihnen im Laufe eines kleinen Festaktes, zu dem wir Sie herzlich einladen, persönlich in Form eines Schecks überreicht. Wir hoffen ... und so weiter und so weiter.»

Ilse bekam einen solchen Schreck, daß sie nach Luft schnappte und ihr das Blut aus dem Kopf wich. Sie mußte sich erst mal hinlegen. Wenn das kein mieser Trick war! Wenn das nur kein mieser Trick war! Sie schnappte die Brille, griff nach dem Papier und konnte es einfach nicht fassen. Aber da stand es.

«Ihre Einsendung unter 9384 mit dem richtigen Lösungswort ‹Elvis Presley› wurde bei der Ziehung ...»

Da stand es. Als wäre sie eingegipst, so starrte sie bewegungslos auf das Papier.

Wenn das hier wahr sein sollte ... dann wäre sie ja all ihre Probleme los! Dann könnte sie auf einen Schlag die Schulden abzahlen und hätte immer noch Zigtausende von Mark übrig! Dann könnte sie machen, was sie wollte!

Aber wenn es wirklich stimmte ... dann durfte es jedenfalls niemand erfahren. Schon gar nicht ihr Mann. Dann wäre es gleich wieder Essig mit dem Geld. Sie mußte ein eigenes Konto eröffnen. Sie wollte sagen, schau, Walter, wir haben dauernd irgendwie Probleme mit dem Geld. Du hast ja ein viel größeres

Gehalt als ich, und ich will mal in der nächsten Zeit versuchen, ob ich mit dem Geld von der Kistenfabrik allein auskomme, und da machen wir mal getrennte Konten. Vielleicht gibt dann jeder besser acht auf sein Geld.

Denn wenn sie, Ilse Fürbeth, erstmals in ihrem Leben eine solche Summe zur Verfügung hätte, dann sollte Walter es ihr nicht durchbringen. Wenn es denn wahr war. Dem traute Ilse noch nicht. Morgen würde sie den Anwalt anrufen, den sie noch kannte von dem Krach mit den Nachbarn wegen der Mauer. Das mußte sie sofort morgen als erstes überprüfen lassen. Sie würde sich Urlaub nehmen dafür. Wenn sie zum Anwalt ging, konnte sie auch ihr grünes Kostüm endlich mal anziehen. Wie wunderbar.

Ihr zitterten schon die Hände beim Gedanken, sie dem Anwalt mit dem Inhalt des Schreibens hinzuhalten. Sie mußte unbedingt zur Maniküre, sofort. Verdammte Kistenfabrikhände! Aber sie hatte eine neue Zitronencreme, die heilte und zog die Haut ein wenig zusammen – und die richtige Hingabe für die Fingernägel und die richtigen Ringe dazu ... ja, dann wollte sie schon etwas hermachen, sie, Ilse Fürbeth. «Bitte, laß es wahr sein, Gott im Himmel! Laß es wahr sein!»

Sie wollte auch den Anwalt verpflichten, zu schweigen. Nicht einmal dem Vater oder der Mutter wollte sie es sagen, und sie hoffte, daß das Käsblatt, das jetzt so beträchtlich ihr Leben veränderte, ihren Namen nicht dick und breit abdrucken würde. Die Dornweilerer waren zwar blöd, sie würden ihn womöglich überlesen. Aber niemand, niemand sollte wissen von dem Geld, denn es war ihres.

Wenn der Anwalt die Richtigkeit des Schreibens bestätigen sollte, dann wollte sie gleich früh auf die Bank gehen und ein eigenes Konto einrichten. Dann konnte sie in aller Ruhe überlegen, was mit dem Geld geschehen sollte. Sie nahm sich vor, vollkommen unauffällig weiter in die Kistenfabrik zu gehen, damit nur niemand etwas merkte. Erst mußte das Geld unter Dach und Fach. Dann die Hausfrauenkredite bezahlen. Dann mal sehen. Sie mußte ab sofort das Geld viel, viel langsamer ausgeben, sonst fiel es auf. Mein Gott.

Sie setzte ihre knochigen Beine auf, holte den Lappen und lederte nervös und doch liebevoll das Alpacasofa ab. Vielleicht konnte sie dann auch gleich zum Friseur, morgen. Gott, wie die Strähnen aussahen, das mußte alles weg, alles weg! Aber wenn sie schon in Kallestedt war und zum Anwalt rannte und auf die Bank ging und zum Friseur, dann wollte sie sich auch mal was gönnen. Wenn die Nachricht falsch war: zum Trost. Wenn sie richtig war: zur Belohnung. Und zwar wollte sie sich das schönste Seidengesteck aus dem Blumenladen holen, das achtzig Mark kostete und in Türkis gehalten war und sich ausnehmend schön in der Ecke über dem Fernseher machen würde. Was für ein aufregender Tag!

Hoffentlich kam Walter noch nicht so bald. Sie wollte noch ein wenig allein sein mit ihrer Aufregung, ihren Hoffnungen und Wünschen. Wie das Leben doch so spielte. Es war eben doch zu was gut, wenn man nie aufgab und seinem Glück vertraute.

Hunderttausend Mark! Für ein Kreuzworträtsel! Nein, nein, nein, das Leben war doch gut zu ihr! Was für eine Überraschung über Nacht, was für ein Geheimnis! Was für eine Entschädigung nach all den unzufriedenen Jahren! Kein Kind, kein Kegel! Jetzt würde alles besser werden. Wenn es nur stimmte!

Ilse Fürbeth – nein, wer hätte das gedacht, Ilse, die Hauptgewinnerin, Ilse, das Glückskind!

Veronika dagegen lag erloschen auf dem Klappbett. Das Geschirr türmte sich, die Bügelwäsche erstarrte im Korb, und der zerbrochene Rahmen eines Bildes stand schon seit Monaten in der Ecke hinterm Schrank.

Veronika lag auf dem Rücken und bewegte sich nicht. Dick und weiß sah sie aus, wie eine ausgestopfte Puppe mit trockenen, weit offenen, lidlosen Augen. Auch in ihr drinnen fühlte es sich an wie Spreu, zerschlissenes Sackleinen. Sie dachte sogar im Stoffpuppentempo. Wenn er nur wieder gut ist. Ist er wieder gut, bald ist er wieder gut. Sonst dachte sie nichts. Kommt er wieder. Wieder gut. Es wurde sogar eine kleine Sehnsucht daraus, die ihre Lippen spitzte, die Augenränder befeuchtete, eine süße Beweglichkeit am Rande. Sonst rührte sie sich nicht.

Die Wohnung sah aus, als seien die, die hier wohnten, noch nicht richtig angekommen, als könnten sie immer noch mal gehen oder es sich anders überlegen. Nur hier und da standen Garnisonen von Plüschtieren, Marke «Wie Süß», die Veronika nach Hause geschleppt hatte oder die sie immer noch zum Geburtstag bekam.

Hier war niemand und kam niemand. Das Lebendigste im Raum war das wachsende Etwas in ihrem Bauch, ein Kind gebettet auf Eingeweiden. Wie es dahingekommen war, wußte Veronika nicht mehr. Es gab da in ihrem Verstand eine Lücke, einen toten Winkel, eine blinde Linse. Wenn Hardy das Baby nicht wollte, dann durfte es nicht sein. Also war es nicht. Ganz einfach. Sie war nicht schwanger. Das Baby im Bauch wurde abgelegt in einer Abstellkammer ihres Bewußtseins, es rutschte unmerklich dahin. Den Hauptraum hielt Hardy besetzt. Ich kann überhaupt nichts dafür. Das muß er doch wissen. Er mußte einmal wieder gut sein. Wenn er nur kam.

Und Hardy kam. Aber er war so betrunken, daß er kaum die Treppe hinauffand. Es war gar nicht mal so spät, er hatte sich nur sehr beeilt mit dem Trinken, so daß Antje ihm bald zum Heimweg hatte raten müssen. Veronika hatte eine so panische Angst, als sie ihn sah, daß sie sich weiterhin nicht rühren konnte.

Hardy blieb taumelnd im Türrahmen stehen. Er lallte vor sich hin, doch Veronika, an seine Sprache gewöhnt wie eine

Mutter an das unverständliche Geplapper ihres zweijährigen Kindes, verstand ihn sehr deutlich:

«Hey, Vroni, alles, alles mach ich mit, aber daß du, ohne mich zu fragen, weißt du ... also ohne meine Erlaubnis, da so was machst. Ich ... ich hätte dir schon eines verpaßt, aber daß du . . hinter meinem Rücken! Verstehst du – hinter meinem Rücken! Haß!»

Er ballte die Faust und schrie noch einmal: «Haß!»

Dann winkte er ab und schleuderte in die Küche.

«Nix mehr zu essen?! Sauerei!! Was' das hier?! Schweinefraß!!»

In der Küche fielen Töpfe und Pfannen auf die Erde.

«Ich hab Hunger! Aufstehen, Schlampe! Essen machen!!»

In der Dunkelheit begann Veronika sich zu rühren, schlug die Decke zurück und verließ ihren Ruheplatz. Seine Worte waren ihr zuviel, sie befolgte sie lediglich, aber ihr ging es nicht gut bei den Worten. Und es waren auch nicht die ersten Worte dieser Art, wenn sie es recht überlegte. Er war nur immer so schnell wieder gut, dann sang er ihr ein Lied auf der Gitarre oder er brachte ihr Blumen mit, die er zwar aus den Gärten geklaut hatte, aber wenigstens das. Obwohl, abgerissene, geklaute Blumen wirkten nur am Anfang verwegen und romantisch. Mit der Zeit wußte sie, daß sie ihm einfach keine gekauften Blumen wert war, und die im Vorübergehen abgerissenen drückten etwas von Verachtung aus. Im Moment wußte sie das. Jetzt wußte sie das noch, als sie auf dem Weg in die Küche war. Doch als sie schon in der Küche stand und ihn sah, die liebgewonnenen braunen Augen, den Leib, mit dem sie so unzählige Nächte verbracht hatte, den sie kannte bis in jedes Haar, das an seinen Brustwarzen emporsproß, da wäre sie am liebsten nur einfach auf den Erdboden gesunken, vor ihm auf die Knie, damit er sie nur wieder liebhatte. Die einzige Chance, die sie jetzt zu haben glaubte, war, ein einzigartiges Essen in Blitzesschnelle hervorzuzaubern.

«Hier ist Wildgulasch», sagte sie, holte es aus dem Eisfach und warf es in den Topf. «Klöße dazu oder Nudeln? Sind auch noch Kartoffeln von gestern!»

Er winkte ab.

«Noch ein Bier?»

Das nahm er, setzte an und trank weiter.

Er sank damit auf das Sofa, stellte es ab und war sofort eingeschlafen. Leise drehte Veronika das Feuer auf dem Herd wieder aus, zog ihm die Schuhe aus und warf ihm eine Decke über. In dieser Nacht würde sie mal allein schlafen. Sie legte sich in die Rumpelkammer auf die Matte, mit dem Gesicht zum Fenster. Wenn sie nur schlafen konnte. Sie trank zwei Schlucke von Hardys Bier und hoffte auf eine Müdigkeit, die sie alles vergessen lassen würde. Aber die Gnade wurde ihr nicht zuteil. Offenen Auges lag sie da, sie starrte bleiern und schwermütig aus dem Fenster hinaus in den Mond, in die älteste Laterne der Welt.

In dem grünen Kostüm machte Ilse Fürbeth eine glänzende Figur. Den Urlaub für heute morgen hatte sie innerhalb von zwei Minuten durchgesetzt. Jetzt konnte sie sich aus ganzem Herzen ihrer Unternehmung widmen.

Walter hatte nichts gemerkt, gar nichts. Wie konnte sie sich gut verstellen, sie war doch ein verschlagenes Biest! Oh, sie mußte alles geheimhalten, das war so wichtig. Jeder wußte doch, wenn ein Gewinner bekannt wurde, dann mußte man sofort einen ausgeben, und jeder hängte sich an einen dran, und ruckzuck zog einem irgendwer das Geld aus der Tasche.

Ilse brannte noch eine Strähne über den Ohren mit der Lokkenschere fest. Zupfte noch drei Augenbrauen aus, korrigierte zum elftenmal den ungebührlich zittrigen Lidstrich, versuchte drei Falten um den Mund glattzubügeln und tuschte und malte. Immer noch war sie nicht zufrieden, diese letzten zehn

Jahre, die konnte man aber einfach nicht wegradieren. Zu ärgerlich. Scharf waren die Falten, so scharf! Nun gut, Lippenstift, Ohrgeschmeide, sie mußte es jetzt dabei belassen. Meine Güte, wann ging man denn schon zu einem Anwalt! Das letzte Mal vor Jahren wegen der Mauer. Sonst hätten sie vielleicht gar keinen Anwalt. Wenn sie nur nicht so viele lächerliche Sommersprossen hätte. In ihrem Alter sah das doch einfach nur fleckig aus, Pigmentstörungen. Wie durch ein Sieb verschossener Kakao. Die Zeiten, als man sagte, das hübsche Ilschen hat süße Sommersprossen auf der Nase, die Zeiten waren vorbei. Heute hatte sie ein Make-up namens Camouflage, mit dem konnte sie die Dinger unsichtbar machen. Ob sie noch … nein. Sie verzichtete. Sonst käme sie noch später. Sie hörte auf. Handtasche, Schlüssel, na, hoffentlich war es das.

Hauptsache im Inneren der Tasche befand sich das wertvolle Schreiben. Wenn es denn nur ein wertvolles Schreiben war. Wenn es nicht nur Beschiß war. Gepflegt öffnete sie das Garagentor, und gepflegt stieg sie ins Auto. Sie war eben eine Lady. Die Lady von Dornweiler. Mit hohen Wangenknochen, hohen Absätzen und vornehmen Handbewegungen. Manche sagten auch, sie sei etepetete und insgesamt ein Knochengestell. Sie hielt sich für eine von den oberen Zweitausend. Insgesamt hatte Dornweiler neunhundert Einwohner. Der Mitsubishi Colt wurde ihr natürlich nicht gerecht, sie haßte Walter für das Durchschnittsauto. Na, mal sehen. Wenn das Schreiben echt war … aber wer weiß, vielleicht sollte sie zur Tarnung den Mitsubishi weiter fahren. Unter diesem Aspekt gefiel ihr der Wagen sogar.

«Mein kleiner Japs», sagte sie, legte die behandschuhte Hand auf das lederverkleidete Lenkrad und fuhr los nach Kallestedt, das so tat, als sei es eine Großstadt

Sieben Parkplätze gab es vor dem Anwaltsbüro Dr. Krötz. Vier davon waren frei. Ilse lenkte den Wagen durch den Regen, nahm ein Taschentuch aus der Tasche und huschte anschließend rasch in die alte Villa. Das Taschentuch nahm sie jetzt, um die Schlammspritzer von den grünen Pumps zu wischen. Haare, Taillensitz des Kostüms, Nase, alles überprüfte sie schnell noch mal im Garderobenspiegel. Immerhin hatte sie jetzt einen Auftritt. Einen Auftritt im Büro bei den kleinen Lieseln und dann einen Auftritt bei Herrn Dr. Krötz. Wenn sie drankam. Na, mal sehen. Sie richtete sich auf und klopfte hauchzart an die Tür.

«Herein!»

Ilse betrat erhobenen Hauptes das Büro. Niemand würde je darauf kommen, daß sie in einer Kistenfabrik arbeitete und ihr Mann vermutlich der eifrigste Bordellbesucher vom ganzen Landkreis war.

«Guten Tag. Ich hätte gern einen Termin bei Herrn Dr. Krötz. Am liebsten noch im Laufe des Morgens. Es dauert nicht lange.»

«Hm. Einen Moment mal. Elf Uhr vierzig? Da ginge was.»

Unwillig verzog Ilse den Mund. Im Grunde genommen hatte sie einen sofortigen Empfang erwartet.

«Ach bitte, wenn ich schnell mal zu ihm könnte – ich habe heute noch derartig viel zu tun, ich muß ihm lediglich eine Frage stellen, es ist sehr wichtig.»

«Hm. Ich weiß nicht. Moment mal. Also, eigentlich geht es nicht.»

Dieser Widerspruch reizte Ilse unerträglich. Was wollte diese kleine Schnepfe eigentlich. Wenn sie nicht sofort zu ihrem Chef eilte und die Angelegenheit zu Ilses Bestem richten würde, dann mußte sie sich wohl oder übel bei Dr. Krötz beschweren. Aber die Schnepfe steckte kurz den Kopf in das Büro, wisperte etwas, rief Ilse und lotste sie hinein. Sofort entspannten sich Ilses Gesichtszüge und mit einer gewissen Genugtuung rauschte sie vor den Schreibtisch des Anwalts. Dr. Krötz war ein grober Mann im fortgeschrittenen Alter, nichts Dolles, wenig Haare, aber das war schließlich bei einem Anwalt egal. Mann ist Mann, dafür mußte man alles in die Waagschale werfen, was man hatte. Reizend und aufreizend setzte sie sich vor ihn auf den Stuhl und sagte ebenso reizend:

«Guten Morgen, Fürbeth, Ilse Fürbeth!»

Sie streckte ihm den Arm entgegen, als trüge sie lange Handschuhe mit einem Armband von Cartier darum. Er hätte diese Hand küssen müssen, aber er schüttelte sie nur.

«Guten Morgen, Frau Fürbeth, ah, ich erinnere mich an Sie, es ging doch um die Garageneinfahrt und den Nachbarn, den Ihr Mann so sehr beschimpft hatte, wie war das noch, wie hat er ihn genannt? Einen blöden Furzer oder so was?»

«Ach, lassen Sie uns doch nicht mehr an die leidige, unangenehme Angelegenheit denken ... und von dem Benehmen meines Mannes muß ich mich doch immer wieder distanzieren, Herr Krötz. Ihm fehlt mitunter ... da irgendwas.»

Aus unerklärlichen Gründen fing Krötz haltlos und unbotsmäßig an zu lachen.

«Verzeihung. Was kann ich für Sie tun, Frau Fürbeth?»

Indigniert holte sie das Papier aus der Tasche und hielt es ihm auf Fingerspitzen entgegen.

«Ich möchte gerne, daß Sie diese Benachrichtigung auf ihre Rechtsgültigkeit hin überprüfen.»

Sie zog sich in den Sitz zurück, verletzt durch sein Gelächter.

«Na, na ... das sieht ja aus ... meine Güte!»

Dr. Krötz betrachtete das Schreiben aufmerksam und las alles gründlich, dann griff er sofort zum Telefon und wählte die angegebene Nummer vom Käsblatt.

«Ja, guten Morgen, Krötz am Apparat, bitte mal Ihre juristische Abteilung.»

Ilse hätte sich am liebsten die Finger abgehackt oder die Fersen, wenigstens die Knöchel zerbissen. Ihre Spannung spielte sich aber nur in den Pumps ab, in denen sie sich die Zehen fast zerquetschte.

«Hallo ...? Ja, hier Dr. Krötz, ich vertrete anwaltlich Frau Ilse Fürbeth, und ich habe eine Frage. Meine Mandantin hat ein Schreiben von Ihnen erhalten, sie sei die Gewinnerin des diesjährigen Jahreswettbewerbs und habe eine Geldsumme in Höhe von hunderttausend DM gewonnen ... Moment? Ja? ... Ich warte, gut.»

Begütigend lächelte Dr. Krötz Ilse zu. Ihr wurde schlecht und wohl zugleich, immerhin hatte es gut geklungen, als er «meine Mandantin» gesagt hatte. Da war ein zärtlicher Stolz, der sie erfüllte. Geschützt und verteidigt zu sein. Gleich schmeichelte sie sich in ihren Stuhl hinein.

«Ja? Frau Ilse Fürbeth, ja, richtig, Dornweiler, ja, richtig. Bergstraße 7, korrekt. Ah ja. Ja! Ja, wunderbar! Großartig! Ja! Werde ich ausrichten! – Ja! Besten Dank! Sie wissen, ich werde mich anwaltlich auf dieses Schreiben beziehen! Ja? Gut – in Ordnung, ja – ist in Ordnung – ja besten Dank! Wiederhören!»

Die erbarmungswürdige Ilse hatte soeben binnen einer Sekunde ihr Kostümchen durchgeschwitzt, und das Wasser sammelte sich nun unter der Camouflage, um alles zu verderben.

Dr. Krötz stand auf, klopfte sein Jackett zu und räusperte sich. Dann trat er auf sie zu und streckte strahlend die Hand aus.

«Frau Fürbeth!»

«Was?»

Sie erhob sich wankend vom Stuhl.

«Ich darf gratulieren! Sie *sind* die Hauptgewinnerin des Jahresrätsels, und Sie *haben* hunderttausend Mark gewonnen! Herzlichen Glückwunsch auch im Namen der Redaktion soll ich Ihnen ausrichten!»

«Ooohh, oooh», Ilse wäre beinahe ohnmächtig geworden. Sie sank dem Anwalt um den Hals und beschmierte ihn mit Make-up. Herzlich schob Krötz sie etwas zurück.

«Na, na, wer wird denn gleich schwindelig werden! Frau Fürbeth, da freue ich mich aber für Sie! Das ist ja eine wunderbare Nachricht!»

Traumreise, dachte Ilse sofort. Eine Traumreise auf dem Traumschiff. Kreuzfahrt ohne Walter. Alles mögliche stürzte ihr im Kopf hin und her, Karibik, Hawaii, die Seychellen. Dieser Regentag war für Ilse ein einziger Sonnenschein, ein Wundermärchentag. Jetzt wußte sie Bescheid. Alles hieb- und stichfest.

Doch in das Gefühl, unter einem strömenden Füllhorn zu stehen, mischte sich sogleich die Angst, jemand könnte davon erfahren! Jemand könnte sich etwas abzwacken, einheimsen, ihr etwas wegnehmen! Man kannte doch die Gier der Menschen, man konnte ihr etwas wegnehmen, ihr nicht gönnen. Ansprüche geltend machen, alles haben wollen. Ihr Mann! Der Anwalt! Das Finanzamt! Tanten und Verwandte, jeder! Sie mußte sich schützen.

«Kein Wort zu meinem Mann! Und zu sonst niemandem!» stieß sie hervor. Der Anwalt grinste und willigte ein. Dann hielt Ilse das Gespräch für beendet und sauste fluchtartig zur Tür hinaus, ohne Gedanken an Pumps oder Frisur, hinaus in den Regen. Niemand, sagte sie sich, niemand sollte in Zukunft Hand an ihr Geld legen, an *ihr* Geld. Langsam fuhr Ilse an der Bank vorbei, am Friseur vorbei und am Blumenladen vorbei. Vielleicht brauchte sie gar kein Seidengesteck. Oder vielleicht kein so teures. Es gab auch noch eines für neunundzwanzig Mark. Das hatte den gleichen Effekt. Wer sah schließlich schon in diese Ecke über dem Fernseher? Und der Friseur? Ja. Aber zunächst hatte sie gar keine Lust mehr, all diese Tätigkeiten zu verrichten. Wie wäre es denn … jawohl. Sie lenkte das Auto nochmals ins Stadtinnere, suchte einen Parkplatz und warf eine Mark ein. Dann ging sie ins Café am Markt, suchte sich einen Platz am Fenster, damit die Leute ihr Kostüm sehen konnten, richtete ihr Haar und gönnte sich ein schönes Täßchen Kaffee.

Vorsichtig näherte sich Paula der oberen Halle und wollte nur den nächsten Wagen mit Brettern holen, als schon wie ein Zerberus Andres mit seinen blonden Locken hinter der Röllchenkiste hervorsprang.

«Sag mal Paula, bist du eigentlich mit deiner Frisur zufrieden?»

«Was, wie?» Paula faßte unwillkürlich ihre ebenholzfarbenen Haare an. Wie sie ihre Haare trug, war doch in Ordnung, oder nicht? Langes, hängendes Haar. Das war schon immer so, schon seit der Kommunion. Die Idee, eine andere Frisur zu wählen, war ihr nie gekommen. Paula interessierte sich für Briefe und Bücher und die Lieder, die man in den Siebzigern gespielt hatte, da trug man auch langes Haar mit Mittelscheitel und verkündete den Frieden. Vielleicht hätte sie auch noch ein langes Kleid mit Batik angezogen, aber das trug in Dornweiler niemand. Sie trug Jeans, die Hosen für die letzten vierzig Jahre des Jahrtausends und bis in alle Ewigkeit.

«Na, ob dir das gefällt, wie du dein Haar trägst.»

«Laßt mich bloß in Ruhe!» Paula schielte schon in Konrads Richtung.

«Ich finde, du trägst dein Haar sehr phantasielos. Das hängt ja runter wie Schnittlauch!»

Paula nahm den Bretterwagen, düste so schnell sie konnte die Schräge herunter und brachte sich in Sicherheit. Aber Andres folgte ihr wie Mephisto.

«Sag mal, könntest du nicht einen Stufenschnitt brauchen?» Bis zu den Werkbänken ging er mit.

«Egal, was er sagt!» rief Old Berta. «Hör ihm nicht zu, egal, was er sagt! Das ist alles gelogen!»

«Ich wollte bloß mal hören, ob sie mit ihrer Frisur zufrieden ist.»

«Was verstehst du denn schon von Frisuren», sagte Gretel Koch.

«Na ja, also ehrlich gesagt, finde ich meine Haare auch nicht so toll. Ich habe ja kein Geld als Studentin, und hier braucht man bloß von Zeit zu Zeit die Spitzen zu schneiden», sagte Paula in der Sicherheit der Weiber.

«Seht ihr! Sie sagt es selber. Da fehlt der Pfiff!»

«Andres, halt doch den Mund», sagte Konrad. «Du willst doch auf was ganz anderes hinaus, das sehe ich dir doch an.»

«Andres als Modeberater!» sagte Estella Arabella anzüglich. «Hast du auch einen Vorschlag für mich?»

«Mal sehen», sagte Andres und nahm Estellas schwarzes, langes Haar und zog es auseinander wie eine Filzmatte. «Nein, das ist nicht geeignet. Paulas Haar, das ist geeignet.»

Gekränkt wich Estella zurück.

«Was soll das heißen?? Gefällt dir mein Haar etwa nicht?!»

«Doch, du Rasseweib. Natürlich gefällt mir dein Haar, es ist bloß nicht geeignet.»

«Für was denn geeignet?»

«Na, habt ihr nicht am Samstagabend die Sendung gesehen?»

«Was für eine Sendung?»

«Na, wo die die Frau an den Füßen aufgehängt haben ...»

«Hier wird ganz bestimmt niemand an den Füßen aufgehängt!» rief Konrad.

«Ich glaube, es hackt!»

«Spinnt wohl!!»

«Ich meine nur ...», verteidigte sich Andres und sah wie immer so harmlos und unschuldig aus wie ein italienischer Engel auf irgendeinem Deckengemälde.

«Oh, ich weiß, was er meint», rief Estella plötzlich. «Das war ein Starfriseur, der hat eine Frau an den Füßen aufgehängt und gewettet, daß er, während sie mit dem Kopf nach unten hängt, die schönste Frisur schneidet, und dann hat er einfach eine Schere genommen, sie mit einer einzigen Bewegung abgeschnitten – und als er sie wieder auf die Füße gestellt hat, fielen die Haare ganz locker und ganz toll, und es sah wunderschön aus!»

Hinter der Kreissäge nickte Lischka Kossak. Sie hatte es auch gesehen, sie tat ja nichts anderes als fernsehen.

«Andres», sagte Konrad drohend. «Die Paula steht unter meinem Schutz. Ihr hängt die Paula nicht an den Kran und auch sonst nirgendwo hin, sonst kriegt ihr es mit mir zu tun.»

Paula aber fand die Idee gar nicht schlecht und mußte furchtbar lachen, froh, Mittelpunkt eines Scherzes zu sein. Sie wollte nicht als übergescheite Studentin gelten, lieber wollte sie allen Quatsch mitmachen. Auch die Herzenstraurigkeit war sie jetzt satt.

«Warum eigentlich nicht?! Ist doch vielleicht ganz lustig?» rief sie.

April und Weiberwill. Konrad schüttelte den Kopf. «Ich habe nein gesagt.»

«Aber Konrad. Wir brauchen sie noch nicht mal mit dem Kran aufzuhängen. Wir können sie unter das Gebläse stellen!» sagte Andres.

«O ja!» jetzt klatschten die anderen vor Begeisterung. Das gefiel allen.

«Paula?!» fragte Andres.

Paula nickte übermütig. Sie hatte Lust, mal so etwas Ungeheuerliches auszuprobieren. Wenn es schiefging, konnte sie ja nach Kallestedt zum Friseur gehen, und der schnitt ihr die Haare dann ganz ab.

«Aber Andres soll es nicht machen. Eine Frau soll es machen.»

Die Frauen blickten sich um. Gretel traute sich nicht, Old Berta hatte keine Vorstellung davon, nur Estella Arabella blieb übrig. Unter Gejohle und ohne Konrad noch zu fragen, zogen alle zur Hobelmaschine. Andres nahm die schwere Blechhaube des Gebläses, schob sie von der Hobelmaschine weg und dirigierte sie, bis sie freischwebend von der Decke hing und tösend saugte. Die Kerle kamen heruntergelaufen, weil es jetzt wieder etwas gab. Sogar Lischka kam mit steifen Gummistiefelschritten näher gestapft. Andres ging mit Paula unter das Gebläse und tatsächlich, ihre Haare stellten sich kerzengerade in die Höhe. Die Leute lachten sich kaputt. Wie fein in den Himmel gestriegelt sah sie aus. Jeder gab reichlich Kommentare. Wie das aussah! Wie ihr die Haare zu Berge standen, eine Punkerin, eine Hexe auf der Fahrt in die Hölle.

«Jetzt die Schere! Wo ist denn die Schere?»

«Hier die doch nicht, das alte Leimding.»

Klaus holte die gute Schere aus dem Büro.

Aber, daß ausgerechnet Estella Arabella das machen sollte, mit ihrer unruhigen Hand!

Estella setzte mehrere Male an.

«War das hier oben oder mehr da unten?»

Sie hob die Schere, setzte wackelig irgendwo an und schnitt zipfelig, mit einigen Treppen drin, das Haar ab. Alles wurde sofort vom Gebläse abgesaugt. Gespannt warteten alle.

Paula trat unter dem Saugrohr hervor, und die Haare fielen herab, wehend, luftig, fast lockig.

«Oooooh!» riefen alle und applaudierten.

«Mein Gott, ich kann es nicht fassen», sagte Klaus. «Andres, da hast du einmal in deinem ganzen Leben was wirklich Gutes gemacht!»

«Wirklich schön!»

«Paula, ganz toll!»

Paula drehte sich nach allen Seiten und ließ sich bewundern. Sie hatte vor Aufregung ganz rote Wangen.

«Da, geh mal an den Spiegel und sieh mal selber!»

«Meine Güte, das sieht ja wirklich fabelhaft aus! So sah ich ja noch nie aus!»

Na so was! Sie hätte noch eine ganze Weile sich selber zuschauen können, wie sie sich den Kopf mal mehr von links, mal mehr von rechts zuwandte, großartig. Sie sah gleich lebendiger aus, frischer, witziger. Mit einem einzigen Handstreich. Selbst die aufgeregte Farbe stand ihr gut. Vielleicht hatte die Mutter ausnahmsweise recht mit ihrem: Mach dich mal an die Luft, du siehst aus wie Klatschkäse! Ein wenig Gymnastik an der Luft, das ist gut für den Kreislauf!

Höchst zufrieden ging sie jetzt zurück an die Arbeit und konnte sich noch den ganzen Tag lobende Bemerkungen anhören über die neue Frisur. Aber sie war auch sehr stolz darauf, als Spaßvogel hergehalten zu haben, Paula, die sich nicht lumpen läßt und für jeden Quatsch zu haben ist. Das war besser, als herumzulaufen wie eine Transuse mit düsterer Miene. Und schön war es auch noch geworden.

Manchmal war es so schön in der Kistenfabrik.

Eine Stunde dauerte die Mittagspause, von zwölf bis ein Uhr. Zeit zum Essen, durchatmen, ein wenig Zeitung lesen, mal die Füße hochlegen.

Veronika hingegen raste atemlos durch Kallestedt, kramte ein wenig im Kaufhaus und entschied sich dann spornstreichs, in den Dessousladen zu gehen. Er lag zwischen der Metzgerei und einem Hosenladen, bei den drei alten Häusern, deretwegen Kallestedt diesen Platz die *Altstadt* nannte. Sie wühlte erst unbeteiligt in einigen BH- und Slip-Garnituren, nahm mal einen Tanga heraus und streunte dann zur Ladentheke: «Bitte, haben Sie auch Korsagen?»

Die Verkäuferin hatte kurzes Haar, palisanderfarben, und den Mund mit einem dunkelroten Liner eingefaßt, sie sah so aus, als ob ihr die Dessous selbst ausgezeichnet standen. Sie betrachtete vergnügt Veronika, bis die Augen auf den rundlichen Bauch fielen. Stutzig verharrte sie einen Moment mit angehobenen Ellenbogen, dann rieselte es ihr ins Gehirn, daß sie als Dessousverkäuferin gar nicht erst anfangen durfte, sich in die Wünsche der Kundschaft einzumischen.

«In Schwarz oder ...»

«In Schwarz.»

Also ging die Verkäuferin an einen drehbaren Ständer seitlich der Verkaufstheke und holte vorsichtig die mit Strapsen behängten Korsagen heraus. Sie nahm hüftkurze Mieder, die oberhalb des Bauchnabels endeten, wohlweislich. Das war der einzige beratende Kunstgriff, den sie in diesem Fall vornahm. Veronika nahm die Korsagen und betrachtete sie kritisch.

«Haben Sie auch längere?»

Die Verkäuferin verstieß nun gegen ihr eigenes Diskretionsgebot.

«Meinen Sie, das wäre gesund?»

Veronika machte ein erbittertes Gesicht, vom einfältigen Schaf war sie zur verbissenen Kämpferin geworden.

«Natürlich ist das gesund! Meinen Sie, ich wäre schwanger, oder was?»

«Na ja ...», die Verkäuferin lachte verlegen.

«Da täuschen Sie sich aber! Sie sollten hier nicht Ihre Kundschaft beleidigen, Sie!»

«Nein, verzeihen Sie. Ich habe da natürlich noch andere Modelle ... kommen Sie.»

Nach einigen Drehungen zeigte der Ständer endlich die von Veronika gewünschten Ausführungen. Vier verschiedene nahm sie mit in die Kabine.

Gleich die erste Korsage gefiel ihr. Sie war mit Stäben verstärkt und in Spitzen gefaßt, dazwischen mit schwarzen Blumen über und über bestickt, die mitunter violett schimmerten. Das Obenherum wurde ebenholzfarben eingerahmt wie ein Barockgemälde, wobei der kugelrunde, emporquellende Busen eben vor dem Herausspringen zurückgehalten wurde. Da würde Hardy das Wasser im Munde zusammenlaufen. Da sie im

Solarium gewesen war, hatte der Busen insgesamt einen warmen, sanften Ton. Aber die Häkchen. Unter dem Obenherum gingen sie ja noch zusammen. Bis auf den Nabel gingen sie zusammen, wenn sie stark die Luft einzog. Aber dann wurde es schwierig. Veronika preßte und stöhnte und klemmte und atmete schwer. Allein der Wunsch gab ihr die Kraft, noch ein Häkchen und noch ein Häkchen über dem wogenden Fleisch in die Öse zu bringen und jedesmal stöhnte sie aufs neue.

Nur der Anblick im Spiegel entschädigte sie für die Gewalt, die sie ihrem Körper angetan hatte. Auf einmal hatte sie wieder Taille. Die alte Sanduhrfigur. Dafür quoll der Bauch um so mehr unter dem scharfen Schnitt des harten Saumes hervor und suchte zu gedeihen. Aber Veronika bemerkte es nicht. Sie sah es einfach nicht. Dann riß sie die Häkchen wieder auseinander und probierte ein größeres Modell. Das ging leichter zu und machte sich auch nicht schlecht. Sie sah aus wie eine Nutte. So scharf war sie nie aufgetreten. Aber sie kämpfte mit allen Mitteln. Der Bauch schoß unter dem Mieder heraus wie stranguliert, aber Veronika sah es nicht. Am Ende entschied sie sich dennoch für das erste Modell mit dem Ebenholzrahmen um den Busen herum und dem qualvollen, aber schönen Sanduhrergebnis.

Sie würde es Hardy schon zeigen.

«Ja – und Strümpfe brauche ich noch! Auch in Schwarz natürlich. Wegen der Strapse!»

«Selbstverständlich.»

Mit einem Griff zog die Verkäuferin das passende Paar von einem halbhohen Ständer. Veronika zog sich alles noch in der Kabine an. Tief befriedigt atmete sie durch. Jawoll. Das war geeignet. Sie sah so kühl und scharf aus, wie aus dem Katalog. Gar nicht so einfach, daß die Strapse die Strümpfe hielten. Hakten sich selber wieder aus … na, da hatte sie noch ein wenig Zeit zum Üben.

«Alles zusammen!»

Veronika warf der Verkäuferin alles in die Arme und zog sich wieder an.

«Hundertsechsundneunzig Mark und achtzig.»

Ohne mit der Wimper zu zucken, bezahlte sie den Betrag bar und behielt im Geldbeutel gerade noch zehn Mark. Dabei mußte sie eigentlich noch einkaufen.

Vielleicht konnte ihr Konrad einen Vorschuß geben.

Sie nahm also die Tüte mit den kostbaren Teilen, mit denen sie einen wunderbaren Abend einläuten wollte und radelte zurück nach Kallestedt.

In der Fabrik herrschte bereits ein eifriges Gebrumme, aber erst wollte Veronika das Finanzielle klären, bevor sie einen Handschlag machte. Sie erwischte Konrad, als er ins Büro ging.

«Hey, Konrad, ich hätte da mal eine Frage.»

«Was denn?»

«Ja, und zwar es ist so. Also, ich wollte mal fragen, ob ich einen Vorschuß kriegen kann.»

«Ob du einen Vorschuß kriegen kannst?! Aber Veronika, das ist doch nicht dein Ernst?»

«Na ja, es sind schwere Zeiten, Konrad. Nur mal so.»

Konrads Gedanken trübten sich. Der ganzen Veronika war doch nicht zu trauen, wer weiß, wozu sie das Geld jetzt wieder brauchte, für irgendeinen Quatsch, so daß man sich immer um sie Sorgen machen mußte.

«Veronika, du hast bereits das Maigehalt ausgezahlt bekommen und den halben Juni. Mehr kann ich dir nicht geben! Wo treibst du das Geld denn alles hin? Ihr verdient doch mit zwei Mann, das kann doch nicht angehen!»

«Ich habe nicht richtig aufgepaßt, aber ich dachte, du könntest mir vielleicht noch mal was geben.»

«Das werde ich nicht, Veronika. Endgültig nicht mehr. Du mußt selber sehen, wie du fertig wirst. Sieh mal zu, wie du bis zum Monatsende rumkommst.»

«Konrad, du bist ja knallhart.»

Er räusperte sich, schlug auf den Schenkeln das Sägemehl von seiner Mütze und wendete sich einmal von innen nach außen.

«Sag mal, hast du im Moment nicht an anderes zu denken?»

Veronika schwieg.

«Schau mal, Veronika, es geht mich ja nichts an. Aber wenn ich die Plastiktüte da sehe, weißt du, das ist doch kein anständiger Laden. Und wenn man auch mal was Schönes kaufen will, das sehe ich ja alles ein. Aber in deinem Fall brauchst du doch erst mal hauptsächlich ein paar dicke, baumwollene Unterhosen. Ich bin selber Vater. Ich war viermal dabei. Da mußten wir auch nach dem Pfennig schauen. Also, ich sage dir, du brauchst jetzt nichts, jedenfalls nichts aus dem ordinären Laden.»

«Ach, Mann. Konrad, davon verstehst du nichts.» Veronika blickte unwillig zur Seite.

«Und wie ich was davon verstehe. Glaub mir, laß dir was sagen von einem alten Mann ...»

«Du bist doch kein alter Mann!»

«Ich sage es dir im Guten ...»

«Jeder will mir hier was im Guten sagen!»

«Veronika ...»

«Dann eben nicht!» rief sie. «Hab schon verstanden!»

Und damit rauschte sie beleidigt zurück an die Werkbänke. Konrad schaute ihr sorgenvoll hinterher. Veronika stöhnte, als ob es ihr übel werde, überhaupt war sie im Gesicht blaß und blieb auch weiterhin ungeschminkt. Ihr seltsames Grau blieb, wenn sie auch mit den warmen Farben von Holz und Sägemehlgelb bestrahlt wurde, sie sah ungesund aus.

Die Eisenbahn fuhr mitten durch die Kistenfabrik. Die Gleise liefen durch die Betonfußböden wie auf einem überdachten Bahnübergang, und manchmal schwangen sich die wilden

Kerle auf die Baumstämme und rasten mitsamt dem Eisenwagen aus der Kerlenhalle hinunter in die Weiberhalle. Es war allerdings nicht unbedingt ein D-Zug. Der Wagen hatte eine Bremse, und auch sonst lagen reichlich Bremsklötze herum. Eigentlich war es nur ein Bretterboden auf eisernen Rädern mit eisernen Pfosten an der Seite, so daß man Stämme und Bretter leicht von den Karren wieder herunterwuchten konnte, beispielsweise um sie Lischka zum Ablängen zu bringen. Genaugenommen konnte man sie nur sehr gemächlich auf dem Bretterwagen herunterrollen, wie auf einem Kinderzug in einem Kirmes-Märchenparadies. Dennoch reizten die Gleise natürlich, sie reizten besonders die Kerle, die alten wie die jungen.

Nur Rudi Kraft nicht. An Rudi Kraft verfingen keinerlei Reize. Sie prallten an ihm ab wie ein Funkengestöber an einer Ziegelwand. Plump und stur kam er in die Fabrik und machte dieselbe Arbeit wie jeden Tag. Wenn er den Bretterwagen voll hatte mit Schnittwerk, mit dem, was die Gatter mit einem Baum angerichtet hatte, ging er mit ihm herunter wie an der Seite eines alten Esels und hielt ihn unten an. Manchmal sagte er beim Anfahren: Hü! und beim Abbremsen: Hott! Das war der Höhepunkt seiner Scherze. So etwas hatte es aber schon lange nicht mehr gegeben. Inzwischen sagte er nicht Hü und nicht Hott, sondern gar nichts mehr. Da er sich nicht zu verteidigen wußte für seine Schandtaten und ihm nichts einfiel, was er dazu sagen konnte, ließ er es einfach ganz bleiben. Er wähnte, daß ihn jetzt nie wieder einer leiden könnte, und stapfte nur so vor sich hin. Er hatte recht. Es konnte ihn keiner mehr leiden und jeder gab ihm bloß notgedrungen das Holz an, die Nagelmaschine oder das Stecheisen, hier, hast du, da, nimm! Früher hatten sie noch erzählt. Was in der Bildzeitung stand. Wie die Eintracht gespielt hat. Hast du das Vieh schon draußen. Müllerpauls Rosa ist mit einem Kerl durchgebrannt. Das war jetzt vorbei. Die Leute fühlten sich unwohl in seiner Nähe und zogen sich zurück.

Aber wenn man sich zu weit zurückzog, konnte es geschehen, daß man auf einen anderen stieß, der einem nicht gefiel. Denn es konnte zwar jeder jeden leiden, aber nur, weil jeder jeden leiden lernen mußte. Sie mußten sich alle leiden lernen, weil sie jeden Tag Seite an Seite auf der Arbeit verbrachten. Das war schwer. Einer hickste und ein anderer brummte und einer rülpste. Der eine wußte alles besser, und der nächste stellte sich blöder als er war. Weil der Kistenfranz jeden einstellte, der ihn fragte, mußten die Leute das Schicksal tragen, sich gegenseitig den ganzen Tag lang auszuhalten. Wer wollte schon immer neben Burkhard Riedel stehen, der seltsame Knackgeräusche mit dem Kiefer machte und dem der Schweiß auf der Stirn stand, sobald ihm ein Gedanke an etwas Nacktes in den Sinn kam. Und das war oft! Und wer wollte immer den Kuhstallgeruch von Rudi riechen und außerdem in Jahren die immer gleichen Sätze von ihm hören? Und wenn einer alles richtig machte und angenehm war wie Bennylein, Klaus Stockschuh oder Konrad oder Franz, wenn einer gewaschen und gekämmt war, dann ging er einem vielleicht auf die Nerven, weil man ihn jeden Tag sah.

Darum gingen die Arbeiter störrisch und ausscherend und tretend auf die Arbeit, wie Zirkusgäule, die gezwungen waren, jeden Tag im Kreis zu gehen, und das wollten sie nicht immer. Sie stöhnten und seufzten und rissen am Geschirr und blieben beim Arbeiten einfach nicht in der Spur. Das schwerste an der Arbeit war also nicht, die Hobelmaschine zu bedienen, die Bäume zu stemmen und zu bewegen, die harte Knochenarbeit, sondern das schwerste war es, sich gegenseitig jeden Tag und jedes und jedes Jahr auszuhalten.

«Höre, o Tochter, und sieh und neige dein Ohr,
Vergiß dein Volk und dein Vaterhaus.
Und wenn der König nach deiner Schöne verlangt,
Siehe, er ist dein Herr, so sei ihm hold.

Vollendet schön schreitet die Königstochter einher,
Aus Gold sind ihre Gewänder gewoben.»

Wenn diese Worte gebetet wurden, wußte jeder, daß es Mai wurde in Dornweiler. Maria, Maienkönigin, dich will der Mai begrüßen, o segne seinen Anbeginn und uns zu deinen Füßen. Sie beteten noch mehr.

«Sonnenumglänzte, Sternenbekränzete,
Leuchte und Trost auf der nächtlichen Fahrt.
Vor der verderblichen Makel der Sterblichen
Hat dich die Allmacht des Vaters bewahrt.
Selige Pforte warst du dem Worte ...»

Und sie beteten noch mehr.

«Mein Herz wallt über von guten Worten, dem König singe ich mein Lied.
Und wie eines schnellen Schreibers Griffel eilt meine Zunge.
Du bist der schönste unter den Menschenkindern.
Anmut ist ausgegossen auf deine Lippen.
Wahrlich, Gott hat dich gesegnet für alle Zeit.»

Sie wallfahrteten. Sie murmelten die Straße entlang, sangen und bekreuzigten sich. Auf der Anhöhe stand die Liebfrauenkirche. Das war der Mai. Die Meßdiener gingen voran und am Wegrand standen Maßliebchen, Männertreu und Tausendschön.

Müde und mit angeschwollenem Bauch schleppte Veronika Fleisch und Brot und die Tüte mit Dessous die Treppen hinauf. Wenigstens mußte sie es noch schön machen. Wenigstens mußte Hardy sie heute noch lieben. Es mußte ihm wieder einfallen, daß er sie geliebt hatte, natürlich. Konnte doch nicht von einem auf den anderen Tag vorbei sein. Er mußte sich nur besinnen. Sie hatte ihn noch immer gekriegt, noch immer, sie mußte sich nur Mühe geben. Sie mußte einfach etwas bieten.

Für die schönste und kostbarste Stunde des Tages bereitete sie eine Köstlichkeit vor. Zugegeben, Hardy hatte ihre Gerichte nicht immer gegessen, oft blieben sie stehen oder er hielt sich den Magen und knurrte. Aber das Auge ißt ja mit, und auch wenn nur das Auge aß und Veronika am nächsten Tag die aufgewärmten Reste, so sollte er doch wissen, daß sie alles für ihn tat und ihn liebevoll erwartete, für alle Fälle sozusagen, mit Leibgerichten, jawohl, ganz recht, mit Leib-Gerichten. Denn um den Leib ging es auf alle Fälle, das war der hungrigste Teil an Veronika, auch wenn der vielleicht nur die Hülle ihrer fiebrigen Seele war. Wenn sie nicht umarmt wurde, konnte sie todkrank werden. Dieser Zustand der immerwährenden Umarmung mußte wiederhergestellt werden. Da Hardy auf Wäschewannen und ungespültes Geschirr nicht achtete, ließ sie Wanne und Geschirr und auch das Bad und alles, wie es war, und fing an zu kochen. Feuertopf, schön saftig, mit Chili, Bohnen und Paprika, ein brodelnder roter, duftender Topf. Dazu vielleicht einen Sekt. Einen Fünf-Sterne-Metaxa. Bier? Für alle Fälle brachte sie sämtliche Getränke in der Nähe unter. Denn wenn sie Bier hinstellte, wollte er Wein. Wenn sie Wein hinstellte, wollte er Whisky. Veronika versuchte, alle Möglichkeiten abzudecken. Deckte den Tisch mit einer hohen Kerze, zwei Tellern und einer Schale Brot, und als alles dort stand, überschüttete sie den Tisch mit einer Tüte voller Goldsterne und Glasmurmeln. Das hatte sie in der Kochbuchabteilung einer Buchhandlung gesehen. Das war sehr schön. Ob es genügte? Jedenfalls war es jetzt zehn Uhr.

Ängstlich blickte Veronika über den Balkon zu Antjes Pinte. Nur noch Thekenlicht. Hardy würde heute ohnehin früher nach Hause kommen, da er schon fünf Abende fortgeblieben war. Danach machte er immer eine Pause. Es war also höchste

Zeit. Die Blutzirkulation, die ihr in den letzten Wochen beinahe vorkam, als hätte sie ganz ausgesetzt, war jetzt wieder angekurbelt, so daß sich ihre Wangen belebten. Für alle Fälle duschte sie sehr heiß. Sie schminkte aber auch die Augen schwarz und den Mund so rot wie schweren Wein. Jetzt wurde es brenzlig, denn die Korsage würde sie nicht über mehrere Stunden aushalten können. Daher mußte sie sie vorläufig offenlassen. Wenn aber Hardy die Treppen hochkam, langte die Zeit nicht, geschwind alle Haken zu schließen.

Vorerst zog sie die Strümpfe an, dann den offenherzigen Slip, dann befestigte sie die Strapse. Sie kam sich vor wie eine Domina. Dazu fiel ihr ein, daß sie noch ein schwarzes Samthalsband besaß. Natürlich, das paßte. Außerdem schwarzglänzende Ohrringe mit einem dunkelroten Stein. Und außerdem die Lackpumps mit dem höchsten Absatz in der ganzen Schublade. Die Ohrringe fand sie sofort, aber die Pumps waren irgendwie verschwunden, und sie wollte sich auf keinen Fall mit den halbhohen schwarzen Kunstlederdingern zufriedengeben. Es galt, es galt. Hektisch wühlte sie alle Schubladen durch, die Schränke, das Bad und endlich fand sie sie doch im Schuhschrank im Flur. Gott sei Dank. Die Haare. Die Haare waren eine Katastrophe. Sie wickelte sie um den Frisierstab und brachte sie nervös und ungelenk wenigstens halbwegs in Form.

Wenn Hardy nun kam! Irgendwie war sie doch nicht fertig. Wenn er jetzt hereinkam, dann war sie nur eine ungeschickt herumirrende Halbnackte in bizarren Klamotten. Pervers. Und wie sollte sie aussehen? Wie denn? Sie mußte das üben! Ein Stuhl. Ein hochgestelltes Bein auf dem Stuhl, dann konnte man auch den gewissen Ausschnitt sehr deutlich sehen, sehr dreckig das ganze. Oder sollte sie ganz auf der Stuhllehne sitzen mit den Beinen auseinander? Oder wie in «Basic Instinct» auf der Sitzfläche? Von vorne oder hochgestellt von der Seite?

Das konnte man nur herausfinden, wenn das Korsett zu war.

Also zwang Veronika die Haken zusammen und preßte den vollen Busen in die Höhe. Sie wußte nicht mehr, wie sie es in der Kabine gemacht hatte, aber jetzt rutschten die Brustwarzen andauernd heraus. Vielleicht mußte das aber so sein, ja, sie ließ die Brustwarzen herausstehen, warum nicht, ach nein, das sah nach nichts aus – wenn sie nur endlich die Häkchen zusammenkriegte. Sie spürte förmlich Hardy herannahen, fühlte ihn die Straße heraufkommen, er kam, sie wußte es sicher. Die Häkchen trafen in ihren nervösen Fingern nicht aufeinander, hakten sich falsch, mußten wieder auseinander. Gerade eben kriegte sie die Korsage noch mit Gewalt bis zum Bauchnabel zusammen, nicht aber über dem Bauch. Nicht auf dem Bauch! Sie hörte unten die Haustür gehen, löschte in der Eile noch das Licht, stand also im Kerzenschimmer, setzte verzweifelt das rechte Bein auf den Stuhl und drehte sich der Tür entgegen. Da kam er schon, war im Flur, sie nestelte noch an den Häkchen überm Nabel, er hustete und zog sich die Jacke aus. Starr blieb Veronika in der Position, die Korsage über dem kugelrunden, nackten Bauch zwischen Straps und Slip schien förmlich zu platzen.

Hardy kam in den Türrahmen und entdeckte sie. Er fand seine Sprache nicht mehr, und einen Augenblick lang fehlte ihm die Luft zum Atmen. Das einzige was er nach ewig langen Schrecksekunden tat, war, daß er sich zum Metaxa tastete und einen kippte.

«Na?» fragte Veronika zittrig, es hatte ja eigentlich frivol klingen sollen.

Hardy war für seine Verhältnisse stocknüchtern. «Mein Gott. Das ist ja tieftraurig.»

«Was, traurig?!!»

Hardy konnte nichts mehr sagen. Er ließ sich erst mal auf den Stuhl fallen und schüttelte den Kopf. Nahm das schüttere Haar zwischen die gelblichen, verhornten Hände und strich es nur immer wieder zurück.

Unsicher senkte Veronika das Bein.

«Widerlich», sagte Hardy nach endlosen Minuten.

Sie wagte nicht zu antworten.

«Wieso machst du so einen Scheiß», immer wieder schüttelte er den aufgestützten Kopf.

«Aber Hardy ... weil ich dich liebe! Ich liebe dich doch! Für dich ist das alles! Ich dachte, daß es dir gefällt!»

«Das ist doch krank.»

«Aber Hardy ...»

«Und wie du aussiehst. Krank. Du bist doch krank!»

«Nein!» lachte Veronika voller Angst. «Nein, wieso denn?? Es geht mir doch gut!!»

Da fiel ihr etwas ein. Sie rannte auf den hohen Absätzen in die Küche und holte eilig den Feuertopf vom Herd.

«Hier! Hier ist Feuertopf! Texanischer Feuertopf! Den ißt du doch so gerne!»

Hardy betrachtete Topf und Teller und fing dann an, den Bohnenbrei müde und ergeben auf seinen Teller zu laden. Still löffelte er vor sich hin. Damit hatte sie nicht gerechnet. Wenn er den Eintopf auf den Boden gekippt hätte, es hätte ihr weniger ausgemacht als dieses stille Löffeln. Hardy aß. Er aß den ganzen Feuertopf artig auf. Veronika hoffte, daß das wenigstens ein gutes Zeichen war. Als er fertig war, deutete er mit dem leeren Löffel auf ihren Bauch.

«An das da kann ich mich nicht gewöhnen. Das kannst du vergessen. Deine Rechnung geht nicht auf.»

«Aber was denn für eine Rechnung?» rief sie verzweifelt. Nichts half, nichts hatte geholfen.

«Damit mußt du selber fertig werden. Aber daß du es in die Nuttenklamotten quetschst, das ist doch krank. Was für eine Mutter willst du werden, sag?»

«Ich, ich wollte nicht Mutter werden! Magst du mich denn gar kein bißchen mehr leiden? Kein bißchen mehr?»

Veronika öffnete die Arme, kniete sich vor ihm hin und strich die rotlackierten Fingernägel immer wieder über den alten Tweedstoff auf seinen dürren Beinen.

«Ich dachte, das gefällt dir ein wenig, ich habe es in Kallestedt gekauft, es hat fast zweihundert Mark gekostet, und die Kerze habe ich angezündet und gekocht und gemacht – nur damit es dir ein wenig gefällt! Was soll ich denn noch tun? Ich mache ja alles, was du sagst!»

«Glaubst du, ich bin ein Vollidiot? Den Hardy verarschen und dann hinterher ein wenig mit dem Hintern wackeln, damit er wieder gut ist? Nee, Veronika. Wenn du meinst, du mußt hier nur die Beine breit machen in Lack und Leder, dann hast du dich geschnitten. Ich hätte von dir alles erwartet. Aber, daß du mich derart verarschst ...»

«Was habe ich denn falsch gemacht?! Was soll ich denn machen?? Sag's mir doch!»

Hardy blickte sie müde und lustlos an.

«Laß mich einfach in Ruhe, ja? Laß mich in Ruhe.»

«Hardy ...»

«Laß mich jetzt in Ruhe! Laß mich in Ruhe ...»

Er bedeckte seine Augen so lange mit den Händen, bis sie endlich wieder aufstand. Die Korsage quetschte ihr die Haut und den Bauch so sehr, daß sie an den Häkchen zerrte, sie aber nicht aufbekam, dann dastand und sich schämte. Weil nichts und nichts geschah, außer daß er wieder den Kopf in die Hände preßte, und weil sie nichts mehr zu sagen wußte, ging sie nach einer endlosen Weile stumm und verstohlen aus dem Zimmer und suchte sich nebenan etwas zum Hinlegen. Sie wühlte sich in dem kühlen Raum in einen Schlafsack auf einem alten Teppich, knöpfte mühsam alle Häkchen auf und nestelte an dem Samthalsband. Ein T-Shirt, ein altes T-Shirt. Das war das einzige, was ihr jetzt half.

Nach einer Weile war ihr klar, daß sie sich nicht geschlagen geben mußte. Sie fühlte sich keineswegs besiegt. Sie mußte nur noch einmal zu ihm vordringen. Sie würde die Abweisung nur zum Schein und nur eine Stunde, höchstens, hinnehmen, vielleicht zwei. Aber er konnte sie nicht davon abhalten, daß sie später zu ihm kam, denn im Schlaf merkte er es nicht. Und sie war überzeugt davon, daß er sie liebte, denn anders konnte es gar nicht sein. Er hatte sich bloß falsch ausgedrückt. Wenn er schlief, und das hörte sie am Atem, dann würde sie zu ihm unter die Bettdecke kriechen wie jeden Abend, dann würde er sie in die Arme nehmen, wie immer, er konnte nämlich nicht anders, es war automatisch, er brauchte sie, das wußte sie genau. Sie brauchte bloß noch zu warten, bis er schlief. Das war alles.

Und sie wartete. Hörte ihn irgendwann aufstehen wie einen alten Mann, hörte ihn über den Boden schlurfen, Kleidungsstücke abstreifen und hörte, wie sie auf die Erde fielen, dann das Quietschen vom Lattenrost, als sein Körper die Schaumstoffmatratze niederdrückte. Bald schon veränderte sich der Klang seines Atems. Wie die Lungenflügel durch seinen Hals hindurch rasselnd die Luft hereinsaugten. Wie Hardy mit jedem Atemzug weiter absackte und in einen unguten Schlaf hineinschlingerte Noch einige Momente wartete Veronika.

Dann wagte sie sich heraus und näherte sich auf Zehenspitzen dem Bett. Da lag er. Den Kopf nach hinten, den Mund offen, noch im Hemd, so wie früher ihr Vater, wenn er vom Frühschoppen heimgekommen war und sofort aufs Sofa mußte. Seine Arme lagen irgendwie nach hinten. So mußte sie sich zuerst seiner Brust nähern. Die Arme würden sich dann um sie herumschlingen. Veronika robbte heran. Ihr breiter Busen schubberte warm auf der dürren Brust, da zuckte er schon zusammen wie eine empfindsame Schnecke, rollte sich einfach weg, krümmte sich zusammen und geriet im Vollschlaf, an den äußersten Rand des Klappsofas. Er rollte von ihr weg. Er fiel fast aus dem Bett, weil sie drin lag. Jetzt konnte sie nicht mehr näher an ihn heran. Jetzt konnte sie ihn nur noch betrachten und bewachen, und auch das schien ihm noch zuviel. Er lag da, hob schlafend einige Male den Kopf und stammelte bärbeißig unverständliche Worte vor sich hin.

Die Lerchen stiegen hoch in den Himmel und sangen.

Die Tore der Kistenfabrik öffneten sich ganz und ließen den Sommerwind durch die Hallen fahren. Im Sägemehl tanzten hergewehte Heusamen und die Fallschirmchen vom Löwenzahn, und die Arbeiter waren vergnügt vom Anblick der schaukelnden Lupinen. Sie zogen die Strickjacken aus und warfen sie mit eingezogenen Ärmeln auf die Stapel mit den Unterböden. Im Juni duftete die Gemarkung nach Weidenröschen und Fingerhut, Wiesenklee und Zimbelkraut, Knöterich, Johanniskraut und Butterblumen, am schönsten aber war die blaue Glockenblume. Der Holunder stand in der Blüte und die alten Linden am Straßenrand bis zum Milchplatz den Weg entlang waren weiß geschmückt wie verschämte, alte Bräute.

Die Blüten leuchteten für die Fronleichnamsaltäre, für Kinderhände, die sie auf den Wiesen von den Stengeln rissen und in Körbe warfen – denn die Margeriten und Lupinen, die Pfingstrosen und der rosarote Knöterich, die gaben die schönsten Teppiche.

«Man könnte gerade nackig schaffen!» rief Gretel Koch übermütig.

«Nackig? Du?» fragte Konrad. «Na, das ist ja bei dir nicht mehr so gefährlich.»

«An so einem Tag meint man, man wäre gerade noch mal zwanzig!»

«An so einem Tag sollte man gar nicht arbeiten gehen», sagte Estella Arabella und strich in einem weiten Bogen um jegliche Arbeit herum.

«Ich würde gern mal so Urlaub machen, wie du schaffst», sagte Old Berta.

«Das ist aber auch wirklich wahr», stimmte Gretel zu, die nämlich die Fleißigste war. Denn weil sie die Fleißigste war, lobte sie Konrad, mitunter auch der Kistenfranz, und das war dann das einzige gute Wort, das sie bekam, und damit mußte sie lange auskommen.

«Die Paula ist ja eine Augenweide in ihrem Sommerkleid!»

«Wunderbar sieht das aus! So ein Mädchen im Sommerkleid ist immer etwas Schönes!»

«Wie eine duftige Lilie!»

«Heute ist mir, als könnte ich singen wie ein Vogel!» rief Ilse Fürbeth. Seit April war sie irgendwie nicht richtig. Und weil keiner reagierte, sagte sie dann noch: «Wißt ihr, ich habe meine Stimme entdeckt!»

«Wo denn?» fragte Old Berta. «Im Kartoffelacker oder unterm Bett, oder wo?»

Alle lachten.

«Nein – in Kallestedt! Und zwar durch einen unglaublichen Zufall! Und zwar war ich unterwegs auf die Bank in dringenden Geschäften. Da traf ich unseren Rechtsanwalt, wißt ihr, ein ganz feiner Mann. Und er sagte, er will ein Plakat aufhängen für das Konzert vom Vox-Deus-Chor. Und ich albere herum – wißt ihr – mein Anwalt und ich verstehen uns sehr gut – und ich war an diesem Tag sehr übermütig, ich weiß auch nicht, was in mich gefahren ist – na ja und ich mache: do re mi fa so la ... Na ja und der! Der guckt mich an! Und dann sagt er wörtlich: Sie haben ja einen ausgezeichneten Sopran! Hat er zu mir gesagt! Stellt euch das vor! Sie haben einen ausgezeichneten Sopran – Sagen Sie, wollen Sie nicht einmal zu unseren Proben kommen!»

Ilse Fürbeth hatte Babbelwasser getrunken und war über alle Maßen neben der Kappe und sprach und sprach. Jedenfalls war sie tatsächlich nach Kallestedt eingeladen worden, und die

Probe hatte geklappt, sie hatte vorgesungen und sang jetzt in einem Chor, der sogar Konzertreisen machte. «Na ja – und ich kann ja kaum Noten lesen! Hihi! Kaum!! Ich muß jetzt einen Schnelldurchgang machen!»

Ilse war derartig aufgedreht, daß die anderen nur noch die Köpfe schüttelten. Endlich konnte sie Kostüme anziehen und Camouflage auflegen und Ohrringe anlegen, die auch zur Geltung kamen. Und: sie konnte singen! Wie hatte sie diese einmalige Gabe in all der Zeit bloß übersehen können? Oder überhören? Sie konnte singen! Sie hatte sowieso schon immer das perfekte Gehör gehabt, jetzt fiel es ihr wieder ein. Deshalb war auch der Maschinenlärm immer eine einzige Beleidigung für ihr Ohr gewesen. Und wenn sie überlegte, hatte sie schon immer gesungen, sie hatte sich schon immer beim Fensterputzen hinausgelehnt und laut die Straße hinuntergesungen. Jedenfalls war jetzt eindeutig erwiesen, daß sie eine Begabung hatte und etwas von besonderer Schönheit konnte. Endlich ordnete das Leben sie dort ein, wo sie hingehörte. Seit sie heimlich beinahe reich war, zog sie alles Gute unaufhörlich an und ihr Leben schien sich unentwegt zu wandeln. Sogar Walter war gestern sehr nett zu ihr gewesen – aber das konnte ihr ja jetzt egal sein.

«Da schwimmen wir Äpfel, sprach der Roßdreck und schwamm unter Äpfeln den Bach hinab», sagte Old Berta.

Wenn man der Nagelmaschine fünf Bretter nebeneinander zwischen die Kiefer schob, sah es aus, als steckte man ihr eine Tafel Schokolade quer in den Mund. Sie ließ daraufhin prompt den Oberkiefer fallen und der ächzte mit seinem ganzen Gewicht die Nägel in das Holz. Fortan klebten Querbrett und Längsbretter für Jahre zusammen und konnten sich einfach nicht mehr trennen. So gingen sie Gott weiß wohin. Die bedauernswerte Nagelmaschine schlug schon seit zwanzig Jahren die Stahlstifte in die Hölzer und war doch niemals zum Dank abgewaschen oder sonstwie körperlich gepflegt worden. Ihre grüne

Farbe blätterte lange schon ab, und die ölverschmierte Pumpe hob und senkte sich, ohne je auch nur mal abgewischt zu werden. Sie war eben nur eine Maschine. An allen Ecken und Enden klebte das Sägemehl auf alten Ruß- und Ölschichten, waren die Schrauben in flusigem schwarzem Staub versunken, und überhaupt machte die Nagelmaschine ja nur noch den Eindruck von Arbeit und nichts als Arbeit. Lediglich die Aufliegefläche, auf der das Holz so sauber und frisch geschnitten drüberfuhr, blieb glatt und glänzend wie ein frisch gebohnerter Wohnzimmerboden. Wenn Gretel vor der Nagelmaschine stand, dann wurde sie von ihr überragt wie der Orgelspieler von seiner Orgel, einer kleinen und altmodischen Orgel, nur daß Gretel ja nicht sitzen durfte. Sie durfte nicht sitzen, weil keiner je auf die Idee gekommen wäre, daß man auch im Sitzen nageln konnte. Aber die Maschine hatte wie eine Orgel auch eine gewisse Musikalität und einen starken Rhythmus. Am besten wäre sie geeignet gewesen für Marschmusik. Das Aufstampfen. Es klang aber auch immer so, als ob sich die Maschine beim Nageln übernehmen könnte. Als ob sie einfach zuviel Kraft hätte für die Handvoll Nägel und sich Gewalt antun müßte, diese Kraft zurückzuhalten, also eigentlich eine Nummer zu groß wäre für so eine minderwertige Tätigkeit.

Gretel aber stand gern an der Nagelmaschine. Da hatte sie etwas Eigenes, etwas, wo ihr niemand in die Quere kam, ein Instrument, das sie alleine beherrschte. Auch wenn es ihr schlechtging, war die Maschine gut, weil sie dann Gesichter schneiden konnte und einige Tränen fallen lassen, ohne daß es im Getöse jemand merkte. Sie mußte ja ihren Gedanken nachhängen können, und auch wenn es keine angenehmen Gedanken waren, so mußten sie doch gedacht werden, die zerfressenden und schneidenden Gedanken von ihrer zerstörten Ehe.

Friedhelm war gemein. Friedhelm, der Schläfer in der Liebeslaube. Der ihre Flüche nicht hörte, der sich nicht schimpfen ließ, so daß Gretel an den eigenen Flüchen verreckte. Das ewige Gift, die ewige Galle im Leib. Wie gut, daß der Sommerwind blies. Der verschaffte auch ihr Linderung und fegte die eine oder andere Trübnis hinweg.

An diesem Tag kam Timothy Twain in die Kistenfabrik. Für einen Moment waren alle sprachlos. Denn Timothy Twain war eine vergessene Berühmtheit. Berühmt war er, weil er das erste farbige Baby in der ganzen Gemarkung gewesen war, und die Leute brachten sich damals beinahe um wegen ihm.

«Mein Gott! Was für ein schönes Kind! Was für ein wunder-wunder-wunderschönes Kind!» Timothy Twain ging mit den Eltern nach Amerika und kam im Alter von fünf Jahren zurück. Da wurde es beinahe noch schlimmer. «Sieh mal das schöne, schöne Kind! Die Augen! Die Nase! Der Mund!» Vor allem aber: Der Junge sprach kein Deutsch.

«Was sollen wir denn machen!?! Der Bubi muß in die Schule!! Der Bubi kann kein Deutsch!!» Eine Zeitlang hieß Timothy Twain nur Bubi. Bubi mußte sich durchschlagen und Deutsch lernen und sich als einziger durch lauter Weißgesichter kämpfen. Er kämpfte aber gar nicht. Er ging einfach hin und nahm sein Schicksal auf sich. Bubi war das Ergebnis der amerikanischen Besatzung auf dem Boden einer deutschen Discothek in Kallestedt. Die Mutter war blond wie ein verspätetes Fräuleinwunder, die Liebe war groß und trug Früchte.

Alle kannten Timothy. In Gommersbach, Linnen, Kallestedt und in Dornweiler. Timothy lebte in Gommersbach. In Dornweiler aber war man nicht darauf gefaßt, daß das hübscheste Kind der Gemarkung einmal ein Mann werden könnte, aber das war er jetzt. Er war groß und ausgewachsen und schon dreiundzwanzig Jahre alt. Im Gegensatz zu seinem immer in Bewegung begriffenen Vater war Timothy vollkommen ruhig, jedenfalls solange er nicht tanzte. Tanzen konnte er gut. In der Disco in Kallestedt räumte er alles ab. Manche standen am Rand der Tanzfläche, bloß um ihm zuzuschauen. Timothy schien der strahlendste Stern auf dem gegenwärtigen trendigen Tanzboden zu sein. Und er wäre der hipste Mensch überhaupt gewesen, wenn er nicht eine Angewohnheit gehabt hätte, die hierzulande niemand mehr hatte. Timothy las nämlich jeden Abend in der Bibel. Wie ein puritanischer Quäker. Aufmerksam, gründlich, andächtig. Niemand wußte, was genau er da las, und wenn er nicht von seinem Bruder erwischt worden wäre, hätte es auch niemand erfahren. Timothy bedeutete das Gebet ebensoviel wie der neueste Dance der Discothek und er vereinte alles mühelos. Wenn er nicht tanzte, stand er manchmal da wie ein amerikanischer Präsident und strahlte Tugendhaftigkeit aus.

Jetzt wollte er bloß beim Kistenfranz mal anklopfen, ob er in den Semesterferien in der Kistenfabrik arbeiten könnte.

«Herein!» rief es vom Inneren des Büros. Klaus Stockschuh saß am Tisch und war am Rechnen. Natürlich mit dem Bleistift. Der neue Computer stand unbeachtet in der Ecke.

«Guten Morgen», sagte Timothy Twain aufmerksam und bescheiden.

«Huch!?» machte Klaus und ärgerte sich dann über sich selber. Als ob er noch nie einen Farbigen gesehen hätte, er war ja schließlich nicht hinterm Mond zu Hause. In Kallestedt gab es eine amerikanische Siedlung, das war doch alles nichts Neues, was mußte der Junge denn von ihm denken.

«Guten Morgen!» schob Klaus übereifrig nach und sagte: «Nur herein mit den jungen Pferden!»

Timothy Twain war es gewohnt, die Menschen irgendwie aus dem Konzept zu bringen und begegnete der Aufregung, die er verursachte, mit großer Geduld. Außerdem wollte er etwas von Klaus.

«Sind Sie nicht aus Gommersbach, von der Marie der Sohn?»

«Ja, richtig», sagte Timothy ruhig.

«Na, das ist ja eine Überraschung! Wie geht es denn der Marie??»

«Meiner Mutter geht es sehr gut, sie wird demnächst wieder arbeiten in einem Büro in Gommersbach.»

«Ja, ja ... da kommt dann noch mal Geld herein und daheim fällt einem nicht die Decke auf den Kopf ... und der Vater? Wie geht es dem?»

«Mein Vater? Alles gesund und munter!»

«Na, prächtig!»

Klaus überlegte, wo und wie er Timothy Twain einen Platz anbieten konnte, es war alles voller staubiger Aktendeckel und Sägemehl.

«Was kann ich denn für Sie tun, Herr Twain? Wollen Sie etwa eine Kiste kaufen? Oder brauchen Sie Sägemehl für die Karnickel?»

«Nein.» – Timothy lachte gut gelaunt. «Ich wollte Sie fragen, ob ich in den Semesterferien bei Ihnen arbeiten könnte. Das wäre in der Zeit von Juli bis Oktober.»

«Aber Herr Twain! Das ist doch gar keine Frage! Einen kräftigen jungen Kerl wie Sie können wir hier immer brauchen! Natürlich können Sie bei uns arbeiten! Also, ich sage das jetzt mal so, aber der Franz hat noch nie was dagegen gehabt, wenn einer kam und fleißig sein wollte ... ich sage Ihnen das schon mal zu. Sie können sich ja noch mal melden in den nächsten Tagen, wegen der Lohnsteuerkarte undsoweiter.»

Timothy machte eine kleine Verbeugung und bedankte sich in formvollendeter Manier.

«Ja, sagen Sie mal, gehen Sie denn jetzt schon studieren?» fragte Klaus.

«Ja», sagte Timothy. «Ich studiere Medientechnik.»

«Aus Kindern werden Leute!»

Timothy nickte und bedankte sich bei Klaus, der ihn noch bis zur Tür geleitete. Klaus war ganz aufgekratzt. Das war wirklich etwas Besonderes. So ein junger Mann und dann auch noch ein halber Amerikaner, in Dornweiler war man eben modern und fortschrittlich. Die Geschichte war an der Kistenfabrik nicht vorbeigegangen. Außerdem hörte man doch oft, daß die Schwarzen anderswo nicht gut behandelt würden. *Das* würde *hier* nicht passieren. Hier sollte Timothy auf Händen getragen werden! Hier sollte eine Gerechtigkeit stattfinden. Dafür wollte er, Klaus, schon sorgen. Sie steckte tief in ihm drinnen, die Erinnerung an die Amerikaner der Kindheit. Er war noch aufgewachsen mit tausend Geschichten von Carepaketen und Apfelsinen, den freundlichen Soldaten, die ihnen, den Verlierern, nicht Tod und Verdammnis, sondern Schokolade und Netzstrumpfhosen gebracht hatten. In seinen frühesten Kindheitsbildern fuhren Wagen mit Soldaten durch die Dörfer und die Menschen liefen ihnen schreiend und jubelnd hinterher. Daß nun der kleine Twain, der groß geworden war und ein ganzer Mann, zu ihm gekommen war, um hier zu arbeiten, das verzauberte ihm den ganzen Morgen, und er wurde richtig kindisch. Der Twain, wenn der kam, der brauchte nicht zu dem Altenschinder Rudi zu gehen, der brauchte keine Bretter aufzulesen, der sollte, wenn er kam, den neuen Gabelstapler fahren. Das würde er schon so regeln. Oder er konnte dem Andres zur Hand gehen. Der Twain, den mußte man gut verwenden – er sollte den Kran bedienen und auch mal die Festmeter ausrechnen – brauchte bloß keiner zu glauben, daß er sich die Finger schmutzig machen sollte. Der Twain, so ein cleverer und höflicher Bursche, so gut gewachsen und so aufrecht und so was von braun. Darüber mußte er gleich mit dem Kistenfranz reden, daß sie einen von den Amis kriegten, da würde er sich wundern, der Franz, na, mal sehen. Klaus griff zum schwarzen, staubigen Telefonhörer und wählte die Nummer vom Chef.

Aber nicht nur Klaus sah Timothy Twain hinterher, sondern auch alle Weiber. Sie rannten an die mehligen Fenster und wischten sie frei, denn es wäre ihnen zu blöd gewesen, durch die offenen Türen zu stieren. Timothy schwang sich draußen in einen alten Ford und fuhr vom Hof.

Die erste, die fluchte, war Estella Arabella. An diesen Jungen würde sie nie drankommen. Dafür war sie nun endgültig fünfundzwanzig Jahre zu alt. Dabei hätte sie soviel mit ihm anfangen können, sie kannte doch alle Schliche. So ein Prachtkörper. Ihr lief das Wasser im Mund zusammen, sie durfte nicht hinschauen. Elend kratzte sie am Balken und wandte sich ab, krank vor unerhörtem Begehren.

«Sieh dir das an», sagte Old Berta. «Der Kleine von der Marie. Der ist ja wie aus dem Fernsehen. Was will der denn?»

«Ich glaube, er will hier arbeiten.»

«Der sieht aus wie auf einem Foto von einem Wandkalender.»

«Den habe ich zuletzt mal auf der Kirmes von Gommersbach gesehen, mit seinem Bruder. Er ist ja so ein anständiger und ruhiger Kerl. Aber sein Bruder, der hat nur Quatsch im Kopf. Ich glaube, er hat mit jedem Mädchen getanzt im ganzen Saal.»

«Damals sind viele nach Amerika gegangen. Die Edeltraut, die Roswitha und der Lieselotte ihre aus Linnen, die haben jetzt alle Kinder da drüben.»

«Ja, aber die hier sind ja wiedergekommen. Der Vater, der arbeitet in einer amerikanischen Computerfirma.»

«Wie der Roberto Blanco.»

«Er sieht aus wie Harry Belafonte.»

«Er sieht nicht aus wie Harry Belafonte und auch nicht wie Roberto Blanco. Er sieht aus wie Denzil Washington. Nein, besser als Denzil Washington», sagte Paula.

Old Berta betrachtete sie grinsend von der Seite.

«Na, du schaust aber genau hin!»

«Ach!» Paula gab Berta einen so groben Stoß, daß es ihr hinterher leid tat, denn bei dem Stoß stellte sich heraus, daß Bertas Knochen nicht mehr gut gefedert waren und hinter dem Kleid, wie bei einem Vögelchen unter den Federn, nur noch ein Vogelgerippe kam. Old Berta mußte sich festhalten und fing ganz eigenartig an zu husten.

«Du alte Kettenraucherin!» schimpfte Gretel Koch. «Da siehst du's, da kommt dir der Qualm zu den Ohren heraus und du kannst nur noch husten. Das macht der Mensch doch nicht mit! Räucherst dich aus wie eine Rauchwurst im Ofen und hinterher siehst du auch so aus!»

Old Berta wehrte sich gar nicht und hatte auch keinen dummen Spruch. Nach einer Weile richtete sie sich wieder auf und zündete sich auf der Stelle einen neuen Glimmstengel an.

«Bei dir ist doch Hopfen und Malz verloren», sagte Ilse.

Sie schlenderten an die Arbeit zurück und nahmen ihre Hölzer und Stecken und Hämmer und Sägen und machten weiter. Es fehlte noch immer das letzte Wort von Old Berta, aber es kam keines, es kamen nur blaue Wolken. Das fehlende letzte Wort hing aber im Raum und alle warteten noch darauf, denn wenn es auch allen auf die Nerven ging, daß Berta immer das letzte Wort hatte, so war es doch ihr in dreißig Jahren erworbenes Recht, und wenn sie es nicht sagte, so fehlte es wie ein endgültiges, beschließendes Amen. Dabei blieb es, das Wort blieb aus.

Ein Teeglas von mildem Schein mit unbeweglich darin ruhenden Johanniskräutern stand vor Veronika und dampfte ein wenig.

«Für die Heiterkeit des Gemütes und Trost bei Frauenleiden», hatte der Arzt gesagt. Wenn das kein Frauenleiden war! Eine Frauenzerschmetterung sozusagen. Old Berta sagte immer, aus einem verzagten Arsch führe kein fröhlicher Furz. Aus einem verzagten Bauch kam kein fröhliches Kind, so war es doch. Sie mußte also ein wenig fröhlicher werden. Wenn Hardy sie bloß nicht fertigmachen würde. Sie wollte doch seine Liebe und nichts als seine Liebe, sie war wie besessen davon. Wenn sie es mit Korsett und Strapsen nicht kriegen konnte, nicht mit Aufräumen und Kochen, nicht mit Tränen und nicht mit unterwürfiger Unsichtbarkeit, dann war sie vielleicht noch nicht unsichtbar genug. Das war es einfach. Sie war noch nicht verschwunden genug. Einfach ganz verschwinden, kam es ihr in den Sinn. Wie verschwinden? Zur Schwester, das ginge doch. Verschwinden. Jawohl. Wenn sie das nur fertigbrächte. Das duftende Johanniskraut wirkte unmittelbar auf das Frauenleiden. Es zog in ihre Nase und durch den Magen, wie ein Schwall voller Eingebungen in die Seele. Sie mußte sich trennen. Wegen der Liebe. Damit er sie liebte. Veronika hatte keinerlei Gefühl dafür, wie weit die Demütigung gegangen war. Es war ihr persönlicher Trieb, ihre Jagdleidenschaft, ihn wieder verliebt zu machen. Die Demütigung war ihr ganz egal. Wenn Hardy in der Pinte war, wollte sie packen. Das stand fest. Es ging nur noch darum, die Schwester einzuweihen. Veronika verbrannte sich die Finger an dem Glas. Sie trank in kleinen Schlückchen und ließ die Kräuter beim Trinken drin. Fiebrig begann sie dann zu packen. Ihre Gedanken überschlugen sich.

Wenn das nun nicht gutging? Wenn das nichts nützte? Oh, das müßte nützen, oh, das mußte funktionieren! Sie wollte ihm ja nur einen Denkzettel verpassen. Auf Knien würde Hardy angekrochen kommen, damit sie wieder zurückkehrte. Sie suhlte sich in der Vorstellung, und vor Vorfreude glühten ihre Wangen. Oh, wenn er nach Hause kam und sie war nicht da! Daß sie das nicht miterleben durfte! Die ingrimmige Freude rollte sich in ihrem Magen auf wie ein goldglimmendes, warmes Wollknäuel. Veronika konnte endlich etwas tun.

Sie stopfte zwei ausgeleierte Jogginghosen in den Koffer, eine Radlerhose, ein seidenes Unterhemd, Sandalen, Trockenshampoo, was ihr so in die Finger kam, sie konnte einfach nicht nachdenken, Hauptsache, der Koffer wurde irgendwie voll, der blaue Koffer von ihrer Mutter, die arme Mutter, sie wußte von nichts.

Am späten Abend kehrte Hardy zurück und bemerkte Veronikas Abwesenheit nicht. Lediglich die wohltuende Stille nahm er wahr. Jedenfalls machte er den Fernseher an, um noch einen Krimi vor dem Schlafengehen anzuschauen. Er holte sich ein Bier und breitete sich auf dem Klappsofa aus in dem einzigen Zimmer, das sie benutzten.

Er schlief ein in seinen Kleidern, der Fernseher lief unaufhörlich weiter und die Sendungen gingen über in nichtssagende amerikanische Komödien. Hardy verschlief alles. Erst als er mitten in der Nacht erwachte, weil ihn das Koppelschloß seines Gürtels so drückte, beschloß er im Halbschlaf, sich auszuziehen. Dann endlich stellte er fest, daß Veronika fehlte. Er wollte eigentlich nicht nach ihr schauen, nur rein interessehalber, ob sie in der Rumpelstube im Schlafsack lag. Da lag sie aber nicht. Gegen seinen Willen wurde er wach. Was hatte die Schlampe sich jetzt wieder ausgedacht? Eine Finte, natürlich. Wahrscheinlich war sie abgehauen, um ihn zu irgend etwas zu zwingen. Da hatte sie sich aber geschnitten. Sie hatte wahrscheinlich gedacht, daß er jetzt in der Gegend herumlief, sich verzweifelt die Haare raufte und nach ihr schrie. Das konnte sie vergessen. Er legte sich stur wieder hin und nur ein kleines, beunruhigtes Gefühl hielt ihn wach, wie eine Wäscheklammer, die in den Bauch kniff... er wußte ja nicht, was sie tat. Wenn sie nun wie eine Verrückte in der Gegend herumlief und schlechte Sachen über ihn erzählte ... dann sollte er sich wohl so schnell wie möglich darum kümmern, daß sie den Mund hielt. Sie brachte ja alles fertig. Wer in einem solchen roten Kleid an Weihnachten durch Antjes Pinte ging, der brachte auch noch andere dramatische Auftritte fertig. Wenn er bloß wüßte, welche. Wenn er einen beauftragen könnte, der ihm sagte, wo sie ist. Diese verfluchten Weiber mit ihren Tricks und der Geheimnistuerei. Was sie wollte, war doch klar. Er sollte nach ihr suchen. Darauf konnte sie aber lange warten. Hätte sie wohl gerne. Nicht mit ihm. Eine olle, durchgeknallte, ausgeflippte Schwangere suchen. O nein. Das tat er nicht. Er blieb liegen, vergraben im zerknüllten Laken und lag und drehte sich und ärgerte sich und konnte nirgends mehr hingehen, weil es halb drei war, er lag und ärgerte sich und wollte leckmichdoch schlafen, aber er schlief nicht.

Vier Stunden hatte Ilse Fürbeth beim Friseur gesessen, nicht eine davon, die sich nicht genossen hätte. Es war ein sehr moderner Friseur, selbst für eine Provinz mußte man sagen – er war ein Starfriseur. Man konnte bei ihm zweihundertfünfzig Mark für eine Frisuer loswerden, Ilse Fürbeth hatte es jedenfalls fest vor. Als letztendlich der Chef die Wickel herausziepte und mit geöffneten Händen schwungvoll durch die Kringelchen fuhr, stieg in ihr die übliche Angst empor, die Frisur könnte mißraten sein. Die Wangenknochen mochten unvorteilhaft herausstaken, die waren ja immer schon zu stark, da oben. In einem französischen Spielfilm hätte man gesagt: oh, wie apart! Aber in Dornweiler sagte man nur, was für ein knochiges, dürrappeliges Gesicht. Das Gesicht war aber nicht dürrappelig, es ging sogar in die Breite, nur versanken die Sommersprossen so tief unter den Wangenknochen, daß diese zwangläufig sehr stark ausgebildet wirkten, die Haut sah aus wie schlecht gespanntes Leinen. Jedenfalls war hier ein Gefahrenpunkt und die Frisur konnte mißlingen, wie alle Frisuren mißlingen konnten, ob man nun zweihunderfünfzig Mark bezahlte oder dreißig, das wußte schließlich jede Frau und diese Angst konnte Ilse niemand nehmen.

Die letzten Sekunden jedoch verhießen bereits ein hervorragendes Ergebnis, und dieses Ergebnis war für sie außerordentlich wichtig – schließlich sangen sie am Wochenende in der Stadthalle. Der Dirigent hatte sie gelobt für die schnelle Einarbeitung und den glockenhellen Sopran. Der Auftritt versetzte sie in solche Aufregung, daß nichts anderes mehr in ihrem Kopf Platz hatte als die Vorbereitung, ihr Kleid, ihre Schuhe, ihre Hände. Seit Tagen lutschte Ilse nur noch die teuersten Halspastillen und übte heimlich Singen auf dem Balkon. Sie hatte schon überlegt, ob sie nicht Handschuhe tragen sollte bei der Arbeit, und als erste und einzige war sie zu Konrad gegangen und hatte sich den orangefarbenen Gehörschutz geben lassen, den der Werkschutz vorgeschrieben hatte. Schließlich durfte sie sich auf keinen Fall ihr empfindliches Gehör verderben, wenn sie dann auch aussah wie eine Mickymaus. Die Kerle lästerten unentwegt über Ilse, aber das war ihr gleichgültig – sie hörte ja schließlich nichts.

Der Friseur jedenfalls riß ihr jetzt den Umhang ab und entwaffnete sie vollkommen mit dem Anblick ihrer eigenen Person im Spiegel. Ilse konnte es nicht fassen. Sie sah aus wie der Entwurf eines Modezeichners – dürr, mit Stil, Wespentaille und einer kühnen, kostbaren, herausragenden Modellfrisur mit erhabenem Hinterkopf. Das war die edelste Ausarbeitung ihres Typs, die Ilse in ihrem ganzen Leben erhalten hatte. So konnte sie nur noch gewinnen. Endlich. Mit vierzig Jahren hatte sie es geschafft. Wunderbar sah sie aus, einzigartig. Endlich paßte sie zu sich selbst, das war sie wirklich, so war sie schon immer gewesen. Das einzige, was jetzt nicht mehr zu ihr paßte, waren das alte Haus, die Bruchbude, in der sie wohnte, außerdem ihr Mann, ihre Fabriksarbeit und überhaupt ganz Dornweiler. Nur noch ihr Bankkonto, die Frisur, ihr schwarzes Chanel-Kostüm für den Auftritt, der Vox-Deus-Chor ... das paßte zu ihr. Sie überlegte, ob sie nicht eine schicke kleine Wohnung in Kallestedt nehmen sollte. Sie hatte, wenn sie recht überlegte, doch eigentlich etwas Städtisches an sich. Noch aber lebte sie in Dornweiler und es hatte sich nichts verändert außer der Frisur. Wenn sie sich erst herausgelöst hatte wie aus einer Schablone, dann wäre das alles endgültig Vergangenheit: die alten Eltern, die noch das Brot in den Kaffee stippten, die Kistenweiber in ihren furchtbaren Kittelschürzen und dem Röllchenhaar, so ungepflegt mit den außer jeder Form befindlichen Körpern, die schwere Arbeit mit den ewigen Holzsplittern in den Händen ... es würde ein Abschied sein von dem Sonnenaufgang über der Linnener Höhe, und es gab auch keinen Spaziergang mehr auf die Stuhlehe, sie bräuchte nicht mehr über das Grün zu stolpern und sich den Sauerampfer um die Feinstrumpfhosen zu schlagen, sie bräuchte sich nicht zu verlaufen am Eulenbirnbaum, und sie bräuchte auch nicht mehr die Wallfahrtskirche zu besuchen, sondern könnte in die Christkönigskirche gehen. Christkönig – wie das klang! Dabei fühlte sie sich immer seltsam unwohl dort in den nackig weißgepinselten Wänden. Christlich kalt. Mehr und mehr stieg ihr ein übles Gefühl die Gliedmaßen empor und setzte sich irgendwo in der Kehle fest. Davonzugehen, das war der mindeste Respekt, den sie einer ausgefallenen Person wie sich selbst zollen mußte. Davongehen bedeutete im Dorf aber immer davonlaufen und abhauen und verraten. Alles im Stich lassen. Die Heimat verlieren ... du findest in der Ferne – kein zweites Heimatland ... Welch unerträgliche Sentimentalität! Sie hatte das Kuhdorf satt zur Genüge! Der Schauplatz ihrer falsch dargestellten Person! Ihr lebenslanges Unglück mit dem ollen Walter, der mit seinen primitiven Gelüsten bloß in den Land-Puff ging! Hatte er denn eine Ahnung, zu welchen Gelüsten sie selber fähig war? Hatte er sie denn mal richtig ausprobiert? Nein, er war ein wenig wie sie, trug feine Strickwaren aus dem Kleeberg-Haus in Kallestedt, war auch etepetete, auch bei ihr im Bett. Da konnte sich kein Gelüst entfalten, und darum war es auch bei Ilse komplett eingeschlafen. Sie waren ja vielleicht beide zu etepetete gewesen, um Kinder zu kriegen, so eine schmutzige Geburt, da meldeten sich sowieso keine Kinder an. Um es genau zu sagen, ihr Schoß war nicht gerade mütterlich ausgeprägt. Es war kein williger Naturschoß wie der von Veronika, ihr Schoß war verriegelt und verschlossen wie eine dürre Kiste vom Kistenfranz, eine ausgetrocknete Hamsterkiste mit Resten von Holzwolle in den Ecken.

Nun, vielleicht konnte sie sich einmal einen Liebhaber zulegen, einen gepflegten Liebhaber, der den Champagner aus ihrem Nabel schlürfte, einen, der ihr Brillanten auf die Brüste legte, na, bei dem Stil, den sie fortan an den Tag legte, dürfte das kein Problem sein, und wenn es schon kein älterer Liebhaber war, mit Brillanten, so konnte sie sich zumindest einen gutgewachsenen jugendlichen Kerl zulegen. Sie hatte zwar keine Erfahrung auf dem Gebiet, aber bitte, mit der neuen Frisur konnte das überhaupt kein Problem sein.

An diesem Nachmittag betrat Ilse die Kistenfabrik, die sie ja im Grunde nicht mehr nötig hatte. Leichtfertig warf sie die Sommerweste von den Schultern und schritt mit ihren schlanken Beinen durch die verharrenden Maschinen.

«Seht mal! Die Ilse hat 'ne neue Dauerwelle! Die Ilse hat 'ne neue Dauerwelle!» schrien die Kerle da oben. Die Weiber wußten nicht genau, was sie sagen sollten. Normalerweise sagte man: Neue Frisur? Prima! Steht dir aber gut! ... Im Fall von Ilse aber berührte die ungewöhnliche Weise, das Haar zu tragen, einen wunden Punkt bei allen. Ein feines Gefühl von Neid. Ilse wollte ja immer etwas Besseres sein und machte sich irgendwie zurecht, aber daß es ihr jetzt gelungen war, auf einen Schlag fünf Jahre jünger auszusehen und auf eine bestimmte Art überlegen, das gefiel niemand. Schweigend starrten die Frauen unter sich, zündeten Zigaretten an, kosteten den Stillstand der Maschinen aus und brachten kein gelogenes oder echtes Kompliment über die Lippen. Gleichgültig fegte Ilse über alles hinweg. Sie konnte sich denken, daß ihr Auftreten allesamt vor Neid erglühen lassen mußte – und daß es gleichzeitig den Horizont der Kistenweiber überschritt. Daher war es ihr einfach egal, was sie sagten oder sich verkniffen zu sagen, stolz ging sie zur Tagesordnung über und schaltete die Hobelmaschine an.

«Ilse!» schrie Andres aus der Kerlenhalle. «Ilse!»

Ilse schaute irritiert.

«Komm doch mal her! Zeig uns deine neue Frisur!»

«Als ob ihr euch für Frisuren interessiert!!»

«Doch! Zeig mal! Komm mal hoch!!»

Mißtrauisch blickte Ilse sich um und ging dann zögerlich und langsam voran, überlegte noch, trat dann aber durch den Durchgang in die Kerlenhalle. Das war aber ein grob unvorsichtiger Fehler gewesen. Auf Andres' Worte durfte man niemals etwas geben, einfach niemals. Man durfte niemals kommen, wenn ein Kerl aus der Kistenfabrik rief. Hinter dem Durchgang standen nämlich Andres und Burkhard Riedel mit einem großen Eimer Wasser und schütteten ihr den ganzen Eimer auf die frische Dauerwelle.

Geschockt und eiskalt übergossen, geriet Ilse so in heilloses Zittern, wankte hin und her und erst nach einigen Momenten, in denen die Kerle und sogar Rudi Kraft vor Lachen starben und sich fortschmeißen wollten, sich ins Sägemehl und in die Kisten warfen, begriff Ilse, daß ihr und ihrer neuen Frisur der Anschlag gegolten hatte und daß diese fürs erste rettungslos zerstört war. Schwankend versuchte Ilse, die Fassung zu bewahren und in das Wasser auf ihrem Gesicht mischten sich Tränen. Die ihr zugefügte Brutalität war für sie kein Spaß mehr, für nichts und niemanden wollte sie ihre Person, ihre Haare, ihre Kostbarkeiten opfern, für anderleuts billige Witze, für diese unwürdigen Blödmänner. Ihnen gönnte sie auch nicht die Tränen, die ohne Kontrolle herunterstürzten. Zu stolz, zu bitter kaute sie an der dünnen Oberlippe, wandte sich einfach um und ging zurück, wußte mit einemmal, was sie zu tun hatte, ohne Frage. Sie zupfte Konrad am Ärmel, während ihr die ausgelaufenen Lokken ins Gesicht hingen.

«Konrad, fahr mich nach Hause.»

Konrad sah unter sich und grimmte im Magen und ballte die Faust und spuckte auf den Boden.

«Komm mit», sagte er und wütete leise vor sich in. «Arschlöcher», murmelte er. «Arschlöcher.» Die kosteten den Franz einen Haufen Zeit, Zeit und Geld, er war gut, und sie beschissen ihn, jetzt war mit Ilse nicht mehr zu rechnen, das war doch klar. Er wurde die Wut nicht los, denn Andres war nicht beizukommen und seine Späße waren zu toll, der Teufel hatte mehr als zwölf Apostel, und einer davon war Andres, er war der Anstifter, der Beelzebub, der Satansbraten, alles was da oben in der Halle herumrannte, taugte nichts, außer Bennylein und Klaus Stockschuh. Er ließ den Wagen an und fuhr die schweigende, vor sich hintröpfelnde Ilse nach Hause, die ausstieg, ihren Rock zurechtzupfte, das klatschige Haar nach hinten strich, nicht mehr grüßte und mit knallender Tür im Haus verschwand.

Zu Hause probierte Ilse vage an den Haaren herum, ob sie nun restlos zerstört waren, aber das waren sie nicht. Die zweihundertfünfzig Mark hatten sich gelohnt, denn nur mit einigen Fingerwickeln und einem sanften Fönstoß wellte sich die Frisur wieder wie geplant, und da ging es Ilse bereits erheblich besser. Dennoch war sie keinesfalls bereit, diesen primitiven Ausfall gegen sich auf irgendeine Weise hinzunehmen. Sie konnte mit diesem Pöbel keinen Tag länger zusammenarbeiten. Ihr Leben wandelte sich endgültig, schneller, als sie es hätte voraussehen können. Sie holte eine alte Olympia-Schreibmaschine heraus, spannte Papier ein, tippte säuberlich ihre Anschrift und schrieb mit immer noch zitternden Fingern:

> Herrn Franz Schumann, Besitzer der Kistenfabrik in Dornweiler!
> Hiermit möchte ich Ihnen mitteilen, daß ich Ihnen kündige und zwar ab sofort. Die Bedingungen in Ihrer Fabrik sind nicht mehr zumutbar. Das mitmenschliche Arbeitsklima kann man nicht mehr ertragen. Nach einem Angriff auf meine Person in der oberen Halle, die meine Kleider und meine Haare ruinierten, mußte ich nach Hause gehen und konnte nicht mehr arbeiten. Diese Angriff sind in der Kistenfabrik an der Tagesordnung. Mal wird jemand in den Schrank eingesperrt, mal wird die Toilettentür vernagelt oder man bekommt das Werkzeug mit Holzleim festgeklebt. Das ist nicht komisch. Ich kann mir so etwas nicht länger gefallenlassen und werde nicht länger bei Ihnen beschäftigt sein.
> Ihre Ilse Fürbeth

Natürlich war es komisch, den Kistenfranz zu siezen. Kein Mensch hier sagte zu irgend jemandem Sie. Aber wenn die Kündigung vor das Arbeitsgericht ging, vielleicht als Beweisstück, dann mußte der Anwalt Dr. Rudersbach die Kündigung lesen und dann war ein klares Sie besser. So jedenfalls hatte alles Hand und Fuß, und so begab sich Ilse endlich zum Haus vom Kistenfranz und warf ihm dort den Brief in den Kasten.

Wieder war Hardy ohne Leibeswärme erwacht und noch bevor er sein Bewußtsein eingeschaltet hatte, fehlte ihm schon der warme Körper von Veronika. Die Bettdecke kam ihm jetzt stinkig und kalt vor. Erst der wache Verstand sagte ihm, daß es völlig gleichgültig war, ob sie da war oder nicht. War doch schön, in Ruhe zu frühstücken. Ohne Gequassel, ohne hysterische Schreie. Doch mit der Kaffeemaschine kam er nicht zurecht. Der Filter kippte in der Maschine um, und der Kaffeesatz floß über und spendierte ihm eine dünne Brühe mit dicken Flokken. Hardy fluchte, schnappte sich ein Hemd und eine Hose und fuhr hinein, zurrte den dicken Gürtel um den mageren Bauch und verließ das Haus. Er konnte sich ebenso beim Imbiß oder beim Bäcker etwas holen. Morgens hatte er ohnehin keinen Hunger.

Vorsichtig fuhr er an der Wohnung von Andrea, Veronikas Schwester, vorbei, um möglicherweise hinter den Fenstern etwas zu erblicken, das darauf hindeutete, daß Veronika bei ihnen war. Nicht daß er sie hätte heimholen wollen, das natürlich nicht! Nur mal so. Um zu sehen. Er sah aber nichts. So lenkte er den Wagen in Richtung Linnen, um dort in der Schraubenfabrik seiner Arbeit nachzugehen.

Burkhard Riedel, den die Frauen nicht liebten, mußte in seiner Not schließlich irgendwo unterkommen. Er versuchte es bei den Witwen, er versuchte es bei den Schlampen und er versuchte es bei den Dummen. Doch so dumm konnte keine sein, als daß sie nicht noch irgendwie geahnt hätte, daß sie die krankhafte Natur vor sich hatte. Diesen sabbernden, schlürfenden, hechelnden Charakter, der eine Frau stückweise genoß, mal die Beine, mal den Busen, der aber im Denken die Frau nicht zusammenbrachte. Er war nicht grausam, quälte keine Katzen und war auch nicht pervers. Das nicht. Aber etwas an ihm stimmte nicht, und das wußte jeder. Er blieb allein mit seiner Bedürftigkeit, und nur der Doktor half ihm, weil die Mutter ihn darum gebeten hatte. Er wußte aber nicht, daß der Doktor ihm half. Solange er noch bei der Mutter wohnte, konnte der Doktor ihm helfen. Solange nämlich rührte sie ihm die Tabletten ins Essen, die seinen Trieb dämpften.

«Er hat die krankhafte Natur!» hatte die Mutter gesagt. Sie hatte Angst, er könnte etwas verbrechen. Irgendwann einmal. Wenn er nicht fertig wurde mit dem Trieb. Wenn die Frauen, die bösen, ihm zugesetzt hatten, wenn sie ihn nur immer und immer wieder fortschickten, den armen Sohn, bis es eines Tages aus ihm herausbrechen mußte. Das sah man ihm doch schon an, daß es aus ihm herausbrach. Dabei hätte man einen ganz normalen Menschen aus ihm machen können – gewaschen, gekämmt, große rote Nase, volles braunes Haar – er war gar nicht so scheußlich, ein aufrechter Gang und etwas Benehmen, und schon hätte er eine Frau haben können. Allein, was Burkhard ausströmte, war die ungebremste lauernde Geilheit, die jede abstieß. Wenn er die Tabletten nahm, guckte er leicht getrübt aus der Wäsche, war im Wesen ruhiger und einfältiger, aber es gab Tage, an denen kam er einfach nicht nach Hause. Dann saß die Mutter daheim und betete den Herrgott vom Himmel herunter.

«O Englein rein, o Schützer mein, du Führer meiner
Seele,
Laß Burkhard dir befohlen sein, daß er vor Gott nicht fehle!
Beschirme ihn bei Tag und Nacht, erleuchte seine Pfade,
Halt über ihn getreue Wacht, daß ihm der Feind nicht
schade.
Trag mein Gebet zu Gottes Thron und fleh für seine
Sünden;
Durch seinen eingebornen Sohn hilf ihm, Verzeihung
finden.

Errette ihn von Satans Macht, von Fleischeslust befreie;
Ihm gegen Welt und eitle Pracht die rechte Waffe leihe!
Beschütze ihn im letzten Streit, wann Leib und Seel sich
scheiden,
Begleite ihn zur Ewigkeit, wo Freud ist ohne Leiden.»

Dann war sie getröstet. Es half immer. Sie wußte nicht, wie. Der Seelenfrieden kam über sie, in ihr leuchtete es wie ein sanftes Kerzenlicht. Irgendwie ging es immer weiter.

Rudi, der Altenschinder, hatte seine Alten zurückbekommen. Die Verwandtschaft setzte die beiden alten Kräutlein zurück in den Topf. Niemand hatte sie haben wollen, und niemand wußte, wohin mit ihnen. Es wußte auch niemand, wohin mit Rudi. «Es wird schon gutgehen», sagten die Kinder und Kusinen, «Rudi hat ja jetzt gelernt. Was sollen wir mit den Alten, hier haben wir keinen Platz.»

«Wir sind selber krank und alt», sagten die Tanten der Verwandten.

«Einen alten Baum soll man nicht verpflanzen», mahnte geschlossen die ganze Sippe. So kehrten die ängstlichen Alten zum unbeholfenen, aber doch irgendwie frohen Rudi zurück. Sie lebten alle wieder wie früher, und nur die Leute gingen mißtrauisch vorbei. Aber Rudi machte nichts mehr. Seine harmlosen Vergnügungen – ein wenig schubsen, ein wenig Töpfe umwerfen, ein wenig schlagen – sie waren vorbei. Rudi war erwischt und bloßgestellt worden. Jetzt tat er einfach nur noch, was zu tun war, fütterte das Vieh, mistete den Stall aus, aß, trank, mehr gab es nicht. Rudi versorgte die Landwirtschaft, die sich nicht mehr lohnte und die niemand mehr wollte, außer ihm, weil er nicht wußte, wie man sie abschaffen konnte. Er fügte sich in Gleichmut. Die wenigen Gefühle, die Rudi gehabt hatte in seinem Leben, waren das unbewußte Gefühl, ein dummer Mensch zu sein, der nicht lesen und nicht schreiben konnte, das Gefühl, eine Frau zu begehren und gerne bei sich zu haben, aber keine zu kriegen. Dann die Scham im Dorf, als sie ihn erwischten und nicht zum Polizisten gebracht hatten. Noch heute trauerte er darum, daß sie ihn nicht zum Polizisten gebracht hatten. Im Gefängnis zu sitzen hätte ihm gefallen, es wäre eine Abwechslung gewesen, er hätte gefährliche Verbrecher kennengelernt, und er hätte nicht mehr arbeiten müssen wie ein Hund. Und was die Frauen anbelangte, da ging es den anderen im Gefängnis wenigstens wie ihm, und er mußte nicht zuschauen, wie die anderen im Dorf Familien hatten.

Es wäre ihm auf alle Fälle besser gegangen als hier, wo er dank des lästigen Pfarrers, der jede Woche kam, zum Fronknecht zweier Alter geworden war, denen er demütig die verschrobenen Wünsche von den Augen ablesen mußte. Wenn er nicht mehr weiterwußte, rettete er sich in eine dumpfe Apathie, damit konnte er es am ehesten ertragen. Er schwieg bei der Arbeit, weil er nicht glaubte, daß man gerne mit ihm sprach, er war ja ein Altenschinder gewesen, und so wurde er nur noch ein stummer, vor sich hinmahlender Kloß, der tat, was von ihm verlangt wurde, ohne daß er auch nur eine Handvoll Freude gehabt hätte über irgendwas. Er arbeitete stur, Tag für Tag und Jahr für Jahr, wie Müllers Esel, ohne aufzusehen, ohne nach links und rechts zu gehen, einfach vor sich hin, sommers wie winters, weil er nicht wußte, wie anders zu leben war und damit das Leben herumging eines Tages.

Hardy kehrte von der Arbeit zurück nach Hause. Übellaunig stellte er fest, daß Veronika nicht zurückgekommen war. Wenn sie wiedergekommen wäre, dann hätte er sie wenigstens ordentlich zusammenstauchen können, die Ruhe wäre wiederhergestellt und er wäre seine Wut los. Jetzt aber konnte er sie gar nicht loswerden. Die Schuhe, die im Wege lagen, störten ihn, und er kickte sie durch die ganze Wohnung. Natürlich, an der Wohnung hatte er nie etwas getan. Er wußte zwar, daß andere Leute die Wohnung schön machten und mit Möbeln und allem Drum und Dran zustellten, aber er interessierte sich einfach nicht dafür. Es wäre gewesen, als ob er sich mit Veronika gemeinsam für den Nestbau und die Zukunft interessierte. Das tat er aber nicht. Er wollte eigentlich eher immer davon ablenken, daß er mit ihr zusammenlebte, und so tun, als sei da nichts Besonderes. Darum hielt er es bei Jupp und Antje besser aus als daheim. Sogar auf der Arbeit hielt es es besser aus. Die Nähe und der endgültige Zustand, das machte ihm zu schaffen, und darum verhielt er sich so, als sei er zu Hause gar nicht zu Hause.

Da nun außerdem nichts geregelt war, kein Essen, keine Hausarbeit, kein Einkauf, mochte er die Wohnung auch nicht sehen. Er zog sich nur um und ging dann ohne Umschweife in die Pinte.

«Na, du machst ja ein Gesicht», sagte Antje schon am Eingang. «Keinen neuen Witz mitgebracht?»

«Ach, komm. Schütt mir lieber einen ein.»

An der Theke saßen Burkhard Riedel und Rainer Moller.

«Kannst du mir mal sagen, wo Veronika heute morgen hergekommen ist?« fragte Burkhard und lachte. «Die kam ja mit dem Fahrrad die Bergstraße herunter! Ist die nicht mehr bei dir oder was? Hast du sie verkauft?»

«Was? Aus der Bergstraße?» entfuhr es Hardy.

«Er hat es nicht gewußt! Er hat es nicht gewußt!» rief Rainer. «Na? Wie kommt es denn, daß du nicht weißt, wo dein armes schwangeres Frauchen sich rumtreibt? Ich habe gedacht, wir könnten demnächst mal eine Gartenparty machen mit allen Babys?»

«Ist sie dir abgehauen?» grinste Burkhard und freute sich diebisch. «Na so was? Was hast du denn mit ihr gemacht, hm?»

«Halt doch dein dummes Maul!!» rief Hardy, so mies gestimmt wie ein Trinker in der schlimmsten Phase der Nüchternheit, wenn kein Bier in der Nähe ist. Aber das mit dem Bier war gleich behoben. Schon hatte er ein kühles Pils vor sich stehen und einen Kurzen dazu. Beim Kippen hob sich die Laune jedoch nicht wesentlich. Von Gommerheim. Bei der Schwester, natürlich bei der Schwester, das war ja wohl klar. Auf der Arbeit war sie auch gewesen. Nun, es konnte nicht lange dauern, dann kam sie wieder angekrochen. Sie kam doch immer angekrochen. Sie parierte aufs Wort. Normalerweise.

«Na, dir geht es aber gar nicht gut, was?» fragte Rainer. «Na, da siehst du mal, was du an ihr hast! Ist dir ja doch nicht egal, oder? Habt ihr euch gestritten?»

«Gar nix haben wir. Nur daß sie mir das Balg unterjubeln will, das kotzt mich an.»

«Was heißt denn unterjubeln? Jeder alte Bock in deinem Alter freut sich doch, wenn er das noch mal hingebogen hat, und du ...»

«Ach. Sie hat es mir untergejubelt, und dann spielt sie die Unschuld! Im fünften Monat hat sie alles erst gemerkt! Das gibt's doch gar nicht!»

«Vielleicht hat sie Angst vor dir gehabt», sagte Rainer. «Deshalb hat sie so getan, als ob sie nichts merkt.»

«Angst – wieso soll die denn Angst vor mir haben!» schrie Hardy unbeherrscht.

«Für manche Männer ist es schön, wenn die Frau Angst vor ihm hat», säuselte Burkhard.

«Ich habe sie nie geschlagen!» rief Hardy. «Ich habe ihr nichts getan! Sie hat alles bei mir gehabt und gekriegt was sie brauchte!»

«Du regst dich vielleicht auf! Und hinterher bist du stolz, wenn es ein Kind von dir ist.»

«Ja, wenn! Weiß ich das? Weiß ich, ob es ein Kind von mir ist?»

Burkhard, Rainer, Jupp und Antje seufzten.

«Ich weiß nur», sagte Jupp, «wenn ich eine Frau hätte wie Veronika, dann würde ich sie gut behandeln. Wenn ich sehe, wie sie dich immer noch anschmachtet, wird mir geradezu schlecht. Eigentlich ist sie zu gut für dich. Wenn sie abgehauen ist, ich kann es ihr nicht verdenken!»

«Hör mal! Du redest hier mit deinem besten Kunden! Wenn du willst, kannst du dein Bier allein saufen!» schrie Hardy, warf einen Zehner auf den Tresen, steckte die Hände in die Hosentaschen und trollte sich. Die anderen schrien hinter ihm her, aber er hörte nicht. Rannte raus und schnaubte vor Wut, und dann wußte er nicht mehr, wo er hinrennen sollte. Nach Hause wollte er noch immer nicht. Veronika suchen auch nicht. Das fehlte noch, daß er bei der Schwester aufkreuzte und demütig um Verzeihung bat. Für was eigentlich? Er hatte nur gesagt, was er dachte, und das war sein gutes Recht. In seiner Magengrube meldeten sich lediglich Zweifel so groß wie Würmchen. Hardy hörte nicht darauf. Schließlich fuhr er nach Kallestedt in die Bahnhofskneipe, dort fand er auch seinesgleichen, gab Runde über Runde aus, schwadronierte laut über das erlittene Unrecht, ergab sich der Trinkerei bis in die frühen Morgenstunden und fuhr dann das Auto unerkannt nach Hause.

Still war der Tag. Hatte versunken begonnen, früh beschienen vom Sommerlicht, gewärmt schon um sieben Uhr, wenigstens ein bißchen. Ilse Fürbeth stand gar nicht erst auf. Sie hatte gekündigt. Da sie nie einen Vertrag geschlossen hatten, durfte sie zu Hause bleiben von einem Tag auf den anderen. Wer wollte dagegen etwas unternehmen? Sie konnte das Gehalt ausrechnen bis auf den Tag, an dem man ihr das Wasser übergegossen hatte. Vielleicht auch den nicht mehr. Das war ihr gleichgültig. Weitaus mehr bedeutete ihr der Umstand, aus einem Umfeld von Erniedrigung und häßlicher Arbeit herausgekommen zu sein. Gut, es war mitunter spaßig gewesen, aber was hieß das schon, gemessen an der Anstrengung und der Entwertung als Mensch. Ein kleiner Zug von Heimweh ging durch ihren Körper, sie drehte sich noch dreimal um im Bett und blieb dann ärgerlich früh wach. Sie hatte es ihnen gegeben, hatte es ihnen gezeigt, jetzt blieb ihr eine leichte Nachwirkung von Einsamkeit und der Blöße, die man ihr gestern verpaßt hatte. Damit blieb sie allein.

Es war aber nicht deshalb still, weil Ilse Fürbeth im Bett liegen blieb und ab sofort in der Kistenfabrik fehlte.

Es blieb vielmehr still wegen Old Berta, die im elf Uhr noch an der Hobelmaschine gestanden hatte, dann aber nicht mehr. Ohne daß es jemand bemerkt hatte, war sie, so still wie der ganze Tag, umgefallen. Jeder hätte umfallen dürfen, nicht aber Old Berta, denn bei ihr dachte niemand daran, daß ihr jemals etwas geschehen könnte. Sie war die Stärkste, jedenfalls mit dem Mundwerk. So was hielt für die Ewigkeit, das war der starke Geist. Wie sie aber dalag, hatte sich der starke Geist offenbar verflüchtigt. Der Atem hob und senkte schwach ihren Brustkorb. Im Liegen sah Old Berta komisch aus, wie ein kleines altes Mädchen, mit seltsam bläulichen Wangen und tiefroten Äderchen. Man konnte sich nicht vorstellen, daß Berta aus irgendeinem Grunde den Mund halten konnte, außer daß ihr wirklich der Geist aus den Knochen fuhr. Ohne Geist war sie nicht viel mehr als das, Knochen in einer rosa Kittelschürze. Im Fallen hatte sie sich die Kittelschürze aufgerissen, die Tasche, und in dieser lag wie im Anschauungsunterricht der Grund für den Zusammenbruch. Die Kräuterbonbons gegen die staubige Sägemehlluft, die Zigaretten, die ihre Lunge so vergiftet hatten, daß sie am heutigen Tag lautlos ihre Schädigung präsentierten und den Leib, den sie so lange beatmet hatten, fallen ließen. Erst kam niemand. Dann standen sie alle um sie herum und sperrten die Mäuler auf.

«Sie ist ohnmächtig geworden, hol doch einer den Krankenwagen, rasch!!»

Veronika raste los zum Büro.

Konrad stürzte auf Old Berta und rüttelte an ihr herum und während der karge Konrad an den dünnen Knochen rappelte, stiegen ihm doch die Tränen in die Augen und er weinte um die alte Berta. Da schlug sie die Augen auf, und es war diesmal kein Koboldglanz darin, sondern nur ein trübe Verfärbung. Berta lief blau an. Auf einmal kam Andres angerast, kniete sich hin und warf Berta ein weißes Tuch über das Gesicht, faßte ihr Kinn und streckte es, dann holte er Luft und blies Berta in die Nase. Ihr Brustkorb bäumte sich von dem mächtigen Atemstoß auf, sie röchelte, dann sackte der Brustkorb wieder herunter. Eine Feuerwehrmannslunge konnte die Lunge eines alten Mädchens aufblasen wie eine Butterbrottüte. Andres kannte die Rettungsgriffe und die Erste-Hilfe-Maßnahmen rückwärts auswendig. Er prüfte zwischendurch ihre Herztätigkeit, dann blies er wieder und wieder in ihre Nase und wurde selber rot und blau vor Anstrengung.

Die Arbeiter standen stumm im Kreis herum und der eine oder andere murmelte lautlos ein Gebet.

«Mach, Berta! Hol Luft, altes Mädchen! Streng dich an!» rief Konrad.

Die Sanitäter und der Notarzt kamen hereingerannt, so weiß vor der braunen Holzlandschaft. Sie knieten sich auf den bestäubten Betonboden, zerrten an ihrem Koffer und rissen Geräte heraus. Schnell stülpten sie Old Berta die Maske über und Sauerstoff strömte kühl und reichlich in die Sägemehl-und-Zigaretten-Lungen. Eine Nadel, ein Stich, eine Infusion, schon nahm Old Bertas Körper das Leben wieder selbst in die Hand. Einatmen, ausatmen, was man von Geburt an immer machte, war nun ein großer Siegesakt, unruhig aber eigenmächtig, so wie Old Berta nun mal war, so arbeitete auch jetzt wieder ihre

Lunge. Man verlor aber keine Zeit. In wenigen Momenten lag Berta auf der Trage festgeschnallt und wurde so schnell in den Krankenwagen geschoben, daß sie von der Kistenfabrik nichts mehr mitkriegte. Noch zu ihrem Abschied summten leise die Hobel und die Säge sang. Sie trugen Old Berta hinaus, und sie sollte nie wieder zurückkehren.

Veronika saß waidwund auf dem Balkon. Sie war so sehr verletzt und sie wartete, daß Hardy käme, um ihre Wunden zu heilen. Denn der Liebe Wunden kann ja nur der heilen, der sie schlug, und wenn Hardy erst mal anfangen wollte, alle Wunden zu heilen, die er schon geschlagen hatte, dann würde er nicht mehr fertig werden, und er hatte noch nicht mal einen Anfang. Sie war aber irgendwie einverstanden mit allem, was er tat.

Wann würde Hardy kommen? Am Dienstag kam er nicht. Mittwoch kam er nicht, am Donnerstag nicht. Kein Anruf, kein Gruß. Ob er wußte, wo sie war? Bei Andrea auf dem Balkon. Was sollte sie hier? Wie auf einem Abstellplatz. Andrea war keine Heimat. Ein Wohnzimmersofa stand ihr zur Verfügung, na ja, auf Sofas schlief sie ja schon seit Jahren. Andrea war nett. Andrea war lieb. Andrea hatte alles im Griff. Ihre Kontoauszüge, ihren Beruf als Krankenschwester, ihren Freund, bald wurde geheiratet, natürlich. Die Vorzeige-Andrea. Andrea machte alles gut. Veronika machte alles schlecht. Die Kontoauszüge, den Job ohne Ausbildung, keine Heirat, der Mann der sie dann mit dikkem Bauch sitzenließ. Es war furchtbar, jemanden zu verlassen, ohne wiedergeholt zu werden.

Vielleicht traute er sich einfach nicht, irgend jemand zu fragen wo sie war. Vielleicht sollte sie ihm einen Hinweis geben, damit er sie finden konnte. Einen Anruf – o verwählt – ich wollte ja Veronika, aber die ist ja bei ihrer Schwester! Gartenstraße 12! Entschuldigung!

Wenn er einfach verkommen war? War doch möglich? Auf dem Balkon eingebettet in dicke Büsche türkisfarbener Margeriten, kamen Veronika viele Ideen. Bestimmt war er verkommen und konnte deshalb nicht nach ihr suchen. Wahrscheinlich war er so unglücklich gewesen, daß er sich der Trunksucht ergeben hatte und stolperte nur noch herum und konnte gar keinen Weg mehr finden, nicht einmal mehr den Weg zur eigenen Wohnung beim alten Hannjokeb. Ob sie ihm nicht helfen mußte? Wenn sie heimkam, wurde alles wieder gut. Natürlich konnte er sich das nicht eingestehen, natürlich nicht. Peinlich mußte es ihm sein, hier aufzukreuzen. Nur peinlich. Und deshalb kam er nicht. Er würde dastehen wie der letzte Penner, ein Frauenschläger oder so was, und müßte reuig tun und um Verzeihung bitten, das war alles seine Sache nicht. Da hätte er seinen Stolz verloren. Aber eigentlich war es ihre Pflicht, nach ihm zu schauen. Es konnte ihm etwas passiert sein. Unruhig spähte Veronika die Straße entlang. Es mußte doch möglich sein, daß von ihm ein Zeichen kam. Wie konnte sie ihn nur verlassen, das hätte sie nicht tun dürfen. Jetzt sah es blöd aus, wenn sie einfach so wiederkam. Das wußte sie doch. Hätte sie vorher wissen müssen. Jetzt saß sie da, den gewaltigen Drang im Leib, der sie zog, in die Wohnung, zu ihm, und durfte nicht weg. Vermaledeite Situation. Wenn Andrea bloß nicht so nett zu ihr wäre. Wie zu einer Kranken, wie zu einer Irren, mit leiser Stimme, frühstückmachend und saftpressend, furchtbar. Wieso waren sie nur so unterschiedlich, wieso waren ihre Leben so verschieden gelaufen? Na klar. Weil Andrea damals auf dem Schulhof nicht so schnell und ängstlich und beschwörend auf ihre Mitmenschen eingequasselt hatte. Sie hatte nicht gequasselt, und daher mochte sie jeder und sie war anerkannt und ging ihren Weg ganz normal. Für sie, die fortgestoßene Veronika, war die Fabrik übriggeblieben, in die sie sich verkroch wie in ein Loch. Von da an lief ihr Leben wie eine hängengebliebene Schallplatte. Veronika brütete über ihr ganzes Leben. Der Balkon bekam ihr nicht. Wenn ihr Leid immer größer und größer wurde, dann mochte sie mitsamt dem Balkon abstürzen. Wann kam Hardy nur und von wo kam er und kam er überhaupt.

Die Arbeiter in der Kistenfabrik waren untröstlich. Es liefen zwar die Maschinen weiter und zersägten lärmend die Bäume und nagelten und hämmerten wie eine schlechte Musik aus der Hölle. Doch Old Berta fehlte, ihre dunklen Haarfestigerlocken, die Koboldaugen wie Karfunkelstein, die gealterten, dünnen Arme, das ganze wandelnde, fluchende Etwas, der wandelnde Qualm, vor allem das Fluchen. Das fehlte ganz erheblich. Die Frauen waren jetzt ohne herausragende Persönlichkeit, sie waren wie Hühner ohne Henne, lauter blutleere Gestalten, die sich gegenseitig in die Füße liefen, und niemand sagte mehr, was zu tun war. Nur Konrad, aber der ging ja wieder weg. Verunsichert schauten die Weiber in der Gegend herum. Veronika war verblaßt, seit sie immer schwangerer und immer unglücklicher wurde. Paula war sanft und ging in drei Monaten wieder weg. Estella Arabella, ja ... das war noch eine. Aber sie scherte sich einen Bockmist um andere und arbeitete nur so, wie sie wollte. Gretel Koch hätte sich niemals getraut, etwas zu sagen, sie trauerte nur den ganzen Tag um ihre ruinierte Ehe. Und sie war zwar eine fleißige Arbeiterin, aber nur solange, wie sie genau vorgeschriebene Arbeiten erfüllte, Brett rein, Brett raus, Brett auf den Wagen. Und Lischka Wanitz unterhielt sich nur mit der Kreissäge, ohne daß irgend jemand etwas verstand.

Konrad kaute finster an seinem Span. Wenn Old Berta die alte Saloonlady der Kistenfabrik gewesen war, so war Konrad der John Wayne. Niemandem fehlte Berta so sehr wie ihm. Man könnte gerade meinen, er sei mit ihr verheiratet gewesen anstatt mit seiner Marianne. Sie hatten so viele Schlachten geschlagen, so viele Schiffe geschaukelt. Berta konnte mirnichtsdirnichts eine Nagelpistole reparieren, die Hobel einstellen, eine Bohrmaschine ansetzen, alles brachte sie fertig. Jetzt kam sie nicht mehr, Konrad blieb allein und die anderen Weiber konnten sie ihm niemals ersetzen. «Sie haben sie aufgemacht und gleich wieder zugemacht. Ein Lungentumor, ist eben so. Jetzt wird sie bestrahlt, das alte Mädchen. Fallen ihr die Haare vom Kopf. Wenn du mich fragst, sie macht es nicht mehr lange, ihre Tage sind gezählt.»

Da man nicht mehr aus dem Trauern um die noch nicht verstorbene Old Berta herauskam, fiel niemandem die Abwesenheit von Ilse Fürbeth sonderlich auf. Lediglich der Kistenfranz kam mit einem Schrieb des Weges hinauf und verlangte, Klaus und Konrad zu sprechen. Was da los sei? Er habe einen Brief bekommen von Ilse Fürbeth, es sei unmöglich hier zu arbeiten, weil die Kerle die Weiber so ärgerten. Ob er das recht verstanden habe, oder ob sie hysterisch sei, ob die Kerle den Respekt verloren hätten oder ob dem Ganzen irgendwie abzuhelfen sei? Immerhin sei Ilse doch eine Frau in den besten Jahren, noch nicht verschafft und wurzelkrumm gearbeitet, mit Verstand und belastbar, da könne man nicht einfach so mit umgehen und auf sie verzichten, jetzt, wo die alte Berta weg war und Veronika in den Umständen … es könnte ja auch mit ihm, Konrad, mal etwas sein, da müsse er doch praktisch einen Stellvertreter haben in der Weiberhalle und Estella Arabella, na ja, die sei wohl nicht ganz … Kistenfranz winkte zur Demonstration ein starkes Najanaja! mit den Fingern.

Es kam Konrad so vor, als sei er bei seinen eigenen Gedanken erwischt worden, und er ärgerte sich ein wenig, weil er selbst schon darauf gekommen war und es sich jetzt vom Vorgesetzten sagen lassen sollte, das war nicht schön.

Was denn nun vorgefallen sei, wollte der Kistenfranz wissen.

«Die Ilse kam mit einer frischen Dauerwelle», sagte Klaus

Stockschuh. «Und da haben sie ihr einen Kübel Wasser drübergegossen ...»

Diesen Gedanken fand Franz einleuchtend und unwiderstehlich und lachte sich kaputt. «Oh, das war aber gemein.» Er lachte und lachte. «Das macht man doch auch nicht!»

«Die Kerle verderben den guten Willen! Die Weiber sind immer sauer und beleidigt oder stänkern selber los. Wenn die erst mal zurückschlagen, dann gibt's nichts mehr zu lachen. Dann kannst du die Kistenfabrik gerade abbrennen.»

«Ehrlich», sagte Kistenfranz, «ich weiß nicht, was ich da machen soll. Das ist doch alles der Andres, der führt das im Schilde. Ich weiß nicht, was ich mit ihm machen soll. Aber er ist auch ein guter Arbeiter! Er hat Verstand! Er ist doch aus demselben Dorf, ich kann ihn nicht behandeln wie einen dummen Jungen. Ich will im eigenen Dorf keine Krempelage, das führt doch zu nichts. Seht zu, wie ihr mit denen zurechtkommt.»

«Bitte, Franz», sagte Klaus. «Wir sind alte Freunde. Darum muß man sich auch was sagen können. Du machst es dir zu einfach. Sitzt unten in deinem Büro und läßt uns hier machen: seht zu wie ihr zurechtkommt. Wir schlagen uns mit den Kerlen herum, Tag für Tag, aber es wäre Zeit, daß du auch mal ein Machtwort redest. Wieso bist du denn der Chef? Du mußt auch mal mit der Faust auf den Tisch hauen!»

«Da hat der Klaus recht», sagte Konrad bedächtig.

Das gefiel Franz überhaupt nicht. Er? Etwas sagen? Er hatte mit allem abgeschlossen. Er ließ die Zügel schießen. Oder ob er sie besser bezahlen sollte? Franz überschlug die Zahlen.

«Scheiß sie mal ordentlich zusammen!» sagte Klaus.

Franz seufzte zutiefst. Das war etwas, das er partout nicht gerne machte. Franz wußte, daß man ihn einen guten Mann nannte. Aber er wäre schon gerne auch mal ein richtiger Drecksack gewesen. Ein richtiger räudiger Kerl, dem alles egal war.

Andres zusammenscheißen? Der lachte ihn doch nur aus. Jeder wußte doch, daß er, Franz, das nicht konnte und daß es, wenn schon, nur vorgemacht war, aber nicht echt. Mit der Faust auf den Tisch hauen! Er war mutig gewesen, er hatte investiert, er hatte die Idee von der Kistenfabrik gehabt, natürlich, die hohen Bäume, der Wälderreichtum, der lud doch dazu ein! Dazu konnte man jedes Geschäft mit einem Handschlag und einem Schnaps regeln, hier galt das Wort alles. Daher konnte er ein Geschäftsmann werden, auch wenn er sich keinen dicken Benz geleistet und auch kein Ferienhaus im Schwarzwald hatte ... das bedeutete ihm gar nichts. Aber was er nie gewollt hatte, war, durch die Arbeiter laufen zu müssen und jedem Bescheid zu geben. Das war ihm fremd, er fühlte sich grenzenlos unbehaglich.

«Ist es denn wirklich so schlimm?» fragte er. «Ilse übertreibt doch immer.»

Die Männer schwiegen beredt. Franz war in der Zwickmühle. Seine Autorität stand auf dem Spiel. Ob er endlich die Fabrik seinen Söhnen überschreiben sollte? Die wohnten in München und in Hamburg, sie hatten kein Interesse an den alten Maschinen und den Leuten. Wenn sie die Firma in die Finger kriegten, würden sie sie in null Komma nichts verkloppen oder als Lagerhallen vermieten.

«Wirft zuwenig ab», würden sie sagen. Hier, wo man zu viele Mäuler durchfüttern mußte. Nein. Er, Franz, mußte sich darum kümmern.

«In Ordnung», sagte er endlich und gab neuen, verwegenen Schwung vor. «Schickt mir den Andres herein! Hier ins Büro! Ich werde ihm mal Bescheid stoßen!» Er krempelte die Ärmel hoch und steckte die Hände in die großen Cordtaschen. Alte Zimmermänner trugen Cordhosen bis ins hohe Alter. Dazu eine Weste über einem weißen Hemd, keinen Schlips. Das langte für einen Chef in Dornweiler.

Klaus und Konrad sahen sich an. Dann verließen sie das Büro und sagten Andres Bescheid, der grinsend und gemächlich die

Rampe herunterschlenderte und die Tür zum Kistenfranz öffnete. Franz bemerkte, daß Klaus und Konrad noch draußen standen, darum hob er die Stimme und sagte lauthals zu Andres:

«So, komm du mal nur herein, Freundchen! Du hast es bei mir im Salz liegen!»

Immerhin war Franz auf die Idee gekommen, sich die Kerle einzeln vorzunehmen, anstatt sie im Ganzen herunterzuputzen. Gott sei Dank. Aber schon wie Andres ihn anschaute, das war ihm einfach spanisch. Wie konnte ein Mensch nur so frech sein.

«Chef?» fragte Andres und grinste immer weiter.

«Dir wird dein Grinsen schon noch vergehen!» trumpfte Franz auf. Er würde noch einen Herzinfarkt kriegen. Er wollte sich gar nicht mehr aufregen, aber immer zwangen sie ihn dazu.

«Was ist denn nur los?» fragte Andres. Seine Gesichtsfarbe wechselte nicht einmal, sie blieb so gesund und frisch wie sie war, ein Mensch, der halb drinnen und halb draußen arbeitete, mit Bäumen, mit der Natur, er war so stabil wie eine Buche selber.

«Na, was habt ihr denn nur mit der Ilse gemacht? Ihr wißt doch, wie empfindlich sie ist!»

«Wieso? Wir haben doch nichts gemacht?!» Andres lehnte sich an die Tür und hob das Kinn. Er blieb für immer der Flegel aus der neunten Klasse.

«Andres, ihr habt ihr einen Wassereimer über den Kopf gegossen!»

«Da kann ich doch nichts für! Sie ist in den Wassereimer direkt – frontal – hineingelaufen! Wir wollten das Werkzeug saubermachen!»

Franz lief in dem kleinen Büro hin und her.

«Hör mal zu, ich werde dir den Zahn schon noch ziehen. Ich

mache dich verantwortlich für die ganzen Untugenden hier. Ich kann einen Spaß vertragen, und es ist auch nicht schlimm, mal eine Kübel Wasser ... du verstehst schon. Aber es ist die Summe des Ganzen. Solange ich euch kenne, treibt ihr einen Schabernack nach dem anderen. Estella Arabella hätte ersticken können im Hobelspankeller, sie hätte sich verletzen können, als sie durch die Späne gekracht ist. Das ist witzig für euch, aber die verlorene Arbeitskraft zahlt mir kein Mensch! Die Ilse, die wegbleibt, das zahle ich, Freundchen, ich alleine! Das ist *mein* Geld!»

«Hm», sagte Andres. Franz aber fing an für sich allein zu reden.

«Dann der Verschnitt. Gut, es kann keiner was dafür, wenn er im Kopfrechnen schwach ist. Ich meine – *du* kannst nichts dafür, wenn mal eine Zeichnung nicht stimmt ... aber ... weißt du, wieviel Verschnitt wir im Jahr haben? Weiß du wieviel Holz falsch ausgerechnet ist, wieviel Abfall wir haben? Einfach weil die Leute nicht mit dem Verstand bei der Arbeit sind, falsch ausmessen, einfach drauflos auf Mord und Kaputt und nicht mal nachrechnen, ich habe unheimliche Verluste dadurch! Ich würde gerne ein wenig mehr Lohn zahlen – aber es rechnet sich nicht!»

«Hm», sagte Andres und lehnte mit verschränkten Armen an der Tür.

«Dann muß man ja auch mal sehen, wie wir im Dorf dastehen! Ihr verletzt ja auch jegliches Schamgefühl!»

Er holte tief Luft und dann merkte er, daß ihm das Thema guttat und längst vergessene Kräfte in ihm mobilisierte.

«Die Berta auf eine Palette genagelt und vor die Tür gesetzt! Daß alle dran vorbeifahren! Den Burkhard Riedel habt ihr durchs Dorf geschleppt! Es war ja löblich, daß ihr ihn wieder auf die Arbeit geholt habt, aber mußtet ihr ihn zum Gespött der Menschen machen? Daß alle an den Fenstern stehen und gaffen?? Das ist ja das, was euch fehlt, das Gespür für die Grenzen, wo ihr jemanden verletzen könnt!»

«Da hat der Klaus aber auch mitgemacht!» sagte Andres. Ansonsten waren die Worte in ihn geflossen, wie Wasser in ein Sieb gegossen.

«Na ja, na ja, aber es geht nicht! Ich will das nicht mehr hören, verstehst du? Ich will nicht mehr, daß das vorkommt! Es gibt Späße, die keine mehr sind!»

«In Ordnung, Chef», sagte Andres lässig.

«Hast du mich verstanden?! Was ich damit sagen will?»

«O. k., Chef», sagte Andres und nickte und griff zur Türklinke.

Andres verabschiedete sich einfach, ohne zu fragen. Das war seine Art, Autorität zu zeigen und Franz in seiner Schwäche stehenzulassen. Franz ging die Luft aus. Wie sollte er da weitermachen? Wie mit ihm zu einem guten Ende kommen? Und doch hatte er endlich einmal gesagt, was er zu sagen hatte, ihm die Meinung mitten ins Gesicht, das war notwendig. Eigentlich fühlte sich Franz ganz erleichtert, eigentlich sogar ausgezeichnet. Das wollte er immer schon mal sagen! Jetzt ging es ihm erheblich besser, gleich wollte er einen Korn darauf trinken.

Klaus und Konrad stießen sich an. Sehr zerknittert hatte Andres nicht ausgesehen. «Sollen wir dir jetzt den nächsten holen?» fragte Klaus.

«Ach», überlegte Franz. «Ich glaube, dem habe ich's gegeben. Er ist schließlich der Anführer. Wenn ich jetzt noch jeden einzelnen holen soll ... das bringt nichts mehr.»

Andres ging aber nicht nach oben, sondern lief an Paula vorbei, klaute ihr die Strickjacke und stopfte sie in das Gebläse. Mit großem Schluckgeräusch verschwand die Strickjacke, düste unter mehrmaligem Aufschlagen der Knöpfe das dicke Blechrohr hinauf und schoß quer über alle Köpfe hinweg im Rohr die Decke entlang und durch das Loch in den Basaltsteinen aus der

Außenwand hinaus, gelangte über den Hof in die Sägemehlhalle und wurde dort in die Lawinen von gelbem Holzmehl gespuckt. Sprachlos schaute und lauschte Paula der verschwundenen Jacke hinterher. Andres pfiff und verschwand. Keine Old Berta in der Nähe, an die man sich wenden konnte. Was denn jetzt? Konnte sie die Strickjacke in den Wind schreiben?

«So sind Männer nun mal», sagte Gretel Koch lahm.

«Meine Jacke ...», sagte Paula verdonnert.

«Drüben», sagte Veronika.

«Erst meine Haare, dann meine Jacke ... alles ab ins Rohr!»

«Geh schon, hol dir die Jacke wieder. Wenn noch viel Sägemehl drübergeschossen wird, ist sie ganz vergraben!»

Paula legte also ihr Schälmesser weg und folgte mit dem Blick nach oben dem Rohr, verließ die Fabrik und stand endlich auf der anderen Seite des Hofes vor der Sägemehlhalle. Sie überlegte, ob sie einfach so die Tür öffnen durfte, oder ob ihr dann das Sägemehl entgegenkam, als hinter ihr auf einmal der neue Gabelstapler heranfuhr. Paula war zutiefst erstaunt. Sie hatte den neuen Gabelstapler schon eine Weile auf dem Hof stehen sehen. Aber niemand hatte ihn bis jetzt gefahren. Orangefarben, wendig und sehr leise drehte er auf dem Hügel und fuhr einige Spiralen. Das war etwas anderes als die ollen, ungelenken Hubwagen, die immer gegen die Wand rennen wollten! Der Gabelstapler kam jetzt den Hügel wieder herunter und fuhr an ihr vorbei und erst dann sah sie, daß Timothy Twain seinen Dienst angetreten hatte.

Paula wußte nicht mehr, was sie machen sollte. Schleunigst in die Sägemehlhaufen stürzen oder stehenbleiben und Timothy zusehen oder gar nichts mehr machen und in das blaue Firmament schauen, das eine große Hitze auf die Erde strahlte und sie beinahe aus dem Kittel trieb? Verstohlen beobachtete sie Timothy, der jeden Hebel, jedes Rädchen untersuchte und probeweise einen Balken anvisierte, ihn aufnahm und den Balken auf der Seite wieder herunterfallen ließ. Jetzt hatten sich oben auch die Kerle versammelt und schauten ihm zu.

«Will eigentlich keiner mehr was arbeiten?!» schrie Konrad über den Hof. Und er trieb die Männer zurück in die Halle. Dann herrschte er Paula an.

«Und du?! Was hast du hier zu suchen?!»

«Ich muß in die Sägemehlhalle. Der Andres hat mir die Jacke durch das Gebläse geschossen, und ich muß sie suchen.»

Konrad sagte kein einziges Wort mehr, ballte die Hände in den Taschen und ging fort. Paula dachte sich, daß er böse sei und beeilte sich um so mehr, in die Halle hineinzukommen und die Weste auszugraben. Sie rüttelte am hölzernen Tor und tatsächlich, es war offen. Drinnen ging sie einige Meter im Dustern über glatten Steinboden wie in einer alten Waschküche, dann begannen sich über ihr die Berge im schwachen Lichte zu erheben. Wie wunderschön diese Hügel waren. Goldgelb und sämig und so hoch wie fünf Männer, wie die Dünen am Meeresstrand, so satt und weich fliegend – Märchenberge. Paula faßte mit den Händen hinein, und der Berg begann zu rieseln. Sie ließ die Spänchen durch die Finger gleiten. Was für eine Farbe, was für ein Fließen. Sie sah dem sandigen Meer zu, das auf die Erde fiel. Wieder vergaß sie die Jacke. Immer vergaß sie das eine über dem anderen. Jetzt kam sie nicht mehr aus dem Sägemehlkeller heraus. Die Berge bereiteten ihr ein solches Vergnügen, daß sie am liebsten in ihnen herumgekrochen wäre und in ihrem Zauber gebadet hätte.

«Ach, ist das herrlich!» rief sie. Dann entdeckte sie hoch oben einen Zipfel ihrer Jacke unter den Holzwolken, die unaufhörlich aus dem Ende des Gebläserohres stoben und sich über die grüne Wolle legte. Paula juchzte und kicherte albern, als sie den Berg bestieg, einsackte, in Löchern watete und erst lernen mußte, so fest zu treten, daß die untersten Schichten besseren Halt boten. So wühlte sie sich immer höher den Berg hinauf, bis sie den äußeren Rand ihrer Jacke zu fassen kriegte.

«O Mann, wie das riecht!» Auf diesem Haufen war der Geruch des Holzes so intensiv, daß sie beinahe betrunken davon wurde. Schließlich wäre sie am liebsten den Berg wieder heruntergerutscht, aber das ging nicht. Das pieksende Sägemehl hing ihr in der Haut und in den Haaren, in den Ohren und in der Nase, unter dem dünnen Kittel im Bauchnabel und in den Kniefalten, im Härchenflaum auf dem Rücken, es hing ihr überall. Und sie fiel und stolperte mit der mehlgewälzten Jacke herunter und hustete und nieste und juckte sich und kratzte und suchte, den Kittel ausschüttelnd, den Weg zurück zur Arbeit.

Veronika blieb unruhig in der Wohnung von Andrea. Sie war böse auf Hardy. Was wollte sie eigentlich von ihm. Anderer Frauen Männer sahen viel frischer aus und unbenutzter. Hardy hatte doch, wenn man es genau nahm, einen Hals wie eine Stoffpuppe, unten zusammengezurrt, damit die Holzwolle nicht herauskam. Das Bett im Wohnzimmer auf der Couch war nicht das allerbequemste, und die Zweifel, die sie hatte, in der Nacht, waren noch weniger bequem. Sie lag wie auf einem Sack voller Hobelspäne, die ihr immer wieder bedeuteten, steh auf, geh heim. Allmählich aber verlor sich das Gefühl, daß die Wohnung von Hardy ihr Heim war. Gewissermaßen saß sie da ohne Dach über dem Kopf. Irgendwie hatte sie es versäumt, beizeiten ein Nest zu bauen, in das sie das Kind betten konnte. Sie wollte dasein, wo Hardy war, und wenn sie sich in seinem dürren Bauch hinter der ledernen Haut hätte verkriechen können, dann wäre dort hinter seinen Rippen ihre Heimat gewesen. Eigentlich wollte sie selbst das Ungeborene in Hardy sein. Ein kindhaftes Ruhen ohne Nachdenken. Aufgehoben für immer.

Jedermann bedeutete ihr, daß der vergiftete Leib von Hardy keine gesunde Ruhestätte für eine junge und pulsierende Frau war, auch daß er kein geeigneter Partner sei, um das Leben zu bewältigen. Aber in Veronikas Augen war Hardy nun mal ein Mann ohne Tadel, sogar ein Mann ohne Alkohol.

Bei Andrea dagegen, die fröhliche Harmonie darstellte mitsamt ihrem Orangensaft und den Croissants zum Frühstück, dem sauber abgeräumten Sofa, wuchs in Veronika eine stumme, gallige Wut auf die Schwester.

«Ist dir nicht gut?» fragte Andrea besorgt. «Mußt du kotzen?»

«Nein!» Veronika benahm sich hochmütig und genervt. Jetzt, wo sie schwanger war, konnte sie es sich ja leisten.

«Heute abend koche ich einen schweren Topf Lasagne, das magst du doch so gerne, nicht?»

Aber Veronika wollte nichts Gutes getan haben.

Die Tatsache, daß Hardy immer noch nicht dagewesen war, machte sie wahnsinnig. Mußte alle Welt mitkriegen, wie wenig ihm an ihr lag? Und doch sagte ihr das Gefühl oder der Brutinstinkt, daß sie auf keinen Fall von allein auftauchen sollte.

Die Arbeit in der Kistenfabrik war für Timothy Twain recht ungewohnt. Seine Hände waren voller Splitter und er zerrte sich einen Muskel an der rechten Schulter. Die Bäume waren rutschig und die Rinde rissig, die Mannskerle um ihn her waren so eigen und störrisch, daß er eine Weile brauchte, um sich einzuarbeiten. Klaus gab sich gewaltige Mühe mit ihm, erklärte, half, wo er nur konnte, damit er von Rudi oder Burkhard Riedel nichts Falsches lernte.

«Hey, Schwarzer!» rief Andres, «fall nicht in den Hobelspankeller! Da unten ist es so dunkel, da finden wir dich nicht mehr!»

«Andres, halt's Maul!» zischte Klaus, der Angst hatte, Timothy könnte verletzt sein und sie dann nicht mehr mögen. Aber Timothy überhörte den Spruch, jedenfalls tat er so. Vielmehr plagte er sich damit, einen Baum einzuspannen, welchen Baum nur, welcher konnte am leichtesten aufgenommen werden und paßte dann in die übermächtige Spange der Gatter. Alle anderen modernen Schneidmühlen hatten eine computergesteuerte Gatter, hier mußte man alles noch mit der Hand einstellen, der Kistenfranz war müde geworden zu investieren. Timothy hatte nichts gegen gute, alte Handwerksarbeit. Das war etwas Besonderes. In einer Woche hatte er sämtliche Arbeiter überflügelt. Er war einfach schneller. Schneller im Kopf, in den Bewegungen und im Begreifen. Er hatte vor noch nicht langer Zeit sein Abitur gemacht mit Mathe-Leistungskurs und nun rechnete er die Holzdicke, die benötigten Längen und Abmessungen für die Aufträge kurz im Kopf aus, das fiel ihm alles leicht. Burkhard, Benny, Rudi, Andres, Konrad und Klaus kamen nicht umhin, ihn nach wenigen Tagen über die Maßen zu bewundern.

«Du bist zu gut für so eine Arbeit. Du mußt ein Doktor werden oder so was», sagte Klaus. Wehmütig betrachtete er den grenzenlosen Optimismus, der aus Timothy strahlte. Timothy gehörte die Welt, und er zog so siegreich aus in seinem jugendlichen Leichtsinn, da merkte Klaus erst, wie alt er selber war. Dieser junge Kerl da würde sie alle hinter sich lassen. Allenfalls vor Heimweh würde er von Zeit zu Zeit aufs Land zurückkehren. Aber wenn sie ihn gut behandelten, dann würde er vielleicht in den nächsten Semesterferien zu ihnen zurückkehren. Timothy war ein gewisser Glanz in Kistenfranzens Fabrik.

In einer kühlen, regnerischen Sommernacht saß Hardy bei geöffneten Fenstern in der Bahnhofswirtschaft von Kallestedt und betrachtete eine Frau, die vor seiner Nase nach der Musikbox tanzte. Ihre Jeans saßen locker, der gehäkelte Pullover hatte einen V-Ausschnitt und rutschte hin und her, alles an ihr schien rutschig. Sie war recht betrunken, losgelöst, etwa vierzig Jahre alt und schrie und sang die Lieder lauthals mit. Die Stimme kippte immer wieder in ein angriffslustiges Dröhnen, besonders an den Stellen wo sie den Text gut kannte. Alles an ihr äußerte die kriegerische Freude, sich danebenzubenehmen. Ihre Nase war schmal, das blonde Haar war künstlich aufgeblasen und zeigte überall Luftlöcher bis auf den Haarboden. Sie kippte buchstäblich aus den Latschen, verlor die Schuhe von den Füßen. Mitten im Schlager unterbrach sie und torkelte von der Tanzfläche zu ihrem Hocker an der Theke. Mit einem Bein hakelte sie um den Plastikbezug und kippte schließlich hinauf.

«Was ist?» fragte Hardy und prostete ihr zu. «Keine Lust zu tanzen?»

Sie schüttelte den Kopf. «Mir ist so elend.»

«Wovon denn? Vom Bierchen? Oder vom vielem Drehen?»

«Weiß nicht.» Sie ließ sich hoffnungslos über die Theke fallen. «Keiner kümmert sich um mich», stammelte die Blonde.

«Ach was», säuselte er. «So eine schöne Frau, da dreht sich doch jeder nach um.»

Sie winkte ab.

«Komm, du brauchst etwas frische Luft», sagte Hardy.

Sie ließ sich widerstandslos vom Hocker ziehen und hinausbringen.

Ihre Willfährigkeit faszinierte ihn. Wer weiß, was sie noch mit sich machen ließ? Einen Moment überfluteten ihn die Phantasien. Aber er wollte nichts riskieren. Ruckzuck hätte er eine Handtasche vor dem Schädel.

«Hier, hol mal tief Luft.»

«Ich werde naß.» Plötzlich kicherte die Frau, löste sich von Hardy und sprang in die Pfützen.

Ihr blauer Pullover war über der Jeans nach oben gerutscht, hemmungslos sah das aus. Hardy verspürte auf einmal einen Drang zur Verbrüderung. Je verkommener, desto besser. Diese Frau war sehr weit unten.

«Wie heißt du denn?»

«Bettina.»

«Bettina ... ich bin Hardy.»

«Kenn ich. Hab dich schon mal gesehen!»

«So?» Hardy war erfreut. Irgend jemand erinnerte sich an ihn.

«Du wars' mal in *Heino's Gartenlaube*.»

Hardy war enttäuscht. Noch nie hatte er in *Heino's Gartenlaube* verkehrt. Sie hatte jemand anderen im Sinn.

«Ich kann auch singen, weißt du?» sagte er und spielte seinen größten Trumpf aus.

«Oh», jauchzte sie und warf die Arme in die Luft. «Mach mal!»

Hardy trat auf sie zu, packte sie um die Taille und begann mit weichem Tremolo zu singen, so tief und so inbrünstig wie möglich.

«Bronze, Silber und Gold – hab ich nie gewollt – ich will dich – ich will dich – will dich allein ...»

«Whow, das kannst du aber gut ...»

«Dabei werden alle Frauen schwach ...» Hardy vermied vorsichtshalber sein übliches Vokabular mit Bumsen und Ficken, weil das bei Frauen nicht gut ankam, außer bei Veronika, der war ja alles egal. Übrigens, Veronika. Es würde ihr nur recht geschehen, wenn er ... sie hatte es nicht anders verdient. Sie hatte ihn ja praktisch davongetrieben mit ihrem feigen Erpressungsversuch. Einen Hardy legte man nicht aufs Kreuz, ihn nicht! Es tat ihm gut, sich an ihr zu rächen und Bettina ... sie paßte zu ihm, er preßte sie an sich, die Hüften an seinen Bauch. Veronika tat nur so, als passe sie zu ihm, aber so luderhaft, wie er es brauchte, war sie nicht. Sie war zu naiv, zu brav, sie tat nur verrucht. Aber Bettina hier, das war seine Kragenweite. Das spürte er. Die wußte, um was es ging. Nach einer Weile intensiven und schlüpfrigen Tanzens schob sie sich wieder aus der Umklammerung heraus.

«Gehen wir wieder rein? Ich habe Durst.»

«Na klar ... der nächste ist von mir.»

Sie tranken sich die Gesichter weg. Leuchtend und milde saßen sie einander gegenüber. Wie sich alles auflöste, die Möbel, die Lampen, der Musikautomat, alles verschwamm in glimmerigen, tanzenden Glühlichtern, suhlig schwankend und schunkelnd, sie prosteten sich zu, sie rauchten, die Augen verklärten sich hinter Nebel, die Ellbogen standen in Bierpfützen, ein freundliches Hin und Her und die krummen Zähne wurden immer krummer. Hardy und Bettina hatten sich gefunden. Während sie mit fuchtelnden Armen von tausend Liebschaften erzählte, die ihn gar nicht interessierten, schwankte vor ihm der äußerst bewegliche Oberkörper, er konzentrierte sich auf den Ausschnitt und die nicht ganz reine Haut, unter der es atmete und schwitzte, er war sich sicher, die nehme ich mit nach Hause. Auf dem Deckel hatte er vierzig Mark achtzig.

Sie hatte auf ein Taxi bestanden, gut, es war ihm gleichgültig, er konnte morgen mit Burkhard Riedel das Auto holen, das ging. Also. Im Auto schon knutschte sie ihn ab, fummelte er an allen nackten Zwischenstücken, beinahe peinlich war es ihm vor dem Taxifahrer, sie schien auf einmal viel zu viele Arme zu haben. Bis jetzt hatte er so was noch nie gemacht. Wenn er betrunken war, hatte er nur noch ein dumpfes Verlangen nach geilem Gegrabsche und davon hatte er daheim mehr als genug gehabt. Je mehr Lust ihm Bettina entgegenbrachte, um so mehr schien sie ihm zu vergehen, na, er wollte erst mal in Ruhe bezahlen und aussteigen.

In Dornweiler vor der Haustür lachte sie laut und fiel gegen die Regenrinne, die scheppernd antwortete. Hardy wurde nervös. Wenn er sie auch mitgebracht hatte, brauchte es doch niemand zu hören. Der Sausack, würden sie sagen, holt der sich eine andere heim zu nachtschlafener Zeit. Natürlich würden sie das sagen.

«Halt den Mund und benimm dich!» raunte er und faßte sie hart am Arm. «Hier hinein!»

«Schon gut schon gut!» wehrte sich Bettina und war noch genauso laut wie vorhin. Er schob sie die Treppe hinauf und sie sang, dann, als sie oben waren, sprang sie johlend ins Wohnzimmer. Das Zimmer wirkte merkwürdig kalt und weiß und abgestanden. Steif standen die Plüschtiere auf der Kommode. Nußschalen lagen zerbrochen auf dem Tisch neben dem Aschenbecher. Hatten sie nicht noch irgendwo eine Glühfunzel, um die Beleuchtung etwas gnädiger zu gestalten? Bettina schien das nicht zu stören. Freudestrahlend sprang sie im Zimmer umher und dann auf das zerwühlte Klappbett. Als hätte sie einen Sieg errungen, ein Land erobert.

«Hier schläfst du immer?!» rief sie ausgelassen. «Ja – hier ist ja noch viel Platz!»

In dem Moment, als er sie auf dem Bett toben sah, überfielen ihn heftige Skrupel. Reue und Treue. Das war Veronikas Platz. Nicht ihrer. Bettina warf sich auf den Rücken und strampelte mit den Beinen.

«Jetzt mußt du nur noch Bier holen!» kreischte sie. Ihre Hemmungslosigkeit, die ihn eben entzückt hatte, widerte ihn plötzlich an. Wie wurde er sie jetzt nur wieder los? Hatte er nicht erst vor fünf Minuten das Taxi bezahlt? Und wie kriegte er sie wieder weggeschafft? Wenigstens ein Bier mußte er ihr noch geben. Er holte zwei Bier und öffnete sie. Ein plötzliches Heimweh nach Veronika und ihren leidenschaftlichen Späßchen überkam ihn. Ihren Überraschungen. Bei ihr konnte er wenigstens sicher sein, daß sie nur ihn leidenschaftlich liebte und alles für ihn aufsparte. Bettina ging doch mit jedem Säufer. Mit jedem Säufer … hallte es in seinen Gedanken nach. Also auch mit ihm.

Bettina war jetzt nach mehr zumute als nur nach Alkohol. Sie registrierte wohl sein Zögern, wollte es aber nicht einreißen lassen. Sie schnappte sich seine Hand und ließ sie ihre Brust aus dem Ausschnitt herausholen, ihr Rücken drückte sich durch in übertriebener Erregung, und in einer Art Panik wollte sie ihn dazu bewegen, doch weiterzumachen, zog ihn zu sich heran und preßte ihren Körper an den seinen.

In diesem Moment wurde Hardy der anständigste Mann unter der Sonne. Sowohl legte er sich Rechenschaft über sich selbst ab, weil er sie mitgeschleppt hatte und ihr sexuell gewissermaßen etwas schuldete, zum anderen wußte er in eindringlicher Klarheit, daß dieser Platz Veronika gehörte und Bettina sofort aus der Wohnung verschwinden mußte. Als Nebengedanken, nicht minder klar, wußte er, daß er zuviel trank, daß er unfreundlich gewesen war zu Veronika, daß er völlig runtergekommen – das Letzte vom Letzten – im Bahnhof von Kallestedt herumfiel – und ... daß er Vater wurde. Dieser Gedanke schoß ihm mit solcher Wucht in den Verstand hinein, daß er übermäßig sentimental wurde.

Bettina, die an ihm zerrte, wußte nicht was los war und sah nur Tränen in seine Augen schießen. Damit wollte sie aber nichts zu tun haben und fürchtete nur um seine abklingende Begierde. Sie zerrte das Hemd aus seiner Hose, suchte nach den Knöpfen und schob sich die Klamotten hoch, doch er wehrte sich verzweifelt.

«Hier», sagte er, «trink! Trink!» Und er setzte ihr die Flasche an den Mund und versuchte das Bier hineinzukippen. Bettina verschluckte sich, sie rief: «Hör doch auf!» Schnaufend wischte sie sich das Bier ab, das ihr den Hals hinunterlief. «Schwein, du, was soll denn das?»

Seine Tränen interessierten sie nicht. Alle Säufer fingen in der Nacht an zu heulen. Dann kam ihr Elend hoch. Sie hatte keine Lust auf anderleuts Elend. Sie fluchte wegen seinem Versagen. Ein Mann, der es ihr nicht besorgen konnte, sie war nur eine Lückenbüßerin gewesen, das begriff sie gleich, was wollte sie eigentlich hier bei so einem Würstchen. Sie ahnte schon, sie war dabei, wieder einmal rauszufliegen, kurzfristig für die unsere Abteilung angeworben und ohne Vollzug auf die Straße gesetzt, das war es doch, was jetzt kam. Geprüft und für zu billig befunden, noch von dem letzten Wichser der Stadt. Jetzt hatte sie einen Haß auf ihn.

«Wo bin ich hier eigentlich – im verschissenen Dornweiler, am Arsch der Welt!!»

Hardy schluchzte und schluchzte.

Als ihr gar nichts übrigblieb, stand sie auf und nahm ihre Handtasche.

«Das war ja wohl ein Kalter.»

Unschlüssig stand sie herum.

«Geh hin zu Antje in die Pinte», bat Hardy. «Das geht immer die Straße hoch. Da kann dich einer heimfahren. Ich bitte dich. Die machen das schon. Sag ihnen, du hast einen alten Säufer heimgebracht ... sag was du willst, aber geh dahin, da ist noch Licht ... es tut mit leid, wirklich!»

«Arschloch», sagte Bettina. Dann drehte sie sich um und ging.

Gott sei Dank, dachte Hardy. Und er schämte sich. Sein Widerstand war gebrochen. Er sah sich nur selber, den alternden Trinker, der seine junge, frische Freundin weggeekelt hatte. Das blühende Leben, die Gesundheit und den Nachwuchs hatte er weggeekelt, als ob alles Leben jetzt von ihm fernbleiben wollte und er nur noch alte, ausgeleierte versoffene Weiber bei sich haben sollte. Das Problem war, daß er sich auf die Anforderungen des jungen, gesunden Lebens nicht einstellen konnte, und daß er sich nie woanders zu Hause gefühlt hatte als in dunklen, vertriebenen Ecken. Schon bei ihm zu Hause im Elternhaus war niemals Licht gewesen, dunkle Vorhänge, graue Gardinen, Nordfenster, dunkles Linoleum, schweigende Alte. Doch Hardy faßte einen klaren Gedanken, er schwor sich: Wenn er am Morgen aufwachte, dann wollte er zu Hause bleiben und krankmachen. Denn krank war er. Er wollte planmäßig auslüften und sich waschen und ausnüchtern und keinen Alkohol anfassen, sondern nur viel Wasser. Viel, viel Wasser. Und durch die Luft gehen wollte er auch. Und er wollte alles aufräumen. Aber auch alles, auch ein Mann konnte putzen, wenn er sich auch dumm anstellte, es würde ihn ja keiner dabei sehen. Und dann wollte er Veronika wieder holen. Vielleicht kaufte er auch mal Blumen. Ja, wieso eigentlich nicht. Er holte sie wieder. Sie sollte um ihn sein und alles würde wieder gut. Blumen für Veronika. Das hatte er im Leben noch nicht gemacht.

Die Arbeit an den Dillinger-Platten ging nur mühsam voran. Die Türme wuchsen langsam, allzu langsam. Holprig und stockend warfen die Weiber mal die eine, mal die andere Palette auf den Haufen, ohne bündigen Abschluß, die Ecken standen über, jede einzelne mußte zurechtgeschoben werden, bis sie saß, keine einzige flog wie von selbst mit gutem Schwung passend auf die letzte.

Was fehlte, war das Hand-in-Hand. Die Weiber hatten kein Hand-in-Hand. Keine Anführerin war da, keine Old Berta, nach deren Takt man sich einordnen konnte, keine, deren Körper, deren Wesen den Rhythmus vorgab. Gretel Koch machte alles viel zu schnell, oder jedenfalls machte sie alles einen Handschlag schneller, um zu beweisen, daß sie immer einen Handschlag schneller war als die anderen. Estella Arabella arbeitete fahrig mit den Bewegungen eines betrunkenen Vogels. Daneben stand Veronika apathisch und konnte die Paletten nicht mehr wuchten, so daß die Schonung ihrer selbst zum Nachteil des Ganzen ausartete – und Paula schließlich war zu verträumt. Keine konnte einen Ton angeben, und es fehlte sogar Ilse Fürbeth. Alle quälten sich herum.

Endlich, gegen Mittag, waren drei Türme fertig. Gespannt

schauten alle um sich, denn jedes Weib, auch das älteste, wußte, daß nun Timothy Twain mit dem Gabelstapler kommen mußte. Bevor eine andere etwas sagen oder tun konnte, sagte Estella Arabella grinsend:

«Na, da werden wir den Kleinen mal holen!»

Dann drehte sie sich um und ging mit langen, schlenkernden Hüftschwüngen nach oben. Es sah so aus, als ob ihr der Rock beinahe herunterrutschte, so wenig hielt ihn an den Beckenknochen.

«Hey!» rief sie oben in der Kerlenhalle und stützte die Hände in die Seiten. Als Klaus Stockschuh herübersah, bedeutete sie die Fertigstellung der Paletten. «Timothy!» schrie Klaus sofort durch den Maschinenlärm hindurch zu Timothy Twain, der soeben lernte, die Baumstämme zu bewegen, ohne erschlagen zu werden. Freundlich nickte Timothy Rudi Kraft zu, damit dieser weitermachen sollte und ging zu Klaus herüber. Damit war Timothy in diesem Jahr der erste gewesen, der Rudi zugelacht hatte und ihm Freundlichkeit erwies, denn seit alle wußten, daß er seine Alten verdroschen hatte, ging man mit ihm um wie mit einem Möbelstück. Er blieb so stumm wie Lischka Kossak und arbeitete einfach vor sich hin. Jetzt jedoch starrte er mit offenem Mund auf Timothy, lächelte dann vorsichtig in sich hinein und drehte sich um.

Klaus schrie herüber, Timothy solle die Paletten von den Weibern holen und oben gleich in den geöffneten Laster vor der Rampe fahren. Timothy nickte, warf die dicken Handschuhe ab und legte sie vor das Fenster des Gabelstaplers. Dann sprang er so leichtfüßig und behend hinein und auf den Sitz, daß er wirklich nicht eine einzige Bewegung verloren hatte und sofort fahrbereit war. Estella Arabella wurde ganz schwach beim Anblick der guttrainierten Schenkel und der Prachtfigur im verblaßten blauen T-Shirt, das den Brustkorb abzeichnete wie einstmals bei Marlon Brando. Seit diese Kistenfabrik erbaut worden war, hatte noch kein solcher Mann mit solchem Körper hier gearbeitet. Estella Arabella hätte ihm ohne Wenn und Aber das Hemd mit den Krallen in tausend Stücke zerfetzt, solange er es am Leibe trug. Manchmal hatte ja ein junger Mann Lust auf eine ältere Frau, das konnte doch sein, um Erfahrungen zu machen? Sie drehte sich um und scharwenzelte die dürren Hüften schwenkend vor ihm her den Weg herunter.

Timothy Twain fuhr langsam heran und lächelte die Weiber andächtig mit einer kleinen Verbeugung an. Die Weiber schauten betört. Andacht oder Verbeugungen war keine von ihnen gewöhnt – aber auch gar keine. Verschämt drehte sich Gretel Koch zur Seite. Timothy wendete geschickt den Stapler und vergoß von seinem erhobenen Sessel herunter drei Eimer voller Charme. Er kurvte vor die Paletten, nahm sie mit großer Sorgfalt auf und überführte sie dann hinauf zur Kerlenhalle in einzigartiger Anmut.

Paula stand in der Ecke und schämte sich. Timothys Blicke, die respektvoll und gleichmäßig verteilt jeder galten, hatten sie tiefer getroffen. Aber sie machte sich nichts vor. Jedes Mädchen im ganzen Umkreis begehrte Timothy Twain. Es war einfach zu schwer herauszufinden, welche für ihn die richtige war und ob sie überhaupt in Frage käme. Er wollte ganz sicher eine Blonde. Ganz sicherlich. Jedenfalls verbarg sich Paula vor Timothy, um sich der Schmach der Abweisung zu entziehen und fand sich nur blöd. Wenn er sie ansprechen sollte, würde sie unweigerlich ins Stottern geraten. Das wäre ein frontaler Angriff auf ihr Selbstbewußtsein. Vorsichtshalber ließ sie sich noch einmal die Haare am Gebläse nachschneiden, wechselte die Kittel ihrer Mutter gegen hübsche, lässige und ebenfalls verblichene T-Shirts aus und ging nach der Arbeit in die Sonne, ein wenig Farbe ins Gesicht zu bekommen. Und in diesem bunten Sommer, in dem die Kirschen und die Johanniskräuter und die Margeriten reich und blühend wuchsen, ging Paula selber auf wie eine Blume.

Wenn Timothy ihr das nächste Mal begegnen sollte, wollte Paula sich umdrehen, als hätte sie ihn nicht bemerkt und als sei er für sie auf gar keinen Fall von Interesse – und sie hoffte, daß seine Anwesenheit für sie auszuhalten war und sein Dasein sie nicht weiterhin furchtbar quälen würde.

Veronika hatte lange nachgedacht. Sie war sicher, daß sie Hardy dabei behilflich sein mußte, sie zurückzuholen. Sie mußte ihm einfach auf die Sprünge helfen. Männer waren doch so unbeholfen. Bestimmt wußte er einfach nicht, was zu tun war. Schließlich war sie ihm ja weggelaufen. Wahrscheinlich saß er zu Hause und war unglücklich und wußte nicht, was er machen sollte. Wenn sie nun einfach so an ihm vorbeifahren würde? In einem schönen Kleid auf dem Fahrrad wie eine wehende Blume? So daß er ihr einfach folgen mußte? Auf das freie Feld hinaus, wo sie nicht von Leuten umgeben waren? Da mußte er ihr doch folgen wie dem Gesang einer Sirene, hinterherstolpern wie der gefesselte Rinaldo Rinaldini dem Wagen seiner Henker. Hardy mußte einfach kommen. Sein Auto würde sich von selber wenden und ihrer Spur folgen. So mußte es sein, gewiß. Wenn sie nur blühend und wehend vor ihm mit dem Fahrrad daherfuhr, einfach so, wie der klare Tag daherkommt.

Veronika bereitete sich vor. An ein blühendes Kleid war ja dranzukommen. Aber gerade für Schwangere gab es nur besonders infantile Mädchenkleider und wehende Säcke, blumenbedruckt. Bloß keinen Umstandshänger, verdammt! Sie mußte sehen, daß sie auf dem Fahrrad langsam mit dem Wind fuhr, damit er das Kleid von hinten aufbauschte und nicht von vorne an den Leib preßte. Ein Kleid, ein schönes Kleid. Kallestedt war nichts. Da kannte sie jeden einzelnen Fummel am Ständer. Aber der Quellekatalog hatte einen Vierundzwanzig-Stunden-Blitzservice. Und da bestellte Veronika ein helles, zitronenfarbenes, schwingendes Kleid. Es stellte den Sommer dar. Sie war der Sommer. Der Sommer auf dem Fahrrad. Sollte er nur mal sehen. Einen Duft wollte sie ihm in die Nase setzen, der ihn rührte und verführte. Das hatte sie noch immer gekonnt. Unter Bäumen und Zweigen wollte sie daherfahren, damit die Büsche und Blätter ihr einen grünen Hintergrund lieferten und sie sonnengelb davor schien. Das Rad war rosa.

Das Kleid kam. Veronika holte das zerdrückte Teil aus der Postverpackung und betrachtete es. Dann schüttelte sie es einmal kräftig durch, da brauchte sie es nicht zu bügeln. Am Morgen danach sollte es losgehen. Andrea, die Schwester, hatte herumgemäkelt, wieso so ein feines Kleid auf die Arbeit anziehen, sie solle doch sparen, lieber Wäsche für das Baby kaufen, mal daran denken, wo der Wickeltisch herkommen soll – statt in so einem grellen Ding loszulaufen, nur um Kisten zusammenzunageln. Veronika hatte aber gar nicht erst geanwortet, wozu auch, Andrea verstand das nicht. Ein bezaubernder Tag mit frühem blauem Himmel über kurzen Gräsern, ein stillhaltender Tag ohne Wind, mit einer Aussicht wie aus einer frischgeputzten Fensterscheibe, die Morgenwolken lagen noch über Gras und Büschen und stiegen auf über der Gemarkung.

Veronika hatte alles genau berechnet. Um genau halb sieben kam Hardy aus dem Haus. Wenn er verschlief, so gegen sieben. Wenn er später kam, hatte sie Pech gehabt, dann mußte sie morgen wiederkommen. Er würde den Wagen nehmen, aus der Hofeinfahrt herauskommen und dann den Weg nach Linnen einschlagen. Vorbei an Feld und Wiesen. Veronika sah ja besonders gut aus vor dem Hintergrund von Feld und Wiesen. Sie mußte diese Strecke so radeln, als käme sie zufällig aus der Oberecke des Dorfes und würde immer hier entlangfahren. Ohne Gedanken, ganz selbstverständlich. Um selbstverständlich auszusehen, mußte sie noch vor dem Ortsschild und unterhalb des Taubenwegs herumkurven. Natürlich, wenn er kam mit dem Auto, mußte sie einen geraden Weg fahren. Nicht etwa dauernd im Kreis herum, weil das Wegstück ja so kurz war.

So radelte Veronika am Morgen seit halb sieben auf der Straße herum wie eine Sonne, die an den Stämmen der Apfelbäume vor und zurück wanderte, ein wenig fröstelnd und aufgebläht am Bauch, immer die gleichen fünfzig Meter hoch und zurück, wendete, fuhr wieder hoch, wendete ... irgendwann mußte Hardy ja mal kommen.

Bis der alte Golf endlich des Wegs entlanggeholpert kam, war Veronika zweiunddreißigmal hochgefahren und einunddreißigmal wieder herunter. Es war elf Minuten vor sieben. Veronika hielt die Luft an und setzte sich übermäßig aufrecht auf den Sattel, tat, so fröhlich und unbeschwert, als wolle sie beinahe pfeifen, und fuhr schön in der Mitte der Fahrbahn vor ihm her. Ihr umwehter Hintern erschien unmittelbar vor seiner Windschutzscheibe.

«Verdammt», sagte Hardy, denn er fand gerade keine Zigaretten, wühlte beim Fahren im Handschuhfach und unter dem Beifahrersitz, begierig nach dem Nikotin am Morgen, machte einen Schlenker und wäre beinahe von der Fahrbahn abgekommen. Endlich, endlich fand er die zerdrückte Schachtel irgendwo hinter der Handbremse, Gott sei Dank, er fischte einen krummen Stengel heraus und zündete ihn sich an, so daß alsbald die gelben Wolken über seinem fahlen Gesicht die Aussicht vernebelten. Er hustete und kollerte und fuhr sich durchs Gesicht, ein weiterer Arbeitstag, was soll's. Man mußte froh sein, noch eine Arbeit zu haben, es ging doch eine Firma nach der anderen kaputt, besonders hier auf dem Land, also bitte. Er fuhr trübe weiter und stellte das Auto auf den splittigen Firmenparkplatz, wie jeden Tag. Unterwegs war ihm nichts aufgefallen.

Guten Morgen», rief Veronika, als sie die Fabrik betrat, und ihre Stimme klang süß und schraubte sich hoch, als wollte sie gleich aus der Kehle herausfallen wie eine Blume, aber dann sanken ihre Schultern herab und sie ging abwesend zur Stanze. Die ölverschmierten Stahlstängelchen schossen mit Tuffen durch die kurzen dicken Blechlein, und Veronika hatte nie ganz verstanden, wieso gleich eine ganze gewaltige Maschine mit Dampfen und Zischen in Bewegung kommen mußte, nur um zwei so kleine Löchlein zu machen. Oder um einmal ein Metall zu verbiegen. Immerhin ging es schnell und sauber und ohne Umstände. Gewiß war die Maschine unmodern, sie stand hier schon seit dreißig Jahren. Aber solange sie die Kisten immer noch fertigkriegten und sich niemand beschwerte, war es doch egal.

Wenn es Veronika nicht gutging, rettete sie sich in Apathie. Die Stanze war die ideale Maschine dafür. Sie stanzte und stanzte und stanzte. Die Melodie und das Stampfen ergaben eine Musik. Zugegebenermaßen war die Stanze eintönig und nicht besonders wandlungsfähig. Sie tuffte dasselbe Lied, seit sie dastand.

«Du hast es aber eilig heute morgen», riefen die Weiber und kicherten. «Kannst es ja gar nicht abwarten!»

Veronika antwortete nicht.

«Sag mal – hast du heute morgen schon Frühsport gemacht? Wir haben dich gese-hen! Auf dem Faah-rad! Hin – her – hin – her – hin – her! Haste deinen Hardy abgepaßt! Gib's doch zu! Hast auf ihn gewartet, haha!»

Veronika fuhr herum, sie sah aus, als wollte sie einer das Kantholz über die Rübe geben. «Ihr sollt mich in Ruhe lassen, habe ich gesagt! Es geht euch gar nichts an!!» Sie war außer sich. «Ihr seid so blöd! So bescheuert und so unheimlich gemein, ehrlich …»

In ihrer Wut kamen ihr die Tränen, und sie konnte sich nicht wirklich wehren, war aber immer noch drauf und dran, sich mit dem Kantholz auf die Frauen zu stürzen, das war das Übelste, was man mit ihr machen konnte, sie auch noch zu verhöhnen.

Konrad kam beschwichtigend herbei, faßte sie am Arm und sagte beruhigend: «Mädchen, komm – komm – komm, hier tut dir keiner was, die dummen Weiber, die tratschen so vor sich hin und wissen gar nicht, was sie sagen, dummer Weibertratsch, laß mal. Jetzt gehst du schön an die Stanze und hinterher machen wir Paletten, sollst mal sehen, dann ist schon wieder alles gut.»

«Wir haben doch gar nichts gesagt, die stellt sich vielleicht an», sagten die Weiber. Aber Konrad traute ihnen nicht. Er traute gar keiner Frau. Er zog Veronika ein wenig zur Seite.

«Mädchen, was ich dir noch sagen wollte. Also, um die Wiege mußt du dir keine Sorgen machen. Hast Jahr und Tag bei einem alten Zimmermann gearbeitet, da kauft man sich keine Wiege, hast du verstanden? Holz haben wir hier genug, wir werden das Kind schon schaukeln, haha.»

Hinter ihnen herrschte ein einmütiges Schweigen. Man war noch nicht fertig. Gretel dachte an ihre eigene Ehe. An den Gram, der sie Tag für Tag erfüllte, an Friedhelm, den sie nie genug schimpfen konnte, der in der Laube schlief, den sie nie erreichen konnte, mit keinem Wort, das sie sagte. Vergälltes Leben. Sie trat von einem Bein auf das andere. Sonst hatte immer Old Berta an solchen Stellen gesprochen. Eine mußte doch das Richtige sagen. Es mußte immer eine geben, die das Richtige sagt. Jedenfalls hatte sie das Gefühl, sie müßte es jetzt tun. «Veronika, laß dir mal was sagen. Ich habe damals einen Drecksack geheiratet, und keiner hat mich gewarnt. Ich mußte bei ihm bleiben mein Leben lang. Aber du sollst eine Warnung kriegen von mir. Der Hardy ist auch ein Drecksack, und wenn du bei ihm bleibst, wird es dir immer schlechtgehen. Er … er achtet dich nicht. Er ist kein Guter und er wird es nie werden. Sein Vater war es nicht, und er wird es auch nicht. Er wird alles Geld in die Wirtschaft tragen und nie daheim sein, und du hörst kein gutes Wort.»

«Ach, und du weißt das!» fuhr Veronika wieder giftig auf. «Und was bitte, was soll ich denn deiner Meinung nach machen?»

Gretel stockte eine Weile.

«Alte Eier, alte Freier, alter Gaul sind meistens faul.»

«Das stimmt», sagte Konrad. Alle nickten und murmelten Zustimmung. «Ich kenne ihn nicht besonders», sagte Estella Arabella. «Aber ich glaube, er ist keinen Schuß Pulver wert.»

Veronika sah reihum von einem zum anderen und brach dann in heftiges Weinen aus.

«Ihr seid doch blöd!» rief Paula, folgte Veronika und reichte ihr eine Weile die Eisen an beim Stanzen. Veronika stanzte weinend weiter, als Konrad ihr gleichfalls folgte, wartete, bis das Schluchzen nachgelassen hatte, und dann bedächtig sagte: «Du kannst jetzt nicht mehr lange hier arbeiten. Weißt du. Mutterschutz. Es ist jetzt bald nicht mehr gesund. Der Krach und das lange Stehen, das schwere Heben, das ist nichts mehr für dich. Am ersten September machst du deinen letzten.»

Veronika heulte weiter. Konrad räusperte sich und zog sich die Zimmermannskappe tiefer ins Gesicht, dann ging er.

Veronika schnuffte in sich hinein.

«Ach Paula, ich kann das doch selbst keinem richtig erklären. Ich sehe da immer noch eine Hoffnung. Ich kann da nicht weg! Ich spüre ... daß es falsch wäre! Es ist ... die Stimme meines Herzens.»

«Na ja ... wenn es die Stimme deines Herzens ist ...»

«Und er fühlt sich ja auch einfach nur reingelegt. Kann man doch verstehen.»

«Hast du ihn wirklich reingelegt? Wie hast du's denn gemacht?!»

«Ich ... ich habe eigentlich gar nichts gemacht!! Es war eine

Panne! Ich hatte die Pille umgestellt, weil die eine irgendwie nicht mehr hergestellt werden durfte, da mußte ich eine andere nehmen und da war so ein Durcheinander, da muß es irgendwie passiert sein, ich kann mich einfach nicht mehr erinnern, ich erinnere mich nicht mehr! Aber ich habe nichts absichtlich getan! Ich habe es nicht absichtlich getan!»

Veronika redet sich in eine so irre Verteidigungswut hinein, daß Paula sie nur noch beschwichtigen konnte.

«Ist ja schon o. k., ist ja o. k., Mann.»

Veronika aber stopfte wütend und stur und verheult Blechlein unter die eisernen Zahnstifte, und die sprangen gequetscht, zerschlissen und verbogen aus der unbeholfen tanzenden und stanzenden Maschine heraus. Paula sortierte sie stumm und warf die Hälfte in die fast volle Tonne mit Verschnitt.

Am nächsten Abend ging Bettina wieder in die Bahnhofskneipe nach Kallestedt und erzählte an der Theke von ihrem Reinfall mit Hardy Schneider aus Dornweiler. Und zwar alles, was sie erlebt hatte, in allen Einzelheiten, so laut sie konnte. Und neben Bettina saß Robert, und Robert war ein guter Freund von Thomas und Thomas war ein guter Freund von Veronikas Schwester Andrea. Robert also erzählte es Thomas, und dieser erzählte es Andrea, und mit diesem Wissen kam Andrea nach Hause.

Der Abwasch stand noch in der Küche. Veronika hatte nicht gespült. Sie hatte einfach nicht gewollt. Andrea war schließlich immer glücklich und sie nicht. Zur Strafe konnte Andrea allein abwaschen. Veronika schaltete an der Fernbedienung herum.

«Hör mal», Andrea setzte die Tasche ab.

«Was ist?»

«War gerade im Dorf.»

«Ja und?»

«Sie hatten es über deinen Hardy.»

Aufgeregt fuhr Veronika aus den Kissen.

«Ja und?»

Andrea ging zum Kühlschrank und öffnete eine Dose Bier. Dann fiel sie auf den Zweisitzer und starrte erst mal unter sich. Trotzig hockte Veronika davor und bereitete sich auf die üblichen Einwürfe und Vorwürfe vor, das war doch immer so. Aber heute kam es noch schlimmer.

«Hardy ist letztens die Nacht nicht heimgekommen, also viel mehr ...»

«Was soll das heißen?»

«Das, was es heißen soll! Er hat sich mit einer anderen herumgetrieben!»

Damit hatte sie nicht gerechnet. Veronika war schockiert. Beinahe bekam sie eine Wehe davon. So also war ihr Plan aufgegangen. So also. Sie war weggegangen, damit er sich gleich in die Arme einer anderen werfen konnte. Wenn es überhaupt stimmte, was Andrea da sagte. Vielleicht stimmte das gar nicht. Vielleicht war das gelogen. Es stimmte nicht. Es konnte einfach nicht sein. Kampfbereit hob sie das Kinn und war bereit, alles zu sagen – aber auf keinen Fall ihre tatsächliche Verwundung einzugestehen.

«Ach, was weißt du denn, bis du einmal etwas mitkriegst im Dorf, stand es schon dreimal in der Zeitung. Woher willst du das denn wissen.»

«Das läuten die Glocken!» schrie Andrea. «Das weiß jeder! Jeder, den ich kenne! Er hat eine abgeschleppt, eine Säuferin aus der Bahnhofswirtschaft! Der besten Lokalität im Umkreis! Er war schon immer an den besten Plätzen zu Hause! Den vornehmsten Plätzen! Daß du dich nicht schämst, mit so einem zusammenzusein!»

«Lügengeschichten.»

Andrea rastete aus. «Lügengeschichten! Hör ich richtig! Veronika, das ist doch wohl nicht wahr!! Vernagelt! Vernagelt! Meine Schwester ist so was von vernagelt!» Andrea rannte sich die Handballen an den Schädel. «Sag mal – wie hast du dir das denn jetzt vorgestellt. Wie das weitergehen soll? Wo willst du denn wohnen mit dem Kind? Willst du zurückkehren zu deinem Lotterbock oder willst du zu den Eltern zurückziehen? Hier kannst du nicht bleiben. Nicht ewig jedenfalls. Ich halte das nicht aus.»

Der Gedanke, zu den Eltern zurückzugehen wie eine gescheiterte Tochter, gefiel Veronika gar nicht. Die waren sowieso immer schon sauer auf Hardy gewesen und hielten sich fern. Denen noch recht geben. Lieber nahm sie selber eine Wohnung. Wenn Hardy nicht zurückkam. Er kam doch zurück, oder?

«Jetzt sag doch mal was! Du mußt dich doch mal äußern! Du sitzt leblos wie ein Schrank da herum, und wenn man dich in diese Ecke setzt, bleibst du sitzen, und setzt man dich in eine andere Ecke, bleibst du sitzen ... mein Gott!»

«Ich weiß es doch auch nicht. Das mit Hardy, gut, wir hatten Streit. Und vielleicht hat ihn das so unglücklich gemacht, daß er sich ein wenig betrunken hat. Und da ist so ein liederliches Weib gekommen ... gut, er ist ein Schluri. Das gebe ich ja zu, aber ich habe ja auch meine Fehler ... jeder hat Fehler.»

«Der ist doch ein richtiger Arsch.»

«Was schwätzt ihr über mich und die meinen – geht nach Hause und beseht euch die deinen!» rief Veronika.

«Du unterstützt ihn ja noch», sagte Andrea. «Der kann ja deshalb immer alles machen, weil du dir alles gefallen läßt. Sag mal, hast du eigentlich gar keinen Stolz?»

«Du verstehst das nicht», sagte Veronika.

«Ich?! Ich verstehe das nicht ...?? Ohne Worte. Ohne Worte!! Weiß du was?? Weißt du was – gehe zurück zu deinem Hardy! Gehe zurück! Die Leute zerreißen sich das Maul über euch – über eure große und gewaltige Liebe!! Ich mische mich nicht mehr ein! Laß dich doch betrügen und fertigmachen und was weiß ich noch! Aber ich habe keine Nerven mehr, mir das länger anzusehen!!»

Bockig blieb Veronika auf dem Sofa sitzen. Der Gedanke, jetzt aufzustehen und die Koffer zu packen, kam ihr gar nicht. Andrea war schließlich bloß die Schwester. Die sollte einfach herumschimpfen. Nicht ernst zu nehmen.

In dem Moment hupte es draußen auf der Straße. Veronika sprang sofort auf und rannte auf den Balkon. Unten stand ein Wagen, ein Wagen, den sie gut kannte, ein Peugeot mit kleinen Beulen. Es zog ihr das Herz zusammen. Da war er. Nach ewigem Warten. Es hatte sich gelohnt, er war gekommen.

Hardy stieg aus dem Wagen, irgendwie gesammelt und gefaßt und lehnte sich lungernd ans Auto. Veronika fing beinahe an zu weinen. Er war zu ihr zurückgekommen! Jetzt wurde alles gut.

«Siehst du», flüsterte sie. «Seht ihr alle miteinander. Er will nur mich allein.»

Was mußte es ihn gekostet haben, hier aufzukreuzen. Veronika winkte. Er grüßte mit einer Hand, die andere ließ er in der Hosentasche.

«Komm runter!» rief er. «Bring alles mit.»

Veronika nickte. Überglücklich rannte sie durch die Wohnung und packte alles, was sie hatte, kreuz und quer in den Koffer. Sie durfte Hardy nicht so warten lassen. Andrea begriff und rannte ihr hinterher.

«Mach doch nicht so schnell! Hör doch – geh doch erst mal mit ihm Kaffee trinken, du mußt mit ihm reden! Du mußt ihm sagen, was du fühlst, du mußt was aushandeln! Du kannst ihm nicht einfach so wieder hinterherrennen – bloß weil er da steht!»

Aber Veronika hörte nicht. Glückselig hatte sie alles zusammengeworfen und gab Andrea nur einen Kuß auf die Wange.

«Ach, Andrea! Ich bin so froh! Ich könnte die ganze Welt umarmen! Vielen Dank für alles!»

«Veronika – sei doch nicht so schwachsinnig – bitte!»

Aber Veronika hörte nicht mehr zu, ließ die verzweifelte Andrea stehen und rauschte die Treppen hinunter zu Hardy, der bereits hinter dem Steuer saß und den Motor laufen ließ. Sie warf den Koffer in den Kofferraum und nahm Platz auf dem Beifahrersitz wie auf einem Triumphwagen. Wie eine Prinzessin, für die der tapfere Ritter soeben sieben Drachen getötet hatte. Hardy lachte verschmitzt. Er konnte so reizend sein. So charmant! Wie so ein Gondelsänger – und wenn Hardy sang, dann glaubte jede Frau, sie sei in Venedig. Er konnte alle rumkriegen, das war gar kein Wunder, daß sich die Schlampe an ihn rangeschmissen hatte. Verstohlen betrachtete sie ihn von der Seite. Die schönen braunen Augen. Wie gut er roch. Wie gut er fahren konnte. Alles war schön, alles war gut.

«Da liegt auch was», sagte Hardy und grinste schief.

«Was denn?»

Er deutete mit dem Kopf nach hinten.

Es war ein Strauß vom Floristen, in lachsfarbenen Tönen und mit Bändern verziert, auf den Blättern funkelten aufgeklebte Steinchen. Lag einfach auf dem Rücksitz. Die Übergabe brachte Hardy nicht fertig. Sie mußte ihn schon holen. Mißtrauisch sah Veronika her. Für sie? Oder wen? Konnte doch nicht sein. Er hatte ihr doch nie was geschenkt. Ob er doch etwas mit der Schlampe gehabt hatte? Normalerweise war sie ihm keinen Strauß wert. Das war so und damit fertig. Daß er sie abgeholt hatte, war Liebe genug. Der Strauß paßte doch gar nicht zu ihr.

Veronika ignorierte den Strauß. Der Strauß war rausgeschmissenes Geld. Lieber betrachtete Veronika heimlich ihren Hardy. Er war stumm und wirkte irgendwie so klar. Er war ein ganz anderer Mann, wenn er schwieg. Sie hatte tiefen Respekt vor ihm. Er war doch ein kluger Mann. Wenn er mit sich im reinen war und stillhielt, dann hatte er etwas sehr Respektables. Er sah aus, als hätte er viel nachgedacht und sei zu einem Schluß gekommen. Wie ein neuer Hardy, wie reingewaschen nach dem Regen. Sie wagte nichts zu sagen, bis sie zu Hause waren. Sie fühlte sich nicht wie jemand, dem man unrecht getan hatte, und dem man nun wieder Abbitte leistete. Sie fühlte sich wie überreichlich beschenkt.

Zu Hause angekommen, ging sie die Stufen hinauf, als betrete sie zum allerersten Mal ihr Brautgemach. Hardy hatte tatsächlich alles aufgeräumt, die Möbel an die Seiten verteilt und mehr Raum geschaffen. Die Wäsche war aufgehängt, der Boden sauber und das Geschirr gespült. Er hatte wirklich gearbeitet. Er nahm ihre Hände. Scheu sah sie ihm in die Augen. Hardy hatte sich offenbar auch etwas vorgenommen. Denn er legte den Kopf schief, blinzelte sie an und führte sie zum Sessel. Dann stellte er einen Fuß auf den Sessel, legte die Gitarre über die Knie, leckte sich dreimal die Oberlippe und sah an die Decke, schlug die Saiten an und begann zu singen.

«Verliebt – verlorn, vergessen, verzeihn.
verdammt bin ich glücklich, verdammt bin ich frei,
ich hatte doch alles, alles was gehet,
ohne dich leben – ist es denn zu spät?
Verliebt – verlorn ...»

In Veronika brannte die Liebe und sie wollte sich am liebsten an seinem singenden Leib emporschlingen, ihn umarmen und liebkosen, leidenschaftlich, verliebt, verloren, nur mußte sie ihn fertig singen lassen, was ihr schwerfiel. Dann fiel ihr wieder ein, was Andrea gesagt hatte. Hardy ließ die Gitarre sinken und Veronika sagte:

«Wir müssen reden.»

«Ja», sagte Hardy.

Etwas steif und guten Willens gingen sie hinüber und setzten sich gegenüber an den Küchentisch.

«Ach weißt du.» Hardy sah unter sich. «Ich weiß, ich habe mich blöd benommen. Ich wollte von dem Kind nichts wissen und jetzt kommt es nun mal. Es war ja nur, weil du mir nichts gesagt hast. Das fand ich nicht gut.»

«Hm», nickte Veronika, noch immer vor Glück triefend und bereit, alles auf sich zu nehmen. «Ist nicht so schlimm.»

Dann waren sie fertig mit der Aussprache. Aussprache war eine ungemütliche Sache. Vielleicht sollten sie doch lieber gleich ... aber Hardy faßte sie nicht an. Immer noch nicht. Veronika traute sich nicht, den Anfang zu machen. Saß brav mit einer Schleife am Kragen auf dem Stuhl, wie aus einem Poesiealbum. Dann wagte sie es doch.

«Hast du mich gar nicht mehr lieb?»

«Du meinst ...»

Veronika nickte eifrig.

«Dann komm.»

Hardy ging mit ihr ins Wohnzimmer, und so sanken sie endlich nach langer Zeit wieder einmal zusammen nieder, und das alte Gefühl stellte sich wieder bei ihnen ein. Mit großer Zärtlichkeit legte Hardy den Arm um sie. Es schien ihm, als hätte die Schwangerschaft sie insgesamt runder gemacht und weicher, die Schultern und die Schenkel, wie bei einem prallen Puttenengelchen, wie die schönen Dicken mit den Schirmen am Strand hatte sie Brust und Hintern genug, und der Hintern lag in seiner Hand so rund, so gleichmäßig voll, so breit und sanft, er faßte sich gut an. Veronikas Haut war ebenfalls so glatt und zart wie noch nie. Er strich mit seiner schwieligen, vergilbten Hand alle Rundungen nach. Erst als er an die größte Rundung kam, den warmen Kürbisbauch, biß er die Zähne zusammen. Vielleicht nahm er sie doch besser von hinten.

«Bist du mit einer anderen gegangen?» fragte Veronika vorsichtshalber, die Augen halb geöffnet, den Mund halb geöffnet, die Haare in wirren Locken auf dem Kissen.

«Wer sagt denn so einen Scheiß?»

«Ach niemand, ich dachte nur. Du hast ja so viele Chancen und wenn ich nicht da bin ...»

«Vroni, das ist alles dummes Zeug. Natürlich ist es schwer, sich die Weiber vom Hals zu halten, aber ich bin ja kein Schwein. Nur manchmal.»

Anbetend drückte Veronika ihr Gesicht an seine Brust. Wie hatte sie nur auf ihn verzichten können! Wie glorreich war ihre Rückkehr! Was für ein gleißendes, überschäumendes Glücksgefühl! Wer hatte das schon? Wer von allen, die sie kannte – niemand. Das Klappsofa stöhnte bald rhythmisch, die Rollen ruckelten, Veronika hielt sich auf Knien an der dünnen Rückwand fest, der Bauch lag auf dem Schaumstoff, und sie kratzte sich die Hände wund am Klettverschluß, an dem eigentlich ein Sofaüberwurf befestigt werden sollte. Sie liebte ihn so sehr. So sehr. Veronika war wieder daheim.

Paula war ganz und gar in Gedanken, so daß sie vom Weg abkam und auf einmal in der Kerlenhalle landete, im Gefahrenbereich eins – aber das merkte sie erst, als ein Gabelstapler auf sie zugefahren kam. Drinnen saß der blitzend lachende Timothy Twain. Paula war wie vom Donner gerührt und bewegungsunfähig. Zum Ausweichen gab es keine Möglichkeit mehr, und nirgends standen Dillinger-Paletten, hinter denen sie sich verstecken konnte.

Timothy dageben lächelte, und kleine Grübchen drückten sich spielerisch in die Wangen. Er hätte auf diese Weise eine Armee entwaffnen können. Heute morgen hatte er den Jux in den Knochen, das kam vom Morgenlicht, das durch die weitgeöffneten Tore alles durchstrahlte, vom weiten Himmel und vom Blumengewimmel vor den Türen, oder aber das Arbeiten in der Kerlenhalle hatte Timothy auf dumme Gedanken gebracht.

Vielleicht aber hatten alle Kerle dieser Welt einen geheimen Drang, Weiber zu veräppeln, und wie bei einer Krankheit brauchte es praktisch nur einen winzigen Erreger – und schon brach der Drang durch und suchte sich unaufhaltsam seinen Weg zu irgendeinem Quatsch. Als Paula sich im ausgeleierten Sommerkleid nicht vom Fleck rührte, lenkte Timothy jedenfalls den Gabelstapler so geschwind und sorgfältig um sie herum, daß nicht einmal die Härchen auf ihren nackten Beinen zitterten, und dann stand sie da zwischen den Gabeln seines Staplers. Gelähmt blieb sie stehen und wußte einerseits nicht, was geschah, andererseits verspürte sie keinerlei Furcht. Sie starrte nur immer in Timothys übermütiges Lachen hinein. Dann zirkelte er, schob an irgendeinem Hebelchen, und die Gabeln hoben sich langsam hinauf, bis sich einer der stählernen Arme unter Paulas Po schob und sie sanft, ganz sanft, liftete. Paula hatte keine andere Wahl, als sich mit den Händen auf die zweite Gabel zu stützen und sich auf diese Weise festzuhalten, denn nun ging es weiter hinauf. Als Timothy Paula hübsch auf der Gabel hängen hatte, fuhr er mit ihr eine Runde durch die Kistenfabrik.

Die Kerle lachten schallend, sie johlten, applaudierten und pfiffen.

«Er hat sie aufgegabelt! Er hat sie aufgegabelt! Jawoll! Bravo Timothy! Bravo!!»

Paula entdeckte, daß ihr die Fahrt eigentlich großen Spaß machte. Von ihr aus hätte sie noch ewig weiterfahren können, genaugenommen war sie glücklich, hier oben auf der Gabelzinke, und daß sie umjohlt wurde, machte sie glücklich, natürlich, Timothy hatte nur einen Scherz gemacht, er meinte sie nicht persönlich, aber doch war sie glücklich. Wenigstens, als sie merkte, was geschehen war. Paula war meistens zu spät glücklich, erst hinterher, wenn alles vorbei war, weil es solange brauchte, um ihr Gemüt zu durchdringen. Was für ein Leben und was für eine Spannkraft hatte Timothy in seinem Körper –

wenn sie im Vergleich dazu an Alex dachte, an dem alle Gliedmaßen herumschlenkerten wie an einer losen Wurstkordel. Timothy war wie eine gespannte Sehne. Paula flog auf den Gabeln des Staplers nur so durch die Gegend, und ihr Rock hing zu kurz und wehend über dem Stahl, allein, das konnte sie jetzt nicht richten, sie verspürte eine köstliche und seltene Lust, die alles übertraf an bisherigen Freuden. Wenn Konrad nicht so geschaut hätte, dann wären sie wohl noch eine lustige Runde gefahren, aber so mußte der gelenkige und anmutige Gabelstapler-Tanz zu Ende gehen.

Timothy ließ Paula langsam herunter und entstieg dem Wagen, als das Temperament auch in Paula erwachte, und sie nahm eine auf dem Balken herumliegende Bildzeitung und drosch sie ihm über den Kopf.

Timothy lachte laut. «Hey, wie heißt du denn?»

«Paula!» Paula wurde gegen ihren Willen knallrot. Das reichte ihr eigentlich schon an Kontaktaufnahme. Das auf dem Gabelstapler war klasse gewesen, aber jetzt überkam sie die Angst, herumzustottern. Sie wollte gerade gehen, da fragte er:

«Warst du nicht auch in Kallestedt auf der Schule?»

«Ja, und du warst zwei Klassen über mir und studierst jetzt irgendwas.»

«Und du?»

«Na ja, ich will im nächsten Semester mit Politik anfangen.»

«Dann kannst du ja Journalistin werden und fängst beim Kallestädter Wochenblatt an und berichtest über die geheimen Intrigen vom Dornweilerer Gemeinderat!»

Paula briet ihm die Bildzeitung ein zweites Mal über und geriet danach sofort wieder derartig in Verlegenheit, daß sie beschloß, lieber zu gehen. Drehte sich auf dem Absatz um und galoppierte den Weg hinunter. Versonnen, trunken und glücklich nahm sie Brett und Schälmesser und liebkoste das Holz mit der Schneide.

«Du sollst doch einen Eimer Leim holen», sagte Gretel Koch.

«Wer? Ich? Ach so. Ja. Ich kann jetzt unmöglich da noch mal hingehen. Kann ein anderer den Leim holen?»

«Ha!» sagte Estella Arabella. «Wo ist denn da das Problem?!», raffte den Rock, beschritt sofort ihren persönlichen Laufsteg die Kerlenhalle hinauf und zog den Ausschnitt der Bluse noch tiefer herab, ließ ihn über eine Schulter rutschen und tat so, als wäre ihr gottweißwie sommerlich heiß.

Dann kam Hardy eines Tages nach Hause und war verändert. Ganz und gar. Warf eine lederne Mappe auf den Tisch und stützte die Arme auf.

«So!»

Veronika bekam sofort Angst. Sie hielt sich ohnehin zurück, froh, wieder angenommen zu sein. Sprach kein Wort über das Baby. Das würde sich schon alles irgendwie ergeben. Aber was hatte Hardy denn jetzt?

«Ich bin wohl mit meiner Arbeit nicht zufrieden.»

«Mit der Arbeit?» rief sie erschrocken. Das war neu.

«Ich habe es satt, mit Ölfingern und einem grauen Kittel herumzulaufen. Ich meine, es ist in Ordnung, abends zum Jupp und zur Antje zu gehen und einen zu heben. Aber soll das alles gewesen sein? Nein, ich habe nachgedacht.»

Er ging feierlich an seine Tasche und zog ein großes Kuvert heraus.

«Hier», sagte er und legte es auf den Tisch.

«Was ist denn das?» fragte sie ehrfurchtsvoll.

«Lies es dir mal durch. Das ist ein Vertrag!»

Es war ein Vertrag. Von der Vermögensberatung Delius.

«Sieh mal, das habe ich abgeschlossen bei Rainer Frisch aus Gommerheim. Er hat mich extra gefragt. Hat mich angesprochen und eingeladen … war erst mißtrauisch, weißt du. Man läßt sich ja nicht einfach so was andrehen. Vorsichtig muß man sein. Laß den Kerl mal reden, habe ich gedacht. Aber was der will, das ist gar nicht so dumm. Ja wirklich.»

Hardy steckte die Hände in die Tasche, stand ganz aufrecht, ging dann hin und her und kippelte vom Absatz zu den Zehenspitzen.

«Es ist so, daß man da mitmachen kann. Ich kann also Vermögensberater werden. Und das halte ich für eine gute Sache. Ich habe erst mal beim Rainer eine Versicherung abgeschlossen. Und in zwei Wochen bin ich eingeladen ins Hotel Arania. Dort wird man geschult. Wenn ich fertig bin – dann bin ich Vermögensberater.»

«Was?» rief Veronika verwundert. «Vermögensberater? Wir haben doch gar kein Vermögen.»

«Das ist das erste, was man lernt. Jeder hat Vermögen. Jeder verdient etwas – nur wo es hingeht! Das muß man sich erst mal klarmachen!»

«Also wo es bei uns hingeht, das weiß ich ganz genau!» prustete Veronika los. «Na – da hast du ja was Richtiges gemacht, und ich dachte schon …»

«Was?»

«Na – ich dachte, du hättest dich herumgetrieben!»

Hardy setzte sich wichtigtuerisch an den kleinen Küchentisch, der leicht hin und her wankte auf seinen Metallbeinen. Die kleine Küche ergab mehr Wohnraum als das leere Zimmer nebenan. Hier waren sie zu Hause. Hängeschränke und Gardinchen, eine eingebaute grüne Spüle mit orangefarbener Tür paßte nicht ganz zusammen, aber egal.

«Ich treibe mich nicht herum. Das kannst du mir glauben.»

Veronika glaubte ihm. «Ja, und was ist das jetzt?»

«Na ja», sagte Hardy stolz. «Es ist so: Ich habe mich hier eintragen lassen – ich mache einfach mit bei Delius! Und da ich noch nicht selber Kunden anwerben kann und erst eingearbeitet werde – bin ich erst mal: Vermögensberater-Assistent!»

«Oh», rief Veronika. «Vermögensberater-Assistent!!»

«Jawohl!»

«Bohoho!» rief Veronika. «Das riecht ja nach Geld!»

«Allerdings! Da kann man eine Menge Geld mit machen! Wenn man es gescheit anstellt! Das Wichtigste ist, daß man Kunden wirbt. Und daß man dann ein Vertrauen aufbaut. Darauf kommt es an. Das ist das, was man zu dem Kunden sagen muß: ‹Vertrauen ist das A und O!›»

«Vertrauen ist das A und O!» wiederholte Veronika gläubig und sah ihm tief in die Augen.

«Vertrauen ist das A und O!» sagte Hardy und sah ihr ebenfalls in die Augen, aber nur kurz. Jetzt deutete er noch einmal auf den Vertrag, damit Veronika ihn las. Auf dem Tisch lag eine nagelneue Urkunde, und auf dieser stand:

VERMÖGENSBERATER-ASSISTENT
HARTMUT SCHNEIDER

in einem goldenen Rahmen mit einer Unterschrift und einem Siegel.

«Oh! Hardy!» rief Veronika. «Und dann ins Hotel Arania!» Das Arania war das teuerste und exquisiteste Hotel der Gegend. «Meine Güte», stammelte sie, «mit Übernachtung?»

«Mit Übernachtung!» rief Hardy stolz. «Es ist mit Doppelbett ...»

«Oh», rief Veronika. «Aber das sind ja nur elf Kilometer von hier! Da dürfen wir das doch gar nicht. Da müssen wir doch daheim schlafen!»

«Unsinn!» rief Hardy. «Natürlich schlafen wir da. Ist alles geregelt!»

Für Veronika war das Arania ein Märchenschloß. Verklärt

sank sie auf den Küchenstuhl zurück. Mit ihrem Prinzen aufs Schloß. Ein Traum wurde wahr.

«Das ist ja wunderbar! Ist ja der Wahnsinn! Ist ja ...»

«Na ja, und da lernt man eben alles. In *Konferenz*-Räumen und so. Das haben die alles da. Konferenzräume, Schwimmbad, Sauna, da kriegt schon jeder beim Reinkommen einen Sekt in die Hand, was sage ich Sekt, da gibt es nur Champagner.»

Veronika hauchte nur noch: «Und was macht man da?»

«Na ... die Kalkulation und so weiter, Verträge schließen ... das ist ja alles sehr wichtig. Das lernt man da. Vor allem kommt es auch aufs Auftreten an. Da brauchst du einen Anzug, Krawattennadel und lauter solche Sachen.»

«Oh – da ziehe ich meine hellbeige Riemchen-Pumps an! Aber ... ich meine, darf ich denn da mitkommen?»

Hardy betrachtete sie prüfend, und dann nickte er.

«Oh – das ist ja wunderbar – aber ich bin doch so ... dick!»

«Als Ehepaar wirken wir seriöser.»

«Wir sind aber kein Ehepaar ...»

«Sieht aber doch so aus. Du kannst als erstes deine Verträge bei mir abschließen. Ich berate dich, und du legst bei mir dein Vermögen an ...»

«Was für ein Vermögen!?! Ich hab doch dauernd überzogen – und wie! Ich darf gar nicht daran denken! Der Konrad, der hat mir schon soviel im voraus ...»

«Da siehst du. Du läßt dich bestimmt übers Ohr hauen. Du machst da was falsch. Du könntest eine Menge mehr Geld haben, wenn du alle Möglichkeiten ausschöpfst, die kennst du gar nicht, die Möglichkeiten. Die bring ich dir schon noch bei.»

«Ja?! Also ... ja klar, also ..., wenn ein feines Hotel dabei herausspringt und alles ... wir können direkt einen Vertrag abschließen.»

«Schampus», sagte Hardy. «Weißt du? Jetzt wird nicht mehr

in Kneipen herumgelungert – jetzt müssen wir die Ärmel hochkrempeln und abends Kunden besuchen!»

«O Mann!» rief Veronika begeistert. «O Mann! Und woher kriegen wir Kunden?»

«Deine Mutter, dein Vater, deine Schwester, die Kistenfabrik – die mögen dich doch alle, oder? Einen kleinen Gefallen werden sie dir nicht abschlagen ... zumal sie ja noch was davon haben!»

Was es alles geben konnte! Veronika war vollkommen verwirrt und beglückt. Vermögensberater-Assitent. Ja. Das war etwas ganz Dolles.

Umtriebig schon den ganzen Morgen, von der Arbeit gelangweilt, mit dem Hammer herumschlagend und im Sägemehl dösend, wußte Andres doch partout nichts mit sich anzufangen, außer daß er zwanghaft ein Weib ärgern mußte. Wozu war man schließlich auf der Welt, wenn man sich nicht ab und zu etwas gönnte, das einem von Herzen Freude machte, bei dem es in der Seele glimmte. Das Glimmen der Seele mußte er unbedingt heute noch und am besten in der nächsten Stunde bewerkstelligen. Die Ideen purzelten ihm ein, und die Ideen brachten ihn dazu, wie ein Kastenteufel aus der Kerlenhalle zu springen, um Späße zu machen. Ohne Späße war das Leben sinnlos. Schade, daß es nur noch so wenige Weiber waren. Gretel Koch war ja aufgestiegen. Ohne Berta und Ilse Fürbeth hatte sie jetzt richtig was zu sagen und fühlte sich wichtig und richtig, dabei war sie schon so alt. Aber es tat ihr gut. Denn dann dachte sie nicht morgens und abends an ihren Esel daheim und hatte etwas Wichtigeres zum Denken. Vielleicht Gretel. Ja, warum nicht Gretel? Wenn er Estella Arabella nahm, dann fuhr sie ihm am Ende noch mit den Krallen durchs Gesicht, sie war ja überaus wehrhaft. Paula war zu gutmütig, da machte es nicht so richtig Freude. Aber Gretel – ja, sie würde schimpfen wie ein Rohrspatz und das mochte Andres. Auch für Klaus war es höchste Zeit, mal wieder etwas zu erleben, und auch Bennylein hatte immer Freude, wenn etwas geschah, und auch Burkhard Riedel würde zutiefst dankbar sein. Rudi Kraft würde stumm in der Ecke stehen und mit einem leichten Lächeln ungerührt alles mit anschauen. Wenn man es so betrachtete, war es sehr wichtig und richtig, daß Andres einen Spaß machte, denn das Dasein war hart, gefährlich und gnadenlos. Er half jedem zu überleben, wenn er Dummheiten machte, die jedermanns Seele erfreuten. Jeder mußte schließlich das tun, was er am besten konnte. Andres liebte Späße.

Den ganzen Tag schon lauerte er, bis Gretel in einer günstigen Position war. Nicht nur Gretel, auch die anderen, die zuschauten, mußten irgendwo in der Nähe sein. Außerdem brauchte er einen Helfer, und er wählte sich Burkhard Riedel. Burkhard Riedel wußte also Bescheid und wartete ebenso inbrünstig wie Andres auf die geeignete Stunde.

Um elf Uhr war es endlich soweit. Gretel brachte die Schrauben und suchte nach einem neuen Eimer Leim. Ahnungslos trat sie in die Kerlenhalle, wenn auch mit der gebotenen Vorsicht.

«Hallo, Gretel!» rief Andres.

Argwöhnisch hob Gretel die Braue.

«Wie geht's denn so?»

«Gut, Blödmann, was willst du?»

Andres turnte um die leeren Holzböcke herum.

«Gar nichts, ich wollte nur wissen, wie es dir so geht, so gesundheitlich.»

«Es geht mir gut, Schlitzohr!» Sie hob drohend den Arm.

«Aber hast du denn nicht Probleme mit den Augen?»

«Hier lese ich ja nicht.»

Hinter Gretel war Burkhard aufgetaucht, aber sie registrierte es nicht.

«Ich meine, du solltest auch bei der Arbeit eine Brille aufsetzen», sagte Andres unschuldig.

«Auf die Arbeit nehme ich doch keine Brille mit.»

«Aber Gretel – und wenn du die Bildzeitung liest, und wenn du nagelst – dann mußt du doch richtig gucken können. Außerdem wird man ja auch älter, und die Augen werden nicht besser.»

«Laß mich in Frieden. Ich habe noch zu tun.»

Andres grinste und baumelte mit den Füßen vom Holzbock. Dann sprang er herunter und faßte blitzschnell einen Pinsel, der in einem Eimer voller Druckerschwärze steckte, mit der die Kisten beschriftet wurden.

«Schau mal, wir haben hier eine schöne Brille für dich.»

«Ich brauche keine Brille!!» schrie Gretel fuchsteufelswild.

Bennylein kam neugierig näher und grinste mit aufgesperrten Augen und Ohren. Rudi, Klaus, alle versammelten sich um die arme Gretel. Wie ein Schraubstock klammerte Burkhard seine Arme von hinten um Gretel herum. Gretel schrie wie am Spieß, bis auch die Weiber aus der Weiberhalle herbeigelaufen kamen. Selbst Lischka Kossak hob den Kopf über die Kreissäge hinaus und wollte wissen, was es gab.

Aber sie kamen zu spät. Denn während Burkhard mit aller Kraft die strampelnde Gretel festhielt, malte Andres hingebungsvoll mit dem dicken Pinsel eine rabenschwarze Brille um ihre Augen herum ins Gesicht. Da Gretel nicht stillhielt, wurde die Brille sehr krumm und buckelig, und da Andres auch noch nicht viele Brillen gemalt hatte, wurde mehr oder weniger eine buckelige Achterbahn daraus. Dann ließ er Gretel los. «Du Misthund! Du verfluchter! Du schlechter Drecksack, du krummer Hund! Ich schlage dir den Hammer auf den Kopf!!»

Sie kratzte, hieb und schlug nach Andres, der auch prompt einen kräftigen Schlag auf seine blonden Locken abkriegte. Er mußte furchtbar lachen und nahm den Schlag dankend entgegen. Gretel riß sich los und stürzte zum Waschbecken in der Ecke, das auch kein Waschbecken war, sondern ein Waschbeckchen, über und über besudelt mit grauer Seife und Sägemehlbrei. Daneben stand eine Handwaschpaste, ein Holzbürstchen, darüber ein gräuliches Handtuch und ein restlos erblindeter Spiegel. Gretel schrubbte und schrubbte mit der Handwaschpaste, und ihr Gesicht schäumte grün und blau, sie ließ Wasser darüber laufen ohne Ende. Aber die ölig glänzende Druckerschwärze, die dafür gedacht war, für immer auf Holz zu halten und lange Landfahrten, jahrelange Lagerungen und Überfahrten im Bauch eines Schiffes und im Boden eines Flugzeuges zu überdauern, wollte nicht aus Gretels Gesicht weichen. Natürlich war für den Rest des Morgens ihre Arbeitskraft verloren, denn sie schrubbte unermüdlich, bis ihre Haut rot bis zu den Haarwurzeln geworden war. Darauf prangte immer noch glänzend die schwarze, verwackelte Brille. Schließlich nahm sie Scheuersand und ihre Haut riß beinahe auf, aber die Brille blieb stolz und unberührt. Gegen Mittag probierte sie Verdünnung. Aber die Brille verwandelte sich nur oberflächlich in graue Schmiere. Die Grundschicht blieb völlig intakt. Gretel wollte verzweifeln und die Kerle lachten ununterbrochen beim Arbeiten weiter. Konrad drohte nutzlos und ohne Überzeugung mit der Faust.

Das Schlimmste aber war für Gretel, daß sie ja jetzt mit der Brille durch das Dorf gehen mußte. Jeder konnte sehen, wie blödsinnig sie aussah. Die Brille saß für die Ewigkeit, und so mußte sie jetzt heimgehen. Sie steckte wütend die Fäuste in die Kittelschürze und stapfte grollend nach Hause.

Die extrem lächerliche Brille ließ sich auch am Nachmittag nicht absetzen. Auch am Tag darauf nicht. Sie ließ sich nur mildern, aber nicht entfernen. Auch der Doktor konnte nicht helfen. Sie blieb solange auf der Nase sitzen, bis die Haut selber sie abstieß und mitsamt einem Haufen unnützer Schuppen abwarf, das dauerte einige Tage. Bis dahin mußte sie mit der krummen Brille arbeiten gehen, durch das Dorf spazieren, einkaufen, Wäsche aufhängen und was nicht noch alles. Sie schämte sich in den Erdboden und wollte Andres für immer in den Kappes schießen – aber sie konnte es nicht ändern.

Und die Leute sagten:

«Siehst du, Gretel, da bist du aber froh. Jetzt kannst du endlich besser sehen.»

O ja», sagte Veronika dankbar. Sie hängte sich bei Paula ein, denn sie wollten nach Feierabend noch ein wenig spazierengehen. Als sie die Fabrik verlassen hatten und die strahlende Augustsonne auf sie fiel, wandte sich ihr Schritt automatisch den Talpfaden zu, und sie wanderten in Richtung Stuhllehne. Ohne viel zu plaudern, hingen sie ihren Gedanken nach, als sie in der Ferne auf einer Bank ein dunkles Etwas ausmachten.

«Bestimmt ein Liebespärchen ...»

«Ach was, das ist nur einer. Oder eine. Betrunken und schläft.»

«Nein, das ist ein altes Männchen. In einer Decke, komisch.»

Als sie näher kamen, erkannten sie unter der blauen Pudelmütze und in der Männerstrickjacke, zusammengeknäuelt unter einer Decke Old Berta.

«Großer Gott!» sagte Veronika. «Das ist ja Berta! Die hätte ich ja fast nicht erkannt?!»

«Wie, Berta, was machst du denn hier??» fragte Paula entgeistert. «Wir wollten dich doch im Krankenhaus besuchen?»

«Also Berta», sagte Veronika. «Das ist aber kein schönes Kirmeskleid. Das ist ja die Strickjacke von deinem Mann!!»

Flink setzten sich die beiden links und rechts um die zusammengefallene Gestalt herum.

«Na ja», sagte Old Berta. «Ich wollte heim aus dem Krankenhaus. Und jetzt bin ich hier. Ich habe zu meinem Alois gesagt, bring mich hierher. Ich will in die Gemarkung sehen. Und dann habe ich ihn weggeschickt. Ich habe gesagt: Mach dich weg und geh mir mal aus den Füßen. Der ist den ganzen Tag um mich herum und macht und tut, das geht mir auf die Nerven.»

Old Berta war zweifelsfrei geschrumpelt, ihr Körper glich einer vertrocknenden Kastanie. Ihr Rücken war krumm wie ein Fidelbogen und das Gesicht so zerfurcht und eingefallen wie bei einer Greisin. Sie schien unter der Wolldecke zu bibbern.

«Meinst du nicht, es ist ganz schön heiß?»

«Ich habe die innerliche Kälte», antwortete Old Berta.

Ihr Blick reichte weit übers Tal, und sie sah die schmalen Wege zwischen den Dörfern verlaufen, die Struthecken und am anderen Ende die Wallfahrtskirche aufragen. Die Felder waren verdorrt, und die Garben standen verteilt auf den Feldern, das Stroh lag zusammengerollt in riesigen Ballen, da oder dort fuhr ein Traktor.

«Und dann auch noch eine Wollmütze!»

«Na ja, ich habe keine Haare mehr. Da ist eine ins Krankenhaus gekommen, mit 'nem Katalog und hat mir Perücken gezeigt, aber ich habe gesagt: Scheiß auf Perücken! Ich will keine Perücken! Geh mir weg mit den Perücken! Da ziehe ich lieber so eine Mütze auf. Aber ... ich habe schon wieder ein wenig Haare! Ganz neue! Seht mal!»

Old Berta nahm vorsichtig die Mütze ab und zeigte ihr neues graues Haar von wenigen Millimetern. «Ist das nicht schön? Ich habe das Gefühl, ich habe niemals so schönes Haar gehabt. So weich. Wie bei einem Kind.» Sie nahm Paulas Hand und führte sie über den Kopf.

Paula tastete das flaumweiche graue Babyhaar und fuhr ehrfürchtig darüber hinweg. «Wie geht es dir denn?» fragte Veronika und nahm Bertas Hand. Selbst ein wildes Weib wie die räudige Old Berta wurde in den letzten Tagen ihres Lebens zärtlich. Hand halten war das Gebot der Stunde.

«Ich war schon ganz unten, wißt ihr. Ganz unten. Ich habe den ganzen Tag nur noch in ein Loch gesehen. Ich dachte, jetzt ist es aus, Berta.» Sie betrachtete abwechselnd Veronika und Paula aus den Augenwinkeln.

«Na ja, und da war es eben aus. Aber da bin ich noch einmal zu mir gekommen, und dann war es wieder ein wenig besser. Da habe ich ein klein wenig den Kopf gehoben, aber der Herrgott hat gesagt: ‹Tiefer, Berta! Noch tiefer! Auf die Knie Berta!›» Old Berta rollte die Augen und röhrte mit der Stimme, um zu demonstrieren, wie der Herrgott gedröhnt hatte. «Da habe ich mich wieder gebückt auf meinen vieren. Da habe ich noch mal ein kleines, ein ganz, ganz kleines Bissel den Kopf gehoben. Aber der Herrgott hat gesagt: ‹Tiefer Berta! Ganz herunter! Du mußt ganz unten sein! Verstehst du, Berta? Ganz herunter!›» Bedenklich nickte Berta mit dem Kopf. «Der Herrgott hat zu mir gesagt: ‹Du Berta, hattest einen zuviel! Einen Schnaps zuviel.› Ich hätte ja auch mal einen stehenlassen können. Habe ich nicht getan. Ich habe im Leben immer alles, alles ausgetrunken. Berta hat keinen ausgelassen.»

Veronika und Paula drückten ihr die Hände.

«Ich habe über alles nachgedacht. Über alles, was wir angestellt haben. Ich bin nicht immer gut gewesen, wißt ihr. Mir ist ganz elend, wenn ich jetzt bald vor dem Herrgott stehe. Dann wird er mir sagen: Alte Berta, du hast das und das und das gemacht, und ich werde sagen, weiß ich doch, Herrgott. Ich weiß es schon ... wenn ich dran denke wird mir so gram vor Angst ...»

Sie knuddelte die Decke noch fester und krümmte sich tiefer vor Sorgen.

«Ich habe mal einer aufs Ohr geschlagen. Wißt ihr, sie hat mich so aufgeregt, weil sie nicht die Fenster putzen konnte in der Kistenfabrik, weil sie immer besoffen war. Da habe ich sie aufs Ohr geschlagen. Das hätte ich nicht machen sollen. Und je mehr ich über alles nachdenke, um so mehr fällt mir ein ... du kommst ja doch nicht drum herum, daß du dir am Ende Rechenschaft ablegen mußt. Was wird der Herrgott einmal mit dir machen? … So kommt man am Ende zum Beten. Das Gebet ist ein Rauchwerk, das dem Teufel Kopfweh macht.»

Ihr Blick fiel auf Veronikas Bauch. «Jetzt ist es bald soweit, nicht?»

Veronika nickte.

«Immer wenn ein neues Kind geboren wird, muß ein alter Mensch sterben. Da ich dir selber zugeredet habe, das Kind zu beschaffen, mußte ich jetzt wohl dran glauben … o gute Güte.»

«Berta, du redest Schwachsinn», sagte Veronika. «Der alte Aberglaube. Du bist einfach krank geworden, das ist alles.»

«Ich glaube nicht, daß Gott dich straft», sagte Paula.

«‹Ich strafe mein Weib mit guten Worten›, sagte der Bauer. Da warf er ihr die Bibel an den Hals», antwortete Berta. Dann wurde sie schwach, geriet wieder in geistige Abwesenheit, und es schien, als hätte sie sich einfach fortgemacht, als sei in ihrem Körper gerade keiner zu Hause, so daß es allen ungemütlich wurde. Aber da kehrte Bertha schon zurück, als wäre sie nur mal eben fortgewesen, um neues Lebenslicht zu holen.

«Wenn ich gewußt hätte, daß es einmal so mit mir kommt! Eine Hypothek hätten wir aufgenommen und das Haus drauf getrieben! Die hätten wir verjubelt, die Hypothek! Ach Mann! Lustig gelebt und selig gestorben – heißt dem Teufel die Rechnung verdorben!»

Sie grinste und drückte die Hände fester und gluckste vor Vergnügen. Gleich darauf überzogen die nächsten dunklen Wolken das Gesicht, und sie schwankte zurück in tiefe Verzweiflung. «Aber wenn ich dran denke, was wir einmal alles getrieben haben … was haben wir nur getrieben …» Sie krümmte sich vor reuevollem Gram und aus Angst vor dem bevorstehenden Jüngsten Gericht. Erinnerungen, von denen Veronika und Paula keinen Schimmer hatten, richteten in ihrem Gesicht ein unruhiges Wechselspiel von Licht und Schatten an, so wie man es von Säuglingen kennt, auf deren kleinen Gesichtern die Ausdrücke des Lebens noch nicht kontrolliert ablaufen. Dann quetschte Old Berta die Hände von Paula und Veronika, lachte laut und schrie und hob die Faust und war ganz die Alte:

«Was für ein Glück! Was für ein Glück – daß wir *alles* getrieben haben!!»

Man hatte Veronika zwei alte Kisten vor die Stanze geschoben und ein ehemals grünes Häkelkissen draufgelegt. Darauf konnte sie sitzen, das heißt, sie konnte nur noch heute darauf sitzen, denn der Mutterschutz begann. Seit Monaten wirkten die heftigen Donnerschläge der Maschinen auf ihren Bauch ein, und es schien, als müßte jeder Hieb eines Hammers die Frucht erschüttern, aber nein. Veronikas Bauch blieb unberührt, wie sie selbst. Keine Beschwerden, keine Wehwehchen, Veronika stand vor der Stanze wie festgemauert und tat ihr tägliches Werk eher noch zuverlässiger und stoischer als vordem. Die Sitzkisten nahm sie gerne in Kauf, hockte sich drauf und so kam sie zurecht, sie schaute nicht nach links, schaute nicht nach rechts und stanzte den lieben langen Tag ein Eisen nach dem anderen.

Sie hätte doch eine kleine Abschiedsfeier vorbereiten können. Als sei ausgerechnet sie am letzten Arbeitstag zu geizig für einige Getränke. Sollte sie es wohl vergessen haben? Nichts kam von ihr, gar nichts. Paula schaute nur wehe zu ihr herüber und ahnte wohl, daß es das allerletzte Mal sein würde, daß sie beieinander in der Fabrik standen. Konnte sie nicht für heute die blöde Stanze sein lassen? Konnten sie nicht alle an den Werktischen zusammen noch ein wenig fröhlich sein? War es nicht trotz allem eine wunderbare Zeit gewesen in der Kistenfabrik?

Paula ließ alles stehen und liegen und durchquerte die Halle, um sie aufzusuchen. «Veronika! Willst du nicht an deinem letzten Tag ein wenig zu uns kommen?»

«Wie? Wieso? Letzter?»

«Aber Veronika! Konrad hat doch gesagt, es ist dein letzter Tag!» Paula stiegen die Tränen in die Augen.

Wie von einem unrechten Schuldspruch getroffen, riß Veronika ihre Augen auf und zog die Lippen zu einem empörten Oh und wehrte sich mit einem kratzigen Laut.

«Mich kann doch keiner zwingen, daheim zu bleiben! Das hat er doch nicht zu entscheiden!!»

«Bist du noch bei Trost, Veronika, du hast doch Mutterschutz! Du kannst doch nicht bis in die Wehen hier arbeiten!»

«Das haben unsere Mütter doch alle getan!» gab Veronika trotzig zurück. «Meine Mutter hat bis zum Schluß noch Platten gelegt im Hof!»

«Gott, Veronika. Das ist doch kein Vergleich! Das ist doch nicht gesund!»

«Ich *fühle* mich aber gesund!»

«Ich kann das gar nicht begreifen ... jeder andere Mensch auf Erden ist froh, wenn der Hammer fällt, und er kann ab nach Hause, und du stehst freiwillig an dieser langweiligen Stanze, du bist doch nicht bei Trost.»

Aus der Ferne kam Konrad mit erhobener Hand auf sie zu.

«Ach Gott, jetzt will er bestimmt Dampf machen, weil wir hier stehen und quatschen.»

«Ich habe doch überhaupt nichts gesagt! Und zu Veronika kann ich sowieso nichts sagen, sie ist ein tüchtiges Mädchen», rief Konrad herüber, als Paula sich schon schuldbewußt davonmachen wollte.

«Hört ihr's?!» rief Veronika beinahe übermütig.

«Mir tut es richtig leid, daß sie heute geht.»

Veronika sank der Kopf auf die Brust. «Hm. Also. Ich gehe aber nicht.»

«Was soll das denn heißen?!»

«Das heißt, daß ich weiter arbeiten kommen werde.»

«Veronika, das erlaube ich nicht. Du kommst doch schon beinahe nieder!»

Veronika schüttelte eisern die Locken. Sie trug die größte Kittelschürze ihrer Mutter, vorn geöffnet und einen weiten Hänger von Wollwebers Schwester. Den trug sie schon seit Wochen.

«Ich will mich jetzt nicht länger mit dir darüber streiten. Ich habe da nämlich was für dich», brummelte Konrad. Dann drehte er sich um, ging mit Andres in die Kerlenhalle und verschwand.

Die Weiber liefen zusammen, weil sie begriffen, daß es jetzt gleich etwas Besonderes zu sehen gab. Konrad hatte ein wirklich merkwürdiges Gesicht gemacht.

Als alle versammelt waren, erschien auf einmal am oberen Ende der Schräge etwas rostrot Schaukelndes, sauber geschnitzt mit Röslein an allen vier Enden, aus Kirschholz, auf gedrechselten Beinen mit Bollerwagenrollern.

«Eine Wiege!» riefen die Weiber begeistert und raunten und staunten, denn eine so schöne Wiege hatten selten eine gesehen, diese Handarbeit, das war ein Meisterstück.

Veronika starrte stumm und fassungslos auf das geschnitzte Schaukelbett. Die Bedrohung kam näher und näher. Ihr war die Freude wie eingefroren, stocksteif stand sie da. Sie besaß ja noch immer kein Kinderbett. Die Wiege vermittelte ihr nur von Ferne ein süßes Winken. Das war doch was, was vom alten Kinderwunsch mit Schäfchen beim lieben Mond, Hemdchen, einem Schlaflied, dem Geruch von milder Seife ... ein Wickelkind. Aber sie begriff nicht, warum andere davon so ein Aufhebens machten, wenn sie selbst doch nichts empfand, keinen Zusammenhang, keine Liebe, keine Freude, da Hardy sie doch abgelehnt hatte, oder jedenfalls das, was in ihr wuchs. So erschien ihr die Wiege wie aus einem fremden Poesiealbum. Veronika wußte aber, was von ihr verlangt wurde: Ergriffenheit, überschäumender Frohsinn, tränenfeuchte Dankbarkeit. Sie beeilte sich, alles darzustellen, sich auf die Wiege zu stürzen und zu rufen: «O wie schön! O wie wunderschön!! Nein, Konrad, das hast du alles selbst gemacht? Das ist ja wunderbar! Nein ist die niiiedlich!»

«Da hinten, da habe ich mich verhauen. Ist mir das Stecheisen ausgerutscht. Mußt du den Vorhang drüberhängen. Hier oben kannst du den dranhängen. Also Gardinen nähen kann ich nicht, das mußt du selber machen ...» sagte Konrad verlegen.

«Ach Gott, das kann ich aber auch nicht!» Endlich lachte Veronika schallend. «Das muß mir die Mutter machen! Oder vielleicht kann man es kaufen?»

«Ich wollte die Wiege eigentlich erst bringen, wenn das Kind da ist. Aber dann dachte ich mir, wenn es jetzt auf einmal losgeht, und dann ist niemand zu Hause bei euch, und hin und her ... na, jetzt hast du sie jedenfalls. Wann wird denn eigentlich geheiratet? Schafft ihr das denn noch?»

«Wir, ähm, wir wollen nicht unter Zeitdruck heiraten. Vielleicht nächstes Jahr.»

Die Weiber unkten. An diese Heirat glaubte ja wohl keine.

«Jaja, Kind», sagte Konrad. «Heute ist das ja nicht mehr so. Früher wärst du in der Kirche ausgerufen worden. Und exkommuniziert.»

«Und den Hardy hätten sie mit der Mistgabel aus dem Dorf gejagt!» rief Klaus Stockschuh. Veronika fuhr herum und musterte Klaus.

«Wieso?» fragte sie dünn.

«Na ... betrachte ihn dir doch.»

«Das tue ich jeden Tag!»

«Verdirb ihr nicht die Freude. Gerade hat sie sich über meine Wiege gefreut», sagte Konrad.

«Ich weiß schon, was ihr alle über ihn denkt!» schrie Veronika plötzlich außer sich. «Ihr denkt, er ist ein verkommenes Schwein, der nur säuft, der nichts taugt, der schlecht ist, der mich nicht will ... – aber ich sage euch was! Er will mich und er liebt mich und ich weiß es! Nur weil er sich nicht abfinden kann, das ist schon manch einem passiert – ihr wißt einfach nicht Bescheid! Wißt ihr denn, wie er ist, wenn er bei mir zu Hause ist?! Wißt ihr das?!»

«Wie wird er schon sein ... zu Hause bei dir?» säuselte Estella Arabella. «Wie alle Kerle sind, natürlich. Er will das, was sie alle wollen und ansonsten den Fernseher und eine Flasche Bier, sonst gar nichts. Kennst du einen, kennst du alle.»

«Ihr wißt gar nichts!» schäumte Veronika. «Seht euch doch selber an! Kann ich auch was zu sagen! Zu jedem einzelnen! Schert euch um euren eigenen Dreck! Gar nichts wißt ihr!!»

«Wir kennen doch den Hardy!»

«Also! Also! Zerreißt euch bloß die Mäuler!»

«Aber, aber – Veronika!» versuchte Konrad zu besänftigen, und Paula nahm sie am Arm, aber Veronika fuchtelte wild um sich.

«Der Hardy ist ganz in Ordnung!» rief Burkhard Riedel, der sich zum Pulk gesellt hatte.

«Ausgerechnet», sagte Gretel Koch. «Der weiß Bescheid.»

«Ich weiß nichts an ihm auszusetzen!» fuhr Burkhard tapfer fort.

«Verteidige du ihn noch», sagte Gretel.

«Wenn ein Blinder den anderen führt, fallen sie beide in einen Graben», sagte Klaus.

«Wirklich – eine sehr schöne Wiege!» rief Paula.

«Eine wunderschöne Wiege!» rief Timothy Twain.

«Da brauchst du dich nicht lustig zu machen», sagte Paula.

«Aber nein, ich meine das wirklich», protestierte er. «Es ist eine ausgezeichnete Arbeit! Die könntest du anderswo für 'nen glatten Tausender verkaufen!»

«Wie aus dem Museum!»

«So, jetzt reicht's», sagte Konrad. «Veronika ist mir was wert, weil sie hier arbeitet, seit sie ein Schulmädel ist, und sie war nie krank, bloß immer zu spät, aber macht nichts. Die Wiege hast du verdient. Ich fahre sie jetzt auf den Laster und bringe sie dir nachher heim.»

Insgeheim hatten sich alle gewünscht, daß vielleicht Estella Arabella und Veronika oder alle Mann sich in die Haare geraten und sich schlagen und kloppen würden, aber leider taten sie es nicht. Sie bedauerten, daß man Veronika allzufrüh beruhigt hatte, wie schön wäre es gewesen, sie hätte recht ordentlich mit dickem Bauch und Kittelschürze irgendeinen k. o. gehauen, wütend genug war sie ja. Und Estella Arabella hatte es sowieso verdient, warum nicht Estella eine semmeln. Dann wäre mal richtig was los gewesen. Aber nichts da, die Arbeit ging weiter, die wartete immer, alles was man mußte und sollte, das ging weiter, das lief nicht fort, davon war immer genug da.

Hardy kehrte nach Hause zurück mit einem nagelneuen Notebook, einer Ledertasche und einer Goldkette für seine Brille. Im Wohnzimmer bereitete er einen Schreibtisch vor, auf welchem er umständlich das Gerät in Gang brachte, wie man es ihm im Geschäft beigebracht hatte, und als es lief, fuhr er stundenlang in den Programmen herum. Neben ihm lag ein Handbuch, das er mühselig durchackerte. Das Denken fiel ihm schwer, das Begreifen, er mußte sich oft den Kopf halten und Kaffee dazu trinken, aber der Ehrgeiz half ihm. Er hatte seine Bestimmung gefunden. Ein Schreibtisch, eine schicke Ledertasche, ein guter Anzug, so fühlte er sich gut. Über dem Tisch hing die Urkunde mit seinem Bild:

«Hartmut Schneider – Vermögensberater-Assistent».

Veronika hatte sie rahmen lassen in schwarzem Holz.

Sie war die erste, die bei Hardy eine Lebensversicherung unterschrieb. Die Provision betrug immerhin fünfhundert Mark. Und nun sollten alle drankommen: Mutter, Vater, Anton, Andrea ... bei jedem fünfhundert Mark.

Endlich hatten Veronika und Hardy etwas gemeinsam, außer der Theke in Antjes Pinte. Mit großer Inbrunst verfolgten sie ihr Ziel. Ein ganz neues Leben begann. Jetzt bereiteten Veronika und Hardy sich auf das Wochenende vor. Ein Wochenende im Arania-Hotel. Der Kursus kostete bloß hundertachtzig Mark. Die Aussicht auf das Hotel versetzte sie in überschwengliche Stimmung, und ein wenig nervös waren sie auch, in Erwartung der vielen feinen Möbel, Menschen und Manieren. Für alle Fälle kleideten sie sich neu ein. Veronika kaufte ein weit schwingendes Kleid aus Naturseide mit passendem Schmuck dazu und vanilleweiße Spangenschuhe. Morgens ging sie zum Friseur. Das Arania! Das war doch was! Natürlich hatten sie immer gesagt: die hochgestochenen, eingebildeten Pinsel, die dort verkehrten ... aber wenn man selbst hinfuhr, war es doch etwas anderes. Wäsche, Schuhe, Strümpfe – alles mußte da stimmen. Nach Monaten hatten Hardy und Veronika endlich wieder zusammen etwas vor.

Am Freitagabend begann die Schulung. Schon am Eingang des Arania wurden Veronika und Hardy die Koffer abgenommen und auf das Zimmer gebracht. Der Portier war bereits von ihrem Kommen informiert, und man lud sie ein zu einem Sektempfang um siebzehn Uhr. Für alle Fälle legte Veronika sofort ihr naturseidenes Kleid an. Im blumengeschmückten Königssaal trafen sich die Anwärter der Delius-Gesellschaft und erhielten jeweils den Sekt oder Champagner, jedenfalls sprudelte es gelblich-weiß, in einem schwindelnd hohen Glas. Auch Rainer aus Dornweiler war da im besten Anzug und schüttelte ihnen weltmännisch die Hand. Ihr gehört jetzt dazu, bedeutete das. Veronika war aufgeregt. Schon der breite, stoffüberzogene Tisch an der Seite gab einen Ausblick auf das erstklassige Essen, das sie später zu sich nehmen würden. Ihr knurrte der Magen. Auf hohen Schuhen balancierte sie ihren fortgeschrittenen Zustand durch die Menge der angehenden Vermögensberater.

«Ha!» sagte sie leise zu Hardy. «Kannst du mal sehen, wie wir das hier können! Da gehen wir eiskalt durch, als ob wir das jeden Tag machten! Wir müssen einfach die Nase heben und gelangweilt tun! Edel geht die Welt zugrunde!»

Hardy räusperte sich, hielt sich an seinem Reverskragen fest und blickte prüfend um sich.

«Ich finde – der Sekt ist zu warm!» sagte er tadelnd.

Veronika kippte beinahe aus den Riemchenschuhen. Sie lachte so laut und schallend, daß alles um sie herum verstummte. Oh, was war Hardy für ein Witzbold! Der Sekt zu warm! Sie war so glücklich. Alles schien so kostbar hier, die Tapete, die Lichter überall, die Gemälde an den Wänden. Überall stand in riesigen Lettern der Name Delius an den Wänden. Delius – Delius – Delius. In Prachtbuchstaben auf gefältelten Stoffwänden. Das Wort Vermögen inspirierte Hardy und Veronika gleichermaßen. Davon war schließlich bei ihnen noch nie die Rede gewesen. Rainer, gleichfalls in einem nagelneuen Anzug, begrüßte sie. Schließlich betrat ein gutaussehender Mann dynamisch eine Bühne voller Blumenbouquets.

«Das ist Ansgar Ludolf!» flüsterte Rainer. «Er moderiert bei RDR II!»

«Aber der ist doch ganz bekannt!» rief Veronika halblaut.

«Jaja», sagte Hardy wichtig und alles durchschauend. «Den haben die gekauft! Das können die! Was meinst du, was der kostet!»

Er wippte auf den Absätzen. Seine beflügelte Stimme brachte seinen ganzen Körper in Aufruhr. Das ungewohnte Hemd mit Schlips kratzte ihn am Hals.

Ansgar Ludolf wurde frenetisch umjubelt. Er grüßte die Menge, riß Witze wie ein amerikanischer Entertainer, dann kündigte er irgend jemanden an, Veronika verstand nur die Hälfte, dann erloschen plötzlich alle Lichter. Alle anderen wußten wohl, worum es ging, denn wie auf Kommando zählten sie im Dunkeln johlend den Countdown. Unsicher zählten Veronika und Hardy mit:

«ZEHN» ... schrie die Masse inbrünstig.

«– NEUN ... ACHT ...»

Ein ohrenbetäubendes Pfeifen und Klatschen legte sich darüber.

«SIEBEN – SECHS – ...»

Wie bei einem ekstatischen Sektenritual tobte der Saal im vornehmen Arania. Auf Null erschien mit einem Knaller strahlend im Scheinwerfer-Kegel ein Mann. Der Rest des Saales verschwand im Dunkeln. Der Mann riß die Arme hoch und die Leute schrien und jubelten.

«Das ist hier der Obermotz!» flüsterte Rainer. «Er verkündet jetzt die neuen Siegeszahlen! – Wißt ihr – es geht nämlich ungemein bergauf, andauernd! Und wenn du erst mal richtig drin bist – und weißt, wie das geht – wenn du erst mal Blut geleckt hast – ich schwöre dir! Du kannst nicht mehr aufhören! Es geht bergauf – bergauf – bergauf! Und dann wirst du geil auf die nächsten Seminare – du wirst *geil* darauf, Versicherungen zu verkaufen – du wirst geil, immer mehr Geld zu verdienen!»

Veronika war geil darauf, immer wieder im Hotel Arania abzusteigen, auch wenn sie bloß elf Kilometer weit weg wohnten.

Stumm hörte sie im Dunkel des Zuschauerraumes zu, wie die Veranstalter dem Publikum einheizten. Nach jedem zweiten Satz applaudierten die Leute, feierten den Geschäftsführer wie einen amerikanischen Wahlsieger und gaben schließlich standing ovations. Hardy und Veronika schauten fassungslos zu. Sie hatten stumm vor Staunen eine neue Welt betreten.

Old Berta starb an einem stillen Tag.

Die armen Lungen, überfüllt mit Sägemehl und Zigarettenrauch, taten ihren letzten Seufzer. Jetzt lag sie mit gefalteten Händen und in einer Kiste. Rosenkränze wurden gebetet, Buchsbaum aufgestellt und Weihwasser gesprengt.

Eigentlich hatte Old Berta in dieser Leichenhalle nicht liegen wollen, denn die Leichenhalle war neu.

«Was brauchen wir eine neue Leichenhalle!» hatte sie immer geschimpft. «Die alte war doch noch lange gut genug! Ich liege doch sowieso nur drei Tage darin.»

Aber in der alten Leichenhalle war es feucht und schimmelig und so kam Old Berta gegen ihren Willen doch in die neue hinein. Die Kistenarbeiter standen um sie herum und nahmen Abschied.

«Der Du die Zeit in Händen hast, Herr nimm auch dieser Jahre Last
und wandle sie in Segen.
Nur wenn Dir selbst in Jesus Christ die Mitte fest gewesen ist,
führ uns dem Ziel entgegen!
Da alles was der Mensch beginnt, vor seinen Augen noch zerrinnt,
sei Du selbst der Vollender!
Die Jahre die Du uns geschenkt, wenn Deine Güte sie nicht lenkt,
zerfallen wie Gewänder.
Wer ist hier, der vor Dir besteht? Der Mensch, sein Tag, sein Werk vergeht:

nur Du allein wirst bleiben.
Nur Gottes Werk währt für und für, drum kehre jeden Tag zu Dir,
weil wir im Winde treiben.»

Der eine kommt, der andere geht. In Veronikas Leib tummelte sich bereits das nächste Leben, als sie auf den Kirchhof gingen. Eine schwarze, mummelige Trauergemeinde, die klagend und singend durch das Dorf zog. Die Feuerwehr mußte die Straßen sperren. Dann holten sie den weniger und weniger gewordenen Leib der verblichenen Berta und machten den Dekkel zu. Ein dürres Holzkreuz ging voran, darauf stand: Hier ruht in Frieden Berta Heinz. Fahr hin, du christliche Seele, hieß es. Und daß der Engel strahlende Schar ihr entgegeneile, der richtende Rat der Apostel ihr nahe, der weißgewandeten Märtyrer triumphierendes Heer ihr entgegenkomme, die liliengleiche Schar der Bekenner sie umgebe, der jubelnden Jungfrauen Reigen sie empfange. So stand es im Gebetbuch. Wie dem auch sei. Wohin Old Berta gegangen war, wer wußte das schon, so recht traute dem niemand. Man konnte nur hoffen. Jedenfalls gingen die Kistenweiber und die Kistenkerle an ihrem Grab vorbei und grüßten noch einmal. Nur – Old Berta grüßte nicht zurück. Vielleicht war sie gerade beim Herrgott und mußte ihm berichten, was sie alles getrieben hatte, und es war ihm doch zuviel. Tiefer, Berta! sagte Er dann, Noch tiefer! Du hattest einen Schnaps zuviel! Auf die Knie! Oder so. Wer wußte das schon? Old Bertas allgegenwärtiges Mundwerk stand still. Sie sagte nichts mehr, und sie machte nichts mehr. Aber es war ziemlich sicher, daß sie in ihrem Leben die Kisten nicht gemacht hatte, um eines Tages selber drin zu liegen, und doch war es folgerichtig. Old Berta lag da und stand nicht mehr auf und beendete ihr Leben in einer Kiste.

Hallo Andrea!» sagte Veronika am Telefon übertrieben fröhlich.

«Oh, hallo Veronika! Wie geht's? Alles noch gesund und munter? Hattest du schon Senkwehen?»

«Nein, nein», wehrte Veronika unangenehm berührt ab. Ihre Laune verschlechterte sich sofort. Dann riß sie sich zusammen. «Ich wollte dich bloß was fragen. Und zwar ... meinst du nicht, du solltest dir mal überlegen, was du mit deinem Geld machst?»

«Oh, Veronika», rief Andrea, «also, wenn du Geld brauchst, ich kann dir natürlich was geben! Das habe ich dir immer gesagt. In der Not kannst du immer zu mir kommen!»

«Nein, mir sollst du doch nichts geben! Es geht um dich! Um dein Geld und was du damit machst! Ich meine, ich würde dir gerne mal was erklären. Also weißt du, ich komme mal vorbei, ich will dir was zeigen.»

«Gut, da bin ich aber gespannt. Darfst du noch Kaffee trinken?»

«Natürlich!» rief Veronika endgültig verärgert. Immer das Getue um den dicken Bauch. Sie wollte davon einfach nichts hören. Sie war nicht schwanger. Fertig.

Wenig später erschien sie mit ihrem neuen Aktenlederköfferchen bei ihrer Schwester, ließ sich im Wohnzimmer auf einen Sessel fallen, einen Kaffee einschenken, und dann packte sie aus.

«Hier, Andrea. Ich habe einen Kursus besucht und darüber muß ich mit dir reden. Ich habe da so entscheidende Dinge gelernt, die mußt du dir mal anhören. Die betreffen das ganze Leben! Auf einmal siehst du alles mit neuen Augen, glaube es mir!»

Andrea runzelte die Stirn.

«Was hast du denn vor, sag mal?»

«Als erstes, Andrea», Veronika sah Andrea mit aufgerissenen Augen eindringlich an, «als erstes mußt du dir merken – *Vertrauen ist das A und O!*»

Andrea schaute sie skeptisch an, aber Veronika wiederholte beschwörend:

«Vertrauen ist das A und O!»

«Von mir aus», sagte Andrea. «Und jetzt?»

«Hast du mal darüber nachgedacht, was du mit deinem Vermögen machst?»

«Vermögen ist das falsche Wort.»

«Ich meine, hast du mal über dein Geld nachgedacht?»

«Mehr als du sicherlich.»

«Schau mal her!» Veronika klappte ihre neue Damenaktentasche auf, zauberte eine eingebaute Schreibunterlage hervor und begann eifrig mit dem Kugelschreiber aufs Papier zu malen.

«Du mußt mir deine Wünsche erzählen! Was du dir vom Leben erträumst! Deine sehnlichsten Wünsche!»

«Die werde ich dir gerade auf die Nase binden.»

«Gut», sagte Veronika. «Dann machen wir es anders. Also. Hier – sieh mal: das bist du!» Sie malte einen Kreis in die Mitte und schrieb *Andrea* hinein. «Und da, sieh mal, wo dein Geld hingeht!» Sie malte kleine Pfeile in alle Richtungen auf die Wörter Wohnung, Lebenshaltung, Auto, Urlaub. Und dann einen ganz dicken Pfeil: *Sparen.*

«Das stimmt doch so, oder?»

«Na ja, schon ...», sagte Andrea. «Aber ich meine, wozu machst du das alles? Worauf läuft das hinaus?»

«Ich helfe dir, dein Geld anzulegen! Ich habe das gelernt!»

«Moment – wie bitte? *Du* willst *mir* helfen, *mein* Geld anzulegen?»

«Wenn ich es dir sage!»

«Aber meinst du nicht – daß du da bei dir selbst anfangen solltest?»

«Ich habe alles im Griff», sagte Veronika stolz. «Hardy und ich haben das zusammen gemacht. Er hat bei mir eine Versicherung abgeschlossen und ich bei ihm. Du kannst dich praktisch gegen *alles* versichern – und du verdienst noch dran.»

Andrea stutzte.

«Mal im Ernst, Veronika – du verkloppst jetzt Versicherungen?»

«*Nein* – ich bin Vermögensberaterin! Also – Vermögensberater-Assistentin.»

«Ach, du ahnst es nicht!»

Veronika bekam einen hochroten Kopf, schüttelte die Haare und stellte fest, daß sie Andrea jetzt nicht deren eigenen Gedanken überlassen durfte, sondern sie gleich weiter ins Gespräch verwickeln mußte.

«Jetzt höre es dir doch wenigstens mal an! Also, nenne mir deine genauen Einkünfte!»

«Meine Einkünfte! Hast du sie nicht mehr alle?»

«Andrea. Stell dich doch nicht so an. Schau mal, wie kann man Geld anlegen?»

«Wie bitte?»

Veronika kritzelte eifrig aufs neue Papier.

«Du kannst Geld anlegen in A – Wertpapieren, B – Wertmetallen, C – auf der Bank. Und wenn du mir deine Einkünfte nennst – dann suche *ich* dir die Bank aus, die für dich am besten paßt.»

«Was soll denn das, Veronika! Hier ist doch nur die Kreissparkasse, und da bin ich seit meiner Geburt, und ich bin sehr zufrieden. Du bringst nur alles durcheinader wegen so einem albernen Kursus, was für ein Kursus ist das überhaupt?»

«Ich bin – Vermögensberater-Assistentin bei Delius! Und wenn es mir gelingt, zehn Versicherungen abzuschließen, dann bin ich schon Chefin über drei neue Assistenten! Du kannst wirklich Karriere machen!»

«Und ich soll jetzt bei dir eine Versicherung abschließen?»

«Wenn du willst! Aber das hier ist nur das Vorgespräch. Du kannst zum Hauptgespräch auch ins Hotel Arania kommen.»

Andrea hielt sich den Kopf.

«Also Veronika, das kannst du vergessen. Ich bin bestens versichert. Und so windige Dinger mit Delius und so, wer weiß, was das ist. Laß das mal. Konzentriere dich auf dein Baby. Kauf Windeln und Wäsche. Ich gehe auch mit.»

«Hör mal! Du hilfst mir am meisten, wenn du dich richtig von mir beraten läßt!»

«Bitte, Veronika! Willst du jetzt Klinken putzen gehen? Du machst dich doch lächerlich!»

«Ach ja! Du hast immer recht! Du hast ja auch eine Ausbildung. Du bist ja auch Krankenschwester! Und deshalb hast du die Weisheit mit Löffeln gefressen, nicht wahr?»

Schon wollte Veronika aufspringen und gehen, dann dachte sie an Hardy. Jetzt wo er ein neues Leben anfing, durfte sie nicht aufgeben. Sie wollte ihm den Vertragsabschluß zuschustern, damit er möglichst schnell Chef wurde von drei neuen Assistenten. Wenn die neuen Assistenten erst einmal Verträge abschlossen, kriegte Hardy für jeden hundertfünfzig Mark dazu. Auf diese Weise wurde man reich. In einigen Jahren, hatte Hardy gesagt, in einigen Jahren können wir einen Lamborghini fahren. Für siebenhundertfünfzigtausend Mark. Und er brauchte nicht mehr im Lager Schrauben zu verteilen. Er war doch das, was man einen Lageristen nannte.

Dafür wollte Veronika arbeiten. Nie mehr zu Konrad laufen und um Vorschuß betteln. Die ganze Zeit hatte sie es falsch gemacht. Jetzt wollte die den Spieß umdrehen. «Überlege es dir», sagte sie bedeutsam. «Dir kann es doch egal sein, wo du versichert bist. Und du bist meine Schwester. Ich kriege ein Baby und geldmäßig steht es nicht zum besten ... da können wir eine Kleinigkeit nebenher verdienen.»

Resigniert seufzte Andrea. Dann schüttelte sie den Kopf.

«Schau, ich schenke dir alles, was du willst. Aber so Dinger da, die mache ich nicht mit.»

Zwischen dem Wagen mit leichten, ungehobelten Hölzern und dem Werktisch ging Paula hin und her. Der Leim roch frisch und ein wenig nach Kaugummi, er war weiß wie Milch und dickflüssig wie Honig, ließ sich auf das leichte Holz spachteln mit dicken Tropfen und Nasen, dann verschwand er unter dem schmalen Vierkant, konnte sich allenfalls noch als schmutzige Träne herauspressen, die sich steinhart verewigte.

Paula leimte und legte, Gretel schoß, und dann wuchtete sie die fertige Kiste auf die Palette. Durch die hohen, offenen Tore drang die Morgenluft herein und der Himmel schien blank und blau auf die zersäbelten Bäume und die Arbeiter. Die versengten Blumen schaukelten schwächlich unter der Hitze. Das Holz leuchtete sonnenfarben auf, sobald das Licht darauf schien.

Während Paula arbeitete, wurde sie auf einmal gewahr, daß Timothy im Durchgang oben vor der oberen Kerlenhalle stand und herunterschaute.

Der sanfte, liebenswürdige Timothy hatte wirklich einen außerordentlich knackigen Körper. Die Haut schimmerte vom gelben Sägemehl braun und golden wie ein Avocadokern, sein Oberkörper im ärmellosen Hemd erinnerte an Generationen von unter Tage schuftenden Arbeitern und gleichzeitig an ein Meer von Baumwollfeldern an einem heißen Tag in den Südstaaten. So wie er ging und zupackte, erwartete man eigentlich, daß er plötzlich einen Blues anstimmte. Er war ein einziges Summertime-and-the-living-is-easy in der Kistenfabrik.

Seiner Ausstrahlung konnte Paula nicht entgehen. Aber sie tat, als interessierte sie sich nicht und beschloß, dem Impuls nicht nachzugeben und nach oben zu schauen. Es war schlimm, Timothy von weitem zuzuschauen, wenn er arbeitete und zupackte. Noch schlimmer aber war es, wie er jetzt dastand, mit verschränkten Armen und einfach nur lümmelte, hersah und lümmelte und nichts tat. Nicht auszuhalten für Paula. Es schien sich das Sägemehl zwischen ihnen aufzuladen, jedes Spänchen ein Glühfaden, die Kistenfabrik mochte verlodern dabei. Schließlich löste sich Timothy aus dem Rahmen und ging langsam auf Paula zu. Er stand so nahe bei ihr, daß sie seinen Atem spüren konnte. Er hatte den natürlichen Sicherheitsabstand um so vieles überschritten, daß es einen ärgern konnte oder aufreizen.

«Na, Paula?»

«Hi, Timothy!»

«Willst du uns ein wenig helfen?» sagte Gretel gutmütig.

«Ach», sagte er. «Ich wollte schon immer mal sehen, wie ihr das genau macht, hier.»

«Na, dann sperr mal die Augen auf... siehst du ... so geht das, mein Junge.»

«Ach, so geht das», sagte Timothy aufmerksam. «Ah ja. Und dann kommt einem irgendwann die Palette im Laden wieder entgegengefahren mit Hundefutter und Waschpulver drauf.»

«Ja, so ist das, mein Junge.»

Paula sagte gar nichts. Wer die Liebe verbergen will, dem kriecht sie zu den Augen heraus.

«Sag mal», sagte er und schaute sie an und sprach laut und deutlich vor allen anderen: «Ich wollte dich fragen ... willst du nicht mit mir spazierengehen nach der Arbeit?»

Paula verschlug es den Atem.

«Ich muß nach der Arbeit auf die Bank und Geld abholen. Außerdem ist man verschwitzt und muß heim, sich waschen.»

Timothy lachte, als hätte Paula einen Scherz gemacht.

«Du willst nicht mit mir spazierengehen?»

«Vielleicht ein andermal», sagte sie hastig und fand sich anschließend so was von bescheuert.

«Du hast Sägemehl im Haar», sagte er daraufhin und sah aus, als wollte er es vielleicht wegpusten, aber dann strich er es sanft mit der Hand heraus. Drehte sich um und schlenderte lässig davon.

«Was hast du denn gegen ihn?» schimpfte Gretel. «Du vergibst dir doch nichts, wenn du mal mit ihm spazierengehst!»

«Ach», sagte Paula. «Ich bin heute so blöd angezogen … und außerdem – wenn er mich hier fragt vor allen Leuten! Als ob er sich lustig über mich macht.»

«Wer weiß, ob er jetzt noch mal kommt», sagte Gretel.

In der Tat ärgerte sich Paula jetzt. Zu dumm. Wenn sie ihn gekränkt hatte, dann hatte sie ihre Chance verpaßt. Und wenn sie jetzt hinlief und sagte, sie hätte es sich anders überlegt? Allein der Gedanke, es könnte zu einem Kuß kommen mit Timothy, einem Kuß, nach dem sie sich verzehrte – oder sie könnten womöglich an einem lauschigen Plätzchen landen – und er könnte – nur aus Versehen – mit einem auch nur winzigen Blick erhaschen, daß sie heute ihren ältesten und ausgeleiertsten BH trug – daran wäre sie gestorben. Allerdings, das lag ja in ihrer Macht. Sie mußte es ja nicht so weit kommen lassen. Nein, das war nicht möglich, nichts lag in ihrer Macht, wenn es um Timothy Twain ging. Sie würde unter seinen Händen schmelzen, das wußte sie. Er brauchte sie nur zu berühren.

Obwohl Paula von nun an jeden Tag von unten bis oben perfekt angezogen war und jeder Prüfung standgehalten hätte, kam Timothy nicht mehr. Sie hatte es verdorben. Warum hatte sie ihn bloß weggeschickt. Sie hätte sagen können, morgen. Morgen paßte es mir besser. Oder sonst was. Am besten ging sie zu ihm hin und sagte: Timothy – willst du immer noch mit mir spazierengehen? Ich habe jetzt Zeit. Und wenn er nein sagte? Dann war sie fürchterlich blamiert. Außerdem wußte sie nicht, wo sie ihn abfangen sollte. Überall waren Kerle in der Gegend. Hätte sie doch die spielerische Leichtigkeit, ihn ein wenig zu umgarnen. Mal mit ihm weggehen und sehen, was dabei herauskam. Aber die hatte sie nicht. Es ging ihr zu tief, und vor dieser Tiefe fürchtete sie sich. Es war, als ob Timothy mit der Taschenlampe in ihre Seele gestrahlt hätte und Dinge freigelegt, die sie vorher noch nicht gekannt hatte, singende und schwingende Schönheiten. Sie mußte etwas tun, sie mußte. Wenn er zur Frühstückspause herunterkam, mußte sie ihn abfangen. Die Zeit lief ihnen davon, bald begann das neue Semester.

Glutäugig senkte sie den Blick und wartete auf den Abbruch des Maschinenlärms. Minute für Minute und jede Sekunde einzeln, in der sie zweifelte und verzweifelte. Dann endlich. Genau. Das war die Hobel. Die Heftmaschine verstummte, die Nagelmaschine, die Kreissäge hörte auf zu kreischen. Endlich, die Gatter, die letzte und mächtigste Maschine, sank in Schweigsamkeit zusammen. Das Getrampel der Kerle, die den Gang herunterkamen. Timothy war der zweitletzte, und er schaute nicht links und nicht rechts.

«Hi!» rief Paula schwach. Er blieb stehen und schaute sie ernst an, ohne zu antworten. Damit gab er zu, daß er doch beleidigt war.

«Timothy, ich wollte fragen, ob du, ich meine, ob du vielleicht heute mit mir spazierengehen willst, also ich hätte Zeit.»

«Nein», sagte Timothy. Dann ging er einfach weiter. Nein hatte er gesagt. Einfach nein! Paula wollte auf der Stelle sterben. Das hatte sie wohl falsch gemacht. Sie konnte ihm doch nicht nachlaufen und sagen, daß sie nur wegen dem verblichenen BH nicht mit ihm gehen wollte und weil sie stotternd und verschüchtert gewesen war! Sie lief aber trotzdem nach und sagte:

«Timothy – ich habe doch letztens einfach nur nein gesagt, weil ich keine Zeit hatte und weil die anderen doch so doof da herumstanden, da habe ich micht nicht getraut, ja zu sagen, das war blöd!»

Timothy blieb stehen.

«Hör zu, und heute habe *ich* keine Zeit.»

Wie hart er auf einmal aussah. Wo war der verspielte Glimmer, der immer in seinen Augen stand? Knallhart wie sein Großvater Kurt. Stumm starrte Paula ihn an. Schließlich blickte er sie nachlässig an und kniff ihr in die Backe. «Mach dir nichts draus.»

Paula sagte nichts, blieb stehen wie angewurzelt und dachte: Arsch. Bedrückt suchte sie ihren Frühstücksbeutel und folgte den anderen. Entflammt und fortgestoßen, wie über Höllenboden schwankte sie den anderen hinterher.

«Wir wollen heute morgen mal draußen frühstücken», sagte Kistenfranz. Er war vorbeigekommen, um nach dem Rechten zu sehen, und befand sich in sentimentaler Stimmung. Früher hatten sie oft draußen gesessen, bei schönem Wetter, und noch früher bei jedem Wetter. Zu Zeiten, als er noch selbst die Bäume gefällt hatte. Dieser Vorschlag hob bei jedem die Laune. Der vergehende Sommer hielt immer noch neue Gerüche bereit und noch immer war es warm. Die Tage dauerten so lange wie die Nächte. Konrad blickte sorgenvoll in den Himmel, denn an Mariä Geburt zieh'n die Schwalben furt. Hatte er nicht gerade erst in den Himmel geblickt, als sie wiederkamen? Im Märzen? War das nicht gestern gewesen? Obwohl es vor dem Glitzerberg genügend Platz gab, setzten sich alle auf Kisten und gefällten Bäumen genauso eng zusammen wie in der Frühstücksbude auf den schmalen Bänken. Die Gräser schwankten, der reichliche Saft, der sie dunkel gefärbt hatte, war ausgetrocknet, es kam keiner mehr nach. Was verblüht war, schickte seinen trockenen Rispengruß oder erbleichte greisenhaft weiß. Trockenes, schütteres Gewirr von Blättern mit Blumenköpfen ohne Blüten ringelte sich zur Erde, aber dafür flogen noch immer die Heusamen durch die Luft, und die trugen ihre duftenden, schwängernden Botschaften in Schwaden herum. Besonders am Abend, wenn es kühl wurde, blieb der Geruch über dem Boden stehen und sprach schon vom nächsten Frühling. Während die Zeit der großen, bunten Blumenbeete vorbeiging, blieb unauffällig, an schattigen Orten die breite kleine Heilsarmee der Kräuter bestehen und bot für den herannahenden Herbst ihre Kräfte an, denn die hilfreichen, aber unansehnlichen Naturen blieben länger als die vergänglichen Schönheiten. Rot und braun und violett mit kleinen Köpfen standen sie verläßlich an den Waldrändern, und entweder nahm sie jemand mit in seinem Korb, oder aber, was wahrscheinlicher war, wurden sie übersehen. Dabei waren auch die Heilkräuter hübsch anzusehen, allen voran die Gänsedistel mit goldgelbem Streu, die Ringelblumen, der Spitzwegerich, die Königskerze, das Habichtskraut, der zottige Klappertopf, das Leinkraut, das schwarzblättrige Kreuzkraut, der Froschlöffel. Das Schöllkraut half gegen Hühneraugen und Warzen, der Augentrost linderte Augenleiden, der Wolfstrapp stärkte die Schilddrüse, der stechende Hohlzahn half gegen Lungentuberkulose, der Erdrauch bei Verstopfung.

Es reiften die Brombeeren und die Heidelbeeren, die blauroten Dornschlehen, und der Holunder prangte in rotschwarzen Dolden und pries jedes einzelne Beerchen auf einem eigenen Zweiglein an. Aus bitterem Holunder kochte man eine wunderbare Marmelade. Schließlich aber war es auch die Zeit der Rosen. In großen gelben und roten Büscheln schwankten sie im Septemberwind, und weil der hier überaus kräftig wehte, warf und schüttelte er auch die edlen Rosen durcheinander, verstrickte die dornigen Stengel miteinander und zerzauste ihre Köpfe. In Dornweiler waren selbst die Rosen wild.

«So haben wir früher immer hier gesessen», sagte Kistenfranz rührselig. «Da geht einem die Luft so durch und durch … ich habe für euch alle heiße Fleischwurst mitgebracht. Brötchen habe ich auch dazu.» Er wickelte umständlich viele Ringel warmer Fleischwurst aus einigen Packen Papier, schnitt sie durch mit seinem Taschenmesser und verteilte die Hälften. Dazu gab es eine Tube Senf. Nirgendwo machte das Essen soviel Spaß wie in der Kistenfabrik, denn hier hatte jeder wirklich richtigen Hunger. Reinhauen, daß es spritzte, das füllte Mund, Magen und Seele und machte jedem gute Laune.

«Wie kommen wir denn zu dieser Ehre, Franz?» fragten die Leute. «Du hast doch gar nicht Geburtstag!»

«Ach, nur so. Weil ihr fleißig gewesen seid und viele Kisten gemacht habt.»

«Wir schon, aber der Andres nicht», sagte Estella Arabella.

«Das mußt du gerade sagen, du Rabenvieh. Du hast die Arbeit auch nicht erfunden.»

«Aber sie kann schon gut arbeiten», sagte Burkhard Riedel.

Burkhard Riedel hatte zu Hause nicht gefrühstückt und auch gestern abend nichts gegessen, weil er sofort in Antjes Pinte verschwunden war. Nicht einmal gestern mittag hatte er zu Hause gegessen, weil er in Kallestedt einen Ersatzreifen kaufen mußte. Das bedeutete, daß seine Mutter ihm die vom Doktor verschriebenen Tabletten nicht heimlich hatte ins Essen rühren können, und so machten sich heute seine bislang umgeleiteten und beschummelten Hormone mit Macht bemerkbar. Seine Augen starrten scheel auf Estella Arabellas freigebliebene Taille, die sich noch im Windchen kühlte, er fixierte die Haut auf dem kleinen Stück entblößtem Rücken, wie eine Katze, kurz bevor sie die Maus anspringt.

«Estella Arabella gut arbeiten! Das ich nicht lache!» rief Andres. «Das faule Aas!»

«Oh, wie sie arbeiten kann...», wiederholte Burkhard lauernd.

Die anderen spitzten die Ohren und schauten über den Rand ihrer Bildzeitung hinaus. Burkhard stach also der Hafer.

Estella verzog keine Miene und steckte den Stich reglos weg. Jedoch hob sie aus ihrer Dose warnend das Obstmesser und hielt es, für Burkhard deutlich sichtbar, mit der Spitze in seine Richtung, bevor sie es umdrehte und einen Apfel aufschnitt. Unwillkürlich rasselten dabei ihre Goldreifen an den Handgelenken aufeinander. Die Leute schwiegen zum einen, weil sie endlich die Zeitung lesen wollten, zum anderen, weil sie nicht wußten, was in der Luft lag. Ein mühsam beherrschter Burkhard, der lange nichts mehr angestellt hatte, verbreitete ungute Schwingungen mit dem Wind, der über die Landschaft fegte. Sein kariertes Hemd blies sich auf und verlieh so seinem inneren Beben eine doppelte Dramatik. Bennylein, der neben ihm saß, spürte das unheilvolle Vibrieren.

«Wie du aussiehst», sagte er harmlos. «Fehlt dir was?!»

«Mir fehlt was», sagte er. «Ich weiß auch schon, was.» Er starrte auf Estella Arabella, die ihn jetzt glühend vor Zorn ansah, warnend, als würde sie ihn beim nächsten falschen Wort mit kochendem Wasser überschütten.

«Ich meine, ich meine, das ist eine gute Wurst!» rief der Kistenfranz laut. «Es gibt sie jetzt jeden Donnerstag. Kesselwurst. Es gibt auch schon einige Weiber in Dornweiler, die treffen sich jede Woche, holen die Wurst und trinken sich einen Korn dazu, und sie nennen sich die Fleischwurschtweiber.»

«Jaja», nickten die Kerle. «Unser Metzger macht die beste Wurst. Der hat sein Handwerk gelernt.»

«Burkhard!» rief Bennylein. «Du bist ja wie krank!»

«Krank!» rief Klaus Stockschuh verächtlich. «Liebeskrank. Wie ein rolliger Kater.»

Burkhard saß vor ihnen, und alle ahnten, daß er bald nicht mehr zu bremsen war. Irritiert blickte jeder um sich. Kistenfranz bedachte Klaus mit einem vorwurfsvollen Blick, weil er die Dinge beim Namen genannt hatte. Burkhard aber war nicht empfindlich, er war nachgerade taub. Nach vielen Verletzungen und Abweisungen war in ihm die gestaute Energie der nicht zur Erfüllung gekommenen Wollust ausgebrochen, und sie kannte keinen Gott und kein Gebot mehr, keine Rücksicht und kein Heimatland. Er wollte sich nicht ablenken lassen, sich nichts mehr wegnehmen lassen, er würde sich ohne Umschweife holen, was ihm auch mal zustand. Einmal. Dazu war Estella Arabella gut, das Miststück, dafür war sie immer gut gewesen.

Auf einem Stein saß Burkhard und es schien, als ob der Stein unter ihm schon glühte, er konnte einfach nicht sitzen bleiben, seine innere Erregung war zu stark, er sprang auf und wanderte ziellos auf und ab, und das ging Klaus nun auf die Nerven.

«Setz dich doch einfach hin!»

Burkhard schüttelte hektisch den Kopf.

«Der muß sich ein wenig auslaufen», beruhigte Konrad. «Geh ein wenig durch die Hinterhecke spazieren. Durch die klare Luft. Dann wird dir wieder besser.»

Burkhard schaute fast wie besessen aus den Augen.

«Wenn ich spazierengehe, dann will ich aber nicht allein gehen! Die da soll mitgehen!» Er zeigte auf Estella Arabella.

Finster schüttelte Estella den Kopf.

«Geh doch mit mir! Geh mit mir!» rief er, und seine Stimme wurde flehentlich.

«Und wenn du der letzte Mensch auf der Welt wärst, würde ich nicht mit dir gehen!» schrie Estella Arabella. «Begreif es endlich! Hau schon ab!»

«Ach!» schrie Burkhard, und in seiner Stimme schwang Not. «Du würdest also nicht mitgehen? Nein? Soll ich mal allen erzählen, wie schön du schon mit mir mitgegangen bist? Aber wir sind ja gar nicht gegangen! Du hast dich gelegt! Wir haben gelegen!»

Wie eine Furie sprang Estella Arabella mit dem Obstmesser über die Baumstämme und raste auf Burkhard zu.

«Du hörst auf, Scheißdreck zu erzählen, ja?! Du hörst auf, dein dreckiges Maul aufzureißen!!»

«Was kriege ich denn dafür, wenn ich das Maul halte??!» kreischte Burkhard und ließ sich von Estella Arabella würgen und beinahe aufspießen. Estella krallte Burkhard am Hemdkragen und schleifte ihn hinter sich her durch die Hinterhecke, und sie schäumte und sie kochte und stolperte über Äste und Fallobst, bis sie außer Sichtweite waren. Sie landeten auf einer Lichtung inmitten von Buchen und blauen Dornschlehen, die den Blick der Leute mit Dornen und Disteln versperrten. «Was willst du blöder Arsch, was habe ich dir getan, he?! Willst du mich kaputtmachen, oder was?!? Willst du meine Ehe ruinieren??»

«Aber früher warst du doch anders! Früher hast du dich nicht so angestellt!!»

«Das waren andere Zeiten! Andere Zeiten! Jetzt bin ich hier und bleibe hier und bin eine anständige, verheiratete Frau!!»

«Du, du bist keine anständige Frau! Du wirst auch keine!»

Estella Arabellas Wut verrauchte auf einmal. Auf eine unterschwellige Weise verstand sie die unendlichen Begierden Burkhards und seine Not, sie zu befriedigen, was niemals gelang. Sie waren irgendwie verwandt. Im Geiste und im Triebe. Aus unerfindlichen Gründen erwachte plötzlich eine Art mütterliches Mitleid in ihr. Sie nestelte eine Zigarette aus dem Rock und zündete sich eine an.

«Willst du auch eine?»

Burkhard schüttelte den Kopf.

Estella Arabella rauchte und musterte ihn von oben bis unten und von unten bis oben. Er hampelte nervös herum.

«So. Du willst also den Leuten was erzählen, ja?»

Burkhard antwortete nicht.

«Und was? Was willst du den guten Leutchen erzählen?»

«D-daß du einen Wohnwagen gehabt hast. Auf dem Parkplatz z-wischen Hahnbach und M-Meilertal.»

«Oh-oh-oh! Das ist aber gar nicht schön von dir, Burkhard! Mich so zu blamieren! Hast du das wirklich vor?!»

«N-nicht, wenn du ...»

«Was ...?»

«Ich will ...»

«Was?!»

«Ich will deine Titten sehen ...»

Burkhard fiel beinahe in Ohnmacht nach seinem eigenen Satz, und Estella beantwortete ihn, dreißig Meter entfernt von der Fabrik, ganz spontan, ohne Bedingung, ohne Ausdruck von Widerwillen, freundlich, einfach so. Warum denn auch nicht. Warum denn nicht, Burkhard. Aus Nostalgie. Wegen der gemeinsamen Erinnerung. Sie löste die Bändsel an ihrer Bluse und knöpfte sie langsam auf. Burkhard konnte es nicht fassen. Sah, wie braunschimmernde Haut hervorlugte, und je mehr Knöpfe aus den Löchern sprangen, um so mehr Haut konnte er erspähen, sie legte sich bloß, legte ihre Brust bloß, den Bauch, den Bauchnabel, fassungslos schaute er zu, konnte nicht fassen, daß seine Bitte, seine Erpressung geglückt war. So stürzte er auf sie zu und konnte es nicht abwarten, riß an dem Stoff und an den Knöpfen, riß auf und entfernte fiebrig alles von ihren Schultern, alles, was er fassen konnte, riß er ihr vom Leib herunter.

«O bitte, Estella, o bitte ...!» Er griff sie an der Taille und stürzte sie herunter auf den Boden aus Erde und Blättern und Moos, verraffte sich in ihrem Rock vor lauter Gier und fiel über sie her, schob, zerrte, riß an ihrem Slip und versuchte alles auf einmal, sie auszuziehen, sie anzufassen, seine Hose herunterzulassen und in sie einzudringen.

Estella Arabella ergab sich, schließlich hatte sie lange nichts mehr erlebt, schließlich kam es nicht mehr darauf an, schließlich regte sich in ihr der Wille, sich zu erniedrigen und die Fleischeslust als solche toben zu lassen, wie schön, vor der Nase der Fabrik, und alle dachten es womöglich, wußten es aber nicht genau, wie sie sich hier von Burkhard niedermachen ließ, ein alter Exhibitionismus kam in ihr hoch, sie hätte sich wälzen mögen vor allen Leuten.

Burkhard hingegen, den die große Gier zu stark und schnell erhitzt hatte, kam beinahe vor dem vollzogenen Verkehr, er verströmte aufseufzend und japsend, erfüllt und doch mit Genugtuung. Er war es gewöhnt, sich rasend zu beeilen, um soviel wie möglich zu bekommen, bevor er weggestoßen wurde. Nun tat es ihm leid, er versuchte es noch einmal, bei dieser einmaligen Gelegenheit, allein, es war zu spät, er knetete hoffnungslos an dem nunmehr schwachen und schlaffen Teil herum. Es gelang ihm nicht mehr, den weiblichen Urgrund zu erreichen. Dennoch versank Burkhard in hündischer Ergebenheit, er fühlte sich überreichlich beschenkt, er liebte sie und betete sie an, er war zu ihr gekommen, er hatte es geschafft, er wußte selber nicht, was passiert war. Estella Arabella richtete Slip und Rock und knöpfte an den Blusenknöpfen herum, bis sie wieder aussah wie vorhin. Burkhard glaubte, daß er vielleicht nur eine Erscheinung gehabt hatte.

«So. Wir gehen jetzt zurück, und du erzählst den Leuten hübsch, daß du nur Scheißdreck erzählt und dich inzwischen bei mir entschuldigt hast.»

Burkhard nickte. Hoffentlich konnte er soviel behalten. Mit gesenktem Kopf folgte er ihr, als sie, wieder angezogen, die Lichtung verließen und zurückkehrten zur Belegschaft, die sich eben erheben wollte, um die Pause zu beenden. Hochmütig stakste Estella durch die Leute, packte ihre Brotdose und ihre Strickjacke und ging hinternschwenkend auf das Fabriktor zu.

«Ich habe eben Scheiß erzählt», sagte Burkhard. «Hat nicht gestimmt.»

Er murmelte dabei so, daß ihn niemand verstand.

«Mensch, was hat er gesagt? Der hat ja vielleicht einen komischen Pakt mit der Estella.»

«Obwohl. Zuzutrauen ist der ja alles.»

«Ja – ihr! Aber ihm auch!»

«Was wird die wohl mit ihm gemacht haben?»

«Also ich möchte nicht unter ihre Fuchtel geraten.»

«Jedenfalls ist er jetzt ganz kusch. Bestimmt hat sie ihm ein paar geknallt.»

In der Tat wirkte Burkhard merkwürdig erleichtert und vernünftig gestimmt. Versöhnt und bußfertig. Richtig nett. Die Estella, das war doch eine Katze. Sie hatte ihm gewiß einige geflatscht. Er hatte ja auch so rote Wangen. Die Estella, die konnte mit Kerlen umgehen, die lehrte sie Mores, die sprach eine deutliche Sprache. Wahrscheinlich war sie eine ausrangierte Bardame von irgendwo. Von irgendwoher schien Burkhard sie zu kennen. Das konnte schon nichts Anständiges sein. Wahrscheinlich hatte der alte Wollweber sie in irgendeiner zwielichtigen Spelunke aufgegabelt. Er war ja schließlich Handelsvertreter. Aber was ging es einen schließlich an. Wer weiß, was Burkhard und Estella Arabella da hinten zu bereden hatten, viel konnte es nicht gewesen sein, schließlich waren sie ja nach einer Viertelstunde schon wieder dagewesen.

Die Stube war wenig erleuchtet. Tante Else führte ein Leben im Halbdunkel, in Häkeldeckchen und in staubiger Erinnerung. Auf ihre alten Tage wurde Tante Else schmuddelig. Veronika packte den Aktenkoffer aus.

«Sieh mal, Tante Else, was ich dir mitgebracht habe. Ich habe mir Gedanken um dich gemacht!»

«Du hast dir Gedanken um mich gemacht? Ich habe mir auch Gedanken um dich gemacht. Wieso bist du nicht verheiratet?»

«Aber Tante Else, das ist heute nicht mehr so. Wenn man sich liebt, dann kann man auch so zusammenleben, und die Scheidung ist nicht so teuer.»

«Ach. Ich weiß nicht.» Tante Else wirkte eifrig um die Kaffeemaschine herum und kochte einen viel zu dünnen Kaffee. «Wenn hinterher nicht für das Kind gesorgt ist.»

«Aber wer sorgt sich eigentlich um dich, Tante Else? Hast du darüber mal nachgedacht? Onkel Erwin ist lange tot, und du bist nicht gut versorgt mit deiner schmalen Rente! Also, paß mal auf, ich habe das jetzt gelernt. In einer Schulung. Wie das aussieht mit Einkünften und so. Paß mal auf, Tante Else, und setz dich hier hin.»

Tante Else, halb blind und halb taub, rückte mit zusammengekniffenen Augen heran.

«Als erstes – Tante Else: Vertrauen ist das A und O!»

Sie malte den Kringel mit «Else» drin und von dort alle möglichen Pfeile hinaus. «So. Hier ist also jetzt dein Guthaben.»

«Wenn du was erben willst, Veronika, viel ist mir nicht übriggeblieben. Und da ist ja noch der Mattes und die Ernie und der Karl mit all seinen Kindern ...»

«Ich will doch nichts erben. Ich will für dich sorgen!»

Aus irgendeinem Grunde trieb dieser Satz Else eine Träne ins Auge.

«Na ja. Als alte Frau hat man es ja wirklich nicht leicht. Gut, ich kann mir noch immer helfen, und ich gehe ja noch immer zur Rosa nebenan, und der Pfarrer kommt immer vorbei – aber es ist doch schwer, so allein.»

Mitleidig sah Veronika sie an. Am liebsten würde sie sich selbst um Tante Else kümmern, jeden Tag. Vielleicht kam sie einfach morgen wieder vorbei. Else würde sich freuen und wenn sie, Veronika, später alt war, konnte sie dafür auch Besuch kriegen von einer erbarmungswürdigen Seele. Bei dem Gedanken, der Tante fortan Gutes zu tun, hatte Veronika ein so gutes Gewissen, daß sie jetzt wieder mit ihrem Anliegen fortfahren konnte.

«Ja, eben. Und weil auch einer nach den Finanzen gucken muß, bin ich vorbeigekommen. Ich kann auch morgen vorbeikommen und übermorgen, ich mache das gerne. Du warst immer meine Lieblingstante, weißt du. Und jetzt reden wir mal über dein Geld. Hier, das ist die Rente. In dem Kringel hier. Hast du sonst noch Einnahmen?»

«Einnahmen?! Ich?»

«Nein? Gut. So. Und jetzt sage mir, was du dir alles wünschst.»

«Na ja, daß ich mal schnell sterbe und nicht lange jemandem zur Last fallen muß.»

«Auch gut. Wenn das dein größter Wunsch ist. Du willst keinem zur Last fallen und gut versorgt sein. Da gibt es hier eine neue Pflegeversicherung, sieh mal. Die kostet dich praktisch nichts, im Monat, nur, sagen wir mal ...»

Als Veronika Tante Else verließ, preßte sie hektisch und mit Flecken im Gesicht die Aktentasche an sich. Sie hatte mehr Versicherungen verkauft, als sie sich je hätte vorstellen können. Tante Else war eben begeisterungsfähig bis ins hohe Alter. Und es kostete sie ja praktisch nichts, die paar Pfennige im Monat – und Veronika bekam pro abgeschlossenem Vertrag eine Prämie. Dafür kam sie ja auch morgen Tante Else besuchen. Wenn sie Zeit hatte.

Auch Hardy war losgezogen mit seiner Ledertasche unter dem Arm. Sein erster Kunde war Burkhard Riedel. Burkhard, der ja immer bei allen unten durch war, war froh, wenn er Hardy einen Gefallen tun konnte und wollte auch einmal in ein Hotel eingeladen werden, er trank einige Bier und unterschrieb. Dann ging Hardy zur schönen Antje. Die wehrte gleich ab. Hardys Eltern hielten gar nichts davon, was Hardy machte, sie weigerten sich, ihn auch nur anzuhören. Irgendwo grub er einen alten Onkel aus. Danach nahm Hardy sein Notizbuch und prüfte jeden einzelnen Namen, den er jemals eingetragen hatte. Es waren nicht viele. Immerhin. Ein alter Klassenkamerad. Sein Automechaniker ... ach was. Wozu brauchte er ein Notizbuch? Er kannte doch schließlich das ganze Dorf. Aber wohin er auch ging – Rainer war vor ihm schon dagewesen. Jetzt wurde es allmählich eng. Hardy fing an zu schwitzen unter seinem nagelneuen Kragen. Veronika erbot sich, noch einige Investmentpapiere zu erwerben, dazu noch eine weitere Haftpflichtversicherung. Dann änderte Hardy die Taktik.

«Hör mal, Veronika! Du kannst doch gut sabbeln – ich würde sagen – ich mache das Büro und du den Außendienst. Wir müssen uns die Arbeit aufteilen. Geh jetzt endlich mal zu deiner Mutter!»

Aber Veronika war schon bei der Mutter gewesen. Sie hatte nicht gewollt. Dann gab es ja noch die Verwandten mütterlicherseits: Tante Marga, Tante Elvira ... Sie überlegte: Wenn nur jede dritte eine Versicherung oder Anlageberatung von ihr entgegennahm, hatte sie schnell einige tausend Mark zusammen. Dafür mußte sie sonst viele, viele Kisten schleppen. Erstmalig hatte Veronika eine Ahnung von Erfolg und schnellem Aufstieg in der Nase. Am besten, sie rief noch mal wen an.

«Hallo? Hallo, Onkel Wolfgang! Ja, hier ist Veronika! Weißt du, ich wollte gerne vorbeikommen und dir etwas bringen, weil ich es doch nicht geschafft habe, dich im Krankenhaus zu besuchen! Wie geht es dir denn? Hast du heute abend Zeit?»

Die weitreichende, gutmütige Verwandtschaft. Veronika unter die Arme zu greifen, wenn sie sich verbessern wollte, das war selbstverständlich. Veronika half jeder gern. Niemand dachte, daß Veronika einen übers Ohr hauen könnte oder eigennützig handeln würde. Veronika tat es wirklich nicht für sich. Sie tat es für Hardy.

Die Tritte des Kindes unter die Rippen nahm Veronika hin wie Blähungen, vorübergehend und bedeutungslos. Der Bauch konnte mit Decken und Kleidern nicht mehr verhängt werden. Alles stülpte sich nach außen, der Nabel, die Brustspitzen, alles.

Veronika war keine schmale Schwangere. Sie hatte ein Wasser in sich wie eine dunkel glänzende Ozeanwoge, sie schwankte hin und her, hielt kein Gleichgewicht mehr. Weder wenn sie sich die Treppen hinaufquälte, noch wenn sie sich aufs Fahrrad setzte. Sie fing an zu eiern und fuhr Schlangenlinien. Doch noch immer setzte ihr Kopf sich durch gegen die Trägheit der Trächtigen. Quälte sich weiterhin Treppen um Treppen hinauf, besuchte Gretel Koch und den Kistenfranz, Estella Arabella und sogar Lischka, bekam vom Treppensteigen Atemnot und Wasser in den Beinen, hob das Kinn merkwürdig an, ein wenig hochmütig, oder eher wie eine Giraffe, die den Kopf anhebt, um nicht zu ertrinken.

Andererseits schaffte sie es nicht mehr, ihre Wäsche zu besorgen und sich um den Haushalt zu kümmern. Sie hängte sich einen wehenden Fummel um, und je dicker ihr Leib wurde, um so dünner die Stahlstifte ihrer Pumps, auf denen sie ihn durch die Dörfer balancierte. Der Aktendeckel klappte auf und zu, und jedesmal, wenn er wieder zuschnappte, rannte Veronika eilig nach Hause, noch fleckiger, noch atemloser, um Hardy die papierne Beute vor die Füße zu legen.

«Hm. Hm», sagte Hardy als ordentlicher Chef. Er rauchte jetzt Dunhill. Mit ausgestreckten Beinen auf seinem Bürostuhl, betrachtete er abschätzend die Verträge und blies dicke Wolken in die Luft.

«Hier hättest du noch ein Investmentpapier verkaufen können.»

Hardy liebte das Wort Investmentpapier. Er gebrauchte es andauernd. Wenn er durch Dornweiler ging und jemandem begegnete, blieb er kurz stehen, streifte den anderen mit einem Blick, verschränkte die Arme und schaute zurückgebeugt knapp am Ohr des Gegenübers vorbei.

«Hier, brauchst du Investmentpapiere?»

Er drehte sich dann um, als hätte er auf dem Schwarzmarkt

Waffen angeboten. Er rechnete auch nicht wirklich damit, daß jemand sagte: Ja, komm her, gib mir welche. Er rechnete aber damit, daß die Leute vor ihm erschauerten und ihn für einen gerissenen Kerl hielten. Investmentpapiere. Die hatte nicht jeder. Da wußte mancher nicht mal, was das war. Aber er, Hardy, konnte welche verkaufen. Sie waren so wichtig und bedeutend wie geheime Unterlagen vom CIA. Konnten sie haben, von ihm, Investmentpapiere.

Es nahte die Geburt. Mehr ohnmächtig als freudevoll torkelte Veronika darauf zu. Dreimal hatte sie Atmen geübt, dann hatte sie keine Lust mehr gehabt und die Geburtsvorbereitung geschwänzt. Jetzt konnte sie nicht mehr. Das Gehen fiel ihr schwer, die Hausarbeit, die Treppen, jetzt wollte sie nur noch liegen oder ein wenig spazierengehen über die Feldwege. So trächtig war sie. Zu faul zum Reden, zu faul zum Denken. Nur noch liegen. Etwas essen. Den dicken Bauch betten in irgendeinen Schatten. Sie dämmerte einer qualvollen Erlösung entgegen und hoffte stumm, daß gleichzeitig mit dem bevorstehenden Ereignis etwas geschehe, das alle Schwierigkeiten behob. Ihre Zukunft lag vor ihr wie ein Bahngleis im Nebel. Sie kannte zwar die nächste Station, aber was dahinter lag, war graue Luft, ein undurchdringlicher Wust von Sorgen und gräßlichen Notwendigkeiten. Lieber nicht so genau hingucken. Bis jetzt war es der liebe Niemand in ihr gewesen. Der Niemand war an allem schuld. Doch in wenigen Tagen würde alles ans Licht kommen.

Wieder hing ein neuer Anzug im Schrank von Hardy und Veronika. Herrenschuhe glänzten im brandneuen Leder, sogar Schuhspanner gab es dazu. Im Flur gesellte sich jetzt neben die Haargummis und leeren Schmuckschächtelchen auf der Garderobe ein Handy, dazu ein Telefon mit Zweitanschluß für das Büro. Diese Dinge waren erforderlich, denn Hardy war aufgestiegen.

Hardy war jetzt Vermögensberater und kein Assistent mehr. Hartmut Schneider war der unmittelbare Vorgesetzte von Elfriede Winkler, Heribert Winkler und Martin Strittmatter. Diese drei waren die letzten Angeworbenen von Veronika. Die erste Kundin war sie ja selbst gewesen. Schließlich war sie überzeugt. Veronika war überzeugt, daß sie zu einem erstklassigen Unternehmen gehörte, das anderen wirklich helfen konnte und ihre Gelder bestmöglichst anlegte – so daß sie alle früher oder später davon reichlich profitieren konnten. Da sie jedem den Profit gönnte, argumentierte sie überzeugend und herzlich und froh, weil sie etwas so Wichtiges gelernt und begriffen hatte – und fand somit immer noch den einen oder anderen Zuhörer. Zur Belohnung durfte jeder ins Arania-Hotel mit Sektempfang, Blumenbouquets, Hechtklößchen in geflochtenen Gurkenstreifen und endlosen enthusiastischen Sprechchören für den Obermotz. Die ganze Kleppelsippe ins Nobelhotel. Hardy war in triumphaler Stimmung. Sein Büro weitete sich aus. Er träumte davon, den Beruf an den Nagel zu hängen. Wenn er erst weiter aufgestiegen war ... es ging so leicht. Es war so leicht gegangen. Man hatte ihn bis jetzt einfach immer unterschätzt. Er war ein Looser gewesen, immer. Jetzt kehrte er dahin, wo er hingehörte. Selbst ein Herrenparfum benutzte er jetzt. Wenn er das Büro weiter ausbaute, konnte er bald Kunden hier empfangen. Mit einem Glas Wasser auf dem Tisch, einem Cognac hinter dem Tisch, Obst und Gebäck und Kaffee und Tee ... er überlegte, ob er sich nicht das erste Zimmer neben der Eingangstür einrichten sollte. Ja, sicher. Dort gehörte alles hin. Ein neues Sofa. Gardinen. Er hatte sich nie dafür interessiert, hier etwas hereinzustellen, aber jetzt glaubte er, seine Bestimmung gefunden zu haben, und die band ihn endlich an zu Hause.

«Sie haben die richtige Ausstrahlung für uns ...», hatten die Herren von Delius gesagt.

«Jemanden wie Sie können wir hier brauchen.»

«Wirklich erstaunlich, wie erfolgreich Sie waren in wenigen Wochen.»

Wer hatte so etwas je zu Hardy gesagt? Kein Mensch. Daß er überhaupt eine Ausstrahlung hatte. Aber als Delius ihm das gesagt hatte – wußte er es auf einmal selbst. Jetzt mußte er nicht mehr an den Schaufenstern vorbeilaufen, jetzt konnte er auch einmal vorm Autohändler stehenbleiben und fachmännisch seine Angebote prüfen. Ja. Er war jetzt bei Delius. Ein Name mit Klang. Sein Gang änderte sich. Er ging nun gerne zum Friseur und ließ sich den Scheitel auf die andere Seite legen.

«Veronika», sagte er in generöser Stimmung. «Wenn du jetzt zu Hause bist, dann sollst du es dir schön machen. Kaufe dir viel Obst und Säfte. Das ist gesund.»

«Oh», sagte Veronika. Sie lag auf dem ausgeklappten Sofa und war zu müde, um etwas zu tun. Vor ihr saß Hardy im Büro, das zu ihren Füßen begann. Die Fürsorge war ungewohnt. Er war zwar jetzt wieder zugänglich, seit sie wieder da war, aber darüber hinaus hatte er sich um ihre Schwangerschaft nicht gesorgt. Einfach nicht davon geredet. Kühle Distanz. Die Tatsache, daß sie hier etwas für ihren Körper tun sollte, konnte sie fast nicht glauben.

«Auch ein Bad soll immer gut sein, habe ich gehört. Nimm doch mal ein Vollbad!»

Alles neu.

«Gar keine schlechte Idee», seufzte Veronika. Da er ja heute in verwöhnender und großmütiger Laune war, schöpfte Veronika wieder Hoffnung. Vielleicht fing er jetzt doch an, sich für das werdende Menschlein zu interessieren. Dann konnte sie sich endlich auch interessieren. Neulich hatte sie sogar einige Hemdchen und Windeln gekauft. Für das Gröbste. Auch einen alten Wickeltisch hatte man ihr gebracht. Immerhin.

«Hardy», fing sie schmeichelnd an.

«Hm?»

«Ähm, wenn es losgeht, ich meine ... wenn ich im Krankenhaus bin ... gehst du dann mit in den Kreißsaal?»

Hardy zündete sich sofort eine Dunhill an. Die war ihm dann doch zu schwach, und er riß den Filter ab. Das Thema verdarb ihm sofort die Laune. Immer wieder kam es ihm hoch. Dann öffnete er die Tür zum Balkon und ging hinaus. Nach einigen Zügen steckte er den Kopf wieder ins Wohnzimmer und sagte feindselig:

«Nee. Ich gehe nicht mit! So ein blutiges Geschmier sehe ich mir nicht an!»

Veronikas Hoffnung sank wieder.

«Aber wieso denn nicht?» piepste sie. «Es ist doch eine großartige Erfahrung, wenn einer Vater wird.»

«Wer hat mich denn gefragt, ob ich Vater werden will? Das kannst du dir abschminken.»

«Aber Hardy! Du wolltest mich doch wiederhaben ... sieh mal, ich nerve dich doch auch nicht und rede dir nicht die Ohren voll ... ich lasse dich doch in Ruhe ...»

«Hör doch auf! Ich sage dir – krieg das Kind, aber laß mich aus dem Spiel! Ich will damit nichts zu tun haben! Und wenn es hier herumplärrt, dann bin ich verschwunden, merk dir das!»

«Wenn das Kleine erst mal da ist, dann hast du Freude daran und bist bestimmt ganz stolz!»

«Du wolltest das Baby. Ich nicht!»

«Wieso bist du nur so?»

Er drehte sich um, ging zur Flurgarderobe, nahm den Schlüssel und öffnete die Tür. «Ich gehe mal zum Jupp!»

Veronika wollte aufspringen, kam aber gegen ihren Bauch nicht an. Mühsam wälzte sie sich hin und her, denn sie war wütend. Hatte sie ihm nicht Versicherung für Versicherung angeschleppt und ihm das bare Geld nach Hause geholt, hatte sie nicht am Tage geschuftet und abends noch gekocht und gespült, während er keinen Teller anfaßte. Hatte sie nicht alles getan, damit er sie wieder lieb hatte? Er tat es einfach nicht, nicht jedenfalls, wenn es um das Baby ging. Er ließ sie stehen wie ein Stück Dreck, war doch so, oder was.

Sie stand auf. Dann schleuderte sie ihre Schluffen von den Füßen und lief auf und ab, suchte ihre Sandalen und rannte ihm endlich nach, die Treppe hinunter. Diesmal ließ sie sich nicht so abfertigen, diesmal nicht! Wenn er sie so behandelte, dann wollte sie auch nicht bei ihm bleiben. So polterte sie mit ihrem unförmigen Bauch in den wackeligen Sandalen mit fliegenden Haaren und bebendem Busen in einem verblaßten, wehenden rosa Hänger aus dem Haus, um Hardy zu folgen. Er war schon über die Straße und in der Kneipe verschwunden, als sie aus der Haustür kam und ihm hinterherrannte.

Dort an der Theke saßen Burkhard Riedel, Rainer, Andres und Konrad. Alle drehten sich um und sahen, wie die Tür aufging und Veronika hinter Hardy hergeschossen kam wie eine rosa Kanonenkugel.

«Was willst du denn?!» fauchte Hardy peinlich berührt.

«Immer wenn es ernst wird, läufst du weg! Ich lasse mich jetzt nicht mehr so abfertigen!» Erbittert redete sie auf ihn ein.

«Oh, Mann, dreh dich um und geh nach Hause! Merkst du nicht, wie du aussiehst?»

Sofort wurde ihr klar, daß sie die Haare nicht gemacht hatte, daß sie an ihr klebten, daß sie dünner wirkten, daß die Locken am Ende der Dauerwelle nicht mehr halten wollten. Sie hatte nicht auf die Haare geachtet, und für den Moment raubte ihr das die notwendige Antwort.

«Veronika!» rief Konrad. «Komm herein! Kannst ein Wässerchen mit uns trinken!»

Beschämt kam Veronika näher.

«Mußt du sie auch noch auffordern», sagte Hardy. «Sie geht doch kaum noch durch die Tür. Wie eine rosa Qualle.»

Erschreckt blieb sie wieder stehen.

«Du gehst aber auch mit ihr um!» sagte Konrad zornig.

«Was heißt denn umgehen! Immer sie! Jeder sagt, ich bin hier gemein oder was, aber wer interessiert sich denn mal, wie ich mir vorkomme!»

«Und?» fragte Konrad kalt. «Wie kommst du dir vor?»

«Verarscht!» rief Hardy. «Total verarscht! Was glaubt ihr denn, wie man sich vorkommt, wenn man fünf Monate was vorgegaukelt kriegt! Betrogen fühlt man sich! Hinterrücks! Das Vertrauen ist doch total kaputt!»

«Vertrauen ist das A und O», flüsterte Veronika.

«Jede Frau wünscht sich doch ein Baby», sagte Antje. «Wieso verdirbst du ihr alles?»

«Ich hätte es ihr ja gegönnt! Hätte sie mich nur gefragt! Sie hätte mich nur fragen müssen!!»

«Soweit ich weiß», sagte Jupp bedächtig, «hast du immer wieder gesagt, ich muß ihr mal eines verpassen. Wie ich sehe, hast du ihr eines verpaßt. Oder hast du das nicht gemacht? Du hast es doch gemacht! Oder war es der Heilige Geist, oder was.»

«Darüber kann man sich auch streiten!» rief Hardy. «Das sieht man erst hinterher, wem es ähnlich sieht!»

Veronika liefen die Tränen über das Gesicht. Sie sagte nicht ja und nicht nein, sie saß auf dem Barhocker, sagte einfach gar nichts und ließ die Männer über sich streiten.

«Du bist doch ein Drecksack», sagte Konrad.

«Hör auf», sagte Andres. «Er ist doch Ver-mö-gens-berater!»

Tatsächlich fiel Hardy in dem Moment wieder seine neue Identität ein, und daß er sich als angesehener Vermögensberater keinen Streit und keine unwürdigen Manieren leisten durfte. Er beschloß sofort, sich wieder zu benehmen. Er räusperte sich und setzte sich anständig hin.

«Was möchtest du trinken, Veronika», sagte er betont freundlich zu ihr.

«Eigentlich bin *ich* Vermögensberater», sagte Veronika tonlos unter laufenden Tränen. «Er ist nur Vermögensberater-Assistent. Er hat nämlich nur zwei neue Kunden geworben und ich siebzehn. Die zwei, die er gemacht hat, hätte ich auch machen können.»

Hardy drehte sich betroffen um. Einen Augenblick war er sprachlos. Wenn er mit allem gerechnet hatte, aber nicht damit, daß sie ihm öffentlich in den Rücken fallen könnte.

«Moment mal», sagte er dann. «Das haben wir uns geteilt. *Ich* mache das Büro und du den Kundendienst.»

«Du meinst, daß ich für dich die Klinken putze, ja?» Verbockt und verbohrt starrte Veronika vor sich hin mit einem neuen Ausdruck von Trotz. In Hardy kam der Haß hoch. In Hardy kam leicht Haß hoch.

«Was willst du eigentlich hier. Wieso gehst du nicht nach Hause. Du bist hier nicht gefragt!»

«Sie *muß* nicht heimgehen, wenn sie nicht will», sagte Konrad scharf.

«Meine Kneipe ist offen für jedermann», sprach Antje mit schwarzen Messeraugen.

Veronika blickte verbiestert hoch. «Weißt du was, du kannst mich mal am Arsch lecken.»

«Das ist ja wohl ...» Hardy sprang auf und wollte auf sie los, aber Andres und Konrad hielten ihn zurück. Veronika indessen nahm sein Pils und trank es ex, dann nahm sie den Schnaps und kippte ihn hinterher.

«Das machst du jetzt nicht!!» schrie Antje. «Hast du den Verstand verloren?? Die flippt uns jetzt hier aus, sage ich euch.»

«Die Schlampe!!» schrie Hardy. «Seht ihr das! Seht ihr das?!»

«Man gönnt sich ja sonst nichts», sagte Veronika. «Ich habe hart gearbeitet. Das tut mir jetzt gut. Antje bring mir noch einen.»

In Blitzeseile packte Veronika jedes Glas und jeden Schnaps von der Theke, den sie kriegen konnte, und trank ihn, denn Antje gab ihr nichts, das war ihr schon klar. So viele Arme von allen Seiten gab es gar nicht, um sie davon abzuhalten. Veronika strahlte.

«Prima. Bestens. Das schmeckt mir. Jawoll. Prost alle miteinander.»

«Hör jetzt auf!» schrie Antje. «Bist du noch ganz dicht?!»

Veronika war alles scheißegal und sie fing an zu singen.

«Könnt mich mal ... könnt mich mal ... leckt mich ... alle ... miteinander ...tralliieeh!»

Sie fischte nach Zigaretten.

«Hier, wenn du nicht aufhörst, dann rufen wir die Sanitäter!»

«Eine soll sie haben. Wenn sie will, soll sie eine Zigarette rauchen», mahnte Konrad. «Man muß sich manchmal loslassen. Hinterher geht es wieder besser.»

«Seht ihr», sagte Hardy befriedigt und wies auf Veronika. «So eine Verrückte habe ich bei mir daheim.»

«Kannst mich mal ... kannst mich mal ... trallallaaa ...», sang Veronika.

Erschüttert starrte die Thekenmannschaft sie an. Nach einer Weile sagte Hardy tonlos: «Verpiß dich.»

«Arsch-Arsch-Arsch ...», sang Veronika. Dann in einer jubilierenden Tonleiter «Arsch – Arsch – Arsch – Arsch – Arsch – Aaaarsch!!!»

Es sah aus, als wollte Hardy Veronika vom Hocker hauen. Konrad war hin und her gerissen, entweder Hardy zu verprügeln oder Veronika nach Hause zu bringen.

«Noch ein Pils ...», trällerte Veronika.

«Ich kann dir doch kein Pils geben, du bist ja übergeschnappt», sagte Antje.

«Wieso nicht?» fragte Hardy. «Gib ihr doch eines! Sie ist doch Gast hier! Gib ihr ein Bier – ich zahle es!» und er stürzte sich über die Theke, schnappte drei angezapfte, schon fast volle Bier und stellte sie vor Veronika. Blitzschnell griff Veronika zu, preßte die Gläser auf ihren Busen, bis das Bier überschwappte, trank und sang weiter. «Heute blau – morgen blau …»

Die anderen schauten sich an. Niemand wagte es, das Bier aus dem melonenförmig ausgewachsenen Busen zu holen. Erst beim Ansetzen am Hals griff Konrad zu und rang mit ihr, entwand es ihr vor den Lippen, beinahe hätte er es zerbrochen. Veronika sprang in die Wirtschaft zurück und trank aus den restlichen Gläsern weiter, bis sie endlich eingekreist war von Antje und Konrad und man ihr das Bier aus den Händen riß.

«Mann-o-Mann-o-Mann. Jetzt dreht die hier durch.»

Veronika aber schien weiterhin glücklich und fröhlich zu sein.

«Wenn ich dein Vater wäre, würde ich dich nach Hause prügeln», sagte Konrad.

«Bist du aber nicht …», sang Veronika.

«Ja, bin ich nicht. Ich bin nur dein Vorgesetzter. Und da macht man sich auch seine Gedanken, das sage ich dir. Was soll man bloß mit dir machen.»

Vom siegesstolzen Vermögensberater-Ausdruck war Hardy zurückgekehrt zu seinem Kräuterschnapsgesicht mit Frührentnerfigur. Er hockte an der Theke und starrte unter sich. «Blödes Weib», murmelte er.

«Das liegt alles nur an dir», sagte Konrad. «Hättest du sie nur anständig behandelt. Etwas freundlich. Einfach mal ein wenig gut zu ihr und hättest ihr geholfen und mal ein paar Wasserkästen geschleppt. Ich habe Veronika gesehen, sie schleppt die Wasserkästen immer noch. Und das kurz vor der Niederkunft. Hast du dich schon um irgendwas gekümmert, um ein Kinderzimmer, um ein Bettchen, um irgendwas, das hast du doch nicht, oder? Schickst sie in der Welt herum, damit sie anderen

Versicherungen andreht, und du hockst da und läßt dich bedienen von vorne bis hinten und spielst auf einmal den feinen Herrn, das glaubt dir doch keiner.»

«Aff bleibt Aff – wird er König oder Pfaff», sagte Andres.

Mürrisch blickte Hardy auf die Theke. Unverständlich murmelte er vor sich hin. «Wieso begreift es nur niemand. Jeder will mich zwingen. Und die Wahrheit ist – sie könnte im Straßengraben mit dem Kind verrecken, und ich würde mich nicht mal umdrehen.»

Konrad hatte nur ‹verrecken› verstanden. Und Andres hatte ‹Kind› verstanden. Und es dauerte nur einen Moment, schon hatte Hardy eine gerade Rechte zwischen den Augen. Er kippte vom Stuhl und hielt sich das Gesicht. Er stöhnte und winselte aua, aua vor sich hin. Antje verdrehte die Augen.

«Jetzt kloppen sie sich hier. Es wird immer schöner.»

Veronika drehte einige Kreisel in der Kneipe. «Du Armer – du Armer ...!»

Gegen zwei hatte Hardy keine Chance. Er mußte sich geschlagen geben und eine übergroße Welle von Mitleid mit sich selbst überlief ihn, er mußte ein wenig weinen hinter den Händen vor der schmerzenden Stirn.

Hardy bekam überdurchschnittlich viel auf die Zwölf. Irgendwas war falsch mit ihm. Er verstand es einfach nicht. Er hatte doch niemandem etwas getan, er hatte doch nichts Verkehrtes gesagt, er war doch einfach nur ... wieso verstand *ihn* niemand? Bisher hatte ihn nur ein Mensch auf der Welt verstanden, und das war Veronika. Der Schlag hatte Ordnung in seinen Schädel gebracht. Sozusagen schlagartig fiel ihm ein, daß er immer nur mit Veronika rechnen konnte, was auch geschah – und wenn die ganze Welt gegen ihn war. Sie war die einzige, die immer zu ihm hielt. Er stand auf und warf einen Zwanziger auf den Tisch.

«Tut mir leid», sagte er buchstäblich niedergeschlagen. Er sah die anderen nicht mehr an. Veronika war seine Frau, so war es. Der Haß war verflogen. Er hatte eine, die er mit nach Hause nehmen konnte. Zu Hause konnten sie auch noch einen trinken. Da meinte es jedenfalls jeder gut mit ihm. Und wenn Veronika mal einen trinken wollte, ja warum denn nicht. Die Gesundheitsapostel sollten sich nicht so anstellen. Nur das mit dem Kind, das kriegte er einfach im Kopf nicht zusammen. Was werden sollte, wußte er auch nicht. Aber er brauchte es jetzt, mit Veronika heimzugehen.

«Komm», sagte er. Auf dieses Wort folgte sie immer sofort.

«Arsch – Arsch – Arsch . . .», sang Veronika und folgte gar nicht.

«Ja, ich weiß», sagte Hardy versöhnlich. «Aber komm jetzt.»

«Arsch – Arsch – Arsch . . .»

«Ist in Ordnung. Du bist durchgedreht. Aber jetzt komm, ich will nach Hause.»

«Lallallaaaa!»

Veronika bewegte sich kreisend allmählich Richtung Ausgang. Sie spürte eine eigenartige Energie, die ihren Körper leicht und wendig machte. Sie war der Kreisel, der auf seiner Spitze tanzte. Den ganzen Weg herunter.

«Hör doch jetzt mal auf», sagte Hardy. Er mußte sich den Kopf halten mit seiner schweren Beule, «die Leute sehen schon aus dem Fenster. Hättest du dich wenigstens mal gekämmt vorher. Dein Haar sieht aus wie ein Hubschrauberlandeplatz.»

Veronika hielt die Arme von sich und tänzelte herum. Ohne Drehungen zwar, doch mit wiegendem Hin und Her und Tanzschritten wie bei einem Hofball.

«Reiß dich zusammen.»

Veronika hörte gar nicht zu. Sie schnürte davon wie ein Hund, kam wieder zurück, lief in Seitenstraßen und blieb am Brunnen stehen, sie hörte einfach überhaupt nicht hin.

«Kommst du jetzt mit mir mit!» zischte Hardy. Endlich folgte sie.

Bei Hannjokebs im Hof setzte sie sich auf die Bank. Hardy aber wollte sie endgültig aus dem Verkehr ziehen. Er packte sie am Arm und riß grob daran.

Veronika scherte aus. Da packte er sie noch fester und rief:

«Komm doch rein, Himmel noch mal, komm rein!!»

«Nahahain!» sang Veronika bekloppt zurück und schüttelte albern ihr Haar. Da rastete er aus. Schüttelte sie besinnungslos an den Armen, holte aus und schlug ihr links und rechts ins Gesicht.

«Ach du mein Gott», sagte er dann. Stand vor sich selber und vor dem, was er getan hatte, schwankte hin und her.

«Hey», sagte er, faßte sie am Kopf und wollte sie zu sich ziehen, ihren zerrauften Kopf in seine Arme legen und sie sanft ins Haus ziehen, damit sie endlich von der Straße kam, auch um sich selber wieder ins Gleichgewicht zu bringen, wollte die Schläge wiedergutmachen, mein Gott, was war denn nur los, man kannte sich ja nicht mehr aus!

Veronika aber hielt sich mit beiden Händen die feuerroten Wangen und beugte den Kopf vor, ließ sich einfach nur grob umherziehen, sie kroch in den Arm nicht hinein, den er versuchte, um sie zu legen, sondern verschanzte sich an der Häuserwand.

Da erschien hinter dem Fenster das Gesicht des grämlichen alten Hannjokeb. Unter der Gardine schob sich die Mündung einer Schrotflinte durch. Langsam, mit der anderen Hand, öffnete er das Fenster.

«Laß das Mädchen los! Laß sie los, du schlechter Hund du!»

Hardy hob die Hände wie ein erwischter Bankräuber.

«Was hast du mit ihr gemacht, Freundchen, he? Was machst du mit dem Mädchen? Glaubst du, ich kriege nichts mit, oder? Was meinst du, wo ich meine Ohren habe, wenn du sie beschimpfst – glaubst du, ich höre dich nicht? Ihr zieht hier aus mit Sack und Pack! Das Mädchen kann wohnen bleiben, von mir aus. Aber du verschwindest. Bis zum nächsten Ersten bist du draußen!!»

«Moment – Moment – Moment!! Ich habe sie nur zur Besinnung gebracht, sie ist total durchgedreht, Schwangerschaftsknall oder wie man das nennt – ich schlage doch sonst keine Frauen – ich doch nicht!!»

«Mir egal», sagte Hannjokeb grämlich. «Ich will, daß du ausziehst. Beim nächsten Ersten. Bringst mir da nachts die besoffenen Schlampen ins Haus, schlägst dein Mädchen ... nee. Das will ich nicht. Also pack deine Sachen, oder ich rufe die Polizei.»

Hardy schnappte nach Luft. Damit hatte er nicht gerechnet. Denn wenn er herausflog, wo sollte er hin? Er hatte sich noch nie selbst eine Wohnung gesucht, das hatte Veronika alles gemacht, außerdem hatte er nicht wirklich vor, sein Leben zu ändern. Den Wechselbalg hätte er zur Not noch auf die Reihe gekriegt. Irgendwie. Aber auf die Straße werfen, das konnte man doch mit ihm nicht machen!

Auf der anderen Seite, blitzschnell schoß es ihm durch den Kopf, als Vermögensberater mußte er ja auch nicht unbedingt in einer so schäbigen Wohnung leben. Es gab feine Häuser am Rande von Kallestedt. Sehr feine Häuser. Die gehörten mal den Besitzern der Grube Alexandria. Da war er doch besser untergebracht. Vielleicht ließ sich da was machen. Er schwenkte um und sagte:

«Deine Pißbude brauche ich überhaupt nicht. Hast uns genug Geld abgenommen, alter Drecksack, Halsabschneider.»

Der alte Hannjokeb raste vor Wut.

«Pack deine Sachen! Sofort! Sonst hole ich die Polizei!! Ich schmeiß dich raus!!»

«Kannst du gar nicht», sagte Hardy eiskalt. «Da gibt es ja so was wie 'ne Kündigungsfrist.»

Hannjokeb fuchtelte wild mit dem Gewehr, wahrscheinlich

war er froh, es einmal auf einen Menschen halten zu können, statt wie sonst immer nur auf Spatzen im Kirschbaum zu zielen. Veronika hielt sich immer noch die Wangen und auch die Ohren. Sie ließ sich jetzt an dem hochgehaltenen Arm ins Treppenhaus ziehen und folgte Hardy in den ersten Stock.

In der Kistenfabrik sprach sich schnell herum, wie Hardy Veronika in der Wirtschaft abgekanzelt hatte.

Bald liefen die Drähte heiß zwischen den Telefonen von Veronikas weitreichender Verwandtschaft, und die Entrüstung spann sich über Leitungen hin und her in die Ohren der Beteiligten hinein wie ein Spinnennetz von wütenden Worten und aufrichtiger Empörung. Die Geschichte wurde immer länger, größer und schlimmer.

«Tröstet – tröstet mein Volk», verkündete die eine Glocke der Wallfahrtskirche und «Kommt her zu mir, die ihr mühselig und beladen seid», die andere. Auf ihren gußeisernen Saum war es gemeißelt. Die Glocken beendeten die Telefongespräche. Der Vater, die Mutter, die Tanten, die Großonkel, ein jeder, der bei Veronika eine Versicherung abgeschlossen hatte, war außer sich über den gemeinen Hardy Schneider. Machte das Kind zum Gespött. Trieb es hochschwanger durch das Dorf, um Klinken zu putzen. Ließ sie mit geschwollenen Beinen die Treppen steigen, um ihm das Geld herbeizuschaffen, das er dann in der Kneipe versoff. Nein, nein, mein lieber Schwiegersohn oder Schwager. Veronika schlagen, das war sein Untergang. Dem würden sie es zeigen. Mein lieber Freund.

«Tröster in Verlassenheit,
Labsal voll der Lieblichkeit,
komm du süßer Seelenfreund!
In Ermüdung schenke Ruh',

in der Glut hauch' Kühlung zu,
tröste den, der trostlos weint.»

So schwangen die Glocken in den taubenblauen Abendhimmel.

Das Kind schlagen. Auf offener Straße. Sie beschimpfen und nötigen und schlechtmachen, Veronika, das gute Kind. Der Drecksack. Das würde er bereuen. Das ließen Kleppels nicht auf sich sitzen.

Wasche, was beflecket ist,
heile, was verwundet ist,
tränke, was da dürre steht,
beuge, was verhärtet ist,
wärme, was erkaltet ist,
lenke, was da irre geht!

Besonders «was da irre geht». Das besonders. Familie Kleppel atmete gemeinschaftlich tief ein und rüstete auf.

Delius hatte angerufen. Bei Hartmut Schneider zu Hause. Hardy war ganz aufgeregt. Ob wohl noch eine Belobigung folgen sollte? Er hatte ja schließlich gut gearbeitet und mehr Aufträge herbeigeschafft als manch einer von den Kollegen. Er war eben ein Tüchtiger! Er konnte Karriere machen, das stand ihm zu, er hatte es immer schon gewußt. Delius hatte ihn eingeladen, und zwar diesmal nicht ins Arania, sondern in die Geschäftsräume nach Kallestedt. Dazu mußte er sich umziehen. Niemand dort sollte ihm den Lagerarbeiter ansehen, niemand! Er hatte schließlich neue Anzüge, neue Hemden, neue Schlipse, eine neue Frisur und auch – ein Herrenparfüm. Der Duft der großen, weiten Welt. Er räusperte sich, putzte sich die Nase, legte die Armbanduhr an und steckte das Handy ein, dann drehte er sich um und ließ Veronika auf dem Sofa zurück.

«Ich gehe zu Delius. Man will mich sprechen!»

Hochmütig und mit aufrechtem Gang wandte er sich ab und verließ die Wohnung.

Veronika rülpste bloß. Ihr war alles wurstegal. Die Trägheit der Trächtigen. Sie wollte bloß liegen. Wäre sie nicht so betäubt gewesen von den Endorphinen, die ihr Körper produzierte, so hätte sie vielleicht eine Wut auf ihn gehabt und sich einen Racheakt ausgedacht. So aber konnte sie ihn allenfalls abschmettern wie eine Bienenkönigin, die taub und stumm geworden war und mächtig schläfrig.

Eine Baumrinde schälte sich nicht von alleine, es bedurfte einer sanften Hand mit einem scharfen Messer, die den Wölbungen folgte und sie vom Stamm nahm. Die Hand, die an dem Stamm heruntergIitt, war aber unsanft und voller Splitter. Paula glitt nicht, sie hackte. Hackte Löcher ins Holz, weil sie außerstande war, gleichmäßig zu arbeiten. Das Messer ritt sich fest.

«Verflucht, Mist!»

Seit einer Woche kein Wort von Timothy, kein Wort. Sie konnte verrückt werden. Seit einer Woche dachte sie Tag und Nacht an ihn. Schielte unaufhörlich in die Kerlenhalle, suchte die dunkle Haut vor dem hellen Sägemehl, da tauchte sie auf, da verschwand sie wieder. Jedes Holz, das sie bearbeitete, hatte er da oben zersägt. Wenigstens dabeigestanden. Er öffnete den Baum. Sie zog ihn aus. Paulas Gedanken überpurzelten sich. Wie nur ihn wiederkriegen? Sie würde sterben, wenn sie es nicht wenigstens versuchte. Er wollte sie ja vielleicht gar nicht mehr. Hatte ein halbherziges Angebot gemacht und längst was anderes im Kopf. Wer weiß, wieviel Eisen er im Feuer hatte, der Feger. Es war ein hartes Los, die Kanthölzer zu schälen, wenn er nur eine Basaltmauer weiter war und seine Muskeln mit der Kraft der Bäume maß. Paula trieb sich Splitter um Splitter in die Hände hinein. Ihn erreichen. Irgendwie. Vielleicht mußte sie ihm schreiben. Sie fischte eine dicke Zimmermanns-Bleifeder auf und schnappte sich eine zerrissene Pappschachtel:

Timothy.

Das war eigentlich schon das Gedicht. Das Wort Timothy. Ich möchte dich anfassen, weil ich sonst sterbe. O je, Timothy. Timothy. Mein Herz kreischt nach dir wie eine Kreissäge in vollem Lauf, stanze mich, leime mich, hobele mich. Dann schrieb sie:

Lieber Timothy,

Du redest nicht mehr mit mir. Das tut mir weh. Ich konnte nicht mit Dir spazierengehen, weil Schnee gemeldet war, alle Wege wären verschneit gewesen und wir hätten uns im Schneesturm verloren. Vielleicht hätte sich auch das große Erdbeben in Spanien über Frankreich fortgepflanzt und wir wären in eine Erdspalte hineingestürzt und darin verkommen. Auch weiß ich vom Kistenfranz, daß an dem Tag Bäume gefällt werden sollten am Glitzerberg – und wären wir da entlanggegangen, dann hätte Dir ein Baum auf den Kopf fallen können – so habe ich Dir das Leben gerettet.

Wenn ich aber mit Dir gegangen wäre und es hätte nicht geschneit und keine Erdspalte hätte uns verschluckt und kein Baum wäre Dir auf den Kopf gefallen, dann hättest Du vielleicht gemerkt, daß ich mich elend fühle, und ich fühlte mich elend, weil Du an meiner Seite warst, und solange Du an meiner Seite stehen wirst, wird mir bang im Herzen sein, und im Bauch wird es flau, meine Gedanken schießen fort wie die Vögel, und ich kann nichts mehr sagen. Wie soll ich mit Dir gehen, wenn ich doch eher eine Krankenschwester bräuchte als einen Mann, der so schön ist wie Du, der mir so gefällt, daß ich krank werden könnte daran und vergehen, bis nichts mehr von mir bleibt?

So schrieb Paula auf die Pappschachtel. Steckte die Bleifeder weg und die Pappe in den Latz ihrer Jeans. Sie trug wohlweislich die gute Latzjeans. So wie im vergangenen Winter konnte sie nicht herumlaufen. Sie riskierte lieber außerdem noch ihren hübschen Strickpullover, flocht ihre Haare zu einem dicken Zopf zusammen und band ein buntes Gummiband drumherum.

Hakte vorsichtig mit dem Messer ins weiche Holz. Probte. Übte. Schnitt verhalten. Dann kroch sie hinter der Kreissäge hervor, ging zur Frühstücksbude und nestelte aufgeregt an den Mänteln. Da hing Timothys Daunenjacke. Mit der Tasche. Mit der Brotdose. Paula stopfte die Pappe in die Brotdose, Brotdose zurück, Paula raus. Und als sie die Tür hinter sich geschlossen hatte, wollte sie sterben. Der Brief war unmöglich. Wenn er ihn las, war sie so blamiert, daß sie ihm nie wieder unter die Augen treten konnte. Sie würde krankmachen müssen bis zum Ende. Sie hatte ihm eine Offenbarung in die Brotdose gestopft. Womöglich war ihr Brief voller Leberwurstflecke. Und nun war immer jemand da, und sie fand keine Möglichkeit mehr, die Pappe zurückzuholen. Er würde sie lesen oder fressen, und Paula mußte sterben.

Herein!» rief es, und Hardy öffnete die Tür mit dem gewinnenden Lächeln, das ihm Delius noch vor zwei Wochen bescheinigt hatte und das sich immer stärker ausbreitete, seit er wußte, daß er eines hatte. In dem Bewußtsein, der Stolz der Firma zu sein, trat er ein und näherte sich dem glattglänzenden schwarzen Schreibtisch. Hardy stellte das Notebook darauf. Er benutzte es zwar nicht, aber es war gut, wenn man hier sah, daß er ein Notebook hatte.

«Kommen Sie hier herüber», sagte Herr Braschke. Er wies auf die Sitzgruppe in gemustertem Edelblau mit einem Tisch voller Obstschälchen und Gebäck.

«Ich hätte gern Kaffee!» forderte Hardy besonders selbstverständlich. Unwillig gab Braschke der Sekretärin Bescheid, Kaffee zu bringen.

«Herr, ähm, Schneider.»

«Ja, bitte? Es ist ein sehr schönes Wetter heute, eine Luft, so klar! Altweibersommer, was??»

So sprach man doch in diesen Kreisen, nicht? Jedenfalls über das Wetter, und nicht über Bumsen und Titten.

«Herr Schneider.»

Braschke wußte offensichtlich nicht, wie er weitermachen sollte. Er ließ die Uhr am Handgelenk heruntergleiten, als wollte er sich von der Zeit verabschieden, dann streifte er sie wieder auf. Schließlich platzte Hardy dazwischen:

«Is was, Chef?»

Irritiert blickte Braschke auf.

«Ich weiß nicht ... ich weiß nicht, was ich dazu sagen soll.»

Er blätterte in einem Ordner und blieb immer wieder an einigen Seiten hängen, dann blätterte er wieder weiter.

Hardy wurde nervös. Griff nach der Dunhill.

«Ist was passiert?»

«Sie wissen nichts?»

Verwirrt zuckte Hardy mit den Schultern. Die Goldkette an seiner Brille wackelte. Die Brille nur für Delius. Die Kette nur für die Brille. Er schluckte.

«Was haben Sie denn da?»

«Das wird Ihnen nicht gefallen, was ich hier habe.»

Hardy tat lässig. «Na, was denn.»

«Siebzehn Kündigungen. Alle auf einen Schlag. Ihr gesamter Kundenstamm.»

Hardy begriff nicht. «Wer gekündigt? Was?»

«Ihre gesamten Kunden. Haben gekündigt. Eine Trude Kleppel, Anton Kleppel, Elvira Kleppel ... und so weiter. Sie haben für jeden einzelnen dieser Kunden fünfhundert Mark Prämie bekommen. Wie haben Sie sich das gedacht? Sagen Sie, halten Sie uns für dermaßen naiv, daß wir gegen solche Absahner wie Sie nicht gefeit sind? Was glauben Sie, wie viele Anwälte wir haben? Was glauben Sie, wie die das nennen, was Sie hier mit uns veranstalten? Betrug nennt man das. Jawohl. Die Anzeige läuft bereits.»

Hardy rührte sich nicht. Er glaubte, nicht richtig zu hören.

«Gekündigt, wieso denn ... war doch alles in Ordnung. Kleppel ...? Ja. Natürlich. Das ist meine Schwiegermutter, also, das sind, also das ist ... die ... die haben sich zusammengetan ... die ... die wollen mich fertigmachen. Wenn man die Sippe gegen sich hat ...»

«Wir haben uns schon erkundigt. Es handelt sich im wesentlichen um die Familie Ihrer Lebensgefährtin.»

«Ach was heißt Lebensgefährtin! Die Veronika ... die, ach die. Nee, die Kleppels, das ist alles eine Inzucht bei uns im Dorf. Die heißen doch alle Kleppel.»

«Herr Schneider, bitte erzählen Sie mir mal, wie es zu all diesen Kündigungen kommen konnte. Haben Sie eine Erklärung dafür?»

Unbeherrscht sprang Hardy auf.

«Ich habe eine Erklärung! Die Erklärung, daß das alles Arschlöcher sind!»

Er fing an zu randalieren. «Wozu habe ich das denn alles gemacht, wozu denn?! Habe mir ein Notebook gekauft! Mir ein Büro eingerichtet! Wer bin ich denn? Habe ich das nötig, mich hier beschuldigen zu lassen? Ich hätte das auch noch mit Absicht gemacht? Ich habe gar nichts gemacht! Gar nichts! Ich weiß genausowenig wie Sie, warum die das gemacht haben! Nur weil ich ...»

Braschke blieb felsenfest sitzen.

«Weil Sie ...?»

«Ach ja, weil ich da mal in der Kneipe ... das war aber doch alles Blödsinn! Nur weil ich dem feinen Töchterlein, die mir ein Balg untergejubelt hat, mal eben die Leviten gelesen habe! Das war es wohl! Das hat die Bagage mitgekriegt und fühlt sich auf den Schlips getreten! Jahaa! So war das! Und nicht anders! Die verdammte Sippe, die hinterfotzigen Arschgesichter, die …»

Schnell erschienen zwei Mitarbeiter von Delius hinter Hardy. Hardy fuchtelte wild um sich, nahm den Briefbeschwerer, krempelte die Ärmel hoch, lief hin und her, «… aber die spreche ich noch! Die werden noch von mir hören! Das hat noch ein Nachspiel!!»

«Ein Nachspiel hat das alles hier», sagte Herr Braschke. «Herr Schneider. Setzen Sie sich oder gehen Sie. Ihr Geschrei nützt gar nichts. Wir müssen mal zu den Fakten kommen.»

Hardy nahm auf dem äußersten Rand des Sitzes Platz, sprang aber nach wenigen Momenten vor Übererregung wieder auf.

«Sie wollen mich doch bloß rausschmeißen, jetzt! Nicht wahr?»

«Sagen wir es mal so. In gegenseitigem Einvernehmen unterbrechen wir an dieser Stelle die Zusammenarbeit. Zu Ihrem und unserem Besten.»

«Ihrem Besten ja wohl.»

«Kommen Sie. Ich glaube Ihnen sogar, daß Sie von den Kündigungen nichts wußten. Deshalb werden wir die Betrugsanzeige fallenlassen. Verantwortlich sind Sie aber immerhin. Wir geben Ihnen ein halbes Jahr, um einen Teilbetrag der Provisionen zurückzuerstatten. Die genaue Summe werden wir noch ausrechnen. Damit kommen Sie noch gut weg. Ihre Mitarbeit war kein großer Gewinn für uns.»

«Ich, ich kann wirklich nichts dafür.»

Braschke antwortete nicht.

«Ich kann doch mit anderen Kunden weitermachen …»

«Davon wollen wir absehen.»

«Wieso, ich meine, ich habe in meinem Betrieb noch nicht angefangen, ich kann da noch ...»

«Nein.»

Hardy war zum Heulen. Er gehörte doch dazu. Sie konnten ihn nicht einfach rausschmeißen. «Ich sage Ihnen ...»

«Hören Sie auf. Das Gespräch ist beendet.»

«Nein», sagte Hardy, «ich ...»

Die beiden Herren nahmen ihn in die Mitte und forderten ihn unmißverständlich auf, sich vom Stuhl zu erheben. Ihm fiel nichts mehr ein. Schwach stand er auf.

«Bitte.»

Damit mußte er gehen. Hereingelegt und abgeschmiert. Diesen Abgang hatte er nicht verdient. Er brabbelte tonlos vor sich hin.

«Das war nur die beschissene Verwandtschaft, die hinterfotzige Sippschaft, so heuchlerisch ... wie die einen ablinken ...»

Braschke seufzte, stand ebenfalls auf und wandte sich ab.

«Ach, Scheiße», Hardy verlor die Fassung, «ach, Scheiße noch mal.»

Flankiert von seiner Begleitung taumelte er dem Ausgang entgegen.

«Ihr Notebook», sagte der eine Mann und reichte es Hardy.

«Was soll ich denn jetzt noch damit ...»

«Kommen Sie.»

Hohnlachend fuchtelte Hardy mit den Armen.

«Das habt ihr euch ja fein ausgedacht! Wenn es ein Problem gibt, schmeißt ihr einen raus! Das haben wir gern! Nach außen die Feinen markieren, und dann geht es nur Vogel friß oder stirb! Die reinste Mafia! Eine Mafia seid ihr! Arschlöcher!»

Man faßte ihn an den Armen und geleitete ihn mit sanfter Gewalt hinaus, er wehrte sich wütend bis zum Hauseingang, aber dann war alles vorbei.

Hardy flog am Altweibersommer mitsamt seinem Notebook

im hohen Bogen in den schönen Garten der Delius-Vermögensberatung.

Nach außen hin fluchte er, aber als sich die schönen hohen Türen hinter ihm schlossen, mußte er an sich halten. Beinahe hätte er geweint. Wo sollte er jetzt hin in seinem Boss-Anzug? Wie benommen torkelte er über die Straßen und wußte nur – fort von hier, nur fort von hier. Wo konnte er sich jetzt noch blicken lassen? Die verdammte Verwandtschaft! Könnte er ihnen nur etwas antun! In sinnlose Rachegedanken versunken, die sich doch nie erfüllen sollten, stieg er in sein Auto und blickte noch einmal auf das saubere Grundstück mit der feinen Villa, in der sich Delius einquartiert hatte. Die Statue im Garten, der Brunnen, die schönen Blumen unter dem Geländer, die weiße Auffahrt. Da gehörte er jetzt nicht mehr hin. Der Schock saß tief, und schmählich fühlte er sich behandelt. Wie einen Köter hatte man ihn rausgeschmissen, er durfte diese Treppen nie wieder betreten, und bald rollten ihm die Tränen über die bräunlich zerknitterten Wangen herab. Er legte den falschen Gang ein, rannte gegen den Bordstein, dann konnte er endlich den Wagen wenden, und er fuhr ruckelnd mit angezogener Handbremse davon.

Paula war mit den Nerven herunter. Wegen Timothy Twain, der in der Nähe herumtigerte und der sie in äußerste Anspannung brachte, wegen ihrer nicht nachlassenden Gefühle und wegen der verfließenden Zeit, in der nichts geschah.

Am Nachmittag schließlich war Paula vollends fertig, so daß ihr schon wegen jedem heruntergefallenen Abfallholz die Tränen kamen. Weil ihr aber dauernd die Tränen kamen, warf sie immer mehr Abfallholz herunter. Ihre Hände waren verschmiert mit Öl und Schmutz, sie verfluchte sich, das Haar löste sich aus dem Zopf und fiel ihr ins Gesicht. Sie mußte arbeiten und Nase putzen und Haare aus dem Gesicht fegen und auf dem

Platz bleiben und konnte nicht fortlaufen, es war ein schrecklicher Tag. Verfluchter Timothy Twain! Wenn jetzt Old Berta da wäre, die hätte ihr schon was gesagt, die hätte gesagt: Siehst du jetzt?! Die Liebe ist eine Himmelsmacht! Die fährt dir durch Mark und Bein!! Und Veronika. Die könnte ihr auf die Schultern klopfen und sagen: Siehst du wohl? Kannst du dir jetzt vorstellen, wofür ein Mann gut ist?

Paula konnte sich vorstellen, wofür Timothy gut war. Es riß sie fast entzwei. Dabei war er nur wenige Meter weiter oben in der Halle.

Am besten war es, sich von allen und jedem abzuwenden. Arbeiten, arbeiten, arbeiten. Schaff was, dann geht's dir besser. Deshalb nahm sie ihr Schälmesser und das Wägelchen mit den Rindenhölzern und suchte sich einen stillen Ort zwischen einem Berg von aufgeschichteten Unterböden und einer Fuhre Buchenholz. Sich beruhigen. Die Nase putzen. Das Messer ansetzen. Die Rinde abschälen. So wie Berta es ihr beigebracht hatte. Eines nach dem anderen. Eines nach dem anderen. Ohne sich in das Obenherum zu schneiden. So sollte der Nachmittag auch vorübergehen.

Sie erschrak jäh, als sie zwei Hände auf ihrer Taille spürte, und ihr Körper fuhr auf. Die Hände lagen sanft im Bogen über dem Becken und unterhalb der Rippen, durch den gestrickten Pullover hindurch spürte sie den zarten Druck. Paula konnte sich nicht rühren. Dann ließen die Hände los, faßten den Zopf und zogen liebevoll daran, bis ihr Kopf im Nacken lag. Schließlich legten sich gleichzeitig die Hände wieder auf die Hüften, während sich eine Wange von hinten ganz innig an ihre Wange schob. Sie spürte den atmenden und pochenden männlichen Brustkorb auf dem Rücken und sah, daß die Wange an ihrer Seite dunkler war als die ihre.

«Na!» sagte Timothy.

«Na!» ... antwortete Paula.

Timothy umschloß ihre Schultern und wiegte sie im Takt eines Liedes, das noch nicht erfunden war. Sie hingegen konnte den Takt seines Wiegeschrittes, der bereits in der Hüfte begann, nahtlos aufnehmen.

«Lieber Timothy», flüsterte er. «Du redest nicht mehr mit mir. Das tut mir weh. Ich bin doch nur nicht mit dir gegangen, weil Schnee gemeldet war, alle Wege wären verschneit gewesen, und wir hätten uns im Schneesturm verloren...»

Er sagte ihr den Brief, den sie ihm geschrieben hatte, auswendig auf. Vom ersten bis zum letzten Satz.

«Du hast ihn auswendig gelernt.»

«Ich weiß nicht, aber...» Jetzt öffnete er seine Umarmung und erschien auf einmal von vorne. Die Grübchen spielten. Er war tatsächlich zum Küssen nah. Sein Mund war so deutsch.

«Hast du immer noch Angst vor dem Schneesturm?» fragte er.

Sie schüttelte den Kopf.

«Es ist auch erst Oktober, weißt du. Ich meine – und wie ist es mit Erdbeben?»

«Keine Gefahr im Moment.»

«Ich, ich habe noch niemals den Glitzerberg bestiegen.»

«Er ist auch nur zwei Meter hoch, aber ... ich war auch ... schon lange nicht mehr ... auf dem Glitzerberg.»

«Dann...»

«Ja?...»

«Gut, dann – sehen wir uns gleich...?»

Paula wollte verrückt werden, als sich die Hände von ihrem Körper lösten, sie wollte verrückt werden, weil er ihren Brief auswendig kannte, und sie wollte verrückt werden, weil sie gleich ein Rendezvous hatte.

Mit Lischka Kossak geschah nie irgendwas. Sie stapfte zur Kreissäge, sägte, starrte in der Luft herum, kniff die Unterlippe unter die Zähne und abends ging sie wieder heim. Einmal hatte sie Andres um etwas gebeten. Er sollte ihr einen Schweinetrog machen, denn Lischka war auf die Idee gekommen, Schweine zu halten. Das tat kein Mensch mehr, aber Lischka fing wieder damit an. Ein alter Stall war noch da und ein großer Garten, da konnten die Schweine sich suhlen im Dreck. Andres ärgerte zwar das ganze Jahr die Leute, aber er hätte niemals nein gesagt, wenn ihn jemand um etwas bat. Lischka erhielt also einen erstklassigen solide gearbeiteten Vorzeigeschweinetrog, und Andres wollte nichts dafür haben.

Sonst gab es von Lischka nichts zu berichten. Ab und zu schimpfte sie, wenn sich ein Holz verhakte oder eine Wagenladung herunterstürzte, halb polnisch, halb deutsch in hohen Tönen. Heute aber sollte endlich etwas mit ihr geschehen. Sie konnte nicht einfach immer nur so herumstehen. Das hatten jedenfalls Andres und Klaus Stockschuh beschlossen. Ein wenig Bewegung täte ihr gut.

So kamen sie ein wenig früher zur Arbeit, deponierten einen Eimer Wasser unter der Kreissäge und versteckten sich unter ihrer breiten Bank. Lischka Kossak erschien und stellte sich hin wie ein Zinnsoldat, schaltete die Kreissäge an, legte zwei Bretter aneinander davor und senkte dann den grünen Kopf der Maschine, dessen Raffzähne kreischend in das Holz eintauchten. Sie bemerkte die beiden Männer unter der Säge nicht.

Doch nach einigen Minuten kamen ihr beim Eintauchen des Sägeblattes in die Bretter einige Tropfen Wasser entgegengespritzt. Lischka nahm keine Notiz davon und machte einfach weiter. Es hatte in dreißig Jahren keine Veränderung gegeben. Aber als sie wieder sägen wollte, spritzten schon mehr Tropfen aus der sich rasend drehenden Scheibe. Verwirrt wischte Lischka sich alles von den Wangen. Hielt sich aber damit nicht lange auf und sägte die nächsten Bretter durch. Dabei klatschte ihr eine solche Ladung Wasser ins Gesicht, daß sie erschreckt zurücksprang, den Kopf wie eine Taube ruckte und polnisch losschimpfte. Sie war voller Wasser, und das Kopftuch triefte, einen Moment lang mußte Lischka sich fassen. Aber dann konnte jeder sehen, wie schlau Lischka in Wirklichkeit war, viel schlauer, als irgend jemand von ihr gedacht hatte. Denn eines hatte ihr die polnische Mutter beigebracht: Wie schlecht die Menschen waren. Daß sie einen vertreiben konnten von Haus und Hof, aus dem Land jagen, einsperren, einem Gewalt antun, alles brachten Menschen fertig. Und jederzeit konnte es passieren. Deshalb mußte man immer gewappnet sein und sich wehren können. Lischka Kossak war aufgewachsen im ständigen Mißtrauen gegen jedermann, bereit, mit aller Kraft zu kämpfen. Kaum hatte sie also das Wasser im Gesicht, schon entdeckte sie durch die Ritzen der Bank die Tuchzipfel von Klaus' und Andres' Hemden, kreischte los und rannte sofort auf die andere Seite der Säge. Da standen ein Handfeger und eine Kehrschaufel. Lischka nahm kurzerhand die Kehrschaufel, stürzte auf die kichernden, am Boden liegenden Männer und drosch drauflos. Sie haute die Kehrschippe auf alles, was sie erwischen konnte, Knie, Bauch und Schädel, ganz egal, Lischka war wie eine Dreschmaschine und sie dachte überhaupt nicht daran, aufzuhören.

Bedauerlicherweise hatten Andres und Klaus sich zwischen den Beinen der Säge so eingekeilt, daß sie gar nicht ohne weiteres herauskamen, so daß sie eine überreichliche Menge an Schippenschlägen auf die Rübe bekamen, bis sie endlich draußen waren. Obwohl Andres Lischka den wunderbaren Schweinetrog gemacht hatte, bekam er nun doch soviel Prügel ab, daß er grün und blau wurde.

Das war das einzige Mal, daß Andres ausreichend gestraft wurde für seine Missetaten. Beulen, Veilchen und Hörner überall. Die Arbeiter der Kistenfabrik aber waren höchst zufrieden, denn jetzt sah man, daß es doch eine ausgleichende Gerechtigkeit gab auf Erden. Lischka Kossak hatte sie alle gerächt.

Nur noch fünfunddreißig Minuten. Dann war es sechzehn Uhr und die Maschinen verstummten. Die große Stille setzte ein. Ein Grab konnte nicht leiser sein als die Hallen mit den sonnenfarbenen Gehölzen zwischen den Basaltwänden. Frieden bis morgen früh um sechs, wenn die Kerle kamen. Paula wollte nervös verschwinden, blickte suchend um sich, aber fand ihn nicht. Timothy, wo war er nur? Wollte er sie abholen vor der Tür, wo dann die ganze Fabrik zusah und jeder morgen lästerte, die Paula und der Timothy, der Timothy und die Paula? Wo sollte sie bloß hingehen?

«Pscht!»

Aha. Timothy erschien zwischen Kreissäge und Bretterwagen.

«Hm??!»

Dann stand Timothy in ihrer Ecke zwischen den aufgeschichteten Unterböden und der Fuhre Buchenholz. Er deutete mit dem Finger nach unten und ging in die Hocke.

«Wir bleiben!»

«Wie?!» flüsterte Paula und ging nervös auch in die Hocke.

«Wir bleiben!»

Niemand achtete auf sie. Erlöst sanken die Arbeiter den Ausgängen entgegen. Wenn die vielen tausend Volt aus den Maschinen gingen und mit ihnen das Getöse, ging auch die Kraft aus den Leuten heraus. Sie rissen die Jacken von den Haken und schauten nicht links und nicht rechts. Nur Konrad machte prüfend die Runde, kontrollierte hier und da, rauchte noch eine und nahm dann endlich auch seine Jacke. Der rostige Schlüssel von außen in die dicke Tür. Zweimal. Dreimal, und einmal noch den Griff herunter, ob sie auch wirklich zu war.

«Tsss...», kicherte Paula. «Wir wollten doch spazierengehen!»

«Zu kalt.»

«Hier ist es nicht kalt.»

«Alles noch warm vom Tage.»

«Jetzt brauchen wir nicht mehr zu flüstern.»

«Doch», flüsterte Timothy. «Wenn die Maschinen stillstehen, dann hört man alles besonders laut. Wenn eine Butterbrottüte knistert, ist es genauso laut, als wenn den ganzen Tag die Hobelmaschine läuft. Am besten flüstere ich dir ins Ohr!»

Paula rückte ein wenig näher.

«Gott sei Dank sind wir nicht in Kallestedt.»

«Wieso?»

«Da hat doch alles und jeder eine Alarmanlage. Hier ist Gott sei Dank keine – sonst kämen wir nicht mehr heraus!»

Unvermittelt neigte er seinen Kopf zu ihrem Hals, und sie erschrak freudig. An ihren Ohrläppchen spürte sie den Hauch seiner Lippen, zart wie einen Schmetterlingskuß, ein kleines Zupfen nur. Er hatte gar nichts gesagt. Auch nicht geküßt. Aber er glitzerte zwischen den Zähnen. Sprachlos faßte Paula sich ans Ohr. Der Ohrring fehlte. Er hatte ihn so geschickt mit den Zähnen herausgezogen, daß sein Mund das Ohr nicht einmal berührt hatte. Das feine Zupfen wurde aufgeregt dem ganzen Nervengeflecht mitgeteilt und brachte sie so am ganzen Leib zum Zittern. Alles, was sie fragen wollte, vergaß sie. Wann er aufhörte, wann er ging, wo er hingehen wollte. Sie schauten sich nur an, und der Ohrring löste sich allmählich von seinen Lippen.

«Da ist noch einer.»

Erst recht langsam näherte er sich dem rechten Ohr, und jetzt spürte sie es deutlich, das Zupfen und das Herausgleiten des winzigen Bügels, wieder strömten die Nerven wie silbernes Lametta im ganzen Leib. Er stürzte mit dem Kuß so heftig auf sie zu, daß ihre Lippen und Zähne aneinanderschlugen, ein schmerzhafter Kuß, so zeigten sie sich die Zähne. Timothys Beweglichkeit war viel schneller als ihre, die hinterherstolperte und zwar durch die ganze Halle, Paula ließ sich nämlich am Nacken durch die Halle ziehen, dieser Mann war nicht zum Gehen gemacht, er bewältigte das Leben mit gleitenden Schritten oder mit anmutigem leichtem Schenkeldruck Richtung Erdboden. Als müßte er Paula das Laufen beibringen, das schöne Laufen, hielt er sie mit dem Arm an seine Hüften geschmiegt und ging dann rückwärts mit ihr. Damit sie begreife. Wie bei einem Menuett. Als trüge er Handschuhe aus Seide. Timothy war so verbunden mit seinem Körper, daß er mit ihm lauschte, spürte und antwortete. Paulas Körper verstand aber gleich. Darum sparten sie sich die Worte. Sie verfiel den Grübchen und dem endlos fließenden Charme. Sie verfiel ihm einfach. Leicht wie eine Feder ließ sie sich ziehen, in den Sägemehlspeicher, wohin denn sonst. Dort wurde sie schwerer. Das Lager aus Bergen von Abertausenden sämigen Spänchen forderte ganze Leiblichkeit. In einer sanften Mulde der teigfarbenen Hügel, noch warm vom Gebläse, in dieser Mehllandschaft flogen alsbald die Sägemehlspritzer, gruben sich neue Löcher in die Gebirge, und das Licht spielte unaufhörlich mit den Schatten, großen Schatten an der Wand, flackernden, winzigen Schatten auf Paulas Bauch. Ein helles Licht auf Timothys Brust, weißer Staub auf seiner Armbeuge, sein makellos geformter Oberkörper über Honigtälern. Unter dem Waschbrettbauch waren Töne eingeschlossen, die endlich mit einem leisen Stöhnen emporkamen. In das Stöhnen mischte sich das Wort «Paula», und Paula wand sich in seinen Händen, bis unter ihr das Sägemehl von den Oberschenkeln weggedrängt wurde und die Knöchel im gelben Holzsand verschwanden. Daraufhin faßte er sie unter den Achselhöhlen und hob sie höher in den Berg hinein, bis ihr das Mehl über das Gesicht fiel. Nun hatte das goldene Spänchengestöber die Oberhand gewonnen, es durchdrang die Haare und mischte sich zwischen die Leiber, in die Ritzen von Lenden und Kniekehlen, Leistenbeugen und Bauchnabel, es überwarf den dunklen Körper von Timothy Twain mit einem Netz von zartem Sisal, und gleichzeitig stach es mit abertausend Pfeilchen an der Haut, trieb Pfählchen der Erinnerung in sie hinein und reizte sie auf, wieder und wieder. In ihre wundgescheuerte Haut füllte sich dann das Wasser und bildete einen schmerzhaften Seim, den durchsichtigen und stichelnden Seim des Sägemehls.

«Ich rutsch hier, glaube ich, immer tiefer», sagte Paula.

«Ja, weißt du, das ist Treibsand,» antwortete Timothy.

«Das ist ganz schön gefährlich. Da kann man drin ersticken.»

«Ach weißt du», die Grübchen spielten, «ich buddele dich schon wieder aus.»

Paula hätte sich in einen Berg vergraben lassen, nur um von ihm wieder ausgebuddelt zu werden. Noch konnte sie es nicht fassen, die sanddornfarbene Haut über ihr, der sehnige Schenkel, auf dem ihr Knie lag, die schlanke Hüfte, die bald auf sie zukam, eingefärbt gleichmäßig sanft. Paula streckte das Becken entgegen, um ihn aufzunehmen, und dann seufzten sie und suhlten sich und tanzten begehrlich auf den hohen Sägemehlwogen.

Langsam legten die Weiber wieder ihre Schichtkleider an, einen Pullover mehr, Kittelschürze zu, Nylonstrumpfhose an, die Strickjacke für alle Fälle, so kam immer eins ums andere dazu. Es wurde kalt, und es kam nichts mehr aus der Erde. Nur was war, das blieb noch ein wenig. Am Waldessaum die Gräser und die Kräuter in den Gräben, es hielt sich das Helmkraut, das Habichtskraut, das Greiskraut, Hellerkraut, Franzosenkraut und Hirtentäschel auf den Wiesen, es stand der Weißklee, die hohe Schafgarbe und das Weidelgras, es wuchsen noch immer die Kamillen, der Thymian, die Ackerminze und die Witwenblume mit ihren spröden, borstigen, blauvioletten Spreublüten. Die Buchen warfen schon die Blätter von sich, die Hagebutten, Birnen und Äpfel waren reif. Kühl war es im Abendwind. Die Dämmerung kam bald. Lange betrachtete Konrad die Weiber. Kistenfranz erschien im Türrahmen, um nach dem Rechten zu sehen und sah ebenso wie Konrad mit getrübtem Blick die gelichteten Reihen der Weiber.

Er setzte sich auf eine Kiste, rieb sich die schmerzenden Knochen, die eine Arthritis ankündigten, stützte den Kopf auf und sah den Maschinen zu, wie sie liefen. Hohe, starke Maschinen für die Ewigkeit und einem immerwährenden Dienst. Sie waren nicht mehr modern. Er müßte erneuern. Investieren. Die neuen Maschinen waren zierlicher und wendiger, blau und strahlend, seine schmierten in behäbigem Grün vor sich hin. Überall waren die Maschinen computergesteuert. Bei ihm sah es aus wie nach dem Krieg. Aber er wollte keine computergesteuerten Maschinen mehr. Wie hatte er das Wort Maschine geliebt und wie hatte er die Industrie bewundert. Er hätte sich für immer im Keller einschließen können mit der Dampfmaschine, bei der er sein Handwerk gelernt hatte, damals in Linnen, bevor das alte Sägewerk abbrannte, ein Brandstifter, den man bis heute nicht gefunden hatte. Die Dampfmaschine unten im Keller, das war es gewesen. Kellergeist hatten sie ihn genannt.

Seine Maschinen waren jetzt veraltet, schwerfällig langsam und tösend – und seine Arbeiter waren auch veraltet und brummig und krumm, sie hatten sich den Wurzeln der Bäume genähert.

Wieso mußte eigentlich immer erneuert werden? Seine Maschinen liefen doch – und die Alten arbeiteten fleißig und treu. Seine Kisten konnten sich immer noch sehen lassen, es waren eben Kisten, wie man sie brauchte. Er hörte überall die Schreiner auf die Computer fluchen, wenn sie nicht zurechtkamen. Gut, er hatte einen für die Aufträge und für die Bücher ins Büro stellen lassen. Der Klaus hatte sich irgendwie eingearbeitet. Aber Franz wollte das nicht mehr. Eines Tages, in wenigen Jahren schon, wollte er die Tore der Fabrik für immer schließen, die gewaltigen nördlichen Tore, die die Mäuler aufsperrten und die Bäume fraßen.

Kistenfranz war wirklich alt geworden. Er lauschte den Maschinen und lauschte der Zeit, die draußen an ihm vorüberging. Betrachtete seine Arbeiterscharen. Zu wenige waren sie bei den Weibern.

Sie brauchten eine neue Frau. Eine gesunde, junge, kräftige. Eine, der man auch mal was auf die Schultern laden konnte. Am besten eine saftige Hausfrau aus Dornweiler, die schon drei Kinder großgezogen hatte. Die konnte zu Fuß laufen, die machte keine Sperenzien, die kannte das Leben, der konnte man was sagen. Ja, das war wichtig. Auf der anderen Seite wollte er doch wieder jemandem eine Chance geben. Jemandem, den sonst niemand wollte.

War da nicht noch die Älteste vom Egon aus dem Linnener Gesangverein – die, die Sonderschule besuchen mußte und jetzt fertig wurde? Wenn er überlegte ... wen konnte er denn da nehmen? In Gommerheim gab es einen, der hatte im Kittchen gesessen. Der war jetzt wieder draußen. Aber halt. Er brauchte ja eine Frau. Wie war es denn mit Hannjokebs Marianne? Sie trank. Das hatte er schon mal versucht. Das war zu gefährlich mit den Maschinen. Damals, die Luxemburgerin, die hatte soviel getrunken, da hatte er zu ihr gesagt, sie solle die riesigen, staubigen Fenster putzen. Da war sie von der Leiter gefallen.

Aber in Kallestedt. Da hatte eine Frau einen Arm verloren bei einem Unfall. Na und? Konnte sie doch bei ihm arbeiten, da fand sich immer was. Oder wie war es mit Ursel aus Dornweiler? Ihr Manfred hatte sie sitzenlassen mit zwei Kindern, da brauchte sie doch auch ein wenig Geld? Sie konnte ja etwas später anfangen oder kam eben nur morgens, da konnte man doch drüber reden. Wie viele Angehörige waren schon zu ihm gekommen und hatten flehentlich gebeten – hast du nichts für unseren Siggi? Der liegt den ganzen Tag auf dem Sofa und starrt Löcher in die Luft! Hast du nichts für unsere Marianne? Ich weiß nicht mehr, wohin mit ihr, kann sie nicht wenigstens eine

Zeitlang bei dir arbeiten? Für die Mütter und Väter hatte er es immer getan. Er hatte jedem eine Arbeit gegeben und viel verändert für Dornweiler.

Er dachte hin und her, träumte noch ein wenig von der saftigen Hausfrau aus Dornweiler, dann überlegte er schon, wie genau noch mal Egon mit Nachnamen hieß. Er konnte im Gesangverein fragen. So ein junges Mädchen, allein daheim, das war nicht gut. Der Kistenfranz würde Egon anrufen und ihn fragen, ob seine Kleine nicht bei ihm arbeiten wolle. Es sei zwar nicht die schönste Arbeit, aber so sei sie wenigstens unter Menschen und in der Nähe von zu Hause. Sie könnte kommen, wann immer sie wolle.

Weißliche Tropfen breiteten sich auf dem Linoleum aus. Erst nur Tropfen, dann ein rinnender Bach auf dem Dielenboden. Veronika hielt sich den Bauch, als die Ströme aus ihr herausflossen. Wieviel Wasser das war. Veronika hockte sich in die eigene Pfütze. Eine Putzlumpe, dachte sie. Ich muß eine Putzlumpe holen. Wagte es aber nicht, aufzustehen, solange das Wasser noch floß.

Wie ein angestochenes Faß, sagte sie sich. Kniete, und es wurde ihr schwindelig bei dem Anblick des Körpersaftes, der von ihr ging. Ach was, ach was, ach was. Nichts ergab sich in ihrem Gehirn. Sie mußte das Wasser aufhalten. Ein Handtuch. Ein ganzes Handtuch mußte sie sich vorhalten und auch das wurde noch naß. Vielleicht war gar kein Kind im Bauch. Vielleicht war alles nur Wasser.

Sie konnte so nicht weg. Sie war nicht vorbereitet. Man hatte ihr in den Ohren gelegen, natürlich, pack eine Tasche für wenn es losgeht, natürlich, aber sie war irgendwie nicht dazu gekommen. Sie konnte sich nicht holen lassen, es war viel zu durcheinander hier, sie mußte erst noch aufräumen, aber wie sollte sie aufräumen, wenn es plätscherte und plätscherte. Sie konnte Andrea anrufen. Oder die Eltern, die würden schon kommen, schimpfen und zetern und sie ins Auto zerren, nein, das wollte sie doch nicht. Andrea, das ging schon eher. Andrea war im Skiurlaub, jetzt fiel es ihr wieder ein. Veronika kroch ein wenig herum und schob Klamotten aus dem Wohnzimmer in einen Wäschekorb hinein. Dabei ballte sich plötzlich ihr Bauch zusammen, so fest und hart wie ein Medizinball, es tat weh, o je, ganz schön. Aber sie konnte sich so nicht daheim abholen lassen, nein, da schämte sie sich. Man würde denken, sie hätte ihr Leben nicht im Griff. Dabei hatte sie ja aufräumen wollen, ganz bestimmt. Sie wollte ganz sicher, heute, alles zusammenlegen, sie wollte ganz sicherlich, heute, den Topf aufheben und die Erde aufsammeln, fegen, saugen, jaja! Es war ja bis jetzt nur immer was dazwischen gekommen. Aber wenn – rein zufällig zum falschen Zeitpunkt – hier jetzt einer reinkäme, der würde nur die vielen Klamotten sehen, die herumlagen, die vollen Aschenbecher, den umgefallenen Blumentopf, die Rotweinflecken, die festgetrocknet waren, den Kaffeesatz, der über die Filtertüte gelaufen war, die alten Zeitungen im Flur, die sie solange gestapelt hatte, bis sie umgestürzt waren, das unaufgewaschene Geschirr, o die vielen Konservendosen. Veronika versuchte, den Kaffeefilter zurückzuschieben, bis er wieder im Plastik saß, und den Satz wegzumachen, da überrollte sie die nächste Wehe und zwang sie in die Knie. Das war schlimmer als erwartet. Aber Veronika hatte gar nichts erwartet, desto schlimmer war der Schock von dem Schmerz. Hierher durfte niemand kommen. Natürlich. Hardy war auch ein Schmutzfink, er hätte nie eine Putzlumpe angefaßt, nie. Er schimpfte nur immer, wenn seine Klamotten nicht sauber waren. Aber sonst konnte Veronika an Hardy nicht denken. Sie hatte den ganzen Menschen nicht mehr im Gehirn. Einfach weg. Wo er war, was er machte, daß es ihn gab. Er wollte damit nichts zu tun haben, also war er aufgelöst wie Rauch. Vielleicht, dachte Veronika, wenn sie es schaffte, mit dem Bus nach Kallestedt zu fahren, der kam um ein Uhr fünfzehn. Wenn sie es bis dorthin schaffte. Dann konnte sie in Kallestedt aus den Latschen kippen, und man würde sie von dort gleich ins Krankenhaus bringen. Dann brauchte sie sich vor nichts und niemandem zu schämen. Das war doch gut, oder? Eine gute Idee, das war es. Und sie mußte nichts und niemandem erklären, warum sie alleine kam. Und warum sie keine Tasche dabei hatte. Dann wurde nicht groß gefackelt, und sie kam in den Kreißsaal, und alle waren gut zu ihr, und sie bekam Krankenhauswäsche, schöne, saubere ... Mist, daß sie die Haare nicht mehr gemacht hatte. Mist, jetzt ging es nicht mehr. Sie konnte einfach nicht mehr.

Die Schmerzen kamen mit solcher Heftigkeit, daß Veronika sich aufbäumte, emporgehoben vom kugelrunden Bauch, der Bauch wurde wieder zusammengequetscht, als sollte Mus daraus werden, als wollte er das Kind im Leib zerquetschen, das konnte einen umbringen, Gott sei Dank, es hatte einen Höhepunkt, es dauerte jedesmal nicht lange, dann hatte sie wieder Ruhe.

Ein Kistenweib, dachte Veronika. Die Kistenweiber waren die Besten. Erfahren, schwätzten keinen großen Mist, man konnte ihnen nichts vormachen, sie würden zupacken und sie mit blöden Bemerkungen verschonen. Ja, sie brächten es sogar fertig, die Geburt lustig zu machen. Irgendwie lustig. Veronika war so elend wie noch nie in ihrem Leben. Sie wollte etwas tun, kam aber einfach nicht aus der Diele heraus. Sie hielt sich an der Garderobe fest, ging wieder in die Hocke, wankte dann einige Male hin und her, sinnlos Kleider auflesend, und ging schließlich wieder in die Knie, immer im Flur, weil die Garderobe festgedübelt war und man sie nicht herausreißen konnte. Veronikas Gedanken schalteten sich ein und wieder aus, sie gingen und kamen mit den Wehen. Das war ja noch nicht so oft, kalkulierte sie. Sie hatte ja immer noch viel Zeit zwischen den Wehen.

Fünf Minuten brauchte sie bis zur Bushaltestelle. Wenn sie einen Sitzplatz bekam, durfte die Wehe ruhig kommen, sie wollte sie schon aushalten. In Kallestedt brauchte sie nur noch auszusteigen. Dann konnte sie überall bleiben, man konnte von überall den Krankenwagen holen, wenn es nur nicht so plätschern wollte. Sie war doch schon ausgelaufen. Das Fruchtwasser schien ein unerschöpflicher Quell zu sein, sie mußte sich Handtücher in die Hose stopfen, zwei, da eines nicht genügte.

Die Kistenweiber. Veronika hatte schreiendes Heimweh nach der Kistenfabrik. Da war immer einer, der wußte, was zu tun war. Aber wen fragen? Gretel Koch? War auch nicht mehr die Jüngste. Die konnte sie doch nicht einfach aus der Fabrik zerren und mitnehmen, Gretel war einfach nicht mehr flott genug. Old Berta lag auf dem Kirchhof. Paula war eine unerfahrene Studentin, Estella Arabella ein Miststück, Ilse Fürbeth etepetete und nicht mehr da. Nein. Sie konnte kein Kistenweib holen.

Endlich streifte sie sich goldene Leggings an, die sich tapfer mitgeweitet hatten, auch wenn sie den Bauch großzügig nackt ließen, darüber zerrte sie einen braunen Pullover mit kleinen Bärchen drauf. Es war kalt draußen, sie mochte fallen. Ein paar dicke Schuhe, sah irgendwie unmöglich aus, aber egal, sie durfte nicht fallen. Die Handtücher beulten die Leggings aus, ein Mantel zum Drüberhängen half da rein optisch.

Im Hauseingang blieb Veronika stehen, traute sich zunächst nicht vorwärts und nicht rückwärts, wartete, dann stürzte sie hinaus.

In das offene Holzhäuschen an der Haltestelle mit den dicken Balken blies der Wind hinein, früher war es nur ein Plastikverschlag gewesen, heute war es eine Art Hütte mit eingeritzten Ferkeleien und heimlich angepinkelt. Veronika hatte einen kalten Hintern auf der Bank, die Wehe fiel sie an, sie krümmte sich, beugte sich vor und war für niemanden mehr ansprechbar.

«Ouh», machte sie in den Mantel hinein. «Ouh!»

«Was ist denn mit dir?!» fragten die Leute. «Veronika, was hast du denn?»

«Nichts», preßte sie durch die Zähne. So blieb sie, bis die Wehe vorbei war. Der Bus kam, zum zweiten Mal am Tag, seit vierzig Jahren der Beulbus von Familie Beul, das einzige öffentliche Verkehrsmittel, hohe Stufen, bei denen ihr die Knie an den Bauch stießen, sie mußte sich senkrecht hochstemmen, verlor mehrmals ihr Gleichgewicht, stieg aber, nach allen Seiten hysterisch lachend, ein und suchte sich einen Platz in der Mitte. Die roten Sitzbänke waren mit Schaumstoff gepolstert und abwaschbar überzogen.

Veronika sah irgendwie irre aus. Mißtrauisch schauten die Dorfleute sie an. Der offenstehende Wintermantel über den glitzernden Leggings, und wie die Haare standen, die Augen, die Augen standen doch schräg im Kopf, konnte doch jeder sagen, was er wollte. Die Schuhe und – ja, es sah aus, als trüge sie keine Socken, tatsächlich. Wie sie ging, wie sie schaute, so künstlich, da war doch was nicht in Ordnung.

«Nun mach, du wärst lieber daheimgeblieben in deinem Zustand. Da kann es doch jeden Moment losgehen.»

«Ich bin doch nicht krank», sagte Veronika und zählte verzweifelt die Apfelbäume in Richtung Kallestedt. Übel wurde ihr. Speiübel. Sie hatte gehört, beim ersten Kind dauern die Wehen einen ganzen Tag lang. Oder noch länger. Also hatte sie noch Zeit. Aber wenn die Fruchtblase geplatzt war, mochte es schnell gehen. Unter ihr breitete sich das Wasser aus, undichte Veronika, sie schämte sich ohne Unterlaß. Nur aushalten, nur aushalten. Gommerheim. Linnen. Landauf, landab. Ackerfelder hoch. Brachland hinunter, Wälder und Gebüsch und Brennesselmeere, der Bus machte Umwege. Wenn sie nun in Linnen schlappmachte, das durfte nicht sein. Also hielt sie aus und drehte das Gesicht von den Leuten weg, hielt sich eine alte Bildzeitung vor die Nase, die sie auf den Sitzen gefunden hatte.

Kallestedt. Alles aussteigen. Der Busfahrer stellte den Motor aus. Veronika ließ die anderen vorbei. Dann schaffte sie sich die Stufen hinunter, minutenlang ging alles gut. Sie raffte sich zusammen und ging Richtung Fußgängerzone los. Die seltsamen Beulen der Handtücher zwischen den Beinen behinderten ihren Schritt, sie ging an den hohen alten Schindelhäusern vorbei, am Radiogeschäft und am Heizungsfachgeschäft, dann kam sie noch bis zu den Telefonzellen oberhalb der Kreissparkasse, weiter kam sie nicht. Weiter brauchte sie nicht. Sie hielt sich an der Klinke der Telefonzelle fest und wurde nun erbarmungslos in die Knie gedrückt. Jetzt konnte sie es nicht mehr aufhalten. Sie heulte los, hielt den dicken Bauch zwischen den Schenkeln fest, riß die Türklinke beinahe ab, die Leute kamen näher, was ist denn, was hat sie denn, helft ihr doch, sie hat Schmerzen, ruft mal einer schnell ... herrje, herrje, sie kriegt ja ein Kind.

Gretel Koch kam aufgeregt zur Kistenfabrik herein und lief zu den anderen Kistenweibern, die immer noch eine Weile zusammenstanden vor der Hobelmaschine, um noch nicht gleich beginnen zu müssen, um noch ein wenig zu schwatzen, bis Konrad sie auseinandertrieb. Gretel aber schnappte nach Luft und war außer sich, in Kallestedt sei sie gewesen, rief sie, mit der Schwiegertochter, über Mittag, und was sie da gesehen habe, also nein. Sie seien gerade dran vorbeigefahren, sie hat noch der Susanne gesagt, stillhalten, anhalten, was ist denn da los. Also jedenfalls. Da ist sie die Straße heruntergefahren mit der Schwiegertochter, da war ein Menschenauflauf, da oben, wo die Telefone sind, über der Kreissparkasse, da ist der Krankenwagen gekommen, «da habe ich noch gesagt, was ist denn da los, da hat es einen erwischt. Und wie die dahin kommen, die vom Krankenwagen, da gehen die Leute auseinander, und wen sehe ich??»

Gretel Koch mußte erst den Mantel ausziehen und sich hitzig schütteln, bevor sie weitersprach.

«Na, weeen denn?»

«Na!» schrie Gretel. «Na, da sehe ich *unser* Veronika, wie sie mit dem dicken Bauch auf der Chaussee liegt! Und dreht sich und krümmt sich, da lag sie, ich sage euch, da lag sie wie ein Tier, das mitten auf der Straße die Jungen wirft, ja so hat das ausgesehen, wirklich! Als ob sie gleich krepiert! Furchtbar! Furchtbar!»

«Ach Mensch!» rief Paula entsetzt.

«Ja, ist sie mitten in der Stadt in die Wehen gekommen?» fragte Estella Arabella. «Das habe ich ihr auch nicht gewünscht, aber zugetraut schon, das schon.»

«Ja und das ist ja noch nicht alles!» schrie Gretel. «Wie sie ausgesehen hat!! Mit einer goldenen Hose, die hat hinten und vorne nicht gepaßt, war ja viel zu klein, da kam der dicke Bauch oben raus! Und unten hat sie nicht mal Strümpfe angehabt!! Nicht mal Strümpfe! Die Haare um den Kopf herum! Sie hat ausgesehen – wie eine von ... von ... den Asozialen, ja ehrlich! Ich hab gesagt, laß mich sofort raus, Susanne, ich muß dahin nach dem Rechten sehen, da waren ja lauter Fremde um sie rumgestanden, ich war ja die einzige, die sie kannte!»

Die Weiber zündeten sich erregt eine neue Ladung Zigaretten an, und ein Schwall von bläulichen Wolken verteilte sich hüfthoch in der Fabrik.

«Mensch, das ist ja ein Ding. Ja, und dann!»

«Ja, und dann bin ich auf sie zu und hab gerufen: Veronika!! Was ist denn mit dir los! Um Gottes willen, und so. Und da sind auch die Leute wieder sofort auseinander, und sie haben gedacht, ich bin die nächste Verwandte oder so was, aber da haben sie sie schon ruckzuck auf die Trage gewälzt, und ab ins Auto. Veronika, habe ich geschrien, brauchst du noch was? Aber wie die mich angeguckt hat, ich sag euch, die hat den Verstand verloren! Ich meine, in der Geburt, da ist man ja kein Mensch, das weiß ich auch, aber so! Ich habe gerufen: Soll ich deine Mutter anrufen? Wenigstens damit die Mutter Bescheid weiß. Aber wißt ihr, was sie dann gesagt hat? Sie will *keinen* sehen. Niemanden! Aber den Hardy, habe ich gesagt, den willst du doch sehen! Gar keinen! Hat sie gerufen. Gar keinen! Bleibt alle weg! Mein Gott, ich glaube, es waren schon Preßwehen.»

Konrad kam und schaute sorgenvoll und nahm die Zimmermannskappe ab, wie bei einem Begräbnis.

«Na», sagte er und sonst nichts. Estella Arabella schien sich furchtbar zu amüsieren. Stemmte die Arme in die Seiten und lachte unverschämt.

«Ich weiß nicht, was es da zu lachen gibt», sagte Paula notgedrungen. Lischka von der Kreissäge schaute herüber, auch wenn die Kreissäge noch nicht lief, stand sie doch schon dahinter.

«Und da ist sie jetzt ganz allein?»

«Ja, ich weiß auch nicht», sagte Gretel Koch. «Jedenfalls hat sie keinen rangelassen. Irgendwie war sie nicht ganz richtig im Oberstübchen.»

Eine Weile sagte niemand was. Die Maschinen schwiegen. Das Sägemehl stand flirrend im Raum. Wo sich die Sonne durch die blinden Fenster kämpfte, zog sie die Holzsplitter an sich und verzierte sich damit ihre Strahlen. Natürlich konnte man einen Verstand auch verlieren. Wenn Gott einem den Verstand gegeben hatte, konnte er ihn auch wieder wegnehmen. Sie wäre ja nicht die erste gewesen, die sich mit einigermaßen Verstand durchs Leben geschlagen hatte, und irgendwann reichte er einfach nicht mehr. Dann ging er flöten. Wenn jetzt Veronika das Kind kriegte da im Kallestedter Krankenhaus, war sie ja sowieso nicht zurechnungsfähig. Zum Kinderkriegen hatte man ja Gott sei Dank noch nie Verstand gebraucht.

Aber doch war es richtig, mal nach ihr zu schauen. Das mußte man. Wenn sonst keiner hinging und die Schwester im Urlaub war und die Mutter noch nicht da, dann mußte man nach ihr sehen. Wenn sich jemand bereit erklärte, nach Feierabend mal hinzufahren ...

«Wer fährt denn mal hin», sagte Konrad. «Ich kann ja so was nicht. Das ist ja Weiberkram.»

«Ich fahre!» rief Paula.

«Ich würde schon mitfahren», sagte Gretel.

Schließlich wollten alle Weiber mitfahren. Wenn Veronika sonst schon niemand hatte. Komisch, daß sie Hardy nicht sehen wollte. Komisch, wirklich. Na, da schieden sich die Geister. Vielleicht hatte Veronika die Stunde der Wahrheit geschlagen. Wenn man große Schmerzen erlitt, öffnete das vielleicht den Sinn, und auf einmal sah Veronika ihn so, wie alle Welt ihn sah. Vielleicht war es Veronika auch peinlich, wenn er mitkam, wenn er dauernd nur vom Bumsen und Ficken erzählte, er würde bei jeder Krankenschwester irgendwas mit Titten sagen oder so. Was anderes konnte er ja nicht. Und Veronika konnte es nicht mehr weglachen. Wenn Veronika erst das Lachen verging, dann war ja wohl alles aus. Aber Genaues wußte man nicht. Niemand wußte was. Deshalb war es besser, man fuhr hin. Die Weiber wollten hinfahren, und die Kerle kamen hinterher. So machten sie das.

«Aber jetzt fangt ihr erst mal an zu arbeiten», sagte Konrad, warf die Hobel an und das Dröhnen begann.

Veronika hatte einen Jungen geboren. Im geliehenen Krankenhausnachthemd lag sie im Bett und starrte unentwegt auf den Glaskasten, in den man das Baby hineingelegt hatte. Ein kleiner, nasser, nackter Mensch war aus ihr herausgekommen, und da lag er. Er war neugeboren und sah aus wie Hardy. Veronika tastete nach ihrem Leib, er war wie von einer großen Last befreit, wund und aufgeschwollen noch, die Beine hingen breiter am Gerüst, alles noch aus den Fugen. Wenn sie nicht das Gefühl gehabt hätte, als hätte man ihr eine Bombe durch die Beine geschossen, wenn ihr so nicht gewesen wäre, dann hätte sie glauben können, der Storch hätte ihr das Kind auf die Fensterbank gelegt. So überraschend war es gekommen. Wie ein himmlisches Geschenk. Unentwegt starrte sie auf die tausend Fältchen im Gesicht, die Fäustchen, das Kind war bereit, sich durchs Leben zu kämpfen, lag in der Wiege und ballte die Fäustchen sogar im Schlaf. War aber erst zwei Stunden alt. Veronika selbst fühlte sich wie ein Baby, so wunderbar versorgt. Gewaschen und in Windeln, verpackt und gebettet, geflickt und zugenäht, so konnte sie bleiben. Es roch gut im Krankenhaus. Um sie her lagen die Frauen in Meeren von Blumensträußen. Veronika hatte nichts als die goldenen Leggings, die im Nachtschränkchen lagen, und den Mantel, der im Kleiderschrank hing. Aufgeregte Ehemänner beugten sich über große und kleine Gestalten. Veronika aber starrte ins Bettchen und ihr war alles ganz egal. Sie schubste die gläserne Wiege hin und her und begann, das winzige Gesichtchen auswendig zu lernen, das Kindchen hatte Arme und Beine, es schniefte und zuckte, es war wirklich lebendig, und alles war dran und nichts fehlte. Veronikas Kehle entrang sich ein eigenartiges Schnurren. Hööői, sagte sie. Dann fing sie an zu gurren. Schließlich setzte sie sich auf und starrte noch tiefer in die Wiege hinein. Sie tippte dem Kind mit einem Finger auf die kleine Wange. Dann rieb sie sich die Augen. Es klopfte.

«Herein!» riefen die anderen frischgecremten und aufgekratzten Mütter und dachten, es sei für sie. Herein kamen aber ein ganzer Haufen verstaubter Kistenweiber und stellten sich erst einmal scheu an der Wand entlang, denn so voller Sägemehl durfte man eigentlich nicht ins Krankenhaus gehen. Sie hatten sich aber gut abgeklopft.

«Wir wollten nach dir gucken!» sagte Gretel.

«Herzlichen Glückwunsch!!» strahlte Paula.

«Da ist ja das Baby! O mein Gott!»

«Da ist ja das Kleine!! Ach Gott, wie hübsch!!»

«Willkommen auf der Welt!»

Estella Arabella steckte ihre spindeldürren Finger in die Wiege wie eine böse Fee und wurstelte fahrig an dem Neugeborenen herum. Veronika griff vorsichtig das Bettchen auf dem Schwenkarm und kurvte es näher an sich heran, damit es aus Estellas Fängen kam.

«Na ja, das ist es», sagte sie verlegen.

«Herzlichen Glückwunsch», sagten die Kistenweiber und drückten und herzten Veronika vorsichtig.

«Wir haben die Blumen vergessen.»

«Macht doch nichts!»

Veronika hatte doch Verstand. Sie war ganz normal. Sie freute sich so über den Besuch. Ihre Augen gingen weit auf wie sonst auch. Sie war ganz normal. Gott sei Lob und Dank. Was Gretel immer erzählte.

«Hier steht ja noch gar kein Name!» rief Estella. «Wie soll der Kleine denn heißen?»

«Na ja», sagte Veronika, «ich dachte ... er sieht Hardy so ähnlich. Da dachte ich, es wäre eine schöne Idee ... wenn ich ihn auch Hardy nennen würde.»

Doch den Verstand verloren. Hoffnungsloser Fall. Die Weiber jaulten wie Hunde. «Um Gottes willen! Das kannst du dem Kind doch nicht antun, bist du wahnsinnig!»

«Noch mal so einen!»

«Du versündigst dich an dem Kleinen! Der kann doch nichts dafür!!»

«Nenn ihn Franz oder Fritz oder Furz, ganz egal, aber bloß nicht so!!»

Unsicher sah Veronika vor sich hin.

«Nicht Hardy, oder was?»

«NEIN!!!»

«Gut, dann, dann Franz.»

Die Weiber stritten sich. Franz war ja auch altmodisch. Aber man gab allen Kindern jetzt so altmodische Namen. Korbinian und Berthold und Jakob und so. Da konnte es auch Franz heißen, schlimmer konnte es auch nicht mehr kommen.

«Franz war immer gut zu allen Leuten», sagte Veronika. «Dann wird mein Junge auch ein guter Mensch.»

«Wo ist denn dein Hardy eigentlich. Das ging ja alles so schnell. Hast du ihm überhaupt Bescheid gesagt? Weiß der schon, daß er Vater ist?»

Unwillkürlich schnaufte Veronika und sah ablenkend aus dem Fenster. Antwortete nicht. Betreten standen die Weiber da. Der wußte tatsächlich noch nichts. Saß in der Fabrik und qualmte und schaffte so recht und schlecht, dabei lag seine Freundin schon hier und war Mutter. Der mußte sie doch suchen, wenn er heimkam.

Veronika blinkerte verliebt in die Wiege, kratzte am Glas, faßte hinein, und es konnte nicht mehr lange dauern, da würde sie es herausholen, egal ob es noch schlief oder nicht. Zart krähte es vor sich hin wie ein sehr leises Lämmchen. «Guckt mal, was es jetzt für ein Gesicht macht!!» prustete Veronika. Eine spitze Schnute verwandelte den kleinen Franz kurzfristig ganz und gar. Dann sah er wieder aus wie Hardy.

«Der Ärmste», flüsterte Gretel Koch.

Nach einer Weile ging die Tür auf, und die Kerle von der Kistenfabrik polterten herein.

«Na – wo ist denn die frischgebackene Mama!!»

«Hier!» jubelte Veronika.

«Glückwunsch Mädchen!! Höi-höi-höi – was für ein strammer Bursche! Ist doch ein Prachtexemplar, oder was!»

«Mensch, das steht dir aber gut!»

«Na, da sind wir aber stolz! Ha! Der Kleine! Sieh mal an!»

Die Kistenweiber und Kerle in der nachlässigen Heimgehkleidung staubten fröhlich vor sich hin und tranken einen

Korn, den sie vorsichtshalber mitgebracht hatten. Das Gläschen füllte sich und ging herum. Auch Veronika trank einen.

«Aber ihr wißt, ich stille. Einer genügt!» rief sie mit dem Stolz, der ihr eben erst eingefallen war und der sie als sorgfältige und bewußte Mutter auszeichnen sollte.

«Na ja, dann schläft das Baby gut.»

«Es soll jetzt mal wach werden.»

«Das kriegt doch noch nicht die Augen auf!»

«Natürlich kriegt es die Augen auf. Ist doch keine Katze!»

«Mein Gott, wenn es die Augen aufmacht und uns sieht. Was denkt es dann.»

«Denken kann es auch noch nicht.»

«Ach, wie schön! Ach, wie hübsch! Ach, wie niedlich!»

«Es heißt Franz.»

«Waas?!» Die Kerle lachten sich kaputt. «Franz?! Wie unser Alter! Nein!»

Dann ging noch mal die Tür auf, und erst kriegte es keiner mit, und dann erstarrten alle. Hardy stand da. Krumm wie frisch verprügelt, das gefältelte Gesicht sah von einem zum anderen. In der Hand hielt er drei Apfelsinen.

«Schon schwer was los hier, was?» Er grinste verkrampft. Unruhig und verlegen tasteten die Leute von einem Fuß auf den anderen. Nur Timothy Twain bewahrte die Haltung des vollendeten Gentleman, an dem sämtliche Peinlichkeiten des Lebens ungesehen vorübergingen. Vielleicht wurde er doch mal Präsident. Am kleinen Finger hielt er einen Finger von Paula.

Niemand sagte was. Und dann, weil keiner was sagte, drückte sich Hardy an den anderen vorbei, um einen Blick auf die Wiege zu werfen. Er sah kurz hinein, dann drehte er sich wieder um.

«Na? Wem von euch sieht er ähnlich, hä?»

Niemand lachte. Niemand sagte etwas. Böse sahen die Kistenmenschen ihn an. Ihr Leben lang hatten sie mit Bäumen gearbeitet, nun standen sie um ihn herum wie ein finsterer Wald.

«Das arme Kind sieht leider aus wie du», sagte Konrad düster. «Na? Willst du deiner Frau nicht mal gratulieren?»

Hardy sah Veronika an, klopfte ihr desorientiert auf das Schlüsselbein, und dann legte er ihr die Apfelsinen auf den Nachttisch.

«Hier. Habe ich dir mitgebracht.»

«Hättest ihr besser mal ein Nachthemd mitgebracht!» sagte Gretel drohend.

«Ich dachte, sie braucht Vitamine!»

«Die Apfelsinen habe ich selber gekauft. Gestern, im Konsum», sagte Veronika.

Unsicher stand Hardy herum, wechselte vom Bettrand zum Stuhl und zurück. Die schrecklichen Kistenweiber und Kerle. So böse und stark und schmutzig. Was hatten die ihm schon zu sagen, was hatten sie sich einzumischen. Am besten, er ging auf Veronika los. Das war immer am einfachsten.

«Was gehst denn du einfach so auf die Straße», rief er gereizt, «ich weiß von nichts und stehe hier wie ein Depp! Ich habe dir immer gesagt, du weißt, wo ich bin, rufe an, ich bringe dich ins Krankenhaus! Was legst denn du dich mitten auf die Gasse, um das Kind zu kriegen! Wenn mich der Kistenfranz nicht angerufen hätte, dann wäre ich der einzige Idiot, der nichts weiß! Was soll denn das, he?!»

Verwundet und verklärt zugleich schaute Veronika zurück.

«Du hast gesagt, du willst nicht mitgehen.»

«Ich habe gesagt, ich gehe nicht mit in den Kreißsaal! Das ist alles! Aber ich habe immer gesagt, ich fahre dich! Stellst mich hier hin wie einen Volltrottel, wie sieht denn das aus!!»

Veronika nahm das Baby aus der Wiege. Wackelig hin- und herrutschend landete es in der Schulterbeuge und da lag es, als hätte sie schon hundert Kinder gewiegt.

«Willst du es mal halten? Es ist ein Junge, weißt du.»

Unwillig starrte Hardy auf das Bündel.

«Ah. So. Ja», er fuhr mit den Händen in die Taschen, als wollte er ein Feuerzeug suchen, in Wirklichkeit wollte er die Hände in den Taschen festriegeln, damit er die Arme nicht nach dem Baby ausstrecken konnte, aber man erwartete es nun einmal von ihm, und so zwang er sich, den elenden kleinen Balg in seine verfärbten Finger zu nehmen und irgendwie festzuhalten, ohne daß er herunterfiel.

«Das Köpfchen mußt du mit der Hand, hier ... siehst du.»

«Äh, ja! Also. Ich kann so was nicht. Es ist zu wackelig. Es fällt mir durch den Arm.»

Das Baby war immer noch nahezu ohnmächtig und jetzt völlig verrutscht. Es hing wie ein Spatz an der Giebelwand an Hardys steifem und unwirtlichem, revalriechendem Brustkorb, von Korb konnte eigentlich keine Rede sein. Kaum daß er es einen Moment bei sich hatte, gab er es wieder zurück. Es quiekte kläglich. Erst auf Veronikas rundem, warmem, überfließendem Busen kam das Kind wieder zur Ruhe.

«Ei, mein Schatz, mein Kleines, mein Liebchen, mein Fränzchen», schnurrte sie selig. Erneutes Schweigen. Die Bekanntschaft zwischen Vater und Sohn war hinreichend besiegelt. Unbehaglich stand Hardy in der Gegend herum.

«Ich war noch nie gerne in Krankenhäusern», sagte er. «Ich weiß nicht, ob ich das aushalten kann. Mir wird ganz schlecht von dem Geruch.»

«Welch ein hinreißender Vater», sagte Estella Arabella süffisant. «Wie er sich *kümmert!*»

«Ja, was soll ich denn sonst tun!» schrie Hardy hysterisch. «Soll ich mich danebenlegen, oder was? Bloß weil ich keiner von den Verrückten bin, die auch noch mit Gymnastik machen oder so? Was soll ich denn sonst noch machen?»

«Sonst noch!!» Die Kistenkerle lachten laut und zynisch.

«Hast du überhaupt schon mal was gemacht? Das Kind interessiert dich doch gar nicht.»

Hardy wurde weiß vor Anschuldigungen und Erschöpfung. Eine Klassenkeile nach der anderen. Fertig wurde er. Fertiggemacht in gemeinster Art und Weise. Dabei hatte er nichts und niemandem was getan. Wieso waren sie alle immer so gemein zu ihm. Nur Veronika. Sie war niemals gemein zu ihm gewesen. Wenn sie nur alle gehen würden. Wieso warf er sie nicht alle hinaus. Er starrte auf den flinken Andres und den großen Klaus Stockschuh, die wiesenweidenzähe Estella Arabella, den argusäugenden Konrad, wie sie alle dastanden, die kriegte er nicht ohne weiteres herausgeschmissen. Wie sie alle beieinanderhielten, das Pack! Alles Pack. Er war wehrlos. Hardy tat sich so leid, daß ihm die Tränen aufstiegen. Er konnte es kaum halten. Alle waren gegen ihn. Alle. Er blickte zu Veronika.

«Kann ich nicht mal allein sein, mit meiner Frau», stammelte er.

«Aber wieso denn», rief Veronika, «ich bin froh, daß ich Besuch habe, es ist doch schön, wenn man Besuch hat!»

Weinerlich suchte Hardy an ihr herum, nach einer Spur von Mitleid.

«Aber Veronika, ich meine, das müssen wir doch erst mal ... laß uns doch mal ... bitte, ich will ja ...», er zeigte hilflos mit dem Finger auf das Kind, «will mich ja auch dran gewöhnen, es kann ja nichts dafür ...»

Stille senkte sich herab. An den anderen Betten wurde eifrig gewirkt und gesprochen und geherzt. An Veronikas Bett wußte niemand mehr etwas zu sagen. «Hm», sagte Konrad endlich. «Na ja, dann.»

Er fand jetzt, daß sie störten. Vielleicht sollten sie wirklich gehen. Dann konnte Hardy doch einen Weg zu seiner kleinen Familie finden. Immer noch besser einen Vater wie Hardy als gar keinen Vater. Mancher drehte sich ja noch. Man wußte nie.

«Wir sind ja hier noch in der Arbeitskluft. Mal sehen. Wi

wollten ja bloß mal vorbeischauen zum Gratulieren. Und ob du was brauchst. Das können die Weiber machen. Die können dir bringen, was notwendig ist.»

Bewegung ging durch die Belegschaft.

«Na, da lassen wir euch mal alleine.»

Die Weiber versprachen, sich um Nachthemden und Zahnbürste und alles zu kümmern. Sie drückten Veronika noch mal die Hand und warfen Küßchen zum winzigen Franz.

«Na, dann.»

«Na, dann.»

So gingen sie wieder und leerten das Zimmer zur Hälfte. Hardy blieb. Setzte sich erschöpft an den Bettrand und fuhr sich über die Haare.

«Jetzt sei mal nicht so», sagte er.

Veronika antwortete nicht.

«Ich will gut sein zu dem Kind. Es kann ja nichts dafür.»

Veronika packte das Kind fester.

«Aber wieso? Wenn du nichts anfangen kannst mit dem Kind, brauchst du dich auch nicht zu verstellen.»

«Ich sage doch, ich gebe mir Mühe.»

«Kannst du dir eigentlich sparen.»

«Hör mal ...»

«Niemand muß gezwungen werden. Wenn du kein Herz hast für das Kind, dann lassen wir das. Ich kann auch allein wohnen. Du mußt sowieso ausziehen. Der Hannjokeb hat es gesagt. Dann mache ich mir ein Kinderzimmer und ein Wohnzimmer und ein Schlafzimmer. Ein Schlafzimmer vom Möbel-Franz. Endlich mal.»

Hardy verlor die Nerven.

«Bitte!» raunte er und fing an zu zittern. Dann fiel ihm plötzlich der Kopf herab, und er weinte. Er schluchzte. Von den anderen Betten starrte man herüber und verfiel dann in ein planloses Murmeln.

«Du trinkst zuviel», sagte Veronika kalt. «Es ist nicht gut, wenn du so säufst. Du bist ein Säufer.»

«Aber hör doch mal», schluchzte Hardy. «Ich kann damit aufhören, wirklich. Ich kann arbeiten gehen und heimkommen. Ich kann dir auch helfen. Wirklich. Vielleicht ist es einfach höchste Zeit. Dann wird alles wieder gut. Ich will sowieso nicht mehr in Antjes Pinte gehen. Da gefällt es mir nicht mehr.»

«Du und aufhören.

Der Kuckuck behält den Gesang, die Glocke den gleichen Klang, der Krebs den eigenen Gang, der Säufer bleibt Säufer sein Leben lang.»

Hardy schüttelte den Kopf in den Händen.

«Nein. Nein, das stimmt nicht. Ich trinke nicht mehr.»

«Wenn dein Wort eine Brücke wär, ich ginge nicht drüber.»

«Ach Veronika. Hilf mir doch. Ich will ja alles machen.»

Trotzig blieb sie.

«Schenkt mir drei Apfelsinen. Die ich selber eingekauft habe! Blödmann.»

Hardy winselte.

«Geschlagen hast du mich. Im Hof. Ich habe nur gesungen. Und du hast mich geschlagen. Arsch.»

«Ich wollte dich nur zur Vernunft bringen. Weil du die ganze Zeit gesungen hast. Ich habe mir gedacht, du tickst einfach nicht richtig.»

«Und wie du mich geschlagen hast. Das habe ich nicht vergessen. Das war zuviel.»

«Es tut mir leid.» Hardy heulte weiter.

«Das war das erste Mal», sagte Veronika. «Daß dir mal was leid tut.»

«Mensch ich bin fertig, siehst du das denn nicht. Laß mich einfach nur ...» Er suchte ihre Hand und wollte sein Gesicht hineinlegen, aber Veronika zog sie wieder fort. «Da siehst du, wie ich mich immer gefühlt habe, wenn man kein gutes Wort kriegt.»

Er bettelte. Versuchte, sie anzufassen, wo er eben dran kam, wollte rauh über das Kind hinweg ihren Kopf herbeiziehen, das Bein, den Bauch berühren.

«Ich bessere mich, ich schwöre es.»

Je mehr er bettelte und bereute, je mehr er nach ihr griff und verlangte, um so mehr fiel ihr auf, wie seltsam krank und gelb seine Haut war, wie sich das Haar am Hinterkopf lichtete, wie zerfallen die Wangen mit großen ausgeleierten Poren über den Knochen lagen, wie gilblich schließlich der Rand zwischen Lippen und Schnurrbart war vom vielen Rauch.

«Ich glaube, es hat keinen Zweck mehr. Wenn du das Kind genommen hättest, weißt du.»

«Aber ich will es ja nehmen, es wäre mir nur einfach bald heruntergefallen, ich bin es nicht gewöhnt, so ein Kind zu halten ... aber ich lerne das ...»

«Du lernst es nie. So hält man ein Kind. Weißt du. So.»

Und sie ließ den schlafenden kleinen Leib vom Busen hinuntergleiten in den Ellenbogen, wiegte ihn hin und her und legte ihn übergangslos wieder hinauf. «Es hat sich nicht gerührt, verstehst du? Nicht aufgewacht. Und fällt auch nicht runter.»

«Ja mein Gott.»

«Ich bin ziemlich kaputt. Ich möchte schlafen. Ich war eben noch im Kreißsaal.»

«Wirfst du mich raus, oder was.»

«Meine Mutter kommt heute abend noch. Und Tante Elvira und wer weiß noch. Bis dahin will ich ruhen. Verstehst du.»

«Ja, und ich? Soll ich nicht heute abend kommen?»

«Du hast doch gesagt, daß du es in Krankenhäusern nicht aushältst. Du hast gesagt, ich könnte im Straßengraben mit dem Kind verrecken. Und jetzt bist du mich los. Sei doch froh!»

Sprachlos starrte Hardy sie an.

«Das meinst du doch nicht im Ernst!»

«Geh jetzt!» sagte sie herrisch.

Hardy erhob sich.

«Ist das dein letztes Wort?»

«Was weiß ich.»

«Ist das wirklich wahr, daß ich jetzt gehen soll?»

Von allen Seiten des Zimmers verstohlene Blicke. Veronika spielte mit den Händchen des Babys. Endlich hatte Hardy nichts mehr zu sagen. Er wußte einfach nicht weiter. Konnte nicht glauben, daß er ausgespielt hatte. Suchte nach Worten und rang mit sich. Aber er machte sich lächerlich, er wußte es, er mußte gehen.

«Na. Dann», sagte er lahm, «dann will ich mal.»

Rückwärts ging er zur Tür. Veronika drückte ihre Lippen auf den kleinen, flaumigen Babykopf von Franz.

«Also dann.»

«Ja.»

Verhalten griff er nach der Klinke, pendelte noch zwischen Tür und Angel, als wollte er nachschauen, ob vielleicht noch jemand käme. Es kam aber niemand.

Da ging er.

Mitten in Dornweiler, unter dem Glitzerberg, mitten in Halmen, Rispen und Disteln, stand die Kistenfabrik.

Tore, die größer waren als Scheunentore, öffneten sich, und die mächtigen Bäume rollten in die Fabrik hinein. Es sollte kein gutes Ende für sie nehmen, denn drinnen stand bereits die Gatter und schlug die Zähne aufeinander. Die Gatter, die alte Senkrechtsägerin, die Baumfresserin, die Mutter der Maschinen, fünf Meter tief in der Erde verankert. Immer neue Bäume fraß die Kistenfabrik, und was sie von sich gab, waren Kisten über Kisten, Hunderte und Tausende, und sie gingen in alle Welt, über die Meere und durch die Luft und manch eine landete nur drei Meter vor der Haustür, und man machte eine Hundehütte daraus.

Die Arbeiter nagelten und sägten und hobelten, stanzten, hefteten und druckten, ihre Arbeit war schwer und ihre Tage lustig. An manchen Tagen war es lustig. Die Kerle ärgerten die Weiber und nahmen ihnen die Wurst vom Brot und legten Schmirgelpapier darauf, so daß in der Frühstückspause überall die Gebisse auf den harten schwarzen Sand stießen und mit vielen Pfui und Äxbäx die Brote wieder ausgespuckt wurden.

Die Kreissäge aber kreischte, die Hobel hobelte, und die Bäume raunten, man konnte es hören im Oberdorf und im Unterdorf, am Beilchen, auf der Stuhllehe, am Glitzerberg, am Eulenbirnbaum und überall in Dornweiler.

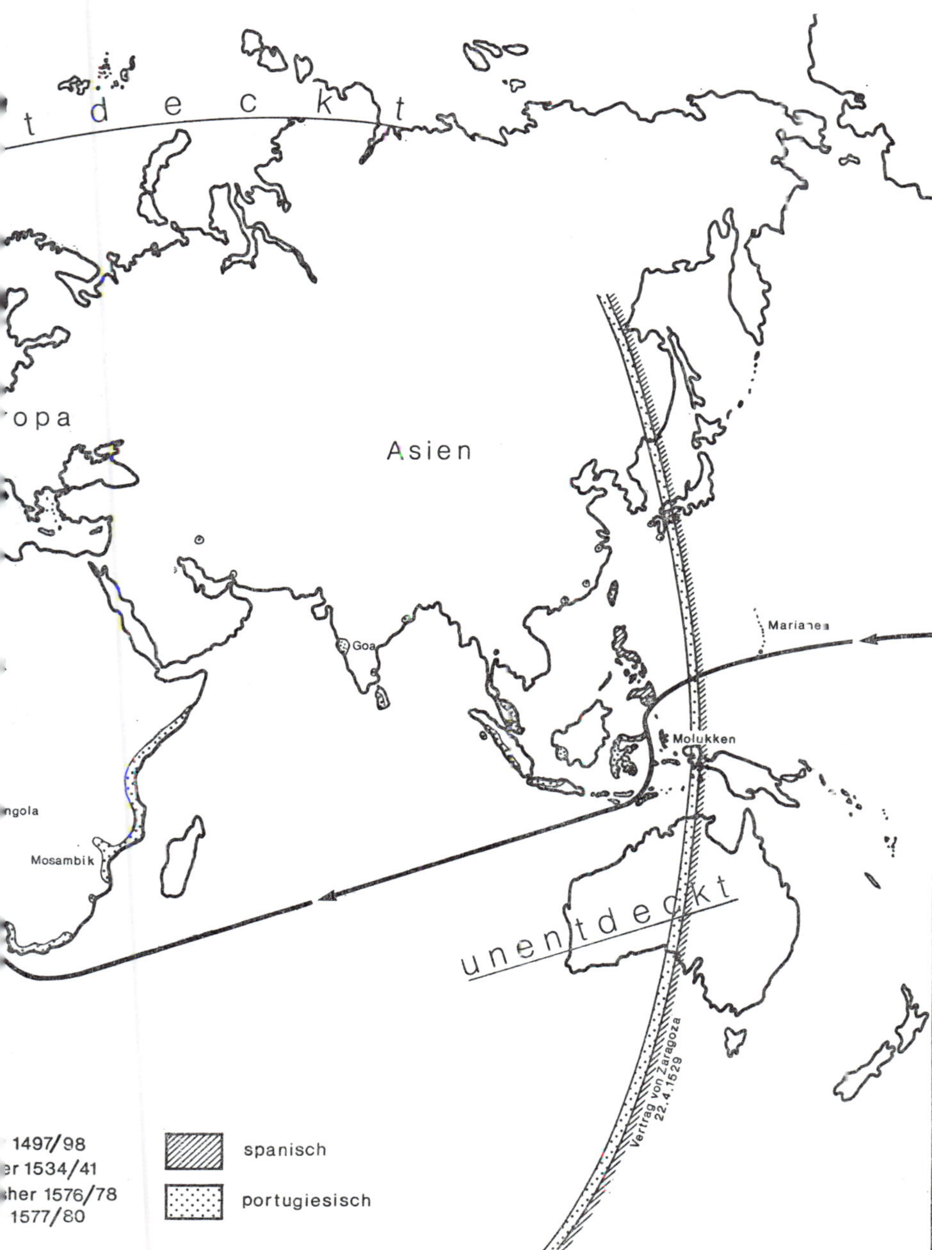
t d e c k t
opa
Asien
Goa
Mariane
Molukken
ngola
Mosambik
unentdeckt
Vertrag von Zaragoza
22.4.1529
1497/98
er 1534/41
sher 1576/78
1577/80
spanisch
portugiesisch

THOMAS TRENT

Freibeuter der Königin

Spanien und Portugal hatten sich die Welt geteilt. Alle anderen Nationen sollten von den Reichtümern der Erde ausgeschlossen bleiben, ganz besonders von den Gebieten in Übersee, die Kolumbus, Vasco da Gama, Magellan, Cortez und Pizarro entdeckt hatten. Gesperrt waren auch alle Meere, die das alte Europa von Amerika, von Afrika und von Indien trennten. – Dagegen empörte sich die Königin von England, Elisabeth I. Sie sandte ihre Schiffe aus, um die Herrschaft der Seemächte zu brechen. Ihr mutigster Kapitän war der Seemann, Entdecker, Abenteurer und Seeräuber Francis Drake. Er brachte Angst und Schrecken über die Besatzungen spanischer Schiffe und Seefestungen. Seine unerschrockene Kühnheit in Krieg und Frieden hat entscheidend dazu beigetragen, die spätere britische Seeherrschaft aufzubauen. Dieses Buch schildert das wilde, gefährliche Leben des Piraten Francis Drake.

THOMAS TRENT

Freibeuter der Königin

Francis Drake — Meisterdieb und Patriot

W. FISCHER-VERLAG · GÖTTINGEN

Illustriert von Kurt Schmischke

Karten von Irene Badura

Neuausgabe 1976

ISBN 3 439 00545 3

Gesamtherstellung: Fischer-Offset-Druck, Göttingen

INHALT

Die geteilte Welt

„Aufhängen lasse ich diesen Seeräuber!" entgegnet Königin Elisabeth I. von England dem spanischen Gesandten. Sie hämmert die Fäuste auf den Tisch, so empört ist sie über jenen Seefahrer, gegen den der Edelmann Mendoza Klage führt.

Und warum beschwert sich der Spanier?

Soeben sei jener englische Seeräuber von seiner Raubfahrt in den Hafen von Plymouth heimgekehrt, legt Mendoza dar. In Südamerika habe er die Untertanen und die Schiffe des spanischen Königs rücksichtslos ausgeplündert. Niemand vermöchte die vielen hunderttausend Dukaten Gold und die Juwelen abzuschätzen, die er gestohlen habe. Und die Menschen habe der Pirat wie die Hasen gejagt und umgebracht. Und all das, obgleich kein Europäer das Recht habe, jene Gewässer zu befahren, es seien denn die Beauftragten Seiner Majestät König Philipps II. Der König verlange, daß Königin Elisabeth die Beute jenes Räubers an Spanien zurückgebe.

Good Bessie, wie die Königin von den Engländern liebevoll genannt wird, zeigt sich maßlos empört über diesen Seeräuber. Nicht einmal seinen Namen kenne sie. „Tod und Teufel!" setzt sie wieder an, ihr längliches Gesicht ist vor Zorn verzerrt ...

Mendoza befürchtet, sie werde sich gleich der Stallburschenausdrücke bedienen, die man an ihr gewohnt ist, wenn sie in Wut gerät. Höfisch gewandt, beruhigt der Gesandte sein königliches Gegenüber. Dann verneigt er sich; die Audienz ist beendet.

Kopfschüttelnd verläßt Mendoza Whitehall. Seine Forderung wird er noch einmal vorbringen, wenn ihm noch mehr Berichte vorliegen. Aber diese Königin, was soll er von ihr halten? Sie behauptet, nicht einmal den Namen jenes Schurken Drake zu kennen! Diese Antwort ist für Mendoza wie ein Schlag ins Gesicht, ja eine offene ätzende Verhöhnung seines Königs, des mächtigsten Fürsten dieser Welt! Ganz Spanien kennt den Namen Francis Drake. Und an der Küste von Peru, auf den Inseln und an den Küsten der Karibischen See nennt man den Namen dieses Teufels mit Zittern. Mit Mord und Plünderung hat der Pirat seinen Namen unauslöschlich in die Erinnerung aller Spanier eingebrannt.

Nun gut, Mendoza berichtet nach Madrid von der Unwissenheit und Empörung der Queen Elisabeth. Sie habe verheißen, den Todfeind Spaniens hängen zu lassen. Doch ganz Plymouth, fährt er fort, ja ganz England und London halle wider vom Jubel über die Heimkehr des Seeräubers. Diese Audienz bei der Königin sei eine einzige Heuchelei gewesen. Handelten doch nicht nur dieser Drake, sondern auch die vielen anderen englischen Piraten im stillen Einverständnis, ja im Auftrag ihrer Königin. Das habe er, Mendoza, durch die zahlreichen Agenten und Spione erfahren, die Seine katholische Majestät im protestantischen England unterhalte. Ihm sei sogar bekannt, daß die Königin bei Hofe geäußert habe: „I know, the Gentleman (Drake) careth not if I disavow him. — Ich weiß, daß der Gentleman es mir nicht verübelt, wenn ich ihn verleugne." Es sei an der Zeit, diese englischen Ketzer samt ihrer heuchlerischen Königin auszurotten.

Mendozas Spione hatten richtig berichtet: Elisabeth I. hatte Drake ausdrücklich mit dem Auftrag nach Amerika geschickt, den Spaniern zu schaden, wo und wie es immer möglich sei. Diesen Auftrag hatte Drake innerhalb von zwei Jahren geradezu bis zur Vollkommenheit erfüllt, und mit ingrimmiger Freude. Er hatte etwa fünfzehn Millionen heutiger Mark an reinem und geprägtem Gold, an Silber sowie nicht abschätz-

baren Werten an Juwelen geraubt, unter Mord und Totschlag. Und die von ihm hochverehrte Königin war überglücklich über seine erfolgreiche Heimkehr. Konnte doch nun endlich die leere englische Staatskasse aufgefüllt werden.

Mit dieser historisch verbürgten Szene zwischen der Queen Elisabeth I. und dem spanischen Gesandten Mendoza näherte sich Drakes Lebenskurve ihrem leuchtenden Scheitelpunkt. Und die schwelende Todfeindschaft zwischen dem Weltreich Spanien und England trieb der Entscheidung zu.

Warum verleugnete die Königin „ihre“ Seeräuber? Warum der tödliche Haß der Spanier auf Francis Drake? Wie war es zu dem unermeßlichen Reichtum Spaniens gekommen? Warum war es den Nichtspaniern verboten, die Gewässer Amerikas zu befahren? Welche Rolle spielte endlich unser Held Francis Drake in diesem Kampf, der Elisabeth zur „Königin der Meere“ und Drake zum „Meisterdieb“ machen sollte?

Noch vor hundert Jahren hätte wohl jeder König von England den spanischen Gesandten hinausgeworfen, der ihn zwingen wollte, Engländern die See zu verbieten. Höhnisch hätte er ihm nachgerufen: „Allen gehört das Meer und allen gehören seine Schätze! Wer ein Schiff und den entsprechenden Mut besitzt, der soll fahren und anlegen, wo er will!“

Was war denn in den 100 Jahren geschehen? Was hinderte Elisabeth das gleiche zu tun und das gleiche zu sagen?

War nicht gerade eben erst die „Neuzeit“ angebrochen, eine hellere Zeit nach dem düsteren Mittelalter der Enge und Unwissenheit? Wurde nicht überall von Freiheit gesprochen? Von der Freiheit des Menschen, der Freiheit des Geistes, der Forschung, der Persönlichkeit und des Gewissens? Hatten nicht die großen Entdecker Kolumbus, Vasco da Gama und Magellan in ihrem Forscherdrang den Horizont unendlich erweitert?

Es gab doch jetzt Seewege nach Westindien, nach Ostindien, zu den Gewürzinseln und sogar rund um den Globus! Wieso gab es denn keine Freiheit der Meere? Und hatte der Freiheitswille Europas es nicht fertiggebracht, das Joch der Heiden abzuschütteln, die kürzlich noch Südspanien beherrschten und von Osten her die Stadt Wien bedroht hatten? War nicht das Abendland 800 Jahre von den Mohammedanern umklammert gewesen und abgeschnitten von allen Handelswegen? Jetzt aber war es doch frei! Jetzt lag doch der gewaltige Atlantik, der große Indische Ozean und sogar der unermeßliche Stille Ozean offen und erreichbar vor jedem, der segeln konnte!

Doch nein! Wie ein unsichtbares Verbotsschild hing über dem Meer die Drohung: „Für Unbefugte verboten“. Befugt waren, je nachdem, nur Spanier oder Portugiesen. Für alle anderen Völker der Welt galt „Zutritt verboten".

Was war da geschehen?

Für Unbefugte verboten

In einer Hafenkneipe in Plymouth saßen die Seeleute, die lieber heute als morgen hinübergefahren wären, um dieses Verbot zu übertreten. Sie stellten dieselbe Frage.

Grinsend und grollend stießen sie sich an: „Wer ist da alleinberechtigt? Die Spanier, die Portugiesen? Ausgerechnet die! Die hätten doch früher kaum gewagt, ihre Häfen zu verlassen! Lächerlich! Wie weit reichte denn denen ihre Segelkunst? — Vielleicht gerade eben zum Sardinenfangen, aber bloß nicht zu weit hinaus, immer so, daß man die Küste noch sehen konnte!"

Tatsächlich waren diese Segelschiffchen auch viel zu klein. Und kam es einmal darauf an, Frachten von größerem Gewicht zu transportieren, dann kamen nur Galeeren in Frage, also Ruderschiffe, wie sie auch die alten Römer schon benutzt hatten.

„Was schafften die denn schon mit ihren Galeeren?" gröhlten die englischen Zimmerleute und Segelmacher. „Von Barcelona nach Neapel, vielleicht von Lissabon bis Cadiz. Na, weiter bestimmt nicht. Da wären längst die Rudersklaven müde geworden!"

Tatsächlich waren Spanier und Portugiesen erst sehr spät zur Hochseefahrt übergegangen. Die Engländer wußten das, und ein graubärtiger Normanne aus Dieppe sprach es aus:

„Das wissen wir alle drüben in der Normandie, daß die Spanier 1402 allein gar nicht fähig waren, die Kanarischen Inseln zu erobern. Normannische Ritter und normannische Schiffer mußten es für sie tun!"

Tatsächlich hätte auch 1415 der berühmte portugiesische Prinz, Heinrich der Seefahrer, mit seinem Heer nicht in Marokko landen können, wenn nicht englische Kapitäne mit normannischen und holländischen Schiffen seine Truppen übergesetzt hätten!

Immer war es das gleiche, daß man die Erben der seefahrenden Nordmänner brauchte, denn die konnten segeln. Sie kannten das offene Meer und sie wußten Schiffe zu bauen, wie sie die Griechen, Römer und Perser niemals und die Araber erst sehr spät besessen haben. Hochseetüchtige Schiffe!

Schon im Jahre 1000 durchfuhren ja die Boote der Norweger, Dänen, Iren und Isländer den Nordatlantik. Das ganze Seegebiet zwischen Frankreich, Norwegen, Island und Neufundland brauchte schon lange nicht mehr „entdeckt" zu werden. Die Erben und Enkel der Wikinger — Engländer, Normannen, Holländer und Hanseaten — herrschten auf diesem Meer, als Portugiesen und Spanier noch voll damit beschäftigt waren, Ritterkriege und Kreuzzüge auf ihrem Festland zu führen.

Noch vor 100 Jahren hätte jeder Steuermann in Bergen, Lübeck, London oder Brügge einen Lachkrampf bekommen, wenn man ihm erzählt hätte, daß er irgendeine Küste nicht ansteuern dürfe. — Und heute? In allen Häfen zwischen dem Kanal und Trondheim gab es seit den Zeiten der Wikinger genug verwegene wilde Kerle, die nur darauf warteten, daß jemand eine Reise plante und ein Ziel hatte, und Waffen und Proviant, und Geld und ein Schiff daranwagte.

Wo blieb der Seekönig, der sie rief? Wo blieb der Admiral, der sie befehligte? Wo blieb der Kapitän, der den Anfang machte. — An ihnen sollte es nicht fehlen!

Was erwarteten sie denn anderes als ihre Zunftbrüder in Lissabon und Cadiz, Genua und Marseille? Den englischen Matrosen und Kanonieren, Abenteurern und Glücksrittern ging es nicht so sehr um Heuer und Hängematte, Brot, Wein und Wind! Dafür ging man nicht ins unbekannte Meer! Wer schon sein Leben riskierte, wer schon den sicheren Hafen verließ, der wollte zuerst und vor allen Dingen eins: Beute! Er suchte Kameraden, die vor keinem Handstreich zurückschreckten und einen Kapitän, der hinterher bei der Teilung aufpaßte, daß jeder seinen Anteil bekam. Eine solche Fahrt in die Ferne mußte sich lohnen!

Die Seeleute in der Hafenkneipe sahen sich an: „Also damals mußten wir helfen, damit diese spanischen Landratten über das Wasser gelangten und heute ist es für uns verboten, zur See zu fahren, Handel zu treiben und Land zu erobern! Und mit der Beute ist es wohl auch nichts?"

„Gibt es denn bei uns keine Kolumbusse, Magellans und Vascos?"

„Wer, zum Teufel, gibt dem König von Spanien das Recht, uns auszuschließen von dem großen Spiel, alles zu verlieren oder Gold und Reichtum zu gewinnen!"

Prinz Heinrich der Seefahrer

Was die englischen Seefahrer in den Kanalhäfen so unbegreiflich fanden, ist nicht schwer zu erklären. Ja, was sie so in Zorn versetzte, war in erster Linie der reine Neid.

Wären sie in der Lage der Spanier und Portugiesen gewesen, hätten auch sie ihre Beute mit Klauen und Zähnen festgehalten. Nun, Portugal und Spanien handelten eben genauso und dachten: „Was wir erobert haben und was wir nun besitzen, das gehört uns und geht andere nichts an."

Und wie waren diese Länder so plötzlich zu solchem Reichtum gekommen? Nun, sie hatten ihn sich hart erkämpft.

Der portugiesische Prinz, Heinrich der Seefahrer, hat es nie vergessen, wie er damals mit seinem Heer die marokkanische Küste ansteuerte und auf Gedeih und Verderb seinem englischen Steuermann ausgeliefert war. — Zwar war es gut gegangen, er hatte seinen Plan durchführen können. Aber nie wieder wollte er sich in solche Abhängigkeit begeben.

Kaum war er von Ceuta zurückgekehrt, kaum hatte er den letzten englischen Bootsmann ausgezahlt, da ging der Prinz an die Arbeit. Er wußte, was Portugal fehlte. Es fehlte das

Wissen um die Segelkunst und es fehlten die Seekarten. Schiffe und Schiffsvolk fehlten auch. Doch die konnte man vielleicht kaufen!

Aber Geographie, Kartographie, Mathematik, Segeltechnik, Nautik, das mußte man selbst verstehen. Das mußte man eben lernen!

Draußen auf der Landzunge von San Vicente, von allen Seiten vom Atlantik umspült, baute Heinrich erst einmal eine Sternwarte. Dann verpflichtete er Astronomen und Kartographen, Mauren, Juden, Griechen und Italiener, und so entstand Sagres, die Seefahrtsschule der portugiesischen Kapitäne. In diesem Sagres wurde jede Forschungsreise geplant, die in den folgenden Jahrzehnten von den Portugiesen unternommen wurde. Hier wurden alle Daten über Häfen, Küsten, Meerestiefen, Windverhältnisse und sonstige Erfahrungen systematisch gesammelt und verzeichnet.

Es war also nicht der Zufall irgendwelcher Entdeckungen, dem Portugal seine Seegeltung verdankte. Sie ergab sich, nachdem das portugiesische See- und Kolonialreich in der Schule von Sagres vorbereitet und erarbeitet worden war. Von dieser Schule aus zogen die portugiesischen Kapitäne hinaus, eroberten die Inseln des Atlantik und suchten den Seeweg nach Indien, indem sie sich von einem Kap zum anderen an der Küste von Afrika entlangtasteten. Seemeile um Seemeile stießen sie vor, nach Madeira, den Azoren, zum Kap Verde.

Und die Spanier?

Die kamen etwas später. Sie waren ja durch die Eroberung des letzten Maurenreiches im Süden ihrer Halbinsel noch aufgehalten worden. Aber auch sie hatten ihre Seefahrtsschule. Diese lag auf Mallorca. Auch sie beschäftigten Gelehrte, Astronomen, Mathematiker und Kartographen. Kaum war die letzte Festung der Mauren gefallen, gab Königin Isabella von Kastilien noch in der gleichen Woche den Befehl an den Seefahrer Kolumbus, drei Schiffe auszurüsten und den Vorsprung der Portugiesen einzuholen.

Denn solche Schiffe, mit denen man sich in den offenen Atlantik wagen konnte, waren inzwischen kein Problem mehr. Überall wurden sie jetzt gebaut, die seetüchtigen Caravellen, die der Normanne Carbejal 1475 auf seiner Werft am Kanal geschaffen hatte.

9 Monate später hatte Kolumbus die Antilleninseln gefunden. Nach wenigen Jahren war Portugal tatsächlich eingeholt und kurz darauf überflügelt. Die gestaute Kampfkraft der harten spanischen Ritter, der Eroberer, Abenteurer und ihres ganzen verwegenen Gefolges von Goldsuchern und Beutemachern stürzte sich auf den neuen Kontinent und auf die fassungslosen Indianer.

Auch die Portugiesen waren überrascht! Es gab ein Wettrüsten und ein Wettsegeln nach neuen Inseln, neuen Gewürzen, neuen Goldquellen. Aber die Portugiesen spürten bald, daß ihr kleines Land das Wettrennen mit den Spaniern nicht lange würde durchhalten können. Sie baten den Papst um Hilfe. Sein Schiedsspruch sollte den Spaniern verbieten, weitere Gebiete zu besetzen. Leider aber war der Papst, den sie baten, Alexander VI. aus dem Hause Borgia, selbst ein Spanier und daher nicht gewillt, eine so einseitige Entscheidung zu fällen.

1494 im Schiedsspruch von Tordesillas teilte der Papst die Erde zwischen den zwei Konkurrenten. Etwa beim 40. Grad westlicher Länge zog man einen Strich von Nord nach Süd über den Globus. Ostwärts davon verblieb den Portugiesen alles, was sie vor 1494 entdeckt und besetzt hatten oder noch entdecken würden einschließlich der vermeintlichen kleinen „Insel Brasil". Was westlich der Grenzlinie lag, sollte Spanien bekommen.

Nun jagte eine Eroberung die andere. Als der Globus umrundet war, mußte ein zweiter Strich gezogen werden. Die Philippinen wurden Spaniens westlichste Kolonie und das unmittelbar benachbarte Indonesien Portugals östlichster Besitz.

Danach war der ganze Stille Ozean ein spanisches Binnenmeer und der Indische Ozean ein portugiesisches Binnenmeer. Nur auf dem Atlantik kamen sich die feindlichen Vettern gelegentlich über den Weg, eifersüchtig und bis an die Zähne bewaffnet. Immerhin — man respektierte den Schiedsspruch des Papstes. Wenn nur alle anderen Völker Europas von dem neuen Reichtum ferngehalten wurden! In diesem Punkt hielten Spanier und Portugiesen zusammen und verfolgten jeden, der an der Teilung der Welt etwas auszusetzen hatte.

Neue Untertanen

Nun bestand diese geteilte Welt nicht nur aus Ländern und Goldminen. Auch ihre Bewohner waren im Schiedsspruch mit inbegriffen. Wurde eine Insel Eigentum des Königs von Spanien, dann wurden deren Einwohner automatisch spanische Untertanen. Für die Königin Isabella und den Papst war es ein großes Ziel, all die neuentdeckten Heiden zu taufen und zum Christentum zu bekehren.

Aber die rüden Kerle, die das Land in Besitz nahmen, waren alles andere als Missionare des Christentums. Bereits Kolumbus und seine Schiffsbesatzungen suchten erst einmal Gold. Was sie fanden, war ihnen zu wenig. Also machten sie möglichst viele Menschen zu Sklaven. Sie sollten die neuangelegten Plantagen bearbeiten oder als menschliche Ware verkauft und zu Geld gemacht werden. Dabei kam es zu vielen Schwierigkeiten, die die meisten der Insulaner nicht überlebten. Der Weg der spanischen Eroberer durch die Großen und Kleinen Antillen und weiter nach Mexiko, Nicaragua, Kolumbien und Peru ging immer dem Golde nach und kostete Leben und Freiheit der Ureinwohner.

Als Kolumbus an Land ging, sollen 2 bis 3 Millionen Menschen in Haiti gelebt haben. 22 Jahre später waren es nur noch 13 000. Die indianische Bevölkerung schmolz dahin, wo immer die Spanier erschienen.

Die Einwohner wurden auf die spanischen Besitzer der Plantagen und Bergwerke verteilt oder wurden zur Ablieferung bestimmter Mengen Gold, Baumwolle usw. verpflichtet. Konnten sie diese Bedingungen nicht erfüllen, so wurden sie als Sklaven zur Zwangsarbeit verurteilt. Und die Bedingungen waren absichtlich so, daß sie nicht erfüllt werden konnten.

Die Ausbeutung der Wehrlosen hatte um 1510 solche Ausmaße angenommen, daß sich Dominikanerpatres gegen solche Unmenschlichkeit empörten und bei Hofe vorstellig wurden, allerdings nur mit geringem Erfolg. Ein bezeichnendes, wenn auch trauriges Beispiel für die Not der Eingeborenen ist uns berichtet:

Ein Häuptling soll sich taufen lassen. Dafür wird ihm versprochen, er solle in den Himmel kommen, andernfalls aber werde er sofort hingerichtet. Demütig fragt der Bedrohte, ob auch Spanier im Himmel seien. Als man ihm das bejaht, antwortet er, so wolle er lieber ungetauft sofort sterben, als mit den Spaniern zusammen im Himmel leben.

Wie viele Millionen Eingeborene Westindiens und auch der Länder Mittel- und Südamerikas in jenen Jahrzehnten schändlich umgebracht worden sind, wird man niemals auch nur annähernd feststellen können.

Das kann doch nicht stimmen, mag ein kritischer Leser einwenden, denn die Eroberer müssen doch besorgt gewesen sein, sich Arbeitskräfte zu erhalten!

Die Antwort ist einfach. Da die ausgemergelten Karaiben unter der Peitsche ihrer Aufseher zu Tausenden dahinschmolzen, besorgte man sich andere Sklaven! Solche, die mehr zu leisten versprachen und der mörderischen Hitze besser gewachsen waren: Neger aus Westafrika!

Negersklaven für Westindien

Schon um 1501 war man genötigt, neue Arbeitskräfte zu beschaffen. Und so wurden im Verlauf der Jahrhunderte an die zehn Millionen Neger aus Westafrika weggeführt! Davon wurden jedoch nicht alle nach Westindien transportiert, son-

dern auch in den Süden der USA und europäische Kolonien in Südamerika. Auf San Domingo zum Beispiel betrug die Zahl der Negersklaven das Hundertfache der dort wohnenden Weißen.

Was war aus den großartigen Absichten der Königin Isabella geworden? Waren das noch die gleichen Spanier, die in jahrhundertelangen Kreuzzügen gegen die Mauren, gegen die Unterdrückung der Christen und für die Befreiung ihrer Landsleute aus der Sklaverei gekämpft hatten?

Taten sie jetzt nicht selbst das Gegenteil von dem, was sie gewollt und erkämpft hatten?

Wollte nicht die Königin in all den neuen Kolonien das Christentum verbreiten und den armen Heiden die Gnade des Evangeliums bescheren?

Sie befand sich bald in einer Zwangslage und wehrte sich verzweifelt gegen die völlige Umkehr ihrer guten Absichten.

Sie merkte bald, daß ihr Günstling Kolumbus keine Gewissensskrupel kannte. Er hatte Gold versprochen und meinte, er habe nicht genug gefunden. Also schickte er versklavte Indianer nach Sevilla. Die könne man ja verkaufen, das bringe auch Gold!

Isabella war wütend! Sie wollte den Menschenhandel nicht, bestimmt nicht im spanischen Mutterland! Sie ließ den Sklaven die Ketten abnehmen und befahl, statt dessen Kolumbus in Ketten gefesselt nach Spanien zu bringen und vor Gericht zu stellen.

Doch was nützten die guten Absichten einer Königin, wenn ihr Staat an dauerndem Geldmangel leidet. Erst hatte die Befreiung Südspaniens von den Mauren die Kasse der Krone geleert. Nun aber verschlangen die Flotten, das spanische Heer, die Gehälter für die Beamten eines Weltreichs ungeheure Summen.

Bis dahin waren die Ausgaben der Krone aus den königlichen Gütern bezahlt worden. Aber aus Wald- und Weideland war nie soviel zu erwirtschaften wie jetzt gebraucht wurde.

Heutzutage würde man Steuern verhängen und die moderne Volkswirtschaft kann ja auch eine große Steuerlast verkraften. Damals wurde das auch versucht! Aber alles war noch in den Anfängen. Da griff man lieber zu den bewährten Mitteln der Geldbeschaffung: Man lieh es sich von einem italienischen, französischen oder deutschen Bankhaus, und wenn es ans Zurückzahlen ging, mußte die geschuldete Summe mit Gewalt erkämpft oder auf andere Weise geraubt oder erbeutet werden.

So beraubte die spanische Verwaltung der Reihe nach die Mauren, die Juden und schließlich die Indianer.

Ein Sprichwort sagt: Den letzten beißen die Hunde. So war es auch hier. Die Mauren flohen nach Afrika. Die Juden flohen nach Holland. Die Indianer aber konnten nicht fliehen. Sie landeten in Bergwerken und Plantagen und starben.

Inzwischen waren die geraubten Summen immer wieder verbraucht worden. Aber die Bergwerke, die Plantagen, konnten die denn nicht regelmäßige und laufende Gewinne abwerfen? Als man das erkannte, waren die Träume der Königin endgültig begraben.

Da wurden die berühmten Asiento-Verträge abgeschlossen, die nichts anderes bedeuteten, als daß der König von Spanien Geldgebern die Erlaubnis erteilte, jährlich eine bestimmte Anzahl Neger nach Westindien einzuführen.

Mit diesen Erlaubnissen verschaffte sich Spanien tatsächlich für einige Zeit regelmäßige Einkünfte. Gleichzeitig fügte es sich selbst aber einen Schaden zu, den es damals noch gar nicht übersehen konnte.

Der gute Name eines „Kreuzritters der Christenheit" verlor seinen Glanz. Aber das war nicht das Schlimmste.

Mit den Asiento-Verträgen verstieß Spanien gegen den Schiedsspruch von Tordesillas. Schwarze Sklaven, Neger, Afrikaner gab es ja schließlich nur in Afrika. Fast die gesamte afrikanische Küste war aber den Portugiesen zugesprochen. Was nun? Sollten jetzt spanische Schiffe im portugiesischen Hoheitsgebiet ihre Menschenjäger an Land setzen? Oder sollte man die Portugiesen einladen, mit ihren Flotten in die spanischen Kolonien zu segeln und die Sklaven zu liefern?

Das könnte den Portugiesen so passen! Die könnten dann allein bestimmen, was so ein Negersklave kosten soll. Und überhaupt! Wie man es machte, Zank und Krieg würden in jedem Fall daraus entstehen.

Die Kehrseite der Macht

Spanien suchte eine dritte Lösung. Sie schien ganz ungefährlich zu sein. Aber damit sollte es sich Läuse in den Pelz setzen, die es nie wieder losgeworden ist.

Es gab ja noch die anderen Nationen, für die die Neue Welt verboten war. Handel treiben durften sie nicht in Westindien. Segeln über die Linie von Tordesillas durften sie eigentlich auch nicht. Aber wenn sie etwa Sklaven liefern wollten, dann konnte ja ein Auge zugedrückt werden. Man würde sie gern von dem kaufen, der die beste Ware zum billigsten Preis anbietet. Natürlich war das so eine Sache mit der Herkunft dieser armen Neger! Aber was ich nicht weiß, das macht mich nicht heiß. Sollten sich die Holländer, Engländer, Italiener und Franzosen in Afrika die Hände schmutzig machen! Sollten sie sehen, wie sie mit den Portugiesen einig wurden!

Das war also die schmutzige Kehrseite von aller Macht und allem Glanz der spanischen Großmacht. Sie hatte sich zum Richter über alle Menschen aufgeworfen. Ketzer und Ungläubige mußten auf die Scheiterhaufen steigen um des rechten Glaubens willen. Aber die von den Spaniern angewandten Mittel waren nicht sauberer als die ihrer Gegner! Es ging um Geld!

Vor allem der ewige Krieg gegen die Korsaren und Türken im Mittelmeer, gegen aufsässige Fürsten in Italien, gegen die protestantischen Ketzer in Deutschland und gegen den französischen König Franz hatte Spaniens Kassen so geleert, daß ein unerschöpflicher Finanzbedarf die Regel war. In dieser Not war nichts willkommener als der Goldstrom aus Westindien.

Und diese Geldnot allein war der Grund für die Ausräuberung und für das Elend in Westindien. Jährlich zweimal brachten die Gold- und Silberflotten wie auch andere Frachtsegler vom Sammelpunkt Havanna aus die Beute ein. Allein die Gold- und Silberladungen machten etwa 64% der gesamten Edelmetallgewinnung der damaligen Welt aus! Es waren schätzungsweise bis zum Jahr 1600 nach heutigem Wert 21 Milliarden Mark. Nicht berücksichtigt sind die Milliardenwerte an Baumwolle, Zucker, Mais, Tabak, Edelhölzern und die Gewinne aus der Viehzucht. Sehr wahrscheinlich ist alles noch viel höher zu veranschlagen, weil niemand mehr erforschen kann, was die Eroberer für sich persönlich beiseite gebracht haben und welche Schätze mit den Schiffen versanken!

All diesen Reichtum wollte Spanien für ewig allein ausbeuten. Aber in der Geschichte gibt es kein „ewig"!

Die Teilung der Erde

Im Jahr 1494, als der Papst die Welt teilte, hat er gar nicht wissen können, welche Tragweite seine Entscheidung haben würde. Ihm ging es darum, daß zwei wichtige christliche Könige sich vertrugen statt sich um irgendwelche Inseln zu streiten. Was war das schon? Ein paar Gewürze, ein paar goldene Nasenringe und ein paar nackte Wilde. Der Papst hatte in Rom, in Italien, in Europa andere Sorgen als den Streit der Seefahrer um Inseln am Ende der Welt.

Erst Jahre nach dem päpstlichen Schiedsspruch wurde Afrika umrundet. Erst danach gelangten Portugiesen nach Indien und Indonesien. Erst später fanden die Spanier Mexiko und Peru. Erst später wurde ihnen langsam klar, daß weder sie noch die Portugiesen allein die Kraft besaßen, all die neuen Länder zu erobern oder gar zu besiedeln. Sie mußten überall Ausnahmen machen, und geheimhalten ließen sich die Entdeckungen schließlich auch nicht.

Da waren die geduldeten Sklavenlieferanten — verdächtige Subjekte — halbe Piraten! Da waren die Landsknechte und Matrosen, die man aus allen Nationen anwerben mußte. Da waren Mönche und Missionare, da waren italienische Bankiers, die viele Reisen finanziert hatten und die deutsche Bank der Welser, denen Venezuela verpfändet wurde.

Schließlich gab es noch Hunderte von Seefahrern anderer Nationen, die gar nicht daran dachten, den Schiedsspruch von Tordesillas zu respektieren. Zum Beispiel die Seeräuber aus Nordafrika, die Kapitäne aus Irland und England, Flandern und der Bretagne. Sie alle wußten nach kurzer Zeit, daß die Erde rund ist und noch überall Inseln und Kontinente liegen mochten, die alle noch entdeckt werden konnten. Überall konnten doch die Spanier nicht sein! Also Anker auf und los!

Trotzdem bildeten sich die zwei Seemächte ein, sie könnten die Meere allein kontrollieren und dachten gar nicht daran, ihre Vorrechte aufzugeben.

Und wehe dem einzelnen wagemutigen Schiff anderer Nationen, wie etwa der Engländer, Italiener oder Holländer oder Franzosen, das den portugiesischen oder spanischen Fregatten in die Quere kam! Ohne langes Gefrage wurden die Stückpforten niedergelassen, und ein paar Schüsse aus den Bombarden schickten die Vorwitzigen auf den Meeresgrund. So viele, daß man es gar nicht mehr weiß. Wehe dem Schiff, das sich in die Karibische See oder auch nur westwärts der Teilungsgrenze wagte! Die Männer der Besatzung wurden gefoltert, dann gehängt, ertränkt, erbarmungslos hingerichtet oder bestenfalls als Sklaven in die Bergwerke oder Plantagen der Spanier geschickt. Und nach wenigen Jahrzehnten sah die Welt so aus, wie es uns die Weltkarte von 1550 zeigt.

Und — nebenbei bemerkt — was sagten die Völker in den zahllosen neuen Ländern, Küstenstrichen und Inseln dazu, daß sie „in Besitz genommen" wurden? Die Inder faßten ihre Meinung in dem Wort zusammen, wie es gewiß Hunderttausende von Eingeborenen in Ost und West gedacht haben:

„Ein Glück, daß Gott nicht mehr Portugiesen geschaffen hat als Löwen und Tiger! Sonst würden sie das ganze Menschengeschlecht vernichten!" Nicht anders dachten in Mittel- und Südamerika die Karaiben, Azteken, Inkas und Indios von den Spaniern.

Aber was wußten denn solche Heiden davon, wem die Welt gehörte! Ein Franzose drückte darüber die Ansicht der Europäer so aus: „Der Herr gab dem Menschen die Erde, damit er sie besitze, und es ist klar, daß das Recht des Besitzes in erster Linie den Kindern zukommt, die auf ihren Vater hören und ihn anerkennen. Solche Kinder aber sind Christen, denen das Recht gebührt, die Erde zu teilen."

Nach Meinung der Zeit also gehörte Gottes weite Erde nur den Christen. Aber waren denn nur Portugiesen und Spanier Christen? Gab es nicht in Europa auch die anderen Christen, wie Skandinavier, Engländer, Holländer, Deutsche, Franzosen und viele andere?

Nun, das sah man in Portugal und Spanien ein, und selbstverständlich wollte man auch diese Christen in den Genuß all der Dinge kommen lassen, die von Frachtschiffen täglich übers Meer eingebracht wurden. Hier, in den Kontoren und Lagerhäusern der Handelsleute auf der Iberischen Halbinsel konnten die Europäer kaufen, was ihr Herz begehrte – sofern sie genügend Geld hatten. Nicht mehr und nicht weniger!

So sah es zu Beginn des 16. Jahrhunderts aus, das wir in Geschichtsbüchern kennenlernen als den Beginn des Zeitalters der überseeischen Entdeckungen. Mit dieser Zeit aber, in der Francis Drake geboren wurde, brach auch ein anderer Abschnitt an, nämlich zwei Jahrhunderte voller romantischer, und doch so realer Grausamkeit, prall angefüllt mit den Taten tollkühner Männer und Abenteurer, wie sie die Welt nicht mehr erlebt hat: die Zeit der Freibeuter! Unter diesem Namen, auch als Piraten, Seeräuber, Korsaren, Flibustier sind sie in die Geschichte eingegangen, die Wegelagerer der Meere.

Die Gesetzlosen des Meeres

Die meisten Freibeuter kamen aus England, wo man sie auch „die Gesetzlosen des Meeres" nannte. Es bedurfte dazu nur eines kühnen Mannes, der sich, mehr oder weniger der Schifffahrt kundig, ein Schiff besorgte, es mit Proviant ausrüstete, sich mit einigen Dutzend Kerlen zusammentat, die an Land sowieso dem Galgen näher als dem Himmelreich waren, und dann hinaus auf den Atlantik segelte. Ihr Ziel: spanische Schiffe kapern oder vernichten! „No peace beyond the line!" Damit war die Linie gemeint, die die Welt in zwei Teile teilte.

Irgendwo auf See wurde ein „feindliches" Schiff angegriffen, geentert und ausgeplündert, sodann verbrannt oder für weitere Kaperfahrten verwendet. Wer sich widersetzte, wurde erschlagen, an den Rahen aufgehängt, ins Meer geworfen oder bestenfalls in nächster Nähe an Land gesetzt. Mit steigendem Erfolg wagten sich diese Freibeuter bis in die Häfen vor und machten nach Herzenslust Beute — oder wurden gnadenlos niedergemacht.

Es war, wie man sieht, ein Wagnis mit höchstem Einsatz, und niemand hat gezählt, wie viele Seeräuber erschlagen worden, ertrunken oder mit Schiff und Ratten untergegangen sind.

Die meisten der beutehungrigen Abenteurer waren, wie gesagt, Engländer. Ihr Vorbild aber, lange Jahre, bevor sie die Herrschaft in Westindien gewannen, war der Mann, der im Munde der wutentbrannten Spanier „Meisterdieb der unbekannten Welt" genannt wurde — Francis Drake.

Aber auch Drake war nicht der erste. Vor ihm gab es einen Mann, dessen Namen jeder Seemann kannte. Er versetzte jahrzehntelang die Anwohner des Mittelmeeres in Angst, der berühmte Korsar Cheireddin, auch Rotbart genannt.

Korsaren im Mittelmeer

Auf eine Hellebarde gespießt, wurde der Kopf des berüchtigten Seeräubers Horuk in Spanien herumgezeigt. So groß war die Freude in den Hafenstädten, daß man dies Schauspiel mit Glockengeläute und Böllerschüssen begrüßte. Horuks Tod bedeutete die Freiheit im Mittelmeer! Der spanische Befehlshaber in Nordafrika hatte den türkischen Piraten nach hartem Kampf besiegt, einen Mann, der das Mittelmeer von Griechenland bis nach Gibraltar unsicher gemacht hatte. Nun würden die Handelsschiffe wieder ungestört ihre Fracht heimbringen können.

Doch weit geirrt! Jetzt erst setzte ein Kampf auf Biegen oder Brechen ein zwischen der Weltmacht Spanien und den Korsaren des Mittelmeeres! Horuks Kopf war gefallen, doch sein Bruder und Kampfgefährte Hezr hatte inzwischen Horuks Erbe angetreten und war Bey von Algier geworden.

Gemeinsam hatten sie einst um 1480 als Besitzer eines kleinen Handelsschiffes ihre Laufbahn begonnen, waren aber den Kreuzrittern auf Rhodos in die Hände gefallen. Bittere Zeiten hatten sie in der Gefangenschaft auf Rhodos durchmachen müssen, hatten aber irgendwie die Freiheit wiedererlangt und bekämpften nunmehr mit grimmiger Erbitterung die „Christenhunde", wo immer sie sie antrafen.

Horuk und Hezr – dieser bekannt als Cheireddin der Rotbart – begnügten sich nicht, mit der Galeere, die ihnen ein türkischer Pascha geschenkt hatte, die Schiffe der Christenhunde im östlichen Mittelmeer zu plündern und zu vernichten. Als sie Zuzug von beutelustigen Gesellen erhielten, bemannten sie erbeutete Schiffe und wagten sich schließlich bis in die Gegend des heutigen Algerien in den Machtbereich der Weltmacht Spanien.

Eines Tages, es war 1516, wurden sie vom Sultan von Algier zu Hilfe gerufen gegen die spanischen Eroberer, die anrückten, Stadt und Festung Algier zu nehmen.

Sofort waren Horuk und Cheireddin zur Stelle, und zwar mit mehr als einem Dutzend armierter Galeeren, einigen tausend Arabern und fünfzehnhundert türkischen Elitesoldaten, Janitscharen genannt. Sie setzten nicht nur Algier in Verteidigungszustand, sondern entthronten den Sultan, und Horuk, der Töpferssohn von der Insel Lesbos, warf sich auf zum Sultan. Eine Tat, die zwar von wenig Ehrlichkeit, wohl aber vom Unternehmungsgeist dieser Korsarenbrüder zeugt.

Von so viel Tüchtigkeit waren hingegen die Spanier weniger angetan. Sie griffen Horuk und seine wilden Scharen bei Tlemcen, westlich von Oran, an und schlugen ihn durch die Übermacht ihrer Waffen. Seinen Kopf beförderten sie zum Zeichen des Triumphes nach Spanien, wo die Schiffer und Kaufleute erlöst aufatmeten, wie zu Anfang dieses Kapitels gesagt.

Nun erst begann der denkwürdige Kampf der kastilischen Krone gegen den anderen Töpferssohn aufs heftigste, und — nie sollte Spanien ihn gewinnen! Mochten um diese Zeit Kaiser Karls Feldherren, wie Balboa, Pizarro, Cortez, in Mittel- und Südamerika Kaiserreiche erobern und zerstören — den Tollkopf Cheireddin vermochte Spanien nie zu besiegen. Sozusagen vor Spaniens Haustür tat er, was er wollte.

Was nämlich alle Piraten späterer Zeit, die wir noch kennenlernen werden, verfehlt hatten, das tat der Rotbart: Er sicherte sich den Schutz eines Verbündeten in Gestalt eines anerkannten Staates. Er unterstellte sich der Oberhoheit des Sultans Soliman, des großmächtigen Herrschers des türkischen Riesenreiches. Gewissermaßen als Statthalter Solimans in Nordafrika führte er Krieg auf eigene Faust. Wie später Königin Elisabeth zu Drakes Freibeuterei nickte, so lächelte der Sultan, fern in Konstantinopel, ingrimmig zu Cheireddins Siegen.

Statthalter, Seeräuber und Christenhasser Cheireddin rüstete zum Kampf. Aus dem bärbeißigen, den Kampf von Mann zu Mann gewohnten Korsaren wurde ein tüchtiger Flottenführer, der den Tod seines Bruders zu rächen gedachte. Er zog an die zwanzigtausend Mauren an sich, die aus Spanien vertrieben worden waren, rief die vielen kleinen Piraten zusammen, die für ihn das Mittelmeer durchquerten, und warf sich dem spanischen Admiral Moncado entgegen, der 1518 vor Algier kreuzte.

Glück steht auch den Rebellen und Piraten zur Seite! Cheireddin brauchte keinen Schwertstreich zu tun, denn ein Sturm kam auf und zermalmte die spanische Flotte vor dem Hafen von Algier. Sie hatte wegen der Sandbänke nicht einlaufen können. Nur die „Capitana", das Admiralsschiff, konnte sich über Wasser halten, und Moncado mit Offizieren und Mannschaften wurde gefangengenommen. Hohnlächelnd wies der Rotbart das Lösegeld von Millionen Mark nach heutiger Währung zurück: Moncado und die anderen Spanier endeten unter dem Schwert des Henkers — Horuk war gerächt!

Cheireddins Triumph

Jahre vergingen, in denen sich Abenteurer und Räuber aus Griechenland, Albanien, Ägypten und aus dem Inneren Afrikas, ja auch verwegene Burschen aus Europa unter Cheireddins Befehl stellten. Mochte sie Haß gegen Christen oder nur die Gier nach Beute getrieben haben: auf Schiffen aller Art und Größe durchstöberten sie das Mittelmeer und brachten Beute über Beute nach Algier. Viele hundert Christen schmachteten als Ruderer auf den Galeeren der Seeräuber; viele Tausende, Männer wie Frauen, wurden als Sklaven in den Orient verkauft.

Schon lange war dem Rotbart das Fort El Penon ein Dorn im Auge, eine kleine Felseninsel vor Algier, deren spanische Besatzung von etwa 150 Mann eine dauernde Bedrohung darstellte. Mit einigen tausend fanatischen Seeräubern auf 40 Schiffen nahm 1529 Cheireddins Unterführer, den man wegen seiner Grausamkeit den „Teufel" nannte, die Befestigung. Wilde Mordlust tobte sich aus: Die überlebenden Spanier wurden niedergemacht, der greise Kommandant Don Juan de Vargas zerstückelt und die Leichenteile ins Meer geworfen, den Fischen zum Fraß, wie es sich für einen Ungläubigen gehören mochte.

Nicht genug mit diesem grausamen Triumph: es gelang den Korsaren, ein spanisches Entsatzheer schon auf See abzufangen. Auch diese zweitausend Mann endeten auf dem Sklavenmarkt des Orients. Das war in demselben Jahr, als Sultan Soliman mit über hunderttausend Kriegern vor den Toren Wiens erschien und das Abendland zu überschwemmen drohte. Nur 28 000 Soldaten konnte ihm das „einige" Europa entgegenstellen.

Nach seinen Erfolgen kannte Cheireddin keine Hemmungen mehr. Seine Schiffe segelten bis in den Golf von Cadiz, überrannten einige spanische Kriegsschiffe und kaperten ein Frachtschiff, das von Westindien mit Silber und Gold im Wert von vielen Millionen Mark unterwegs nach Sevilla war. Dann verheerten beutegierige Streifscharen, unter denen sich sogar Reiterabteilungen befanden, Dörfer und Städte an der Küste. Die wehrlose Bevölkerung wurde von Raub, Plünderung und Greueltaten heimgesucht. An die siebzigtausend Mauren, die von der spanischen Inquisition verfolgt wurden, konnten von Cheireddins Schiffen übernommen werden.

Nun endlich raffte sich Kaiser Karl V. auf, den hemmungslosen Korsaren gegenüberzutreten. Das heißt, er ließ den berühmten Admiral Andrea Doria aus Genua angreifen. Algier, das Raubnest, sollte fallen! Doch zu spät: Cheireddin kehrte rechtzeitig von seiner Invasion in Spanien zurück, so daß

Doria schleunigst flüchtete und sich nach Mallorca rettete. Mallorca war übrigens zu jener Zeit ein vielbesuchter — nein, nicht Ferienort europäischer Touristen, sondern ein vielbesuchter Sklavenmarkt.

Doch zwei große Galeeren aus Dorias Flotte mit mehr als hundert spanischen, französischen und italienischen Adeligen waren in die Hände der Korsaren gefallen. Der spanische Gouverneur in Nordafrika zögerte zunächst, ein Lösegeld zu bieten, und so wurden die siegesgewissen hohen Herren mit ihren Schicksalsgenossen erbarmungslos hingerichtet. Es heißt, daß sich zu Beginn dieses Blutbades an die tausend Verzweifelte ins Meer gestürzt haben.

Im Jahr 1532, als Pizarro von Panama auszog, um Peru zu erobern, wurde Cheireddin nach Konstantinopel befohlen. Der Sultan machte den erfolgreichen Seeräuber zum Großadmiral der türkischen Flotte! Damit wurde der Rotbart vor der Welt aus dem Zustand der Rechtlosigkeit in die Stellung und Würde eines hohen türkischen Beamten erhoben.

Mit dieser ungewöhnlichen Ehrung war noch etwas verbunden, was die Umsicht des erfahrenen Seeräubers und neuen Großadmirals auf die Probe stellen sollte: Sultan Solimans Vernichtungsschlag gegen das Abendland! Während Kaiser Karl, der mit Ausnahme von Frankreich und England ganz Europa beherrschte, im Begriff war, in Amerika ein Weltreich zu errichten, sollte über Europa die grüne Fahne des Propheten flattern! Und zwar wollte sich Soliman, der 1529 vor Wien abgewiesen worden war, wiederum mit einem gewaltigen Heer auf Wien werfen und somit das Tor zu Europa aufstoßen, während Cheireddin den Auftrag erhielt, von Nordafrika aus entweder über Spanien oder Italien herzufallen und so Europa in die Zange zu nehmen.

Wie weit die Berichte über solche Pläne im einzelnen den Tatsachen entsprechen, wissen wir nicht, aber es steht fest, daß Pascha Cheireddin mit einer Riesenflotte den Bosporus verließ. Mit fast 1 200 Schiffen aller Art, darunter hundert von Chri-

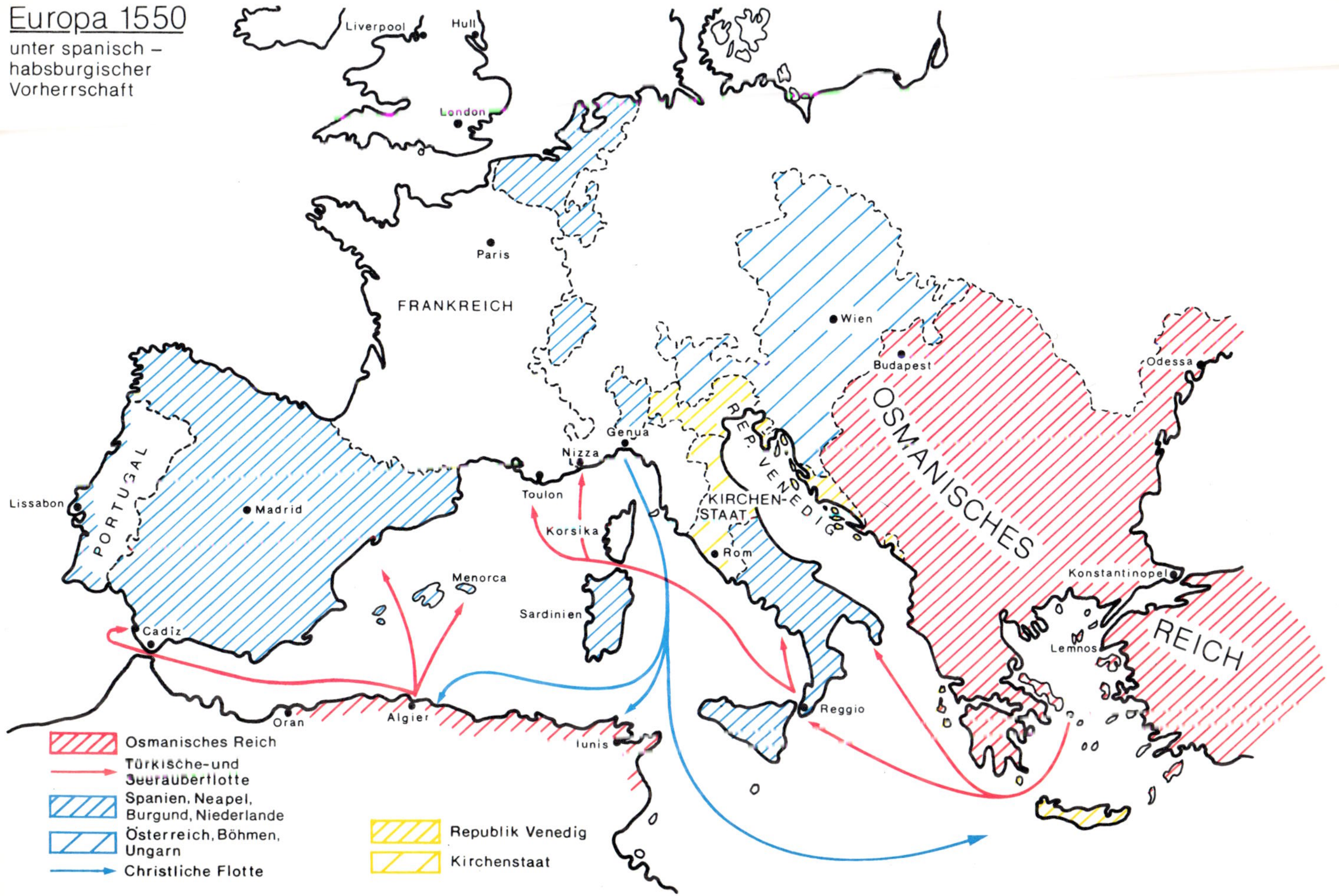
Europa 1550
unter spanisch –
habsburgischer
Vorherrschaft
Liverpool
Hull
London
Paris
FRANKREICH
Lissabon
PORTUGAL
Madrid
Cadiz
Oran
Algier
Menorca
Toulon
Nizza
Genua
Korsika
Sardinien
Tunis
KIRCHEN-
STAAT
Rom
REP. VENEDIG
Reggio
Wien
Budapest
OSMANISCHES
REICH
Odessa
Konstantinopel
Lemnos
Osmanisches Reich
Türkische- und Seeräuberflotte
Spanien, Neapel, Burgund, Niederlande
Österreich, Böhmen, Ungarn
Christliche Flotte
Republik Venedig
Kirchenstaat

stensklaven geruderten Galeeren, begannen seine Raubscharen an den Küsten Süditaliens das an Beute einzubringen, was die Flotte gekostet hatte. Die Korsaren achteten weder Recht noch natürliche Sitte, kannten weder Gnade noch Erbarmen, sondern stürzten sich auf die wehrlose Bevölkerung und mordeten und plünderten, wie es ihnen gefiel. Dreihundert Wachttürme an den Küsten setzten tagsüber Flaggen und des Nachts Laternen, um das Nahen der Korsaren anzukündigen, dann flohen die Menschen landeinwärts. Zu Tausenden wurden Erwachsene und Kinder geraubt.

Kaiser Karls Fahrt nach Tunis

Erst vor Rom fand die Korsarenflut durch die päpstlichen Söldnerscharen Widerstand. Dann segelte Cheireddin südwärts nach Tunis, wo er den Bey Mulay Hassan absetzte und Stadt und Hafenbefestigung an sich brachte. Der Bey wandte sich an den Kaiser um Hilfe. Nun hielt es Kaiser Karl für an der Zeit, den Seeräuber und Großadmiral Pascha Cheireddin aus Nordafrika zu vertreiben. Er rüstete zu dem berühmten Feldzug gegen Tunis im Jahr 1535.

Welche Macht der Rotbart war, erkennt man an dem militärischen Aufwand seiner Gegner. Der Papst stellte 12 Galeeren, Portugal 25 Karavellen und Flandern 60 Galeeren ab, so daß etwa zehn Dutzend Schiffe unter des großen Andrea Doria Befehl in Genua bereitlagen. Unter den dreißigtausend Söldnern befanden sich auch deutsche Landsknechte unter dem Feldobristen Graf von Eberstein. Sie hatten schon unter dem alten Feldhauptmann Frundsberg in der berühmten Schlacht bei Pavia die Franzosen geschlagen und dann Rom geplündert. Auch Fußvolk aus den niedersächsischen und kurbrandenburgischen Kreisen trat gegen Cheireddin an. Das Flaggschiff des Kaisers mit seinen 1600 Tonnen war ein Prunkstück seiner Zeit. Sieben Decks faßten unter anderem zwanzig Zimmer für die Ritter, sechs Säle und eine Ratsstube. Das Sonnensegel bestand aus rotem Samt, und die Besatzung ging in roter Seide einher.

Am 16. Juni begann der Angriff auf Tunis. Die militärischen Einzelheiten interessieren uns hier nicht, vielmehr aber die Tatsache, daß nach Einnahme von Festung und Stadt an die vierzigtausend „Heiden“, auch Frauen und Kinder niedergemacht wurden! Ein Blutbad, das den Greueltaten unter dem nunmehr besiegten und geflüchteten Rotbart wohl kaum nachstand. Wie unmenschlich man zu jener Zeit verfuhr, mag man zum Beispiel daraus ersehen, daß der Sohn des vom Kaiser wiedereingesetzten Mulay Hassan seinem Vater später die Augen ausstechen ließ und ihn außer Landes jagte. Als Bettler endete Hassan elend irgendwo in Europa. Immerhin: Bevor er selbst den „Thron“ bestieg, hatte er viele seiner Brüder ermorden lassen.

Cheireddins Niederlage war vollkommen. Was nun?

Noch bevor Kaiser Karl Tunis verließ, hatte der nach Algier geflüchtete Rotbart an Schiffen zusammengerafft, was möglich war, und segelte zur Insel Menorca. Die Bewohner bereiteten ihm einen freundlichen Empfang, in der Meinung, Kaiser Karl kehre aus Tunis zurück und beehre sie mit einem Besuch und sie würden türkische Sklaven zum Handeln erhalten. Doch es kam umgekehrt: an die sechstausend Menorciner wurden als Sklaven an Bord der Räuber geholt. Die übriggebliebenen waren nach allen Regeln der Seeräuberkunst geplündert worden.

Der alte Fuchs gibt nicht auf

Ungebrochenen Mutes setzte Cheireddin, der wahre Beherrscher des Mittelmeeres, seine Raubzüge fort, mit denen er besonders die Handelsschiffe der Republik Venedig traf. Er kehrte mit einer Millionenbeute und einigen tausend Christensklaven nach Konstantinopel zurück.

Man sagt, der Krug gehe so lange zu Wasser, bis er bricht. Das hofften nun auch die Gegner Cheireddins. Der Papst wollte endgültig die türkische Vorherrschaft brechen. Er hatte wieder die Spanier zum Krieg gegen das Osmanenreich zu bewegen vermocht und auch die Republiken Venedig und Genua hierfür gewonnen. Nach umfangreichen Rüstungen vereinigten sich rund 160 Schiffe zu einer Flotte, auf der neben der eigentlichen Schiffsbesatzung an die 60 000 Söldner bereitstanden, die Türken zu schlagen, wo man sie finde. Kein Geringerer als Admiral Andrea Doria befehligte diese Armada, die von Korfu südwärts auslief, um zunächst einmal türkische Festungen in Griechenland zu nehmen. Ein gewaltiger Schlag war geplant, und der ihn ausführte — war Cheireddin!

Mit nur halb so vielen Schiffen, wie Doria sie hatte, schlug der vierundsiebzigjährige Rotbart den Gegner vernichtend.

Der untersetzte, etwas dickliche, stämmige Korsar mit dem berühmten gewaltigen roten Bart setzte sich dann zunächst zur Ruhe. Sein kluges Verhalten ermöglichte ihm, die Beute von Jahren zu genießen. Etwas, was später manchem Freibeuter gegen die Spanier in der Karibischen See beschieden gewesen wäre, wenn er nicht unweise in den Tag hineingelebt hätte. Als Großadmiral der osmanischen Flotte, reich belohnter Günstling des mächtigen Sultans Soliman, widmete sich Cheireddin nun seinen Aufgaben am Bosporus, während sein Herr, Soliman, wiederum gen Wien zog und Budapest stürmte.

Große Schadenfreude mag aus den Augen Cheireddins gefunkelt haben, als er erfuhr, wie Kaiser Karls großer Kriegszug nach Nordafrika, nämlich gegen Algerien (1541), mit einer katastrophalen Niederlage geendet hatte. Unter ungeheuren Verlusten hatte Karl, der „Gottverfluchte", wie ihn die Muselmanen nannten, den Rückzug mit den Resten seiner stolzen Flotte antreten müssen, selbst an Leib und Leben gefährdet. Viele hundert Söldner, darunter wiederum viele deutsche Landsknechte, hatten unter Pfeilen und Lanzen von Janitscharen, Berbern und Korsaren ihr Leben lassen müssen.

Wir übergehen den Wirrwarr der europäischen Politik und nehmen nur davon Kenntnis, daß König Franz I. von Frankreich den Kaiser, seinen nach der Katastrophe von Algier geschwächten „Erzfeind“, schlagen wollte. Dabei sollten ihm wiederum seine alten Verbündeten, die Türken, helfen.

Soldaten und Schiffe sollte der Sultan Soliman nach Frankreichs Hafen Toulon schicken. Und wen betraute Soliman mit dieser schwierigen Aufgabe? Niemand anders als Cheireddin Rotbart.

Mit 110 Galeeren und 40 Gallionen, einer Unmenge Janitscharen und erfahrenen Seeräubern bricht Cheireddin 1543 auf. Aber der Großadmiral kann den Seeräuber in sich nicht unterdrücken, sondern nimmt die Gelegenheit wahr, unterwegs, an der süditalienischen Küste, ein wenig zu plündern. Und wieder warnen die Wachtfeuer, wieder flüchten die Einwohner landeinwärts.

Doch nach der Erstürmung der Feste von Reggio, an der Straße von Messina, wird Cheireddin gründlich besiegt, und zwar von Donna Maria Gaetano, der zwanzigjährigen Tochter des gefangenen Kommandanten. Ihren Bitten um Pardon für ihren Vater und andere Gefangene gibt er Gehör — und heiratet sie. Danach, so wird uns berichtet, segelt die türkische Flotte nach Frankreich, ohne die Plünderung fortzusetzen.

Der Bund mit dem Teufel

Es geschieht das für damalige europäische Augen und Ohren Unfaßliche: Im September 1543 läuft diese Flotte des grimmigsten Feindes der Christenheit, verbündet mit der Allerchristlichen Majestät, Franz I. von Frankreich, in Toulon ein. Und befehligt wird sie vom Rotbart, dem achtzigjährigen Erzräuber und rücksichtslosesten Bluthund, den das Mittelmeer je gesehen hat!

Ein Herzog empfängt den legendären Freibeuter, und viele Damen und Herren des Hofes aus Paris finden sich in Toulon ein, weil sie einmal vollendete Plünderer und Mordbuben in leiblicher Nähe — ungefährdet — sehen wollen.

Was nun auch im einzelnen in Marseille und Toulon geschehen mag, Cheireddin brennt auf Kampf und Plünderung, denn König Franz hat nicht das Geld, das ihm den geplanten Kriegszug gegen Oberitalien erlauben könnte. Der Rotbart tobt und wirft dem französischen Gesandten die unflätigsten Ausdrücke an den Kopf, weil der König die Türken weder in den Kampf schickt, noch ihnen monatlich die geforderten 50 000 Golddukaten zum Unterhalt zahlen kann. Schließlich, als seine habsüchtigen Verbündeten nicht mehr zu bändigen sind, dürfen sie sich an der Belagerung von Nizza beteiligen, das von den Spaniern gehalten wird. Schändlicherweise überlassen die Franzosen die eroberte Stadt den Türken zur Plünderung. Einige tausend Einwohner werden auf den türkischen Sklavenmarkt geschickt, ohne daß der allerchristlichste König einzuschreiten wagt.

Da Cheireddin noch immer nicht zu Kampf und Plünderung geführt wird, hält er sich das ganze Jahr hindurch mit Raubzügen nach bewährter Korsarenart an den spanischen Küsten schadlos. Und wie es heißt, scheuen sich die in Toulon einquartierten Türken nicht, auch in Südfrankreich zu plündern und sogar Franzosen in die Sklaverei zu führen!

Erst im Frühjahr 1544 verabschiedet Franz das „hilfreiche" Türkenkorps. Er muß allerdings dem hartnäckig fordernden Cheireddin für entgangene Beute eine Entschädigung von einigen Millionen Mark heutiger Währung zahlen. Dann segelt der Rotbart heimwärts, wobei er nochmals Süditalien und Sizilien plündert. Seine Schiffe sind so randvoll gefüllt mit weißen Sklaven, daß sie dem Sinken nahe sind.

Mit 84 Jahren beendete dieser erstaunliche Korsar sein Leben in Konstantinopel, wo er in einer Moschee beigesetzt wurde. Noch zu Anfang unseres Jahrhunderts war es üblich, daß türkische Kriegsschiffe, die an seiner Grabstätte am Bosporus vorüberfuhren, einen Ehrensalut schossen. Was wir von Francis Drake und den späteren Freibeutern in der Karibischen See sagen können, das meinte ein Spanier über Cheireddin mit den Worten: „Er war tapfer und weise, hartnäckig in allen Strapazen, standhaft im Wechsel des Glücks."

Ein junger Seemann namens Drake

In dem Jahr, als Kaiser Karls Eroberungszug nach Algier mit so großen Verlusten fehlschlug (1541), wurde in einer Kate in Devonshire in England ein Junge geboren, der den Spaniern einmal weit mehr zu schaffen machen sollte als der Räuber Cheireddin. Der Junge wurde Francis getauft. Sein Vater, Edmund Drake, war Bauer auf dem Gut Crowndale des Lord Russel und gelegentlich Seemann und Prediger. Es war dies übrigens in dem gleichen Jahr, als die Türken Budapest einnahmen und der Spanier Oreliana von Ecuador aus die berühmte erste Talfahrt auf dem Amazonas-Strom antrat; das gleiche Jahr, als Pizarro, der Eroberer von Peru und Chile, ermordet wurde.

Von alledem wußte natürlich der heranwachsende Francis nichts; der kleine, aber kräftige Junge mußte beizeiten helfen und Geld verdienen. Er wuchs auf wie seine elf Brüder und Tausende von Altersgenossen, die knapp lesen und schreiben lernten. Er wurde Seemann, wie so viele an der Küste von Devonshire.

Zu verdienen gab es nicht viel. Ein bißchen Seefahrt zu den Niederländern hinüber und vor allem zur Normandie.

Zur Normandie, ja, diese Fahrten lockten! Und in den Fischerdörfern dort war so manches zu hören über die kühnen Seefahrten der Franzosen weit nach Westen, in den Atlantik. Neben den Spaniern waren auch schon Franzosen nach Westen gesegelt, allerdings zunächst nicht, um andere zu berauben, sondern zu den einsamen Neufundlandinseln. Dieses Stockfischland, 1494 von Cabot entdeckt, war wegen seines Fischreichtums beliebt.

Diese verwegenen Fischer, die aus der Normandie stammten, drangen im Laufe der Jahrzehnte bis zum heutigen Kanada vor und nannten stolz den Küstenstreifen Nordamerikas von Nord Carolina bis nach Neufundland „Nova Francia". Noch heute gibt die Stadt Montreal Kunde von den kühnen Zügen französischer Seefahrer. Jacques Cartier aus Saint-Malo stieß 1534 auf eine Insel im Sankt-Lorenz-Strom, die er Mont Royal nannte, und pflanzte ein Kreuz auf mit der Inschrift, die besagte, hier herrsche der König der Franzosen.

Es war gar nicht zu vermeiden, daß die kühnen Franzosen eines Tages auf spanische und portugiesische Schiffe stießen. Sie nahmen den Kampf auf und zwar mit großem Erfolg. Vor allen anderen tat sich die Korsarenfamilie Ango aus dem einstigen Wikingerhafen Dieppe hervor. Der Name Korsar dürfte sich von einem anderen Franzosen ableiten, einem Seefahrer und Händler namens Jacques Coeur, der von Marseille aus das Mittelmeer befuhr und einmal in die Hände der Leute von Korsika geriet. Wieder in Freiheit, scheint er mit Hilfe der Korsikaner eine ausgedehnte Mittelmeerräuberei betrieben zu haben. Es heißt, er habe an die 300 Handelsplätze an den Küsten ringsum unterhalten und so etwas wie eine Alleinherrschaft ausgeübt, für die er dann eines Tages zum Tode verurteilt wurde.

Unter diesen Korsaren also, die in die Weite des Atlantik raubfahrten, ragte ein Jean Ango hervor. Er schickte seine Kapitäne gegen jeden, der ihm vor die Kanone kam. Seine Männer, wie Verazzano und die Brüder Parmentier, kümmerten sich nicht im geringsten um die Teilung der Welt, sondern stießen im Osten kühn bis zu den Molukken vor, im Westen bis nach Brasilien und Neufundland. Ein Drittel der Beute erhielt die Mannschaft, zwei Drittel Meister Ango. Und es scheint sich sehr gelohnt zu haben.

Die französischen Freibeuter

Zwar waren diese Korsaren mit einer sogenannten „Lettre de marque“, einer Art Kaperbrief des Königs, ausgestattet, der sie zu „ordentlichen“ Kriegsleuten machen sollte, aber darauf gaben die Feinde wenig. Als zum Beispiel einmal drei bretonische Schiffe vor der brasilianischen Küste genommen wurden, begrub man die Mannschaft bis zum Kopf im Sand und schoß sie gemächlich ab.

Andererseits fanden es die Korsaren in Ordnung, an der brasilianischen Küste die Stadt Pernambuco zu überfallen, zu plündern und in Brand zu stecken. In der Karibischen See plünderten sie Havanna und andere Küstenstriche. Diese mit einem Schein von Gesetzlichkeit ausgestatteten Raubzüge beantworteten die Spanier damit, daß sie die französische Siedlung Fort Caroline in Nordflorida zerstörten und unter den Franzosen ohne Unterschied ein Blutbad anrichteten, das selbst für jene nicht zimperliche Zeit etwas Ungeheuerliches war. Auch das französische Fort Coligny in der Bucht von Rio und die dort entstandene Hugenottensiedlung zerstörten sie und behandelten die Besatzung und Siedler grausam. Seitdem, etwa 1567, wurden die Franzosen endgültig vertrieben.

Die Korsaren von Saint-Malo aber unternahmen weiterhin ihre Raubfahrten, und die Zahl der von ihnen gekaperten Schiffe nahm von Jahr zu Jahr zu, bis hinein ins 17. Jahrhundert. Einer von ihnen führte von Irland aus eine Art Privatkrieg gegen England, das er um einige hundert Schiffe ärmer machte. Das stolze Schloß des ersten Ango, in der Nähe von Saint-Malo, steht heute noch.

„Die Sonne scheint ebenso für mich wie für die anderen“, hatte König Franz von Frankreich gesagt, „ich möchte die Bestimmung in Adams Testament sehen, die mich von der Teilung ausschlösse!“ Und danach handelten seine Korsaren. Sie kümmerten sich keinesfalls um das imaginäre Warnschild „Betreten verboten!“.

Ganz anders aber dachte die Königin von England, Maria die Katholische. Der heranwachsende Francis Drake hörte es immer wieder, daß Maria englischen Kaufleuten und Seefahrern verbot, südwärts zu segeln, das heißt nach Spanien, schon gar nicht nach Westindien.

In jenen Jahren war ein Großteil der englischen Bevölkerung katholisch. Die Queen war sogar verheiratet mit Spaniens König Philipp II., unter dessen Regierung die katholische Religion in Übersee und in Europa triumphierte. Nun, so könnte man denken, wenn Maria mit dem spanischen König verheiratet war, so hätten doch die englischen Seefahrer aus diesem Ehebündnis, das auch ihre Völker politisch verband, ihren Nutzen ziehen und hinaus auf die Meere segeln können! Aber nein, Maria selbst sagte: „Betreten verboten!"

Zum Glück für den jungen Francis wie für England kam schon 1558 Königin Elisabeth, die erste ihres Namens, an die Regierung. Die junge Königin, deren tragische Auseinandersetzung mit Maria Stuart uns allen bekannt ist, förderte Handel und Wandel, vor allem den persönlichen Unternehmungsgeist. Sie stellte zum Beispiel der Gilde der Kaufleute, die unter dem Namen „Merchant Adventurers" bekannt ist, Freibriefe aus.

Außer den „kaufmännischen Abenteurern", die mit Wolle und Tuchen handelten, entwickelte sich zur gleichen Zeit noch ganz andere Art von Abenteurertum: die englischen Freibeuter. Auch sie hatten oft königliche Freibriefe bei sich, nämlich „Kaperbriefe". Aber meistens hatten sie keinen. Sie suchten Beute und scheuten den Kampf nicht. Diese Männer waren es, die sich unter Elisabeth I. auf den Atlantik und über „die Linie" hinauswagten.

Francis Drake hörte von diesen Fahrten. Sie galten als Geschäftsfahrten, die für Kapitän wie Mannschaft beträchtlichen Gewinn abwarfen. Nein, nicht nach den Neufundlandbänken segelten sie, um Kabeljau zu fischen, sondern direkt südwärts ins heiße Afrika, luden dort ein bißchen Fracht und brachten sie nach Westindien.

Und welcher Art war die Fracht, die solch gefahrvollen Einsatz lohnte? Nicht Gold oder Silber oder Gewürze, sondern schwarzes Elfenbein wurde verfrachtet: schwarze Menschen! Neger vom Senegal, von der Goldküste, von Nigeria.

Diese Unglücklichen, die schlimmer als Vieh an Bord zusammengepfercht wurden, müssen entsetzliche Qualen erlitten haben. Überlebten sie die Reise, wurden sie an den nächsten Sklavenhändler verkauft.

Der Freibeuter, der einige solcher Fahrten mit Elfenbeinfracht hinter sich gebracht hatte, besaß unter günstigen Umständen genügend Geld, um ein eigenes Schiff auszurüsten oder sich irgendwie selbständig zu machen. Solche Fahrten sind es wohl gewesen, die den einundzwanzigjährigen Francis Drake lockten, 1565 mit dem Kapitän Lovell eine Schmuggelfahrt mit englischen Waffen nach Westindien zu machen. Man kehrte zwar ohne körperlichen Schaden heim, hatte aber Pech gehabt: Die spanischen Behörden in Westindien ließen nur spanische Waren zu und beschlagnahmten kurzerhand die Ladung der Engländer. Wie es heißt, hat sich Drake über diese Behandlung derart geärgert, daß er nun die Spanier zeitlebens haßte.

Immerhin, ein junger Kerl wie Francis ließ sich durch diesen Mißerfolg nicht schrecken. Von einer einfachen Schmuggelfahrt wollte er nichts mehr wissen, aber da gab es die Raubzüge seines berühmten Onkels John Hawkins. Die reizten ihn. Hawkins, ein bei Hofe angesehener Mann, hatte schon mehrere Sklavenfahrten auf eigene und auf Rechnung gewinnfreudiger Kaufleute durchgeführt. Hawkins war ein ganzer Kerl in den Augen seiner Zeit. Er betrieb den Negerhandel im Großen.

Schon im Jahre 1562 hatte Hawkins, unter finanzieller Beteiligung der Königin Elisabeth, eine Fahrt nach Afrika gewagt, war aber durch schlechtes Wetter zur Umkehr gezwungen worden. Kurz darauf, von anderen Kaufleuten finanziert, segelte er wiederum nach Afrika und brachte an die dreihundert Neger nach Westindien, für die er so viele Waren in Gestalt von Häuten, Zucker, Ingwer und Perlen erhielt, daß er zwei spanische Schiffe chartern mußte, um seinen Gewinn heimzubringen. Im September 1563 kehrte er im Triumph nach England zurück. Sein Name war in aller Munde. Er hatte auch das Geld für Lovells Fahrt gegeben, an der Drake teilgenommen hatte.

Ausfahrt der Sklavenjäger

Nunmehr, im Jahr 1567, gedachte John Hawkins mit einer kleinen Flottille das mit einem Schlag zu verdienen, wozu sonst mehrere Fahrten erforderlich gewesen wären. An dieser Reise durfte der sechsundzwanzigjährige Francis Drake teilnehmen.

Das sogenannte Admiralsschiff „Jesus of Lubeck" war ein alter Kasten von 700 t mit hohem Vorder- und Achterkastell, eine Art schwimmende Festung aus Holz, wie man sie in Englang nicht mehr benutzte. Vor Jahren in Lübeck gekauft, hatte die Königin das Schiff von ihrem Vater, Heinrich VIII., übernommen und es zusammen mit der „Miñon" (330 t) Hawkins geliehen; das war ihr Anteil an dem Unternehmen. Zwar scheint uns Heutigen der Name Jesus wenig zu solch unchristlichen Unternehmen zu passen, aber damals war er sehr willkommen, um so mehr, als man die Bibel an Bord und das Wort Gottes recht oft im Munde führte — besonders um eigene Schandtaten zu beschönigen.

Um einen Begriff zu geben, mit welch „seetüchtigen" Schiffen sich die Negerhändler in den Atlantik wagten, sei angeführt, daß ferner die „William and John" (150 t), die „Swallow" (100 t), die „Judith" (50 t), auf der Drake später das Kommando innehatte, und die „Angel" (33 t) mitfuhren. Die 500 Seeleute und Soldaten setzten sich mehr oder weniger aus dem Abschaum der Spelunken und Gefängnisse zusammen, es sollen aber auch einige „Gentlemen aus gutem Hause" mitgefahren sein.

Doch noch war es nicht soweit. Der spanische Gesandte de Silva, der seine Lauscher und Spione überall in London hatte, erfuhr von Hawkins' Plan und erhob bei der Königin Einspruch im Namen seines Monarchen. Er berichtete an seinen König in Madrid:

„Ich werde alle Anstrengungen unternehmen, um ihre Abreise zu verhindern, aber die Habgier dieser Leute ist ziemlich groß, und es sind nicht nur Kaufleute, die an diesem Unternehmen beteiligt sind, sondern heimlich auch viele Mitglieder des Kronrats der Königin."

Auch der erste Mann im Staatsrat, Lord Cecil, war gegen Hawkins Fahrt, weil er fürchtete, hierdurch könne sich der kalte Krieg gegen Spanien zu einem heißen, also einem Schießkrieg entwickeln. Doch Hawkins beteuerte ihm, er werde nur nach Afrika segeln, also in den portugiesischen Bereich. Die Queen antwortete dem entrüsteten Marques de Silva, sie habe die Kaufleute, die Hawkins' Reise finanzierten, schwören lassen, daß sie „nicht in irgendeine Gegend fahren würden, zu der ihnen durch Eure Majestät der Zutritt verwehrt ist".

Nun, die kluge Queen mochte denken: Wenn die Kapitäne es dennoch tun, so habe ich immerhin die Wahrheit gesagt. Solche kleinen Lügereien, die die Geschichtsschreiber Diplomatie genannt haben, erwähnen wir deswegen, weil sie die Grundlage für Drakes spätere Erfolge geliefert haben, so lange, bis 1588 die spanische Seeherrschaft infolge der Niederlage der Armada im Ärmelkanal ins Wanken geriet. Niemals wird sich die Frage eindeutig beantworten lassen, ob die Freibeuter im Dienst der englischen Krone gestanden haben, oder ob es sich bei ihnen um regelrechte Räuberei gehandelt hat.

John Hawkins' kleines Geschwader lag im Hafen von Plymouth, bereit zur Ausfahrt. Plötzlich erhob sich ein neues Hindernis. Diesmal war es kein mündlicher spanischer Protest, sondern ein spanisches Geschwader von sieben Schiffen. Admiral de Vachem führte es aus den Niederlanden heran. Mit welchem Ziel? Zu welchem Zweck?

Gespannt beobachteten die englischen Seeleute, ob die Spanier ihre Flaggen dippten, das heißt zum Gruß auf- und niederholten. Das war üblich bei fremden Schiffen, die ihre friedliche

Art zu erkennen gaben. Aber nein, die Spanier segelten flott ohne Gruß heran.

Da bewies Hawkins jene Entschlossenheit, die kennzeichnend war für jeden Freibeuter der folgenden Jahrzehnte. Sein Admiralsschiff, die „Jesus", eröffnete das Feuer auf die Spanier. De Vachem sah ein, daß die Überraschung fehlgeschlagen war, und ließ Flaggen und Wimpel dippen. Die Engländer entschuldigten sich. Hawkins bekam von der Königin einen öffentlichen Anpfiff, damit die Spanier ihrer Ehrlichkeit vertrauten, und Hawkins' Geschwader lichtete am 2. Oktober 1567 die Anker. Francis Drake, der auf dem Flaggschiff Dienst tat, mag sich an diesem Beispiel für seine eigene Zukunft eingeprägt haben, daß es stets besser ist, zuerst zu schießen, als selbst über den Haufen geschossen zu werden.

Über die Linie

Doch noch einmal wurde die Reise gestört. Im Hafen von Santa Cruz auf Teneriffa, als die alte „Jesus" ausgebessert wurde, kam es zwischen adeligen und bürgerlichen Offizieren zu einem Streit, der die Reise ernstlich in Frage hätte stellen können. Ein Vorgang, wie er später auf Freibeuterschiffen nicht selten war. Doch es war beispielhaft, mit welcher Entschlossenheit Hawkins mit solchen menschlichen Unzulänglichkeiten fertig wurde. Wiederum ein Lehrstück für den jungen Francis Drake. Er erhielt bald danach das Kommando über ein gekapertes portugiesisches Schiff, dem man stolz den Namen „Grace of God" gab.

Mit „Jesus" an der Spitze lief man Guineas Küste an und holte sich hier und dort Sklaven an Bord: vom Rio Grande bis Sierra Leone „nur" 150 Schwarze. Die Ärmsten müssen reisefertig gewesen sein, denn der Menschenhandel war schon so eingespielt, daß die einheimischen Häuptlinge oder Stammesfürsten ihre eigenen Landsleute zusammentrieben und zum Abholen bereithielten. Ja, die Stämme überfielen sich gegen-

seitig und verkauften die Unterlegenen. Minderwertige Tuche, Glasperlen und anderes Zeug, vor allem Branntwein zahlten die Weißen dafür. War der Vorrat zu Ende, wurden eben wieder schwarze Landsleute eingefangen und für die weißen Abholer aufgehoben.

Einer der fürstlichen schwarzen Lieferanten im Gambia-Delta verleitete Hawkins dazu, ein Dorf zu überfallen, wo sich die Neger gegen solche kostenlosen Reisen nach Westindien wehrten. Anscheinend aber hatten Hawkins und sein fürstlicher Lieferant die Verteidigung jenes Dorfes unterschätzt:

Hinter den Palisaden wehrten sich die Neger derart verzweifelt, daß die Engländer schon sechs Tote und vierzig Verwundete hatten, als John Hawkins und die Leibgarde des Negerfürsten eingriffen. Als die Angreifer dann noch immer keinen

Erfolg sahen, schossen sie von Land und See her die mit Palmblättern gedeckten Hütten in Brand. In dem entstehenden Wirrwarr gelang es ihnen einzubrechen und Gefangene zu machen.

Hawkins' Beute beträgt 250 Köpfe, Männer wie auch Frauen und Kinder. Der Negerfürst führt sogar an die 600 Menschen gefesselt davon. Hawkins erhält sie nicht alle, denn (wie er selbst schreibt) „der Neger ist selten oder niemals wahr und treu. So verließ unser Verbündeter während der Nacht seinen Lagerplatz." Mit 500 Sklaven an Bord treten die Weißen nunmehr ihre Reise nach Westindien an.

Doch an der Westküste von Kuba wurden die Sklavenhändler von so heftigen Stürmen überfallen, daß sie schleunigst einen Hafen aufsuchen mußten. Zudem hatte die alte „Jesus" wieder einmal eine Reparatur nötig. Quer durch den Golf von Mexiko wurden die Schiffe getrieben, und man war froh, im September 1568 im Hafen von San Juan de Ulua, vor Veracruz, Zuflucht zu finden. Vor ebendemselben Veracruz, wo Cortez 1520 zur Eroberung von Mexiko angetreten war.

Doch John Hawkins war weder eine Eroberung noch ein gutes Geschäft beschieden. Und das gewiß zu seinem großen Verdruß, denn im Hafen lagen spanische Schiffe, die fast 2 000 Zentner Gold und Silber für Spanien geladen hatten; die ganze Jahresproduktion von Mexiko! Ob nun zufällig oder absichtlich: eine spanische Flotte von 13 Schiffen lief ein, und John Hawkins saß wie eine Maus in der Falle. Er versuchte dem spanischen Oberbefehlshaber, dem Vizekönig von Mexiko, klarzumachen, er, Hawkins, werde nicht angreifen, wenn der Spanier das seinerseits verspreche. Aber Vizekönig Don Martin war sehr mißtrauisch und bestrafte die Engländer für das eigenmächtige Überschreiten der „Linie", indem er mit Bomben und Granaten über sie herfiel.

Mit dem Kampfruf „Santiago!" auf der spanischen, mit „Gott und Sankt Georg!" auf der englischen Seite drang man aufeinander ein. Zwar flog bald ein spanischer Segler in die Luft, und das Admiralsschiff wurde dank der besseren engli-

schen Schießkunst zusammengeschossen, trotzdem ist die Niederlage der Engländer vollständig gewesen. Hawkins selbst berichtete, sie seien der Verzweiflung nahe gewesen.

Wie viele ihrer Schiffe untergegangen und wie viele Matrosen dabei umgekommen oder von den Spaniern gefangengenommen und barbarisch gefoltert worden sind, wissen wir nicht. Und wer hätte sich gar die Mühe gemacht, jene armen Negersklaven zu zählen, die sich in den muffigen Gelassen befanden, die ihnen zum Sarg wurden! Bekannt ist nur, daß die „Jesus" und andere Schiffe in den Tiefen des Mexikanischen Golfes für immer verschwanden und daß sich John Hawkins auf den Segler „Miñon" retten und flüchten konnte.

Viele Matrosen der untergegangenen englischen Schiffe waren an Bord genommen worden, so daß man bald auf der „Miñon" vom Hunger gepeinigt wurde. Vögel galten als Lekkerbissen. Ratten, Katzen und Hunde, alles wanderte in den Magen. Schließlich gingen etwa hundert Mann an der mexikanischen Küste auf Gedeih und Verderb an Land, während Hawkins sich zwischen Kuba und Florida mühselig nach England durchschlug. Mit nur fünfzehn Überlebenden erreichte er Plymouth.

Noch ein Schiff war der Niederlage von Veracruz entronnen: die „Judith", auf die der junge Drake von der „Grace of God" umgestiegen war. Nach etwa fünfzehn Monaten abenteuerlicher Raubfahrt gelangte auch er wieder in die Heimat. Doch an das glückliche Entkommen der „Judith" aus dem Massaker von Veracruz knüpfte sich eine sehr üble Nachrede. Drake sollte sie sein Leben lang nicht wieder loswerden.

Viele Zeitgenossen sagten ihm nämlich nach, er habe damals seinen Onkel Hawkins im Stich gelassen. Hawkins selbst meinte: „Die Judith verließ uns in unserem großen Elend." Es ließ sich niemals aufklären, ob die „Judith" durch Zufall dem Gemetzel entkam, oder ob Drake tatsächlich so etwas wie Fahnenflucht vor dem Feind begangen hat.

Pirat auf eigene Faust

Immerhin wollen wir nicht übersehen, daß der Anfänger Drake trotz dieser Niederlage von San Juan de Ulua mehr als drei Millionen Mark Beute heimbrachte, wovon seine Königin, entsprechend ihrem Anteil an der Ausrüstung, über eine Million empfing. Vier Tragpferde waren erforderlich, Gold, Silber und Perlen und anderes nach London zu bringen. Drake dürfte von dem Rest genügend behalten haben.

Sir Walter Raleigh, eine merkwürdige Mischung von Seeräuber und Phantast, von dessen Taten wir noch lesen werden, hat einmal gesagt, wer sich bei solchen Fahrten mit kleiner Beute begnüge, sei ein Dieb; wer aber große Beute heimbringe, sei ein Held. Nun, ein Dieb gedachte Drake nicht zu werden.

Nicht lange nach der mißglückten Sklavenfahrt mit John Hawkins unternahm Francis Drake zwei Fahrten nach Westindien. Mit zwei Schiffen – „Dragon" und „Swan", beide unter 50 t –, von den Spaniern Seedoggen oder Seedrachen genannt, ging er auf Fahrt. Von der ersten Fahrt, 1569, wird nichts Besonderes gemeldet. Auf der zweiten Reise legte er sich in Port Pheasant, einer fischreichen, naturgeschützten Bucht im Golf von Darien, auf die Lauer. Wie die Spinne aus ihrem Netz, so ähnlich schoß er aus seinem natürlichen Versteck hervor und plünderte die Schiffe aus, die ihm vor den Bug kamen. Gold, Silber und kostbare Stoffe im Wert von rund einer Million Mark brachte er heim nach Plymouth.

Doch in Port Pheasant hatte sich Drake bereits mit der nächsten Raubfahrt beschäftigt. Er hatte sich bei den Eingeborenen und Negersklaven, die die Spanier tödlich haßten, genaue Angaben über die Stadt Nombre de Dios besorgt. Sie war der Stapelplatz, wo die Schätze zusammenliefen, die die spanischen Gouverneure und ihre Beamten in Mexiko und Peru zusammengeraubt hatten. Dorthin segelte er im Mai 1572 zur dritten Beutefahrt aus. Seine Brüder John und Joseph begleiteten ihn auf den Schiffen „Pascha" (70 t) und „Swan" (25 t), und mit nur 73 erfahrenen Männern gedachte er den großen Schlag zu führen. Port Pheasant wählte er geschickt als Ausgangspunkt. Dort stieß der kleine Pirat James Rance, der schon unter Hawkins dieses Handwerk erlernt hatte, zu ihm mit 30 Kampfgefährten.

Überfall auf den Millionenschatz

Mit 80 Mann tauchte der rastlose Drake eines Tages überraschend vor Nombre de Dios auf. Er führte Schaluppen mit sich, die gerudert werden konnten, aber auch unter Segel fuhren. Eine Neuerung, die die Spanier insofern überraschte, als sie gewohnt waren, von ihren Wachttürmen im Hafen nur auf große Schiffe zu achten.

Drakes List glückte. Im strömenden Regen griffen die Engländer mit Pfeil und Bogen an, während die Musketen der Spanier wegen des nassen Pulvers versagten. Sie warfen nieder, was sich ihnen entgegenstellte. Sie schleppten weg, was die Schiffe fassen konnten.

Allerdings gelang es den Seeräubern nicht, die Schatzkammer mit über 300 Tonnen Silber aufzubrechen. Drake wurde am Bein verwundet. Man zog sich auf eine kleine Insel zurück — um gleich danach in den Hafen von Cartagena einzufallen.

James Rance war seine eigenen Wege gegangen; ihm war es zu gefährlich, sich dem Feuer der spanischen Kriegsschiffe auszusetzen, die inzwischen überall auf der Lauer lagen. Drake aber plünderte einen reichbeladenen Kauffahrer, noch ehe die

Küstenbatterien zum Schuß kamen. Tosendes Gelächter an Bord, als man zwei spanische Eilboten abfing. Sie kamen nämlich von Nombre de Dios und sollten den Kommandanten von Cartagena warnen, Drake sei auf Raubfahrt unterwegs.

Nicht zufrieden mit dem Erreichten, plante Drake einen weit größeren Schlag. Es gab auf der Landenge von Panama viele entflohene Negersklaven. Sie nannten sich Cimarrones. Ihr Anführer hatte Drake einen Plan vorgetragen. „Herr", sagte der entlaufene Negersklave Diego, „du willst Beute machen und plünderst ein paar Frachtschiffe, aber was bieten sie gegenüber den riesigen Schiffen, die zweimal alljährlich im Geschwader von Nombre de Dios die ganze Goldausbeute nach Spanien bringen!"

„Hm, diese schwimmenden Schatzkammern wären natürlich eine fette Beute, und erst ein ganzes Geschwader davon! Aber wie sollen zwei kleine Segler und siebzig Männer auch nur einen Goldfrachter nehmen können, ganz zu schweigen von der ganzen Flotte! Unmöglich!"

„Nicht unmöglich", erklärte Diego. „Du sollst den Goldschatz ja nicht auf dem Wasser an dich bringen, sondern schon auf dem Land!"

„Etwa in Nombre de Dios, wo man sowieso schon vor Kapitän Drake auf der Hut ist? Hunderte, ja Tausende von Bewaffneten, Küstenbatterien und Bordkanonen überwachen die Einschiffung. Völlig unmöglich!"

„Aber warum denn in Nombre de Dios?" rückte Diego mit seinem Plan heraus. „Sieh, von Panama her tragen Hunderte von Mauleseln den Goldschatz nach Nombre de Dios. Der Weg führt bergauf, bergab durch Urwald und Dschungel. Im richtigen Augenblick angegriffen, dann entgeht dir kein Esel!"

Ja, das sah Drake ein. So könnte er den großen Schlag führen. Und das müßte sogar den König von Spanien treffen, der den Goldsegen aus Westindien dringend nötig hatte.

Sofort Feuer und Flamme für diesen Plan, ließ Drake die kleine „Swan" versenken, aber mit List. Schiffszimmermann

Thomas Moone mußte die „Swan" heimlich anbohren, damit weder Drakes Brüder noch die Mannschaft etwas davon merkten. Denn nur so glaubte Drake sie allesamt zu dem verwegenen Landmarsch bewegen zu können. Doch noch mußte er warten, denn die Goldkarawane würde erst nach der Regenzeit in Panama abmarschieren, und das wäre im Januar, jetzt war es noch August 1572.

Die Monate des Wartens verbrachte Drake damit, die Küste ringsum heimzusuchen, während ein Bruder mit der „Pascha" in der Bucht bleiben mußte. Wie die leibhaftigen Teufel war die Handvoll Engländer von den Spaniern an der Küste gefürchtet.

Endlich, Anfang Februar 1573, machte sich Drake zu dem Landmarsch auf; unseres Wissens dem ersten, der von Seeräubern unternommen wurde. Nur 43 Engländer, begleitet von 30 Cimarronen, die Drake übrigens zum Christentum zu bekehren versuchte, brachen auf, den Millionenschatz zu überfallen.

Es geht nicht alles nach Wunsch

Unendliche Strapazen durch Berge und Wälder mußte die kleine Schar überwinden. Da erlebte Drake hoch oben in den Kordilleren in einem Cimarronendorf eine große Überraschung. Der Häuptling führte ihn zu einem riesigen Baum, in dessen Krone eine Art Aussichtsplatz angebracht war, der zwölf Menschen faßte. Von dort aus konnte man den Stillen Ozean sehen und die sagenhaft reiche Stadt Panama.

Es heißt, Drake sei auf die Knie gefallen und habe gebetet, es möge ihm einst vergönnt sein, jene Ufer zu erforschen. Nun, wir werden sehen, unter welchen Umständen ihm das drei Jahre später möglich sein sollte. Zunächst aber galt es, hinabzusteigen in die Ebene, denn ein Neger hatte erkundet, daß bereits zwei Maultierkarawanen von Panama ausgezogen seien: eine mit Vorräten, die andere mit Gold und Silber und Edelsteinen.

Halbwegs zwischen Panama und Venta Cruz, wo die kostbare Fracht mit Schiffen auf dem Chagrefluß zum Karibischen Golf gebracht werden sollte, legten sich die Engländer beiderseits des Weges auf die Lauer. Wir vermögen es uns vorzustellen, mit welcher Spannung die Männer hinter dem hohen Gras dem Augenblick des Angriffs entgegenfieberten. Endlich kamen die Spanier, man konnte schon die Glocken der Tragtiere hören. Doch die Panne, die dann passierte, die hätte selbst Drake nicht voraussehen können.

Ehe Drake nämlich das vereinbarte Signal pfeifen konnte, hatte einer seiner Männer den Kampf eröffnet. Das heißt, der Mann hatte zuviel Branntwein getrunken und hielt einen Spanier, der nach Panama reiten wollte, für den Anfang der Karawane und schoß auf ihn. Zwar rissen die Cimarronen den Voreiligen sofort nieder, aber der angegriffene Reiter stob davon und warnte die ihm entgegen kommenden Maultiertreiber. Sofort schickten die Spanier den Teil der Karawane mit den Schätzen einen anderen Weg, so daß lediglich die Proviantkolonne herankam. Immerhin fiel den Engländern auch damit noch eine Ladung Silber in die Hände.

Zurück zur Küste! Wutentbrannt ließ Drake unterwegs Venta Cruz plündern, ein kleines Städtchen, das wir später im Zusammenhang mit einem noch kühneren Freibeuterunternehmen kennenlernen werden. Zerlumpt, mit bloßen Füßen, völlig erschöpft an der Küste angekommen, glaubte die kleine Mannschaft nicht mehr an einen Erfolg in Westindien. Drake aber sprühte vor Angriffslust.

Es kam ihm zugute, daß ihm zufällig der französische Pirat Guilleaume le Testu begegnete, dessen Schiffsbesatzung von 70 Männern unter Proviantmangel litt. Drake half aus, schnell war der Bund geschlossen, und man nahm sich vor, in der Nähe von Nombre de Dios eine der kleineren Karawanen zu überfallen, die mit Gold und Silber von Venta Cruz kamen.

Das Unternehmen glückte. Allerdings war Le Testu der spanischen Übermacht in die Hände gefallen, die aus Nombre

de Dios zu Hilfe geeilt war. Bei diesem Überfall tat sich ein englischer Leutnant namens Oxenham hervor, dessen Weg Drake sechs Jahre später noch einmal in tragischer Weise kreuzen sollte.

Mochte auch nicht jene Riesenbeute ergattert sein, die Drake sich erhofft und die im Bereich der Möglichkeit gelegen hatte, Drake war zufrieden und segelte heimwärts, zumal da die Mannschaft für weitere Wagnisse keine Neigung mehr zeigte. Die alte „Pascha" erwies sich als zu klein für die Beute und zu brüchig für die Heimreise. Sie wurde versenkt und alles auf eine große spanische Fregatte verladen, die Oxenham gekapert hatte.

Stolz, mit der Sankt-Georgs-Flagge am Großmast, segelte Drake in Sichtnähe am Hafen von Cartagena vorüber. Kein

Schiff der spanischen Flotte wagte ihn anzugreifen. Rasch wurde als Proviantschiff noch eine spanische Fregatte gekapert, und dann segelte Drake ohne jede Belästigung durch die Spanier nach England, wo die Schiffe im August 1573 in Plymouth anlegten.

Viele Einzelheiten wären über diese gelungene Raubfahrt zu berichten, doch eine nicht: wie groß genau die Beute aus dieser Fahrt gewesen ist. Obwohl Rance und Testu wie auch die Mannschaft ihren Anteil erhalten hatten, blieben für Drake noch mehr als eine halbe Million Mark an Goldpesos und darüberhinaus noch viel Gold- und Silberschmuck und Edelsteine und Waren. Der einst bettelarme Bauernsohn von Crowndale war, wie ein neuerer Biograph sagt, zu einem der reichsten Männer im westlichen England geworden.

Selbstverständlich protestierten die Spanier gegen diesen verheerenden Raubzug, aber siehe da, die Königin konnte entrüstet behaupten, dieser Kapitän sei ihr nicht bekannt: Sie hatte auch nichts zur Ausrüstung beigetragen. Tatsächlich aber hat sie von dem Unternehmen gewußt.

Der dreißigjährige Pirat konnte sich nun das Ansehen eines Edelmanns geben und fand in Hofkreisen Eingang. Sogar Minister der Königin setzten sich für Drake bei der Königin ein. Und zu welchem Zweck?

Immer wieder regte sich bei Elisabeth und ihren Ratgebern der Gedanke, man müsse Spanien Abbruch tun, wo es nur möglich sei. Auf einen offenen Krieg wollte man es nicht ankommen lassen, aber im Kaperkrieg, im Kleinkrieg auf hoher See wäre mancher Streich möglich. Dies war schließlich der Punkt, in dem sich Englands ruhmvolle Königin und der Emporkömmling aus Devonshire trafen. Was machte es, daß Politik und Religion dabei etwas durcheinandergerieten! Es hieß einfach, den Papisten zu schaden, bringe Himmelslohn so gut wie irdischen.

Königin Elisabeth I. von England

Angeblich kannte sie nicht einmal den Namen ihres kühnsten Admirals

Die Königin und ihr Pirat

Am Hof zu London standen sie sich im Sommer des Jahres 1577 gegenüber: eine hochgewachsene Frau in kostbarer Kleidung, juwelengeschmückt, rötlich das Haar, von leicht gelblicher Farbe das Gesicht mit den scharfen Zügen um die lange gebogene Nase, die Lippen leicht aufgeworfen, schön die braunen Augen, scharf, fast stechend der Blick, mit dem sie den mittelgroßen Mann ansah.

Frei von höfischer Unterwürfigkeit stand er da, der stämmige Mann mit dem runden Kopf, dem braunen Haupt- und Barthaar. Aus seinen großen runden grauen Augen blitzte ein Funke des Verstehens, als die Königin zu ihm sagte:

„Es wäre uns lieb, am König von Spanien für verschiedenes Unrecht, das an uns geschehen ist, Vergeltung üben zu können."

Vieler Worte bedurfte es nicht, damit die beiden sich verstanden: die Piratenkönigin, wie Elisabeth von den Spaniern genannt wurde, und ihr Pirat Drake. Vor kurzem noch hatte er mit Graf Essex gegen die irischen Rebellen gekämpft und war an grausamen Metzeleien beteiligt gewesen. Elisabeth wußte sofort, daß der Mann, der vor ihr stand, keine Skrupel kannte.

Wenn sie jetzt andeutete, was ihr gegenüber Spanien „lieb sei", dann bedurfte Drake keiner weiteren Befehle. Er würde handeln und schweigen. Es ist historisch, daß die Königin kurz danach ihrem geheimen Staatssekretär Sir Walsingham sagte, derjenige, der ein Wörtchen über diesen Plan in die Öffentlichkeit dringen lasse, werde seinen Kopf verlieren. Und daß solche Warnung ernst zu nehmen war, das bewiesen einige Köpfe erlauchter und weniger edler Herren die bereits wegen Religionsstreitigkeiten unter dem Henkerschwert gefallen waren.

Infolge dieser Unterredung der Königin mit Drake kam es zu der berühmten Weltumsegelung. In eingeweihten Kreisen hieß es, sie werde unternommen, um südlich der Magellanstraße das unbekannte Land Australien (Terra Australis Incognita) zu suchen. Nach Möglichkeit sollten auch mit Ländern, die nicht unter christlicher Oberhoheit ständen, gewisse Handelsverträge abgeschlossen werden. Ein Plan, der gewiß weniger verfänglich erschienen wäre, wenn nicht alle Welt gewußt hätte, daß die Westküste von Südamerika längst unter spanischer Oberhoheit stand.

Bei der Erwähnung der Magellanstraße erinnerte man sich des unvergeßlichen Portugiesen Magellan, der seinerzeit die berühmte erste Weltumseglung unternommen hatte. Sein Ziel war es gewesen, für Spanien den westlichen Weg nach den Molukken zu suchen, jenen reichen Gewürzinseln, wie auch den Weg nach Indien, von wo aus unermeßliche Reichtümer nach Portugal strömten. Inzwischen strebte die englische Geschäftswelt danach, einen westlichen Weg zu finden, der nordwärts durch den Atlantik führte, allgemein unter dem weltberühmten Begriff Nordwestpassage bekannt. Diese Passage zu suchen war auch ein Teil von Drakes neuem Auftrag. Allerdings mußte er zunächst einmal, wohl oder übel, die Magellanstraße passieren. Das allein war ein fast undurchführbares Wagnis.

Alles in allem eine Expedition, die alles in den Schatten stellte, was das kleine und gegenüber Spanien machtlose England bis dahin gewagt hatte. Kein Wunder, daß Drake unter den Hofleuten in Whitehall viele Neider entstanden. Man war gespannt, ob Drake auch nur einen Teil der ihm gestellten Aufgaben zu lösen vermochte.

Admiral Drake im Dienst Ihrer Majestät

Als der nunmehrige Admiral Drake im November 1577 den Hafen von Plymouth verließ, verfügte er über eine Flotte von fünf Schiffen. Das Admiralsschiff, die „Pelican", war 100 t groß, die „Elizabeth" 80 t, und die „Marigold", „Swan" und „Benedict" lächerliche 30 bis 50 t. Zu Kapitänen der Schiffe waren bestellt John Winters, John Thomas, John Chester und schließlich jener Schiffszimmermann Thomas Moone, der im Golf von Darien die „Swan" versenkt hatte. Mit von der Partie waren auch Drakes Bruder Thomas und ein gewisser Hawkins; außerdem Kaplan Fletcher und der Edelmann Thomas Doughty. Diese zwei sollten später eine sehr gefährliche Rolle spielen. Für fünfzig Tage Proviant und Wasser waren vorhanden, doch von besonderem Wert war ein Buch in englischer Sprache, in dem Magellans Entdeckungsfahrt beschrieben war. Versteht sich, daß zu solch friedfertiger Fahrt genügend Kanonen, Pistolen und Kriegswerkzeuge an Bord waren.

Und wohin segelte die großmächtige Flotte? Die Schaulustigen am Hafen, die Schmiede und Zimmerleute, Schreiner und Schuhmacher, die Tagediebe und Beutelschneider fragten neugierig danach.

Was, du weißt wirklich nicht, wohin? Nach Alexandrien segeln sie!

Ja, übers Mittelmeer zu den Türken. Sie wollen Gewürzlieferungen dort einhandeln. Ihr wißt doch, jeden Tag werden Pfeffer und Ingwer teurer.

Aber wozu denn bewaffnet? Sie sehen ja wie Kriegsschiffe aus!

Na, ihr meint wohl, weil der Cheireddin tot ist, wäre keine Gefahr mehr? An seiner Stelle räubern jetzt hundert kleine Korsaren, und kein Christenmensch darf sich sehen lassen. –

Nicht anders wissen es Offiziere und die 160köpfige Besatzung der Expedition. Wer an schlechte Vorbedeutungen glaubt, findet Anlaß dazu, denn die Flotte gerät sofort in einen Sturm, und der Hauptmast des Admiralsschiffes und der „Marigold" bricht. Man kehrt zurück nach Plymouth und kann den Hafen erst am 13. Dezember endgültig verlassen. Am dreizehnten! Wenn das kein böses Omen ist!

Noch vor der kapverdischen Insel Santiago wurde ein portugiesisches Schiff gekapert, das mit Wein und Waren von Oporto nach Brasilien segeln wollte. Die Mannschaft wurde auf der Insel Brava an Land gesetzt, doch einen der Portugiesen behielt Drake an Bord: den Steuermann Nuño da Silva, der schon mehrfach nach Brasilien und Indien gesegelt war. Mit diesem Piloten hatte Drake einen guten Fang gemacht, denn Silvas Erfahrung kam der weiteren Reise sehr zugute. Silvas Schiff wurde in „Mary" umbenannt und mit englischen Matrosen unter dem Kommando von Sir Thomas Doughty besetzt. Es fuhr als Prise mit, die die Wasservorräte an Bord hatte.

Und wiederum ereignete sich etwas, was für die weitere Fahrt ein böses Vorzeichen war. Trompeter Brewer meldete seinem Admiral, Sir Thomas habe sich an der Ladung des Portugiesen vergriffen. Dazu hatte Doughty nach Seemannsbrauch weder das Recht, noch entsprach es der einfachsten Gerechtigkeit unter Seeräubern. Drake wies den Übeltäter zurecht, enthob ihn des Kommandos und schickte ihn auf die „Pelican" zurück. Er selbst blieb aber bei seinem Bruder Thomas, der nunmehr die Prise führte. Es scheint, daß sich der Admiral dort besonders sicher fühlte.

Im Verlauf der Überfahrt nach Brasilien, die einige Wochen dauerte, machte sich unter der Mannschaft eine aufrührerische Stimmung bemerkbar. Es war inzwischen allen zur Kenntnis gebracht worden, man werde durch die Teufelspassage der Magellanstraße segeln. Darin sahen die einfachen Matrosen ihren sicheren Untergang. Eine willkommene Gelegenheit für Thomas Doughty und seinen Bruder, die mit den Offizieren adeliger Herkunft unter einer Decke steckten, das schwelende Feuer zu schüren.

Ausfahrt zur Weltumsegelung

Eines Tages aber platzte die Bombe! Nachdem Drakes Trompeter Brewer an Bord der „Pelican" schimpflich behandelt worden war, griff Drake hart durch. Er schickte den Unruhestifter Doughty als Gefangenen an Bord der „Swan". Ein ähnlicher Vorfall hatte sich auf Magellans berühmter Weltumsegelung zugetragen, als er, ebenfalls unterwegs nach Brasilien, einen spanischen Granden namens Cartagena einsperren ließ. In beiden Fällen führte es zu dem gleichen Ausgang.

Anfang April kam die brasilianische Küste in Sicht. Man war glücklicherweise nicht von feindlichen Schiffen belästigt worden, obgleich in jener Zeit schon viele Kriegsschiffe nach den portugiesischen und spanischen Besitzungen unterwegs waren.

„Die Eingeborenen standen auf den Hügeln und blickten mißtrauisch herüber", berichtet der wackere Kaplan Fletcher, der diese Reise mitmachte und beschrieb. „Damals lebten sie noch als freies Volk unter sich, jetzt sind sie mit Weib und Kindern und ihrem ganzen Hab und Gut der portugiesischen Sklaverei verfallen. Deren Härte zwang sie aber, in die unwirtlichen Teile ihres eigenen Landes zu fliehen, um lieber ein elendes, aber freies Leben zu fristen, als in unerträglicher Schmach Sklave zu sein." Ein gutes Wort des Engländers, doch nimmt es sich merkwürdig in unseren Ohren aus, da er wohl wußte, wie gut seine Landsleute und sogar der tüchtige Admiral Drake am Sklavenhandel verdient hatten.

Schon nach weiteren vierzehn Tagen hatte die Flottille den La Plata erreicht, in dessen Mündung sie einfuhren. Die Mannschaften mußten sich endlich erholen. Als man bei starkem Wind wieder seewärts segelte, geriet am 24. April die „Swan" außer Sicht. War sie desertiert? Um weiteren Ausfällen vorzubeugen, ließ Drake die „Benedict" in Brand stecken. Er hoffte die Mannschaft so besser zusammenhalten zu können.

Doch fast wäre Drake selbst von der Flottille getrennt worden. Als er sich auf einem Kap an Land befand, wurden sie von dichtem Nebel, einer geradezu ägyptischen Finsternis, überfallen, und Drake war von den Schiffen abgeschnitten. Da faßte sich Kapitän Thomas ein Herz, fuhr in die rabenschwarze Bucht ein und rettete seinen Admiral auf die „Marigold".

Doch da — als die „Marigold" zu ihrem Ausgangspunkt zurückgekehrt war, konnte man weit und breit kein Schiff entdecken. Wieder tauchte der Verdacht auf, sie seien desertiert, doch es war auch zu vermuten, daß sie vom Sturm aufs Meer hinausgetrieben worden seien. Was nun? Wie leicht haben es die heutigen Seefahrer, sich durch Funk und Radar zu verständigen oder zu orten, doch damals?!

Mühselig schleppte man an Land Holz zusammen und unterhielt Tag und Nacht große Feuer. Wenn diese einzig möglichen Signale nichts halfen, konnte man nur auf einen Zufall hoffen. Doch man hatte wieder einmal Glück, denn Mitte Mai fand sich die Flotte zusammen. Drake war froh, auf Seehunde zu stoßen, deren Fleisch und Öl überaus willkommen war. Auch entdeckte man an Land Fußspuren, die angeblich so breit waren wie die größte Fußlänge eines Engländers, und schloß daraus, dieses Land sei von Riesen bevölkert. Es waren die Patagonier, auf die schon Magellan gestoßen war.

Bei heftigen Stürmen, unweit der Seehundsbucht, ging die „Mary" verloren. Vergeblich suchte Kapitän Winter mit der „Elizabeth" südwärts, Drake mit der „Pelican" nach Norden; das Schiff blieb verschwunden. Weiter, Kurs südwärts! Immer größer wurden die Schwierigkeiten, und je länger die eiskalten Stürme anhielten, um so mehr nahm die Unzufriedenheit der Mannschaft zu. Doch der Admiral mit der roten Seemütze verstand es immer wieder, die Männer in Gehorsam zu halten. Er verkleinerte die Flotte noch mehr, indem er die kleine „Swan" verbrennen ließ, nachdem alles Verwendbare von Bord geholt worden war. Die Seekarte des großen Magellan stets zur Hand, vertraute Drake seinem Glück, das ihn noch nie verlassen hatte.

Im natürlichen Hafen von San Julian gingen die Schiffe am 18. Juni vor Anker. Morgens und abends konnten die See-

fahrer die Feuer der Patagonier sehen, überall flammten sie auf. Selten zeigte sich die Sonne, es schneite. Am nächsten Tag begab sich Drake an Land, um sich nach Proviant und Frischwasser umzusehen. Mit ihm sein Bruder, John Thomas, Robert Winter, Geschützmeister Oliver, John Brewer und Thomas Hood. Doch im Nu gerieten sie mit den Eingeborenen in Streit. Winter erhielt einen Pfeilschuß in die Lunge und starb am andern Tag. Oliver wollte schießen, aber der Schwamm zündete nicht, und ein patagonischer Riese tötete den Geschützmeister mit einem Bogenschuß. Beherzt packte Drake im Pfeilhagel die Flinte des toten Oliver und erschoß den eingeborenen Schützen. Da erst zogen sich die Patagonier langsam zurück.

Man war über derartige Feindseligkeit der Eingeborenen sehr erstaunt. Und wieder meinte Kaplan Fletcher, die Grausamkeit anderer Seefahrer habe die Eingeborenen so ungastlich werden lassen. Eine Generation habe der anderen überliefert, wie ihre Brüder und Frauen umgebracht worden waren.

Nachdem sich die Engländer auf den Klippen ein wenig eingerichtet hatten, ereignete sich etwas, was auf den unheimlich wirkt, der weiß, daß auf denselben Klippen von San Julian der große Magellan zwei Männer verurteilt hat und hinrichten ließ: Sir Thomas Doughty wird abgeurteilt!

Es fällt schwer, bei dieser Tat an einen Zufall zu glauben; es scheint vielmehr, Drake habe sich Magellan zum Vorbild genommen. Vor der Todesfahrt durch die Magellanstraße habe er sich des unbedingten Gehorsams von Offizier und Mann versichern wollen. Und wenn Drake sich nicht selbst an jenes Strafgericht des Magellan erinnert hätte, ein Fund am Strand rief in ihnen allen die Erinnerung wach: menschliche Skelette! Man hielt sie für die Überreste des Kapitän Mendoza, der gevierteilt, und des Kapitän Queseda, der enthauptet worden war. Eine grausige Warnung für jeden, der insgeheim Verrat und Meuterei erwägen mochte.

Bereits in England war ein Anschlag auf Drake beschlossen worden. Drake aber mißachtete die Warnung, weil er Doughty

Sir Francis Drake

Kein spanisches Schiff, kein Hafen war vor ihm sicher

vertraute, den er von den gemeinsamen Kämpfen in Irland her kannte. Doch nun, als die Mißstimmung der Mannschaft ihren Höhepunkt erreicht zu haben schien, muß sich Drake des Vorbildes Magellan erinnert haben.

Er ließ die Kapitäne und Offiziere versammeln und las ihnen Briefe jenes Warners aus Plymouth vor, wonach Doughty den Admiral habe beseitigen wollen. Doughty gab ferner zu, daß er das Geheimnis dieser Expedition an den Lordkämmerer Burghley verraten habe, obgleich die Königin strengstes Stillschweigen befohlen hatte. Das Gericht von vierzig Geschworenen unter Drakes Vorsitz erklärte den Angeklagten für schuldig.

Sir Doughty erbat sich das heilige Sakrament, Kaplan Fletcher reichte ihm das Abendmahl, dann wurde der Verurteilte auf den Klippen von San Julian hingerichtet, kraft der Vollmacht, die Drake von der Königin erhalten hatte.

Der Gerechtigkeit war Genüge getan, so scheint es. Doch später hat man anders darüber gedacht. Doughtys sogenannter Verrat, so hieß es, habe im Interesse Englands gelegen, weil der Erste Staatsrat unter allen Umständen einen Krieg gegen Spanien vermeiden wollte. Dies sei aber zu befürchten gewesen, wenn Drake etwa auf Raub statt nur auf Entdeckung auszöge. Somit blieb auf Admiral Drake der Verdacht lasten, er habe sich eines Mannes entledigen wollen, der ihn an Raub und Plünderung gehindert hätte.

Wie es auch gewesen sein mag, Drake wollte nun gleich gründlich aufräumen. Als Kaplan Fletcher nach der befohlenen allgemeinen Beichte predigen wollte, rief Drake: „Halt, Herr Kaplan, heute ist es an mir, das Wort zu verkünden!" Dann schlug er Offizieren wie Matrosen und Soldaten eine Predigt um die Ohren, daß sie sprachlos waren. Vollends erstaunt waren sie, als Drake alle Offiziere samt und sonders ihres Ranges enthob, sie dann aber wieder einsetzte, nur um ihnen zu zeigen, daß er alle Macht an Bord habe. Zum Schluß donnerte er sie an: „Ich verlange von den Herren, daß sie sich mit den Matrosen mühen und plagen, und dasselbe erwarte ich von den Matrosen!"

Zum Beweis dessen, daß die Königin hinter ihm stand, wies er den Offizieren ein Schreiben vor, nach dem Königin Elisabeth an diesem Unternehmen mit Geld beteiligt war. Daß einstmals auch Magellan an diesem Platz eine harte Ansprache gehalten hat, sei der Vollständigkeit halber erwähnt.

Und wie sich im Hafen von San Julian so manches änderte, so auch der Name des Flaggschiffes: Drake taufte seine „Pelican" in „Golden Hind" um. Eine Hirschkuh trug nämlich ein Freund der Königin im Wappen, und mit dieser ehrenvollen Umtaufe hat der Admiral wahrscheinlich seine enge Verbundenheit mit der Königin noch mehr betonen wollen. Hatte er am Ende doch ein ungutes Gefühl wegen Doughtys Hinrichtung?

In 16 Tagen durch die Magellanstraße

Doch nun zu den großen und wesentlichen Ereignissen dieser zu Recht so berühmt gewordenen Fahrt! Anfang August 1578 lief Drake mit nur drei Schiffen in die Magellanstraße ein: mit der „Golden Hind", der „Elizabeth" und der „Marigold".

Zu Ehren der Queen Elisabeth wird die Flagge gedippt, wie bei Magellan werden Ruderboote vorausgeschickt, dann wagt man sich in das Gewirr von Klippen, Gletschern, Felswänden und zackenbesetzten Untiefen hinein. Und siehe da — alle schlechten Vorbedeutungen erweisen sich als Unsinn! Dem Admiral mit der roten Seemütze glückt unter günstigem Wind die so schwierige Durchfahrt von 580 km Länge in nur sechzehn Tagen! Der große Magellan hatte 37 Tage, mehr als das Doppelte, benötigt.

Es zeigte sich, daß der Stille Ozean durchaus nicht immer still war. Kaum hatten die drei Schiffe die Teufelspassage hinter sich gelassen, da wurden sie von orkanartigen Stürmen aus Nordwest in wildem Schneegestöber südwärts gepeitscht.

Hilflos wurden die drei Segler vom Wetter geschüttelt, so daß die kleine „Marigold" verlorenging. Sie wurde nie mehr gesichtet, es sei denn, der Seeräuber Cavendish hätte richtig gesehen, als er 1588 am Ausgang der Magellanstraße ein Wrack als den Rest der „Marigold" auszumachen glaubte.

Bis zum 57. Breitengrad, also noch südlich von Kap Hoorn, wurden die beiden anderen Schiffe getrieben, und oft genug waren sie im höllischen Tanz der Stürme vom Untergang im Eismeer bedroht. Gefahren waren es, die vor ihnen dort noch kein Schiff zu überstehen hatte. Trotzdem hielt man eifrig Ausschau nach dem sagenhaften Kontinent Australis. Endlich änderte sich die Richtung des Windes, so daß man Anfang Oktober 1578 Nordkurs aufnehmen konnte. Wir können uns vorstellen, wie glücklich die Erschöpften waren, als sie in einer Bucht des chilenischen Südzipfels Zuflucht fanden.

Als die beiden Schiffe schließlich zu hoffnungsvoller Nordfahrt ausliefen, schlug das Schicksal noch einmal zu: Nachts, wiederum im grausamen Spiel der Stürme, wird die „Elizabeth" vom Flaggschiff getrennt. Vergeblich sucht Drake meilenweit kreuz und quer den Ozean ab, das Schiff bleibt verschwunden. Wie kann man auf der „Golden Hind" ahnen, daß Kapitän Winter, nachdem er abgetrieben worden war, kurzweg durch die Magellanstraße nach England zurücksegelte! Wohlbehalten wird er im Juni 1579 in Portsmouth einlaufen.

Nun war Francis Drake ein Admiral ohne Flotte. Auf sich allein gestellt, hatte er die riesige Küste Südamerikas vor sich, an der es von spanischen Schiffen wimmelte. Seine einzige Hoffnung war, daß es dort keine Kriegsschiffe gebe, weil sich die Spanier in diesem Teil ihrer Besitzungen unbedroht fühlten.

Admiral ohne Flotte

Der ersehnte Augenblick war gekommen, da der Wolf über die friedlich grasende Herde herfallen konnte! Unermeßliche Beute winkte von den spanischen Kauffahrern, die mit den überreichen Ladungen aus den Silberminen von Potosi und anderem wertvollen Gut nach Panama segelten. Arglos zogen sie Monat für Monat ihre Bahn, denn noch niemals war in diesen Gewässern ein Schiff bedroht worden. Die Magellanstraße, die Höllenstürme um Kap Hoorn wirkten wie ein Sperrriegel. Nun aber sollten sie erzittern vor dem raubsuchenden „Drachen".

Vorerst mußte Drake für Proviant und Wasser sorgen, denn die Männer auf der „Golden Hind" waren am Ende ihrer Kräfte. Voller Hoffnung ging man am 25. November auf der Insel Mucho vor Anker, einer fruchtbaren Insel, auf der es an Mais, Kartoffeln und Vieh nicht mangelte. Doch feindlich wurden sie von den Insulanern empfangen.

Scharen von mehr als fünfhundert Indianern, hinter hohem Gras und Felsen versteckt, beschossen die Fremden mit Pfeilen. Vom Festland waren sie vor den spanischen Sklavenhaltern auf die Insel geflüchtet und glaubten nun Spanier vor sich zu haben. Die Engländer rafften an sich, was sie bekommen konnten, aber dann mußten sie sich schleunigst auf die Boote zurückziehen. Drake war durch einen Pfeil unter dem Auge verletzt, neun Soldaten leicht verwundet. Zwar war der Hauptarzt gestorben, und der Medikus vom Vizeadmiralsschiff war mit der „Elizabeth" verschollen, aber die Kunst des Arztgehilfen reichte aus, die Verwundeten zu heilen. War doch jeder Mann sehr wichtig für die kommenden schweren Aufgaben.

Gehörte dieser schmerzliche Empfang auf Mucho nicht auch in die Reihe der bösen Vorzeichen, die Drakes Fahrt einen Mißerfolg prophezeihten? In jenen Jahrzehnten voller Aberglauben mochte es an Bord der „Golden Hind" manchem so scheinen. Über ein Jahr war Drake unterwegs, und das bisherige Ergebnis? Nichts als Widrigkeiten, Fehlschläge, eine Hinrichtung und schließlich der Verlust der ganzen Flotte! Und nun unter den Kanonen der spanischen Befestigungen wollte dieser wahnwitzige Admiral Erfolg haben?!

Doch schon freundlicher sah es aus, als die „Golden Hind" in der Bucht von San Felipe, nördlich von Valparaiso, vor Anker ging. Hilfsbereit wurden ihnen von den Indianern Lebensmittel und Wasser gebracht, und Drake konnte mit ihnen über Land und Leute sprechen. Nuña da Silvas Sprachkundigkeit half über die Schwierigkeiten hinweg. Und so erfuhr Drake, daß wenige Meilen südlich die spanische Ansiedlung Valparaiso liege. Mit Vergnügen vernahm er noch einige andere wertvolle Hinweise. Wieder einmal offenbarte sich der abgrundtiefe Haß der Eingeborenen gegen die spanischen Unterdrücker. Die Folgen davon sollten sich kurz danach zeigen.

Im Fischerhafen von Valparaiso war die Besatzung eines großen spanischen Frachtschiffes an Land gegangen. Acht Matrosen hatten sie an Bord als Wache gelassen. Wozu Wache? mochten die acht denken und vertrieben sich die Zeit bei Chilewein und Glücksspiel. Gräßlich langweilig war es in diesem Hafen, wo selten Schiffe einliefen. Um so mehr waren die acht Spanier erfreut, als eine Dreimastbark in den Hafen steuerte. Sie kam von Norden, auf dem Kurs aller spanischen Schiffe. Man rief und lachte und winkte und lud schließlich die Ankömmlinge zu einem Umtrunk ein.

Bald darauf legte ein Boot an, bis an den Rand voll von Männern. Rasch enterten sie das Fallreep empor, und auf das freundlichste wurden sie auf dem Kauffahrer begrüßt. Doch ehe die acht Spanier begriffen, was vorging, waren sie schon von den Engländern überrumpelt. Thomas Moone, Drakes treuer Schiffszimmermann, ließ die Verdutzten sofort fesseln und unter Deck bringen.

Die Indianer von San Felipe hatten nicht zuviel verheißen: Die Engländer machten reiche Beute an allerlei Waren, vor allem aber an Gold. Rasch landete man und plünderte, was die inzwischen geflüchteten spanischen Einwohner zurückgelassen hatten. Auch die Kirche wurde nicht verschont. Viele Silbergeräte und ein mit Smaragden besetztes goldenes Kreuz wanderten auf die „Golden Hind". Auch der Steuermann des gekaperten Schiffes wurde an Bord geholt, damit er seine Erfahrung in den Küstengewässern den Engländern zur Verfügung stellte.

An Chilewein fehlte es nicht, großer Jubel herrschte auf der „Golden Hind". Wen kümmerte es noch, ob und welchen Auftrag ihr Admiral von der Königin erhalten hätte. Nun sah man unter strahlender Sonne die schöne Küste Chiles vor sich — und einen großen Beutezug.

In der Coquimbomündung erfuhren die Beutehungrigen allerdings auf unangenehme Art, daß man bereits vor ihrem Raubzug gewarnt worden war. Kaum waren sie an Land gegangen, da warfen sich ihnen viele spanische Soldaten und einige hundert pfeilbewehrte Indianer zu Pferde entgegen. Sofort befahl Drake seinen Leuten, sich auf die Boote zurückzuziehen, aber der Söldner Minivy geriet ins Handgemenge und wurde getötet. Der Leiche schlug man den Kopf ab, riß das Herz heraus und spickte den Rumpf mit Pfeilen. Dann zog sich die Übermacht zurück, so daß Drake den Unglücklichen beerdigen lassen konnte. Indianer, die sich heimlich heranwagten, erzählten, sie müßten den spanischen „Hunden" gehorchen, sonst würden sie gepeitscht und mit brennenden Stöcken gequält.

Der Januar des Jahres 1579 ging schon zu Ende, als Drake endlich in der Bahia Salada einen geeigneten Platz fand, wo

die „Golden Hind“ an Land gezogen und ausgebessert werden konnte. Eine Maßnahme, die üblicherweise alle paar Monate erforderlich war. Drake ließ währenddessen eine Pinasse bauen und segelte damit einen Tag umher, in der Hoffnung, vielleicht doch noch die „Elizabeth“ oder die „Marigold“ zu finden. Die Kanonen der „Golden Hind“ wurden unter Deck hervorgeholt und vor den Stückpforten aufgeblockt, so daß man einer Begegnung mit einem spanischen Kriegsschiff nicht auszuweichen brauchte. Denn je mehr man sich dem Küstenstreifen näherte, wo die Silbertransporte von Potosi nach Panama steuerten, desto mehr mußte man mit spanischer Gegenwehr rechnen.

Schon an der Mündung des Pisagua bekamen die Engländer eine Kostprobe vom Silberreichtum des Landes. Einige Matrosen, die an Land gingen, stießen auf einen Spanier, der sich im Schatten zu einem Mittagsschläfchen niedergelassen hatte. Achtlos wollten sie vorübergehen, da stockte ihr Fuß. Neben dem Schläfer lagen wohlverpackt dreizehn Silberbarren, etwa eine Million Mark wert! Rasch „befreite" man den Schläfer von seinem Eigentum. Zudem erwischte man noch einen Indianer mit Lamas, von denen jedes zwei Ledersäcke mit je achtzig Pfund reinen Silbers trug. Allmählich begann sich der Raubzug an Chiles Küste zu lohnen.

Die Silberschiffe

Nun hinauf zum Hafen von Arica! Dort lagen die Frachtschiffe, die das Silber übernahmen, das aus den einigen hundert Kilometer entfernten Minen von Potosi auf Maultieren und Lamakarawanen herangeschleppt worden war. Doch Drake hatte Pech: denn nur zwei Barken mit Silber fielen ihm in die Hände, während ein großes Transportschiff auf die hohe See entkommen war. Natürlich jagte man hinterher, aber als man es erreichte, war die Enttäuschung groß. Die Silberladung war an Land gebracht worden. Immerhin war ein Zentner Silber ein Trostpflaster.

Dann winkt die große Beute, die größte, die sich jemals einem Seeräuber dargeboten hat! Im Begriff, in den Hafen von Callao, dicht vor Lima, einzulaufen, stößt die „Golden Hind" auf ein Geschwader von dreißig spanischen Kauffahrern. Während Drake noch überlegt, wie er die Ahnungslosen am günstigsten überfallen soll, nähert sich von jener Flotte ein Ruderboot mit einem Matrosen. Der Mann hat offensichtlich keinerlei Auftrag, nur zufällig kommt er daher. Nun, man muß ihn herankommen lassen und ihn gefangennehmen oder rammen oder — jedenfalls muß irgend etwas geschehen, damit er nicht zurückrudern und Alarm schlagen kann. Plötzlich zieht der Mann die Riemen ein, im Fernglas ist zu erkennen, wie er die „Golden Hind" anstarrt, dann taucht er die Riemen ein, wendet sein Boot und rudert davon, als säße ihm der Teufel im Genick. Er muß bemerkt haben, daß die Stückpforten an Bord der „Golden Hind" besetzt sind und daß das Schiff nach den Aufbauten kein Spanier sein kann. Mit schwerfälligen Schlägen strebt er den spanischen Schiffen zu, um sie zu warnen. Zähneknirschend muß Drake einsehen, daß ihm durch einen lächerlichen Zufall eine Riesenbeute entgeht. Mit einem Angriff auf die gewarnten Spanier würde er den Erfolg seiner ganzen Reise aufs Spiel setzen.

Doch ehe er die „Golden Hind" wieder dem Meer zuwenden läßt, rächt er sich auf seine Art. Er schickt ein Boot aus, dessen tollkühne Besatzung die Ankertaue sämtlicher Schiffe im Hafen kappt, so daß im Nu ein Wirrwarr von durcheinander treibenden Schiffen entsteht.

Indessen war es einem Panamafahrer gelungen, auszulaufen. Sofort jagte die „Golden Hind" hinter dem Verwegenen her, zwang ihn durch einen Schuß zum Halten und kaperte ihn. Nun, die Beute an Leinen und Seiden, wenn auch in großen Mengen, war gering für den, der auf Gold und Silber hungrig war, aber zum Ausgleich erfuhr Drake von der Besatzung noch etwas anderes, was sein Seeräuberherz höher schlagen ließ: Einige Meilen nördlich voraus, so hieß es, sei ein wahres Schatzschiff mit Gold und Silber nach Panama unterwegs.

Auf Jagd nach dem Märchenschiff

Es bedarf keiner Phantasie, sich vorzustellen, mit welchem Eifer Drake die Verfolgung dieses Märchenschiffes, der „Nuestra Señora de la Conception", aufnahm. Über 1 600 Kilometer jagte die „Golden Hind" hinter der „Señora" her. Oft wurde Drakes Raubschiff von Windstille behindert, und dann hagelte es Flüche der schlimmsten Art. Dann wieder wurden die Engländer von der Besatzung kleiner gekaperter Schiffe ermutigt, die berichteten, die „Cacafuego" könne nicht mehr weit sein, denn sie seien ihr begegnet.

„Cacafuego"? Die Engländer sahen sich verwundert an; sie glaubten die „Nuestra Señora" zu verfolgen. Lachend klärten die spanischen Matrosen sie auf, man habe allgemein der

„Nuestra Señora“ den Namen „Cacafuego“ gegeben, soviel wie Feuerspeier, aber sie sagten Feuerkacker. Und warum? Ja, die „Cacafuego“ sei ungewöhnlich stark mit Kanonen bestückt.

Gleichviel, sagte sich Drake, je höher das Risiko, desto größer der Gewinn! Und er versprach eine goldene Kette dem Mann, der das reichbeladene Ungetüm zuerst sichten werde.

Schon war der Äquator überschritten, endlich, am 1. März 1579, bei Kap San Francisco, kam der Spanier in Sicht. Wieder war das Glück für Drake! Kapitän Juan de Anton ließ die „Golden Hind“, die sich als Chilefahrer ausgab, herankommen.

Nun galt es ohne Zögern zu handeln. Und es erwies sich, daß der Eroberer von Nombre de Dios noch nichts an Entschlossenheit verloren hatte. Mit brennenden Lunten standen die englischen Kanoniere an den Geschützen, die Soldaten waren bereit zum Entern, so ging die „Golden Hind“ längsseits, und barsch brüllte Drake hinüber, man solle sofort die Segel streichen, falls man nicht zusammengeschossen werden wolle. Zwar erwiderte der völlig überraschte Kapitän, er werde sich zur Wehr setzen, aber ehe die Spanier auf dem vollkommen überladenen Deck Posten fassen konnten, fegte eine Geschützsalve in die Takelage der „Nuestra Señora“. Ein schmetternder Trompetenstoß, und schon überfluteten die Engländer das Schiff.

Wie im Rausch arbeiteten die Männer. Zwei Tage lang wurde die geradezu überquellende Beute auf die „Golden Hind“ übernommen: Proviant in Mengen, Edelsteine, Perlen, Goldmünzen, Silbergeschirr, dann aber achtzig Pfund Gold und 26 Tonnen ungeprägtes Silber, wohl an die hundert Millionen heutigen Wertes. Die Laderäume der „Golden Hind“ waren so prall gefüllt, daß die zur Arbeit herangezogenen Matrosen der „Nuestra Señora“ lachend sagten, nun könne sich die „Golden Hind“ Cacaplata, Silberkacker, nennen.

Francis Drake machte sich nun aber nicht auf den Heimweg, sondern er wollte seinen Auftrag ausführen, die Nordwestpassage nach England zu entdecken, die der bei weitem kürzere

Heimweg wäre. Also steuerte er weiter nordwärts, zunächst Mittelamerika entgegen.

Dort überall waren die alarmierten spanischen Behörden auf einen Angriff gefaßt. Mußte man nicht von diesem Drachen erwarten, daß er den bei Nombre de Dios mißglückten Angriff auf Panama jetzt nachholen wollte! So groß war die Furcht, daß zum Beispiel der Bischof von Guatemala dem Gouverneur Kirchenglocken anbot, damit er daraus Geschütze gießen könnte. Ganz Neuspanien befand sich in höchstem Alarmzustand und erwartete eine englische Invasion. Grob gesagt: das riesige spanische Kolonialreich von Amerika erzitterte vor dem Bauernsohn aus Devonshire, auf seinem einzigen Schiff.

Doch Francis Drake versagte sich klugerweise einen Streifzug in die Bucht der sagenhaft reichen Stadt Panama. Für einen Kampf zu Lande fühlte er sich nicht stark genug. Zufällig erfuhr er, daß sein Leutnant von dem Raubzug im Jahre 1573, John Oxenham, bei eigener Raubfahrt den Spaniern in die Hände gefallen war und in einem Bergwerk arbeiten mußte. Drake ließ einen Gefangenen frei und gab ihm einen Brief an den spanischen Gouverneur mit, in dem er davor warnte, Oxenham zu töten. Trotzdem ist Oxenham kurz danach hingerichtet worden.

Ein tollkühner Handstreich

Im April standen in der spanischen Niederlassung Guatulco drei Neger vor Gericht. Sie waren beschuldigt, sie hätten das Städtchen in Brand setzen wollen. Wie nicht anders zu erwarten, wurden alle drei zum Tode verurteilt. Plötzlich erhebt sich Tumult auf der Straße, Schüsse fallen, und ehe die Spanier die Lage übersehen, dringen Bewaffnete in den Gerichtssaal ein und befreien die Neger. Vergeblich suchen sich die Spanier zu verteidigen gegen – die Männer von Drakes Landkommando!

Proviant und Wasser hatten die Engländer unter Thomas Moone besorgen sollen, zufällig hörten sie von der Gerichtsverhandlung und machten sich ein Vergnügen daraus, wie die Teufel dreinzufahren. Nicht nur daß sie, zum Jubel der Eingeborenen, die Spanier verprügelten, sondern sie ließen sich von den Richtern und anderen alles Gewünschte an Bord tragen. Drei Tage lang erholte sich dort die Besatzung der „Golden Hind" und nahm die Gelegenheit wahr, Beute zu machen. Thomas Moone soll einer der Eifrigsten gewesen sein. Hier, an der Küste von Guatemala, wurde die Kirche ebensowenig wie an anderen Orten verschont, sogar die Heiligenbilder wurden zerschlagen, Kirchenglocken verschleppt, Altarschmuck, Leuchter, silberne Reliquien geraubt, Priester und Kirchendiener fortgeführt. Alle Schiffe im Hafen wurden geplündert und manövrierunfähig gemacht. Aber nichtsdestotrotz: Kaplan Fletcher hielt einen Gottesdienst für die Männer der „Golden Hind" ab.

In Guatulco wurde endlich Nuño da Silva freigelassen, der portugiesische Steuermann, der seit Verlassen der afrikanischen Küste als Navigator hatte dienen müssen. Silva hat später vor dem mexikanischen Inquisitionsgericht einen Bericht über Drake gegeben, sich aber keinesfalls beklagt. Er schilderte den Engländer als einen Mann von vornehmer Haltung mit schönem Bart und gutmütigem Aussehen. Er vergaß auch nicht die von dem Pfeilschuß rührende Narbe und die Schußverletzung an seinem Bein zu erwähnen.

Wo sich Drake Gelegenheit biete, so sagte der Portugiese, nehme er Seekarten, Kompasse und nautische Instrumente an sich, verbessere sie auf der Fahrt und schriebe alles nieder, was er über Schiffahrtswege, Beschaffenheit der Häfen und Seestreitkräfte erfahren könnte.

Die zweite Weltumsegelung

Wie wir sehen, hat Francis Drake bei allen Kaperfahrten, wie er seine Raubzüge nannte, das eine englische Ziel, die Nordwestdurchfahrt durch das nördliche Amerika, nicht aus dem Sinn verloren. Darum hatte er auch von einem eroberten, mit Mais und Gewürzen nach Panama bestimmten Schiff den Lotsen Colchero an Bord genommen. Er mit seinen Seekarten sollte dem Admiral bei seinem kühnen Vorstoß nach Norden nützlich sein. Doch wohin Drake segelte, da war Colchero nicht in seinen kühnsten Träumen gewesen.

Von Ende April bis Juli 1579 dauerte die furchtbare Segelei nach Norden. Also achtzehn Monate nachdem man Plymouth verlassen hatte. Hartnäckig tastete Drake die Westküste Nordamerikas nach der Durchfahrt ostwärts ab. So wenig man dem Räuber Drake Verwegenheit und Energie absprechen kann, noch weniger dem Seefahrer und Entdecker.

Sooft er die Küste ansteuert, eine Passage tut sich nicht auf. Doch zähe hält er am Nordkurs fest. Immer wieder sagt er seinen Leuten, er stehe im Auftrage der Königin und verfolge mehr als das Kapern der Schiffe. Er müsse die Bacallaostraße — wer mochte den Namen erfunden haben! — finden, die von Osten in den Pazifik führe und unter 66 Grad liegen müsse. Unbehagen machte sich an Bord breit, jedoch nicht wegen romantischen Heimwehs nach Old England, sondern aus Besorgnis, ob man jemals mit der Riesenbeute nach Haus gelangen werde und den Reichtum in Frieden genießen könne.

Doch weiter, nordwärts! befiehlt der Admiral. Man meint Magellans berühmten Befehl „Mir folgen" zu hören, wenn Drake trotz der Mißstimmung an Bord einfach weitersegelt.

Als sie über die heutige Stadt San Francisco hinaus sind, macht ihnen bittere Kälte zu schaffen. Eis überzieht Takelage und Schiff, das herrliche Wetter Kaliforniens ist Schnee und Sturm gewichen. Die Mannschaft erinnert sich mit innerer Empörung der furchtbaren Wochen vor und nach Passieren der Magellanstraße, aber ebenso mahnend steht das Strafgericht von San Julian vor ihr. Sie folgt dem Befehl, und unter Stürmen und Wettern arbeitet sich die reifüberzogene Dreimastbark bis zum 48. Breitengrad hinauf, etwa auf die Höhe von Vancouver. Eine ungeheure Leistung für die damalige Zeit.

Da verliert selbst Drake die Hoffnung auf eine Ostdurchfahrt. Auch wenn er wollte, wäre er dazu nicht in der Lage: die „Golden Hind" will nicht mehr. Es ist höchste Zeit, sie zu überholen, falls man mit der reichen Beute England wiedersehen will.

Umkehr! Kurs Süd! Dann, unter dem 38. Breitengrad, geht man vor Anker. An Land wird ein Schutzwall errichtet, die kaum übersehbaren Schätze werden an Land geschleppt, die „Golden Hind" aufs Trockene gezogen und gründlich überholt. Man versucht es, sich mit den eingeborenen Indianern gut zu stellen, so daß sich die total erschöpften Männer erholen und für die Weiterfahrt rüsten können.

Wenn wir von den Neuengland-Staaten des Kolonialzeitalters lesen, sind wir gewohnt, an die Gründungen von Virginia bis Massachusetts zu denken. Tatsächlich aber gab es schon vorher Neuengland, und zwar dort, wo Drake nun gelandet war. Eine Tatsache, die wenig gewürdigt wird, aber allein geeignet wäre, Drake allen Engländern seiner Zeit voranzustellen.

Drake gründet Neu Albion

Nachdem die Indianerhäuptlinge Francis Drake feierlich zu einer Art Oberhäuptling erhoben hatten, nahm Drake von diesem Land Besitz im Namen seiner Königin und nannte es Neu Albion. Ein Akt der Landnahme, wie er bei europäischen Entdeckern bis hoch hinauf ins 19. Jahrhundert üblich war.

Kaplan Fletcher berichtet, an einen Pfahl habe man eine Messingplatte gebunden, auf der zu lesen stand — nein steht, denn diese Tafel ist 1937 wiedergefunden worden:

> Hierdurch sei jedermann kundgetan, daß ich am 17. Juni 1579 durch Gottes Gnade und im Namen Ihrer Majestät der Königin Elisabeth von England und ihrer Nachfolger für immer und alle Zeiten Besitz ergreife von diesem Reich, dessen König und Volk ihren Anspruch auf das Land freiwillig Ihrer Majestät abtreten, benannt durch mich und für jedermann geheißen Nova Albion — Francis Drake.

Darunter war eingefügt ein Sixpence-Stück mit Bildnis und Wappen der Königin, das allerdings 1937 nicht mehr vorhanden war. Am 23. Juli 1579 verließ die „Golden Hind“ die gastliche Küste und mit ihr Drakes gigantischen Zukunftstraum. Am ferneren Schicksal dieses Neu Albion erkennen wir wieder einmal mehr, wie der Begriff „für immer und alle Zeiten“ keinen Bestand hat vor den Stürmen der Geschichte.

Kurs Westsüdwest hieß es. Und man muß sagen, daß die Besatzung der „Golden Hind“ darüber ebenso erstaunt wie entsetzt war. Warum nicht heimwärts den Weg, den man hergefahren war, durch die Magellanstraße? Gewiß, der verrückte Portugiese Magellan war über die Wasserwüsten des Stillen Ozeans gesegelt, aber würde das zum zweitenmal gelingen?

Umgekehrt dachte Drake: Was ein Portugiese kann, das kann ein Engländer schon längst! Viel mehr aber als eine Weltumseglung lockte es den Piraten der großen Königin, in das Südseereich der Portugiesen und Spanier einzubrechen. Die Molukken, China, Malakka, Indien, das waren Namen, die selbst das Herz des geringsten Seemanns höher schlagen ließen. Kurzum, Francis Drake, der Seeräuber, wagte als zweiter Mensch eine Erdumsegelung!

Seine Fahrt über den Pazifik war nicht wie die des Magellan von der zermürbenden Ungewißheit belastet, ob die Überquerung überhaupt möglich sei. Doch auch an Drake und seine Begleiter wurden in diesen 68 Tagen überaus harte Anforderungen gestellt. Mit dem letzten Stück Schiffszwieback, mit dem letzten Tropfen Wasser stießen sie in der Gegend der Marianen auf die erste Insel. Überglücklich wankten sie an Land und erlebten die große Freude, daß ihnen die Eingeborenen Kokosnüsse, Fische, Früchte aller Art in Hülle und Fülle schenkten.

Bei Mindanao an den Philippinen vorbei, gelangten sie nach den Molukken, wo Magellan vor rund achtzig Jahren den Tod gefunden hatte. Wiederum war ihnen das Glück günstig gesinnt. Mit dem Sultan schlossen sie im Namen der Königin von England einen Handelsvertrag und konnten viele Tonnen kostbarer Gewürze an Bord nehmen. Doch danach, im Dezember 1579, gerieten sie bei Celebes auf eine Sandbank. Die „Golden Hind" war stündlich in Gefahr auseinanderzubrechen.

In dieser Stunde höchster Not nörgelte Kaplan Fletcher, dies wäre gewiß nicht passiert, wenn Drake nicht Thomas Doughty hingerichtet hätte. Das sei unrecht gewesen, und in dieser Nacht würden sie die Quittung dafür erhalten.

Fletchers Voraussage erfüllte sich indessen nicht, sondern im Farbenspiel der Morgensonne wehte ein günstiger Wind daher und schaukelte die „Golden Hind" von der Sandbank herunter, so daß sie frei war. Nicht so glücklich war Kaplan Fletcher dran.

Vor der auf etwa hundert Mann zusammengeschmolzenen Mannschaft „verbannte" Drake seinen vorlauten Kaplan aus der Kirche. Es war eine so lustig-ernste Szene, daß sie uns Heutige fast zum Lachen reizt. Wie mehrfach bezeugt wird, saß Drake lässig auf einer Seekiste und fuhr den verdatterten Kaplan an: „Francis Fletcher, ich exkommuniziere dich hiermit aus der Kirche Gottes. Ich schließe dich von allen Wohl- und Gnadentaten aus und überantworte dich dem Teufel und all seinen Engeln!" Zur Unterstreichung seiner Worte schwenkte der Admiral einen Pantoffel.

Woher sich Drake die Vollmacht zu solch kirchlicher Handlung zuschrieb, wissen wir nicht. Es mag sein, daß er sich an seinen Vater erinnerte, der zu Zeiten als eine Art Wanderprediger tätig war. Nicht nur, daß Fletcher dem Teufel überantwortet wurde, sondern ihm wurde bei Todesstrafe befohlen, sich nur unter Deck aufzuhalten. An Fletchers Arm ließ Drake sodann ein Schild befestigen, auf dem jedermann lesen konnte, Fletcher sei der „treuloseste Halunke auf dieser Erde".

Mit Geschick steuerte der Admiral dann durch das Gewirr der indonesischen Inselwelt, und überall fanden sie freundliche Aufnahme und konnten reichlich Proviant laden. Endlich, am 26. März 1580, acht Monate seit ihrer Abreise aus Kalifornien, konnten sie ihre Fahrt über den riesigen Indischen Ozean antreten. Von portugiesischen oder spanischen Kriegsschiffen, die jeden Fremden rücksichtslos versenkten, blieben sie unbehelligt. Glücklich erreichten sie das Kap der Guten Hoffnung, das Grab so vieler tüchtiger Seefahrer, und konnten schon im Juli Sierra Leone, die Heimat der Sklaven, anlaufen und Trinkwasser ergänzen. Am 26. September 1580 kam schließlich der heißersehnte Tag, die „Golden Hind" lief unter dem Jubel der Einwohner in Plymouth ein. Francis Drake war nach Magellan als zweiter Seefahrer rund um die Erde gesegelt.

Nicht gering war der Zorn des spanischen Botschafters Mendoza, als er von der Heimkehr des verhaßten Seeräubers erfuhr. Empört verlangte er die Rückgabe der gesamten Beute.

Die Zeiten waren schlecht; die Königin durfte ihre Freude nicht zeigen. In Irland rumorte es wieder, dort waren sogar Spanier gelandet, die nun, nach der Vereinigung mit Portugal, stärker denn je waren. Drake hatte also Verständnis dafür, als er von Freunden aus London hörte, die Königin müsse sich gegenüber Drake jetzt zurückhalten. Sie habe dem Botschafter erklärt, sie kenne Drake nicht und gehe sie gar nichts an, er sei auf eigene Faust auf Abenteuer ausgezogen. Wie wir zu Beginn dieses Buches gelesen haben, drohte sie sogar, sie werde Drake hängen lassen. Bei diesem Stand der Dinge ließ Drake die reiche Beute ins Schloß von Plymouth schaffen und verließ für einige Zeit den Hafen.

Erst Wochen später durfte er nach London reisen — mit sieben Pferdeladungen an Gold und Silber und Juwelen. Die Kommissare der Königin verteilten abredegemäß die schier unübersehbare Beute an die Geldgeber der glückhaften Expedition. Allein Elisabeth empfing für je hundert Pfund Einlage 1 400 Pfund Gewinn. Darüberhinaus ließ Drake bei einem Londoner Juwelier für die Königin eine Krone anfertigen, die aus Gold bestand, mit zahlreichen Diamanten und fingerlangen Smaragden besetzt war. Elisabeth trug sie zum erstenmal bei den Feierlichkeiten zum Neujahrstag 1581.

Francis Drake zum Ritter geschlagen

Die „Golden Hind" wurde zur Reparatur in den Hafen von Deptford gebracht. Und dort gab Königin Elisabeth ihrem „unbekannten" Seeräuber die Ehre, mit ihr zu tafeln. Das war am 4. April 1581, am gleichen Tag, da Francis Drake vor versammeltem Volk zum Ritter geschlagen wurde. Allerdings — und das ist nicht allzubekannt — nicht Königin Elisabeth erteilte den symbolischen Ritterschlag, sondern sie reichte das Schwert dem neben ihr stehenden französischen Gesandten. So wurde Francis Drake gleichsam von England und von Frankreich, den Feinden Spaniens, zum Ritter geschlagen.

Zur Erinnerung an diesen denkwürdigen Tag schenkte der neue Ritter seiner Königin eine kostbare silberne Kassette mit einem Frosch aus Diamanten. Eine kleine Erinnerung, aber auch eine galante Aufforderung, ihn in Zukunft nicht zu vergessen. Denn daß der Kampf gegen Spanien weiterginge, ja der Entscheidung entgegeneilte, das war jedem Engländer klar.

Die Flotte der Rache

Im Spätsommer des Jahres 1585 lief das englische Frachtschiff „Primrose“ in Plymouth ein und brachte eine kaum glaubliche Nachricht, die für die Königin, ja für ganz England einen Schlag ins Gesicht bedeutete.

Die „Primrose“ gehörte zu einer Flotte englischer Frachtschiffe, die vollbeladen mit Getreide nach den spanischen Häfen ausgelaufen war. Der König von Spanien hatte die englischen Getreidehändler um diese Lieferung gebeten, weil sein Land infolge einer Mißernte vor einer Hungersnot stand. Kaum waren die ersehnten Getreideschiffe in spanischen Häfen vor Anker gegangen, da erschien ein Beamter des Königs, Corregidor genannt, mit Soldaten an Bord und beschlagnahmte Schiff und Ware. Nur der Kapitän der „Primrose“ war so entschlossen, sich solchen Höflichkeitsbesuch zu verbitten. Er nahm den Corregidor gefangen und verschwand mit der „Primrose“ nach England.

Darauf in London vom Hof bis in die letzten Hafenspelunke ein einziger Schrei der Wut und Empörung. Man hatte schon genug Demütigungen von Spanien hinnehmen müssen, nun wollte man sich zur Wehr setzen. Vor allem sollten sofort die Getreideschiffe zurückgeholt werden, wenn nötig mit Gewalt! Selbst Lord Cecil, der Vorsichtige, stimmte einer Expedition zu. Die Wahl, diese Flotte der Rache anzuführen, fiel auf Sir Francis Drake.

Seit seiner Weltumseglung hatte der reiche Drake viele Ehrungen empfangen. Er war Bürgermeister von Plymouth geworden, hatte sich große Ländereien gekauft, gehörte einer Marine-Untersuchungskommission an und hatte sich zudem durch seinen Onkel Hawkins, der zum Schatzmeister der Marine avanciert war, Einfluß auf die maritime Aufrüstung gesichert. Über Nacht war Drake zu einem weltberühmten Mann geworden. Er wurde gleichsam zum Symbol des erbitterten Widerstandes gegen Spaniens Weltmacht.

Im Kopf des nun vierundvierzigjährigen Drake kam der Plan nicht zur Ruhe, nach dem von ihm entdeckten Nova Albion Siedler zu bringen, eine Befestigung anzulegen und von dort aus mit ständigen Überfällen und Angriffen die spanischen Provinzen in Mittelamerika gleichsam von hinten auszuhöhlen. Es war schon eine Expedition nach Nova Albion beschlossen worden, da mußte er im Auftrag der Königin die Getreideschiffe von Spanien zurückholen. An seiner Stelle segelte ein gewisser Edward Fenton nach Neu Albion, aber er scheiterte bereits vor der Küste von Brasilien. Ein weiterer Versuch, in Neu Albion eine machtvolle Kolonie zu gründen, ist nicht wieder unternommen worden.

Im Auftrag der Königin

Im September 1585 ging Drake mit einer der größten „privaten" Flotten, die es bis dahin gegeben hatte, in See. Schiffe und Ausrüstung waren von mehreren Teilhabern aufgebracht worden. Die Königin beteiligte sich mit der „Bonaventura", Drakes Flaggschiff, und der „Aid" sowie mit 10 000 Pfund in bar. Martin Frobisher, der auf der Suche nach der Nordwestdurchfahrt bis Baffin Land gekommen war, befehligte die „Primrose" und war Vizeadmiral. Thomas Moone, den Drake nicht missen wollte, steuerte die „Francis". Kommandeur der Landtruppen war Generalleutnant Carleill. Alles in allem 2 300 Mann, Soldaten und Matrosen. Und wie gesagt: privat! Miß-

Drake 1579
Drake 1585/6
Drake u. Hawkins 1595/6
JAMESTOWN
Roanoke River
S. AUGUSTINE
FLORIDA
GOLF VON MEXIKO
Rio Grande
MEXIKO
BAHAMA-INSEL
HAVANNA
KUBA
YUCATAN
JAMAIKA
S. JUAN DE ULUA
VERACRUZ
GUATEMALA
GUATULCO
HONDURAS
NICARA-GUA
STILLER OZEAN
PUERTO BELLO

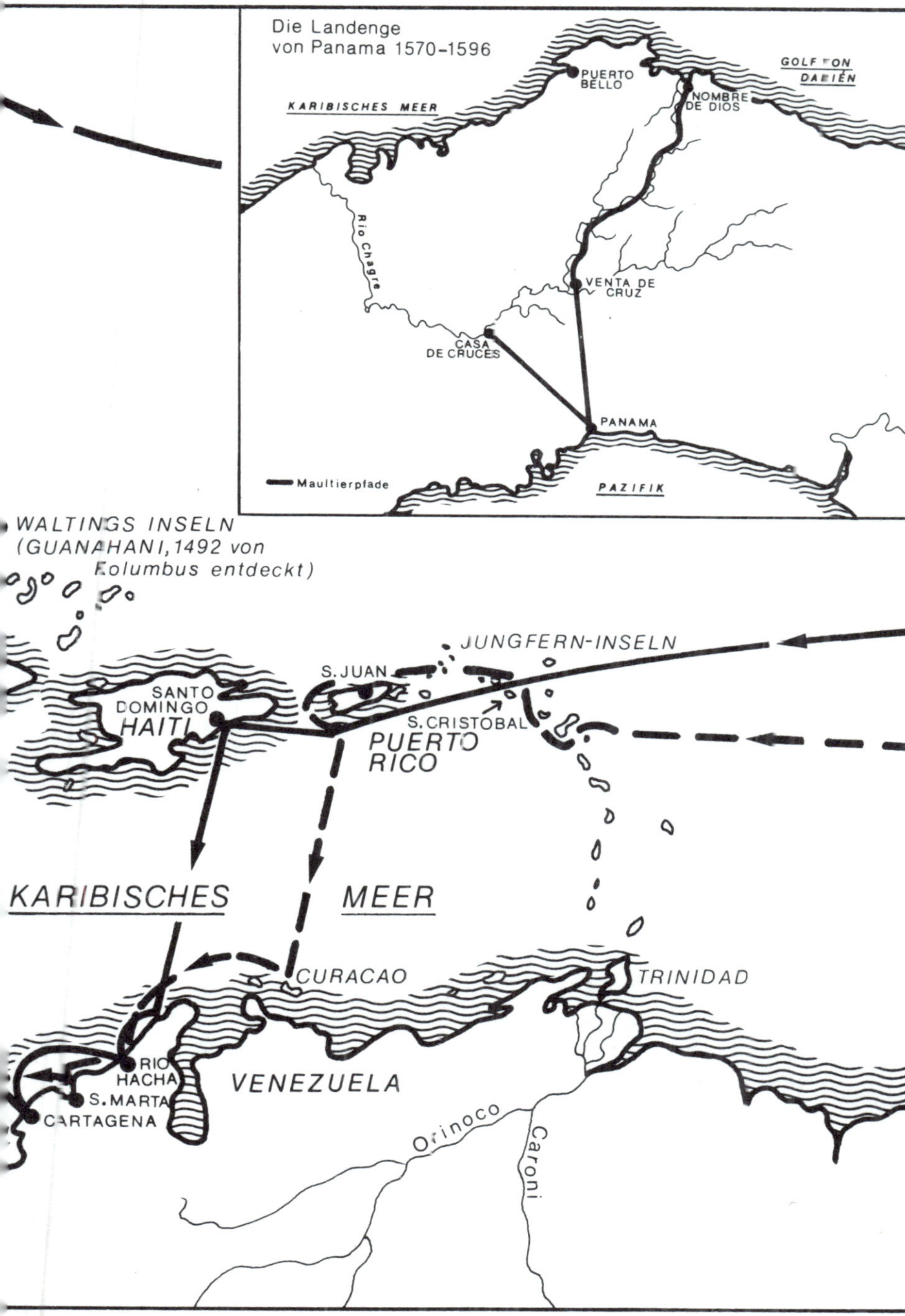

Die Landenge
von Panama 1570–1596
PUERTO BELLO
NOMBRE DE DIOS
KARIBISCHES MEER
Rio Chagre
VENTA DE CRUZ
CASA DE CRUCES
PANAMA
Maultierpfade
PAZIFIK
WALTINGS INSELN
(GUANAHANI, 1492 von Kolumbus entdeckt)
JUNGFERN-INSELN
S. JUAN
SANTO DOMINGO
HAITI
S. CRISTOBAL
PUERTO RICO
KARIBISCHES
MEER
CURACAO
TRINIDAD
RIO HACHA
S. MARTA
CARTAGENA
VENEZUELA
Orinoco
Caroni

glückte die Expedition, dann würde die Königin nichts damit zu tun haben.

Zunächst gehorchte Admiral Drake seiner Königin. Er segelte geradewegs nach Spanien, nach Kap Finisterre, wo er den Gouverneur wegen der Getreideschiffe energisch zur Rede stellte.

Bewaffnete englische Schiffe so mir nichts, dir nichts in einem spanischen Hafen, und dazu noch dieser Drake in Person, das war zuviel für den Granden. Trotzdem hielt er für am besten, höflich zu bleiben. Schließlich konnte er ja ruhigen Gewissens versichern, die Getreideschiffe seien bereits freigegeben und auf der Fahrt nach England. So war Drakes Auftrag erfüllt, er ließ in aller Ruhe Wasser und Proviant ergänzen und verließ das Kap.

Doch nun war in Drake wieder der Seeräuber erwacht, er wollte mehr als die armseligen Frachtschiffe heimholen! Er warf sich auf die kleine Hafenstadt Vigo, ließ sie vor den Augen der völlig verblüfften spanischen Behörden plündern, wobei auch gewisse Dinge in der schönen Kathedrale nicht vergessen wurden. Mit einer Beute von etwa einer Million Mark nahm er dann Kurs auf die Kapverdischen Inseln. So im Vorbeigehen wurden Santiago und Porto Praya niedergebrannt, und in hoher Fahrt ging es Westindien entgegen, der alten Raubdomäne Drakes.

König Philipp II. schäumte vor Wut über Drakes respektlosen Besuch bei Kap Finisterre und befahl seinem Admiral Santa Cruz, den verhaßten Drachen zu verfolgen. Doch ehe sich der alte Grande aufraffte, segelte Drake längst auf dem Atlantik. Ja, er hatte schon Ende Dezember die Insel St. Christopher erreicht, wo man die Flotte überholte. Es ist dieselbe Insel, von der etwa fünfzig Jahre später die Flibustierscharen ausziehen werden.

Auf der großen Insel Espagnola, heute Haiti, lag die Hauptstadt Santo Domingo. Eine schöne Stadt, damals sagenhaft

reich, umgeben von vielen Dörfern. Das Land war gesegnet mit Kakao, Ingwer, Tabak und anderen tropischen Früchten. Riesige Herden wilder Rinder begegneten dem Wanderer auf Schritt und Tritt. Die Stadt wurde von hohem Mauerwerk umschirmt, und den Hafen beherrschte ein mächtiges Kastell. Doch wozu diese Befestigungen? Domingo war noch niemals angegriffen worden.

Reiche Beute in Santo Domingo

Doch eines Tages, bevor das Jahr zu Ende ging — was war da? Vor dem Hafen tauchte eine große Flotte auf, und kaum war sie auf Schußentfernung herangekommen, feuerte sie aus allen Rohren auf das Kastell. Binnen kurzem war zu sehen, wie Boote ausschwärmten, offenbar in der Absicht, Landungskommandos im Hafen abzusetzen. Daraufhin richteten die Geschütze des Kastells ihre ganze Abwehr auf den Feind vor sich, und der Kommandant schickte den Landungssoldaten Infanterie entgegen.

Doch im Hafen erfolgte kein Angriff, sondern plötzlich wurde die Stadt von hinten und von der Seite her berannt. Drake hatte dieselbe fast plumpe Taktik wie einst bei Nombre de Dios angewandt: Er hatte Generalleutnant Carleill mit Landsoldaten seitlich der Stadt abgesetzt, und sie fielen nun bei Trommelwirbel und Trompetengeschmetter und mit fliegenden Fahnen über die vollkommen verwirrten Spanier her. Ein riesiges Durcheinander entstand, und die Niederlage der Verteidiger war nicht mehr abzuwenden. Am nächsten Morgen flatterte die englische Flagge über dem Kastell.

Scharen von Negern liefen den Engländern entgegen. Drake gab den Sklaven die Freiheit — und bewaffnete sie. Sie wurden zu seinen Bundesgenossen und rächten sich an den spanischen Unterdrückern mit scheußlichen Metzeleien. Trotz der Niederlage zögerte der Gouverneur bei den Verhandlungen über das Lösegeld mit durchsichtigen Ausflüchten. Da half Drake auf echte Seeräuberart nach, indem er zwei Kompanien befahl, erbarmungslos Feuer anzulegen. Infolgedessen brannte die halbe Stadt im Nu nieder, und das Lösegeld mußte trotzdem gezahlt werden, knapp eine Million Mark. Aber da lagen noch viele Küstenfahrer und Galeeren im Hafen und vor allem das größte französische Frachtschiff, das es in Westindien gab! Drake ließ sie alle kapern, so daß sich der Überfall auf Domingo gut bezahlt gemacht hatte. Nicht zu vergessen die Kostbarkeiten, die sich Soldaten und Matrosen „privat" angeeignet hatten, natürlich auch in der Kirche.

Bei dem folgenden Überfall auf Cartagena zeigte es sich, daß die Spanier bereits gewarnt worden waren. Doch vergeblich wehrten sie sich in oft heftigen Straßenkämpfen, bei denen auch der treue Thomas Moone fiel. War die Beute auch nicht so groß, so brachte der Abstecher nach Cartagena auch eine kleine Million ein. Man mußte nur etwas findig sein und bei den wohlhabend scheinenden Bewohnern ein wenig mit der Pistole oder dem Dolch nachhelfen.

Nach sechs Wochen Aufenthalt war es an der Zeit, die Heimfahrt anzutreten. Die Malaria hatte schon viele Engländer getötet, und viele lagen in heftigem Fieber.

Zwischen Kuba und Florida nach England zu segeln war weniger gefahrvoll, als den kürzeren Weg quer durch die Karibische See zu nehmen. Denn überall konnten alarmierte spanische Kriegsschiffe, vor allem Admiral Santa Cruz, mit Übermacht auftauchen. Daher wählte Drake den Kurs an der Westspitze von Kuba vorbei, sozusagen im Verlauf des Golfstromes. Nördlich der Bahama Inseln landete er an der Ostküste von Florida und brannte die spanische Niederlassung St. Augustine nieder. Es war die Vergeltung dafür, daß die Spanier nicht lange vorher dort eine Hugenottensiedlung mit barbarischer Wut zerstört und sämtliche Menschen umgebracht hatten.

Warum Drake danach, statt direkt nordostwärts nach England zu segeln, nordwärts die Küste entlangfuhr, wissen wir nicht. Jedenfalls gelangte er an der Mündung des Roanoke

River (North Carolina) zu der englischen Siedlung Wingandacon, die erst im Vorjahr gegründet worden war. Doch statt eine blühende Kolonie vorzufinden, traf er die hundert Siedler, die von Sir Walter Raleigh hinübergeschickt worden waren, in einem Zustand völliger Verzweiflung an. Da sie keinen Nachschub aus England erhalten hatten und ständig von den wilden Indianern angegriffen worden waren, standen sie vor dem völligen Zusammenbruch. Die ausgemergelten, zerlumpten Menschen waren glücklich, als Drake ihnen anbot, sie mit nach England zu nehmen.

So ergab sich diese Merkwürdigkeit: Derselbe Drake, der 1579 stolz Neu Albion bei San Francisco gegründet hatte, half 1586 die erste tatsächliche englische Kolonie zu räumen. Und doch sollte dort später die Kolonie Virginia entstehen.

Elisabeths Günstling

„Oho, glaubt ihr etwa, wer Millionen heimbringt, sei ein Pirat? Nein, Piraten sind nur diejenigen, die sich mit kleinen Dingen abgeben!"

Dies Wort, prall von Stolz und herrschsüchtiger Anmaßung, kennzeichnet wie kein anderes die Meinung der damaligen Engländer vom Seeraub. Und der das vor aller Welt ausgesprochen hat, war Sir Walter Raleigh, der Mann, auf dessen Namen wir eben bei Drakes Landung am Roanoke River gestoßen sind.

Raleigh, wer war das? Auch ein Seeräuber? Oder ein Entdecker, ein Seefahrer, ein Soldat, Staatsmann oder gar Dichter? Im Grunde genommen war der schillernde Raleigh keines von allem oder von jedem nur ein wenig. Und doch wird in der Geschichte der Königin Elisabeth der Name des Hochmütigen neben den des Allerweltspiraten Drake gestellt.

Das Leben dieses Mannes wird uns zeigen, ob ihm die Nachwelt nicht zuviel der Ehre zugedacht hat, zugleich auch, wie schwer es ein Mann vom Schlage unseres Helden Drake hatte, emporzusteigen. Höflinge wie Raleigh hatten durch Geburt, Erziehung und Geld eine mühelose, glänzende Laufbahn vor sich. Ein Grund übrigens, warum sich Offiziere adeliger Herkunft meistens nicht mit Emporkömmlingen wie Drake vertrugen. Zudem spiegelt sich im Leben Raleighs das England der großen Queen Elisabeth in reizvoll schillernden Farben wider, die uns auch für Drakes Bild den rechten Hintergrund liefern.

Wer war Walter Raleigh?

Walter Raleigh wurde — wie Drake — in Devonshire (1552) geboren, doch im Gegensatz zu dem Sohn eines kärglich lebenden Bauern hatte Raleigh sehr viele angesehene Verwandte. Landedelleute mit klingenden Namen waren es, wie Grenville, Carew, Courtenay, St. Leger, und der Onkel Champernowne, der sogar Vizeadmiral des Westens war. Da gab es den Stiefbruder Humprey Gilbert, der Pagendienst bei der Prinzessin Elisabeth geleistet hatte, und jene Kate Ashley, die einst die junge Prinzessin Elisabeth in die Gefangenschaft begleitet hatte; sie war ebenfalls mit seiner Familie verwandt. Onkel Carew plünderte spanische Schiffe, wo immer er sie zwischen England und Spanien aufstöbern konnte. Andere Verwandte machten in Ungarn den Krieg gegen die Türken mit oder die erbarmungslosen Kämpfe in Irland oder Gemetzel der Hugenottenkriege in Frankreich. Die Welt hallte wider vom Klirren der Waffen, und wie Fanfarenstöße klangen die Namen berühmter Männer auf.

In seiner Jugend hörte Raleigh von all diesen Taten und Fahrten, auch vom Negerhandel des John Hawkins. Was Wunder, daß der blutjunge Walter Raleigh mitmachen wollte! Doch nicht als Schiffsjunge oder als Pferdeknecht! Als Sir Champernowne mit Freiwilligen nach Frankreich geschickt wurde, segelte Raleigh mit ihm über den Ärmelkanal, mit eigenen Pferden und Dienern. Doch von Taten des Fünfzehnjährigen ist uns nichts bekannt, sei es in Frankreich oder in den Niederlanden.

Mögen diese Jahre eine Art Praktikum für einen jungen Mann von Stand gewesen sein, oder mag Walter wenig Talent zum Kampf gehabt haben: mit achtzehn Jahren begann er in Oxford zu studieren. Philosophie und Rhetorik waren doch ganz andere Dinge, als sich brutalem Kampfgetümmel auszusetzen oder wie Drake zwischen Matrosengesindel auf Nußschalen stündlich dem Tod entgegenzusegeln.

Erst acht Jahre später spielt Raleigh wieder eine besondere Rolle, und zwar als Ritter der Garde, die die Königin Elisabeth begleitete. „Gentleman Pensioner" nannte man diese jungen Edelleute, die sich im Vorzimmer der Königin aufhielten und dort schliefen. Es waren fünfzig ausgesucht große und ansehnliche Adelige, die sich als Abschluß dieses hohen Dienstes eine Anstellung bei Hof versprechen konnten. Wie so mancher Höfling wurde Raleigh gelegentlich zum Dichter und verstand auf sich aufmerksam zu machen, indem er Miß Knollys, eine Dame der Queen, mit Gedichten beglückte.

Natürlich hielt Raleigh die Ohren auf. So erfuhr er in Westminster viel von den Plänen, die mit Raubfahrten nach Westindien zusammenhingen oder mit den unaufhörlichen Versuchen, endlich die Nordwestpassage nach China zu finden. Gerade hatte Frobisher von einer Nordwestfahrt Eskimos mitgebracht, über die man am Hof gebührend staunte. Und wie lachte man, als deswegen der Zar von Rußland bei der Königin protestierte, man habe einen Russen entführt! Wie erregt waren die Gemüter bei Hof über das Gestein, das Frobisher mitgebracht hatte und für Gold hielt! Ein Irrtum, über den ihn die Goldschmiede Londons bald belehrten.

Drakes Ruhm läßt Raleigh nicht schlafen

Gold! Gold! Diese Sucht mochte es sein, die den vierundzwanzigjährigen Raleigh bewog, sich seinem Stiefbruder Humprey Gilbert anzuschließen, der im November 1578 hinaussegelte, in Nordamerika eine Kolonie zu gründen. Doch die Expedition scheiterte vorzeitig, Raleighs Schiff gelangte nicht über die Kapverden hinaus.

Danach scheint der von der Königin verwöhnte junge Edelmann nicht mehr gewünscht zu haben, sich den wilden Ozeanen anzuvertrauen. Statt dessen taucht sein Name öfter auf bei den grausamen Metzeleien gegen die irischen Kerns (Bauern) wie auch bei dem Hinmorden einer spanischen Fortbesat-

zung in Irland. Wieder in London erhielt er wegen eines Zweikampfes und wegen einer Prügelei auf dem Tennis Court von Whitehall mehrere Tage Haft. Immerhin hatte die Königin ein Trostpflaster für ihn bereit: Raleigh empfing zwei Güter in Irland.

Im nächsten Jahr, 1582, war es dann, daß der Achtundzwanzigjährige „in den Augen seiner Königin aufblühte", wie es ein Biograph rührend romantisch ausdrückt. Der großgewachsene Edelmann mit dem stechenden Blick der graublauen Augen in dem länglichen Gesicht vermehrte mit seinen Gedichten nicht nur die Zuneigung der Königin, sondern auch seinen Besitz. Elisabeth betraute ihn mit einem Kommando in Irland, das ihm einige tausend Pfund einbrachte, ihm aber erlaubte, am Hof zu bleiben. „Durham House in the Strand" wurde zu seinem ständigen Sitz in London. Immer wieder bedachte die

Königin ihren Günstling mit allerlei Pfründen – mühelosem Einkommen, wie wir heute sagen würden –, und Raleigh steuerte hier und da zu den Schiffen bei, die auf Entdeckungen auszogen. Schließlich konnte sich der junge Mann, der von Hause wenig besaß, vierzig Diener und zwanzig Pferde leisten.

Es gab kaum etwas, was ihm die sonst bis zum Geiz sparsame Königin abgeschlagen hätte. So erreichte Raleigh es im März 1583, daß ihm Elisabeth ein Patent zubilligte, das ihm erlaubte, für die nächsten sechs Jahre „Land, das noch nicht christlichen Herrschern gehört, zu suchen und zu besetzen". Wie üblich, sollte der fünfte Teil an Gold und Silber und anderem an die Queen abgeführt werden. War es Drakes Ruhm, der den glatten Höfling nicht ruhen ließ?

Jetzt hätte Raleigh, gleich Drake und den anderen Kaperkapitänen, über den Atlantik segeln und nach Herzenslust entdecken und rauben können. Doch nein, der später als Seeheld gerühmte Höfling zog es vor, im April 1584 die Kapitäne Amadas und Barlow mit den Schiffen „Bark Raleigh" und „Dorothy" auf die Reise zu schicken. Während die Expedition unterwegs war, beauftragte Raleigh den Geistlichen und Geographen Richard Hakluyt, der später die heute noch berühmten fünfbändigen Reisen und Entdeckungen der englischen Nation geschrieben hat, eine Art Memorandum für die Königin zu schreiben.

Zu zwei Unternehmungen wollte Raleigh die Herrscherin veranlassen. Erstens, Kolonien in Amerika zu gründen, von wo aus man die Schiffe und Niederlassungen der Spanier angreifen und erobern könnte. Als ob das nicht schon längst Francis Drake angeregt und durch die Gründung von Neu Albion sogar in die Tat umgesetzt hätte! Zweitens empfahl er – wie schon Hunderte vor ihm –, die Nordwestpassage nach China zu suchen, damit dort das englische Königreich und die christliche Religion ausgebreitet würden. Wegen dieser Darlegungen des Richard Hakluyt wird Raleigh bis zum heutigen Tag als der große Gründer britischer Kolonien in Amerika gerühmt.

Die Königin schlägt Walter Raleigh zum Ritter

Der Ruf des Günstlings erhielt neuen Glanz, als im September 1584 die Kapitäne Amadas und Barlow von ihrer Expedition zurückkehrten und begeistert von der neu gegründeten Kolonie Wingandacon berichteten. In North Carolina, bei Kap Hatteras, waren sie gelandet und schwärmten von dem schönen Land. Sogar zwei Indianer, Manteo und Wanchese, hatten sie für ihre Königin mitgebracht. Sofort sollte eine weitere Expedition ausgesandt werden, doch zur Zeit sah es in der königlichen Kasse schlecht aus, weil Elisabeth 40 000 Pfund in die Levante Company gesteckt hatte.

Eine besondere Auszeichnung erhielt Walter Raleigh kurz vor Weihnachten 1584. Er wurde von seiner angebeteten Gebieterin zum Ritter geschlagen. Zudem erhielt Sir Walter Raleigh die Erlaubnis, die Siedlung Wingandacon Virginia zu nennen, zum ewigen Gedenken an die Königin Elisabeth I. Die Spanier allerdings nannten die „jungfräuliche Königin" höhnisch „Cleopatra", womit sie an die historische ägyptische Königin Cleopatra erinnerten, die zahlreiche Liebhaber bezaubert haben soll.

Voller Stolz ließ Raleigh sich ein Siegel machen mit der kernigen Inschrift „Propria Insignia Walteri Raleigh Militis Domini Gubernatoris Virginiae"! Zwar hatte der Gouverneur von Virginia dies Land nie selbst gesehen, aber hörte sich solch ein Titel nicht sehr gewaltig an! Im April 1585 wurde sogar eine zweite Expedition nach Virginia geschickt. Sir Richard Grenville, Amadas, Ralph Lane und viele andere tüchtige Männer machten sich auf den Weg. Es geschah in jenen Tagen, als die Spanier die englischen Getreideschiffe beschlagnahmten. Der kalte Krieg mit Spanien ging seinem Höhepunkt entgegen.

Raleighs Glücksstern indessen stieg höher und höher. Obgleich er in Irland etwa 68 000 Morgen Land besaß, erhielt er von Elisabeth ein Rittergut geschenkt und wurde mit Ehrenämtern nebst Einkünften überschüttet, er wurde sogar Vizeadmiral von Cornwall und Devon. John Davis kehrte von seiner Eismeerfahrt zurück und berichtete, er habe einem Berg an Grönlands Ostküste den Namen Mount Raleigh gegeben. Sodann liefen zwei von den Schiffen ein, die Raleigh auf Raub ausgeschickt hatte, und führten den Gouverneur von Patagonien als Gefangenen mit sich. Nach all diesem entwickelte sich der gewandte Günstling zu einem lebendigen Mount Raleigh am Hof, hochfahrend und rücksichtsloser denn je; und Königin Elisabeth war bezaubert von ihm.

Ein neuer Günstling

Doch eines Tages sagt die Queen zu Sir Walter: „Wann hört Ihr und Euresgleichen endlich auf, Bettler zu sein?!" Das ist Vorwurf und Abschied zugleich. Und bald entdeckt Raleigh, wodurch in der Königin eine solche Wandlung hervorgerufen worden ist:

Am Hof zu London ist Robert Devreux, Earl of Essex, aufgetaucht, ein großer junger Mann von neunzehn Jahren mit kastanienbraunem Haar und schwarzen Augen, die Lebensfreude und Charme ausstrahlen. In Devreux habe sich die Königin verliebt, so flüstert man sich nicht nur am Hof zu. „Wenn sie ausgeht", so erzählt man sich, „ist Lord Essex um sie, abends spielt er Karten und andere Spiele mit ihr, so daß er erst morgens, wenn die Vögel singen, in seine Wohnung zurückkehrt."

Den nächsten schweren Rückschlag erlebt Raleigh im Juli 1586: Der plumpe bäurische Admiral Drake war von seiner westindischen Raubfahrt heimgekehrt. Die Laderäume waren diesmal nicht prall gefüllt, aber Drake brachte dennoch Gewinn ein, übrigens auch den virginischen Tabak, der damit seinen Einzug in England hielt. Die große Enttäuschung aber für Raleigh war, daß Drake die heruntergekommenen Siedler Virginias mit sich führte und damit vor aller Augen offenbar wurde, daß Raleighs großartig gefeierte Kolonie gescheitert war.

Und daß gerade Drake es sein mußte, der diese glücklose Fracht heimbrachte! Ausgerechnet dieser Emporkömmling Drake, den Raleigh wie auch Frobisher und Grenville haßten.

In diesem Ereignis berührten sich die Lebenskreise von Drake und Raleigh, dieser beiden Engländer, deren Namen an hervorragender Stelle des elisabethanischen Zeitalters genannt werden. In Haß und Neid stand Raleigh dem „Meisterdieb der unbekannten Welt" gegenüber. Doch wer von den beiden den wirklichen Beitrag zu Englands Machtkampf gegen Spanien geleistet hat, das geht aus ihren Taten hervor.

Das Himmelfahrtskommando

England geht seiner historischen Entscheidung entgegen. Es handelt sich nicht mehr nur um den Zugang zu den Weltmeeren, sondern auch darum, ob Philipp II. die Protestanten besiegen und die katholische Religion wieder zur alleinigen in der Welt machen wird. Welche Rolle Raleigh dabei spielt, werden wir später lesen, jetzt wenden wir uns wieder Drake zu. Der eigenwillige Seeräuber muß als Soldat der Königin einen überaus schwierigen Auftrag, eine Art Todeskommando ausführen.

In London hatte man erfahren, daß Philipp in absehbarer Zeit einen entscheidenden Angriff auf die englische Insel plante. Der größte Fürst des Abendlandes, der mehr Länder beherrschte als jemals ein Fürst vor ihm, war nicht gewillt, länger zuzusehen, wie Elisabeth die protestantischen Niederländer in ihrem Abwehrkampf gegen Spanien mit eigenen Truppen unterstützte. Auch die fortwährende Bedrohung der Gold- und Silbergeschwader aus Westindien sollte ein Ende haben. Alle Welt wußte, daß Philipp seine Macht nur behaupten konnte, wenn das Gold Perus und Mexikos laufend in seine Kassen floß.

Und noch eins! Im Wappen des großmächtigen Königs stand das Wort „Non sufficit orbis — Mir genügt die Welt nicht". Es hätte deutlicher heißen müssen „Mir genügt diese Welt nicht", denn jene andere Welt war das Reich Gottes. Philipp war ohne Heuchelei ein strenggläubiger Herr, der unter allen Umständen der Gegenreformation zum Durchbruch verhelfen wollte. Keinen höheren Gedanken kannte der einsame Mann in den dunklen Gemächern des Escorial, als endlich die Ketzer zu unterwerfen, ja auszurotten.

Zu Wasser und zu Lande wollte er England angreifen. Admiral Santa Cruz sollte eine Flotte von mehr als hundert Schiffen ausrüsten. Würde die englische Flotte im Ärmelkanal geschlagen sein, wollte man an der Themsemündung landen und auf London marschieren. Von den Niederlanden sollten an die dreißig Regimenter des Herzogs von Parma zur Invasion in England übergesetzt werden.

Zugleich sollte ein allgemeiner Aufstand in Irland losbrechen und die Katholiken in England sich gegen Elisabeth erheben. Schon 1570 war die ketzerische Königin vom Papst exkommuniziert und ihre Untertanen des Gehorsams entbunden worden. Ja 1580 hatte der Papst an Jesuiten in England geschrieben: „Da die schuldbeladene Frau von England zwei edle Königreiche der Christenheit regiert und die Ursache zu so großem Schaden am katholischen Glauben ist und am Verlust von Millionen Seelen, ist kein Zweifel, daß, wer immer sie aus dieser Welt befördert, in der heiligen Absicht, Gott zu dienen, nicht nur keine Sünde begeht, sondern sich Verdienst erwirbt."

Gegenangriff auf Spanien

Ein furchtbares Unwetter zog sich gegen England zusammen. Es galt daher, nicht abzuwarten, sondern sich schon vorher zu wehren, so gut es ging! Das Ergebnis aller Beratungen in London: Man müßte Philipp mit einem Gegenangriff zuvorkommen! Ein tollkühner Plan wurde gefaßt, und mit dessen Durchführung wurde niemand anders als Sir Francis Drake beauftragt. Er sollte die Bereitstellung der spanischen Flotte in ihren Heimathäfen stören, das heißt, er sollte vernichten, was ihm vor die Kanonen käme. Eine Aktion ähnlich der, als die Japaner 1940 die amerikanische Flotte vor Pearl Harbour überfielen, vielleicht noch schwieriger, wenn wir bedenken, daß damals jede Schiffsbewegung von Wind und Wetter abhängig war.

Von Drakes Flotte, etwa 23 Schiffe, seien erwähnt sein Flaggschiff, die „Bonaventura“, die „Golden Lion“, „Dreadnought“ und „Rainbow“, alle zwischen 400 und 500 Tonnen „groß“. Vizeadmiral wurde William Borough, ein Seemann alter Schule und voller Hemmungen. Drakes Vertrauter in allen Dingen war Thomas Fenner, der die Fahrt nach San Domingo mitgemacht hatte. Drake legte großen Wert darauf, kleine Schiffe, wie Pinassen und Ruderboote, mitzuführen. Seine Erfahrungen aus den westindischen Kaperfahrten rieten ihm dazu — mit welchem Erfolg, werden wir gleich lesen.

Knapp vierzehn Tage nach der Ausfahrt von Plymouth kreuzte Drake vor dem Hafen von Cadiz an der spanischen Südküste. Unterwegs hatte ihn ein flämischer Kauffahrer gewarnt, er solle auf der Hut sein, denn viele Kriegsschiffe seien im Hafen von Cadiz versammelt.

Nicht auf der Hut war Drakes großer Gegenspieler, König Philipp. Er hielt sich in den blühenden Gärten von Aranjuez auf, als ihn am Mittwoch, dem 29. April, die Eilbotschaft des Gesandten Mendoza aus London erreichte. Mendoza teilte mit, Drake sei mit einer großen Flotte abgesegelt, wahrscheinlich nach Cadiz. Philipp hätte sofort die erforderlichen Gegenmaßnahmen veranlassen können — wenn er den Brief gleich gelesen hätte. Aus einem uns unbekannten Grund las er ihn aber nicht sofort, sondern erst am Donnerstagvormittag, als es zu spät war. Denn Drake war mit der gesamten Flotte am Mittwoch vor Cadiz erschienen.

Als die „Bonaventura“ den Hafen von Cadiz erreichte, konnte jeder an Bord sehen, daß es im äußersten Hafen nur so von Kriegsschiffen wimmelte, die zur Ausfahrt bereit waren. Während Drake noch überlegte, wie er am geschicktesten vorgehen sollte, hielten zwei große spanische Galeeren, also Ruderschiffe, direkt auf die „Bonaventura“ zu und feuerten

über die Buggeschütze. Somit war den Engländern der Erfolg einer Überraschung genommen. In hoher Fahrt näherten sich die Galeeren, denn ihre Kommandanten wollten mit den bronzenen Rammbugen — eine spanische Besonderheit — die englische Galeone rammen.

Sofort ließ Drake die englische Flagge hissen, Trompetenstöße ertönten, und dann erwiderten Drakes Kanoniere das Feuer, aber mit vollen Breitseiten! Es bewährte sich hervorragend, daß die Engländer auf ihrer Flotte die Batterien auf den Breitseiten, sogar in zwei Decks, postiert hatten, während die Spanier nur über Bug und Heck schießen konnten, wie es damals allgemein üblich war.

Binnen kurzem waren die Galeeren kampfunfähig, sechs andere, zur Unterstützung herbeigeeilt, flüchteten in den Schutz der Küstenbatterien, und zwei weitere suchten im Binnenhafen Schutz. Und dann geschah das Unfaßbare! Unfaßbar für die Spanier wie auch für Vizeadmiral Borough: Drake ließ seine Schiffe in den äußeren Hafen einlaufen, mitten hinein in den ragenden Mastenwald. Und der Erfolg? Innerhalb weniger Stunden waren alle spanischen Kauffahrer geplündert, in Brand gesetzt oder auf den Grund geschickt; es sollen wohl mehr als zwanzig gewesen sein.

Die spanischen Geschütze hatten bei dieser Entfernung so gut wie nichts ausrichten können, eine Folge der Treffunsicherheit in damaliger Zeit. Schon bei hundert Meter Entfernung lagen höchstens zehn Treffer im Ziel, aber bei 500 m fuhren die Geschosse 50 bis 100 m neben dem Ziel ins Wasser. Rundweg gesagt: man war auf Zufallstreffer angewiesen. Ein Übungsschießen im Frieden unterblieb wegen des sehr teuren Schießpulvers.

Die Nacht über blieben die Engländer vor der Einfahrt zum inneren Hafen liegen. Als der Morgen anbrach, erwartete Vizeadmiral Borough, ein Kriegsrat werde einberufen und man werde die Bucht von Cadiz verlassen. Weit und breit wäre gewiß die spanische Abwehr alarmiert, Geschwader würden heraneilen, und man würde von einer riesigen Übermacht zermalmt werden.

Aber nein, es wurde nicht zum Kriegsrat geblasen, sondern Borough sah zu seinem Entsetzen, daß der wilde Drake mit einer Anzahl kleiner Boote schlankweg in den inneren Hafen einlief. Es war eins der tollsten Stücke, die sich Drake jemals geleistet hat. Er hatte das Flaggschiff verlassen und drang in verwegenem Husarenstreich in den eigentlichen Hafen ein. „Das ist Verrücktheit, das ist gegen jedes Reglement geordneter Seekriegsführung, das muß mit einer Katastrophe enden!" Borough war völlig verzweifelt.

Der Kampf um die
Seeherrschaft
1585–1595
Hull
Liver
pool
London
Amsterdam
Plymouth
Dieppe
Mailand
AZOREN
La Coruña
Vigo
Porto
Madrid
Rom
Lissabon
Sevilla
Kap
San Vicente
Cadiz
Ceuta
Oran
Algier
Tunis
MADEIRA
KANARISCHE
INSELN
Teneriffa
Afrika
KAPVERDISCHE
INSELN
Kap
Verde
Senegal
Gambia
Niger
GUINEA
SIERRA
LEONE
Elfenbein
Küste
Gold
Küste
Sklaven
Küste
Fernando-
Póo
Hawkins, Drake
Spanische Armada 1588

Das alte Seeräuberblut

Ja, es wurde eine Katastrophe — für die Spanier! Die verwegenen Engländer enterten die Schiffe und warfen die Besatzungen im Nahkampf nieder. Zahllose Schiffe wurden geplündert und verbrannt, einige große Kauffahrer gekapert. Darunter befand sich ein Superschiff der damaligen Zeit, das 1 500-t-Schiff des Admirals Santa Cruz. Vergebens warf der Herzog von Medina Sidonia Infanterie und Reiter hin und her, da er überdies eine Landung erwartete. Wie die Wölfe in der Schafhürde hausten die Engländer, erst nachts um zwei Uhr kehrten sie auf die Schiffe zurück. Drake war wieder zum Seeräuber geworden, der nur Angriff und Beute kannte.

Plötzliche Windstille setzte die bewegungslosen englischen Schiffe der Gefahr aus, von den spanischen Batterien und den heranrudernden Galeeren wie auf der Zielscheibe zusammengeschossen zu werden. Aber die weitertragenden Kanonen der Engländer wehrten jeden Angriff ab, und ungehindert, wie zum Hohn, konnte die Flotte den ganzen Tag vor Cadiz liegen.

Schließlich nahm Drake Kurs auf Kap Vicente, jenes Kap, wo Heinrich der Seefahrer, der berühmte portugiesische Prinz, jahrelang Pläne zur Entdeckung des Seeweges nach Indien studiert hatte. Die Befestigungen des Kaps sicherten den Weg der Schatzflotten nach Sevilla. Diese Forts wollte der dreiste Drake nehmen. Das aber ging dem vorsichtigen Vizeadmiral Borough über die Hutschnur. Es war einfach gegen jedes Reglement des Seekrieges, daß eine Flotte Landangriffe unternähme und nicht einmal ein Kriegsrat einberufen wurde. Voller Groll protestierte Borough in einem scharfen Schreiben an Drake.

Doch Drake, der auf seinen Raubfahrten See- und Landkrieg ausprobiert hatte, wie es ihm gefiel, dachte nicht lange darüber nach, was einem Admiral der Königin erlaubt sei oder nicht, sondern machte nach Seeräubermanier kurzen Prozeß mit dem hohen Herrn. Er ließ ihn auf der „Golden Lion“ in Haft setzen.

Nach einem Scheinangriff auf Lagos geht man vor Kap Sagres vor Anker, und Drake stürmt an der Spitze von 800 Soldaten den steilen Hang zum Kastell Avelera hinauf. Rasch vor dem Haupttor ein Feuer entfacht, Drake selbst schleudert pechgetränkte Fackeln gegen das Holztor, einige Schüsse noch, und die Spanier sind derart eingeschüchtert, daß Drake binnen zwei Stunden Herr der Befestigung ist. Nicht genug mit diesem tolldreisten Stück, Drake nimmt noch das Fort Valliera und das Fort von San Vicente. Die Kanonen läßt er die Klippen hinunterwerfen und die Gebäude niederbrennen. Alles in allem Taten, die in der Geschichte der Seekriegsführung bis dahin einmalig dastanden.

Bei dieser Gelegenheit wurde die berühmte Hinterlassenschaft eines berühmten Mannes gedankenlos zerstört. Auf San Vicente hatte Prinz Heinrich bei seinen Büchern und Instrumenten in fast mönchischer Einsamkeit gelebt und gegrübelt. Prinz Heinrich war sozusagen der Vater der künftigen Entdecker der Ozeane. Ihm waren die unvergeßlichen Fahrten eines da Gama und eines Magellan im Grunde zu danken. Daß nun Francis Drake, der zweite Weltumsegler, neben allen Gebäuden der Burg auch die Wohnung und die Bibliothek Heinrichs niederbrennen ließ, das gehörte zu jenen bemerkenswerten Ereignissen in der Geschichte, die einem fast geheimnisvoll vorkommen und die man deuten möchte. Und doch war alles nichts weiter als Zufall, denn Drake hatte keine Ahnung, daß an diesem Platz Prinz Heinrich gelebt und gewirkt hatte.

Spanien ist wie gelähmt

Eine Woche lang nutzte der Drache die beherrschende Stellung Kap Vicente aus, indem er ein halbes Hundert Küstenfahrer aufbrachte, die lebenswichtige Dinge für die Ausrüstung der spanischen Flotte nach Lissabon bringen wollten.

Obgleich sich ganz Portugal und Spanien in Aufregung befand und überall Schiffe und Truppen aufgeboten waren, einen

Landangriff des Drachen abzuwehren, wagte sich Drake dann in die Höhle des Löwen: Im Mai erschien er vor Lissabon und forderte Admiral Santa Cruz zur Seeschlacht heraus!

Nun bot sich für die Spanier Gelegenheit, es dem frechen Seeräuber heimzuzahlen! Aber nein, vor den englischen Breitseiten zogen sich Philipps übermächtige Galeeren vorsichtig zurück. Ganz Europa lachte über den tollkühnen Engländer und sagte, er versenge dem König von Spanien den Bart. Ein Wort, mit dem Drake übrigens selbst voller Übermut geprahlt hatte.

Da erfuhr Drake, ein spanischer Kauffahrer sei von den Azoren unterwegs nach Sevilla. Zudem sei das Frühjahrsgeschwader der Schatzflotte aus Westindien zu erwarten. Was sollte ihm militärischer Ruhm, mochte Drake denken. Beute war sein Ziel. Spaniens Flotte war für Monate geschädigt, also nun Kurs auf die Azoren!

Nachdem Drakes Schiffe einen verheerenden Sturm überstanden hatten, erwies es sich, daß Borough mit der „Golden Lion" und anderen Schiffen der Londoner Geldgeber nach England gesegelt war. Wutentbrannt berief Drake einen Kriegsrat ein und verurteilte Vizeadmiral Borough und dessen Offiziere zum Tod. Auch das war Seeräuberart, denn nach dem Gesetz stand einem Admiral ein solches Urteil nicht zu.

Mochte die „Golden Lion" tun, was sie wollte, nun galt alles Sinnen dem zu erwartenden Schatzfahrer. Endlich, nach neunzehn Tagen, kamen die Azoreninseln in Sicht. Nicht nur das, sondern am Horizont tauchte ein Schiff auf mit den hohen spanischen Aufbauten. Es war tatsächlich die „San Felipe", eine sogenannte Caracke, die dem König von Spanien gehörte und als das größte Kauffahrteischiff der Welt galt.

Arglos näherte sich die „San Felipe", dippte mehrmals die Flagge, womit gesagt war, das entgegen kommende Schiff solle die Nationalität zeigen. Da war für Drake der richtige Augenblick gekommen. Im Nu setzten die Engländer Flaggen und Wimpel und begrüßten die Caracke mit donnernden Schüssen vor den Bug. Da ergab sich der Spanier, denn er wußte, daß er mit seinen Messinggeschützen niemals den Kampf mit den schweren englischen Kanonen aufnehmen könnte.

Sofort gingen die Engländer längsseits, enterten und nahmen von dem Schiff Besitz. Und siehe da, Drake machte eine Beute, die diejenige auf der reichen „Nuestra Señora" bei weitem übertraf! Es heißt, dies sei für Drake die größte Beute seines Lebens gewesen. Der einzige Irrtum war der, daß König Philipps stolzes Schiff nicht aus Westindien kam, sondern von den Molukken, Ceylon und Malakka. Trotzdem betrug die Beute an Gold, Silber, Gewürzen und Seiden mehr als hundert Millionen Mark heutiger Währung.

Nachdem Drake seinen Auftrag nunmehr in jeder Hinsicht mehr als erfüllt hatte, kehrte er im Juni 1587 nach Plymouth zurück, die „San Felipe" als Prise mit sich führend. Von der Riesenbeute erhielten die Königin wie die anderen Geldgeber je 40 Prozent, ein Teil ging an die Mannschaft, und der Rest von 17 Prozent fiel Drake zu. Zu seinem Bedauern war ihm die eigentliche große Schatzflotte aus Westindien entgangen. Sie soll Schätze von etwa 400 Millionen Mark heimgebracht haben und wurde von Admiral Santa Cruz bis nach Sevilla beschützt.

Drake auf dem Höhepunkt des Ruhmes

Drakes Name war in aller Munde. Nicht nur in England, sondern in ganz Europa sprach man von dem tollen Meisterdieb. Was auch in Zukunft England zur See unternahm, niemand sprach von der Königin, sondern Francis Drake galt als der alles bestimmende Mann.

Näher als die Frage, wann und wohin Drake den nächsten Raubzug unternehmen sollte, lag für Elisabeth die Frage, die sich um Krieg und Frieden drehte. Immer bedrohlicher klangen die Meldungen der englischen Agenten in Spanien. Man wußte, daß im Hafen von Lissabon eine Armada von über

hundert Schiffen aller Art bereitlag zur Ausfahrt. Und da eine solche Ansammlung von Schiffen und Mannschaften zu jener Zeit wegen der Verpflegungsschwierigkeiten nicht lange warten konnte, mußte täglich mit einem Angriff auf die englische Insel gerechnet werden.

An Stelle des verstorbenen Santa Cruz hatte Philipp den Herzog von Medina Sidonia zum Admiral der Armada bestellt.

Die spanische Armada

Im Hochsommer 1588 liegt das englische Vorpostenboot „Golden Hind“ südlich von den Scilly Inseln auf der Wacht. Tagelang haben Kapitän Flemming und seine Männer den südlichen Horizont beobachtet. Plötzlich macht Flemming in der Ferne Punkte aus, die sich nähern. Er glaubt seinen Augen nicht zu trauen. Kein Zweifel, wer diesen Kurs nimmt, will in den Ärmelkanal segeln!

Immer deutlicher schieben sich hochgebaute Kastelle und hohe Masten über die Kimm empor. Das können nur Schiffe der lang erwarteten und gefürchteten Armada sein, der „Unüberwindlichen“, wie man sie in Spanien nennt! Sofort segelt die „Golden Hind“ zurück nach Plymouth, wo eine englische Flotte unter dem Oberbefehl des Lord Howard of Effingham zum Auslaufen bereitliegt.

Zwei Tage danach ist die gesamte Armada versammelt und dringt unter günstigem Wind in den Ärmelkanal ein. Es ist die größte Seekriegsmacht, die bis dahin je in der Welt gerüstet worden ist. Alles in allem an die 130 Schiffe, bestückt mit 2 500 Kanonen, besetzt mit 19 000 Soldaten und 8 000 Seeleuten. Auf seinem Flaggschiff „San Martin“ führt Herzog Medina Sidonia die Unüberwindliche heran. Gewissermaßen das Kernstück der Armada ist ein Schatzschiff mit einer goldenen Krone. Mit ihr will sich Philipp II. in London zum König von England krönen! Auch drei Millionen Golddukaten hat das Schiff geladen, die an die siegreichen Offiziere verteilt werden sollen. So gewiß ist man sich des Sieges.

Vor Plymouth begann diese entscheidende und merkwürdige Seeschlacht, die in den Geschichtsbüchern als der Untergang der spanischen Armada im Kanal bezeichnet wird.

Verschiedene sehr ungünstige Umstände haben zum Mißerfolg der Armada beigetragen. Die Hälfte der Schiffe bestand aus langsamen Transport- und Versorgungsschiffen, durch welche die Manövrierfähigkeit der Kampfgeschwader oft entscheidend behindert wurde. Die Kriegsschiffe, gedrungen gebaut, mit den hohen Vorder- und Achterkastellen mehr schwimmenden Kasernen ähnlich, waren den englischen Schiffen mit niedrigen Aufbauten unterlegen. Während die Engländer volle Breitseiten feuern konnten, waren die spanischen Kanonen nur an Bug und Heck postiert. Nur 50 Schüsse pro Kanone standen ihnen für die Schlacht zur Verfügung, dagegen konnten die Engländer ihre Munition von Land her ergänzen. Lord Howards Schiffe konnten mit ihren für die damalige Zeit weittragenden Geschützen auf Entfernung kämpfen. Die Spanier waren lediglich darauf gerüstet, mit ihren starken Besatzungen zu entern und die Schlacht im Kampf von Mann zu Mann zu entscheiden. Insgesamt ist nicht zu übersehen, daß sich auf den englischen Schiffen bewährte Kriegsleute befanden, wie Francis Drake, Martin Frobisher, John und Richard Hawkins, Thomas Fenner und viele andere, die vor allem gewohnt waren, selbständig zu handeln.

Sir Francis war von der Königin zum Vizeadmiral ernannt worden, ein Rang, der zwar seinem Ruf vor aller Welt entsprach, aber keinesfalls einem Mann zukam, der niemals „gedient" hatte. Wie man sieht, verstand England schon damals, in Fällen der Not den rechten Mann an die richtige Stelle zu setzen.

Königin Elisabeth mochte sich in dem erfolgreichen Flottillenführer und Seeräuber Drake einen energischen Gegenspieler gegen den unerfahrenen, wenn auch umsichtigen Lord Howard versprechen. Nicht zuletzt mochte sie von dem Draufgänger Drake erwarten, daß er die anderen Kapitäne und Geschwaderführer mitreißen werde. Drake trug also neben Lord Howard die schwere Verantwortung dafür, daß die Armada daran gehindert würde, an der englischen Südküste zu landen. Insofern allerdings ein gründlicher Irrtum, der sogar eine Fehlleitung der englischen Abwehr verursachte, als Medina Sidonia gar nicht daran dachte, an der Südküste zu landen. Er wollte den Durchgang durch den Kanal erzwingen, um dann an der Themsemündung anzulegen, wohin der Herzog von Parma seine Invasionstruppen aus den Niederlanden nachführen sollte.

Schon seit Wochen waren an der englischen Südküste Signalfeuer vorbereitet, die aufflammen und die Kunde ins Binnenland tragen sollten, wenn die spanische Flotte auftauchte. Glockengeläute in den Grafschaften sollte notdürftig einexerzierte Kämpferscharen alarmieren, damit sie zu den Sammelpunkten eilten. Schanzwerke und Gräben waren hergestellt worden, und die ältesten Veteranen und Kanonen standen bereit.

Doch es kam nicht zu einem Landungsversuch, sondern es entwickelte sich eine Reihe von Seegefechten. Die Kanonen donnerten von den Schiffen vor Plymouth, bei Portland Bill, vor der Insel Wight, vor Calais und endlich vor Gravelines. wo die Armada nach Norden davonsegelte.

Genug der Vorrede! Bei dem ersten Zusammenstoß vor Plymouth griffen die Engländer den spanischen Koloß etwa in der Art an, wie Jagdhunde einen Wildeber von allen Seiten in die Schwarte beißen, sich aber sofort mit einem Sprung rückwärts in Sicherheit bringen. Vizeadmiral Drake mit der „Revenge“, Martin Frobisher auf der „Triumph“ und John Hawkins mit der „Victory“ warfen sich auf den rechten, den seewärts laufenden Flügel der Armada, die in Halbmondformation segelte, und feuerten eine Breitseite nach der anderen auf die riesige Galeone „San Juan“ (1 050 t).

Zur großen Überraschung der Engländer hielt der Spanier stand, bis ihm Medina Sidonia zu Hilfe kam und die Engländer sich hinter den Halbmond zurückzogen. Viel Getöse und

Qualmwolken hatte es gegeben, aber wenig Treffer. Die englischen Kanoniere waren sich darüber klar, daß sie trotz aller Mühe und Sorgfalt nur Zufallstreffer anbringen könnten. Besser waren eben die Kanonen damals nicht beschaffen. Und das erklärt uns auch, warum trotz einer achttägigen „Schlacht" nur verhältnismäßig wenige Schiffe infolge Artilleriefeuers untergingen.

Drake kann das Plündern nicht lassen

In der folgenden Nacht bildete Drake das Vorauskommando seines Admirals. Er sollte mit den Spaniern in Berührung bleiben, die ungestört ostwärts segelten. Lord Howard, abredegemäß immer auf die Hecklaterne der „Revenge" achtend, segelte mit der Hauptmacht hinterher. Aber was tat Drake?

Seewärts entdeckt er Segel. Das kann nur ein Teil der Spanier sein, so denkt er, die Howard an sich vorüberziehen lassen wollen, um ihn bei Tagesgrauen von hinten anzugreifen, wahrscheinlich wird dann Medina Sidonia kehrtmachen und von vorne zupacken! Sofort läßt Drake die Hecklaterne löschen — warum, kann später niemand erklären! — und wirft sich auf den Spanier. Der aber erweist sich als friedlicher Hamburger Kauffahrer. Dessen Kapitän Hans Buttber hat weder von Lord Howard noch von der Armada eine Ahnung.

Nachdem Drake das Hanseschiff geentert und sich von seinem Irrtum überzeugt hat, macht er schleunigst kehrt, um seinen Admiral zu erreichen. Da lacht dem Seeräuber das Glück!

Ihm läuft die schwer havarierte „Nuestra Señora del Rosario" vor den Bug. Ihr Kommandant will zunächst die Übergabe ablehnen und verhandeln, als er aber hört, sein Gegner sei der berüchtigte Drake, ergibt er sich. Drake läßt es sich trotz der Gefahr, in der ganz England schwebt, nicht nehmen, die „Rosario" gründlich zu plündern. Auf der „Revenge" können über 55 000 Golddukaten verteilt werden. Es ist das einzige englische Schiff, das in dieser Seeschlacht Beute gemacht hat.

Das Glück steht Drake jedoch auch in anderer Hinsicht zur Seite. Sein Chef wäre beinahe, da er Drakes Hecklaterne nicht mehr sah, mitten in die Armada hineingesegelt. Erst im Morgengrauen entdeckt er, daß er nicht dem Hecklicht Drakes, sondern dem des feindlichen Flaggschiffes folgt, das ihn sonderbarerweise nicht gesehen hat. Glück für Lord Howard, vielleicht für die ganze englische Flotte, daß die Spanier nicht wachsam genug waren. Und Glück hat auch Drake, als er sich bei seinem Chef zurückmeldet. Lord Howard macht dem Beutemacher nicht den Prozeß, ja er rügt ihn nicht einmal.

Francis Drake gab mit der „Revenge" ein Beispiel an Tapferkeit und Entschlossenheit, wo immer sich in den folgenden Tagen Gelegenheit bot. Besser gesagt: er suchte jede Gelegenheit. Doch sein großer Augenblick kam erst am 27. Juli vor der Reede von Calais.

Im Hafen ankert die unbesiegte Armada, in der Hoffnung, endlich die Unterstützung des Herzogs von Parma zu erhalten. Die englische Meute lauert vor dem Hafen. Lord Howard hat Zuzug erhalten von der kleinen Flotte, mit der Admiral Seymour bis dahin die Straße von Dover bewacht hat. Jetzt brauchen die Engländer nur zuzuschlagen, um die Entscheidung herbeizuführen. Aber ist nicht zu befürchten, daß sich der spanische Wildeber mit dem Mut der Verzweiflung wehren und am Ende doch noch sein Ziel erreichen wird! Denn daß Matrosen und Soldaten des Königs Philipp tapfer kämpfen können, das hat man in den vorhergegangenen Gefechten wohl gemerkt.

Da kommt jemand auf den Einfall, Brander auf die engzusammengedrängten spanischen Schiffe treiben zu lassen. Wie das Wort vermuten läßt, waren Brander mittelgroße und kleine Schiffe, die, mit Werg, Baumwolle, Pech, Pulver und anderem leicht brennbaren Material angefüllt, in Brand gesteckt, unter Wind in Fahrt gesetzt wurden.

Vortrefflich, Brander sind in dieser Lage das geeignetste Mittel! Aber natürlich führt man keine Brander mit sich. Man muß sie schleunigst herbeischaffen. Lord Howard schickt Eilboten nach Dover, man soll sofort Brander heranführen.

Die Teufelsbrenner

Stunde um Stunde vergeht, man wird immer ungeduldiger, denn jederzeit kann Medina Sidonia seine Schiffe gegen die Belagerer herausführen. Sehnlichst blicken die Matrosen in den Mastkörben nach Norden, aber nicht die Spur eines Schiffes ist zu entdecken. Und dabei ist es schon Nachmittag. Um Mitternacht mit der Flut müssen die Brander eingesetzt werden.

Da ist es Francis Drake, der einen Ausweg weiß. Wenn Dover keine Brander schickt, muß man sie selber machen!

Sofort stellt er die „Thomas", einen kleinen Segler, der ihm selbst gehört, zur Verfügung. Auf der Stelle soll man einen Brander daraus machen! Die Matrosen holen ihr Eigentum von der „Thomas", und dann wird sie mit allem Brennbaren, das man in der Eile zusammenraffen kann, vollgepackt. Drakes Beispiel folgen andere Kapitäne, und so werden sieben Schiffe zu Brandern gemacht. Als die Dunkelheit hereinbricht, ist alles bereit.

Um Mitternacht erspähen die spanischen Schiffswachen merkwürdige Feuer vor der englischen Flotte. Obgleich der ab und zu hervorbrechende Mond die Szene erhellt, können sie die schwimmenden Feuer gut erkennen.

Schwimmende Feuer? Und sie nähern sich! Was kann das sein? Alarm! Und im Nu weiß man auf den spanischen Schiffen: Was sich vor ihnen in einer Linie, wie aneinandergekettet, nähert, das sind die Teufelsbrenner, die er Italiener Giambelli

für die Ketzerin Elisabeth erdacht hat! Teufelsbrenner, ja, denn sie sind bis an den Rand mit Pulver und Bomben gefüllt, und wenn sie bersten, zerstreuen sie auf eine Meile hin die brennenden Teile wie Lunten, und die zerplatzten Bomben reißen mehr Menschen nieder als in einer Schlacht fallen.

Indessen, was da schon auf Wurfnähe heran ist, sind keine Teufelsbrenner, sondern die englischen Brander. Giambelli hat wohl einmal den Plan gehabt, solche Teufelsdinger herzustellen, aber es ist nie dazu gekommen. Gleichviel, Gerüchte und Geschwätz wirken unter Soldaten oft schlimmer als Tatsachen, und daher ist man auf der Armada einer regelrechten Todesangst ausgeliefert.

Vergeblich schickt Medina Sidonia Pinassen vor, die die Brander auseinanderreißen und ihnen eine andere Richtung geben sollen — im Nu ist die Armada auseinandergesprengt.

Kopflos suchen die Kapitäne das Weite. Nur heraus aus diesem Pferch, in dem die Brander zwischen den Schiffen umhertreiben! Als auch infolge der Hitze die an Bord der Brander verbliebenen Geschütze schießen, wahllos in das Durcheinander schießen, erreicht die Panik ihren Höhepunkt.

Nun ist der Augenblick gekommen, da die inzwischen auf 150 Schiffe angewachsene englische Flotte zum Entscheidungskampf antreten kann. Aber sie wirft sich nicht auf den verwirrten Feind, sondern verzettelt sich in fruchtlosen Einzelgefechten. Drake allein versucht, mit seiner Flottille einen geschlossenen Angriff zu fahren und damit eine Entscheidung herbeizuführen. Doch von Frobisher und Howard im Stich gelassen, vermag er nichts auszurichten. So gelingt es Medina Sidonia, bis zum Nachmittag seine Flotte wieder zu sammeln.

In der Frühe des nächsten Tages schlägt der Wind um, er weht plötzlich aus Südwest, und so segelt die Armada in die Nordsee davon. Nur drei Schiffe hat sie bei Calais und Gravelines verloren. Drake und Howard folgen viele Meilen, immer noch in der Besorgnis, Medina Sidonia werde trotz allem die Landung wagen. Doch schließlich kehren die Engländer um, denn ihnen gehen Wasser, Proviant und Munition aus. –

Wie ernsthaft man in London selbst bei diesem Stand der Dinge mit einer Invasion an der Themsemündung rechnete, zeigt, daß sogar in der Stadt neben bewaffneten Bürgern einige tausend Soldaten Tag und Nacht auf die Truppen des Herzogs von Parma warten. Die eigentliche Abwehr stand an der Themsemündung bei Fort Tilbury bereit, etwa 6 000 Reiter und Fußsoldaten.

Als die Nachricht eintraf, die spanischen Schiffe näherten sich, bestieg die weißgekleidete Königin ihren Schimmel und ritt im Silberharnisch zur Besichtigung ihrer Soldaten. Der Earl of Ormonde trug das Staatsschwert vor ihr her, ihm folgten zwei in weißen Samt gekleidete Pagen, deren einer den silbernen Prunkhelm der Königin trug. Dahinter ritt Elisabeth I., flankiert von dem Generalkapitän der Truppen und dem Stallmeister Earl of Essex.

Auf einem Hügel, weithin sichtbar, stieg Englands große Herrscherin ab und schritt die Front ab „wie eine Frau und dann wieder mit dem Gehabe und dem Schritt eines Soldaten", wie der englische Historiker Camden berichtet. Sie wandte sich mit einer Botschaft an die Truppen, in der es hieß:

„Ich weiß, ich habe nur den Körper einer schwachen, kraftlosen Frau, aber ich habe das Herz und den Mut eines Königs, noch dazu eines Königs von England. Ich kann nur lachen darüber, daß ein Spanier es wagt, die Grenzen meines Reiches überschreiten zu wollen."

Wie wir wissen, segelte die Armada zwar an der Themsemündung vorüber, aber sie war auf der Flucht. So brauchte Elisabeth nicht, wie sie gelobt hatte, „inmitten des Schlachtgetümmels zu leben oder zu sterben".

Zu den Folgen dieser Schlacht im Kanal gehörte, wie ein Biograph Drakes schreibt, „daß die Gegenreformation in Europa nicht die Oberhand behielt".

Und Drakes Anteil an diesem Erfolg? Es wird gesagt, er habe den Engländern beigebracht, wie man auf See zu kämpfen habe. Umgekehrt lernte der Seeräuber Drake, daß in einem Kampf der Schiffsbatterien die Taktik des Enterns aufgegeben werden mußte. Drakes Tapferkeit hat kaum die der anderen Geschwaderführer übertroffen, doch mit einer ans Geniale grenzenden Sicherheit hat er die entscheidenden Phasen der langwierigen Treffen erkannt. Mehrmals hätte er die Entscheidung herbeiführen können, wenn Admiral Howard ihm zugestimmt hätte.

Alles in allem, der siebenundvierzigjährige Francis Drake erwies sich als ein urteilsfähiger Draufgänger, der als Soldat der Königin mit Geschick und Glück kämpfte, doch den Seeräuber in sich nicht unterdrücken konnte. Am liebsten kämpfte er Mann gegen Mann.

England schlägt zurück

Im nächsten Frühjahr schickte Königin Elisabeth eine Flotte aus, die die entkommene Armada in ihren Heimathäfen vernichten sollte. Von den 130 spanischen Schiffen der stolzen Armada waren nur 44 heimgekehrt.

Über hundert Schiffe wurden bereitgestellt, dazu zehntausend Soldaten als Landungskorps unter dem Kommando von Lord Norrey. Und wie immer, wenn es galt, Spanien anzugreifen, es in Seeräubermanier zu attackieren, wurde Sir Francis Drake der Oberbefehl übertragen. Doch die drei Aufgaben, die Drake gestellt wurden, hätte weder ein erfahrener und gedienter Lordadmiral noch ein Seeräuber durchführen können. Der Erfolg war dem Zufall oder Drakes Glück überlassen.

Erstens sollten wie gesagt die Überreste der Armada vernichtet werden. Zweitens sollte Lissabon genommen und der portugiesische Thronanwärter Don Antonio als König von Portugal eingesetzt werden. Wäre Portugal zum Bundesgenossen für England geworden, so wäre eine gute Basis für einen Landkrieg gegen Spanien gegeben. Drittens sollten die Azoren den Spaniern entrissen werden.

Dem gegenüber standen die Tatsachen: Die Ausrüstung der Flotte war aufgrund der Eile ungenügend. Die militärischen Eigenschaften der Soldaten waren schlecht. Die Verproviantierung reichte nur für einige Wochen. Vor allem aber: das Schicksal der Segelschiffe war von den Launen des Windes abhängig. Genau abgestimmte Unternehmungen waren unmöglich.

Schuldig ist, wer kein Glück hat

Die Expedition scheiterte gründlich. Drakes Angriff auf La Coruña, wo er Reste der Armada vermutete, wurde vom Kastell abgewiesen. Die zu Wasser und zu Lande geplante Eroberung von Lissabon mißglückte ebenfalls, obgleich Drake gute Anfangserfolge vor dem Hafen erzielt hatte. Die englischen Landtruppen waren nach übermäßigem Weingenuß nahezu kampfunfähig, so daß Lord Norrey sie nicht zeitig genug an die Stadt heranbringen konnte. Don Antonio schiffte sich wieder ein, denn er hatte erlebt, daß sich die Bevölkerung durch seine Anwesenheit nicht zu einem Aufstand gegen Spanien angeregt fühlte. Es gelang danach lediglich, die Hafenstadt Vigo zu überfallen und zu plündern. Und das stand in keinem Verhältnis zu den weitgesteckten Zielen der kostspieligen Expedition. Auch der anschließend geplante Überfall auf die Azoren schlug fehl. Die Flotte wurde durch orkanartige Stürme auseinandergetrieben, und die einzelnen Schiffe machten sich auf eigene Faust auf die Heimfahrt.

Zwar hatten die Engländer kein Schiff verloren, und sie hatten wieder einmal der Welt gezeigt, daß König Philipp die Engländer an der eigenen Küste zu fürchten hatte, aber für die Geldgeber der Expedition – darunter die Königin – war sie ein kapitaler Fehlschlag gewesen. Man suchte aber die Ursache nicht in den eigenen überspannten Plänen, sondern die Schuld wurde Drake zugeschoben.

In den folgenden fünf Jahren wurde es still um Englands Seehelden Drake. Auf seinem Besitz Buckland Abbey bei Plymouth lebte er als Landedelmann. Die Königin hatte ihm den Fehlschlag des Jahres 1589 nicht verziehen; zu groß war das Loch, das dadurch in ihrer Kasse entstanden war. Zudem blieb Martin Frobisher, der zum Admiral der Queen aufgestiegen war, bemüht, seinen Rivalen Drake vom Hof fernzuhalten.

Inzwischen bekam England zu spüren, daß sich Spanien noch immer auf der Höhe seiner Macht hielt. Eine englische Flotte wurde in einer Seeschlacht bei den Azoren geschlagen. Ihr Admiral Grenville, dessen Flaggschiff die alte „Revenge" Drakes war, geriet in Gefangenschaft und starb an einer Verwundung.

Im nächsten Jahr, auf einer Kaperfahrt an der südamerikanischen Küste, unterlag Richard Hawkins spanischer Übermacht. Der berühmte Seeräuber Thomas Cavendish, der kurz vorher als zweiter Engländer die Erde umsegelt hatte, kam um bei einer Raubfahrt, an der nebenbeigesagt auch der berühmte John Davis beteiligt war. Hier wie in vielen anderen Fällen zeigte es sich, daß Spanien keinesfalls vor den englischen Ansprüchen den Rückzug angetreten hatte.

England mußte angreifen! Und wo war Philipp am meisten verwundbar? Man müßte den Gold- und Silberstrom unterbrechen, der ihm im Grunde allein die Herrschaft über die Welt ermöglichte. Noch besser wäre es, wenn man eine Schatzflotte überfallen würde, irgendwo auf dem Weg von Havanna nach Sevilla, und sie samt und sonders nach Plymouth einbringen könnte.

Ein tolles Ziel, geradezu märchenhaft, aber wer sollte dazu die Anker lichten? Martin Frobisher war in Frankreich bei einem Sturmangriff auf Brest gefallen. Walter Raleigh befand sich unterwegs auf der Goldsuche irgendwo am Orinoco.

Da erinnerte sich Elisabeth des Mannes, dessen Name noch immer im Volk und bei Matrosen und Soldaten einen guten Klang hatte und der ihr schon Lastzüge voller Schätze heimgebracht hatte — Sir Francis Drake. Auch der alte John Hawkins, auf dessen Schiff Drake die erste Westindienfahrt mitgemacht hatte, setzte sich dafür ein, daß Drake das Kommando erhielt. Indessen spannen Neider am Hof Intrigen, so daß nach vielem Für und Wider das Frühjahr verging und die spanische Frühjahrsflotte von Havanna wohlbehalten in Sevilla einlief. Acht Kriegsschiffe hatten den Geleitzug von zwölf Lastschiffen mit einer Ladung von mehr als hundert Millionen Mark nach Spanien geleitet.

Zwei Seeräuber führen die Raubflotte

Endlich, am 25. August 1595, verließ Elisabeths Raubflotte den Hafen von Plymouth, gemeinsam geführt von Francis Drake und John Hawkins; der eine vierundfünfzig, der andere über siebzig Jahre alt. Drakes Absicht, das reiche Panama zu überfallen, war zugunsten eines Angriffs auf Puerto Rico aufgegeben worden. Im Hafen von San Juan sollte ein großes Schatzschiff zur Abfahrt nach Spanien bereitliegen.

Die Königin hatte nicht geknausert: Ein Geschwader von 27 Schiffen, darunter moderne Fahrzeuge der „Revenge"-Klasse, alle vorzüglich bestückt, stand den beiden berühmtesten Piraten ihrer Zeit zur Verfügung. General der Landetruppen war Sir Thomas Baskerville, der sich kürzlich bei der Einnahme von Brest hervorgetan hatte. Und für die Besatzung von 2500 Mann hatten sich mehr Abenteurer gemeldet, als man brauchte.

Alle Voraussetzungen für einen Erfolg waren gegeben. Doch schon bei einer gelegentlichen Landung auf den Kanarischen Inseln schlug ihnen Geschützfeuer entgegen. Kapitän Grimstone ging mit einem Kommando von Wasserholern an Land. Er wurde von Spaniern erschlagen, einige gerieten in Gefangenschaft. Unter Foltern verrieten die Gefangenen das Ziel der Flotte, so daß eine Eilkaravelle nach Westindien segeln und vor Drakes Absicht warnen konnte. Bald wußte man dann in San Juan, Drake sei im Anzug.

Trotz aller spanischen Wachtschiffe gelang es Drake, sich durch das Gewirr der Jungfern-Inseln zu winden und an den Hafen von San Juan heranzuschleichen. Die Geschütze waren längst an Deck geschafft worden, und General Baskerville brannte darauf zu landen.

Aber vorher wurde die Flotte von einem Verlust getroffen. Am 12. November 1595 starb John Hawkins, ein treuer Sohn Englands und einer der rücksichtslosesten Piraten der Königin. Ein Abschiedsschreiben an die Königin hinterließ er mit dem fast mißmutigen Hinweis, diese Expedition werde mißlingen.

Gleichsam die Bestätigung für Hawkins' Meinung lieferte eine spanische Kanonenkugel, nachdem Drake vor dem Hafen geankert hatte. Von einem Geschütz einer Landbatterie abgefeuert, fuhr sie auf dem Admiralsschiff „Defiance" in die Kajüte von Drake, schlug ihm den Stuhl unter dem Gesäß weg und tötete zwei Offiziere.

In den folgenden Novembertagen erwies es sich, daß man nicht mehr die Spanier von vor zwanzig, dreißig Jahren vor sich hatte. Umsichtig vereitelte der Gouverneur Don Pedro Tello alle englischen Angriffe, sei es zu Wasser, sei es an Land. Als Drake sich etwas zurückzog, legten sich fünf spanische Fregatten vor die Forts, so daß sie gemeinsam mit den Landbatterien schießen konnten.

Als die Spanier den Eingang zum Hafen durch zwei versenkte Kauffahrer sperrten und nachts durch zahlreiche Feuer jede feindliche Bewegung erkennen und beschießen konnten, sah Drake ein, daß vorläufig weitere Angriffe erfolglos bleiben würden. Und das große Schatzschiff? Zwei große Fregatten waren es, die Gold und Silber übernehmen sollten, das gut beschützt in der Stadt lagerte. Die Schiffe blieben unbehelligt.

Danach ließ Drake in der Bucht von San Jermana, in West Puerto Rico, anlegen. Die Schiffe wurden überholt, Wasser und Proviant wurden übernommen und — vor allen Dingen — Pinassen gebaut, von denen sich Drake viel versprach. Mit neuer Hoffnung segelte er quer über die Karibische See südwärts, an die Tierra firme, das neuspanische Festland, wo die Namen der Häfen an die früheren geglückten Raubfahrten erinnerten.

Das Glück schien sich zu wenden. Anfang Dezember 1595 gelang es, Rio de la Hacha zu überfallen und einzunehmen. Doch die Bevölkerung hatte vorher Kunde bekommen und war mit ihrer Habe in die Wälder geflüchtet. Siebzehn Tage lang wurden alle Verstecke durchstöbert, Spanier wie Neger auf das peinlichste befragt, aber es war keine nennenswerte Beute zu

finden. Wäre man nur einen Tag vorher dort gelandet, so schrieb Thomas Maynarde, dann hätte man die nahegelegene Goldmine berauben können. So aber hätten die Spanier alles in Sicherheit gebracht.

Unverdrossen ließ Drake mehrere Boote bemannen und erreichte La Rancheria, das wegen seiner Perlenfischerei bekannt war. Man erbeutete viele Perlen, brachte sogar eine Karavelle mit Gold, Wein und Früchten auf, aber es waren doch nicht die Schätze, auf die man aus war! Die Stadt wurde in Brand gesteckt, dann Santa Marta genommen und ebenfalls angezündet, weil die Einwohner alles Wertvolle versteckt hatten.

Alarm in den karibischen Häfen

Weiter nach Nombre de Dios, wo Drake schon einmal große Beute gemacht hatte. Doch schon auf der Fahrt durch den Golf von Darien merkten die Engländer, daß man vor ihnen auf der Hut war: kaum ein Küstenfahrer ließ sich blicken. Dennoch, die Einnahme von Nombre de Dios glückte, und es gab mancherlei zu plündern, aber von großen Schätzen konnte nicht die Rede sein. Gefangene bekannten, man habe von Drakes Kommen Nachricht gehabt und alles wegtransportiert. — Nach Panama!

Da faßte Drake den Entschluß, den Traum vieler Jahrzehnte wahrzumachen. Er wollte Panama, das legendär reiche Panama erobern und unvorstellbare Beute machen!

Thomas Baskerville brach mit acht Kompanien auf, sie marschierten auf jenem Weg, von wo aus Drake 1573 den Stillen Ozean gesehen hatte. Nach zwei mühseligen Tagemärschen stieß die Truppe auf ein großes Haus, ein Depot, wo sonst die Maulesel ausruhten, die die Schätze von Panama nach Nombre de Dios transportierten. Doch das Lagerhaus war abgebrannt, keine Golddukaten zu entdecken.

Am nächsten Tag langten Baskervilles Männer vor einer Anhöhe an, die zu ihrer Überraschung durch umgehauene Bäume versperrt war. Demnach mußten die Spanier auch hier von ihrem Anmarsch erfahren haben. Und richtig, als Maynarde mit seiner Kompanie angriff, wurden sie so heftig beschossen, daß sie sich unter Verlusten zurückziehen mußten. Vergeblich ließ Baskerville andere Kapitäne mit ihren Soldaten angreifen. Die erschöpften Engländer hatten nicht mehr genug Kraft und Mut. Infolge des vielen Regens wie auch vom Durchqueren der Gewässer war das Pulver naß geworden, die Biskuits waren durchweicht und nicht mehr genießbar. Einige Offiziere und viele Soldaten waren gefallen. Es gab viele Verwundete.

Da beschlossen Maynarde und Baskerville den Rückmarsch. Ende Dezember wankten die Trümmer von Baskervilles Kommando in das zerstörte Nombre de Dios.

Dieser dritte Fehlschlag muß Drake tief getroffen haben. Seitdem, so berichtet Maynarde, habe Drake nicht mehr gelächelt. Aber er gab noch immer nicht auf, der stämmige, etwas beleibte Fünfundfünfzigjährige, dessen rötlicher Bart schon ins Gräuliche überging. Er strahlte trotz aller Widerwärtigkeiten Entschlossenheit und Hoffnung aus. Fieberhaft überlegte er, wo in diesen verrammelten und bewachten Häfen noch Beute zu holen sei. „Denn“, so sagte er zu Kapitän Maynarde, „Gott hat mit uns vieles vor, und ich kenne viele Mittel, um Ihrer Majestät einen Dienst zu tun und uns reich zu machen. Wir müssen Gold haben, bevor wir England wiedersehen!“

Nun entschloß er sich, die bisher noch nicht heimgesuchten Küstenstreifen von Nicaragua und Honduras anzusteuern. Man nahm Kurs dorthin, und jedermann hoffte, endlich werde ihnen die Glücksgöttin günstig gesinnt sein.

Bis zu diesem Zeitpunkt hatte Drake sich ausgekannt, nun mußte er Karten zu Rate ziehen. Viele Orte, kleine wie große, waren darauf verzeichnet, und Drake meinte, nunmehr müsse man mit der geringsten Beute zufrieden sein, wenngleich ein großer Schlag nicht ausgeschlossen sei.

Auf einer kleinen Insel, Escudo di Veragua, wo man sich an vielen Schildkröten labte, fand man freundlichen Aufenthalt.

Doch man war an eine der ungesündesten Inseln Westindiens geraten: mehrere Matrosen und Kapitäne wurden vom Fieber des Moskito-Golfs dahingerafft. Schleunigst legten die Schiffe ab, und Drake ließ trotz des starken Westwindes Nordkurs beibehalten. Nicaragua war nach wie vor sein Ziel: „Wir müssen Gold haben, bevor wir England wiedersehen!"

Doch Drake sollte England nicht wiedersehen. Nicht weit von Portobello erkrankte der Admiral, zum ersten Mal in seinem Leben. Er wurde gleich so heftig vom Fieber ergriffen, daß er in seiner Kajüte bleiben mußte. Der Kräfteverfall nahm derartig zu, daß er es am 27. Januar 1596 für angebracht hielt, sein Testament zu machen. In der Nacht um vier Uhr ist Sir Francis Drake gestorben.

Im Morgengrauen des nächsten Tages, eine Meile von Portobello entfernt, übergab man den Toten der Karibischen See, die mit dem Namen des Francis Drake in der Geschichte verbunden bleiben sollte. Von den Schiffen donnerten die Kanonen, und unter Trommelwirbel und Trompetenstößen wurde der Bleisarg ins Meer hinabgelassen.

Es heißt, kurz vor seinem Tod sei Drake im Fieberwahn aufgesprungen und habe nach seinem Panzer verlangt; standhaft wie ein Soldat habe er sterben wollen. Wütend habe er Redensarten ausgestoßen, so gemein, daß der Chronist sie nicht wiedergeben wollte. Wahrscheinlich fühlte sich der Fiebernde in diesem Augenblick zurückversetzt in jene ruhmreiche Weltumseglung, da er als Wildester das wilde Schiffsvolk in Zucht halten mußte.

Glührot loderten hinter den Schiffen die Flammen von Portobello auf, das man in Brand gesteckt hatte. Ein grausiges, ein unmenschliches Totenfeuer — wie es dem ganzen Leben des größten Seeräubers und treuesten Sohn Englands angemessen war.

Dem Bericht über Drakes letzte Fahrt ist abschließend hinzuzufügen, daß Thomas Baskerville den Großteil des Geschwaders unter vielen Gefahren und Entbehrungen nach England

zurückführte. Erst am 3. Mai 1596 lief er in Plymouth ein, in den Hafen, der die Wiege von Drakes Triumphen war.

Englands kühnster Pirat

In Tavistock, unweit vom Geburtsort Drakes, ist dem großen Sohn von Devonshire ein Denkmal errichtet. Barhäuptig steht der „Meisterdieb der unbekannten Welt" auf dem sandweißen Podest und blickt kühn, fast herausfordernd in die Weite. Die linke Hand, knapp über dem Degengriff, in die Hüfte gestützt; die rechte herunterhängend und auf die große Erdkugel zeigend, die neben ihm steht. Keine Fahnen und

Standarten umgeben ihn, es sind keine untergehenden spanischen Galeonen abgebildet, nicht die Goldtransporte nach London und nicht die dankbare Queen Elisabeth I. Nur er, Francis Drake, steht da, und er scheint zu sagen: „Achtung, ihr Herren der seefahrenden Nationen — auch uns Engländern steht die Welt offen!" Und nicht treffender könnte Drakes Bedeutung für England ausgedrückt werden.

Ohne Drakes fortgesetzte Angriffe auf Spanien, ohne sein mitreißendes Beispiel, ohne seine reichen Beutelieferungen an Elisabeths Kasse wären die großen Erfolge der Königin schwerlich möglich gewesen.

Auf niemand anders trifft ein stolzes Wort besser zu als auf Drake: „England ist durch seine Abenteurer groß geworden, nicht durch sein Parlament." Das hat General Gordon gesagt, der berühmte Verteidiger Khartums während des Mahdistenaufstandes in Afrika.

Doch der Mann aus Devonshire, der in der Karibischen See sein Grab fand, hat auch Bedeutung über Englands Interessen hinaus. Spricht man von den Entdeckern dieser Erde und von den großen Seefahrern, dann gehört Drakes Name in eine Reihe neben Vasco da Gama und Fernando Magellan.

Internationale Bedeutung errang Drake durch seine Kriegszüge, durch die er dem portugiesisch-spanischen Machtanspruch entgegentrat. Mit Drake begann das Zeitalter, in dem sich ganz Europa von der drückenden Überlegenheit der spanisch-habsburgischen Weltmacht frei machte. „Eine neue Epoche in der Ausbreitung des Europäertums auf dem Erdball nahm ihren Anfang."

War Drake aber nicht trotz aller Erfolge zugleich ein Seeräuber? Ja, daran gibt es wohl wenig zu zweifeln: er war vor allem Pirat, ein Raubritter der Meere, der Geld raubte für die, die ihm Geld für die Raubfahrten gegeben hatten: die Königin und die reichen Londoner Kaufherren. Im Glück segelte Drake für England; doch nur ein einziges Mißgeschick, dann wäre er — von der englischen Regierung im Stich gelassen — unter einem spanischen Henkersbeil geendet wie sein Leutnant Oxenham. Ruhmlos, glücklos, beschimpft wie alle aus der Genossenschaft der Flibustier, die bald danach auf seinen Spuren segeln sollten.

Gleichviel, wie Freund und Feind ihn beurteilen, alles in allem war Drake Englands treuester Sohn und der erfolgreichste Pirat der Königin. Das englische Volk hat den Mann aus seiner Mitte nicht vergessen, auch wenn das Denkmal in Tavistock weniger den Bauernsohn als den Admiral darstellt.

Sir Walter Raleigh

Einsam wurde es um die alternde Königin Elisabeth. Alle waren sie dahingegangen: John Hawkins, Richard Grenville, Thomas Cavendish und Martin Frobisher — wo gab es noch Wölfe, die imstande waren, die Spanier auf dem Atlantik anzufallen?

Doch da war noch ein Mann, der der Königin den Weg zu Englands Macht zeigte, einen seltsamen Weg. Beschwörend drang er in Elisabeth, ein paar hundert Soldaten nach Guayana zu schicken. Dort herrsche jetzt der „Inka". Er werde sie mit einem jährlichen Tribut von hunderttausend Pfund unterstützen. Ihm sei prophezeit, er werde den Thron im alten Inkareich Peru wiedererhalten durch ein Volk von Inga-Land, also England. Gold gebe es in Guayana mehr, als Cortez und Pizarro je in Mexiko und Peru geraubt hätten.

Auch an den Lordkanzler Cecil schrieb er wörtlich: „Abgesehen von Gold, Diamanten und Perlen ist da noch genug für die ganze Welt zu finden. Die Spanier sind dumm und faul; sie haben wir nicht zu fürchten." Und den Dichter Chapman regt er durch solche Tiraden derart an, daß dieser ein Gedicht an die Königin mit den gebieterischen Worten beginnt: „Geh übers Wasser und schaffe eine goldene Welt in unserem Zeitalter!"

Wer diese goldene Welt so verführerisch verheißt, ist niemann anders als Sir Walter Raleigh. Der Edelmann, von dem wir zuletzt gehört haben, als Drake die verzweifelten Siedler von Virginia heimbrachte. Ein Jahr danach gelang es ihm, John White an den Roanoke River zu schicken und wiederum Siedler zu landen. Als bald danach die Seeschlacht im Ärmelkanal tobte, stand Raleigh nicht etwa an Deck eines Kriegsschiffs, sondern auf der Wacht an der Küste von Cornwall. Doch als alles vorüber war, beehrte er seine Königin mit einem Ruhmesgedicht, wofür er eine goldene Kette empfing.

In den nächsten Jahren verschaffte ihm sein Hochmut viele Feinde am Hof, die ihn sogar der Gottlosigkeit bezichtigten. Sein Plan, mit dreizehn Schiffen Panama zu plündern, scheiterte im Keim. Schon nach zwei Monaten war er wieder in London. Da warf ihm das Schatzamt seine hohen Schulden an die Königin vor. Sei es nun dieser Grund oder der, daß Elisabeth an dem Panamaunternehmen verloren hatte: nachdem Raleigh heimlich geheiratet hatte, wurde er wegen seiner Schulden im Tower festgesetzt.

Doch wiederum konnte er einem sicheren Schicksal entgehen. Zwei der Kapitäne, die er auf Raub ausgeschickt hatte, kehrten mit reicher Beute heim. Großzügig gab Raleigh der Königin, die 1 800 Pfund beigesteuert hatte, nicht die üblichen zehn oder zwanzig Prozent Gewinn, sondern runde 80 000 Pfund — und wurde freigelassen.

Schließlich kam Raleighs große Stunde. Den Hintergrund lieferte die Sage von dem unermeßlichen Goldland „El Dorado". An den Oberlauf des Amazonenstromes oder des Orinoco habe sich der Inkakönig mit den Resten seines Volkes geflüchtet. Eine Überlieferung, die sogar heute noch Geschichtenschreiber zu phantasievollen Gespinsten anregt.

Raleigh schickte Kapitän Whidden zum Orinoco, sich dort genauer umzuhorchen. Whidden kehrte zurück mit einem Indianer und wußte dies und das von Gold zu berichten, das in der Gegend des Caroni, eines Nebenflusses des Orinoco, vermutet würde. Offenbar handelte es sich um die Gegend, wo ein halbes Jahrhundert vorher die Spanier und der Deutsche Federmann vergeblich nach dem Goldland gesucht hatten.

Raleigh war Feuer und Flamme. Endlich sollten die Kassen der armen Königin vor Gold überfließen, und natürlich würde Raleigh sich selbst dabei nicht vergessen. Obgleich der Staatsrat dagegen war, wußte der Glattzüngige Elisabeth zu überreden, und so segelte er im Februar 1595 aus, für Elisabeth das Goldland zu finden.

„Es ist kein Traum, was ich berichte", schrieb er hernach an Lord Cecil, die Tatsachen aber sahen so aus:

Eldorado am Orinoco

Ohne vor die Kanonen der Spanier zu geraten, landet Raleigh bei der spanischen Insel Trinidad und erfährt von Landeskundigen, wie man durch das Inselgewirr der Orinocomündung hindurchlavieren kann. Auf der weiteren Fahrt hat er das Glück, einen Indianer zu treffen, der nicht nur stromaufwärts als Lotse dient, sondern sogar von einer spanischen Bootsbesatzung berichtet, die Gold gefunden habe.

Soviel Indianerdörfer Raleigh aber auch antrifft und die Wilden nach dem Land El Dorado befragen läßt, sie blicken sich gegenseitig an und schütteln die Köpfe. Endlich, in Morequito, einer größeren Ortschaft, bringt der indianische Führer seinen Engländer mit einem alten Häuptling namens Topiawari zusammen. Nach einigem Palaver verspricht Raleigh, er wolle Topiawari und sein Volk von den Spaniern befreien.

Wer ließe sich nicht gern befreien! Topiawari faßt Vertrauen und teilt Raleigh mit, was er über Land und Leute weiß. Topiawaris Stamm nennt sich die Orinocoponi, während alle anderen Stämme, den Caroni aufwärts wie auch im Gebirge, sich Wacarima nennen. Gold? „Nein, hier nicht", antwortet der Alte, „aber weiter nach Süden lebt ein eingewandertes Volk, die Epuremei, die eine große Stadt erbaut haben, sie werden wohl Besitzer des Goldlandes sein."

Nun sieht sich Raleigh am Ziel. Sofort bricht er auf, erreicht sogar die unüberwindlichen Caroni-Wasserfälle. Und da tut

sich das Wunder tatsächlich vor seinen Augen auf: Raleigh erblickt ein Tal, in dem er glitzerndes Gestein in Mengen findet: Gold oder Silber?

Doch das Geschick ist gegen Sir Walter, denn ringsum wird plötzlich alles überschwemmt. Außerdem gibt es spanische Patrouillen. Der Entdecker nimmt einige von den goldhaltigen Steinen mit. Ganz zufrieden ist Raleigh noch nicht. Er bedrängt Häuptling Topiawari, er solle ihn endlich direkt zu den Inkas führen. Schließlich willigt Topiawari ein, allerdings sei er erst im nächsten Jahr bereit, jetzt sei es wegen der Witterung zu spät dazu. Ein Vorwand, um den lästigen Weißen loszuwerden? Wir wissen es nicht, Raleigh aber wiegt sich in dem Wunschtraum, das Eldorado bestimmt zu finden.

Zur Bekräftigung der Abmachung gibt der Häuptling seinen Sohn mit nach England. Raleigh läßt dagegen den fünfzehnjährigen Hugh Godwin zurück, damit er die Sprache der Eingeborenen lerne, und den fünfundzwanzigjährigen Francis Sparrow, damit er die Augen offenhalte nach Gold und Juwelen. So verläßt Raleigh im Herbst 1595 das Land seines Goldtraumes. In Europa angelangt, berichtet er: „Es war kein Traum ..."

Voller Eifer drängt er die Königin, sie solle Techniker, Beamte und Offiziere zu den Inkas schicken, um diese zu unterstützen. Mächtige Häuptlinge solle sie nach England holen, sie erziehen und mit englischen Mädchen verheiraten. Wieder in der Heimat, könnten die Häuptlinge einen christlichen Inkastaat gründen, der der Königin von England untertan sein werde. Unermeßlich reich werde England werden.

Kein Traum? Auch dann nicht, als Londoner Fachleute erklären, Raleighs kostbare Glitzersteine seien keinesfalls Gold, sondern einfach Markasit, das man in Cornwall schneller und billiger finden könne?

Das ist die einzige große Entdeckungsfahrt, zu der Elisabeths Günstling ausgezogen war. Das Ergebnis: eine schillernde Seifenblase, ein Nichts, das niemand mehr ernst nahm.

Trotz alledem: Raleigh blieb in der Gunst der dreiundsechzigjährigen Elisabeth und wurde zum Konteradmiral der Flotte ernannt, die im nächsten Jahr nach Westindien auslief. Sein Schiff, auf dem John Davis als Schiffsmeister diente, wurde durch einen Sturm von der Flotte abgetrieben. Statt dem Geschwader zu folgen, griff Raleigh — entgegen dem königlichen Befehl — die Azoreninsel Faya an. Das Ergebnis dieser mißglückten Heldentat war, daß Raleigh mit knapper Not dem Kriegsgericht entging. Ruhm und Beute auch diesmal nur ein Traum.

Zum Tode verurteilt

Nachdem seine große Gönnerin Elisabeth am 24. März 1603 gestorben war, ging es mit Sir Walter schnell bergab. Zu viele Feinde hatte er sich mit seinem Günstlingsglück, aber auch durch sein hochfahrendes Wesen geschaffen. Gewinnbringende Ämter wurden ihm entzogen. Er verlor das Kommando über die Leibgarde und mußte London binnen vierzehn Tagen verlassen. So hatte es der neue König, Jakob I. aus dem Hause Stuart, befohlen.

Doch Raleigh, der stets am Rande irgendwelcher Intriger und höfischer Schleichwege wandelte, wurde noch härter getroffen! Es wurde eine Verschwörung entdeckt, die Lady Arabella Stuart an Stelle Jakobs auf Englands Thron bringen wollte. Raleigh sollte daran beteiligt gewesen sein. Keine Unmöglichkeit in jener an Morden und Verschwörungen reichen Zeit.

Ob Recht oder Unrecht: Sir Walter Raleigh wird im Juli 1603 zum Tode verurteilt, zu einer besonderen Art von Tod: Auf einem Karren soll er durch London zum Richtplatz geführt, sodann gehängt und abgeschnitten werden. Seinen Leichnam soll man öffnen, die Eingeweide herausreißen, die Glieder abschneiden und ins Feuer werfen. Der Kopf soll abgetrennt und der Körper gevierteilt werden. „Gott sei seiner Seele gnädig!“ so lautet der fromme Schluß des Urteils.

Eine ungewöhnlich harte Bestrafung? Keinesfalls! Nachdem zum Beispiel eine Verschwörung gegen Elisabeth aufgedeckt worden war, wurden die „Verräter“ dazu verurteilt, halb erdrosselt zu werden. Herz und Eingeweide sollten ihnen bei lebendigem Leibe herausgerissen werden. Die Königin rief sogar empört aus, man müsse noch Schlimmeres erfinden, damit das Volk eine Lehre daraus zöge. Lord Burghley beruhigte sie, es sei nicht nötig, Grausameres zu erdenken, es genüge, wenn der Scharfrichter die größten Qualen in Gegenwart der Zuschauer hinauszögere. Sieben Männer wurden derart gerichtet.

Als einmal Flugschriften gegen Elisabeth verbreitet wurden, wurde dem Verfasser am Westminster Palast die rechte Hand abgehackt und der Stumpf mit glühendem Eisen ausgebrannt. Ein deutscher Reisender berichtete, bei seinem Besuch in London, im Jahre 1584, hätten 34 Köpfe vornehmer Herren, „so der Königin nach dem Leben getrachtet", auf Stangen oder Spießen auf den Zinnen des Außentores einer Brücke gehangen. Ein anderer Kaufmann, der vierzehn Jahre später dort war, schrieb, die Köpfe hingen noch an derselben Stelle. Ein Menschenleben galt damals nicht viel. Politische Widersacher und Andersgläubige wurden meist nach kurzem Prozeß hingerichtet.

Aber Raleigh hatte wieder einmal Glück. Er und die anderen Verurteilten wurden aus irgendeinem Grund begnadigt. Vorsorglicherweise wurde er jedoch im Tower für alle Zeiten in Haft gesetzt. Während dieser Haftzeit schrieb Raleigh seine fünfbändige Weltgeschichte. Indessen segelten andere Kapitäne nach Virginia und gründeten eine neue Stadt, Jamestown genannt.

Raleighs Ende

Nach dreizehn Jahren Haft erhielt Raleigh auf seine steten Eingaben hin die Erlaubnis, das Eldorado zu suchen. Die Aussicht auf Gold macht alle Könige der Welt nachgiebig, so auch Jakob I. Im Juni 1617 verläßt Raleigh Plymouth, kehrt aber im nächsten Jahr ohne jeden Erfolg heim. Indessen, er hat sich trotz strengster Anweisung des Königs auf einen Kampf mit Spaniern eingelassen. Zudem hat ein vorzeitig heimgekehrter Kapitän ausgesagt, Raleigh sei nach wie vor auf Piraterie ausgegangen, obgleich auch dies verboten sei.

So kommt es, daß der Admiral der glücklosen Flotte auf dem Weg nach London im Auftrag des Königs verhaftet wird. Er erfährt, daß der spanische Botschafter bei König Jakob einen scharfen Protest gegen Raleighs Überfall eingelegt hat.

Was nun? Wird König Jakob – anders als die große Elisabeth – dem Spanier gefällig sein? Oder wird er den Protest zum Vorwand nehmen, sich für die Enttäuschung zu rächen, die Raleigh ihm mit dem sagenhaften Goldland bereitet hat?

Niemand weiß, welches die wirklichen Beweggründe des jungen Stuart gewesen sind, jedenfalls wird Sir Walter Raleigh am 7. November 1618 hingerichtet, und zwar – man lese und staune! – aufgrund des Urteils aus dem Jahre 1603. Als der von Recht und Glück Verlassene die Schneide des Henkers prüfte, sollen seine letzten Worte gewesen sein: „Das ist eine scharfe Medizin, aber sie wird all meine Krankheiten heilen."

Eine neue Epoche beginnt

Wir, die wir das tatenreiche Leben Drakes, des „Meisterdiebes der unbekannten Welt", verfolgt haben, fragen uns, ob er ein Einzelfall war, oder ob seine Raubzüge unter den jungen Engländern Schule machten.

Eine Antwort gibt der Historiker Erich Marcks: „Mit Elisabeth kam ein junges Geschlecht herauf, das in der Vorgeschichte des Spanienkampfes groß geworden war ... Feurige Verfechter einer nationalen und protestantischen Eroberungspolitik, Männer des Schwertes und der Entscheidungen." Ein berufener Geograph unserer Tage fügt hinzu: „Ihnen allen war der Wille gemeinsam, durchzuhalten und alles daranzusetzen, das vorgesetzte Ziel zu erreichen. Es ist für uns heute unfaßbar, was diese Männer ausgehalten haben."

Elisabeth und Drake hatten ihrer Nation das Tor zur Welt aufgestoßen, und es sollte fernerhin nicht an Männern fehlen, die dem Zeitalter Elisabeths, „voll der unwahrscheinlichsten Möglichkeiten und unerhörten Verwirrungen", entsprechen würden. Aus einem Volk, das sich in kleinliche Streitereien und religiöse Kämpfe verbissen hatte, war eine Nation entstanden, deren Männer von Tatendrang überschäumten.

Das spanische Warnschild „Betreten verboten!" war dem Hohn und Gelächter aller Seefahrer preisgegeben. Vor allem Englands Seefahrer taten, was sie wollten. Die weltweiten Folgen sollten nicht ausbleiben. England griff nach dem nordamerikanischen Kontinent. An derselben Stelle, wo Francis

Drake 1588 die verzweifelten englischen Siedler an Bord genommen und sozusagen den Versuch einer Kolonie beendet hatte, dort begann Englands Eroberung von Nordamerika.

Aufs neue segelten 1607 einige hundert englische Siedler nach Virginia.

John Smith in Ketten

Doch wieder hätte es einen Fehlschlag gegeben, wenn sich unter ihnen nicht John Smith befunden hätte, Soldat, Seefahrer, Kartenzeichner. John benahm sich während der Überfahrt so wild und eigenmächtig, daß ihn die Mitreisenden in Ketten legten. Doch nicht viel später waren sie froh, daß es einen John Smith gab.

Nachdem die Feste Jamestown infolge der Unfähigkeit und Faulheit der Kolonisten zugrunde gerichtet und deren Schar von den Indianern dezimiert worden war, atmeten die verhungerten Menschen auf, als „Präsident" Smith mit harter Hand die Zügel ergriff. Im Brustpanzer, den Helm mit bunten Federn auf dem bärtigen Haupt, eine kurze Hellebarde auf der Schulter, einen schweren Säbel an der Seite, so trat er auf. Umgeben von Soldaten, mit Degen, Flinten und Tomahawks bewaffnet, regierte er die murrenden Siedler, zog er gegen die Pequoti- und Powhatanindianer. Mit eiserner Zucht hielt er die Siedler zur Arbeit an, die aus den Gefängnissen und Kneipen Englands herübergekommen und nur auf Gold und Beute aus waren. Smith erhielt ihnen das Leben und England die Kolonie. Immer heftiger wurden die Angriffe der Indianer, und es kam der Augenblick, da nur ein Wunder noch helfen konnte.

So lagerten im Juni 1610 von einst 500 Siedlern nur noch 60 ausgehungerte, zerlumpte Menschen am südlichen Ufer des James River und warteten auf ihre Einschiffung nach England. Die verfallenen Hütten und die Gräber ihrer Schicksalsgenossen hinter sich, standen sie da, nicht anders als jene Siedler, die Drake nach England zurückgebracht hatte.

In diesen Tagen der Hoffnungslosigkeit wurde John Smith's Zähigkeit belohnt: Lord de la Warren traf mit Proviantschiffen aus England ein. Mit neuen Siedlern, diesmal Handwerkern und Ackerbauern, nahm man die Arbeit in diesem fruchtbaren Land wieder auf. Im steten Kampf mit den Indianern blühte Virginia auf. Nicht Goldfunde und Getreideernten wurden die Grundlagen des Erfolges, sondern der Tabakanbau, für den man sich die ersten Pflanzen — aus England hatte schicken lassen! Drake hatte mit den virginischen Siedlern das Rauchen in England eingeführt.

Neun Jahre später tagte feierlich in einer Holzkirche von Jamestown das erste Parlament und gab sich gewisse Gesetze. Die ersten Negersklaven wurden auf den Plantagen eingesetzt, und man führte schon für 20 000 Pfund Tabak nach dem Mutterland England aus. Das war ein Jahr nachdem Raleigh hingerichtet worden war, und — das ist die Bemerkung wert! — ein Jahr bevor auf Kap Cod, südlich vom heutigen Boston, das kleine Segelschiff „Mayflower“ landete, an Bord die sogenannten Pilgerväter.

Siedler erschließen Amerika

Diese Engländer, etwa hundert Menschen, waren auch für Virginia bestimmt, keinesfalls etwa zur Gründung von Plymouth in Massachusets. Ob sie durch die Herbststürme vom Ziel Jamestown abgetrieben oder ob sie unterwegs andern Sinnes geworden waren — jedenfalls legte die „Mayflower“ nicht in Virginia, sondern am Strand von Massachusetts an. Wie bekannt, schlossen die Ankömmlinge einen Vertrag und gründeten derart, zunächst nur schwarz auf weiß, eine eigene Kolonie, der sie großzügig den Namen „Neu England“ gaben. Während also die wirklich erste englische Kolonie, Virginia, seit dreizehn Jahren bestand, blühte und Gewinne abwarf, entstand Neu England lediglich auf dem Papier. Trotz dieser Tatsachen datiert man den Beginn der weißen Besiedlung Nordamerikas mit der „Mayflower“-Landung.

Wer erinnerte sich noch an das Neu Albion des Francis Drake an der Westküste? Nordamerika ist von Osten her erschlossen worden. Erst viele Jahre später lockte das Gold des Sacramento River die Amerikaner an die Küste des Pazifik, nach dem Neu Albion des Francis Drake.

Wenn wir einen Atlas zur Hand nehmen, begegnen wir den Namen der Seefahrer jener Zeit. Eine kleine Bucht nördlich von San Francisco erinnert noch heute an Drakes Gründung. Wesentlicher sind andere Punkte auf dem Globus, die seinen Namen tragen. Jeder Seefahrer kennt die Drake-Straße, südlich von Kap Hoorn, die an seine weltberühmte Erdumsegelung erinnert. Raleighs Name findet sich an der Raleigh-Bucht und in einer Stadt von North Carolina. Das Andenken an die große Elisabeth ist enthalten in Port Elizabeth in Afrika,

Elizabeth im Staat New York und in Elizabeth City, gelegen im Staat Virginia, der ja auch nach der jungfräulichen Königin benannt wurde.

Das Zeitalter der Kolonialmächte war angebrochen. In England, Frankreich und in den Niederlanden waren übermächtige Kapitalgesellschaften aus dem Boden geschossen. Westindien-, Ostindien-, Levante- und sonstige Companien setzten sich die Entdeckung und Ausbeutung von Überseeländern zum Ziel.

Die endlosen Kämpfe in Europa, Haß, Gewinnsucht, Machtgier an allen Küsten der Welt — das war der üppige Nährboden, auf dem eine neue Menschengattung gedieh, deren Taten einzig dastanden — die Flibustier!

Die wilden Freibeuterscharen der Flibustier suchten ebenfalls Beute, riskierten Kopf und Hals und standen meist außerhalb der Gesetze.

Aber auch unter ihnen gab es Kapitäne, denen politische und religiöse Freiheit sowie ihr Forscherdrang mindestens soviel bedeuteten wie der Reichtum, der zu gewinnen war. Sie entdeckten Inseln und Küsten, machten Beute und wollten sie heimbringen. Sie zerstörten die strenge spanische Ordnung. Aber ihre Unordnung hatte keinen Bestand. Wo die spanische Fahne eingeholt wurde, wurden die Fahnen Englands, Frankreichs, Dänemarks und der Niederlande emporgezogen. Die Flibustier, die Drakes Spuren folgten, ebneten neuen Kolonialherren den Weg.